HEYNE BÜCHER

W0239847

Das Buch

Die Familien Blake und Armitage sind seit Jahren eng befreundet. Sie haben ihre Kinder aufgezogen und damit, wie andere Eltern auch, ihre Schwierigkeiten gehabt. Giselle, die achtzehnjährige Tochter von Hester und Jonathan Blake, bereitet ihren Eltern am meisten Kopfzerbrechen. Hemmungslos lebt sie alle Exzesse ihrer Generation aus, ohne Rücksicht auf gesellschaftliche Konventionen. Doch als sich Giselle plötzlich zu Gavin, dem geschäftstüchtigen mittleren Sohn der Armitages, hingezogen fühlt, scheint alles wieder in Ordnung zu kommen. Giselles Beziehung zu Gavin, die nicht ohne Folgen bleibt, knüpft das Band zwischen beiden Familien noch enger. Die Vorzeichen sind vielversprechend. Aber dann kommt alles anders, als es sich die Blakes und die Armitages erhoffen. Die Freundschaft der beiden Familien wird auf eine harte Probe gestellt.

Mit subtilen Strichen zeichnet Sarah Harrison das Porträt einer leidenschaftlichen jungen Frau, die mit ihren ausgefransten Klamotten und ihrer grellen Punk-Frisur nicht so recht in den gepflegten Lebensstil einer gutbürgerlichen Familie paßt und die widersprüchlichsten Emotionen provoziert, die schließlich zum Scheitern einer alten Freundschaft führen. *Beste Aussichten* ist ein geistvoller, nuancenreicher moderner Gesellschaftsroman, ein spannendes, mit Melancholie, Eleganz und wunderbarer Leichtigkeit inszeniertes Zeit- und Sittenpanorama.

Die Autorin

Sarah Harrison gilt heute als eine der erfolgreichsten und beliebtesten englischen Erzählerinnen. Schon ihr erster Roman *Zwei sehr unterschiedliche Töchter*, den sie 1980 zunächst in Großbritannien veröffentlichte, wurde ein internationaler Bestseller. Auch ihre modernen Frauenromane zählen zu den größten Bucherfolgen der letzten Jahre.

Im Wilhelm Heyne Verlag liegen vor: *Total außer Atem!* (01/8334), *So nicht!* (01/8419), *Jetzt erst recht!* (01/8754), *Zwei sehr unterschiedliche Töchter* (01/9522), *Eine fast perfekte Frau* (01/9760).

SARAH HARRISON

BESTE AUSSICHTEN

Roman

Aus dem Englischen
von Gabriele Lichtner

Deutsche Erstausgabe

WILHELM HEYNE VERLAG
MÜNCHEN

HEYNE ALLGEMEINE REIHE
Nr. 01/10303

Titel der Originalausgabe
BOTH YOUR HOUSES

Umwelthinweis:
Das Buch wurde auf
chlor- und säurefreiem Papier gedruckt.

Copyright © 1995 by Sarah Harrison
Copyright © 1997 der deutschen Ausgabe by
Wilhelm Heyne Verlag GmbH & Co. KG, München
Printed in Germany 1997
Umschlagillustration: Mark Entwisle
Umschlaggestaltung: Atelier Ingrid Schütz, München
Satz: Pinkuin Satz- und Datentechnik, Berlin
Druck und Bindung: Elsnerdruck, Berlin

ISBN 3-453-12473-1

Für die Familie

1

Im Juni 1987 fuhr Hester Blake nach London. Auf dem Rücksitz des Wagens saßen ihre zwei jüngeren Kinder, die vierjährige Giselle und der ein Jahr alte Daniel. Sie waren auf dem Weg zu Hesters Freundin Ann Armitage, in deren Haus eine in gewissen Kreisen gerade sehr geschätzte Dame zum Thema ›Das Recht der Frauen auf Selbstbestimmung‹ sprechen würde.

»Ich nehme einen Urlaubstag«, hatte Ann am Telefon erklärt. »Dann können wir uns während der Woche treffen, wenn die Männer nicht da sind. Du mußt auf jeden Fall kommen; es ist ungeheuer wichtig, etwas gegen diese ganze Anti-Abtreibungs-Hysterie zu tun. Und ich garantiere dir, daß du Merle Shaw sehr anregend finden wirst.«

»Aber was mache ich mit den Kindern?« hatte Hester eingewandt. »Rose ist den ganzen Tag in der Schule, jedoch Giselle nur ein paar Stunden am Vormittag. Und Daniel ist im Moment sehr anhänglich.«

»Bring sie mit«, hatte Ann erwidert. »Viele kommen mit ihren Kindern. Es sind Ferien, so daß zwei meiner Söhne zu Hause sind und auf die Kleinen aufpassen können.« Die Armitages hatten eine linksliberale Einstellung, und Anns Ehemann Byron mühte sich an einer Gesamtschule im Norden Londons mit der Erziehung von Kindern aus einfacheren Schichten ab; trotzdem hatte Ann entschieden, ihre eigenen drei Söhne nach Beendigung der Mittelschule auf eine Privatschule mit Internat zu schicken.

»Sebastian ist in Thailand«, hatte Ann hinzugefügt, und der Stolz auf ihren Ältesten war deutlich zu hören.

Während Hester den Wagen durch Londons Straßen lenkte, gab sie ihrer vierjährigen Tochter Verhaltensmaßregeln.

»Liebling, du mußt ein braves Mädchen sein. Ich werde bei den anderen Müttern sitzen und der Rede einer Dame zuhören.«

»Worüber?«
»Über Babys.«
»Kann ich dabeisein?«
»Du kannst im Garten spielen.«
»Ich möchte zuhören, wenn sie über Babys redet.«
»Nein, Liebling, das ist etwas für Erwachsene. Für dich ist es viel lustiger mit den anderen Kindern.«
»Ich hasse die anderen Kinder.«
Hester befürchtete, daß dies auf Gegenseitigkeit beruhen könnte.
Als sie dann in dem am Holland Park gelegenen Haus ankamen, ergriff Ann sogleich die Initiative. Mit der entspannten Autorität einer Mutter, deren eigene Sprößlinge ohne größere Zwischenfälle zu Jünglingen herangewachsen waren, faßte sie Giselle bei der Hand und führte sie hinaus in den Garten. Dort beaufsichtigten ihr jüngster Sohn Julian, der vierzehn Jahre alt war, und sein Freund Rupert etwa ein halbes Dutzend kleiner Kinder.
»Es wird ihr bestimmt gefallen«, beruhigte Ann Hester. Sie folgte dem skeptischen Blick ihrer Freundin und kicherte. »Die beiden sind erfahrene Babysitter, glaub mir. Es ist wie Heimarbeit für sie. Und im Spielzimmer steht das Essen für die Kleinen. Jetzt komm und bring den jungen Herrn mit.« Mit dem Zeigefinger kitzelte sie Daniels rosige Wange.
Hester hatte keine andere Wahl, als sich ins Wohnzimmer führen zu lassen, wo Merle Shaw bereits in einem Korbstuhl thronte. Sie trug ein weites Gewand, das einem Kaftan ähnelte, hielt ein Glas Soave in der Hand und schien schon begierig darauf zu warten, den Zuhörerinnen ihre Botschaften zu verkünden. Vor ihr saßen etwa zwölf Frauen.
Nur Ann, überlegte Hester, nachdem sie mit dem unruhigen Daniel im Arm Platz genommen hatte, brachte es fertig, diese jungen Mütter davon zu überzeugen, ihre Sprößlinge in die Obhut von zwei Jungen im Teenageralter zu geben, während sie selbst sich von dieser fetten, kinderlosen Frau die Notwendigkeit von Abtreibung auf Wunsch

erläutern ließen. Hester strebte mit wechselhaftem Erfolg eine Karriere als freie Journalistin an, und sie hoffte, daß das Treffen vielleicht wenigstens Stoff für irgendeine Frauenseite abgeben würde.

Nachdem Ann die Rednerin offiziell vorgestellt hatte, setzte sie sich auf ihren Platz hinter Hester. Sie lehnte sich vor und flüsterte: »Ich seh's dir an, daß du dir noch immer Sorgen machst. Wenn es nur das geringste Problem mit den Kleinen gibt, Gavin ist oben in seinem Zimmer und lernt; in einer Sekunde ist er unten, um zu helfen.«

Gavin war der mittlere Sohn der Armitages, fast achtzehn Jahre alt. Hester nickte und holte einen Keks für Daniel aus ihrer Tasche.

»Prima«, meinte sie, »ich mache mir keine Sorgen.«

Giselle fand es im Garten sehr bald langweilig. Die Kindergruppe bestand aus drei hübschen kleinen Mädchen in Laura-Ashley-Kleidern, einem Jungen mit Ringellocken und zwei Kleinkindern, die im Blumenbeet hockten. Rupert, der größere der beiden Betreuer, lag auf dem Rücken im Gras. Er hatte sein Hemd ausgezogen und die Augen geschlossen. Julian gab sich Mühe, die Kinder zum Spielen zu ermuntern.

»Wie heißt du?« fragte er Giselle.

»Giselle.«

»Das klingt hübsch. Es ist ein französischer Name, stimmt's?«

Giselle starrte ihn an.

»Möchtest du Ball spielen?«

Sie antwortete nicht, also nahm er einen Schaumstoffball vom Boden auf und warf ihn sanft in ihre Richtung. Giselle legte ihre Hände auf den Rücken, und der Ball prallte weich vom Latz ihrer Jeanshose ab.

»Uhps, das war Pech«, rief Julian bedauernd.

Giselle starrte ihn an.

Nach ein paar weiteren Würfen gab er auf.

»Bald gibt es etwas zu essen«, sagte er. »Magst du Sandwich mit Ei?«

»Riechen ekelhaft«, erklärte Giselle. Nach dieser abermaligen Abfuhr wandte sich Julian den Kleinkindern zu, um sie aus dem Blumenbeet zu holen.

Zwar mochte Giselle kein Sandwich mit Ei, aber ansonsten gefiel ihr der Gedanke, etwas zu essen. Sie ging zurück zum Haus. Die großen französischen Fenster waren geschlossen. Die seitliche Tür, durch die sie das Haus betrat, führte ins Spielzimmer. Dort hatte Ann auf einem Papiertischtuch Leckereien für die Kleinen ausgebreitet. Würstchen, Sandwiches, Gebäck, Mohrrübenstäbchen und Schälchen mit Pudding in den verschiedensten Farben füllten den Tisch, daneben standen Pappteller und -becher mit einem Tom-und-Jerry-Motiv. Giselle nahm ein Wurstbrot und verließ das Spielzimmer. Sie warf einen Blick in die Toilette mit der gerahmten Weltkarte und dem Stapel National Geographicals, dann drehte sie einen großen, runden Türknopf und trat in das mit der Küche verbundene Eßzimmer. Hier war es kühl und dämmrig, da die Vorhänge vor den großen französischen Türen halb zugezogen waren.

Auf einem großen Tisch stand eine reiche Auswahl interessanter Speisen, von denen Giselle viele zum erstenmal sah. Sie kannte keine Spinat- oder Ricottaterrine, keine Lachscreme, keine Quiche Lorraine und keinen Couscous und auch nicht die so verlockend aussehende Götterspeise. Begierig verschlangen ihre Augen die weichen gestreiften Rechtecke mit den roten und grünen Medaillons, den glänzenden, mit Brunnenkresse eingerahmten rosa Fisch, den kühl glitzernden Wackelpudding, die einladenden goldenen Krusten und faszinierenden kleinen Körnchen in dem hübschen Keramikgeschirr. Auf einem Seitentisch stand eine riesige Glasschale, die mit so vielen Erdbeeren gefüllt war, wie Giselle noch nie auf einmal gesehen hatte. Rechts und links daneben hatte Ann zwei Krüge mit Sahne und zwei Stapel Schälchen gestellt. Giselle zog einen Stuhl heran und nahm sich ein paar von den leuchtend roten Beeren; die gut ausgelutschten sternförmigen Blättchen ließ sie auf der Sahne schwimmen.

Dann verließ sie das Zimmer und ging durch einen Flur

zur Vorderseite des Hauses. Sie erkannte die Tür wieder, durch die sie und ihre Mutter das Haus betreten hatten, und hinter einer anderen hörte sie das an- und abschwellende Gemurmel von Stimmen. Eine Treppe führte in den ersten Stock, und voller Entdeckungslust ging Giselle nach oben. Hier gab es noch eine Toilette, ein großes Badezimmer und mehrere große, ordentlich aussehende Schlafzimmer. Die Treppe führte noch weiter, und Giselle glaubte, oben jemanden zu hören.

Sie stieg weiter hinauf, bis sie einen kleineren Treppenabsatz erreicht hatte. Jetzt war sie direkt unter dem Dach, und es war sehr heiß hier. Während das Mädchen schwer atmend von dem langen Aufstieg stehenblieb, hörte sie wieder Geräusche. Eine Tür war nur angelehnt, und Giselle stieß sie weit auf. Das Zimmer dahinter war groß, die Decke schräg, und in der Schräge befanden sich zwei Fenster. Giselles Blick fiel sofort auf den großen Jungen und das Mädchen auf dem niedrigen Bett. Beide waren nackt. Er lag auf dem Rücken und hatte die Hände hinter dem Kopf verschränkt, während das Mädchen, dessen Haar lang und dünn war, vornübergebeugt zwischen seinen Beinen kniete, als wenn ihr schlecht wäre. Wahrscheinlich würde ihr auch bald schlecht werden, dachte Giselle, wenn sie weiter so an dem Jungen herumlutschte.

»Pfui, bäh!« sagte Giselle laut. »Ihr seid aber ekelhaft.«

»Verdammter Mist!« entfuhr es Gavin. »Wo kam die kleine Kröte denn plötzlich her?«

»Bestimmt gehört sie zu einer der Frauen, die bei deiner Mutter sind«, antwortete Tanya.

»Glaubst du, daß sie etwas mitbekommen hat?«

»Sicher nicht.«

»Das hoffe ich.«

»Sie wird gar nicht mehr wissen, was sie gesehen hat.«

»Ich dachte, Jules und Rupert sollten auf die Bälger aufpassen«, schimpfte Gavin, während er Jeans und T-Shirt anzog.

»So wie du auf Jules und Rupert aufpassen solltest?«

»Ich muß schließlich lernen. Ich hatte mich nur gerade etwas ausgeruht.«

»Ach ja? Was du nicht sagst«, erwiderte Tanya.

»Hör auf, ja? Es ist sowieso besser, wenn du jetzt gehst.«

»Und wie wär's, wenn ich mich diesmal ausruhe?«

»Verschwinde.«

Giselle ging wieder nach unten in das Zimmer, wo das Essen stand. Auf dem Weg durch den Flur hörte sie die Stimmen der Frauen, die alle auf einmal redeten, und darüber erhob sich das hohe Piepsen von Daniel.

In der Küche gab sie der Versuchung nach und kostete von allem ein bißchen. Genüßlich langte sie mit den Händen in die Schalen und Töpfe. Giselle hatte im Gemeindehaus einen Kinderkurs für ›Kreatives Spiel‹ besucht, und diese Zeit war nicht verschwendet gewesen. Sie knetete und formte, zerquetschte und breitete aus, zerkrümelte und zermatschte. Es machte mehr Spaß als Sand, Wasser, Fingerfarben oder Salzteig zu verwenden. Außerdem schmeckte alles sogar noch gut.

Das Geräusch der Toilettenspülung kündigte die Ankunft des Jungen mit den Ringellocken an.

»Was machst du da?« fragte er.

»Das!« antwortete Giselle und warf eine Erdbeere nach ihm.

Die Erdbeeren waren warm und reif und machten beim Aufprall platschende Geräusche. Nachdem die Kinder etwa ein Drittel als Wurfgeschosse verbraucht hatten, wurde Giselle das Spiel langweilig. Sie ließ den Jungen stehen, ging zur Toilette, drehte den Wasserhahn auf und wusch sich Gesicht und Hände. Dann gesellte sie sich wieder zu den anderen Kindern, die im Spielzimmer um den Tisch herum saßen. Rupert war im Garten und trat gerade eine Zigarette aus, und Julian goß Orangensaft in die Tom-und-Jerry-Becher. Als Giselle auf dem Flur Schritte hörte, hielt sie vor Schreck den Atem an.

»O Gott, was ist denn hier passiert?«

Giselle atmete aus, als der große Junge, den sie oben gesehen hatte, das Zimmer betrat. Er hielt den Kleinen mit den Ringellöckchen vor sich, so wie Giselles Vater die Katze hielt, wenn sie eine tote Maus in der Schnauze hatte.

»Das kommt also dabei heraus, wenn man euch das Betreuen der Kinder überläßt!« rief er. »Was habt ihr zwei denn getrieben? So eine Schweinerei wie nebenan habe ich noch nie gesehen. Mutter wird durchdrehen!«

»Das ist Jasper«, sagte Julian. »Gib ihn her, ich gehe und mache ihn sauber. Dann sehe ich's mir gleich an.«

»Was hat er gemacht?« fragte Rupert über die Köpfe der ruhig kauenden Kinder hinweg. »Er ist gerade erst rausgegangen, er wollte aufs Klo.«

»Dann hat er aber schnelle Arbeit geleistet. Das ganze Essen ist vollkommen versaut.«

Gavin hörte, wie die Wohnzimmertür geöffnet wurde und die Frauen näherkamen. Er konnte sich schon vorstellen, wie später eine Suche nach dem Verantwortlichen eingeleitet werden würde. Erst einmal aber würde seine Mutter ihre ›Alles-nicht-so-schlimm‹-Nummer abziehen und den Tag mit Vorräten aus dem Kühlschrank retten. Zerstreut wanderte sein Blick über die Kinder, wobei er auch das dunkelhaarige Mädchen bemerkte, das kurz vorher in sein Zimmer geplatzt war. Ihr Gesicht und ihre Hände waren sauber, aber ihre Latzhose war über und über mit verdächtig aussehenden farbigen Flecken bekleckert.

»Moment mal«, sagte Gavin, trat auf sie zu und faßte sie bei den Armen. »Was ist das denn?«

Giselle wandte ihm das Gesicht zu, sagte jedoch nichts. Für ein Kind ihres Alters drückte ihre Miene eine erstaunliche Entschlossenheit aus; starr und grimmig waren ihre dunklen Augen auf ihn gerichtet. Gavin fragte sich, ob sie womöglich imstande wäre … Es lohnte sich nicht, das Risiko einzugehen.

Er ließ sie los. »Schon gut, iß weiter.«

»Aber das macht doch nichts«, sagte Ann mit der leisen, glockenhellen Stimme, die sie immer dann hatte, wenn die

Dinge am schlimmsten standen. »Meine Schuld, daß ich alles so hingestellt habe, daß die Kinder rankommen können. Mit meiner Erfahrung als Mutter hätte ich es eigentlich besser wissen müssen! Aber bitte, fangen wir jetzt gar nicht erst an, nach Schuldigen zu suchen, das ist es einfach nicht wert.« Sie präsentierte ein kleines Lachen. »Am besten gehen alle zurück ins Wohnzimmer und trinken noch etwas. Ich rette, was zu retten ist, und schicke einen der Jungs, ein paar Baguettes zu holen.«

»Ich sag's ihnen, ja?« bot Hester an, in der eine furchtbare Vermutung aufstieg.

Während die Frauen gehorsam das Eßzimmer verließen, drückten ihre vielsagenden Blicke aus, wie wunderbar sie Ann fanden.

Hester sonderte sich ab und öffnete die Tür zum Spielzimmer. Alle Kinder saßen am Tisch, und die zwei Armitage-Söhne und Rupert bedienten sie.

»Eure arme, arme Mutter«, sagte Hester. »Wenn mir das passiert wäre, hätte ich einen hysterischen Anfall bekommen und mit dem Fleischbeil herumgefuchtelt.«

»Nicht ihr Stil«, kommentierte Gavin.

»Jedenfalls möchte sie, daß einer von euch Brot holen geht.«

Julian nickte, und Hester trat zur Seite, um ihn vorbeizulassen. »Wer ist denn der Bösewicht?« fragte sie dann nebenbei. Gavin zeigte mit dem Ellenbogen auf Jasper.

»Ach. Tatsächlich?«

»Auf frischer Tat ertappt.«

»Giselle?«

Ihre Tochter sah zu ihr auf, ihr Mund war voller Krümeln.

»Du hast nicht mit dem Essen herumgespielt, oder?«

Giselle antwortete nicht. »Deine Latzhose«, fuhr Hester mit angespannter Stimme fort, »sieht einfach furchtbar aus.«

Gavin ging nahe an Hester heran. Er hatte den Kindern den Rücken zugewandt. »Nein, nein, sie ist unschuldig. Sie hat nur was abbekommen, weil sie mitmachen wollte.«

Hester glaubte ihm nur allzu gerne. Erleichtert verließ sie den Raum.

Auf dem Heimweg begann Hester in Gedanken, aus den Ereignissen des Tages einen amüsanten kleinen Artikel zu formen. Es fiel ihr so einiges dazu ein. Fröhlich vor sich hin lachend warf sie einen Blick in den Rückspiegel. Daniel war in seinem Kindersitz eingeschlafen, sein Kopf war zur Seite gefallen.

Giselle erwiderte Hesters Blick mit einer unergründlichen Ernsthaftigkeit.

»Worüber lachst du?«

»Ach, über nichts. Hat's dir gefallen, mein Schatz? War das Essen gut?«

»Ja«, antwortete Giselle, »das Essen war gut. Aber diese großen Jungen waren ekelhaft.«

2

Wahre Freundschaft ist etwas Wunderbares, ging es Hester durch den Kopf, während sie an einem Abend im Mai 1992 in ihrem Haus beim Essen saß. Ihr Blick ruhte mit einem Gefühl herzlicher Zuneigung auf ihren Gästen. Ann und Byron Armitage hatten den langen Weg von London zum Old Clink in Chuffington auf sich genommen, um Hesters mittelmäßige Artischockensuppe und ihren eher rustikalen Schweinebraten mit Calvados zu essen. Sie waren höflich genug gewesen, nicht nach der Herkunft der Schokoladenrolle zu fragen, einer Spezialität von *Freezerworld.*

Das Wertvolle an einer Freundschaft, dachte Hester, besonders wenn sie so lange existierte wie diese, war, daß sie Veränderungen überstand. Dazu war Flexibilität nötig und die Bereitschaft, den anderen so zu akzeptieren, wie er war. Wo echte Zuneigung bestand, Vertrauen und – sie sah Ann an – Respekt, konnten die Lebenswege auch in verschiedene Richtungen führen, trotzdem überlebte diese Beziehung, stellte eine Bereicherung dar und festigte sich sogar noch. Ihr Wert wurde durch Unterschiede nicht verringert, sondern vergrößert.

Hester reichte Kaffeetassen herum, deutete mit einer Handbewegung auf Zucker und Sahne und rückte einladend an den selbstgemachten Pralinen, die Ann und Byron mitgebracht hatten. Hesters Ehemann Jonathan, den seine Vertrauten Jonty nannten, redete gerade über *Earthtrust,* die Umweltorganisation, bei der er die Abteilung für Öffentlichkeitsarbeit leitete.

»... und natürlich gibt es da das Problem, wie uns die Öffentlichkeit sieht, die wissen will, was wir eigentlich genau tun. Viele stellen sich uns als Menschen in handgestrickten Westen aus organisch angebautem Müsli vor ...« An dieser Stelle lächelte Ann ein ruhiges, beifälliges Lächeln, und Byron kicherte. Jonty sah zufrieden drein, während er fortfuhr: »… die in besonders schönen Landschaften Sit-ins organisieren und Millionen fordern, um irgendeinen südamerikanischen Laubfrosch vor dem Aussterben zu bewahren, von dem der Mann auf der Straße wenig weiß und der ihn auch wenig interessiert.«

Ann lächelte noch immer ihr beifälliges Lächeln, während sie ein paar Tropfen Sahne in ihren Kaffee gab und sagte: »Nun, auf dem Gebiet bist du natürlich Experte, Jonty. Wie möchtest du denn gerne, daß man euch wahrnimmt? Und wie willst du es anstellen, damit sich das Bild in der Öffentlichkeit ändert?«

»Das ist eigentlich sehr einfach«, begann Jonty. Hester befürchtete, daß er gleich langweilig werden würde. Sie hegte immer die Sorge, daß Jonty oder auch sie, wenn sie selbst Gastgeber waren und länger als ein paar Minuten hintereinander sprachen, ihre Gäste langweilten. Aber die Armitages schienen von Jontys Ausführungen gefesselt zu sein. Ann hielt ihre Kaffeetasse in den Händen und sah Jonty mit der für sie typischen ernsten Konzentration an. Sie war Anfang fünfzig, vollschlank mit einem gepflegten Äußeren, tiefliegenden Augen und einem Mund, der immer ein wenig gespitzt wirkte, so als würde sie gerade etwas abwägen. Ihr ergrauendes Haar war ordentlich geschnitten, seit Jahren bevorzugte Ann dieselbe praktische halblange Frisur. Wenn Hester ihre Freundin mit einem einzigen Adjektiv hätte beschreiben müssen, sie hätte sie gelassen genannt.

Hester bewunderte Menschen, die Gelassenheit besaßen. Diese Fähigkeit fehlte ihr selbst am meisten. Sie kannte aber auch ihre Stärken. Zum Beispiel war die Kolumne, die sie für eine der respektableren Boulevardzeitungen schrieb, ein Paradebeispiel dafür, wie man es fertigbrachte, Alltägliches so darzustellen, daß es eine breitgefächerte Resonanz hervorrief. In ihrem Dorf hatte sie den Ruf, beim Auftreiben von Spenden für wohltätige Zwecke mitreißend und einfach unwiderstehlich zu sein. Sie war fantasievoll, herzlich und spontan, »in fünf Sekunden von Null auf Hundert«, wie es der Pfarrer einmal ausgedrückt hatte. An ihren guten

Tagen vermittelte sie das Bild einer Frau, die ihr Leben erfolgreich managte. An weniger guten hatte sie manchmal das Gefühl, dem Chaos hilflos ausgeliefert zu sein. Der Fußboden ihres Arbeitszimmers verschwand unter einem raschelnden Teppich loser Papiere. Auf dem Bügelbrett lagen mehr Kleider, als in ihrem Schrank hingen. In ihrem Tiefkühlfach (»an ihren Tiefkühlschränken sollt ihr sie erkennen«, hatte sie selbst einmal geschrieben) befand sich ein vielsagendes Sammelsurium lose umherliegender Pommes frites, klappernder Erbsen und einiger Samosas, die aussahen wie Axtschäfte aus Feuerstein.

»Das ist ein Konzept, das man nur gutheißen kann«, lobte Ann ihren Gastgeber, »aber wie wollt ihr es umsetzen?«

Eine kluge Frage, dachte Hester, von einer klugen Person. Ann hatte Wirtschaftswissenschaften studiert und ein Diplom in Erziehungswissenschaften erworben. Ihren Lebenslauf schmückten eine Reihe ehrenamtlicher Tätigkeiten. Beträchtliche private Mittel hatten ihr den Luxus gestattet, sich in mittleren Jahren noch einmal beruflich neu zu orientieren. Ann hatte ihre Arbeit in der pädagogischen Verwaltung aufgegeben, um als private Beraterin tätig zu werden. Hester war sicher, daß sie sich dafür großartig eignete. Andererseits war sie auch noch eine engagierte Mutter von drei wohlgeratenen Söhnen, so daß sie ein leuchtendes Beispiel für ein erfülltes Leben abgab. Sie hatte eine bestimmte, aber freundliche Art, war voller Energie, dabei geduldig und verständnisvoll, stellte hohe Ansprüche an sich selbst, ohne an andere denselben Maßstab anzulegen. Hester hätte mit Anns Vorzügen fortfahren können, fand es jedoch zu demoralisierend.

»Und wie sieht's mit euren Finanzen aus?« fragte Byron.

Es war Anns Ehemann, den sie zuerst kennengelernt hatten. Jonty und er waren sich bei *Lords* begegnet, der Kultstätte einer gemeinsamen Leidenschaft. Im Gegensatz zu Jonty, der noch immer für Chuffington XI ins Feld zog, spielte Byron kein Kricket. Er war ein schlaksiger und unsportlicher Mann mit einer auffallend dichten Haarmähne. Seinen scharfen Verstand verbarg er meistens unter einer nur oberflächlich angenommenen charmanten Trotteligkeit. Seine Intelligenz war in der Praxis nie von kontinuierlichem produktivem Nutzen gewesen. Nach einer unbefriedigenden Laufbahn als Lehrer war er inzwischen pensioniert. Mehrere Male hatte er die Stelle gewechselt, es aber nie vermocht, ein Verhältnis zu seinen Schülern zu entwickeln, das sie von seinem profunden Wissen und seinen Lebensweisheiten hätte profitieren lassen. Hester mochte Byron. Sie und Jonty waren sich einig, daß die Gegensätzlichkeiten von Ann und Byron zu dieser Verbindung geführt hatten und daß dies auch auf ihre gegenseitige Freundschaft übertragen werden konnte.

Ein anfänglich etwas kühles Verhalten von Anns Seite hatte sich im nachhinein nur als eine Phase der Einschätzung herausgestellt. Danach wurden die Blakes in den Kreis der Freunde von Ann und Byron aufgenommen. Ann scharte nicht nur Menschen des gleichen intellektuellen Niveaus um sich, entscheidend war auch eine ähnliche Lebensart. Es war unmöglich, sich nicht geschmeichelt zu fühlen.

Hester lachte, eine automatische Reaktion auf eine weitere der vertrauten verbalen Ausschmückungen ihres Mannes. Sie streckte die Hand aus und wählte eine große weiße Praline, die von einem braunen Schokoladenstreifen umgeben war und sie an den Turban eines Sultans erinnerte. Das war es, was eine Freundschaft kennzeichnete, dachte sie, daß man sich bewußt für sie entschied. Mit der Familie war das etwas ganz anderes. Man war ständig gefordert, erfüllte selbstverständlich seine Pflicht, und nur gelegentlich bekam man auch etwas zurück. Die Freunde jedoch suchte man sich aus. Und das traf ganz besonders auf London zu, wo es viele Möglichkeiten gab. Hier in Chuffington, auf der Grenze zwischen Essex und Hertfordshire, verhielt es sich anders. Mit nur sechs- bis siebenhundert Seelen im Dorf war es ratsam, mit jedem auszukommen. Wer sich anders verhielt, wurde automatisch als hochnäsig angesehen, und Hester würde lieber sterben, als hochnäsig zu erscheinen. In ihren stillen Stunden fragte sie sich manchmal, ob sie nicht eine bessere Autorin hätte sein können, wenn sie sich mehr von der Gemeinschaft ferngehalten hätte, in der sie lebte. Wenn sie weniger Zeit damit verbringen würde, an Trödelmärkten, die für gute Zwecke stattfanden, und an Schulbällen teilzunehmen, würde sie vielleicht auch weniger darüber schreiben. Aber so lagen die Dinge nun mal. Und schließlich war die Hester-Blake-Seite mit ihren trockenen Ansichten zum alltäglichen Leben einer der Hauptgründe, warum sich die *Post* gut verkaufte.

Byrons Kaffeetasse erschien in Hesters Blickfeld.

»Wärst du so nett und ...?«

»Aber natürlich.« Sie goß ihm nach.

»Ich sag's auch nicht weiter«, meinte Byron vertraulich, während er drei Löffel braunen Rohrzucker in seinen Kaffee gab und umrührte. Er lächelte sein charmantes, zerstreutes Lächeln. »Aber ich kann mich des Eindrucks nicht erwehren, daß du der Rede des alten Jungen eben nicht gerade allzuviel Aufmerksamkeit geschenkt hast.«

»Doch, doch, das habe ich. Nur habe ich sie schon mehrere Male gehört.«

»So redet Ann auch über mich. Mal ehrlich, findest du, daß wir Ehemänner uns zu alten Langweilern entwickeln?«

Hester war verdutzt. Immerhin war Byron mindestens zehn Jahre älter als Jonty, und er sah auch so aus. Es erschien ihr nicht fair, daß Byron sich mit ihm gleichstellte.

»Ganz sicher nicht.«

»Eigentlich«, stellte Byron fest, als hätte er ihre Gedanken gelesen, »ist das nicht gerade fair. Wie alt ist Jonty, wenn das keine unhöfliche Frage ist? Fünfundvierzig? Sechsundvierzig?«

»So ungefähr«, antwortete Hester. Es war ihr etwas unangenehm, daß sie nicht auf Anhieb wußte, wie alt ihr Mann war.

»Und ich werde sechzig. Also ziehe ich für seinen Fall das ›alt‹ zurück.«

Ann, die stets alle Nuancen der Unterhaltung wahrnahm, nutzte Hesters Lachen dazu, Gesprächspartner und -thema zu wechseln. Sie begann ein Gespräch mit Hester, woraufhin Byron sich wohlerzogen Jonty zuwandte.

»Erzähl mir von den Kindern«, bat Ann. »Wie geht es ihnen?«

»Gut.« Dies war ein Thema, das Hester nie besonders mochte.

»Und was machen sie alle so?«

»Im Moment?«

»Ich meinte im allgemeinen. Aber ...«, Ann blickte zur Decke, »hört sich an, als wenn jemand zu Hause ist.«

Das heftige, durchdringende Dröhnen von Boyz R Wild (zum Glück nicht die obszönen Texte) war zu hören.

»Ja, Daniel ist da.«

»Und er ist jetzt ... wie alt? Hilf mir auf die Sprünge.«

»Fünfzehn.«

»Also schließt er diesen Sommer die Mittelstufe ab?«

»Ja.« Viel zu schnell, dachte Hester. »Er ist der Jüngste in der Klasse.«

»Und will er das Abitur machen?«

Bekümmert erinnerte sich Hester an die Auseinandersetzung, die sie wegen dieses Themas vor kurzem mit ihrem Sohn gehabt hatte. »Vielleicht.«

»Und Rose ... Sie ist in Bristol, nicht wahr?«

»Ja, sie ist im zweiten Jahr.« Bei Rose befand sich Hester auf sicherem Grund. »Es gefällt ihr dort sehr. Und im Moment hat sie einen außergewöhnlich netten Freund.«

»Das klingt so«, sagte Ann weise, »als wäre das nicht immer der Fall gewesen.«

»Rose hat eigentlich nie allzu schreckliche Freunde mit nach Hause gebracht«, antwortete Hester, »denn bei Mädchen im Teenageralter muß man immer mit dem Schlimmsten rechnen. Etwas, worum du dir ja keine Sorgen zu machen brauchst.« Sie schätzte, daß Sebastian und Gavin jetzt um die dreißig waren und Julian Ende zwanzig.

»Oh, ich weiß nicht«, meinte Ann, »du wärst erstaunt, mit was für merkwürdigen Dingen uns unsere Jungs manchmal konfrontieren. Aber wir haben die Einstellung, daß ihre Freunde auch unsere Freunde sind. In Raglan Road ist jeder willkommen.«

»Im Prinzip sind wir derselben Meinung«, pflichtete Hester ihr bei. »Aber es ist nicht immer leicht. Ich meine, Giselle …«

Sie hielt abrupt inne, denn eigentlich hatte sie ihre zweite Tochter nicht erwähnen wollen, aber Ann hakte sofort nach.

»Ja, Giselle … wie geht es ihr?«

»Gut.« Byron illustrierte gerade seine Worte mit einer schwungvollen Handbewegung, aber durch die ausladende Geste hindurch konnte Hester kurz Jontys Blick einfangen. »Gut«, wiederholte sie noch einmal mit Entschiedenheit.

»Ich habe Giselle immer besonders gemocht«, sagte Ann, »ich weiß gar nicht, warum.«

Das wußte Hester auch nicht. Aber vielleicht hatte es mit Anns Tätigkeit als Beraterin zu tun, womöglich fühlte sie sich ja besonders stark zu Menschen mit Problemen hingezogen.

»Und womit verbringt sie ihre Tage?« wollte Ann wissen, während sie die Pralinen herumreichte und dann selbst eine nahm.

»Oh, sie tut dies und das, merkwürdige Jobs, weißt du …« Hester bückte sich, es schien, als suchte sie etwas unter dem Tisch. Giselle brauchte sich kaum zu überlegen, wie sie ihre Tage füllte, denn meistens verbrachte sie den größten Teil davon im Bett. Hester ließ ihre Serviette zu Boden gleiten, hob sie wieder auf und arrangierte sie sorgfältig auf ihrem Schoß. Sie lächelte fröhlich. »Sie ist nicht gerade ein Musterbeispiel für protestantische Arbeitsmoral.«

»Ja, das habe ich deiner Kolumne entnommen«, sagte Ann. »Aber ich glaube nicht, daß du das in ihrem Alter allzu tragisch nehmen mußt.«

Das war zuviel für Jonty, der Byron sowieso nur mit halbem Ohr zugehört hatte.

»Ann, habe ich richtig gehört? Du willst doch nicht etwa sagen, daß du die *Post* liest!«

Ann lachte nachsichtig. »Äh … nein, Jonty. Aber unsere Haushaltshilfe liest sie, und ab und zu werfe ich einen Blick hinein, nur um zu sehen, was Hester schreibt.«

»Na gut, ich glaube dir, obwohl die Mehrheit das nicht

tun würde.« Jonty schob seinen Stuhl zurück. »Möchte jemand etwas trinken? Cognac? Armagnac? Ich habe auch einen sehr anständigen Malt Whisky, den ich neulich im Duty Free gekauft habe.«

Ann hob abwehrend eine Hand. »Ich bin der Chauffeur. Aber Byron hat eine Schwäche für Malt.«

»Byron? Ein Schlückchen?«

»Hört sich an, als hätte ich die Erlaubnis. Also ja, warum nicht.«

»Wirklich, Byron, man muß ja glauben, du führst ein ganz erbärmliches und entbehrungsreiches Leben«, sagte Ann. Sie schüttelte den Kopf und sah dabei Hester an, als wollte sie sagen: »Männer! Sie sind doch alle gleich!«

»Haben wir Amaretto?« fragte Hester. »Wenn ja, möchte ich einen.«

Ann zog die Augenbrauen hoch. »Du magst Amaretto? Mich erinnert er immer an Chanel Nr. 5.«

»Ich liebe Amaretto«, entgegnete Hester. »Ich liebe alles was Mandeln enthält. Für den Weihnachtskuchen kaufe ich immer zu viel Marzipan, damit ich dann die Reste essen kann.«

»Fertige Marzipanmasse ist heutzutage wirklich sehr gut«, meinte Ann zustimmend, »ich weiß gar nicht, warum ich sie immer noch selber mache.«

Es gab Zeiten – und dieser Moment gehörte dazu –, in denen Hester wünschte, sie würde ihre eigenen Erfahrungen in ihren Kolumnen nicht ganz so freizügig ausschlachten. Oft bildeten Details aus dem Familien- und Dorfleben die Grundlage für ihre Artikel. Da Hester eine extreme Abneigung gegen häusliche Plackerei hatte, wäre die eigene Zubereitung von Marzipan auf der H.-B.-Seite nicht gut weggekommen. Wenn sie jedoch mit Ann darüber sprach, war sie sich ihrer Sache nicht mehr so sicher. So empfand sie es auch als reinigend und therapierend, über die Probleme mit ihren Kindern zu schreiben; redete sie aber mit einer so beispielhaften Mutter wie ihrer Freundin Ann darüber, fragte sie sich, ob sie nicht zuviel offenbart hatte.

Hester nahm an, daß ihre Leserschaft im großen und

ganzen den Wahrheitsgehalt ihrer Artikel nicht allzu hoch ansetzte und ihr zugutehielt, daß sie eine ordentliche Portion künstlerischer Freiheit in Anspruch nahm, um amüsanter zu schreiben. Dies galt nicht bei den eigenen Freunden. Sie waren in der Lage zu beurteilen, inwieweit das Geschriebene mit der Wirklichkeit übereinstimmte.

»Amaretto«, sagte Jonty, während er das Glas vor sie hinstellte.

»Was Giselle angeht«, meinte Ann, »bin ich der Meinung, daß sie allein schon fürs Arbeiten ein großes Lob verdient. Heutzutage herrscht bei den jungen Leuten doch eher die Tendenz vor, so lange wie möglich ihre Ausbildung hinauszuzögern. Sie belegen alle möglichen modischen und nicht allzu schweren Fächer, die ihnen dann im Beruf und im Leben wenig helfen.«

»So kann man es auch sehen«, räumte Hester ein.

Anns Blick ruhte voller Konzentration und Interesse auf ihr. »Was *würde* Giselle denn gerne tun?« fragte sie und beugte sich erwartungsvoll vor.

»Tja … das weiß ich auch nicht. Das ist ja das Problem, daß niemand von uns die leiseste Ahnung hat, was …«

»Oh, ich schon«, mischte sich Jonty ein und verriet damit erneut, daß ihn das Gespräch mit Byron nicht sonderlich interessierte. »Giselle trainiert im Moment dafür, ins Guinessbuch der Rekorde aufgenommen zu werden, Sparte Nichtstun.«

»Das ist ganz bestimmt eine Verleumdung«, lächelte Ann amüsiert.

»Überhaupt nicht.«

»Aber Hester hat doch gerade gesagt, daß sie arbeitet.«

»Ah!« Jonty hob einen Finger in die Luft. »Das bedarf der Korrektur. Einige Leute hier in der Gegend hatten das Pech, sie in den letzten Monaten zu beschäftigen. Es dauerte bei keinem länger als ein paar Wochen, und niemand war bereit, ihr ein Zeugnis auszustellen. Bis jetzt ist sie als Tellerwäscherin gescheitert, beim Auffüllen von Regalen im Supermarkt, beim Zettelverteilen und beim Aufsammeln von Kartoffeln.«

»Beim Aufsammeln von Kartoffeln?« fragte Byron. »Wie kann man dabei scheitern?«

»Nun, indem man keine sammelt ...«

Ann kicherte. »Aber sie wird wenigstens ein paar zusammenbekommen haben?«

»Nicht genug für den Mindestlohn.«

Byron zog die Augenbrauen hoch. »Und was hat sie statt dessen getan?«

»Sie hat endlos wegen der Bezahlung und wegen der Arbeitsbedingungen diskutiert.«

»Ich bin erfreut, das zu hören«, meinte Ann und klopfte beifällig auf den Tisch. »Niemand sollte ausbeuterische Arbeitsbedingungen akzeptieren.«

»Aber Ann«, erwiderte Jonty mit einer Spur ehrlicher Entrüstung, »du akzeptierst die Bedingungen in dem Moment, in dem du auf dem Kartoffelfeld auftauchst. Wir reden hier nicht über General Motors oder die Bank von Hongkong. Wir reden übers Kartoffelausbuddeln, okay?«

»Ich verstehe schon, Jonty, aber jede Art von Arbeit, auch die allerniedrigste, sollte doch den grundsätzlichen Bedingungen der Fairness unterliegen.«

»Aber es ist ein vollkommen faires Geschäft, ein Mistjob mit einer Mistbezahlung. Und natürlich ohne Sicherheitsbestimmungen. Basta.«

Byron leckte sich die Lippen. »Ein wunderbarer Malt.«

»Nicht schlecht, hm?« stimmte Jonty zu.

Ann wandte sich wieder an Hester. »Aber sie ist heute abend nicht zu Hause, oder?«

»Nein.«

»Auf 'nem Zug durch die Clubs?« fragte Ann, wobei sie leicht gedehnt sprach, wie jemand, der sich eines ihm ungewohnten Vokabulars bedient.

Hester ging im Geiste die möglichen Aufenthaltsorte Giselles durch, und ihr war nicht wohl dabei. »Ich weiß es nicht genau.«

»Manchmal hat man wirklich nichts als Sorgen mit ihnen«, kommentierte Ann tröstend.

»Aber du hast es hinter dir, weil inzwischen alle aus

dem Haus sind und ihr eigenes Leben führen, nicht wahr?«

Ann schüttelte den Kopf, etwas wehmütig, aber offensichtlich auch nicht unzufrieden. »Theoretisch schon, aber die Wirklichkeit sieht anders aus. Die Probleme verschwinden nicht, sie verändern sich nur. Und werden größer, wie die Übeltäter.«

Sie begann von den Sorgen zu erzählen, die sie sich wegen Sebastian machte. Er arbeitete in der Gegend von Paddington mit Jugendlichen und wurde offenbar von einem Mädchen der ihm anvertrauten Gruppe sexuell belästigt. Sie war schwarz und hieß Patsy.

»Ich versuche, es mit Humor zu nehmen, aber tatsächlich ist es ein Alptraum. Das Mädchen hat völlig den Verstand verloren, sie ist verrückt nach ihm.«

»Wie in *Fatal Attraction.*«

Das sagte Ann offenbar nichts. Ohne auf Hesters Einwurf einzugehen, fuhr sie fort: »Einmal hat sie ihn nachts in seinem Zimmer eingeschlossen und ist mit dem Schlüssel verschwunden, so daß die Tür aufgebrochen werden mußte. Er muß natürlich äußerst vorsichtig sein, die Situation ist heikel. Vor allem jetzt, nachdem die Bestimmungen für den Kinderschutz verschärft wurden.«

»Das hört sich wirklich schrecklich an. Armer Sebastian.«

»Es muß eine traumatische Erfahrung für ihn gewesen sein«, stimmte Ann zu. »Aber er hat uns durch ein erstaunlich reifes Verhalten überrascht.«

In Hesters Kopf erschien ein Bild von Sebastian. Als sie ihn zum letzten Mal im Flur von Raglan Road gesehen hatte, trug er eine fleckige, gestreifte Weste und eine wattierte Jacke. Seine hellgelb gebleichten Haare standen senkrecht in die Höhe. Er hatte damals auf sie einen recht unreifen Eindruck gemacht.

»So hat alles auch seine gute Seite«, sagte sie. »Und Julian?«

»Julian ist in Frankreich und unterrichtet Englisch und Rugby, ob du's glaubst oder nicht. Er ist an einer kleinen Privatschule in der Nähe von Arles. Er schwärmt geradezu von Frankreich und seiner Arbeit, und in letzter Zeit hat er des öfteren eine Lisette erwähnt. Aber wir fragen nicht nach. Irgendwie habe ich den Eindruck, daß er noch nicht so weit ist, sich endgültig zu binden. Und was Gavin angeht«, fügte sie aber nicht gerade unglücklich hinzu, »sind wir am Verzweifeln!«

»Am Verzweifeln?«

»Wir haben einfach die Hoffnung aufgegeben, ihn jemals in einer länger andauernden Beziehung zu sehen. Ich will es nicht vereinfachen, aber er ist immer das typische mittlere Kind gewesen – besonders ehrgeizig und gierig nach Zuwendung und Lob. Im Moment steckt er seine ganze Energie in seine Arbeit.« Ann sprach oft in dieser Art von ihren Söhnen, als würde sie sie für eine Sonntagsbeilage porträtieren.

»Was macht er noch gleich?« murmelte Hester, etwas beschwipst vom Amaretto und froh, daß Giselle nicht mehr Gesprächsthema war.

Ann gab sich offensichtlich Mühe, ihren Stolz nicht allzusehr zu zeigen. »Er ist der Inhaber eines Restaurants, genauer gesagt der Mit-Inhaber, aber es besteht kein Zweifel, daß Gavin die treibende Kraft in diesem Unternehmen ist.«

»Tatsächlich? Wie heißt das Restaurant? Vielleicht kenne ich es ja.«

»Bestimmt hast du davon gehört«, nickte Ann. »Es ist mehr eine große Brasserie. *Schmooze* in Maida Vale. Für die nicht Eingeweihten, Schmooze ist ein jiddisches Wort, und es bedeutet ...«

»Ich weiß, was es bedeutet. Einen gemütlichen Schwatz halten, stimmt's?«

»Hm. Natürlich, ich habe gar nicht daran gedacht, daß du als Journalistin das natürlich weißt.«

»Ich habe tatsächlich vom *Schmooze* gehört. In der *Post* war ein Artikel darüber. Es hat ziemlichen Eindruck gemacht, nicht wahr?«

»Ja, das stimmt. Ich habe alles, was darüber geschrieben wurde, ausgeschnitten, und es ist bereits ein ganzes Album daraus geworden.«

Bewundernd rief Hester aus: »Bekommt man nicht

Komplexe, wenn der eigene Sohn ein Gastronomie-Experte ist?«

Ann schüttelte den Kopf. »Die kulinarische Seite des Unternehmens ist nicht primär Gavins Sache. Natürlich hat er den Anspruch, daß die Küche erstklassig ist – sie haben einen sehr begabten jungen Koch und sogar einen Michelin-Stern –, aber Gavin kümmert sich mehr um die geschäftliche Seite. Außerdem ist er für den Stil des Ganzen verantwortlich.«

»Und läuft das Restaurant gut?« fragte Hester.

»Hmm ... das ist schwer zu sagen.« Ann nahm einen Schluck Wasser. »Gavin hat uns schon immer mit Extremen konfrontiert, und in der Gastronomie gibt es eine ungeheure Konkurrenz. An einem Tag geht das Geschäft großartig, am nächsten – wenn man ihm glaubt – stehen sie vor dem Bankrott. Jedenfalls habe ich den Eindruck, daß sie ihre Konkurrenten ganz schön nervös machen.«

Ann ließ sich lang und breit über die Triumphe und Katastrophen aus, die Gavin und seiner Partnerin auf ihrem Weg an die Spitze zugestoßen waren. Hester hörte aufmerksam zu. Der meteoritenhafte Aufstieg von Gavins Brasserie überraschte sie keineswegs. Anns Jungs, wie sie sie zu nennen pflegte, war die Gewißheit anerzogen worden, daß ihnen einst der Erfolg blühen würde. Hester war sicher, daß Auseinandersetzungen, wie sie sie kürzlich mit Daniel über die Fortsetzung der Schule geführt hatte (»Keinen Bock! Wozu überhaupt?«), im Haushalt der Armitages niemals stattgefunden hatten. Leistungsstreben und der Ehrgeiz, etwas aus sich zu machen, waren dort anscheinend schon mit Möhrenbrei und Babyreis aufgenommen worden. Selbst Sebastians nicht ganz so glatt verlaufene Karriere in der Jugendarbeit, der einige probeweise Vorstöße in den unterschiedlichsten Berufsrichtungen vorangegangen waren, sowie seine momentanen Probleme mit der Arbeit wurden als Lernprozesse und somit als förderlich für die Selbstverwirklichung angesehen.

Von Hesters Kindern zeigte nur Rose die Zielstrebigkeit, deren man sich zu Recht rühmen konnte. In ihrem Fall war sie auch mit einer Tendenz verbunden, Socken und Unterwäsche aufeinander abzustimmen und Bücher nach ihrem Format anzuordnen. Daniel wies die Ruppigkeit eines pubertierenden männlichen Jugendlichen auf, von der Hester zumindest annahm, daß sie allgemein üblich war. Und Giselle machte ihr wirklich Sorgen.

Wenn Hester, wie es oft passierte, verkündete, daß sie als Mutter versagt hatte, übernahm Jonty regelmäßig den Part des Verteidigers.

»Aber das gehört dazu, Hester, wenn man Kinder hat – zu versagen. Eltern beurteilt man nicht nach ihrem Erfolg, sondern nach dem Umfang ihres Scheiterns.«

»Du willst nur die Götter besänftigen.«

»Na gut, gehen wir es ganz konkret an. Allerdings finde ich, daß du es dir ganz schön leicht machst, zu behaupten eine gleichgültige Mutter zu sein.«

»Oh, danke. Also gibst du zu, daß ich gleichgültig bin?«

»Hör mal, Hes, das habe ich nicht gesagt. Außerdem, wenn du das wärst, was zum Teufel wäre dann mit mir? Wir tun unser Bestes, finde ich.«

»Tun wir das? Da bin ich nicht so sicher.«

»Also jetzt beziehst du mich schon ein?«

»Oh Gott ...«

An diesem Punkt fing Jonty an, die Tugenden der Kinder zu preisen, was er besonders gern in ihrer Abwesenheit tat.

»Wie auch immer, worüber beschwerst du dich eigentlich? Wir haben drei wundervolle Kinder.«

»Findest du?«

»Das finde ich allerdings. Rose macht ihre Sache in Bristol glänzend. Daniel schafft es, neben seinem sozialen Leben noch so viel Arbeit unterzubringen, wie man von einem Jungen in seinem Alter und von seinem Temperament nur erwarten kann. Und Grizzle ...«

»Ja?« fragte Hester herausfordernd. »Jaa?«

»Grizzle ist interessant.«

»Das ist eine gutgemeinte Beschönigung aus dem Mund eines liebenden Vaters, mehr nicht.«

»Nein, das finde ich wirklich. Sie ist ein intelligentes, fantasievolles Mädchen, das nur noch nicht seinen Platz im Leben gefunden hat.«

»Hoffst du.«

»Was meinst du damit?«

»Ich meine, daß sie ihn vielleicht schon gefunden hat. Kann doch sein, daß sie ihr Leben lang dem Staat auf der Tasche liegen wird, eine Märtyrerin des harten Arbeitslebens und ein Denkmal für Faulheit!«

»Ich gebe auf.«

»Das ist es ja gerade, was ich befürchte«, klagte Hester nun. »Daß wir aufgegeben haben! Und eines Tages entdekken wir, daß unsere Kinder vor die Hunde gegangen sind, während wir geschlafen haben.«

»A propos Hunde. Neulich war sie abends bei einem Hunderennen. Sie hat ihr Taschengeld für ein paar lahme Versager vergeudet.«

»Aber das wußte ich ja gar nicht. Warum hast du mir nichts davon gesagt?«

»Ich hielt's nicht für wichtig.«

»Du liebe Güte, unsere achtzehnjährige Tochter wettet auf der Hunderennbahn!«

»Wir sollten unserem guten Stern danken, daß sie nicht beschlossen hat, einen zu kaufen.«

Für gewöhnlich endeten diese Diskussionen damit, daß Hester sich besser fühlte, auch wenn Jonty ihr nur eingeredet hatte, ihre Ansprüche wären einfach zu hoch, um von einer Durchschnittsfamilie eingelöst zu werden. Ihr Gewissen ließ sie zwar noch ein bißchen murmeln, daß das nicht stimmte, aber das Murmeln war sehr leise. Schließlich ließ sie sich nur allzu gerne beruhigen.

Die Armitages machten Anstalten aufzubrechen. »Ich habe gestern bis ein Uhr morgens mit der Frauengruppe zusammengesessen«, erklärte Ann, stand auf und schob ordentlich ihren Stuhl zurück an seinen Platz. »Wenn ich morgen etwas schaffen will, muß ich zusehen, daß ich meine fünf Stunden Schlaf kriege.«

»Aber morgen ist Sonntag«, wandte Hester ein.

»Ein guter Tag, um ein bißchen was aufzuarbeiten, finde ich. Hester, erinnerst du dich noch daran, wie du vor vielen, vielen Jahren – ihr wart gerade erst nach Chuffington gezogen – in die Raglan Road kamst, um den Vortrag von Merle Shaw zu hören?«

»Ja«, nickte Hester mit einem Anflug von Besorgnis. Aber Ann schien nur glückliche Erinnerungen daran zu haben.

»Das war eigentlich der Beginn unserer Frauengruppe. Merle Shaws Rede hatte so viel Interesse und Begeisterung ausgelöst, mir war gleich klar, daß daraus etwas Gutes entstehen würde.«

Byron deutete auf seine Frau. »Sie hat einen Vortrag von Ava Lawrence für die Gruppe organisiert. Wann war das noch, Ann?»

»Im Juli«, erwiderte sie bescheiden. »Wir versuchen immer, vor der Sommerpause noch mal was Besonderes anzubieten.«

»Und wer ist das?« fragte Jonty, der noch immer am Tisch saß, als hätte er gar nicht bemerkt, daß seine Gäste aufbrachen.

Hester überging die Frage ihres Mannes. »Das ist ja wunderbar«, sagte sie zu Ann. »Ich bin sicher, daß mancher Talkmaster oder Moderator seine eigene Großmutter umbringen würde, um sie in der Sendung zu haben. Wie hast du das geschafft?«

»Wer ist sie denn?« wiederholte Jonty. Er saß noch immer am Tisch.

Ann lächelte fast entschuldigend. »Oh, ich habe ihr einfach einen höflichen Brief geschrieben, mit der Bitte, bei uns einen Vortrag zu halten. Sie hat fast sofort zugesagt.«

»Darauf kann sie wirklich stolz sein«, kommentierte Byron.

»Das kann man wohl sagen«, meinte Hester bewundernd, während sie im Flur Anns grauen Überwurf von der Garderobe nahm.

Schließlich erhob sich auch Jonty und folgte ihnen. »Ja, aber – entschuldigt meine Unwissenheit – wer ist sie?«

Ann wirkte etwas irritiert, tat jedoch noch immer, als habe sie nichts gehört. Lächelnd ging sie auf Hester zu, um sich zu verabschieden und sich für den Abend zu bedanken. Es blieb Byron überlassen zu antworten: »Ich wußte bis vor kurzem auch noch nicht viel über sie, aber seit Ann mir von ihr erzählt hat, begegnet mir der Name andauernd. Sie ist eine Art postfeministischer Guru. Amerikanerin natürlich.« Er senkte die Stimme. »Sieht verdammt gut aus.«

Ohne ihn anzusehen, meinte Ann: »So eine Bemerkung hättest du nie gemacht, wenn sie ein Mann wäre.«

»Ich werde auf sie achten«, sagte Jonty. Er öffnete die Haustür. »Oh.« Giselle stand auf der Schwelle. Sie war groß, fast so groß wie ihr Vater, und sicher auch nicht viel leichter als er. Ihre Kleidung sah aus, als sei sie nach einer Katastrophe notdürftig von Hilfsorganisationen versorgt worden. Sie trug ein Cocktailkleid aus Taft, das aus den 40er Jahren stammte und durch das sich ganz offensichtlich schon ein Heer von Motten gefressen hatte, darunter ein T-Shirt und darüber eine Lederjacke, enge schwarze Strumpfhosen, dicke Wollsocken und derbe Stiefel, die man sich durchaus an einem Bauarbeiter vorstellen konnte.

»Auf wen wirst du achten?« fragte Giselle ihren Vater.

»Ava Lawrence«, antwortete Hester automatisch.

»Noch nie was von gehört«, brummte Giselle.

Jontys Augen leuchteten triumphierend auf. Dann musterte er seine Tochter ebenso mißtrauisch wie die Person, die draußen im Dunkeln stand und nicht zu erkennen war.

»Hallo, meine Liebe«, sagte Ann freundlich zu dem Mädchen. »Wir haben vorhin gerade über Sie geredet.«

»Is' wahr?«

»Wer ist das?« fragte Jonty und machte eine Kopfbewegung nach draußen.

Giselle sah in die angedeutete Richtung. »Ark.«

Jonty schloß die Tür. »Was macht er hier?«

»Er wartet drauf reinzukommen.«

»Also wirklich, Griz.« Jonty klopfte auf seine Armbanduhr. »Es ist halb eins.«

»Vielleicht sollten wir jetzt gehen«, schlug Ann vor.

»Hast du noch ein Schlückchen von dem Malt?« fragte Byron. »Oder wollt ihr lieber, daß wir das Feld räumen?«

»Nein, nein«, Hester gab ein gezwungenes Lachen von sich, »aber ihr habt ja noch eine lange Fahrt vor euch ...« Sie öffnete die Tür wieder. Der Mann stand immer noch dort, hatte sich allerdings schon etwas weiter entfernt. »Hallo!« rief Hester ihm zu.

»'N Abend«, kam eine Stimme aus dem Dunkel.

»Wir verabschieden gerade Freunde ... Sie fahren zurück nach London.«

»Warum erklärst du ihm, was wir machen?« fragte Jonty laut.

»Gute Nacht, Hester«, wünschte Ann mit der Einfühlsamkeit einer wahren Freundin. »Es war ein sehr schöner Abend. Ich melde mich. Nacht, Jonty.« Sie tätschelte ihrem Gastgeber wohlwollend den Oberarm. »Komm jetzt, Byron, wir müssen los.«

»Danke für alles.« Byron küßte Hester auf beide Wangen. »Wir werden uns bald revanchieren.«

»Grüßt die Jungs von uns«, bat sie.

»Ach, die!« rief Ann fröhlich von der Auffahrt zurück, während sie den Toyota öffnete, »die gehen ihre eigenen Wege. Guten Abend«, wünschte sie auch Ark. »Tschüs, Giselle! Kommen Sie vorbei, wenn Sie in der Stadt sind!«

Sie stieg ein und öffnete die Beifahrertür. Byron winkte Hester und Jonty noch einmal zu. Trotz einer gewissen Solidarität, die er Jonty gegenüber empfand, fühlte er sich verpflichtet, den jungen Mann in seine Verabschiedung miteinzubeziehen.

»Gute Nacht.«

»Nacht.«

Die Armitages fuhren los, stoppten am Gartentor, hupten zweimal kurz und verschwanden in Richtung London.

»Willst du reinkommen?« rief Giselle Ark zu.

»Es ist schon so spät ...«, wandte Hester kleinlaut ein.

»Warum nicht? Laß ihn doch reinkommen! In diesem Haus macht doch sowieso jeder, was er will!« Jonty ließ die

Tür weit offenstehen und ging zurück ins Eßzimmer, wo er begann, lärmend Teller aufeinanderzustapeln. Schließlich tauchte Ark aus der Dunkelheit auf, ging seitwärts über die Schwelle und wischte dann die Füße mit langsamen Bewegungen an der Fußmatte ab, so daß Hester sich an Michael Jacksons Moonwalk erinnert fühlte. Sie lächelte schwach, während sie die Tür hinter ihm schloß.

»Also komm«, sagte Giselle und ging die Treppe hinauf.

»Entschuldigung«, sagte Ark, machte noch ein paar seitliche Schritte und folgte dann etwas forscher Giselle die Treppe hinauf. Hester lauschte dem schweren Stampfen der beiden Stiefelpaare auf dem Treppenabsatz und dem obligatorischen Schlagabtausch, als Giselle an die Zimmertür ihres Bruders hämmerte und ihn mit nicht gerade zimperlichen Worten aufforderte, seine Musik leiser zu stellen. Dann trampelten die beiden weiter in Giselles Zimmer, die Tür schlug hinter ihnen zu, und Hester hörte, wie sie abgeschlossen wurde. Gleich darauf erscholl ein dröhnender Rhythmus, der weitaus lauter war als alles, was Daniels Lautsprecher von sich geben konnten. Das obere Stockwerk erbebte, und das schlecht schließende Fenster in der Küche unten begann zu klirren.

Hester ging ins Eßzimmer. Dort saß Jonty am Tisch und aß eine Praline, während er gleichzeitig die nächste auswickelte. Teller und Tassen standen aufgestapelt zu seiner Rechten. Die Stehlampe war ausgeschaltet, das Deckenlicht brannte und die Kerzen waren gelöscht. Ihr Qualm füllte die Luft mit einem beißenden Geruch.

Ohne sich zu Hester umzudrehen, sagte Jonty: »In solchen Momenten wünschte ich, wir hätten noch den alten Gus.«

»Sei nicht albern, was hätte Gus denn tun können?«

»Das ist nicht so wichtig. Aber solche Typen mögen keine Hunde.«

»Gus war nicht einfach nur ein Hund.« Jonty, der wußte, daß sie recht hatte, antwortete nicht. Der schwarze Labrador der Blakes war wie ein Clown in Hundegestalt gewesen, sanft und freundlich, schlaksig und charmant. Ein wuscheliger Türvorleger, der jeden Eindringling schwanzwedelnd willkommen geheißen hätte.

Es war kaum sechs Wochen her, daß Hester den dreizehn Jahre alten Gus zum Tierarzt in Forbridge bringen mußte, damit er ihn in den Hundehimmel beförderte. Sie hatte nur getan, was getan werden mußte. Doch Jonty litt noch immer.

»Na gut«, meinte Hester mit veränderter Stimme. »Ich glaube, es hat ihnen gefallen. Was meinst du?«

»Hmm.«

»Ich finde es immer sehr schön mit ihnen. Sie sind so aufmerksam und interessiert.«

»Das sind sie, ja.«

»Byron hat sich überhaupt nicht verändert.«

»Nein.«

»Ann fragt ein bißchen viel, aber ich glaube wirklich, daß sie das tut, weil sie sehr interessiert ist.«

Jonty sah skeptisch aus. »Ehrlich … wirklich …«

»Du weißt, was ich meine. Sie möchte eben immer auf dem neuesten Stand sein, mit allem, was passiert.«

»Hmm.«

»Was ist los?«

»Nichts.«

»Ach, komm! Gehen sie dir langsam auf die Nerven?«

»Überhaupt nicht. Natürlich nicht. Ich bin gerne mit ihnen zusammen, das weißt du.«

»Was hast du dann?« Hester fing an, das unbenutzte Besteck einzusammeln.

»Na gut.« Jonty fegte Krümel in seine hohle Hand und verstreute sie dann wieder auf dem Tisch. »Ich frage mich nur, ob wir mit diesem Kerl da oben glücklich sind.«

»Du hast ihn mehr oder weniger reingebeten.«

»Ich habe mich nur nicht gegen das Unvermeidliche gewehrt.«

Sobald Jonty mit den unangenehmen Realitäten des Familienlebens konfrontiert wurde, war er sehr viel weniger philosophisch als in der Theorie. Hester zog klappernd einen Schub in der Anrichte auf und begann, das Besteck darin unterzubringen. »Nein, ich bin nicht gerade glücklich darüber«, gestand sie ein. »Aber was können wir machen? Wir leben in den 90er Jahren des 20. Jahrhunderts, sie ist über achtzehn ...«

»Gerade geworden.«

»... das heißt, sie ist erwachsen und kann machen, was sie will.«

»Vor dem Gesetz vielleicht, aber das bedeutet noch lange nicht, daß es mir egal ist, was sie unter meinem Dach anstellt.«

Schwungvoll stieß Hester den Schub wieder zu. »Dann hättest du's ihr verbieten sollen, nicht? Oder ihm.«

»Kann sein, aber jetzt ist's zu spät.«

»Wieso? Du kannst machen, was du willst, es ist dein Haus.« Hester zog die Pralinenschachtel unter seiner Hand weg und schloß mit Bestimmtheit den Deckel.

»Es würde so inkonsequent aussehen, wenn ich mich jetzt noch einmische.« Wütend kratzte Jonty das heruntergelaufene Wachs von den Kerzen. »Ich hatte gehofft, Grizzle würde merken, das es nicht in Ordnung ist, daß sie unsere Haltung respektiert und ein Gefühl dafür hat, daß dieser ... dieser ... wie auch immer, daß er nicht hier reinpaßt. Und daß es einfach nicht angebracht ist, ihn jedesmal gleich mit ins Schlafzimmer zu nehmen. Wir wissen doch, was sie da oben tun? Mensch ärgere dich nicht spielen sicher nicht.«

»Vielleicht hören sie Musik«, schlug Hester vor, während sie die benutzten Servietten einsammelte.

»Diesen Krach hört man nicht, man verschwindet in ihm«, gab Jonty zurück. Wie um die Glaubwürdigkeit seiner Behauptung unter Beweis zu stellen, begann die antike Messinglampe an der Decke leise zu klirren. »Lieber Gott, sie sind schon wieder dabei!«

»Es tut mir leid, aber ich weiß wirklich nicht, was du jetzt von mir erwartest! Ich finde, man sollte seinen Kindern ihre Privatsphäre zugestehen. Wir sind doch froh, wenn sie in ihren Zimmern verschwinden, anstatt hier unten den Fernseher mit Beschlag zu belegen und uns die Zimmer vollzuqualmen. Und wenn es dir nicht paßt, daß Giselle unter deinem Dach mit Ark schläft, dann wäre es besser, du würdest ihr das ehrlich sagen, auch wenn du vielleicht Angst hast, wie ein Moralapostel dazustehen!«

»Ich habe keine ...«

»Entweder du tust etwas oder du hörst auf, dauernd herumzulamentieren«, fügte Hester hinzu. Ein geschliffenes Whiskyglas (zweite Wahl, aber doch ein schönes Stück) fiel ihr aus der Hand und zersprang auf dem Fußboden. »Mistglas.«

»Schade«, bemerkte Jonty, offensichtlich beruhigt durch den Gefühlsausbruch seiner Frau, »das war das letzte dieser Art.«

Ann Armitage hatte die Abkürzung nach London genommen, die sie auf der Straßenkarte herausgesucht hatte, und fädelte sich jetzt auf die nach Süden führende Autobahn ein. Dann zog sie auf die mittlere Fahrbahn und blieb dort mit einer konstanten Geschwindigkeit von 120 Stundenkilometern. Sie warf ihrem Mann einen Blick zu.

»Bist du wach?«

»Ja«, antwortete Byron, der kurz vorm Einschlafen war.

»Würdest du bitte etwas für mich notieren?«

Byron öffnete das Handschuhfach und nahm einen Spiralblock mit festgeklemmtem Kugelschreiber heraus. »Schieß los!«

»Schreib nur J und H sowie Giselle.«

»Okay.«

»Danke«, sagte Ann. »Jetzt kannst du weiterschlafen.«

Im ersten Stock des Old Clink lag Giselle bei den hämmernden Klängen von The Cure in ihren muffigen Bettüchern auf dem Rücken und umklammerte Arks Pferdeschwanz, während er sich mit der hemmungslosen Lust eines Löwen, der eine Antilope schlägt, zwischen ihren Schenkeln betätigte.

»Oh, ja, Ark«, stöhnte sie. »Weiter, Ark, weiter!«

3

Die meisten Freunde der Blakes waren der Meinung, daß die beiden ihre Ehe auf eine sehr akzeptable Art führten. Sie hatten nichts Selbstgefälliges an sich; sie redeten sich nicht dauernd mit ›Liebling‹ an; sie machten in Gegenwart anderer keine vielsagenden Andeutungen, was an einem schönen Sonntagnachmittag oder einem Wochenende in den Hügeln von Cotswold passiert war. Und sie gaben nicht mit ihren Kindern an. Das wäre allerdings auch kaum möglich gewesen, da Hester in der *Post* regelmäßig aus dem Nähkästchen plauderte und dieses Blatt die bevorzugte Zeitung der Bewohner von Chuffington und auch von vielen Londonern war. Außerdem war Mrs. Carson, seit zwei Jahren Putzfrau im Haushalt der Blakes, nicht gerade für Diskretion bekannt, so daß die nächste Umgebung über familiäre Ereignisse meist gut informiert war.

In Gegenwart der Blakes fühlte man sich nie unwohl. Hester war eine kreative, etwas zerstreute Person. Sie gehörte zu der Sorte von Menschen, der man zutraute, aus Versehen die Katze in den Wäschetrockner zu stecken oder mit angezogener Handbremse bis nach Aberdeen zu fahren. Man mußte sie einfach gern haben. Und alle versuchten sich in ihrer Gegenwart ein bißchen interessant zu machen; denn jeder wollte gern einmal in ihrer Kolumne erwähnt werden, und wenn es auch nur für Insider erkennbar war.

Auch Jonty war ein prima Kerl. In der letzten Saison hatte er für Chuffington eine Trefferquote von zweiunddreißig erzielt. Außerdem war ihm etwas gelungen, wovon die meisten Leute zwar oft reden, was sie aber kaum wirklich tun. Als erfolgreicher Werbefachmann hatte er ein üppiges Gehalt und einen Geschäfts-BMW für mehr Lebensqualität und berufliche Befriedigung aufgegeben. Allerdings konnte er es sich auch leisten, denn er hatte bei *Ruggles Ryder* jahrelang mehr als genug verdient. Trotzdem blieb sein Ausstieg aus dem Establishment eine anzuerkennende Tatsache. Auch das Dorf profitierte davon, denn Hester organisierte eindrucksvolle Benefizveranstaltungen zugunsten von Jontys neuem Arbeitgeber *Earthtrust*. Noch heute wurde von dem sagenhaften Straßenfest im Sommer vor ein paar Jahren gesprochen. Alle machten gern mit, weil es einem guten Zweck diente und weil der Veranstalter aus dem Dorf stammte. Solche Ereignisse stärkten das Gemeinschaftsgefühl.

Was die Kinder der Blakes anging, war es in gewissem Sinne tröstlich zu wissen, daß Hester und Jonty genau wie alle anderen Eltern Probleme mit ihrem Nachwuchs hatten. Eine der großen Stärken der H.-B.-Seite war es, daß sie ihren Lesern ein Gefühl von Zusammengehörigkeit vermittelte. Die Frauen, die sie lasen – vor allem die verheirateten mit Kindern –, konnten sich mit Hester identifizieren. Ihr trokkener Humor und ihre irgendwie liebenswerte Inkonsequenz waren die Ursache dafür.

Die älteste Tochter der Blakes, Rose, war eine reizende Person, klug und gutaussehend; sie hatte die typische Entwicklung von einem linkischen und kurzsichtigen häßlichen Entlein zu einem großen, schlanken Schwan mit getönten Kontaktlinsen und glattem Gefieder durchlaufen. Aber sie war nicht nur hübsch, sie konnte sich auch Namen merken und nahm Telefonnachrichten in einer Art und Weise entgegen, die die Freunde und Kollegen ihrer Eltern begeisterte. Nach der gemischten Grundschule im Ort hatte Rose die Mädchenoberschule in einer zwanzig Meilen entfernten Stadt besucht, dort ihren Abschluß mit *summa cum laude* gemacht und studierte nun in Bristol. Von Zeit zu Zeit kam sie nach Hause und bereicherte den Dorfladen und die Gaststätte *Axe and Compass* mit dem Geruch ihres frischen, angenehmen Parfums und ihrem reizenden Lächeln. Rose hatte keine offensichtlichen Schwächen oder Fehler.

Daniel war ein paar Jahre später auf die Welt gekommen. Als einziges der drei Blake-Kinder hatte die Geburt in dem kleinen Krankenhaus in Chuffington stattgefunden. Wenn Rose ein ›reizendes Mädchen‹ war, dann war Daniel ein

›prima Kerl‹. Mit anderen Worten, er unterschied sich in nichts von seinen Altersgenossen und Kumpanen. Er war durchschnittlich faul, durchschnittlich nachlässig, durchschnittlich frech und mit seinem blonden Haar und den dunkelbraunen Augen mehr als durchschnittlich gutaussehend. Wie alle Jungen seines Alters rauchte Daniel, wann immer seine finanzielle Situation und die Umstände es zuließen. Hester hatte in ihrer Kolumne geschrieben, daß es zwecklos wäre, seinen Kindern das Rauchen zu verbieten, weil sie es dann nur anderswo tun würden.

Giselle lag altersmäßig zwischen Rose und Daniel. Ah, Giselle, die Tochter der Nacht! Wenn von ihr die Rede war, fühlten sich alle beim Gedanken an ihre eigenen Sprößlinge gleich viel besser. Gleichzeitig beeilten sie sich zu beteuern, daß Giselle im Grunde ihres Herzens ganz bestimmt ein gutes Mädchen wäre und nur noch nicht ihren Platz im Leben gefunden hätte. Giselle war ein Meter achtzig groß und wog siebzig Kilo. Ihr Haar war schwarz und rot gefärbt, am Hinterkopf und an den Seiten kurzgeschnitten mit kleinen ausrasierten Stellen, die an mysteriöse Getreidekreise erinnerten. Auf dem Kopf ragten merkwürdig steife Haarbüschel in die Luft. Man sah Giselle niemals ohne ihr Make-up, das in einem Horrorvideo durchaus am Platz gewesen wäre. Sie hatte nicht nur immer eine Zigarette zwischen den Fingern, sondern sie verbreitete auch einen modrigen Geruch, der an Rave Partys, Hausbesetzerwohnungen und nächtliche Buswartehäuschen erinnerte. Giselle war eine Kreatur der Dunkelheit, eine Einzelgängerin. Man sah sie in der Abenddämmerung ihre Behausung verlassen und in den frühen Morgenstunden zurückkehren. Mit der wissenschaftlichen Definition von Materie hatte sie gemein, daß sie zwar Raum einnahm, aber nicht arbeitete.

In der Grundschule war Giselle nie durch besondere Dummheit oder schlechtes Benehmen aufgefallen, obwohl sie nicht so klug war wie ihre ältere Schwester. Auf den Schulfotos sah man ein etwas pummeliges dunkelhaariges Mädchen mit einem Pferdeschwanz und auffallend dichten und stark gebogenen schwarzen Augenbrauen. Bei

Weihnachtsaufführungen oder Erntedankfesten gehörte sie im allgemeinen zum Fußvolk und war am Ende einer Reihe plaziert, damit ihr beharrlich abgewandter Kopf und ihr bewegungsloses Tamburin die kleinstmögliche Aufmerksamkeit auf sich zogen. Auf dem Sportplatz stand sie immer am Rand, eine langsame, aber furchteinflößend starke Sportlerin.

Es gab jedoch gewisse Vorzeichen. Als Giselles Grundschulzeit beendet war und bei der Abschlußfeier der Vorsitzende des Schulbeirats den Cecil Bultitude Memorial Cup für besonders lobenswertes soziales Verhalten und herausragende persönliche Leistungen überreichen wollte, fand er ihn mit Wasser gefüllt vor. Darin schwamm ein Tampon, das zum Vielfachen seiner normalen Größe angeschwollen war. Die Spuren des Verbrechens führten direkt zu der körperlich frühreifen Giselle.

Während ihrer Mittelschulzeit entwickelte sich aus zunächst vereinzelten Missetaten ein kontinuierlicher Krieg mit dem Establishment. Nur Hesters Popularität und das Engagement beider Eltern bei vielen Schulkonferenzen verhinderten, daß Giselle ihr eindeutig erkennbares Ziel erreichte, vorzeitig in eine von Erziehung unbeschwerte Welt entlassen zu werden. So verließ sie sechzehnjährig die Schule mit Abschlüssen in Englisch und Kunst und einem Stapel zerknitterter Papiere, deren Lesen die Mühe nicht lohnte. Ein erleichtertes Aufseufzen der Lehrer und des Schulbeirats begleiteten ihren Abgang.

Für Giselle war es selbstverständlich, daß sie das Erziehungssystem nicht weiter belästigte. Dankbar machten sich die Blakes die verbreitete Ansicht zu eigen, daß Jugendliche wie ihre Tochter mit einer Arbeitsstelle besser bedient wären und zusätzlich noch ihr Selbstbewußtsein durch ein wenig hartes Geld gestärkt werden würde. Hester und Jonty taten alles, was in ihrer Macht stand, damit dieser Zustand möglichst bald erreicht wurde. Giselle wollte jedoch den Umweg über die Arbeit ausschalten und ohne Aufschub und Unbequemlichkeit an das Bargeld kommen. Da ihr völlig gleichgültig war, was andere Menschen von ihr hielten, erreichte sie dieses Ziel schnell. So selbstverständlich wie auf den Tag die Nacht folgt, waren sie und ihre Pflichten schon bald wieder getrennt.

Giselle war gerade achtzehn geworden, und inzwischen wußte ganz Chuffington, daß sie träge und arbeitsscheu war. Die meisten fanden es einfach großartig, wie gelassen die Blakes sich diesem Problem gegenüber verhielten.

Tatsächlich gab es keine Alternative zu diesem Verhalten. Jonty und Hester blieb gar nichts anderes übrig, als das Beste aus der Sache zu machen. Außerdem liebten sie Giselle. Und es hatte auch schon andere Zeiten mit ihr gegeben. Ihnen war klar, daß die gegenwärtige Erscheinung und das Verhalten ihrer Tochter eine inszenierte Fassade war. Sie wollte der Welt zeigen, wie wenig sie sich aus deren Meinung machte. Giselles Eltern wußten, daß sich dahinter die wahre Giselle verbarg – eigensinnig, aber auch ernsthaft und gefühlvoll. Sie wußten, wie wichtig es war, die Kommunikation zu ihrer Tochter aufrechtzuerhalten, wie schwierig es auch sein mochte. Um sich mitteilen zu können, erforderte es mindestens zwei Personen. Doch wie brachte man eine junge Frau dazu, die entschlossen war, ihre Eltern zu ignorieren.

Lange Zeit hatte Giselle – wie vor ihr auch schon Rose – wenig Interesse am anderen Geschlecht. Während dieses Verhalten bei Rose auf einen koketten Stolz zurückzuführen war, hinter dem sich ein unbestimmtes Verlangen verbarg, glaubten bei Giselle alle (und nur Daniel war ehrlich und mutig genug, es auszusprechen), daß sowieso kein Junge etwas mit ihr zu tun haben wollte und sie aus diesem Grund Gleichgültigkeit vortäuschte. Ihre Reaktion auf diese Unterstellung hätte eigentlich jeden eines Besseren belehren müssen. Giselle war in dieser Beziehung von einer ruhigen Gelassenheit. Sie ging ihren Weg mit starkem Selbstvertrauen, eine Post-Punk-Amazonenkönigin. Daniels beleidigende Bemerkung wurde von ihr mit nicht mehr als einem fast automatischen »Verpiß dich!« quittiert.

Hester sagte von ihren beiden Töchtern oft: »Tatsächlich sind sie sich viel ähnlicher, als man annehmen würde.« Doch das glaubte niemand. Gäste, die bei einer Dinnerparty im Old Clink in den ersten Stock gingen, um das Badezimmer zu benutzen und dabei zufällig durch halb offene Türen einen Blick in die jeweiligen Zimmer der beiden Mädchen warfen, bildeten sich eine eigene Meinung.

Roses Zimmer war zwar nicht immer bis ins Letzte aufgeräumt, aber gerade die geringfügige Nachlässigkeit verströmte eine bezaubernde weibliche Atmosphäre. Neben dem Bett lag ein Kimono auf dem Boden, die Make-up-Utensilien standen vor dem mit Nymphen eingerahmten Spiegel, waren jedoch niemals ausgekippt oder ausgelaufen. Auf dem mit Rüschen verzierten Kopfkissen lag ein aufgeschlagenes Buch, der Umschlag zeigte nach oben. Alles wirkte irgendwie charmant. Rose sammelte alles mögliche. An einer Wand hingen Miniaturen und blumengeschmückte Strohhüte, auf einem Brett standen viele winzige Schweinchen, auf einem anderen lagen die verschiedensten Muscheln. Roses Garderobe war perfekt organisiert. Hester kannte niemanden außer Rose, der tatsächlich die parfümierten Papierstreifen für die Kommodenschübe benutzte und sogar nach einiger Zeit ersetzte. Außerdem faltete sie all ihre Slips ordentlich zusammen, warf die Strumpfhosen mit Laufmaschen sofort weg, benutzte einen Beutel, um auch die allerletzten Seifenstückchen noch auszunutzen, erneuerte alle drei Monate ihre Zahnbürste und besaß ein Tagebuch, dessen Schlüssel sie nicht verloren hatte. Hin und wieder machte Hester sich Sorgen, ob Rose nicht analfixiert war. Womöglich hatte sie ihre Tochter zu früh zur Sauberkeit erzogen. Jonty meinte jedoch, wenn Roses Verhalten analfixiert sei, dann würde ihnen allen ein wenig Analfixierung keineswegs schaden.

Giselles Zimmer dagegen war ein Greuel. Mrs. Carson rührte den Raum ebensowenig an wie den Backofen. Sie bevorzugte Räume – übrigens wie alle ihres Berufsstandes –, die schon mehr oder weniger sauber waren. Es war gut, daß Giselle die ausgeblichenen Vorhänge normalerweise zugezogen ließ – nicht etwa aufgrund eines Schamgefühls, sondern um das Licht abzuhalten. Sonst hätte ein unvorbereiteter Besucher womöglich angesichts der Vernachlässigung dieses Zimmers einen Schock erlitten. Er hätte die vergilbten Zeitungsausschnitte – oder besser ›Ausrisse‹ – gesehen, die übereinander mit Tesafilm an die Wand geklebt waren; eine nackte Glühbirne, die durch einen grauen Anstrich und eine zusätzliche Schicht klebrigen Staubs fast ihrer Funktion beraubt war; einen großen und kunstvoll verzierten Vogelkäfig, seit acht Jahren ohne Bewohner, aber nach dessen Tod nicht mehr saubergemacht; ein übelriechendes ausgestopftes Wiesel; Plakate, die ebenfalls an die Wand geklebt waren und wild tanzende, menschenähnliche Wesen in den unterschiedlichsten Stadien des Verfalls zeigten; eine bräunliche, verstaubte Yucca; ein feines an die Wand gepinntes Haarnetz voller verklebter Haarklemmen, Spinnweben und uralter Staubflocken; ein nicht bezogenes Deckbett, mit düsteren Flecken gemustert und – der auffälligste Einrichtungsgegenstand – einen aufblasbaren Mann mit Kragen, Krawatte und Nadelstreifenanzug, der auf dem zerknautschten Bett lag. Von all dem ging ein modriger, ranziger Geruch aus, und man brachte diese Mischung von Düften eindeutig mit Sex in Verbindung.

Wie so manche verlorene Seele hatte Giselle schon beträchtliche Erfahrung mit Sex, bevor sie die Schule verließ. Ihr Stil mochte gräßlich sein, aber ihre Figur war einfach umwerfend. Und mit mißmutiger Verachtung gestattete sie ihren Schulkameraden in den ersten Jahren der Mittelschule all das Drücken, Reiben und Saugen, zu dem sie eben fähig waren. Im dritten Jahr verlor sie ihre Jungfräulichkeit, und zu der Zeit des Schulabschlusses hatte sie eine voll aufgeblühte Liaison mit einem herumziehenden Töpfermeister in dessen Wohnwagen. All dies war ihrer Familie natürlich nicht bekannt.

Nachdem Giselle von der Schule abgegangen war, hatte sie eine Reihe kurzfristiger Beziehungen gehabt – mit einem großflächig tätowierten Dachdecker, einem traurigen Studenten, einem libanesischen Koch. Doch bevor Ark auftauchte, hatte keiner der Liebhaber einen Namen. Ihre Existenz manifestierte sich durch einen schnellen Schritt auf dem Kiesweg oder eine Serie stotternder Motorumdrehungen auf der Straße hinter dem Gartentor. Ihr Gehen war begleitet von Sätzen wie: »Ich geh' dann ... kann dir doch egal sein ... weiß ich nicht« als Antwort auf die Fragen »Wohin gehst du? Mit wem? Wann kommst du zurück?«

Ark war erst vor kurzem aufgetaucht, an Giselles achtzehntem Geburtstag. Dieser Anlaß wurde vor allem von Jonty als eine Möglichkeit betrachtet, die die Verwandlung ihres zweiten Entchens in einen Schwan bedeuten könnte.

»Irgendwie glaube ich da nicht so recht dran«, meinte Hester zweifelnd.

»Man weiß nie. Wenn wir ein Fest für sie organisieren – für Rose haben wir's schließlich auch getan.«

»Das war etwas ganz anderes. Rose wollte nichts lieber, als sich richtig schön zu machen und den Jungs den Kopf zu verdrehen.«

»Vielleicht möchte Grizzle das auch, wenn sie erst weiß, daß wir bereit sind, dafür Geld auszugeben.«

»Sie ist anders. Das weißt du doch genausogut wie ich. Ihre Vorstellung davon, sich eine schöne Zeit zu machen, ist ... tja ... Tatsache ist, ich weiß es nicht. Wir wissen's beide nicht, jedenfalls nicht genau.«

Sie sollten es herausfinden. Jonty sprach Giselle eines frühen Abends an, die kurze Phase des Tages, an der Tochter und Eltern gleichzeitig wach und angezogen waren und auch einigermaßen funktionierten. Es war ein Sonntag im späten März. Jonty und Hester hielten sich in der Küche auf. Jonty hatte sein Spezialgericht gekocht – gefüllte Paprikaschoten –, während Hester im Garten gewesen war und in dem noch etwas zu festen Boden herumgegraben hatte. Um halb sieben war die Luft kühl und feucht, aber sie trug bereits das köstliche Versprechen langer, geruhsamer Abende in sich. Schon brachen leuchtende Büschel von Osterglokken mutig zwischen den feuchten Grasbüscheln hervor, die noch nicht gemäht werden konnten. Und in den dunklen

Blumenbeeten wagten sich die ersten mehrjährigen Pflanzen aus ihrer Winterruhe.

Der Garten des Old Clink bestand zum Teil aus einem alten Obstgarten, zum Teil aus einem sich lang hinstreckenden Stück ehemaligen Gemeindelandes. Als um die Jahrhundertwende das Gemeindeland privatisiert worden war, hatten die Eigentümer es benutzt, um Schweine zu halten und robustes Gemüse für die alltägliche Nahrung anzubauen. Das Land war zerklüftet und uneben, besaß zu viele arthritische alte Obstbäume, die das Gedeihen von Hesters Staudenrabatten behinderten. Ebenso bildeten die Bataillonen von Quecken eine ständige Bedrohung für alle anderen Blumen.

Nach der Arbeit im Garten saß Hester mit einem Glas trockenem Cidre am Küchentisch. Obwohl sie gründlich ihre Hände gewaschen hatte, trugen sie noch die Spuren schwarzer Erde; der jährliche Kauf eines Paars neuer Gartenhandschuhe, der traditionell dem Wiederfinden der irgendwo noch existierenden Handschuhe vom letzten Jahr vorausging, war noch nicht getätigt worden. Jonty lehnte an der Spüle, in der Hand eine Büchse Budweiser. Sein Leben lang war er ein begeisterter Biertrinker gewesen, und eine Flasche des heimatlichen hellen Dobbeys hatte ihn immer zufriedengestellt, bis Daniel ihm den Gedanken an Designer-Bier nahegebracht hatte. Es war eine heimliche Schwäche von Jonty, sich von Trends beeinflussen zu lassen.

»Wo sind denn nur alle?« fragte er. »Ich hatte eigentlich für mehrere gekocht.«

»Daniel ist bei Spike. Rose ist mit Sophie im Kino.«

»Was läuft denn?«

»Woody Allen.«

Jonty schüttelte gutgelaunt den Kopf. »Merkwürdig, wie schnell sich Einstellungen verändern. Noch vor kurzem rief der Name Woody Allen ein gutes, warmes Gefühl in mir hervor. Er ist jemand, der die Schwächen der Menschen erkennt und sie sensibel, mitfühlend und komisch darstellt. Jetzt ist alles ganz anders.«

»Ich verstehe nicht, was du meinst«, erwiderte Hester träge, offensichtlich nicht in der Stimmung, sich Gedanken zu machen. »Ich mag seine Filme.«

»Du hörst mir nicht zu. Ich mag seine Filme auch. Ich fühle mich nur nicht mehr so wohl dabei, sie zu mögen.«

»Das ist eine Bemerkung, die verdammt nach Woody Allen klingt.«

Man hörte in den oberen Gefilden des Hauses eine Tür zuschlagen, dann einen schweren Schritt die Treppe herunterkommen.

»Ah«, sagte Jonty, »vielleicht ein Abnehmer für meine Paprikaschoten?«

»Davon träumst du«, entgegnete Hester.

Giselle erschien in der Küche. Sie trug ihre üblichen schwarzen und grauen Fetzen, dazu hatte sie ein kriegerisch aussehendes rotes Haarband um ihren Kopf geschlungen. »Hallo, mein Schatz«, begrüßte Hester sie.

»Hallo«, begrüßte auch Jonty seine Tochter, die den Inhalt des Kühlschranks überprüfte. »Gut geschlafen?«

»Wo ist das Humus, das hier drin war?«

»Nicht mehr da«, antwortete Hester.

»Es war aber vor ein paar Tagen noch da.«

»Das stimmt.«

»Du brauchst es nicht«, sagte Jonty. »Ich habe gekocht.«

Giselle schloß den Kühlschrank und untersuchte den darüberhängenden Küchenschrank.

»Gefüllte Paprikaschoten«, fuhr Jonty fort. »Damit kann ich dich doch bestimmt in Versuchung führen!«

Giselle schloß den Küchenschrank und öffnete den Backofen. »Ist das das Zeug?«

»Sind sie das?« korrigierte Hester automatisch.

»Hab' ich doch gerade gefragt.«

»Ja«, antwortete Jonty. »Möchtest du?«

»Nein.« Giselle schloß die Tür wieder. »Ich geh' jetzt sowieso.«

»Bevor du gehst, Grizzle«, meinte Jonty, »wollen wir dich noch etwas fragen.«

Giselle hatte ihm den Rücken zugekehrt und sah ihn

über die Schulter an, als ließe sie jemanden ausreden, der auf der Straße eine Meinungsumfrage machte.

»Du wirst ja nun bald achtzehn, und wir haben überlegt, ob du das irgendwie feiern willst.«

»Klar«, meinte Giselle in einem etwas schroffen, nachsichtigen Ton.

»Ist es dann okay, wenn ich jetzt gehe?«

»Wir würden für dich gern eine Party geben, wenn du das möchtest, hier oder auch woanders, in vernünftigem Rahmen natürlich.«

Giselle zuckte die Achseln. »Keine schlechte Idee.«

»Also bist du grundsätzlich dafür?« fragte Hester.

Giselle sah ihre Mutter an. »Was für eine Party?«

»Also ...« fing Jonty an und stellte sein Budweiser ab.

»Ich will nicht sowas wie bei Rose.«

»Nein, also ...«

»Und ich will's nicht hier.«

»Gut, es braucht ja nicht ...«

»Ich würde wo hingehen wollen.«

»Natürlich«, meinte Hester, die sich um einen bestimmten, freundlichen Ton bemühte, der aber schrill klang. »Es ist dein Geburtstag, also hast du die Wahl.«

»Ich will wo hingehen.«

»Ja, aber andererseits, wenn dein Vater und ich zahlen ...«

»*Ihr* habt es angeboten.«

»Ja«, stimmte Jonty zu. »Und ich habe es auch so gemeint.«

»Aber jetzt nicht mehr.«

»Habe ich das gesagt?«

»Das brauchst du gar nicht. Du willst mir etwas schenken, aber was du willst, nicht, was ich will.«

Flüchtig und voller Schuldbewußtsein sah Jonty seine Frau an. »Das stimmt nicht.«

Giselles verächtlicher Blick traf ihn.

»Okay, okay.« Jonty verschränkte die Arme. »Okay. Was konkret würdest du denn gerne machen?«

»Ich muß drüber nachdenken.«

»Also komm, Grizzle, das ist doch Quatsch. Du hast bestimmt schon eine Idee, sonst hättest du das eben nicht gesagt.«

»Ja«, sagte Hester, und etwas lahm fügte sie hinzu: »Genau.«

»Ich hab's euch doch schon gesagt. Irgendwo hingehen, einen draufmachen.«

»Mit wem?«

»Wen juckt das?«

»Uns. Und was ist mit der Familie?«

»Mit euch, meint ihr?«

»Also ... nein, nicht unbedingt. Aber der achtzehnte Geburtstag ist doch eine Art Familiensache, findest du nicht?«

»Nein«, entgegnete Giselle. »Wenn schon, ist es ein besonderer Tag für die Person, die erwachsen und selbständig wird, oder?«

Diesmal suchte Hester Jontys Blick.

Giselle sah von einem zum anderen. »Und nun?«

»Wir überlegen's uns«, sagte Jonty.

»Aha.« Giselle ging zur Tür. »Verstehe.«

»Es gibt keinen Grund ...«, begann Jonty, doch die Tür schlug bereits hinter Giselle zu.

»Hey-ho.« Hester stand auf und stellte ihr Glas in die Spüle. »Ein weiterer Triumph für die Einheit der Familie.«

»Nun, auf eine Art hat sie Recht«, bemerkte Rose später am Abend.

»Aber wie war's bei dir, Rosie?« entgegnete Jonty.

»Nein, ich meine, es ist nicht fair, etwas anzubieten und dann die Bedingungen zu diktieren. Ich weiß, daß du's nicht so gemeint hast, aber so mußte sie es sehen.«

»Ich will uns ja nicht loben«, meinte Jonty, »aber du hattest doch 'ne Superparty, oder?«

»Ja, die hatte ich. Aber es war auch genau das, was ich wollte. Du kannst doch von Griz nicht wirklich erwarten, daß sie so etwas gut findet.«

»Das habe ich ja gesagt«, bemerkte Hester.

»Also was soll ich jetzt machen?« fragte Jonty. »Mein

Geld dafür rausschmeißen, daß sich Grizzle und ein Haufen heruntergekommener Typen in irgendeinem alten Industrieschuppen an der M5 vollaufen lassen?«

»Auf Rave-Partys betrinken sich die Leute nicht«, stellte Rose richtig.

»Nein«, betonte Hester, »sie nehmen Drogen.«

»Manche von ihnen.«

»Und damit sollen wir uns besser fühlen?«

»Also, wenn ihr meine Meinung hören wollt«, sagte Rose vernünftig und machte es sich mit ihren langen, schlanken Beinen im Lotussitz bequem, »wird sie in die Stadt gehen und Heavy Metal hören. Und ich sag' euch eins, das wäre viel billiger, als hier 'ne große Party zu geben.«

»Wir haben darüber nachgedacht«, sagte Jonty am Ende der Woche zu Giselle, »und wir finden dein Argument richtig.«

»Worum ging's?«

»Wenn du deinen Geburtstag auf deine Art und Weise feiern willst, sind wir einverstanden. Aber sieh zu, daß es legal und anständig bleibt, okay, Grizzle?«

»Toll«, meinte Daniel, »ich bin dabei.«

»Nein«, entgegnete Hester, »bist du nicht.«

»Ich frag' sie.«

»Nein, Daniel.«

»Das hat doch nichts mit dir zu tun.«

»Entschuldige bitte, aber das hat es doch. Es wäre was anderes, wenn wir hier eine Party geben würden, unter unserem Dach, aber sie möchte ausgehen, in die Stadt.«

»Na und? Es ist ihr achtzehnter Geburtstag, warum kann dann nicht ihr eigener Bruder mitgehen?« Daniels Stimme wurde anklagend.

»Daniel!«

»Was?«

»Erstens bist du nicht eingeladen und zweitens – auch wenn du es wärst – würde ich es dir nicht erlauben.«

»Ach so!« Hester seufzte. Sie wußte, was kommen würde. »Wenn deine verdammten Leser wüßten, wie du wirklich bist, würden sie deine beknackte Seite in ihr Klo hängen und sich den Arsch damit abwischen!«

Um vier Uhr dreißig nachts klingelte das Telefon, das an Hesters Bett stand. Am Abend vorher hatte Giselle ihren Geburtstag gefeiert.

»Ja?«

»Ich bin's.«

»Wo bist du?« Hester bemühte sich, die entscheidenden Fragen zu stellen. »Hattest du ... hast du einen schönen Abend?«

»Es war okay.« Es gab verschiedene Abstufungen von ›okay‹, und Hester erkannte, daß diese eindeutig positiv war.

»Gut. Was hast du gesagt, wo du bist?«

»Gar nichts. Ich bin im Krankenhaus.«

»Was?« Alarmiert von dem schrillen Ausruf seiner Frau rollte sich Jonty auf den Rücken und öffnete die Augen.

»Was ist los?«

»Was ist passiert?«

»Sie ist doch nicht im Gefängnis?«

»Sei still, Jonty, ich kann sie nicht verstehen.«

»Mama? Ich habe mit diesem Mädchen gekämpft.«

»Gekämpft? Warum um Himmels willen?«

»Is' doch egal.«

»Hat sie gewonnen?«

»Ich hab' gehört, was Papa gefragt hat. Sag ihm, ich hab' gewonnen.«

»Das tue ich nicht. Was ist mit dir? Geht es dir gut?«

»Ja. Ich hab' ein paar Stiche in der Augenbraue.«

»O Gott! Was ist mit den anderen, mit den Leuten, die mit dir zusammen waren?«

»Sie sind nach Hause gegangen.«

»Das ist ja sehr nett. Und wir haben natürlich die Taxen bezahlt.«

»Natürlich. Was sollten sie denn machen, laufen?«

Zu Jonty gewandt, erklärte Hester: »Sie ist im Krankenhaus. Sie hat sich mit jemandem gestritten. Die anderen sind nach Hause gegangen.«

»Verstehe.« Jonty setzte sich auf. »Also hatten alle eine schöne Zeit.«

»Ja, danke«, klang es aus dem Hörer.

»Sie sagt, ja, da ...«

»Gib mir mal.« Jonty griff nach dem Hörer. Mit einem Krachen fiel das Telefon von Hesters Nachttisch. »Giselle! Bist du noch dran?« Hester fing das Telefon auf und legte sich zurück, den Apparat stellte sie auf ihren Bauch. Ausgerechnet in diesem Moment bemerkte sie, daß sich um Jontys Mitte langsam ein Schwimmreifen bildete. Nicht nur einer, gleich mehrere kleine.

»Bitte gib mir ein paar Informationen«, sagte er jetzt, es klang ein bißchen zu pompös in Anbetracht seiner Haltung und der Schwimmreifen. »In welchem Krankenhaus bist du?« Er lauschte. »Und ich nehme an, du bist in der Notaufnahme? Unfallstation? Hm ... hm. Und kannst du jetzt nach Hause?« Wieder eine Pause. »Okay. Ich komme und hole dich ab. Setz dich so, daß ich dich gleich sehen kann. Und Giselle, laß dich um Himmels willen nicht auf mehr Streitereien ein.«

Er reichte Hester den Hörer, stand auf und begann sich anzuziehen.

»Schatz?« sagte Hester. »Papa ist schon unterwegs.«

»Er muß aber nicht kommen, Ark kann mich nach Hause bringen.«

»Ark?«

»Er ist hier bei mir.«

»Sie sagt, Ark ist bei ihr«, sagte Hester zu Jonty, »und er kann sie nach Hause bringen.«

»Wer zum Teufel ist Ark?«

»Ich weiß nicht, aber er ist bei ihr.«

»Sag ihr, ich komme, okay?«

»Mach dir keine Sorgen, dein Vater kommt.«

»Okay«, meinte Giselle. Und nach einer kleinen Pause: »Was ist mit dir?«

»Natürlich«, antwortete Hester, während ihr Herz einen Satz machte, »ich komme auch.«

Sie gingen davon aus, daß Rose, die kaum die Augen geöffnet und nur ein verschlafenes »Hm … hm« von sich gegeben hatte, die Information unbewußt aufgenommen hatte und sie an Daniel weitergeben würde.

»Und es wird ja auch nicht lange dauern, nicht?« fragte Hester auf der Fahrt ins Krankenhaus.

»Kommt drauf an, ob es ein Fall für die Polizei ist«, antwortete Jonty süffisant.

Nur vier Leute saßen in der Notaufnahme: eine kleine, alte Dame, die in eine grüne Krankenhausdecke eingewickelt war; ein Mann, der über seinem Schlafanzug einen Trainingsanzug trug, und Giselle und Ark.

»Ach du meine Güte«, murmelte Jonty.

»Immerhin ist er *hier*«, gab Hester zu bedenken. »Wir sollten dankbar sein.«

Giselle stand auf, und ihr Begleiter tat das gleiche, nur langsamer. Er war mittelgroß, aber kräftig gebaut, mit dunkelbraunem Haar, das glatt nach hinten gekämmt und in einem Pferdeschwanz zusammengebunden war. Er trug die Uniform der Hell's Angels: rissige Ledersachen, Stiefel mit Reißverschluß und ein Halstuch. Fairerweise mußte man jedoch zugeben, dachte Hester, daß er wenig nach Hölle, dafür aber ziemlich mißtrauisch aussah. Über Giselles linkem Auge prangte ein riesiger Verband. Dieser Anblick erinnerte Hester an eine ähnliche Situation. Giselle war noch klein und auf dem Schulhof vom Klettergerüst gefallen. Als Hester ins Sekretariat der Schule geeilt kam, sah ihr Giselle mit demselben Ausdruck entgegen wie heute. Er drückte unmißverständlich aus, daß sie kein Mitleid wünschte.

Hester ignorierte auch diesmal die Botschaft. Furchtlos schritt sie auf ihre Tochter zu und legte die Arme um sie. Währenddessen musterten sich Jonty und Ark voller Mißtrauen.

»Liebling, wie geht's dir?«

»Gut. Können wir gehen?«

»Ich möchte erst mit dem Arzt reden«, sagte Jonty.

»Warum denn? Er hat gesagt, ich kann gehen.«

»Kopfverletzungen können gefährlich sein.«

»Diese ist es nicht.«

»Es wird nicht lange dauern.« Jonty ging zielstrebig auf den Empfang zu. Giselle setzte sich und Ark trat einen Schritt zurück, als sei ihm bewußt, daß er mit der Ankunft von Giselles Eltern nicht mehr so wichtig war. Hester lächelte ermutigend.

»Willst du uns nicht vorstellen?«

»Das ist Ark.«

»Hallo.« Hester streckte ihm die Hand entgegen, und nach einem Moment des Zögerns ergriff er sie.

»Hallo.«

»Danke, daß Sie ihr Gesellschaft geleistet haben«, sagte Hester.

»Kein Problem.«

Hester setzte sich neben Giselle. »Wie fühlst du dich?«

»Hab' ich doch schon gesagt, gut.«

»Was ist denn bloß passiert? Was hast du gemacht?«

»Macht es Ihnen was aus, wenn ich rausgehe eine rauchen?« fragte Ark und war schon auf dem Weg.

»Natürlich nicht«, rief Hester hinter dem entschwindenden Ark her.

Giselle verschränkte die Arme vor der Brust. Hester gab ihr einen Kuß auf die Wange, woraufhin sie ihren Kopf zur Seite drehte, als sei sie geschlagen worden. Aha, dachte Hester wehmütig, ihr Verhalten ist wieder normal.

»Wir haben uns solche Sorgen gemacht. Wir hofften, du hättest einen schönen Abend, und dann das! Du mußt auch uns verstehen.«

»Ich muß überhaupt nichts verstehen.«

Hester seufzte. Jonty kam zurück.

»Wir können dich mit nach Hause nehmen. Aber du mußt in ein paar Wochen einen Kontrolltermin mit dem Krankenhaus vereinbaren. Wartet hier, ich gehe und hole das Auto.«

»Ich kann laufen«, sagte Giselle.

»Das glaube ich, aber warum sollst du mehr als nötig laufen?«

»Ark ist draußen. Frag ihn bitte nicht, was passiert ist, okay?«

»Ich habe nicht die Absicht, ihn überhaupt irgend etwas zu fragen.«

Jonty ging auf die Schwingtüren zu.

»Warum soll er nicht fragen? Was ist denn passiert?« erkundigte sich Hester.

»Es war diese Frau, mit der er gekommen ist.«

»War sie es, mit der du dich gestritten hast?«

»Donna, ja.«

»Und du hast gewonnen, hast du gesagt.«

»Ja.«

Hester erlaubte sich ein Lächeln. »Nun ja, es scheint sich ja gelohnt zu haben.«

Ark hockte am Rand des Bordsteins neben der Krankenwagenauffahrt, er hielt einen Joint zwischen den Fingern. Jonty ging auf ihn zu und klapperte mit seinen Autoschlüsseln.

»Sie brauchen nicht zu warten. Ich hole nur den Wagen, dann nehmen wir Giselle mit zurück nach Hause.«

»Okay.« Ark nahm einen Zug und sah dabei zu Jonty auf. Seine völlig unbekümmerte Art ärgerte Giselles Vater.

»Danke, daß Sie sie hergebracht haben.«

»War mir ein Vergnügen.« Ark schnippte die Asche auf die Straße. Ein scharfer, halbvergessener Geruch wehte zu Jonty herüber. »Was hat die Ärztin gesagt?«

»Es ist nichts Ernsthaftes. Gott weiß, warum Giselle sich auf so was eingelassen hat«, sagte Jonty und fügte dann spitz hinzu: »Es wird einige Zeit dauern, bis sie wieder auf den Beinen ist.«

»Da würde ich nicht drauf wetten«, entgegnete Ark, während er aufstand. »Sie ist hart im Nehmen.«

»Wir werden sehen ... Ich nehme an, Sie sind motorisiert?«

»Ich komm' schon klar.«

»Dann gute Nacht.«

Als er die Schwingtür zum Krankenhaus aufstieß und sich noch einmal umdrehte, sah Jonty, wie Ark die Reste seiner Zigarette in einen Gully fallen ließ.

»Was macht dieser Mensch?« erkundigte sich Jonty auf dem Rückweg.

»Was meinst du damit, was er macht?« Kaum war die akute Gefahr vorbei, wurde Giselles Stimmung von Minute zu Minute schlechter.

»Ich meine, wovon lebt er?«

»Er ist Therapeut.«

»Nein!« Hester war überrascht und gegen ihren Willen beeindruckt. »Tatsächlich?«

»Ein alternativer Therapeut«, erläuterte Giselle etwas weniger unwirsch.

»Das dachte ich mir fast, daß es etwas Alternatives ist«, bemerkte Jonty.

»Was soll das denn heißen?«

»Wirklich«, solidarisierte sich Hester mit ihrer Tochter, »wieso sagst du das so abfällig?«

»Oh, Entschuldigung, so sollte es nicht klingen.« Jonty schaltete das Fernlicht ein und beschleunigte das Tempo, als sie auf die Schnellstraße kamen. »Also, erzähl uns was über die Art von Therapie.«

»Er ist ein Reiki-Meister.«

»Äh ... hilf uns auf die Sprünge.«

»Er arbeitet mit seinen Händen. Er kann Menschen dazu bringen, sich zu entspannen, ihre Mitte zu finden, ihre Energien zu bündeln.«

»Verstehe«, meinte Jonty. Er streckte den Hals, um Hesters Blick im Rückspiegel zu suchen, aber sie sah lächelnd aus dem Fenster.

Hester fand es bezeichnend, daß die Familie an diesem Morgen das erstemal seit Monaten zusammen beim Frühstück saß und so etwas wie eine gemeinsame Mahlzeit stattfand. War ein Ereignis wie das der letzten Nacht nötig, um alle um einen Tisch zu versammeln?

»Böse Sache«, sagte Daniel und überprüfte die Wunde. »Du siehst aus wie ausgekotzt.«

Rose nippte an ihrem Kräutertee und las in der *Post*. Nun sah sie auf und meinte: »Das tust du tatsächlich.«

Hester stellte Toast mit Rührei vor Daniel und vor Giselle. »Eßt!«

»Ich denke, ihr wird auch nicht allzu fröhlich zumute sein.« Jonty stand Giselle bei. Er war schon dabei, in Gedanken den Vorfall für seine Kollegen amüsant zu formulieren.

»Ich fühl' mich okay«, brummelte Giselle kauend, »bin nur scheißmüde.«

Rose war beim Lesen der Horoskope.

»Hört euch das an. Widder: ›Haben Sie das Gefühl, mit dem Kopf gegen eine Steinmauer zu rennen? Vielleicht ist es an der Zeit aufzuhören, sich all diesen Schmerz und diese Frustration zu bereiten. Sie sollten statt dessen nach einer Tür Ausschau halten. Mut und Standhaftigkeit können allzu leicht in Streitsüchtigkeit und Sturheit umschlagen.‹« Rose schüttelte den Kopf. »Wie wahr.«

»Ihr könnt mich mal«, sagte Giselle. »Ich geh nach oben.«

»Hast du mein Geschenk schon aufgemacht?« fragte Daniel.

»Ja, danke.«

»Kann ich's mir mal borgen?«

»Klar«, antwortete Giselle, »deswegen hast du's doch gekauft, oder?«

Als Hester etwas später an ihrer Kolumne saß, klingelte das Telefon.

»Hester Blake.«

»Ich bin's«, sagte Jonty. »Wie geht's Grizzle?«

»Sie schläft.«

»Gut. Hör mal – tut mir leid, aber es läßt mir einfach keine Ruhe –, was hältst du von diesem Burschen, diesem Ark?«

»Ich fand ihn ganz nett«, sagte Hester.

»Er hat draußen vor der Aufnahme Haschisch geraucht, hatte ich dir das gesagt?«

»Etwas, was du natürlich nie getan hast …«

»Es war einfach die Unverfrorenheit, mit der er es tat. Er hat vorausgesetzt, daß es mir nichts ausmacht.«

»Ich erinnere mich, daß du immer gesagt hast …«

»Und was war dieser Quatsch von einem ›Reiki-Meister‹?«

»Ich habe schon mal davon gehört oder darüber gelesen. Wenn mich nicht alles täuscht, hat die *Post* darüber geschrieben, ungefähr vor 'nem Jahr oder so … Soll wohl tatsächlich bei vielen Leuten funktionieren.«

»Ich kann nicht gerade behaupten, daß ich über diesen Burschen glücklich bin«, brummelte Jonty. »Was zum Teufel können Grizzle und so ein Typ überhaupt gemeinsam haben?« Hester öffnete den Mund. »Schon gut, antworte lieber nicht.«

»Ich fand ihn in Ordnung«, beharrte Hester. »Und offensichtlich mag er Giselle.«

»*Das* bezweifle ich nicht.«

»Und solange er nicht verheiratet ist oder so was.«

»Also hör mal! Er ist ein Kiffer, aber immerhin begeht er keinen Ehebruch. Das wissen wir jedenfalls. Dein Problem ist, Hes«, fügte Jonty herablassend hinzu, »daß du dich immer in andere hineinversetzen mußt.«

»Ich weiß«, antwortete Hester kleinlaut.

Sechs Wochen später, sie lagen bereits im Bett und konnten nicht einschlafen, hörte Hester Ark das Haus verlassen. Wie recht Jonty hatte, dachte sie.

4

Am Morgen nach dem Essen bei den Blakes saß Ann in ihrem weiträumigen Arbeitszimmer am Schreibtisch. Durch das offene Schiebefenster war das Läuten der Kirchenglokken zu hören, das die Musik von Classic Radio übertönte. Doch das störte Ann nicht. Sie griff nach ihrem Mont Blanc-Füllfederhalter und schrieb auf den chamoisfarbenen Papierbogen mit Briefkopf:

Liebe Hester,
der Abend bei Euch war wieder einmal wundervoll. Wie immer hatten wir viel zu viel Informationen auszutauschen. Es wäre wirklich sehr schön, wenn wir uns öfter sehen könnten. Ich finde es richtiggehend beängstigend, wie die Jahre verfliegen. Das wurde mir bewußt, als ich Giselle sah. Ich glaube, Du brauchst Dir um sie überhaupt keine Sorgen zu machen. Jontys Worten habe ich entnommen, daß sie eine junge Frau mit starkem Charakter ist. Sag ihr bitte, daß sie auf jeden Fall bei uns vorbeikommen soll, wenn sie einmal in der Stadt ist. Ich würde mich sehr freuen. Oft ist es hilfreich, wenn man seine Probleme bei einer älteren Frau abladen kann, die nicht die eigene Mutter ist; außerdem bin ich im Zuhören trainiert.
Es tut uns sehr leid, daß Ihr Euch von Eurem Hund trennen mußtet. Ich erinnere mich noch gut daran, wie Ihr ihn neu bekommen hattet und was für ein Energiebündel er war. Mein Faltenrock hat sich nie ganz erholt! Obwohl wir selbst keine Haustiere haben, können wir uns gut vorstellen, was dieser Verlust für Euch bedeuten muß.
Danke noch einmal für das wirklich köstliche Essen. Byron schwärmt noch immer von dem Malt, und wenn Du einen Moment Zeit in Deinem ausgefüllten Tagesablauf findest, würde ich mich über das Rezept für die himmlische Schokoladenrolle freuen.

Wir hoffen, daß wir Euch schon bald hier bei uns wiedersehen können.
Herzliche Grüße

Ann

Dies war Anns dritter Entwurf. Erleichtert faltete sie den Bogen und steckte ihn in einen Umschlag. Sie beschloß, ihn erst Dienstag zur Post zu geben. Zu schnell verschickte Dankesbriefe vermittelten den Eindruck, eine Pflicht hinter sich bringen zu wollen.

Dann sah Ann zur Sicherheit noch einmal auf ihren Terminkalender. Sie hatte oft auch am Sonntag Klienten. Schließlich mußte sie auf die Arbeitszeiten der anderen Rücksicht nehmen. Heute war niemand eingetragen, doch sie mußte noch ein paar Dinge erledigen, bevor sie nach oben gehen konnte, um zu sehen, wie Byron mit den Korkfliesen im Badezimmer vorankam. Danach würde sie dann anfangen, das Sonntagsessen vorzubereiten. Sie hatten Gavin überreden können, die Brasserie ausnahmsweise für ein paar Stunden der Obhut seiner Angestellten zu überlassen und zum Essen zu kommen. Er wollte seine Freundin mitbringen, Katie Hogan. Ann setzte keine großen Erwartungen in diese Beziehung. Katie war jung, hübsch und freundlich. Offensichtlich hielt sie viel von Gavin. Sie würde Blumen mitbringen, aufmerksam Konversation machen und ihre Hilfe beim Abräumen anbieten. Ann bezweifelte jedoch, daß sie die nötigen Eigenschaften besaß, um Gavin für längere Zeit an sich zu binden.

Aber auch wenn Ann eine längere Beziehung infrage stellte, trat sie den Freundinnen ihrer Söhne immer herzlich gegenüber und gab ihnen das Gefühl, willkommen zu sein. Heute würde es ihre berühmte marokkanische Lammkeule geben, gefüllt mit Kräutern, Aprikosen und Rosinen, dazu Safranreis und verschiedene Blattsalate mit Walnußölsoße. Danach folgten französischer Camembert, Ziegenkäse und Weintrauben und als Abschluß karamelisierte Orangen mit gerösteten Mandelsplittern und Crème fraîche. An ihrem Hochzeitstag hatten Ann und Byron im *Schmooze* gegessen, und Ann wußte, daß sie sich mit dem Koch, dessen Küche immerhin einen Stern verliehen bekommen hatte, durchaus messen konnte. Sie hatte ein gesundes Selbstvertrauen in ihre eigenen Kochkünste, und dieses Selbstvertrauen strebte sie bei allem, was sie tat, an.

Ann sah auf ihre Uhr: Zehn Uhr fünfzig. Sie wählte Sebastians Nummer in Notting Hill und wartete geduldig, während sie die Freizeichen zählte. Sie hatte sich die Mühe gemacht herauszufinden, wie lange Sebastian im allgemeinen brauchte, um sich von den Fesseln des Schlafes und von der jeweiligen Frau, die vielleicht gerade neben ihm lag, zu befreien, zum Telefon zu stolpern, eine Zigarette oder einen Joint anzuzünden und den Hörer abzunehmen. Ann hatte einen anfänglichen Widerstand, den Anruf überhaupt zu beantworten, mit einkalkuliert. Aber aufgrund der Tageszeit und ihrer Hartnäckigkeit würde Sebastian vermuten, daß es seine Mutter war, und schließlich ans Telefon gehen. Der Rekord lag bei zweiundzwanzig Klingelzeichen, dann wurde Ann meistens ärgerlich und gab auf.

Beim zwanzigsten Mal nahm Sebastian ab.

»Hallo.« Seine Stimme war dunkel und verschlafen. Sie klang außerdem ziemlich verärgert, aber das berührte Ann nicht. Wenn er ärgerlich war, dachte sie nachsichtig, dann lag das sicher an einer Frau. Sebastian war ein Charmeur und kam gut bei Frauen an.

»Seb, hier ist Mama.«

»Wer sonst könnte um diese Zeit an einem Sonntag anrufen?«

Ann hörte am Quietschen des alten Sofas, daß er sich darauf fallen ließ. Sie notierte in Gedanken, daß sie vor Weihnachten mit ihm zu Peter Jones gehen mußte, damit er sich ein paar ordentliche Möbel aussuchte.

Ann kicherte. »Ich weiß. Aber um diese Zeit erreiche ich dich wenigstens. Übrigens mache ich heute einen Braten, Gavin und Katie kommen zum Essen. Hättest du auch Lust?«

»Tut mir leid, ich kann nicht«, antwortete Sebastian. Er hustete laut und fügte dann hinzu: »Aber vielleicht komme ich später kurz vorbei und wärme mir was in der Mikrowelle auf.«

»Wenn noch etwas übrig geblieben ist«, warnte ihn Ann scherzhaft. Sie nahm sich vor, ihm eine Portion zu reservieren.

Sebastian gähnte. »Und was gibt's Neues?«

»Das wollte ich dich auch gerade fragen. Bist du alleine?«

»Mehr oder weniger.«

»Ich meine, kann dich jemand hören?«

»Nein.«

»Ich wollte dich fragen, ob du es geschafft hast, dieses aufdringliche Mädchen abzuschütteln?« erkundigte sich Ann in lockerem Ton.

»Wen?« fragte Sebastian.

»Du weißt schon, die, die dir dauernd nachgelaufen ist, die dich eingeschlossen hat.«

»Patsy.«

»Hieß sie so? Ich erinnere mich nicht.«

»Vergiß es«, beruhigte sie Sebastian, »das ist längst Geschichte.«

»Da bin ich froh«, erwiderte seine Mutter, die eine leise Enttäuschung unterdrücken mußte. »Dein Vater und ich waren etwas besorgt. Ich habe sogar schon angefangen, mich nach der rechtlichen Situation zu erkundigen.«

»Oh!« Sebastian lachte freundlich. »Nein, nein, bei dieser Arbeit muß man hin und wieder mit ungewöhnlichen Schwierigkeiten rechnen, das liegt in der Natur der Sache. Aber es ist alles wieder in Ordnung.«

»Schön. Und ansonsten geht's dir auch gut?«

»Ich strotze vor Gesundheit, danke.«

Sebastian wurde immer freundlicher, und Ann wußte, daß er sie wieder loswerden wollte. »Nun, dann laß ich dich jetzt mal in Ruhe. Aber vielleicht sehen wir uns später, ja? Wenn du den Kühlschrank plündern kommst.«

»Höchstwahrscheinlich«, erwiderte Sebastian.

Im Schlafzimmer drückte er seinen halb gerauchten Joint auf einem Unterteller aus und schmiß sich auf den Futon.

Aus dem bunt gestreiften Bettzeug lugte eine kräftige schwarze Schulter hervor.

Sebastian vergrub sich in dem warmen, weichen Körper.

»Patsy«, murmelte er in ihre Armbeuge. »O-o-o-oh, Patsy.«

Der zweite Punkt auf Anns Merkzettel betraf eine Liste der Dinge, die sie Gavin fragen wollte, sowie eine Liste von Informationen, die sie Katie zu entlocken hoffte. Sie war erfahren darin, unbedacht fallengelassene Äußerungen aufmerksam aufzunehmen und zu interpretieren. Nach dem Besuch der beiden würde sie eine konkretere Vorstellung davon haben, aus welcher Richtung der Wind wehte.

Als dritten Punkt hatte sie notiert, daß sie mit Byron wegen Katie sprechen mußte. Sein Verhalten dem Mädchen gegenüber war oft zu kokett. Ann wollte vermeiden, daß Katie sich dadurch womöglich abgestoßen fühlte.

Sie brachte ihren Schreibtisch in Ordnung, schaltete Classic Radio aus und ging nach oben, um ein Wort mit ihrem Ehemann zu reden.

Die Raglan Road verlief im rechten Winkel zum Holland Park, und wenn man zügig lief – was Ann oft tat –, konnte man in fünf Minuten im Park sein. Nummer sieben war ein weißgestrichenes alleinstehendes Haus mit stahlgrauen Türen und Fensterrahmen. In ruhigen Sommernächten waren manchmal die Schreie der Pfauen aus dem Park zu hören. Als die Armitages das Haus vor fünfundzwanzig Jahren mit Hilfe eines beträchtlichen Erbes, das von Byrons Mutter stammte, gekauft hatten, war ihnen durchaus bewußt gewesen, was für eine günstige Investition sie getätigt hatten. Selbstverständlich hatte Ann sich gründlich mit dem Finanzmarkt auseinandergesetzt, bevor sie das geerbte Geld anlegten. Nun war das Haus ihr Eigentum, das sie erhielten, um es später den Jungs zu übergeben. Das Gebäude war in einem guten Zustand. Der Außen- und Innenanstrich wurde regelmäßig erneuert, wobei Byron die Malerfirma an den kniffligeren Stellen unterstützte. Die Einrichtung zeugte von gutem Geschmack. Es waren keine Kosten gescheut worden. Anns Devise war, Qualität zu kaufen, weil es sich auf lange Sicht hin lohnte. Die Farben waren dezent und aufeinander abgestimmt, alle Materialien erstklassig. Es gab nur wenige, aber dafür beeindruckende Bilder, die große Büchersammlung war in der Bibliothek untergebracht und erschöpfend katalogisiert. Hinter dem Haus stand eine Reihe von Abfalleimern, in denen recyclebare Materialien gesondert gesammelt wurden: Büchsen, Flaschen, Papier, Stoff. Ann war der Meinung, daß Wohlstand keinesfalls Verschwendung zur Folge haben durfte.

Bis zu seiner Abreise nach Frankreich hatte Julian noch in Raglan Road gewohnt. Aber auch schon damals nahmen Ann und Byron bereits regelmäßig sorgfältig ausgesuchte Untermieter auf. Im Moment wohnte ein Mr. We-We Sun aus Hongkong bei ihnen, der in der pädiatrischen Abteilung des St. Mary Krankenhauses von Paddington arbeitete. Obwohl er fließend amerikanisches Englisch sprach, war es für Ann selbstverständlich gewesen, ein paar Sätze in seiner Sprache zu lernen, damit er sich mehr zu Hause fühlte.

Heute war Mr. We-We Sun zum Essen bei der Familie eines Kollegen eingeladen. Aus diesem Grund hatte Ann Byron beauftragt, die Korkfliesen anzubringen. Sie lief die Treppen hinauf und blieb einen Moment stehen, um Atem zu holen.

»Byron!«

»Ich bin hier.«

»Ich möchte kurz mit dir wegen Katie sprechen«, begann Ann, während sie ihren Kopf durch die Badezimmertür steckte.

Ihr Mann hockte auf dem Boden, sein buschiges Haar sah noch wilder aus als sonst, und sein Gesicht war rot angelaufen. »Katie?«

»Ja«, sagte Ann. »Denk bitte nachher daran, sie wie ein

Mitglied der menschlichen Gesellschaft zu behandeln und nicht wie ein Püppchen.«

»Püppchen?«

»Heutzutage fällt jungen Frauen so etwas unangenehm auf.«

»Aber ich mag Katie.«

»Eben«, sagte Ann.

Gavin manövrierte sein rotes Vauxhall Cabriolet auf den Parkplatz und legte ein Schild aufs Armaturenbrett, auf dem ›Arzt im Einsatz‹ stand. Katie schnalzte mit der Zunge.

»Das ist doch nicht dein Ernst.«

»Ist doch nur für alle Fälle. Heute ist schließlich Sonntag.«

»Aber sie sind doch nicht blöd.«

»Wenn sie so klug wären, wären sie nicht Politessen.«

»Also wirklich«, Katie schüttelte den Kopf, »du redest von ihnen, als wären sie Beuteltiere oder so etwas.«

»Beuteltiere ...« Gavin neigte den Kopf. »Na ja ...«

Katie klappte den Sonnenschutz herunter und besah sich im Spiegel. »Wie sehe ich aus?«

Gavin betrachtete sie prüfend. Er fand Katies hübsches Aussehen etwas langweilig, aber für einen Besuch bei seinen Eltern war sie ideal – blond, mit klarer Haut fast ohne Make-up, klug, aber auch wieder nicht so klug, daß es andere beunruhigen könnte. Ihr Benehmen kam bei älteren Leuten gut an – eine Topfpflanze als Gastgeschenk, das Angebot zu helfen, die Fähigkeit, die üblichen Fragen zu stellen und an den Antworten interessiert zu sein.

Katie trug das cremefarbene Kostüm mit der weißen Bluse, einen Aufzug, den er schon immer als matronenhaft empfunden hatte.

»Du siehst großartig aus«, sagte er. »Ich mag das Kostüm.«

»Lügner.«

»Doch, wirklich.«

»Das letzte Mal, als ich es trug, hast du gesagt, ich sähe spießig aus.«

»Na ja ...«

»Ich dachte, es wäre dem Anlaß angemessen.«

»Das ist es.« Gavin bückte sich, um im Seitenspiegel sein eigenes Aussehen zu überprüfen, und fuhr sich mit den Fingern durch sein dichtes, lockiges Haar. »Es wird meinen Vater im Sturm erobern, er hat eine Schwäche für hübsche kleine Kostüme.«

»Ich mag deinen Vater«, sagte Katie. »Er ist nett und so lustig.«

»Katie«, ermunterte Ann sie, »nimm noch etwas Salat. Bediene dich, laß dich nicht erst bitten.«

»Es gibt keinen Zweifel, daß wir den anderen in fast jedem Bereich voraus sind«, erklärte Gavin seinem Vater, »gerade deswegen ernten wir so viel Neid.«

»Spielt das eine Rolle?« fragte Byron mit gerunzelten Brauen. »Schließlich ist Geschäft doch Geschäft. Nicht, daß ich viel davon verstehe, aber ...«

»Das ist richtig, Geschäft ist Geschäft«, fiel ihm Gavin ungeduldig ins Wort, »aber alle Geschäfte, die vom Publikum leben, sind bis zu einem gewissen Grad der Gnade der Kritiker ausgeliefert. Unser Laden ist voll, sechs Tage die Woche, aber das bleibt nicht lange so, wenn all diese säuerlichen alten Schreiberlinge in den Hochglanzmagazinen uns von oben herab behandeln.«

»Noch ein bißchen Lamm?« fragte Ann.

»Das ist das Prinzip des konservativen Traditionalismus«, fuhr Gavin fort, der ihr Angebot gar nicht wahrgenommen hatte. »Etwas, worin dieses Land verdammt gut ist.«

»Das glaube ich«, bemerkte Byron und reichte seiner Frau seinen Teller. »Darf ich ...?«

Ann gab ihm eine dünne Scheibe und sah ihn tadelnd an.

»Jedes Zeichen von Unternehmungsgeist, von Initiative und Innovation wird von der alten Garde als bedrohlich empfunden.«

»Noch Fleisch?« fragte Ann noch einmal.

»Danke.« Gavin schob ihr seinen Teller zu. »Es ist verdammt frustrierend. Wir sind besser als alle anderen, wir haben schon mehr erreicht, als unsere Finanziers sich in ihren wildesten Träumen ausgemalt haben, und was bekommen wir vom Establishment?« Alle warteten respektvoll auf die Antwort. Gavin nahm aber erst einmal seinen gefüllten Teller entgegen.

»Und warum ist das so?« fragte Ann und setzte sich zurück.

»Zwei Wörter«, antwortete Gavin und nahm sich den letzten Reis, »Jugend und Genialität.«

»Das sind drei«, meinte Katie.

Byron lachte amüsiert. »Genau.«

Ann ignorierte diese unqualifizierten Einwürfe. Ihre Aufmerksamkeit galt ihrem Sohn.

»Della Carteret ist nicht besonders jung.« Sie bezog sich auf Gavins Teilhaberin.

»Nein, das ist sie nicht«, stimmte ihr Sohn ihr zu. »Aber von ihr geht auch nicht die Initiative aus. Sie ist nur einfach eine alte Ziege mit Geld.«

Ann zog die Augenbrauen hoch. »Du warst noch nie ein guter Spieler im Team. Das kann zum Problem werden«, meinte sie ohne Tadel in der Stimme.

»Na und? Dafür schäme ich mich nicht. Ganz im Gegenteil.«

»Gut. Aber wenn du derjenige bist, der ständig allein vorprescht, dann mußt du auch akzeptieren, daß die anderen hinter dir zurückbleiben.«

»Sollen sie doch«, entgegnete Gavin. »Sie können der Staubwolke nachsehen, die ich hinterlasse.«

Er aß gierig und ohne erkennbaren Genuß, Messer und Gabel klapperten auf dem Teller.

Ann lächelte Katie beruhigend an.

»Gott sei Dank, daß ich kein aufstrebender Unternehmer in der letzten Dekade dieses Jahrhunderts bin«, warf Byron ein, während er nach der Weinflasche griff.

»Oh, diese Gefahr bestand auch vorher nicht«, entgegnete Ann ironisch.

»Das ist wahr.«

»Was haben Sie eigentlich gemacht?« fragte Katie freundlich. Dann wurde ihr klar, wie diese Frage im Moment aufgenommen werden mußte, und sie wurde rot. »O Gott, hat das sehr unhöflich geklungen? Es war überhaupt nicht so gemeint.«

»Es *hat* unhöflich geklungen«, bemerkte Gavin, »aber das macht ihm nichts.«

»Stimmt genau«, sagte Byron, »es macht mir überhaupt nichts. Ich war Lehrer.«

»Sie waren bestimmt ein sehr guter Lehrer.«

»Um ehrlich zu sein«, warf Ann ein, »ich glaube, daß seine Zeit jetzt viel ausgefüllter ist als früher, als er noch unterrichtete.«

»Sie ist ein Sklaventreiber«, meinte Byron zu Katie. Er sprach hinter vorgehaltener Hand.

»Und das gefällt dir«, sagte Gavin. »Gib's zu! Es ist völlig egal, wie die Lehrer sind, denn in diesem Land spielen Erziehung und Ausbildung überhaupt keine Rolle.«

»Das ist aber eine sehr pauschale Feststellung, Gavin«, meinte Ann, die genau diese Art von Bemerkungen liebte, um daran eine Diskussion anzuschließen. »Würdest du das etwas näher ausführen?«

»Mit Vergnügen ...«

Byron, dem Katies unbeteiligter Gesichtsausdruck auffiel, lehnte sich zu ihr.

»Sollen Sie und ich die Gastgeber spielen?«

Sie lächelte ihn verständnislos an. »Wie?«

»Ich meine, sollen wir den Tisch abräumen?«

»Oh! Ja, gern.«

Gavin war jetzt in voller Fahrt, während Ann hin- und hergerissen war zwischen der Aufmerksamkeit, die sie ihrem Sohn schuldete, und ihrer Pflicht als Gastgeberin. Sie sah Byron mit gerunzelter Stirn bedeutungsvoll an, aber er achtete nicht darauf.

In der Küche bemerkte Byron freundlich zu Katie: »Unser Held scheint ein bißchen mitgenommen zu sein.«

»Es ging ihm sehr gut, als wir herfuhren.«

»Dann liegt es vielleicht an uns.«

»Ganz sicher nicht«, erwiderte Katie sofort. »Wissen Sie, ich glaube, seine Arbeit belastet ihn manchmal sehr.«

Byron nickte. »O ja, das weiß ich nur zu gut.«

»Es tut mir leid, wenn ich zynisch klinge«, schloß Gavin ohne eine Spur von Bedauern, »aber meine ganze Erfahrung mit der Brasserie hat zu diesem Zynismus beigetragen.«

»Das sagst du jetzt schon zum zweitenmal«, bemerkte Katie.

»Ich bitte vielmals um Entschuldigung, wenn ich euch langweile«, gab Gavin schnippisch zurück. Es klang aber durchaus nicht nach einer Entschuldigung.

»Du langweilst uns nicht, im Gegenteil«, versicherte Ann. Doch Katie fühlte sich durch die vertraulichen Worte mit Byron in der Küche ermutigt.

»Also du wiederholst dich manchmal einfach.«

»Möchte noch jemand eine Tasse Kaffee?« fragte Ann.

»Willst du damit sagen, daß ich verbittert und verschroben bin?« fragte Gavin.

»Nein!«

»Sei nicht albern«, meinte Byron.

»Und wenn ich's bin, ist das kaum verwunderlich.«

»Du bist es doch gar nicht, mein Schatz«, beschwichtigte Ann. »Ich jedenfalls fand alles, was du gesagt hast, sehr interessant.«

»Dann bin ich froh, daß wenigstens einer so denkt«, sagte Gavin, stand auf und verließ das Zimmer.

»Ach du meine Güte«, seufzte Katie. »Es tut mir leid, ich bin manchmal wirklich zu taktlos.«

Byron streckte die Hand aus und tätschelte ihr beruhigend den Arm. »Ach was, überhaupt nicht.«

»Gavin hat ein sehr lebhaftes Temperament«, meinte Ann. »Das geht schnell wieder vorüber.«

Als sie ins Wohnzimmer kamen, saß Gavin am Fenster, rauchte eine Zigarette und las die Kulturbeilage der *Sunday Times.*

»Ah, Sonntag«, sagte Byron und seufzte zufrieden.

»Dürfte ich mich fünfzehn Minuten in die Zeitung vergraben, bevor ich wieder in dieses verdammte Badezimmer gehe?«

Gavin machte den Eindruck, als sei nichts geschehen. Er wies auf die Zeitung, die auf dem Kaffeetisch lag. »In ›Essen und Trinken‹ ist ein Artikel über uns.«

»Ein Stück Zeitung, Katie?« fragte Ann.

Katie nahm die Seite, die ihr am nächsten lag und starrte auf das Foto eines ungarischen Regisseurs, ohne es wirklich zu sehen. Gavin begann gutgelaunt, seinen Vater darauf hinzuweisen, was in der Kolumne über Restaurants nicht korrekt beschrieben war.

Ann setzte sich neben Katie aufs Sofa, um sich mit ihr zu unterhalten: »Entschuldigen Sie, aber ich konnte noch gar nicht fragen, was eigentlich Ihre Arbeit macht.«

Erleichtert ließ Katie die Seite sinken.

»Ich habe gerade eine neue Stelle gefunden.«

»Wie wunderbar, herzlichen Glückwunsch! Darf ich fragen ...?«

»Es ist nichts Großes, aber immerhin bin ich nun einen Schritt weiter. Es ist eine Stelle bei der *Post,* Abteilung Lokales.«

»Sicher sind Sie sehr glücklich darüber.«

Katie errötete. »Ich weiß, daß die Zeitung etwas rechts steht, aber sie hat eine sehr hohe Auflage. Von allen nationalen Zeitungen ist ihr Anteil an weiblichen Lesern am höchsten.«

»Ja, das habe ich auch gehört«, bestätigte Ann.

»Und die Abteilung ist wegen der vielen Kontakte gut, die ich dort bekomme. Ich werde bald ein sehr nützliches Adreßbuch haben.«

»Ja, das stimmt.« Ann nickte lächelnd. »Und wann geht's los?«

»In ein paar Wochen. Ich bin jetzt schon schrecklich nervös.«

»Aber das brauchen Sie doch gar nicht. Sie werden vielleicht überrascht sein, aber wir kennen jemanden, der bei der *Post* arbeitet.«

»Nein! Wen denn?«
»Hester Blake.«
»Wirklich?« rief Katie. »Wie wunderbar!«
»Sie ist eine ausgesprochen nette Frau«, meinte Ann, »und schon seit langem eine sehr liebe Freundin von uns.«

Eine dreiviertel Stunde später sagte Ann beim Abschied zu Katie: »Auf Wiedersehen, Katie, schön, daß Sie mitgekommen sind. Und das Alpenveilchen gefällt mir sehr.«

»Vielen Dank für das wunderbare Essen. Auf Wiedersehen.« Katie hielt Byron die Hand hin, der sie ergriff und Katie dann auf die Wange küßte. Ann lächelte nachsichtig.

»Ich werde Hester sagen, daß sie mal bei Ihnen vorbeischaut. Sie ist nicht jeden Tag dort, aber ich bin sicher, daß Sie sie gerne kennenlernen würde.«

»Oh, mein Gott, nein, warum sollte sie mit mir reden wollen? Bitte sagen Sie kein Wort ...«

»Schon gut, ich mache es wirklich gern.« Ann wandte sich Gavin zu und faßte ihn am Arm. »Und nun zu dir.« Sie sah ihm fest in die Augen. »Ich denke, es könnte dir nichts schaden, ein bißchen Diplomatie zu lernen. Es ist nicht erniedrigend, gute Beziehungen sind wertvoll. Wenn du mit deinen Kunden umgehen kannst, kannst du es doch sicher auch mit den Kritikern, oder? Sollen wir nächste Woche zusammen essen?«

»Verdammt noch mal!« schimpfte Gavin, knüllte den Strafzettel zusammen und warf ihn in den Gully. »Diese blöden alten Ziegen!«

Ann stellte in der Küche den Wasserkessel auf, um Tee zu machen.

»Nun?« fragte Byron. »Wie war ich?«

»Hm? Was meinst du damit?«

»War ich zu aufdringlich? Habe ich ihr zuviel zugezwinkert oder so?«

»Sei nicht albern, Byron.«

»Sie ist ein nettes Mädchen.«

»Hmm«, sagte Ann. »Ich frage mich nur, ob sie nicht etwas zu nett ist.«

»Du verstehst es wirklich, einem Menschen Mut zu machen«, zischte Gavin böse, während er mit quietschenden Reifen die Kurve am Ende der Raglan Road nahm.

»Vorsicht! Was hast du gesagt?«

»Mich in dem Moment zu beschuldigen, alle zu Tode zu langweilen, als mich das Gespräch besonders betraf.«

»Ich habe dich überhaupt nicht beschuldigt.«

»Und dann das dauernde Flirten mit meinem Vater.«

»Dein Vater ist süß.«

»Ich bin sicher, er wäre sehr geschmeichelt.« Gavin bog knapp vor einem mit Frauen und Kindern besetzten Espace in die Hauptstraße ein und raste am Holland Park hinunter. »Mein Vater versteht so viel vom wirklichen Leben wie Mufty der Esel.«

»Wie wer?«

»Meine Mutter, trotz all ihrer Fehler, hat wenigstens eine vernünftige Vorstellung von den Schwierigkeiten, mit denen ich mich herumschlagen muß.«

»Beruhige dich doch.«

»Nein.«

»Wie auch immer, ich ...«

»Hast du noch nicht gelernt, daß Menschen besonders dann in Rage geraten, wenn man ihnen sagt, sie sollen sich beruhigen?«

»Okay. Schon gut.«

»Es ist so verdammt herablassend.«

»Deine Eltern sind beide nett. Das Essen war wunderbar. Ich weiß überhaupt nicht, was das jetzt soll.«

»In *dem* Fall«, sagte Gavin, »bist du noch dümmer, als ich dachte.«

Er hielt an der roten Ampel an der Bayswater Road.

»In *dem* Fall«, gab Katie zurück, »sollte ich vielleicht besser ein Taxi nehmen.«

»Gute Idee.«

»Gavin, das ist völlig albern.«

Er lehnte sich zur ihr hinüber und öffnete die Beifahrertür. »Da hast du recht.«

Katie stolperte hinaus und stand auf der Straße, ohne die Tür loszulassen. »Gavin ...«

Die Ampel sprang auf Gelb.

»Hau schon ab!«

»Gott, wie furchtbar ... das ist doch nicht dein Ernst!« Katie war nicht an Szenen gewöhnt, besonders nicht, wenn sie sie mitverursacht hatte. Ihre Augen glänzten und ihr Mundwinkel zitterte. Der Espace, inzwischen hinter Gavin, hupte. »Entschuldigung!«

»Entschuldige dich nicht«, sagte Gavin, »verschwinde endlich.«

Das Auto fuhr bereits an, als Katie die Tür zuschlug. Tränen liefen ihr übers Gesicht. Schon wieder hupte jemand. Katie trat einen Schritt zurück auf den Bordstein, während der Verkehr vorwärtsströmte. Das letzte, was sie von Gavin sah, war seine erhobene Hand und einen Mittelfinger, der nach oben zeigte.

Gavin machte einen Umweg über die Brasserie, obwohl er das gar nicht vorgehabt hatte. Dort kanzelte er seine neue Kellnerin ab, bis sie in Tränen ausbrach. Erst dann fuhr er, noch immer wütend, in seine Wohnung in der George Street, Paddington. Normalerweise übte seine häusliche Umgebung eine sehr beruhigende Wirkung auf ihn aus, die diesmal jedoch ausblieb. Aufgewühlt lief er durch die Zimmer, knallte mit den Türen, trat nach seiner Katze Mensa, fluchte laut vor sich hin und zerbrach seinen liebsten Kaffeebecher, als er ihn unsanft in die Spüle stellte.

Nach etwa einer halben Stunde verwandelte sich die Wut in Selbstmitleid. Er war allein. Niemand verstand, welchem Druck er ausgesetzt war. Niemand tröstete ihn, unterstützte ihn. Gavin saß auf dem Bettrand, den Kopf in die Hände gestützt und fühlte sich von aller Welt verlassen.

»Ich hab' eben mit Gavin telefoniert«, berichtete Sebastian, während er einen gefüllten Teller in die Mikrowelle schob und sie dann einschaltete. »Er ist wieder mal total ausgerastet.«

Ann steckte gerade Sebastians Bettwäsche in die Waschmaschine. Sie seufzte tief auf. »Ich habe heute mittag schon das Schlimmste befürchtet, er war ungeheuer empfindlich.«

»Alles wie immer«, meinte Sebastian, setzte sich an den Küchentisch und steckte sich eine Zigarette an. »Er ist geistig am Ende und physisch völlig erschöpft, seine Kreativität ist blockiert, und seine Freundin ist eine demoralisierende Kuh mit noch nicht mal zwei Hirnzellen, die man aneinanderreiben könnte.«

»Sie ist ein sehr nettes Mädchen.«

»Na siehst du.«

»Aber«, seufzte Ann, »sie hat keine Ahnung, wie man Gavin behandeln muß.«

»Wer hat die schon!«

»Also das ist nicht fair, Seb.« Die Mikrowelle summte und Ann nahm Sebastians Teller heraus, stellte ihn vor ihm auf den Tisch und legte Besteck und eine Serviette daneben. »Dein Bruder ist vielleicht nicht gerade ein einfacher Mensch, aber das ist schließlich kein Verbrechen. Er ist sehr begabt und ehrgeizig; daher leidet er manchmal regelrecht an der Gegenwart nicht so kluger Menschen.«

»Ach was, er leidet unter Verfolgungswahn.« Sebastian schaufelte das Lamm in sich hinein. »Schmeckt gut.«

Ann setzte sich ihm gegenüber, während die Waschmaschine im Hintergrund rumpelte und gluckerte.

»Was hat er noch gesagt?«

»Nicht viel. Dabei hat er fast eine Stunde geredet. Ich habe eine ganze Fernsehserie gesehen, während er immer weiter herumlamentierte.«

Ann schüttelte den Kopf. »Die Beziehung, die er im Moment hat, scheint ihm gar nicht gutzutun. Du achtest ein bißchen auf ihn, ja? Ich mache mir Sorgen.«

»Du verschwendest deine Zeit.« Sebastian kratzte die letzten Reiskörner mit dem Rand seiner Gabel zusammen. »Mir tut die Frau leid. Er kann richtig gemein werden, wenn er diese Tour draufhat.«

Es entstand eine kleine Pause, bevor Ann sagte: »Es ist noch ein kleines Restchen da. Und für deinen Vater ist es besser, wenn er es nicht ißt. Möchtest du?«

Gavin fühlte sich nach dem Gespräch mit seinem Bruder schon viel besser. Was mit Katie passiert war, bereute er im nachhinein. Er hatte alles vermasselt, aber vielleicht konnte er es wieder reparieren. Bestimmt war es möglich, ein freundschaftliches Verhältnis zwischen Katie und ihm herzustellen. Schließlich würde sie bald für den Lokalteil der *Post* arbeiten, das könnte einmal von Nutzen sein.

Um dieses Ziel zu erreichen, mußte er zunächst die richtige Stimmung schaffen. Er zog seine Schuhe aus und legte eine Joan-Armatrading-CD auf. Dann goß er sich einen Jack Daniels mit viel Eis ein, füllte ein Stück Pitabrot mit Erdnußbutter, Salatblättern und Mayonnaise und ließ sich mit Schreibpapier und Füllfederhalter bewaffnet am Tisch nieder.

Katie hatte sich vor ihrem neuen Arbeitsbeginn einen vierzehntägigen Urlaub gegönnt. Nachdem ihre Mitbewohnerin am Montagmorgen zur Arbeit gegangen war, hatte sie die Wohnung für sich allein. Wie oft hatte sie sich solche ruhigen Tage gewünscht, doch dieser Morgen war für sie die reine Hölle.

Die vergangene Nacht war furchtbar gewesen. Katie hatte viel zuviel getrunken und sich an Jackies Schulter ausgeweint. Diese hatte ihr geraten, sich um ihr eigenes Leben zu kümmern und diesen Kerl zum Teufel zu jagen. Katie erklärte ihrer wohlmeinenden Mitbewohnerin schluchzend, daß beide Seiten Fehler gemacht hätten und Gavin im Moment unter schrecklichem Streß stünde. So ging es die halbe Nacht hin und her, und der Wein floß reichlich.

Jetzt hatte sie einen ausgewachsenen Kater – Kopfschmerzen, Schweißausbrüche, Übelkeit, weiche Knie. Dazu kam das ständige Gefühl, etwas falsch gemacht zu haben. Immer wieder dachte sie an das schöne Essen gestern bei Ann und Byron, wie freundlich die beiden sie aufgenommen hatten. Und Gavin war nun mal anders als der

Durchschnitt. Mit knapp dreißig Jahren besaß er eines der erfolgreichsten Restaurants Londons. Seine Mutter wußte, wie sie mit ihm umzugehen hatte. Katie hätte etwas von ihr lernen sollen, aber nun war es zu spät.

Mittags lag sie noch immer im Bett, neben sich eine Tasse Kamillentee, und sie zwang sich, ab und zu ein Schlückchen davon zu trinken. Am liebsten hätte sie ihre Mutter in Hampshire angerufen, aber sie wußte schon, auf welche Art diese sie trösten würde. »Es gibt noch so viele andere Fische im Meer« war ihre Devise, aber Katie gefiel der Gedanke an die anderen Fische im Moment überhaupt nicht. Sie waren alle langweilig. Gavin war etwas Besonderes, und sie hatte den Gavin-Test nicht bestanden.

Es klingelte. Mit brummendem Kopf schleppte Katie sich zur Tür, und es dauerte volle fünf Sekunden, bevor sie den Hörer der Gegensprechanlage abhob.

»Ja?«

»Interflora für eine Miß Hogarth.«

»Miß wer? Oh, Sie meinen Hogan. Okay.«

Sie drückte den Summer, und einen Moment später hielt sie zwölf weiße Rosen im Arm. Den Blumen war ein Brief beigefügt.

»Meine liebe Katie«, hatte Gavin geschrieben. *»Nein, erschieß bitte nicht den Boten. Und nimm die Blumen wieder aus dem Mülleimer, sie können nichts dafür und verdienen es nicht, für mein gestriges Verhalten bestraft zu werden. Stell sie ins Wasser und erfreu dich an ihrem Anblick. Sie sind nicht rot, denn rot steht für die Liebe. Mir ist aber klar, daß ich das Recht darauf verwirkt habe, Dir zu sagen, daß ich Dich liebe. Sie sind weiß und sollen Frieden symbolisieren. Frieden zwischen uns beiden, jetzt, wo es vorbei ist. Und Frieden wünsche ich Dir, wenn ich nicht mehr zu Deinem Leben gehöre und es nicht mehr durcheinanderbringe.«*

Katie schloß die Augen. Sie lehnte noch immer an der Wand neben der Wohnungstür und hielt in einer Hand die Rosen, in der anderen den Brief. Langsam setzte sie sich auf den Boden. Den Rest des Briefes las sie durch einen Tränenschleier hindurch.

»Es ist vorbei, und ich akzeptiere das. Ich will noch nicht einmal Deine Vergebung erbitten, denn ich verdiene sie nicht. Du bist viel zu gut für mich, Katie. Du hast mir gezeigt, wie eine anständige, uneigennützige Person handelt, und das werde ich nicht vergessen.

Du aber mußt so schnell wie möglich einen Schlußstrich ziehen. Bitte. Und was mich angeht, die Erinnerung an Dich wird für mich immer wertvoll bleiben.

Gavin.«

»Hübsch«, kommentierte Jackie trocken. »Die Rosen müssen ein Vermögen gekostet haben. Ich hoffe, Du läßt dich von sowas nicht rumkriegen!«

Am nächsten Abend, Jackie war im Fitness-Studio, rief Katie in der George Street an, um Gavin etwas auf den Anrufbeantworter zu sprechen. Noch fühlte sie sich nicht in der Lage, ihn zu treffen. Aber es ging ihr schon besser, und sie wollte nur ihre Bereitschaft bekunden, das Friedensangebot anzunehmen.

»Hallo und guten Tag.« Auf dem Anrufbeantworter klang seine Stimme tiefer, und sie erinnerte Katie schmerzhaft daran, daß dieser Mann viele Probleme und Sorgen hatte. »Leider bin ich im Moment nicht zu Hause, aber wenn Sie mir nach dem Signalton eine Nachricht hinterlassen, rufe ich Sie so bald wie möglich zurück.«

Beim ersten Mal hing Katie wieder auf. Dann atmete sie tief durch, wählte noch einmal, hörte die Nachricht und wartete angespannt auf den Signalton.

»Gavin! Hier ist Katie. Ich wollte mich für die Rosen bedanken. Sie liegen nicht im Mülleimer, ich finde sie wunderschön. Ruf mich an, wenn du magst. Du weißt, wo du mich erreichst. Tschüs.«

Katie hatte es geschafft, mit ruhiger und freundlicher Stimme zu sprechen, danach aber sank sie in sich zusammen und vergrub ihr Gesicht in den Händen.

Gavin kam sehr spät bester Laune aus dem *Schmooze* zurück. Es war einer der Abende gewesen, für die sich der ganze Ärger lohnte. Er nahm ein Bad, bevor er seinen Anrufbeantworter abhörte. Dann ging er mit einem Roman ins Bett. Das Buch stand auf der Bestsellerliste, aber Gavin gefiel es nicht besonders.

Katie wurde vom Telefon geweckt. Es war 2.47 Uhr. Neben ihr bewegte sich Jackie, sie seufzte tief auf und schlief weiter.

Katie stand auf und ging zum Apparat.

»Hier ist Gavin.« Er hörte sich erschöpft an.

»Ich habe dir eine Nachricht hinterlassen, hast du ...?«

»Ja, ich habe sie gerade gehört, deshalb rufe ich an. Oh, mein Gott, es ist ja furchtbar spät, wie rücksichtslos von mir! Hör zu, geh wieder ins Bett, es ist auch gar nichts Wichtiges.«

»Nein, nein. Jetzt bin ich ja wach«, erwiderte Katie, setzte sich aufs Sofa und zog die Beine dicht an sich heran. Sie war bereit, geduldig zuzuhören. »Es macht überhaupt nichts. Also sag mir, was du auf dem Herzen hast.«

»Es ist ... Katie, ich habe fast geweint, als ich deine Stimme hörte. Es war so nett von dir, ich war ... nun, irgendwie ungeheuer erleichtert.«

»Ich verstehe dich gut. Mir geht es genauso.«

»Ich kann dir gar nicht sagen, wie sehr ich dich vermisse. Ich hasse mich für mein Verhalten.«

»Ach, sei nicht albern. Und überhaupt ...« Sie holte tief Luft. »Es muß ja nicht so bleiben.«

»Oh ...« Einen Moment lang war es still. »Katie, du bist so gut.«

»Ich vermisse dich auch.«

»Wie kannst du so etwas sagen? Nach allem, was ich dir an den Kopf geworfen habe ...«

»Wir sagen alle schlimme Sachen, wenn wir uns nicht mehr unter Kontrolle haben. Und dein Vorwurf stimmt, daß ich nicht sehr einfühlsam war. Das tut mir leid.«

»Katie ... oh Gott, Katie ...« Er weinte, sie konnte ihn schluchzen hören. Mitgefühl erfüllte sie.

»Gavin, Liebling, bitte! Nicht! Laß mich zu dir kommen, jetzt sofort. Gavin!«

»Nein.« Seine Stimme war wieder klar. »Das darfst du nicht.«

»Aber es bricht mir das Herz, dich so zu hören.«

»Ich beruhige mich gleich wieder. Komm nicht, Katie. Nicht jetzt und überhaupt nicht mehr. Ich bin nicht gut genug für dich, Katie. Das Beste, was ich tun kann, ist, dich in Ruhe zu lassen.«

Die Offenheit seiner Worte schockierte sie. »Nein, Gavin, das ist nicht richtig.«

»Doch. Und genau das werde ich auch tun.«

»Aber wir können wenigstens Freunde bleiben.«

»Ich hätte dich nicht anrufen sollen. Tschüs, Katie, mach's gut.«

»Gavin!«

»Paß auf dich auf!«

Seine Stimme versagte, und er hängte auf.

»Es ist zu Ende mit dieser Frau«, berichtete Sebastian, als er am Ende der Woche seine Wäsche zu Hause abholte. »Sie hat ihn zum Teufel gejagt.«

»Das kann ich mir gar nicht vorstellen«, sagte Byron, der gerade den Tisch deckte. Es war Sonntag, und Mr. We-We Sun würde mit ihnen zu Mittag essen.

»Hat er den Grund genannt?« fragte Ann, die Gemüse für den Wok kleinschnitt.

Sebastian nahm sich ein Mohrrübenstäbchen und biß hinein. »Tja, offensichtlich hat er letzten Sonntag versucht, sich bei ihr zu entschuldigen, weil er wohl etwas mufflig gewesen ist oder so etwas.«

»Ganz genau«, bestätigte Byron.

»Ich bin froh, daß er sich bei ihr entschuldigt hat. Es wäre aber nicht unbedingt nötig gewesen«, meinte Ann.

»Jedenfalls war sie wohl ziemlich sauer und hat sich auch nicht besänftigen lassen. Deswegen war er an dem Abend auch in solch schlechter Verfassung, nur hat er es mir da noch nicht erzählt. Sie ist an einer Ampel einfach aus dem Auto gesprungen und weggelaufen.«

Byron schüttelte ungläubig den Kopf.

Sebastian nahm einige Streifen Weißkohl. »Dann hat er es noch mal versucht, hat ihr Rosen und 'nen Brief geschickt. Aber das hat auch nicht funktioniert. Sie hat nur kurz auf seinen Anrufbeantworter gesprochen, und als er daraufhin zurückrief, hat sie ihn mehr oder weniger zum Teufel geschickt.«

»Armer Gavin. Hattest du den Eindruck, daß es ihm sehr schlecht geht?«

»Auf einer Skala von zehn Punkten«, antwortete Sebastian, »liegt so etwa bei vier, viereinhalb.«

»Na, Gott sei Dank«, seufzte Ann. »Byron, sollen wir schon mal ein Glas Wein trinken?«

In dieser Nacht fand Ann keinen Schlaf. Sobald sie sicher war, daß Byron neben ihr tief und fest schlief, erlaubte sie sich den Luxus, sich ein wenig zu bemitleiden. Eine gute, verläßliche und verständnisvolle Mutter zu sein, war ihr immer das Wichtigste gewesen. Ganz bewußt hatte sie daran gearbeitet, und sie glaubte mit einigem Stolz, diesem Ziel ziemlich nahegekommen zu sein. Ihre Söhne konnten nicht klagen, daß sie keine Zeit für sie hatte, daß sie sie nicht genügend unterstützte oder nicht an ihrem Leben interessiert war. Sie achtete peinlich genau darauf, sie gerecht zu behandeln, und sie erwartete keinerlei Gegenleistung. Einer Mutter wurden nun mal ihre Leistungen nicht gutgeschrieben. Und doch gab es Zeiten, wo Ann ihre Arbeit und die Bedürfnisse und Probleme der Jungs zuviel wurde. So ein Moment war jetzt. Voller Verzweiflung dachte sie an Gavin, der trotz seiner beruflichen Erfolge immer Pech mit Frauen hatte. Mit einigen Vorbehalten glaubte sie an die Geschichte mit Katie, die sie von Sebastian gehört hatte. Trotzdem würde sie ihretwegen Hester anrufen und Katie herzlich begrüßen, wenn sie sie zufällig auf der Straße treffen sollte. Es war wichtig, die Dinge auseinanderzuhalten. Schließlich wurde eine Person nicht zur Inkarnation des Bösen, nur weil ein Mitglied der Familie von ihrem Verhalten negativ betroffen war. Katie war noch immer das nette, hübsche, fröhliche Mädchen, auch wenn sie Gavin verlassen hatte.

Ann seufzte tief. Sie stieg leise aus dem Bett, zog ihren Morgenmantel an, schlüpfte in ihre Hausschuhe und ging hinunter in die Küche. Dort machte sie sich einen Kamillentee, stellte sich ans Fenster und sah hinaus in den Garten. Sie fühlte sich in diesem Moment ihren Lieben eng verbunden. Es war, als führten von ihrem Herzen unsichtbare Fäden zu ihnen. Zu Byron, der oben leise schnarchte; zu Julian in seinem warmen Apartment in Montaigle, dessen Fensterläden jetzt sicher geschlossen waren; zu Sebastian, der dicht an ein Mädchen gedrängt unter dem nicht bezogenen Federbett schlief (Ann wußte, daß er den sauberen Bezug noch nicht aufgezogen hatte); und zu Gavin, der wahrscheinlich wie sie noch hellwach war, weil er nach der Anspannung in der Brasserie nicht so schnell zur Ruhe kam. Trotz seines Berufs, in dem er besonders viel mit Menschen zu tun hatte, hielt Ann Gavin für den einsamsten ihrer Söhne. Gerade er brauchte die Liebe und die Unterstützung einer starken, aber nicht fordernden Frau. Wo aber fand sich eine solche Frau?

Ann sah auf die Uhr. Es war schon nach Mitternacht. Sie streckte sich und wusch ihre Teetasse ab. Dann zog sie die Hängelampe tief über den Tisch und setzte sich mit ihrem Küchennotizbuch nieder, um eine Liste anzufertigen.

5.

Eigentlich brauchte Hester nicht viel Zeit in den Räumen der *Post* zu verbringen. Sie schrieb ihre Seite zu Hause, sprach die Illustration telefonisch mit dem Zeichner ab und konnte den Text problemlos faxen. Trotzdem fuhr sie meistens in ihr Büro, weil sie sich gerne dort aufhielt. Außerdem rief ihr die Begegnung mit der Welt außerhalb Chuffingtons jedesmal ins Bewußtsein, daß es noch andere und weitaus größere Probleme gab als Daniels Prüfungen und Giselles Art zu leben.

Hester war auch gerne mit den Kollegen zusammen. Sie mochte ihre Sekretärin, Mary Chitty, mit der sie gemeinsam die Post durchsah. Es war nicht nur Fanpost, jede Woche kam ein ganzer Stapel von Briefen, und das allein bedeutete schon eine Befriedigung. Und dann gab es noch einige nette Mitarbeiter, mit denen sich Hester besonders gerne unterhielt: Mick, den Zeichner, Bill, den Bildredakteur, Anthea aus der Wirtschaftsabteilung, Derek, den Fernsehkritiker, und natürlich den Chefredakteur, Robert Walton. Er lud sie öfters ein, um mit ihr Ideen zu diskutieren und ein bißchen zu flirten. Walton war ein dunkelhaariger, etwas schwindsüchtig aussehender Schotte und glich äußerlich mehr dem Klischee eines versponnenen Poeten als dem des Herausgebers einer äußerst populären Boulevardzeitung. Hester mochte seine melancholisch-ironische Art. Als einziger in ihrem Bekanntenkreis nannte Walton sie Hetty.

Der Lunch mit den Kollegen war immer ein Spaß. Manchmal ging Hester mit Walton in eins der kleinen, erstklassigen Restaurants in der Drury-Lane-Gegend, die er bevorzugte, meistens jedoch mit anderen Kollegen in den *Huntsman*, ein großes rustikales Lokal. Die wechselnden Tagesgerichte standen auf einer Tafel. Angeblich wären sie hausgemacht, aber für ihre frische Zubereitung hätte es einer ganzen Armee gut ausgebildeter Köche bedurft.

Die Räume der *Post* befanden sich im dritten und vierten Stockwerk eines glitzernden Gebäudes aus Stahl und Glas nahe Holborn. Hesters Büro im vierten Stock war ein Eckzimmer mit Fenstern nach beiden Seiten. An sonnigen Sommertagen konnte sie sich nur mit heruntergezogenen Rollos darin aufhalten. Mit hausfraulichem Stolz sorgte Mary für eine wohnliche Atmosphäre und hatte Hester zum Kauf diverser Dekorationsgegenstände veranlaßt. Blühende Topfblumen schmückten das Büro, an den Wänden hingen gerahmte Bilder, alte Sammeltassen aus einem Laden in der Neal Street standen auf einem Regal, ein Luftbefeuchter und ein Minikühlschrank sorgten für das leibliche Wohlergehen und eine hübsche Keksdose wurde regelmäßig aufgefüllt. An der Wand gegenüber Hesters Schreibtisch hing eine Vergrößerung des Fotos, das jede Woche neben ihrer Kolumne prangte und auf dem sie – wie Mary sagte und sie selbst errötend zugeben mußte – einfach fantastisch aussah. Hester hatte sich an dieses übergroße, durchaus vorteilhafte Bild gewöhnt. Es war ihr nur etwas peinlich, wenn Besucher, die zum erstenmal ihr Büro betraten, sie fragten: »Sind Sie das?«, oder: »Wann ist das denn aufgenommen worden?«

Mary Chitty und Hester waren im selben Alter (und hatten auch dasselbe Sternzeichen, wie sie eines Tages entdeckten), aber Mary wirkte älter. Sie betrachtete ihre Arbeit als Privileg, denn mit dem Geld konnte sie sich einige Extrafreuden gönnen, und außerdem stellte sie eine angenehme Abwechslung zu ihrem Reihenhausleben in Bexleyheath dar. Mary arbeitete bereits seit fünfundzwanzig Jahren für die *Post* und war die sogenannte ›gute Seele‹ des Betriebs. Sie hatte einen Sohn, der in Manchester Ingenieurwissenschaften studierte und auf den sie sehr stolz war. Beförderungen in eine andere Abteilung hatte sie abgelehnt. Sie zog es vor, weiter für Hester zu arbeiten.

Diese Woche befaßte sich die H.-B.-Seite mit dem Thema, ob man seinen Kindern gestatten sollte, Sex mit ihren Freunden im Elternhaus zu haben. Hesters Artikel riet, das Unvermeidliche zu akzeptieren. Würde es verboten, so fände es woanders statt.

»Was uns noch lebendig und traumatisch in Erinnerung ist«, hatte sie geschrieben, *»war der Moment, als wir als Kinder entdeckten, daß unsere Eltern ›es tun‹. Oh, diese schreckliche Nacht, in der wir aufstanden, um aufs Klo zu gehen, und dann die unterdrückten Stimmen hörten, das Quietschen des Bettes, das Seufzen und Stöhnen dieser entsetzlich alten Leute, die sich miteinander vergnügten. Aber noch schlimmer ist der Moment, wenn wir entdecken, daß unsere eigenen Kinder, die kleinen Unschuldsengel, zu Opfern ihrer Hormone werden. Plötzlich wissen wir mit hundertprozentiger Sicherheit: WIR WOLLEN NICHT, DASS SIE ES TUN. Andererseits hätten wir schon gern, daß sie gut darin sind, vor allem die Jungen. ABER WIR WOLLEN NICHT, DASS UNSERE TÖCHTER ES MIT DER SORTE JUNGEN TUN, DIE SO SIND, WIE WIR UNS INSGEHEIM UNSERE SÖHNE WÜNSCHEN.*

Früher oder später müssen wir akzeptieren, daß sie es tun. Doch nun ergibt sich das nächste Problem: Sollen wir sie daran hindern, es unter unserem Dach zu tun? Sollen wir wie eine vertrocknete alte Hauswirtin die Schlafzimmertür unseres Kindes bewachen? Wollen wir wirklich dort am frühen Morgen mit einer Nudelrolle in der Hand hineinplatzen und die jungen Liebenden trennen? Sind wir bereit, sie zu fragen, was sie da tun? Wenn Sie diese Fragen bejahen können, dann sind Sie konsequenter, als ich es bin.«

Nach dieser Einleitung folgte eine Auswahl mehr oder weniger wahrer, amüsanter Anekdoten, die auf persönlicher Erfahrung beruhten. Der Artikel endete mit einer Aufforderung an ihre Leser. Das tat sie ab und zu, um später das Material für eine andere Seite zu verwenden.

»Das alles ist fürchterlich verwirrend. Oh, die guten alten Zeiten, in denen noch Unterdrückung und Heuchelei herrschten! Was meinen Sie? Schreiben Sie mir. Der beste Beitrag wird mit einer Flasche Champagner prämiert.«

»Das werden Sie wahrscheinlich noch bereuen«, sagte Mary, die Hesters Artikel immer als erste las.

»Ach, wir werden schon damit fertigwerden. Ich verspreche hoch und heilig, beim Aussortieren zu helfen.«

Marys Blick blieb skeptisch. »Erinnern Sie sich an den Artikel übers Faceliften und die Berge von Briefen?«

»Aber das zeigte doch, daß die Seite gelesen wird«, meinte Hester. »Und ich erfahre dadurch, was die Leute denken und fühlen.«

»Sie erfahren nur etwas von den Leuten, die Lust haben, an eine Zeitung zu schreiben«, widersprach Mary. »Nichts von den Lesern.« Das waren für Mary all jene, die nichts mit Medien zu tun hatten und ihr Leben voller Mühen und Freuden lebten, ohne jemals an die Öffentlichkeit zu treten. Mary mochte Hester vor allem deshalb, weil sie von allen *Post*-Mitarbeitern am ehesten ein normaler Mensch zu sein schien.

Hester gefiel die Kolumne. Sie war witzig und zugleich persönlich. Trotzdem sprach sie ein ernsthaftes Problem an, mit dem alle Eltern sich identifizieren konnten. Im allgemeinen waren für Hester problematische Stoffe nicht vorrangig, sie ging ihnen aber auch nicht aus dem Weg. Hester fühlte sich dann weniger oberflächlich, und ihr Bild von sich selbst entsprach eher der Art von Journalistin, die Ann zum Beispiel eher respektieren würde.

Ann hatte sie am Wochenende angerufen.

»Hester, wir kennen uns jetzt schon so lange, darf ich dich um einen kleinen Gefallen bitten?«

Eine solche Vorrede war normalerweise nicht dazu angetan, sie freudig zu stimmen. Aber in diesem Fall schmeichelte es ihr, da normalerweise Ann diejenige war, die anderen einen Gefallen tat.

»Aber selbstverständlich, wenn ich dir irgendwie helfen kann.«

»Ich habe eine junge Freundin, Katie Hogan, die ab Montag bei der *Post* arbeiten wird.«

»Tatsächlich?«

»Für die Lokalseite, glaube ich.«

»Das wird ihr bestimmt Spaß machen.«

»Katie ist ein sehr kluges und angenehmes Mädchen, aber verständlicherweise ist sie etwas nervös, weil dies ihre erste Arbeit bei einer so großen Zeitung ist.«

»Sie braucht sich überhaupt keine Gedanken zu machen, Larry Orde, der die Abteilung leitet, ist wirklich ein Schatz.«

»Das ist gut. Katie ist auch eine große Verehrerin von dir.«

»Wie nett«, sagte Hester. »Glaubst du, es würde ihr helfen, wenn ich mit ihr spreche?«

»Würdest du das tun? Ich glaube, es wäre eine sehr große Hilfe für sie.«

»Natürlich, gern. Ich werde sie zum Essen mitnehmen, und zwar in das Lokal, in das die meisten von uns immer gehen.«

»Das ist viel mehr, als ich verlangen kann. Wenn du nur mal ein paar Worte mit ihr redest, wäre das bestimmt schon sehr gut für ihr Selbstvertrauen.«

»Das tue ich, aber ich nehme sie auch gern mit zum Essen, das ist überhaupt kein Umstand. Ach, übrigens, diese Schokoladenrolle, nach der du in deinem Brief gefragt hast, ich habe sie gekauft.«

»Nein!« rief Ann. »Das hätte ich wirklich nie gedacht.«

Katie fand, daß Hester in Wirklichkeit zwar nicht so fantastisch aussah wie auf dem Foto neben der Kolumne, daß ihr Gesicht aber eine sympathische Offenheit und Humor ausstrahlte, was von der Kamera gar nicht erfaßt werden konnte. Hesters dunkelblondes Haar war dauergewellt und hatte eingefärbte hellere Strähnchen, doch sowohl die Dauerwelle als auch die Strähnchen waren schon ein ganzes Stück herausgewachsen. Ein Knopf an ihrem langen schwarzen Cardigan hing nur noch an einem Faden. Hester hatte strahlend blaue Augen und ein einnehmendes Lachen, aber in ihrem Gesichtsausdruck zeigte sich auch eine Spur Skepsis. Katie hatte es schon immer sympathisch gefunden, daß Hester in ihren Kolumnen offen über ihre Eigenheiten und Schwächen sprach. Jetzt, da die Autorin persönlich vor ihr stand, mochte sie sie sofort.

Gegen ein Uhr gingen sie mit Bill und Anthea im *Huntsman* essen, und Hester achtete darauf, daß sie zwischen Katie und den anderen saß. So konnten sie miteinander reden, ohne daß die anderen automatisch einbezogen waren. Katie bestellte einen Weightwatchers Salat, bereute es aber gleich darauf, als alle anderen Gerichte wie Würstchen im

Teigmantel oder Lammcurry bekamen, zu denen jede Menge Pommes frites gehörten.

Hester schob die Pommes frites in Katies Richtung. »Bitte, nehmen Sie, allein kann ich das gar nicht schaffen.«

»Sind Sie sicher? Es kommt mir etwas albern vor, erst dies hier zu bestellen und dann …«

»Ach was, das ist völlig in Ordnung. Ich finde es gut, daß Sie Salat bestellen, obwohl Sie es doch gar nicht nötig haben. Eigentlich bin ich dauernd dabei, irgendeine Diät zu machen, aber heute ist mein diätfreier Tag.«

»Na gut, danke.« Katie nahm von den Pommes frites. »Das ist nett von Ihnen.«

»Sie schmecken gut, nicht wahr?« meinte Hester. »Und nun erzählen Sie mir, woher Sie die Armitages kennen.«

»Ich war etwa sechs Monate mit ihrem Sohn befreundet«, erwiderte Katie verlegen.

Hester spießte ein Stück Wurst auf die Gabel und tauchte sie in Ketchup. »Mit welchem? Sebastian? Oder Gavin?«

»Mit Gavin.« Katie fühlte, wie ihre Wangen heiß wurden. »Kennen Sie ihn?«

»Wir sind schon seit Ewigkeiten mit Ann und Byron befreundet, also haben wir auch immer wieder mal ihre Söhne gesehen. Ich würde aber nicht sagen, daß ich einen von ihnen wirklich kenne. Gavin ist der mit dem Restaurant, stimmt's?«

»Ja, das *Schmooze*. Sind Sie schon einmal dagewesen?« Hester schüttelte den Kopf. »Ich finde es toll. Es ist riesengroß, es liegen eine Menge Bücher, Zeitungen und Zeitschriften aus, man kann dort Schach spielen, es ist etwas Besonderes.«

»Hört sich so an.« Hester lächelte. »Also Sie sind mit Gavin zusammen?«

Katie fand es am besten, ganz offen zu sein. »Nicht mehr. Leider.«

»Oh, Sie Ärmste. Entschuldigen Sie.«

»Das macht nichts, Sie konnten es doch nicht wissen. Aber es ist schon traurig, und Ann und Byron sind so nett zu mir gewesen, und nun hat Ann Sie sogar noch angerufen.«

Hester nickte. »So ist sie.«

»Es ist so anständig von ihr, mir nicht böse zu sein.«

»Warum um Himmels willen sollte sie das denn sein?«

»Ich weiß nicht.« Katie spürte, wie ihre Unterlippe zu zittern begann. »Der arme Gavin, ich glaube, ich bin ihm nicht gerechtgeworden.«

»Na ja, aber soviel ich weiß, ist er auch kein einfacher Charakter, oder?«

»Das stimmt, aber das wußte ich von Anfang an. Ich kann nichts dagegen machen, ich fühle mich so schuldig.«

Hester knüllte ihre Serviette zusammen und legte sie auf den Teller. »Die weibliche Krankheit.«

»So ist es.« Katie lachte zaghaft. »Und man ist in so einem Zustand auch nicht gerade eine angenehme Gesellschaft.«

»Sie dürfen sich davon nicht unterkriegen lassen.«

»Das ist wahr.« Katie war ganz begeistert von Hester.

»Trinken wir darauf.« Hester leerte ihr Weinglas und hielt es dann Bill hin. »Deine Runde, William.« Der lose Knopf an ihrem Cardigan machte sich selbständig und fiel zu Boden. Hester bückte sich unter den Tisch und hob ihn auf. »Nun seht euch das an«, sagte sie, »ich falle auseinander.«

Giselle und Ark saßen auf den Stufen des Rathauses und tranken gemeinsam eine Dose Bier. Neben ihnen lag eine Tafel zum Aufstellen, auf der Ark seine Dienste als Reiki-Meister anbot, sowie eine Plastiktüte mit einem Stapel Handzettel. Ganz gegen Jontys Vermutung mochte Ark Hunde. Er besaß sogar selbst einen, Dolly, einen registrierten Pitbull, der mit einem Maulkorb versehen schlafend zu seinen Füßen lag. Seine Gegenwart sorgte dafür, daß sich niemand allzu dicht bei Giselle und Ark niederließ.

»Was glaubst du, wieviele wir losgeworden sind?« fragte Giselle.

Ark sah in die Plastiktüte. »Na ja, es geht. Könnten weniger sein.«

»Die Leute sind furchtbar, findest du nicht?«

»Sie können nichts dafür, was wissen sie schon? Wie soll man sich für etwas interessieren, wovon man keine Ahnung hat?« Ark tippte auf die Tüte. »Das hier soll ja gerade ihr Bewußtsein erweitern.«

Giselle trank einen Schluck Bier und reichte Ark die Dose. Dann nahm sie ein Päckchen Tabak aus der Tasche ihrer Lederjacke und begann sich eine Zigarette zu drehen. »Es wird noch ewig dauern, bis wir die alle los sind.«

»Geduld«, sagte Ark. »Geduld.«

»Aber es ist langweilig«, beklagte sich Giselle.

»Heute nachmittag wird es besser«, meinte er. »Dann kommt der Alte, der Musik macht. Das ist in zweierlei Hinsicht gut für uns. Erstens können wir ihm zuhören, während wir die Zettel verteilen, zweitens werden sich die Leute hier versammeln und durch seine Musik sanfter gestimmt sein.«

Giselle zog an ihrer Zigarette und sah Ark durch den Rauch hindurch mit zusammengekniffenen Augen an. Er grinste, woraufhin sie eine Grimasse zog. Als er den Arm um ihre Schulter legte und sie an sich zog, blieb eine Frau stehen und starrte sie an.

»Ich glaube, du bist scharf, stimmt's?« sagte Ark und ließ seine Hand zwischen ihre Schenkel gleiten, wo ihre Leggings zerrissen waren und das nackte Fleisch zu sehen war.

»Nein, aber ich wette, du bist's. Laß uns irgendwo hingehen, dann werden wir ja sehen.«

»Später.« Ark ließ sie widerstrebend los und stand auf. Sofort tat Dolly dasselbe, und die Frau verschwand.

»Wir müssen weitermachen.« Ark trug die Tafel hinunter auf den Bürgersteig, stellte sie auf und band Dolly daran fest.

Giselle nahm die Tüte mit den Handzetteln und folgte ihm.

Giselles Eltern wären sicher überrascht gewesen, wenn sie erfahren hätten, daß ihre Problemtochter und Ark etwas für die Zukunft planten. Es war nur ein vages Ziel, noch kein konkreter Plan.

Ark war von seiner Arbeit wirklich überzeugt. Wenn erst einmal mehr Menschen die Wichtigkeit von Reiki erkannt hatten, wollte er im Gemeindezentrum einen Raum mieten, um dort Behandlungen durchzuführen. Giselle sollte ihm bei der Organisation helfen und einen Job annehmen, um das Unternehmen in der allerersten Zeit finanziell zu unterstützen. Wenn die Praxis erst einmal lief, wollte sie selbst Reiki erlernen. Ark war fest davon überzeugt, daß das Interesse dafür bald größer werden würde, so daß auch Giselle davon würde leben können. Noch hatte sie nur eine geringe Vorstellung davon, was Reiki bedeutete. Ark hatte ihr gesagt, daß es zunächst wichtig war, sein Bewußtsein weiterzuentwickeln. Zum Beispiel durften sich Reiki-Schüler zunächst auf keine körperlichen Auseinandersetzungen einlassen, so sehr sie sich auch provoziert fühlen mochten. Das Wichtigste jedoch war, seine Mitte zu finden. Man mußte seinen eigenen Wert kennen und darauf vertrauen. Ark war zutiefst überzeugt von dem, was er vertrat, und Giselle stand seinen Ideen zumindest positiv gegenüber.

Er war auch ein zärtlicher und souveräner Liebhaber. Giselle hatte bisher zwar viel Sex gehabt, aber darauf waren die Beziehungen auch beschränkt geblieben. Ark war der erste, der ganz offensichtlich mehr an ihr mochte als ihren sehr reizvollen Körper. Er zog sie auf und nannte sie eine geile Frau und alte Schlampe, und sie fühlte sich durch die Ironie in seiner Stimme geschmeichelt. Er durfte so etwas sagen, weil sie wußte, daß er es nicht ernst meinte.

Es gab noch etwas anderes, was Giselle an ihm gefiel, was sie jedoch schwer in Worte fassen konnte. Ark war in keiner Weise besitzergreifend, aber er hatte etwas Fürsorgliches ihr gegenüber. Giselle genoß ihre Freiheit und Selbständigkeit, trotzdem war es ein angenehmes Gefühl, sich bei ihm sicherzufühlen. Im Bett nahm er auf ihre Bedürfnisse Rücksicht, nannte sie ›Zelda‹, was sie mochte, und brachte sie ruhig und sicher zum Höhepunkt.

Giselle wußte nicht genau, ob sie in Ark verliebt war. Sie konnte es nicht verstehen, daß ihre Eltern ihn nicht mochten. Nicht, daß es ihr wichtig war. Doch wenn sie an die zahlreichen Trottel dachte, mit denen sie zusammengewesen war und gegen die ihre Eltern nie etwas gesagt hatten, kam es ihr doch komisch vor. Dabei vergaß Giselle völlig, daß ihre Eltern die anderen kaum gesehen hatten.

Die meisten von Giselles Bewunderern nach dem Töpfer und dem libanesischen Koch waren Jungen zwischen sechzehn und zwanzig gewesen, die klobige Turnschuhe trugen und nichts anderes im Kopf hatten als Tanzen und das ganze Drum und Dran. Unter anderen Bedingungen und bei Tageslicht hätten sich viele von ihnen als gute Kerle herausgestellt, aber Giselle verachtete sie. Sie erlaubte ihnen Intimitäten, wenn sie Lust dazu hatte und solange sie ihren Bedürfnissen dienlich waren.

Aber seit Ark in der Nacht ihres Geburtstags so geduldig im Krankenhaus an ihrer Seite gesessen hatte, zeigte sich eine andere Seite in ihr, die ihr zunehmend gefiel. Vor kurzem verriegelte sie eines Abends ihre Zimmertür und experimentierte mit ihren Haaren. Sie bürstete die langen, spitz in die Luft stehenden Strähnen nach unten. Das Ergebnis war leider kein Erfolg. Sie fand, daß sie so komisch aussah, wie Helen Mirren in ihrem Federhut in dem Film *Der Koch, der Dieb, seine Frau und ihr Liebhaber.* Nur, daß sie nicht Helen Mirren war und auch keinen Hut aufhatte. Mit Tränen in den Augen bürstete sie wütend die Haare wieder nach oben und fixierte sie mit Gel und Spray. Ihr wurde klar, daß sie nicht über Nacht ihr Image verändern konnte. Schließlich hatte es auch mehrere Monate gedauert, bis sie ihren derzeitigen Stil entwickelt hatte, bei dem die Haare das Tüpfelchen auf dem I bildeten. Wenn sie sie veränderte, würde jeder denken, daß sie sich der öffentlichen Meinung anpaßte. Und dazu war sie noch nicht bereit.

Ark wollte, daß sie bei ihm einzog. Er hatte ein Zimmer bei einem Freund in der Stadt. Es war nicht groß und auch nicht so gut eingerichtet wie Giselles Zuhause, aber Ark hatte das Beste daraus gemacht. Giselle fühlte sich wohl bei ihm, und der Gedanke, immer mit ihm zusammenzusein, gefiel ihr. Aber sie war in Sorge wegen des Geldes. Das Gute an ihrem Zuhause war, daß immer alles da war und nichts kostete. Sogar völlig pleite hätte sie dort leben können. Es war denkbar, daß ihre Eltern ihr vielleicht nichts zahlen würden, wenn sie auszöge, und dann wäre sie völlig von Ark abhängig. Deshalb wollte sie erst mit ihren Eltern sprechen.

»Du bist erwachsen, du mußt sie nicht fragen«, meinte Ark.

»Das weiß ich.«

»Du bist gar nicht scharf drauf, oder?« fragte Ark.

Nachdem sie sich geliebt hatten, lagen sie nebeneinander auf Arks Bett. Es war sechs Uhr abends, etwa ein Viertel der Zettel war verteilt, und beide waren zufrieden. Im Halbdunkel hörte man Dolly auf einem Knochen herumkauen.

»Das ist es nicht«, antwortete Giselle. »Laß uns eine rauchen.«

Ark kramte in seiner Jacke, die auf dem Boden lag, nach seiner Blechdose und holte eine Selbstgedrehte hervor. Er zündete sie an und reichte sie Giselle.

»Danke. Ich will einfach keinen Streit haben.«

»Das kann ich mir vorstellen. Deine Alten sind nett.«

Giselle ärgerte sich über seine Antwort. »Quatsch.«

Ark zuckte die Achseln. »Dann frag mich nicht.«

»Hab ich auch nicht.«

»Also wann redest du mit ihnen?«

»Bald.«

Ann machte sich Sorgen um Gavin. Sie hatte ihn überzeugt, abends kurz auf einen Imbiß in der Raglan Road vorbeizuschauen, bevor er ins *Schmooze* fuhr. Er sah erschöpft aus, schien aber beim Abendbrot guter Dinge zu sein. Ann war gerade dabei, Mr. We-We Sun den Nachtisch zu reichen, als das Telefon läutete. Sie reichte ihm die Schüssel mit Apfelkompott und sagte: »Entschuldigt mich bitte. Hier ist Sahne, Byron.«

Es war Katie.

»Hallo!« Ann warf einen besorgten Blick auf Gavin, der mit dem Essen beschäftigt war und gar nicht auf sie achtete. »Wie geht es Ihnen?«

»Gut, danke. Störe ich?«

»Wir sind beim Abendbrot, aber schon beim Nachtisch, die anderen kommen gut ohne mich zurecht.«

»Ich wollte mich dafür bedanken, daß Sie den Kontakt zu Hester Blake hergestellt haben. Sie ist eine großartige Frau, ich mag sie wirklich sehr.«

»Das freut mich.«

»Das war alles, was ich wollte.«

»Nett, daß Sie deswegen anrufen. Melden Sie sich wieder.«

»Gerne, wenn das für Sie in Ordnung ist. Ich meine, wenn Sie es unter den Umständen nicht unpassend finden.«

»Überhaupt nicht. Das Leben geht weiter.«

»Danke noch mal für die Unterstützung.«

»Gern geschehen. Auf Wiedersehen.«

»Auf Wiedersehen, Ann.«

Ann ging zum Tisch zurück. Gavin aß bereits seinen Nachtisch, Byron hielt unschlüssig den Löffel in der Hand, und Mr. We-We Sun wartete höflich mit im Schoß zusammengelegten Händen.

»Bitte, essen Sie weiter«, bat Ann und sah Gavin an, während sie sich von dem Kompott nahm. Mr. We-We Sun hob den Löffel.

»Wer war das?« fragte Byron.

»Eine Klientin.«

»Eine zufriedene?«

Ann nickte. Sie haßte es zu lügen. Sie konnte sich rühmen, ihr Leben in jeder Beziehung frei und offen zu führen, und es gab keinen Grund, warum sie nicht eine freundschaftliche Beziehung zu Katie aufrechterhalten sollte. Aber die Trennung hatte erst vor kurzem stattgefunden, und Gavins Wunden waren noch frisch. »Ja«, fügte sie hinzu, »es freut mich, das sagen zu können.«

»Sie führen ein sehr beschäftigtes Leben«, sagte Mr. We-We Sun bewundernd.

»Sie ist ein Adrenalinjunkie«, meinte Gavin.

Byron nahm noch einmal von der Sahne. »Und das sagst gerade du?«

»Ich fasse das als Kompliment auf«, meinte Ann. »Ich würde es auch nicht anders haben wollen.«

»Gibt es denn auch Zeiten, in denen Sie gar nichts zu tun haben?« erkundigte sich Mr. We-We Sun.

»Hmmm ...« Ann dachte nach.

»Sie müssen ihr für die Antwort Zeit lassen«, erklärte Gavin. »Das ist ein Konzept, mit dem sie nicht vertraut ist.«

»Mir würde es nichts ausmachen, wenn sie nicht von uns allen erwarten würde, mit ihr Schritt zu halten«, sagte Byron und lächelte seine Frau respektvoll an.

Mr. We-We Sun lehnte sich zu Byron hinüber. »Haben wir es hier mit einer zweiten Eisernen Lady zu tun?« fragte er verschmitzt.

Byrons Lächeln wurde breiter. »Irgendwie schon. Stimmt doch, Gavin?«

»Ganz genau, wenn Sie damit meinen, daß sie was von Margaret Thatcher hat.«

Ann wehrte sich entrüstet. »Seid ruhig, ihr zwei. Ich gebe zu, daß ich vielleicht ähnlich viel Energie habe, aber das ist auch alles. Ich war nie für die Tories, und ich bin der Meinung, daß Mrs. Thatcher einen sehr schädlichen Einfluß auf dieses Land ausgeübt hat und eine äußerst gefährliche Person ist. Noch etwas Kompott, Mr. Sun?«

»Danke.« Mr. Sun reichte ihr sein Schälchen. Dann fügte er lächelnd hinzu, als machte er einen Scherz: »Ich glaube, Sie sind noch in einem anderen Punkt wie Maggie. Sie sorgen gern für alle und kümmern sich um anderer Leute Angelegenheiten.«

Ann dachte nachsichtig, daß hier wohl ein nicht ganz richtiger Gebrauch der englischen Sprache vorlag.

»Vielleicht«, erwiderte sie freundlich.

Nach dem Essen ging Mr. We-We Sun in sein Zimmer und Byron in die Küche, um Kaffee zu machen. Ann blieb mit Gavin allein zurück.

»Und wie geht es dir, Liebling?« fragte sie. »Du siehst ein bißchen müde aus.«

Gavin rieb sich die Augen. »Das wundert mich nicht. Zu viel Arbeit. Es ist ein verdammtes Tollhaus.«

»Aber läuft alles gut?« fragte Ann vorsichtig.

»Nicht schlecht.«

Mit dieser Antwort, die sich auf seine Arbeit bezog, war Ann zufrieden. Weiter wollte sie ihn nicht ausfragen, ihr lag anderes am Herzen.

»Es tut mir leid wegen dir und Katie.«

»Kann man nichts machen.« Gavin zündete sich eine Zigarette an, und Ann stellte einen Aschenbecher auf die Sofalehne.

»Sebastian hat mir erzählt, daß sie dich ganz schön hart hat abblitzen lassen ...«

»Ich möchte nicht darüber reden.«

»Natürlich. Wie taktlos von mir, entschuldige.«

»Katie ist ein großartiges Mädchen. Die Zeit mit ihr war schön.«

»Es ist gut, daß du es in so positivem Licht sehen kannst, Liebling.«

Stirnrunzelnd sah Gavin auf die Zigarette zwischen seinen Fingern. »Ich bin nicht gerade stolz auf die Art, wie ich mich verhalten habe.«

Ann blickte auf die jungenhafte, lockige Haarmähne ihres Sohnes, und ihr Herz zog sich vor Liebe und Mitgefühl zusammen, so wie immer, wenn einer der Jungen wirklichen Charakter zeigte. Aber sie achtete darauf, daß ihre Miene sachlich blieb. Es war wichtig, als Mutter zu seinen Kindern eine gewisse Distanz zu wahren, nur so konnte sie ihnen helfen.

»Ich bin sicher«, sagte sie ruhig, »daß du dir nichts vorzuwerfen hast. Es ist auch sinnlos, nach Schuld zu suchen. So etwas passiert eben.«

»Ich weiß selbst, daß ich manchmal ein ganz schönes Ekel sein kann«, fuhr Gavin fort, »ich hab's vielleicht einfach zu weit getrieben.«

»Falls das wirklich so sein sollte«, entgegnete Ann, »dann hat sie es dir doch offensichtlich zurückgegeben, so gut sie konnte.«

»Das stimmt.« Gavin drückte seine Zigarette aus. »Aber es gehören immer zwei dazu. Es stimmt vielleicht nicht alles, was sie zu mir gesagt hat, aber einiges davon ist sicher richtig.«

Ann lehnte sich zu ihm hinüber und berührte seine Hand. »Das kann ja sein. Aber nun hör auf, dich weiter damit zu beschäftigen.«

»Warum muß ich nur immer alles verderben?« Mit Tränen in den Augen sah Gavin seine Mutter an. »Warum?«

Ann tätschelte seine Hand. »Ist schon gut. Hör jetzt auf, dir Vorwürfe zu machen.«

Byron trat ein: Er trug ein Tablett mit Kaffeekanne und Bechern. »So, Kaffee!« Nachdem er das Tablett abgestellt hatte, sah er die beiden prüfend an. »Ist alles in Ordnung?«

Ann, deren Hand noch immer auf Gavins ruhte, warf ihrem Ehemann einen bedeutungsvollen Blick zu. »Wir haben über Katie gesprochen.«

Byron ließ sich in einen Sessel fallen. »Oh ja, Katie – was um alles in der Welt hast du mit ihr gemacht?«

»Da siehst du's!« Gavin stand auf, zupfte an seinem Jakkett, steckte sein Oberhemd tiefer in die Hose und fuhr sich mit den Fingern durchs Haar. »Ich verschwinde jetzt.«

Ann warf Byron einen strengen Blick zu, bevor sie Gavin beschwor: »Nicht doch, Liebling. Trink wenigstens noch eine Tasse Kaffee mit uns.«

»Tut mir leid, ich kann nicht. Auf mich warten ein Berg Zahlen und einige hundert Gäste, um die ich mich kümmern muß.«

»Sei nett zu ihnen«, scherzte Byron und stand auf.

Mit angespanntem Gesichtsausdruck gab Gavin Ann einen Kuß auf die Wange. »Danke für das Essen.«

»Jederzeit gern wieder«, erwiderte sie. »Das weißt du. Ich bringe dich hinaus.« Sie sah Byron strafend an, bevor sie mit ihrem Sohn verschwand.

Als sie zurückkam, hob Byron eine Hand. »Okay, okay. Es tut mir leid. Ich bin voll ins Fettnäpfchen getreten, stimmt's?«

»Allerdings.«

»Er ist aber auch ungeheuer empfindlich.«

»Er ist dein Sohn, Byron. Du kennst ihn von seiner Geburt an. In dieser Zeit hättest du doch eigentlich etwas über ihn lernen sollen.«

Byron goß zwei Tassen Kaffee ein. »Ja. Aber irgendwie hofft man, daß sie diese Theatralik einmal ablegen, erwachsen werden.«

Anns Stimme wurde so leise, daß sie kaum noch zu hören war. »Gavin befindet sich in einer außerordentlich anstrengenden Situation. Er steckt all seine Energie in ein erfolgreiches Unternehmen auf einem Markt mit harter Konkurrenz, er hat eine Menge Angestellte, für die er Verantwortung trägt ...«

»Gott steh ihnen bei.«

Ann runzelte die Stirn. »Das war überflüssig, Byron.«

»Ich weiß, ich weiß, entschuldige.« Byron blickte zerknirscht. »Ich nehm's zurück.«

Ann setzte sich mit ihrem Kaffee neben ihn und ihr Gesicht wurde etwas freundlicher.

»Du mußt lernen nachzudenken, bevor zu sprichst.«

»Ich wollte ihn nicht kränken, wirklich nicht.«

»Und ich muß sagen«, fuhr Ann bestimmt fort, ohne ihren Stolz durchklingen zu lassen, »ich war beeindruckt und bewegt – ja, bewegt – von seiner Haltung.«

»Tatsächlich?«

»Er nahm einen guten Teil der Verantwortung für die gescheiterte Beziehung auf sich. Er gab Fehler zu. Es ist sehr schade, daß du ihn nicht gehört hast.«

»Das ist es wirklich«, murmelte Byron.

Ann sah ihm ins Gesicht. »Er verdient all unser Mitgefühl und unsere Unterstützung. Nicht billige Witze.«

Byron sah erstaunt aus. »Habe ich billige Witze gemacht?«

»Ja. Ich weiß, daß du es nicht so gemeint hast, aber es klang so.«

»Das tut mir leid. Ich werde ihn morgen anrufen und mich bei ihm entschuldigen.«

»Ich glaube, darüber würde er sich sehr freuen.«

Sie tranken schweigend ihren Kaffee. Schließlich fragte Byron. »Soll ich diese Trüffel holen? Möchtest du einen?«

Er war noch nicht ganz aufgestanden, als er den Blick seiner Frau sah. »Oder hast du sie ihm mitgegeben? Alle?« Er sank wieder zurück in den Sessel. »Na gut. Dann haben wir etwas, worüber wir morgen reden können, wenn ich ihn anrufe.«

Alle paar Monate trafen sich Jonty und Byron in der Stadt. Dieser Rhythmus war nicht geplant, es ergab sich einfach so. Sieben, acht Wochen vergingen, dann verspürte einer von ihnen beiden wieder den Wunsch, den Standpunkt des anderen zum Leben im besonderen und im allgemeinen zu erfahren. Wenn bei Lords ein Freundschaftsspiel stattfand, trafen sie sich dort, manchmal auch in London zu einem richtig großen Spiel. Wenn kein Kricket auf dem Plan stand, nahm im allgemeinen Byron als der Flexiblere von ihnen die U-Bahn bis Leicester Square (*Earthtrust* lag in der Greek Street), und sie aßen in Soho.

Diesmal war es Byron, der Jonty anrief.

»Ich bin dran, dich zum Mittag einzuladen.«

»Na gut, wenn du meinst.«

»Hast du Einwände gegen das *Old Hat?*«

»Nicht, wenn du zahlst, Herr Ritter.«

Das *Old Hat* lag nahe der Windmill Street und war spezialisiert auf deftige Hausmannskost. Jedesmal wenn Jonty dorthin ging – fast nur mit Byron – wurde ihm sofort klar, warum diese Art des Essens aus der Mode gekommen war. Heute zum Beispiel war der erste wirkliche Sommertag, warme Sonnenstrahlen und ein zartblauer Himmel lockten hinaus, um im Freien einen Salade Niçoise zu sich zu nehmen. Aber Byron liebte das *Old Hat,* daher versuchte Jonty erst gar nicht, ihn umzustimmen.

Die Dekoration des Restaurants war rustikal. Die Kellnerinnen hatten hübsche, frische Gesichter und trugen dunkelblaue Kleider mit passenden Strumpfhosen, weiße Schürzen und Käppchen mit Rüschen, die an Krankenschwestern erinnerten. Man hatte den Eindruck, daß sie geradewegs aus dem Studentenheim kamen. Ihr Service war wenig professionell, aber sie machten ihre Arbeit so charmant, daß man eventuelle Beschwerden einfach unterließ.

Jonty und Byron hatten einen völlig unterschiedlichen Kleidungsstil. Paradoxerweise hätte ein Beobachter Byron in seinen abgewetzten Cordhosen, der formlosen wollenen Weste und dem safarifarbenen Jackett für einen Landbewohner gehalten, während Jonty, groß und in Kleidung von Hugo Boss und Tommy Nutter (eine Angewohnheit aus seinen Tagen bei Ruggles Ryder, die er nicht ablegen konnte) wie der typische Londoner wirkte.

Sie bestellten. Byron aß Gutsherrenpastete als Vorspeise und als Hauptgang Rinderbraten mit Klößen, Möhren, Kohl und Kartoffelpüree. Für Jonty war die Wahl schwieriger. Gäste, die den Speisen des Restaurants wenig zugeneigt waren, mußten Kompromisse schließen. Schließlich ließ Jonty die Vorspeise aus und nahm einen Lancashire Fleischtopf.

Unter dem gleichzeitig entspannenden und anregenden Einfluß eines Côte du Rhône unterhielten sie sich während der Pastete und des größten Teils der Hauptmahlzeit über die letzten wichtigen Kricketspiele, das Nachlassen von sozialem Mitgefühl in der Bevölkerung, Immobilienpreise und die neueste Klassikserie auf BBC 2. Als Jonty anfing, die unvermeidlichen winzigen Knochenstückchen mit den Fingern aus dem Mund zu holen und Byron seine Bratensoße auslöffelte, landeten sie wie üblich bei ihren Privatangelegenheiten.

»Ich sage dir was«, fing Byron an, »ich beneide dich um deine Töchter.«

»Allmächtiger, warum das denn?«

»Mädchen sind so viel einfacher.« Byrons kummervoller Blick blieb an den gesunden und fröhlichen Serviererinnen in ihren adretten blauen Kleidern hängen.

»Aber ich bitte dich, denk nur an Giselle«, meinte Jonty.

Byron schüttelte den Kopf. »Das macht nichts. Entscheidend ist, daß du für die Mädchen kein Vorbild zu sein brauchst.«

»Ach so. Das macht dir zu schaffen!«

»Und wie.«

»Wir haben ja auch Daniel«, sagte Jonty. »Aber ehrlich gesagt, habe ich mir nie viel Gedanken darüber gemacht, was für ein Vorbild ich für ihn abgebe.«

»Wenn du mehrere Söhne hast, dann ist es einfach unmöglich, sich nicht unzulänglich vorzukommen. Mein Leben ist so ruhig verlaufen; die langen Jahre in der abgeschotteten akademischen Welt, frühe Pensionierung, alles, was Unruhe hineingebracht und Unsicherheit bedeutet hätte, ist schließlich doch nicht passiert ...«

»Aber Byron, um ehrlich zu sein ...«

»Verheiratet«, fügte Byron düster hinzu, »und das seit ewigen Zeiten.«

Eine schockierende, aber irgendwie angenehm erregende Vermutung stieg in Jonty auf. »Byron, es ist doch alles in Ordnung zwischen dir und Ann, oder?«

»Oh, ja!« Byron wehrte mit der Hand ab. »Unsere Beziehung läuft schon seit langem vollautomatisch. Und überhaupt ist Ann eine besondere Frau. Ich bin ihr völlig ergeben.«

Jonty sah seinem Freund ins Gesicht und glaubte ihm. »Was ist dann das Problem?«

»Na, wie ich schon gesagt habe ... Ich glaube, ich habe erwartet, daß die Jungs – oder zumindest einer von ihnen – so sein würden wie ich, weißt du. Das Leben leicht nehmen, sich für Kultur interessieren, ohne damit angeben zu müssen, sich ein Heim einrichten mit einer sympathischen Frau ...« Byron lehnte sich zurück, während die Kellnerin die Teller abräumte. Er seufzte schwer. »Stattdessen sausen sie hektisch durch die Gegend, fangen alles Mögliche an und lassen es dann schon nach kurzer Zeit wieder, trinken wie die Fische und rauchen wie die Schlote, haben eine Frau nach der anderen, als gäbe es gar keine Zukunft ...«

»Wirklich?«

»Du würdest es nicht glauben, wie sie sich aufführen. Sebastian behauptet, er sei bei seiner Arbeit sexuell belästigt worden, Ann hat es euch neulich erzählt. Nun sollte man doch meinen, daß er jetzt erst einmal etwas vorsichtig in bezug auf Frauen ist. Das Gegenteil ist der Fall. Jedesmal, wenn man bei ihm anruft, holt man ihn aus dem Bett, wo er allerdings nicht allein schläft. Und er arbeitet mit Jugendlichen, stell dir das nur vor! Ich darf gar nicht daran denken.«

Jonty mußte lachen. »Aber er ist doch selbst noch jung.«

»Er ist über dreißig! Da kann man doch wohl langsam auf ein bißchen Vernunft hoffen, findest du nicht?«

»Nun ja, jeder entwickelt sich anders.«

»Wem sagst du das. Und keiner von ihnen mag Kricket«, fügte Byron hinzu, als sei das das Allerschlimmste. Er griff nach der Dessertkarte, die die Kellnerin ihm reichte, und gab sie sofort zurück. »Ich nehme den Brot-und-Butter-Pudding mit aufgeschäumter Milch.«

»Für mich kein Dessert. Einen Kaffee. Du auch, Byron? Also zwei.«

»Es ist nicht leicht mit ihnen, wirklich«, fuhr Byron fort. »Gavin ist auch ein Fall für sich.«

»Genau«, meinte Jonty. »Wir müssen mal sein Restaurant ausprobieren.«

Byron schüttelte sich. »Der Himmel bewahre mich! Eine riesige Scheune voller jammernder Medienleute und Studenten, die Zeitung lesen wie in einer Bahnhofswartehalle und rohes Gemüse kauen wie Kaninchen.«

»Aber doch trotz allem sehr erfolgreich«, wandte Jonty ein.

»Ja, ja«, erwiderte Byron in einem Ton, der klarmachte, daß er es satt hatte, das immer wieder zu hören. »Aber versuch mal, Gavin dazu zu bringen, daß er das zugibt. Er verbreitet nur Untergangsstimmung.«

»Es ist aber auch eine riskante Zeit, um etwas Neues aufzubauen. Sicher ist es klug von ihm, nicht allzu optimistisch zu sein.«

»Oh, diese Befürchtung braucht man wahrhaftig nicht zu haben, das versichere ich dir. Und dann hat auch er eine Frau nach der anderen. Die letzte war so ein nettes, sympathisches und gutaussehendes Mädchen, aber es ist schon wieder zu Ende.«

»Bist du nicht vielleicht ein bißchen zu altmodisch?«

»Ich weiß nicht ...« Byron sah auf seinen Pudding, den die Kellnerin vor ihm abstellte. »Ich erwarte ja nicht, daß er sich schon für alle Zeiten bindet, aber ein wenig mehr Stabilität fände ich schon angenehm. Und meiner Ansicht nach behandelt er seine Mädchen auch nicht gerade sehr nett.« Heftiger als nötig hieb Byron seinen Löffel in den weichen Pudding.

Jonty fand zwar, daß der Pudding sehr reizvoll aussah, aber als Byron ihn mit großen Bissen verschlang, war er doch stolz, standhaft geblieben zu sein. »Ich kann mir vorstellen, daß seine Arbeitszeit weder seinen Beziehungen noch seiner Laune zuträglich ist«, gab er diplomatisch zu bedenken. »Außerdem leben wir in spartanischen Zeiten. Ritterlichkeit steht heutzutage nicht mehr auf der Tagesordnung.«

»Hmm ...« Byron winkte mit seinem Löffel, um zu zeigen, daß er etwas sagen wollte. Vorher mußte er aber erst den riesigen Bissen Pudding hinunterschlucken. »Da stimme ich dir vollkommen zu. Sie reden über ihre ›Beziehung‹, als sei sie ein viktorianisches Möbelstück oder so etwas, und sobald es Probleme mit ihr gibt, werfen sie sie auf den Müll.«

Jonty kicherte. Er fand Byron in dieser Stimmung äußerst komisch.

»Vielleicht tröstet es dich ja, daß du nicht der einzige mit derartigen Problemen bist«, sagte er. »Giselle hat uns neulich erzählt, daß sie mit so einem Hexendoktor, der einen Pferdeschwanz trägt, zusammenziehen will.«

»Mit einem Pferdeschwanz?« Byron wischte sich den Mund an der Serviette ab und schüttelte den Kopf. »Ist das das Neueste? Und wie habt ihr reagiert?«

»Wir haben ihr gesagt, daß wir ein bißchen Zeit brauchen, um darüber nachzudenken.«

»Nun, das ist ja wohl legitim.«

»Wir hoffen es.«

»Immerhin ist sie über achtzehn, sie braucht eure Erlaubnis nicht. Wenn ich an unsere Erfahrungen denke, könnt ihr eigentlich froh sein, daß sie euch überhaupt fragt.«

»Sie hat uns nicht direkt um Erlaubnis gefragt. Ich glaube, sie wollte eher unsere Reaktion testen. Ich habe ehrlich gesagt den Verdacht, daß es ihr ums Geld ging.«

»Du meinst, sie hat Angst, daß ihr sie dann ohne einen Pfennig sitzen laßt? Würdet ihr das denn?«

»Wahrscheinlich nicht. Nein, natürlich nicht. Der Typ, mit dem sie zusammenziehen will, gehört zu den Leuten, die nichts tun, außer Luft zu verdrängen. Wie sollte sie überleben, wenn wir ihr nichts mehr geben?«

»Weißt du, was ihr tun solltet?« Byron lehnte sich zurück. Schon wieder etwas besser gelaunt, sah er zu, wie die Kellnerin die beiden großen, vollen Kaffeetassen auf dem Tisch absetzte. »Stellt sie auf die Probe, testet, wie ernst es ihr ist. Und ihm, natürlich.«

»Und wie?«

»Schickt sie ins Ausland.«

Jonty sah skeptisch aus. »Grizzle eignet sich wohl kaum zum Au-Pair-Mädchen und erst recht nicht für ein Internat in der Schweiz, auf dem sie Umgangsformen lernt.« Die Vorstellung brachte ihn zum Lachen.

»A propos Internat«, sagte Byron. »Ich habe einmal versucht, ein Mädchen zu verführen, das auf so einer Schule für Reiche war. Sogar nach einem halben Liter Glühwein, den sie getrunken hatte, stieß sie mich noch weg.«

»Byron, und du behauptest immer, ein so braves Leben geführt zu haben.«

»Das war die Ausnahme, die die Regel bestätigt. Na, jedenfalls würde ich euch so etwas in der Art wirklich raten. Stattet sie mit etwas Geld aus und sagt ihr, sie soll sich einfach mal ein paar Wochen im Ausland amüsieren. So eine Reise hat manchmal die erstaunlichsten Folgen.«

»Ich weiß nicht«, erwiderte Jonty, offensichtlich nicht überzeugt. »Grizzle läßt sich nicht für dumm verkaufen, trotz ihres Aussehens.«

»Ich mag ihr Aussehen«, sagte Byron, der inzwischen etwas beschwipst war. »Sie sieht gut aus. Auch wenn sie keine Schönheit ist wie Roz...«

»Rose.«

»... wie Rose, hat sie etwas sehr Anziehendes.«

»Wie geht's Julian?« fragte Jonty und gab der Kellnerin ein Zeichen, daß sie zahlen wollten.

»Julian? Ah, Julian! Das ist genau das richtige Beispiel. Ann hat für ihn eine Schule für Jungen in Frankreich gefunden, und er unterrichtet dort Rugby und Englisch. Seitdem haben wir kein Problem mehr mit ihm. Du siehst, das Ausland ist nur zu empfehlen.«

»Okay, okay, die Botschaft ist angekommen.« Jonty schob Byron die Rechnung hin. »Für dich.«

Byron fuhr mit Jonty im Taxi bis King's Cross und nahm von dort aus die U-Bahn. Aus Versehen stieg er in die falsche Linie, und als er schließlich zu Hause ankam, war es fast sechs Uhr. Im Flur traf er Mr. We-We Sun.

»Hallo, mein Lieber, haben Sie Lust, etwas mit mir zu trinken?«

Während Mr. We-We Sun noch mit der Antwort zögerte, erklang Anns Stimme aus der Küche.

»Byron! Byron, Sebastian und ich sind hier!«

»Ah, ich werde gerufen«, sagte Byron leise mit bedauerndem Schulterzucken.

Ann und Sebastian saßen am Küchentisch.

»Wie war dein Essen?« fragte Ann.

»Sehr gut, danke.«

»Man riecht es bis hierher«, sagte Sebastian und wedelte mit seiner Zigarette in der Luft herum, als wollte er etwas ausräuchern. Das mußt du gerade sagen, dachte Byron, erwiderte jedoch nichts.

»Es tut mir leid, daß ich dir etwas Unangenehmes sagen muß«, verkündete Ann mit einer Wichtigkeit, die Byron manchmal nur schwer ertrug. »Aber ich habe einen Anruf von Julians Schule erhalten. Aus Frankreich.«

»Ja, und?«

»Er hat Mumps. Jedenfalls geht es ihm wohl ziemlich

miserabel, er ist in einem Krankenhaus in der Nähe von Arles.«

»Ach du meine Güte.« Byron sank auf einen Stuhl. »Der arme Jules. Mumps kann ganz schön unangenehm sein.«

»Also«, fragte Sebastian, »wer von uns fährt hin, um dem Kranken beizustehen?«

6.

Giselle lag auf dem Rasen. Sie hatte ihr T-Shirt ausgezogen, um sich daraufzulegen; ihren Rucksack benutzte sie als Kopfkissen. Die Sonne schien warm auf ihre geschlossenen Augenlider und ihre nackten Brüste. Das Mädchen lag am Rande eines Maisfeldes; die hohen Stauden bewegten sich leise im Wind und gaben ein beruhigendes Raunen von sich, als schwatzten sie miteinander. Nur einige Meter entfernt auf der anderen Seite der dichten Hecke lag der Parkplatz der Autobahnraststätte. Ein schwacher Geruch nach Toiletten wehte herüber, und sie konnte das Klirren und Scheppern in der Küche hören. Mit lautem Röhren fuhr ein Lastwagen an, aber trotzdem war sie hier abgeschieden vom Trubel der Raststätte. Sie hatte noch den Geschmack von Pommes frites, Hackfleisch und Rotwein im Mund und fühlte sich angenehm satt und zufrieden.

Normalerweise rannte Giselle dem Glück nicht hinterher, und sie machte sich auch nicht viel Gedanken über ihre Situation. Sie betrachtete das Leben eher als etwas, was den Menschen im allgemeinen nicht sehr gewogen war und nur ab und zu einen Ausgleich für die vielen Unannehmlichkeiten bot. Aber in diesem Moment fühlte sie sich wirklich glücklich. Dazu brauchte es eigentlich nicht mehr, als daß die elementaren Bedürfnisse zufriedengestellt waren, das wurde ihr hier klar. Genügend zu essen und zu trinken, Wärme und natürlich Sex. Inzwischen war sie ihren Eltern sogar dankbar dafür, daß sie ihr diese Reise aufgedrängt hatten. Aus der Entfernung empfand sie eine größere Zuneigung zu ihrer Familie als in ihrer Gegenwart. Ihre Eltern mit ihrer ewigen Unentschlossenheit, Rose mit ihrer langweiligen Zukunft in irgendeinem unwichtigen Fernsehstudio und Daniel (das arme Schwein), der gerade jetzt für seinen Schulabschluß büffelte – was wußten sie denn schon? Sie, Giselle, war die Königin ihres Lebens, und das hatten ihr diese Ferien klargemacht.

Giselle war nicht zum erstenmal allein unterwegs. Sie war in Cornwall und Wales gewesen und erinnerte sich an eine ständig in Regendunst gehüllte Landschaft und den Nebel im Kopf, der von einem fast durchgängigen Kater stammte. In Spanien war sie zusammen mit einem anderen Mädchen wegen rowdyhaften Benehmens von einem Campingplatz gewiesen worden. Sie hatte sogar Wochenenden in Brighton oder London verbracht – mal mit dem libanesischen Koch, mal mit dem Töpfer; dafür hatte sie jedesmal mühevoll Daniel und Rose überzeugen müssen, ihr Lügengespinst zu decken. Aber noch nie waren ihre Ferien so genußvoll gewesen wie diese Wochen in Frankreich.

Giselle öffnete den obersten Knopf ihrer Levi's Shorts.

Ihre Eltern hatten diese Zeit noch nicht einmal unbedingt als Ferien für sie geplant. »Wir geben dir etwas Bargeld, mit dem du eine Zeitlang auskommen kannst«, hatte ihr Vater gesagt, »aber es wird nicht für mehr als ein paar Wochen reichen, wenn du dir nicht einen Job suchst. Das überlassen wir dir. Und melde dich ab und zu.«

Wenn man es genau betrachtete, waren sie ziemlich naiv. Mit geschlossenen Augen schob Giselle ihre Hand in die Hose.

Gavin, der unterwegs zu seinem jüngeren Bruder war, konnte spüren, wie seine Anspannung langsam nachließ. Es war ein gutes Gefühl, über Land zu fahren, frei von den Verpflichtungen, die das Geschäft, die Familie oder irgendeine Frau einem auferlegten. Obwohl der Grund für diese Spritztour eigentlich Julian war, nach dem er sehen wollte (der bereits gemeldet hatte, daß er wieder völlig gesund sei), fühlte er sich wie im Urlaub. Er würde nicht lange in Montaigle bleiben, das ein langweiliges Provinznest sein sollte. Gavin hatte vor, die Kiste mit Proviant, die seine Mutter ihm für Julian mitgegeben hatte, abzuliefern, sich ordentlich auszuschlafen und dann weiterzufahren.

Gavin legte eine Marvin-Gaye-Kassette ein. Das Fenster

war offen und er trommelte von außen mit den Fingern aufs Dach. Eine Autobahn-Mautstelle kam in Sicht. Gavin verlangsamte und stoppte am Ende einer Schlange. In der Wartereihe nebenan saß auf seiner Höhe eine attraktive blonde Frau am Steuer eines Renault Espace. Sie nahm eine Hand vom Lenkrad und die vorderen Fenster öffneten sich automatisch. Hinter ihr saßen zwei gebräunte Kinder in Sicherheitssitzen, und im Gepäckraum schwitzte ein englischer Hirtenhund mit offenem Maul und heraushängender rosa Zunge.

Während die beiden Wagen sich gleichmäßig vorwärtsschoben, fiel Gavin auf, daß die Frau mit ihrer Hand auf dem Lenkrad den Rhythmus von *Dock of the Bay* mitklopfte. Er stellte die Musik etwas lauter. Sie sah zu ihm hinüber, ihr Gesicht mit der dunklen Sonnenbrille war ausdruckslos. Gavin lächelte. Mit einem Finger schob sie die Sonnenbrille ein wenig hinunter und erwiderte sein Lächeln, wobei auf ihrer rechten Wange die Andeutung eines Grübchens erschien.

»*Bonjour*«, sagte Gavin, »*vous aimez ça?*«

»Oh ja, sehr.« Ihr Akzent war hinreißend.

Stück für Stück bewegten sich die Autos weiter. Die Luft war heiß, stickig und voller Geräusche. Irgendwo ertönten mehrere Hupen. Gavin nahm die Kassette heraus und reichte sie der Frau im Renault hinüber.

»*Pardon?*«

»*Prenez-ça, s'il vous plaît, madame.*«

»Nein, nein, danke …« Sie schüttelte den Kopf und lachte. Der Hund blaffte einmal; die Kinder, von der Hitze ermattet, starrten Gavin an.

Die Autoschlange bewegte sich langsam vorwärts. Zwischen ihren beiden Wagen und den Gebührenhäuschen befand sich jeweils nur noch ein Auto, gleich würden sie getrennt sein. Gavin stieg aus und ließ die Kassette durch das offene Fenster in den Schoß der Frau fallen. Sie hob die Schultern und machte mit der Hand eine charmante Geste der Hilflosigkeit.

»*M'sieur … vous êtes trop gentil. Merci.*«

Gavin nahm ihre Hand und hauchte einen Kuß darauf. Eine Hupe ertönte, jemand pfiff. Er genoß die Situation.

»De rien, madame ...«

Nachdem sie die Gebührenstelle passiert hatten, blieb Gavin noch einige Kilometer in Sichtweite des Renaults und seiner Fahrerin, doch dann nahm sie eine Abfahrt zu einem kleinen Dorf, das mit einem Schloß lockte. Gavin fragte sich, ob sie wohl ihrem Ehemann von dem exzentrischen jungen Engländer und seiner charmanten Geste erzählen würde. Er mochte solche Momente, in denen ein flüchtiger, aber doch intensiver Kontakt zu einem Menschen hergestellt wurde, den man nie wiedersehen würde. Mit einer winzigen Erinnerung verankerte man sich so im Leben des anderen. Diese Frau würde vielleicht Telefonnummern, Geburtstage und Zahnarzttermine vergessen, aber ihn sicherlich nicht. Gutgelaunt drückte er das Gaspedal durch und fuhr auf die Überholspur.

Es war halb drei, und Gavin war seit mehr als einer Stunde auf der Landstraße, als er plötzlich Hunger und Durst verspürte. Er hatte noch nie Energie darauf verschwendet, seine Mahlzeiten zu planen, und die Brasserie, die von morgens acht bis Mitternacht geöffnet war, hatte diese Tendenz noch verstärkt. So konnte Gavin lange Zeit ohne Essen auskommen, bis ihn dann unwiderstehlicher Hunger packte.

Zum Glück war er nicht wählerisch; er fuhr zur nächsten Raststätte und aß ein Schweinekotelett und einen Berg Pommes frites. Beides spülte er mit einer Büchse Stella Artois hinunter. Er dachte daran, Julian anzurufen und ihm zu sagen, daß er erst morgen käme; dann könnte er irgendwo in einem kleinen Hotel eine Nacht für sich allein verbringen. Aber die einzige Telefonzelle war besetzt – natürlich von einem Engländer –, also verwarf er die Idee und ging nach draußen.

Er bestieg nicht sofort sein Auto, sondern zündete sich eine Zigarette an und schlenderte über den Parkplatz. Hinter einer Hecke erstreckten sich bis zum Horizont Felder, über denen die Luft vor Hitze flimmerte. Die Ruhe und

Weite der Landschaft standen in völligem Gegensatz zu Gavins hektischer Umgebung in London; er fühlte sich wie aus einer Verankerung gerissen, als sei er nur ein schwebender Punkt auf der Landkarte. Noch hatte sich seine Anspannung nicht ganz gelöst, und sein Empfinden schwankte zwischen Genuß und Panik.

Er warf den Rest seiner Zigarette zu Boden und trat ihn aus. Eigentlich war ihm danach, die Toilette aufzusuchen, aber der Geruch, der ihm entgegenwehte, hielt ihn davon ab. In der Hecke zu seiner Linken sah er eine Lücke, er ging darauf zu und öffnete seine Hose.

Erst als er fertig war und einen Schritt vorwärts machte, um über die Felder zu sehen, bemerkte er das Mädchen. Fast wäre er über sie gestolpert. Sie lag zwischen der Hecke und dem Maisfeld und hatte die Augen geschlossen, so daß er sie einen Moment lang ungeniert betrachten konnte.

Ihre Figur glich keineswegs dem modernen Schönheitsideal, sondern eher einer Fellini-Fantasie. Sie hatte breite Schultern und große Brüste. Ihr schwarzes Haar war bis auf einen mittleren Streifen millimeterkurz, in jedem Ohr trug sie mehrere Ohrringe und im rechten Nasenflügel einen dünnen silbernen Ring. Ihre Augenbrauen und Wimpern waren dicht und ebenfalls schwarz, die Augenbrauen bildeten einen markanten Bogen und stießen über der Nasenwurzel fast zusammen. Ihre Haut – und es war viel davon zu sehen – war tiefbraun. Auf ihrem großen, vollen Mund befanden sich Reste eines pflaumenfarbenen Lippenstifts.

Ihre Hose stand offen, und von ihrem Bauchnabel aus verlief ein feiner Streifen dunkler Härchen nach unten. Eine Hand hatte sie unter ihren Kopf gelegt, die andere befand sich in ihrer Hose und bewegte sich in einem eindeutigen Rhythmus.

Völlig fasziniert starrte Gavin sie an.

Sie öffnete die Augen und reagierte ganz gelassen.

Gavin, der nicht gewohnt war, sich verwirren zu lassen, behielt nur deswegen die Fassung, weil für sie die Situation eigentlich peinlicher sein mußte als für ihn. Ihre Hand hörte auf, sich zu bewegen, aber als wenn sie ihm zeigen wollte, daß sie sich durch seine Gegenwart nicht einschüchtern ließ, nahm sie sie nicht zurück.

»Entschuldigung«, meinte sie, aber es klang nach »Verschwinde«.

»*Ich* entschuldige mich. Ich wollte nur den Ausblick bewundern.«

»Ach ja? Ist deswegen deine Hose offen?«

Gavin sah an sich herunter und zog eilig den Reißverschluß zu. »Ich mußte gerade mal.«

»Was du nicht sagst.« Sie hob ihren Unterkörper, um die Hose zu schließen. Die Bewegung ließ die starken Muskeln in ihren Beinen sichtbar werden. Ihre Füße waren nackt und schmutzig.

»Nein, wirklich«, erklärte Gavin, »ich stand nicht hier, um dich anzustarren. Aus Versehen bin ich fast über dich gestolpert.«

Sie beachtete ihn nicht weiter. Ruhig setzte sie sich auf. Über ihrer Hose bildete sich ein Ring weichen braunen Fleisches. Sie nahm ihr T-Shirt und schüttelte es kräftig aus, wobei sich ihre Brüste heftig auf- und niederbewegten. Dann zog sie das Hemd an und fuhr sich mit der Hand durch ihre Haarstoppeln. Sand und Grashalme fielen heraus.

»Eine unglaubliche Hitze«, bemerkte Gavin.

»Hm.« Das Mädchen stand auf und warf ihren Rucksack über die Schulter. Sie war eine Spur größer als er. In einem solchen Körper konnte man glatt verlorengehen.

»Entschuldigung.« Diesmal war es eine Aufforderung, wenn auch nur eine knappe.

»Natürlich.« Gavin trat zur Seite. Als sie davonging, lief er ihr nach. »Willst du Richtung Süden?«

Sie blieb stehen, sah ihn jedoch nicht an.

Gavin holte sie ein. »Vielleicht kann ich dich mitnehmen?«

Langsam wandte sie sich zu ihm um und sah ihn von oben bis unten an. Ihre linke Augenbraue wurde durch eine winzige Narbe geteilt.

»Geh zum Teufel!«

Als Gavin wieder im Auto saß, waren seine Gedanken noch einen Moment bei der zweiten Begegnung an diesem Tag. Sie war amüsant, aber auch ein bißchen peinlich gewesen. Er war sich nicht sicher, ob er in diesem Fall dem Mädchen in Erinnerung bleiben wollte.

»Alles klar«, sagte Ark, »Dolly geht's gut.«

Er steckte das Stückchen Papier wieder ein, auf dem Jontys Telefon-Kreditkartennummer notiert war, die er Giselle für Notfälle mitgegeben hatte. Man konnte sie aber auch gut gebrauchen, um sich nach dem Hund zu erkundigen.

»Und ich hab uns einen Platz in einem Laster besorgt.«

Im Fahrerhäuschen war es für drei Personen sehr eng, aber Ark nahm es wie immer auf sich, in der unbequemen Mitte zu sitzen. Der Fahrer war ein schweigsamer Belgier, dessen Konversation sich darauf beschränkte, ihnen mitzuteilen, wo er sie wieder absetzen würde. Giselle und Ark war das nur recht. Gerade aus diesem Grund zogen sie Laster vor. In Personenwagen gaben sich die Fahrer meist Mühe, ein Gespräch zu führen, und das war mit Giselles minimalen und Arks nicht existierenden Französischkenntnissen eine einzige Qual. Außerdem durften sie in Lastern rauchen.

»Wer war der Typ, mit dem du geredet hast?« fragte Ark.

»Niemand.«

»Engländer?«

»Ja.«

»Was wollte er?«

»Nichts.«

»Ach so ...«

Einem spontanen Impuls folgend, griff Giselle nach Arks Arm und drückte ihn. »Nichts, ehrlich.«

Ark lächelte sie an. »Schon gut, Zelda, ich glaube dir.«

Aus irgendeinem Grund hatte sie keine Lust, über den Vorfall zu reden. Es war ja auch zu blöd, daß man angestarrt wurde, während man gerade die Hand in der Hose hatte! Er war um einiges älter als sie, was die Sache nicht weniger peinlich machte. Giselle hatte ein schmales Gesicht in Erinnerung, dessen Blässe durch dunkle Bartstoppeln noch unterstrichen wurde. Seine Augen waren grau und durchdringend, die Augenränder gerötet. Das braune, lockige Haar trug er länger, als es zur Zeit in Mode war. Seine Ausdrucksweise war gebildet, sein Ton etwas sarkastisch. Er erinnerte sie an irgend jemanden, oder vielleicht hatte sie ihn auch schon einmal gesehen. Giselle glaubte ihm, daß er an der Hecke gestanden hatte, um zu pinkeln, aber trotzdem hatte er sie angestarrt. Und es war ihr nicht gleichgültig gewesen.

»Mist«, murmelte sie vor sich hin.

»Mach dir nichts draus«, riet Ark ihr.

Hesters Thema für diese Woche war, wie man mit einem Examenskandidaten in der Familie umging.

»Abiturprüfungen und akademische Examen sind sicher für keinen so schlimm wie für den Prüfling selbst, Prüfungen am Ende der Mittelschule stellen jedoch für die Eltern des Schülers eine härtere Belastungsprobe dar als für ihn selbst. Erstens lebt er noch zu Hause, und zweitens sind Jugendliche diesen Alters in einer Phase ihrer Entwicklung, die es Eltern schwer macht, in ihnen liebenswerte Wesen zu sehen. Diese Examen, die nach Ansicht der Schüler völlig sinnlos sind und sie zu keiner der Arbeiten befähigen, die sie vielleicht einmal ergreifen möchten, sind weiß Gott nicht dazu angetan, Ihre Beziehung zu Ihrem Sprößling zu verbessern. Und das Vertrackte daran ist, daß Sie in einem Jahr das Gleiche noch einmal durchmachen werden, wenn Sie jetzt nicht weise handeln. So ist es in Ihrem eigenen Interesse, sich zu überwinden und entgegen Ihren natürlichen und nur allzu verständlichen Impulsen zu handeln. Scheuen Sie sich nicht, sich selbst zum Fußabtreter des Prüfungskandidaten zu machen. Erinnern Sie sich der Aussprüche des Heiligen Franziskus, die Margaret Thatcher zitierte, um eine derartige Haltung zu rechtfertigen.«

Hester hörte auf zu schreiben und sah einen Augenblick nachdenklich ins Leere. Hier wollte sie noch etwas hinzufügen, erinnerte sich aber nicht mehr an den genauen Wortlaut. Nachdem sie vermerkt hatte, daß an dieser Stelle noch etwas ergänzt werden mußte, fuhr sie fort:

»Es ist Zeit, sich in bestimmten Fähigkeiten zu üben: Selbstlosigkeit, Unterwürfigkeit, kriecherische Demut. Ich weiß, das geht Ihnen gegen den Strich, aber Sie müssen sich dazu durchringen. Hören Sie auf, in Ihrem Kind einen Faulpelz zu sehen, der dazu auch noch frech ist, dauernd ungehörige Ausdrücke benutzt und soviel Sensibilität wie ein kaltes Toastbrot hat. Versuchen Sie, sich ihn in einem neuen Licht vorzustellen: als ein stolzes und verständiges Wesen, zurechtgemacht wie ein rassiges Rennpferd und mit dem entsprechenden Appetit. Dieses Bild könnte Ihnen helfen, richtig an die Sache heranzugehen ...«

Wieder hielt Hester inne und sah vor sich hin. Sie fragte sich, wie Daniel wohl gerade mit Religion und Ethik klarkam, ein Fach, in dem er erstaunlicherweise ein gutes Resultat erwartete.

Rose steckte ihren Kopf durch die Tür. »Na, wer kriegt denn diesmal sein Fett ab?«

»Ich schreibe über Examen, über ihre Auswirkungen auf die Familie des Prüflings.«

»Unter besonderer Berücksichtigung der Mutter.«

»Natürlich.«

»Das hast du doch bestimmt schon mal gemacht.«

Hester zuckte die Achseln. »Gibt's noch was Neues auf dieser Welt?«

Rose kam ins Zimmer herein und hockte sich auf den Rand des Schreibtischs. Sie trug einen taubenblauen Kimono und hatte ein Frotteetuch um den Kopf geschlungen.

»Also bekommst du dein Geld für alten Kram, gib's zu.«

»Es ist schwieriger, als es aussieht«, protestierte Hester. »Hm, du riechst gut.«

»*Amérique* ... Jez hat es mir geschenkt.« Jeremy war ihr Freund in Bristol, mit dem sie in einer Woche nach Italien fahren würde. Sie roch an ihrem Handgelenk. »Ich bin nicht so sicher, ob es mir gefällt. Ist es nicht ein bißchen zu schwer?«

»Nein, es riecht sehr gut.«

Rose schielte auf den Bildschirm. »Bist du fertig damit?«

»Nein«, sagte Hester mit Nachdruck, »noch nicht.«

»Okay, okay, tut mir leid!« gab Rose übertrieben laut zurück. Sie deutete auf den Bildschirm. »Macht aber schon 'nen guten Eindruck. Sicher witzig und scharfsinnig wie immer.«

»Rosie, willst du dich über mich lustig machen?«

»Ich? Würde mir nicht im Traum einfallen!«

»Doch, du verspottest deine arme, alte Mutter, weil sie so ein alltägliches Zeug schreibt und dafür auch noch Geld kassiert!«

»Tz, tz. Tu ich nicht! Wie viele andere auch, mag ich, was du schreibst.«

»Hmm ...« Hester rieb sich das Gesicht und fuhr sich mit den Fingern durchs Haar. »Na ja, es ist nicht unbedingt Stoff für den Pulitzer-Preis.«

»Aber das ist Jilly Cooper auch nicht.«

»Da hast du recht.«

»Und was wichtiger ist«, Rose hob einen Finger, »es dient einem guten Zweck.«

Erstaunt sah Hester ihre Tochter an. »Tut es das?«

»Klar, du bist wie eine Ein-Frau-Frauengruppe. Die anderen haben das Gefühl, daß sie nicht allein sind mit ihrem vermeintlichen Versagen.« Hester verbarg ihr Gesicht hinter den Händen und lachte, aber Rose fuhr fort: »Komm, du weißt genau, was ich meine. Eine Menge Leute in meinem Alter, die nicht verheiratet sind und keine Kinder haben, lesen deine Seite, weil sie irgendwie *fühlen,* daß das stimmt, was du schreibst. Und außerdem können sie noch drüber lachen. Also, wenn das nichts ist!« Sie gab ihrer Mutter einen Klaps auf die Schulter und ging aus dem Zimmer. Dann steckte sie ihren Kopf noch einmal durch die Tür, um eine letzte Bemerkung zu machen.

»Und was für ein Glück du hast, so eine ungeheuer interessante Familie zu haben!«

»Ich glaube nicht, daß ich im Moment sehr deprimiert bin«, sagte Mrs. Ramilies zu Ann. Damit ihre Beraterin aber womöglich nicht dachte, es gehe ihr nun wieder gut, fügte sie gleich hinzu: »Aber an manchen Tagen überkommt es mich noch immer.« Wie zur Bekräftigung nahm sie einige Kleenextücher aus der Pappschachtel, die Ann immer taktvoll neben ihren Klienten auf dem Sofa stehenließ.

»Das ist ja auch kein Wunder«, entgegnete Ann sanft. »Änderungen im eigenen Verhalten rufen nun einmal emotionale Unsicherheiten hervor. Sie können nicht erwarten, über Nacht eine andere Person zu werden. Aber Sie arbeiten daran, und das zählt im Moment.«

Mrs. Ramilies wischte heftig über Nase und Wangen. »Das tue ich ja, aber manchmal kommt es mir so sinnlos vor. Er ist weg, und die Kinder sind mir überhaupt keine Unterstützung. Für sie ist alles beim alten, die Erde dreht sich weiter, ihre Freunde sind noch immer da ...« Sie zögerte, dann platzte sie heraus: »Und sie heben diesen Bastard noch in den Himmel!«

Geistesabwesend begann sie, die Papiertücher zu zerzupfen. Kleine Schnipsel schwebten zu Boden. Ann sah ihnen nach und bemerkte dabei, daß Josette beim letzten Staubsaugen das Sofa nicht weggerückt hatte. Hinter Mrs. Ramilies Füßen war deutlich eine Linie von Staub und Flusen zu erkennen. Ann nahm sich vor, mit Josette darüber zu reden.

»Sind Sie sicher, daß die Kinder eine so hohe Meinung von ihm haben?«

»Das tun sie, das kann ich Ihnen versichern«, schnaubte Mrs. Ramilies. »Und ich bin die böse Hexe, die ihn aus dem Haus getrieben hat.«

»Kinder bilden sich ihre Meinung oft aufgrund von unterschwelligen Informationen«, gab Ann zu bedenken. »Ihre Schlußfolgerungen sind manchmal viel klüger, als wir denken.«

»Es macht mich krank«, fuhr Mrs. Ramilies wütend fort, ohne Anns Einwurf zu beachten, »daß die Kinder ihn trotz seines Verhaltens noch immer für so was wie 'nen edlen Ritter halten.«

»Sie sind wütend«, bemerkte Ann.

»Das kann man wohl sagen!«

»Das ist in Ordnung so. Spüren Sie Ihrer Wut nach. Benutzen Sie sie zu Ihrem Vorteil. Wut ist Hitze, und Hitze ist Energie. Lassen Sie die Wut für Sie arbeiten.«

»Wie denn?« fragte Mrs. Ramilies verständnislos. Sie schien aber eine brauchbare Antwort zu erwarten.

Ann schüttelte den Kopf. »Diese Frage müssen Sie sich selbst stellen. Es ist Teil des Heilungsprozesses, die Antwort darauf zu finden.« Ann sah auf ihre Armbanduhr. »Da wir nur noch ein paar Minuten haben, möchte ich Sie fragen, ob Sie für das nächste Mal ein bestimmtes Thema vorgesehen haben?«

»Vielleicht«, erwiderte Mrs. Ramilies daraufhin düster, »gibt es gar kein nächstes Mal.«

»Fühlen Sie sich so viel besser?«

»Ich weiß nicht, ob ich es mit dem Geld schaffe.«

»Nun, ich denke, es wäre traurig«, entgegnete Ann ruhig, »wenn Sie Ihre Entscheidung nur vom Geld abhängig machten. Wir wissen doch beide, daß unsere Gespräche sehr wichtig für Sie sind.«

»Na, mal sehen.« Mrs. Ramilies stand auf. Kleine Papierfetzen fielen von ihrem Rock auf den Boden. Sie war noch immer eine sehr verwirrte und labile Frau. Es war Anns Aufgabe als Beraterin, den Moment und die Stimmung der Verabschiedung zu bestimmen. Ihre Klientin sollte mit dem Gefühl gehen, etwas Positives aus dem Treffen mitgenommen zu haben, und es für sinnvoll halten wiederzukommen.

»Ich bin sicher«, sagte Ann so leise, daß Mrs. Ramilies aufmerksam zuhören mußte, um sie zu verstehen, »daß es verschiedene Wege gibt, die es wert sind, sich mit ihnen zu befassen. Versprechen Sie mir, daß Sie nicht unüberlegt Ihre Besuche abbrechen. Das ist alles, worum ich Sie bitten möchte.«

»Keine Angst«, versprach Mrs. Ramilies, »ich werde darüber nachdenken.«

Nachdem Ann sie hinausbegleitet hatte, ging sie zurück ins Wohnzimmer. Sie empfing ihre Klienten lieber hier als in ihrem Arbeitszimmer, das ihrer Meinung nach zu viele persönliche Dinge enthielt. In dem großen Haus herrschte absolute Stille; Byron war in die Bibliothek gegangen, Mr. We-We Sun arbeitete. Es war erst elf Uhr, und sogar von der Straße drang kein Geräusch herein. Die Ruhe hatte etwas Hypnotisches.

Ann setzte sich. Es passierte äußerst selten, daß sie einfach nur ruhig dasaß, ohne etwas zu tun oder gezielt über etwas nachzudenken. Auch jetzt hatte sie eigentlich eine ganze Reihe Dinge zu erledigen, aber im Moment konnte sie weder die geistige noch die physische Energie aufbringen, etwas in Angriff zu nehmen.

Abwesend betrachtete sie ihre Kleidung. Ann war überhaupt nicht eitel, aber es war ihr wichtig, daß ihre Sachen immer peinlich sauber und ordentlich waren. Ihre Unterwäsche wechselte sie täglich und die Oberbekleidung mindestens jeden zweiten Tag. Heute trug sie ihren dunkelgrünen Kordsamtrock mit der grünweiß gestreiften Bluse und braune Hush-Puppies. Ihre Hände waren klein, die Nägel kurz geschnitten, weil es praktischer war. Auf der Außenseite ihres linken Daumens war eine kleine Narbe zu sehen. Dort hatte sie sich vor Jahren verbrannt, als sie sich beeilte, die Suppe für eine Party der Jungs noch rechtzeitig fertig zu machen. Ann trug keine Ringe außer ihrem schmalen, einfachen Ehering. Sie dachte an Mrs. Ramilies' Hände, die groß und von zwei Diamantringen geschmückt waren. Der Nagellack ihrer rotlackierten Fingernägel war teilweise abgeblättert. Im Vergleich zu den Händen von Mrs. Ramilies sahen ihre eigenen wie die eines Kindes aus.

Bevor sie die Ehe mit ihrem jetzigen Mann geschlossen hatte, war Mrs. Ramilies schon zweimal verheiratet gewesen. Sie machte kein Hehl aus ihrem Bedürfnis nach einer »Beziehung voller Leidenschaft«, wie sie es nannte. Ann dagegen war seit fünfunddreißig Jahren mit Byron verheiratet, und sie war ihm immer treu gewesen. Die Leidenschaft zwischen ihnen war zwar noch nicht völlig versiegt, aber ein wichtiges Thema war sie längst nicht mehr.

Vor einigen Wochen hatte Ann Josettes *Post* in die Hände bekommen und spaßeshalber die Hester-Blake-Seite gelesen. Der Artikel betraf das Thema, wie Eltern darauf reagieren, wenn ihre eigenen Kinder sexuell aktiv werden. Natürlich war alles ganz locker und oberflächlich abgehandelt worden. Hester hatte unter anderem geschrieben, daß Eltern unterschiedliche Erwartungen in bezug auf die Jungen hegten, die sie ihren Töchtern als Partner wünschten, und auf die eigenen Söhne. Das sollte wohl heißen – und Ann konnte nur vermuten, daß es auch Hesters eigene Meinung war –, daß Eltern es begrüßen würden, wenn ihre Töchter sich mit emanzipierten Männern zusammentaten, die sie mit Verständnis und Respekt behandelten; ihre Söhne sehen sie dagegen gern in der Rolle charmanter Don Juans, die von Blume zu Blume flatterten.

Ann glaubte nicht, daß es sich im allgemeinen so verhielt. Sie hatte zwar selbst keine Tochter, aber sie war eine überzeugte Feministin. Und sie hoffte sehr, daß ihre eigenen Söhne, obwohl sie sich vernünftigerweise bis jetzt noch nicht fest gebunden hatten, zu einem ernsthaften emotionalen Engagement fähig waren. Von Mrs. Ramilies und ähnlich gelagerten Fällen wußte sie nur zu gut, wie sehr ein Schürzenjäger das Selbstbewußtsein einer Frau verletzen konnte. In einem offenen Konflikt zwischen den Geschlechtern würde sie – da war sich Ann sicher – immer auf der Seite der Frau stehen.

Ein interessantes Diskussionsthema für die Frauengruppe. Sie sollte sich eine Notiz machen. Ein wenig steif erhob sie sich, nahm die Schachtel mit Kleenextüchern und stellte sie auf das Bücherregal. Dann ging sie in ihr Arbeitszimmer.

Gavin und Julian kamen aus einem *Mammouth*-Supermarkt. Ann hatte Gavin Geld mitgegeben und ihm ausführliche Instruktionen erteilt, was sie dafür kaufen sollten. Die beiden hatten sich nicht daran gehalten; der Kofferraum des Cabriolets war voller Weine, *Gitanes* und Konservendosen. Gavin hatte vor, in den hiesigen Restaurants ausgedehnte, von der Steuer absetzbare Recherchen vorzunehmen, und seine humanitären Aufgaben gingen nicht so weit, für seinen Bruder zu kochen.

»Und wann stellst du mir Lisette vor?« fragte Gavin, als sie an einer Ampel standen.

»Überhaupt nicht, wenn es von mir abhängt.«

»Hat sich die Sache schon erledigt?«

»Was mich angeht, ja. Das Problem ist, daß mich *maman* und *papa* schon ganz schön vereinnahmt haben. Er ist Bürgermeister und ein relativ hohes Tier, daher bringt mich das Ganze in ein ziemliches Dilemma.«

Julian legte die Füße auf die Ablage, doch Gavin befahl: »Runter!«

»Ich glaube«, fuhr Julian fort, »sie hatten gehofft, wir würden zusammenbleiben.«

»Und ich nehme an, das hattest du nie vor?«

»Gott behüte! Machst du Witze?«

»Ich weiß nicht, ich kenne die Dame nicht.«

»Lisette ist in Ordnung – hat was von Isabella Rossellini – ist aber nichts fürs ganze Leben!«

»Ich verstehe, was du meinst«, nickte Gavin. »Und die Franzosen sind so ... na, irgendwie spießig.«

»Du sagst es.«

Zufrieden, Gavin seine Ansicht vermittelt zu haben, legte Julian seine Turnschuhe wieder auf das Ablagebrett und schaltete das Radio ein. Er sah für sein Alter jung aus und hätte glatt als neunzehnjähriger Student durchgehen können. Außerdem besaß er den unschuldigen Charme eines jungen Mannes aus einem Merchant-Ivory-Film, und entsprechend beliebt war er sowohl beim weiblichen als auch beim männlichen Geschlecht in der Schule. Heute nachmittag waren er und Gavin in Montaigle schwimmen gewesen, und Julian trug ein zerknittertes beiges Leinenjackett auf dem nackten Oberkörper sowie ausgefranste weiße Jeans, durch deren Gürtelschlaufen er eine Schulkrawatte gezogen hatte. Über seine Schultern hatte er noch immer ein gestreiftes Handtuch gelegt. Weder er noch Gavin waren von der Sonne gebräunt – die Haut aller Armitages war und blieb einfach hell, und die Jungen hatten schon frühzeitig gelernt, aus der Notwendigkeit eine Tugend zu machen.

Julian sah seinen älteren Bruder an. »Und was ist mit dir? Kriegst du's regelmäßig?«

»Sei nicht so ordinär!«

»Und?«

»Ich habe mit Katie Schluß gemacht, falls du das meinst. Aber auch während unserer Beziehung passierte es nicht regelmäßig. Sie war wirklich ein nettes Mädchen, aber schrecklich unreif. Und irgendwann wurde es mir einfach zu viel, immer auf ihre Empfindlichkeiten eingehen zu müssen.«

»Also bist du ein freier Mann.«

»Sozusagen. Obwohl ...«, Gavin öffnete ein Päckchen Zigaretten, »das hört sich an, als stünde ich wieder für 'ne Beziehung zur Verfügung. Das tue ich aber nicht. *Schmooze* hält mich sieben Tage in der Woche in Atem, und was meine Energie angeht, so funktioniere ich nur noch auf Reserve.«

»Ganz schön masochistisch, wenn du mich fragst«, sagte Julian.

»Wenn du damit meinst, daß ich der einzige in der Familie bin, der weiß, was es heißt zu arbeiten, dann hast du recht.«

»Moment mal, *ich* arbeite.«

»Korrektur: Du wirst dafür bezahlt, daß du spielst.«

»Das stimmt.« Julian schien sehr zufrieden mit dieser Analyse.

»Niemand versteht«, fuhr Gavin fort, »daß du als Besitzer und Manager eines Restaurants wie *Schmooze* einfach immer im Einsatz bist. Du fährst die Show, und du wirst auch von ihr gefahren. Ständig sitzt dir die Konkurrenz im Nacken. Du kannst einfach nie abschalten.«

»Verdammt abscheulich«, kommentierte Julian. »Du mußt total spinnen, dir so einen Job auszusuchen.«

Gavin gab Julian einen Klaps. »Ich nehm's als Kompliment.«

Julian grinste. »Sollen wir was trinken?«

Giselle und Ark liefen neben der Landstraße her in Richtung Arles. Um acht Uhr abends war es im Juni noch immer hell und sehr warm.

Die beiden hatten sich inzwischen so ans Laufen gewöhnt, daß sie schnell in einen bestimmten Rhythmus fielen und das Gefühl hatten, immer so weitergehen zu können. Es war angenehm, wenn sie ab und zu jemand mitnahm, so konnten sie größere Strecken zurücklegen, aber das Laufen machte ihnen nichts aus. Wurden sie hungrig oder müde, kauften sie irgendwo etwas zu essen und sahen sich nach einem Schlafplatz um. Sie hatten ein kleines Zelt dabei, aber oft machten sie sich noch nicht einmal die Mühe, es aufzubauen, sondern krochen unter freiem Himmel in ihre Schlafsäcke. Wenn sie sich liebten, war das Geräusch der Straße manchmal nur wenige Kilometer entfernt, oft war die Gegend so einsam, daß es schien, als seien sie die einzigen Menschen auf der Welt.

Im Augenblick lief Giselle hinter Ark her. Er ging etwas langsamer als sie, und sie mußte sich erst daran gewöhnen. Wie immer, wenn sie hinter ihm war, fiel ihr auf, daß der Riß im Hacken seines rechten Turnschuhs aus Leinen schon wieder etwas größer geworden war. Und unter der Gesäßtasche seiner Jeans war eine abgewetzte Stelle, die bestimmt bald aufreißen würde. Ark trug niemals Shorts, und er badete nur in Flüssen oder Seen, in die er nackend gehen konnte. Wenn sie in einen Swimmingpool stieg, saß er am Rand und rauchte.

Seit Beginn ihres Urlaubs hatte sich ihre Beziehung verändert, und sie wußten es beide. Nicht, daß sie anders geworden wären, es waren nur Eigenschaften zum Vorschein gekommen, die beide bisher nicht wahrgenommen hatten. Ohne die Notwendigkeit, ihren Eltern gegenüber Widerstand leisten zu müssen, fühlte sich Giselle viel stabiler. Sie war es, die den Ton angab, zumal sich auch das Bare und die Kreditkarte ihrer Eltern in ihrem Besitz befanden.

Ark dagegen erschien ihr irgendwie schwächer. Sie war kritischer ihm gegenüber, und sie wünschte, er würde sich seine Haare abschneiden. Der Sex klappte immer noch gut, aber seine ständige Sorge um den Hund, seine Langsamkeit und seine Pingeligkeit, was das Essen anging, begannen Giselle auf die Nerven zu gehen. Obwohl sie den Sex mit ihm und seine Gesellschaft mochte, wäre sie nicht traurig, wenn er beschließen würde, nach Hause zu fahren und sie allein zurückbliebe. Ab und zu fragte sie sich, ob diese zunehmende Distanz auf ein baldiges Ende ihrer Beziehung hindeutete. Das wäre dann wirklich ein guter Witz. Ihre Eltern hofften, daß sie sich durch die Trennung von ihm lösen würde, und nun passierte genau das Gegenteil.

Giselle mußte lächeln, und in diesem Moment drehte Ark sich zu ihr um. Da er das Lächeln auf sich bezog, gab er es zurück. Sie hatten sich nicht gestritten, noch nicht einmal über das gesprochen, was Giselle gerade durch den Kopf gegangen war. Mit Ark zu streiten, war sowieso unmöglich. Er ließ sich auf keine Konfrontation ein; das gehörte zu seinen Reiki-Prinzipien.

Vor ihnen war ein Dorf aufgetaucht.

»Sollen wir eine Weile hierbleiben?« fragte Ark.

»Wenn du willst.«

»Schauen wir es uns erstmal an.«

Es war schon fast eine kleine Stadt. Um den zentralen Platz herum gab es drei Cafés und einige Läden, die noch offen waren. Sie suchten sich einen Tisch in einem der Cafés aus, und während Ark sich setzte und auf das Gepäck aufpaßte, ging Giselle in eine Apotheke, um Tampax zu kaufen. Der Laden sah nicht wie *Boots* in England aus, eher wie ein Heiligtum, kühl, weiß und leer. Hinter dem Ladentisch am Ende des langen Raumes stand eine Frau im weißen Kittel, sie trug eine Brille mit Goldrand. Giselle suchte mit den Augen die Regale ab. Es störte sie auf einmal, daß ihr Äußeres wahrscheinlich ziemlich vernachlässigt wirkte. Noch dazu entdeckte sie keine Tampons, so daß sie gezwungen war, danach zu fragen. Die Verkäuferin sah nicht gerade so aus, als wäre sie mit irgendwelchen Körpersäften vertraut, schon gar nicht mit etwas so Unästhetischem wie Menstruation.

Giselle ging auf den Ladentisch zu. »*Excusez-moi* – Tampax? *Vous avez?*«

Die Frau schüttelte den Kopf. »*Non.*«

»*Ou* O.B.?« Wieder schüttelte die Frau den Kopf. »*Pas du tout?*«

»*Pas du tout!*«

»Okay!« Giselle dachte nicht daran, diesem eisigen Fräulein noch mehr Grund zur Hochnäsigkeit zu geben. Sie machte auf dem Absatz kehrt und stieß fast mit einem Mann zusammen, der hinter ihr stand und eine Flasche mit Sonnenschutzmittel in der Hand hielt.

»Kriegst du im Supermarkt«, sagte er zuvorkommend.

Es war der Mann, der sie an der Raststätte überrascht hatte.

»Hallo«, fügte er hinzu, »du schon wieder?«

Die Verkäuferin war mit einemmal zuckersüß. »*Oui, madame – au supermarché, en face ...*« Lächelnd deutete sie mit der Hand die Richtung an.

»Danke«, sagte Giselle, meinte aber nicht die Verkäuferin, sondern den Mann.

»Stets zu Diensten«, antwortete er mit einer angedeuteten Verbeugung, während er Sonnenschutzmittel und Geld auf den Ladentisch legte. »Und wie du siehst, bin ich noch nicht beim Teufel gelandet.«

»Tut mir leid, aber ...«

Er grinste, während er sein Wechselgeld wegsteckte. »Du brauchst dich nicht zu entschuldigen. Du hast nur getan, was jedes wohlerzogene Mädchen tun sollte, wenn ihr ein Mann eine Mitfahrgelegenheit anbietet.«

Sie war sich ziemlich sicher, daß er wußte, wie sehr diese Bemerkung sie ärgerte.

»Darum geht's nicht«, gab sie schroff zurück, »wir trampen sowieso.«

»Also war es persönlich gemeint«, sagte er. »Schade.« Sie ging aus dem Laden, und er folgte ihr. »Wie wär's mit einem Bier?«

»Ich muß gehen, es ...«

»Ja, aber danach?«

»… wartet jemand auf mich.«

»Okay, ich weiß, wann ich unerwünscht bin.« Es schien ihm nichts auszumachen. »*Au revoir …*« Er schlenderte davon, warf spielerisch das Sonnenschutzmittel in die Luft und fing es dann wieder auf.

Verärgert sah Giselle ihm nach. Irgendwie hatte er sie durcheinandergebracht.

Als sie fünf Minuten später zu Ark zurückkehrte und denselben Mann mit einem Freund zwei Tische entfernt sitzen sah, hätte sie am liebsten auf dem Hacken kehrt gemacht. Gerade wollte sie Ark klarmachen, daß sie gehen mußten, da hatte der andere sie schon entdeckt.

»Hey, wollt ihr euch nicht zu uns setzen?«

Ark sah zu dem Tisch hinüber. »Wie bitte?«

Der Mann stand auf und kam herüber. Er reichte Ark die Hand. »Hallo. Ich bin Gavin Armitage. Ich habe deine Freundin heute mittag auf einer Raststätte kennengelernt, und zufällig haben wir uns eben in der Apotheke wiedergetroffen.«

»Ark«, stellte dieser sich vor und ergriff Gavins Hand. »Zelda kennst du ja dann schon.«

»Zelda …« Gavin sah sie an. »Das klingt hübsch.« Dann wandte er sich wieder Ark zu. »Kommt doch zu uns an den Tisch, ich lade euch zu 'nem Drink ein.«

Arks Blick wanderte zu Giselle, die mit steinernem Gesicht schwieg. »Klar, warum nicht?«

Widerwillig bückte sich Giselle, um ihren Rucksack aufzuheben, aber Gavin war schneller als sie.

»Ich nehme ihn schon.«

Mit verächtlichem Blick zuckte sie die Schultern. Der andere junge Mann stand auf, als sie kamen, und schob Giselle einen Stuhl hin.

»Jules, das ist Ark und das Zelda. Mein Bruder Julian.«

»Hallo, freut mich«, sagte Julian. Er reichte erst Giselle die Hand, die sie ignorierte, dann versuchte er es bei Ark, der sie schüttelte.

»Zigarette?« Gavin reichte seine *Gauloises* herum. Ark nahm das Angebot an, während Giselle ablehnte und ihre eigenen aus der Gesäßtasche ihrer Shorts holte.

Der Kellner kam.
»Wie wär's mit 'ner Flasche Wein?« Gavin sah fragend in die Runde.
»Hört sich gut an«, meinte Ark. Seine Freundlichkeit begann Giselle zu ärgern.
»Ich trinke Bier.«
»Okay.« Gavin bestellte den Wein und Giselles Bier und fing dann an, Ark Fragen über ihre Reiseroute zu stellen.
Julian wandte sich Giselle zu. »Macht ihr Urlaub?«
»So was Ähnliches.«
»Ihr Glücklichen.«
Sie sah ihn an. »Ihr nicht?«
»Ich arbeite hier, ob du's glaubst oder nicht.«
»Als Kellner?«
Er lachte gutgelaunt. »Ich unterrichte an einer Privatschule.«
»Und was?«
»Rugby und ein bißchen Englisch. Was machst du?«
»Och, nichts Richtiges.«
»Noch in der Entscheidungsphase?« schlug er ritterlich vor.
»Kann man so sagen.«
Julian sah zum Himmel auf und lächelte zufrieden. »Na, besser kann man's dafür doch gar nicht haben.«
Die Getränke wurden gebracht, und Gavin reichte Giselle ihr Bier, den anderen schenkte er Wein ein.
»Zum Wohl«, sagte Ark.
»Und wie habt ihr euch kennengelernt?« fragte Julian.
»Ja«, Ark schloß sich der Frage an, »wie habt ihr euch eigentlich kennengelernt?«
»Ah ...« Gavin sah Giselle mit einem verschwörerischen Lächeln an. »Ratet mal.«
Giselle spürte, wie ihr das Blut zu Kopf stieg.
Julian lachte. »Du bist unmöglich, Gavin.«
»Tut mir leid«, meinte Gavin entschuldigend zu Giselle. »Ich konnte's einfach nicht für mich behalten; ich hab's ihm erzählt.«
»Was hast du ihm erzählt?« fragte Ark.

»Ach, so schlimm ist's auch wieder nicht«, beruhigte ihn Julian. »Er will dich nur aufziehen.«

»Sie ist ein freier Mensch«, sagte Ark mit einem Blick auf Giselle, die am liebsten im Boden versunken wäre.

Gavin lächelte. »Nein, wirklich, es war gar nichts. Ich bin zum Pinkeln hinter die Hecke am Parkplatz gegangen, und da sah ich Zelda, wie sie sich oben ohne sonnte. Das war das Erlebnis des Tages, das kann ich euch versichern.«

Ark gab ein wenig erfreutes Lachen von sich, sagte aber trotzdem: »Freut mich.«

»Es war vor allem der Überraschungseffekt«, erklärte Gavin. »Man erwartet so etwas ja an fast jedem Strand südlich von Bordeaux, aber nicht hinter der Hecke eines Raststättenparkplatzes. Tut mir leid, Zelda ...« Er streckte die Hand aus und berührte sie leicht am Unterarm. »Das war ziemlich ungehörig von mir, um nicht zu sagen sexistisch.«

»Schon gut.« Giselle war so erleichtert, daß ihr im Moment alles andere egal war. Sie hatte wirklich befürchtet, er würde genau beschreiben, was er gesehen hatte. Als ihre Blicke sich trafen, hob er ganz leicht die Augenbrauen, wie um ihr zu sagen, daß er ihr Geheimnis nicht ausplaudern würde.

»Also ihr trampt einfach so durch die Gegend?« fragte Julian freundlich.

»Bis das Geld alle ist«, antwortete Ark.

Für Giselle klang das ganz so, als sei es sein Geld. Normalerweise wäre ihr das völlig gleichgültig gewesen, aber heute abend ärgerte sie sich darüber.

»Meine Eltern haben mich mit etwas Kohle ausgestattet und gehofft, daß ich mir hier für den Sommer eine Arbeit suche«, sagte sie, ohne ihren Freund anzusehen. »Aber wir haben beschlossen, auf die Arbeit zu verzichten.« Julian und Gavin lachten beifällig. »Und hier kann man ja quasi von nichts leben.«

»Das stimmt«, nickte Gavin. »Gott, das macht einem wieder klar, was für elende Würmer ein mieses Klima aus den Menschen macht.«

»Will sagen, er mag die Sonne«, interpretierte Julian. Giselle lächelte.

»England hat ein großartiges Klima«, meinte Ark. Alle sahen ihn an. »Ein großartiges Klima, aber schlechtes Wetter.«

Gavin wedelte zustimmend mit seiner Zigarette. »Das ist eine gute Unterscheidung. Aber ihr müßt zugeben, daß dies hier einfach ein ganz anderes Leben ist. Auch das Licht macht so viel aus. Habt ihr schon mal was von wetterbedingten Depressionen gehört? Manchmal glaube ich wirklich, daß ich darunter leide.«

»Ach, spiel doch nicht den bedauernswerten Helden«, sagte Julian gutmütig. »Jeder fühlt sich wohler, wenn die Sonne scheint.«

»Nein, nein, so ein Krankheitsbild gibt es wirklich«, verteidigte Ark Gavin. »Aber woher willst du wissen, daß deine Depressionen wirklich darauf zurückzuführen sind? Ich praktiziere Reiki«, fügte er bescheiden hinzu.

»Ah, darüber hab ich schon mal was gelesen«, entgegnete Gavin. »Dabei wird durchs Händeauflegen ein Heilungsprozeß in Gang gesetzt, stimmt's?«

»Nicht unbedingt Auflegen ...«, begann Ark.

»Nein«, unterbrach Julian, »die Hände werden ganz heiß. Man muß die Person nicht unbedingt berühren.«

»Genau.«

»Hört sich gut an«, meinte Gavin. »Aber trotzdem, seht mal!« Er lehnte sich zu Julian, zog eine zusammengerollte Zeitung aus dessen Jackettasche und begann, etwas darin zu suchen. Es war die *Post* vom Vortag. »Ja ... hier. Temperatur in London: siebzehn Grad Celsius. Und das mitten im Sommer, ist doch wirklich erbärmlich. Dagegen Bordeaux: siebenundzwanzig. Das ist schon besser. Man könnte sich noch mit den schrecklichen Wintern abfinden, wenn es wenigstens ordentliche Sommer gäbe. Aber so, ich wette, viele Engländer kriegen in ihrem ganzen Leben nicht mal mit, wie gut sie drauf sein könnten, wenn sie in einem anderen Klima leben würden.«

Er faltete die Zeitung wieder zusammen, und sein Blick

blieb auf der ersten Seite hängen. »Na sag mal, Jules, was kaufst du denn da für 'n rechtes Schrottblatt?«

»Hochsaison«, erwiderte Julian schulterzuckend. »Du mußt schon verdammt früh aufstehen, um im Juni in Montaigle überhaupt noch 'ne englische Zeitung zu ergattern.«

»Vorsicht«, warnte Ark. »Zeldas Mutter schreibt für die *Post*.«

»Nicht im Ernst, oder?« Gavin blickte Zelda mit neuem Interesse an. »Tut sie das wirklich?«

»Nur einmal die Woche«, murmelte Giselle.

»*Nur* einmal die Woche, du meinst, sie schreibt 'ne Kolumne?«

»Achtung, der Detektiv auf Spurensuche«, warf Julian ein.

»Wie heißt sie?« fragte Gavin.

Ark nahm die Zeitung und begann zu blättern.

»Vergiß es«, brummelte Giselle, »is' nich' ihr Tag.«

»Sie heißt nicht etwa Hester Blake, oder?« fragte Gavin.

Giselle nickte nur.

»Ich glaub's nicht! Das ist ja total verrückt!«

Ark faltete die Zeitung wieder zusammen. »Sie ist nicht drin, du hast recht.«

Julian schüttelte ungläubig den Kopf. »So ein Zufall. Wir müssen uns kennen.«

Giselle sah ihn verständnislos an. »Wieso müssen wir uns kennen?«

»Wenn deine Eltern Hester und Jonty Blake sind, dann sind sie alte Freunde von unseren Eltern – Ann und Byron Armitage.«

»Genau.« Gavin sah Giselle an, dann bestätigte er noch einmal langsam und nachdenklich. »So ist es.«

Im selben Moment erinnerte sich Giselle, wo und wann sie Gavin schon einmal gesehen hatte. Sie sah ihm in die Augen und wußte, daß es auch ihm soeben eingefallen war.

»Was für eine kleine Welt«, sagte sie, und hatte plötzlich gute Laune.

»Wir hätten ihr Angebot annehmen sollen«, bedauerte Giselle eine Stunde später, während sie ihr Zelt in der Ecke eines Feldes aufbauten. Zwei große Pferde beobachteten sie mit sanften Augen.

»Es ist besser, wenn wir unabhängig sind.«

»Ein Badezimmer wäre prima gewesen.«

»Bis jetzt hast du auch keins vermißt.«

»Stimmt, aber wenn einer eins hat, merkt man eben, daß man vielleicht auch gern eins hätte.«

Ark sah sie über das Zelt hinweg an. »Hast du sie eigentlich vorher schon mal gesehen?«

»Als kleines Kind. Es ist komisch, als Gavin seinen Namen sagte, kam er mir irgendwie bekannt vor.«

»Sie sind Blödmänner«, meinte Ark ruhig, während er den letzten Hering einschlug.

»Das dachte ich zuerst auch«, stimmte Giselle zu, »aber jetzt zum Schluß fand ich sie eigentlich ganz in Ordnung.«

»Gleiche Stammeszugehörigkeit.«

»Was soll das denn heißen?«

Ark zog eine Zeltschnur nach. »Die Mittelklasse erkennt sich am Geruch.«

»Sei nicht bescheuert, sie haben uns immerhin zum Abendessen eingeladen.«

»Warum sollten sie auch nicht?« brummelte Ark, ohne sie anzusehen. »Gavin hat sich schließlich schon vorher am Anblick deiner Titten erfreut. Wahrscheinlich hat er drauf spekuliert, das gleiche noch mal zu sehen, wenn du aus ihrem Badezimmer kommst.«

Arks offensichtliche Eifersucht war nicht gänzlich unbegründet, und wahrscheinlich ärgerte sich Giselle gerade deswegen. Sie verpaßte Ark einen Schlag gegen die Schulter, der ihn zum Stolpern brachte. Er verfing sich in der Zeltleine und fiel zu Boden. Laut wiehernd galoppierten die Pferde davon.

»Hey, immer mit der Ruhe! Was sollte das denn?«

Sie machte sich nicht die Mühe zu antworten.

Mit vorwurfsvollem Blick rieb Ark sich die Schulter. »Ist mir ganz egal, ob ihr euch seit fünfzig Jahren Weihnachtskarten schreibt, Zelda, Blödmänner sind sie trotzdem.«

7.

Ann hatte Hester eingeladen, nach der Arbeit auf eine Tasse Tee oder einen Drink bei ihr vorbeizuschauen.

»Wann immer du aufhörst zu arbeiten«, hatte Ann auf Hesters Frage nach der Zeit geantwortet, um dann hinzuzufügen: »Aber am liebsten wäre es mir nach sechs Uhr. Bis halb sechs habe ich Klienten, und es wäre schön, wenn ich danach noch ein bißchen abschalten könnte.«

Eine derartige Einladung hatte es im Verlauf ihrer Freundschaft noch nie gegeben. Bisher war es üblich gewesen, daß sich die beiden Ehepaare einige Male im Jahr abwechselnd zu Hause zum Essen trafen und ab und zu die Männer allein ausgingen. Hester und Ann schätzten sich sehr, aber es war immer eine Spur von Distanz zwischen ihnen geblieben. Sie führten nicht die Art von Freundschaft, bei der man von Zeit zu Zeit bei einer Flasche Rotwein am Küchentisch sitzt und ohne ein Blatt vor den Mund zu nehmen über alle und alles redet. Daher war Hester etwas erstaunt und schon gespannt, was diese Einladung wohl bedeuten mochte.

Hester beschloß, um sechs Uhr fünfzehn zu erscheinen. Das war die richtige Zeit für Ann, wohlgemerkt. Für Hester jedoch bedeutete es eine Strapaze, sich zur schlimmsten Stoßzeit durch den Verkehr zu quälen und dann irgendwo in der Nähe der Raglan Road einen Parkplatz zu finden. Als sie schließlich bei den Armitages klingelte, fühlte sie sich verschwitzt und abgekämpft.

»Wie nett, daß du dir die Mühe gemacht hast herzukommen!« rief Ann.

»Ich finde, das war ein prima Idee von dir«, erwiderte Hester. Wie üblich war sie von der Weitläufigkeit des Hauses beeindruckt. Die Atmosphäre übte sofort einen beruhigenden Einfluß auf sie aus.

»Byron ist mit unserem Schützling in einer Ausstellung«, erklärte Ann, während sie in die Küche vorausging. »Ich habe ihnen vorgeschlagen, nachher noch irgendwo eine Kleinigkeit zu essen, also haben wir zur Abwechslung mal das Haus für uns.«

»Bei uns ist es im Moment auch sehr ruhig«, entgegnete Hester. »Rose ist mit ihrem Freund in der Toskana, Giselle ist noch immer irgendwo in Frankreich, und seit Daniel sein Examen hinter sich hat, ist er entweder im Bett oder nicht zu Hause.«

»Friede, süßer Friede«, meinte Ann lächelnd.

Die französischen Fenster, die von der Küche in den Garten führten, waren weit geöffnet. Auf dem Gras stand ein weißer Eisentisch mit zwei Stühlen. Ann bat Hester, dort schon mal Platz zu nehmen.

Hester setzte sich und zog ihre Schuhe aus. Das Gras unter ihren müden Füßen war angenehm weich und kühl. Sie betrachtete die Rückseite des Hauses. Einige Fenster waren geöffnet, und hier und da stand etwas auf den Fenstersimsen – eine Pflanze, ein paar Bücher, eine kleine Skulptur. Hester fühlte sich geradezu privilegiert, daß ihr diese intime Perspektive auf das Leben der Armitages gewährt wurde.

Ann kam mit einem Tablett aus der Küche, auf dem ein Krug, eine Thermoskanne und zwei hohe Gläser standen. Auf einem Teller waren appetitlich aussehende überbackene Mini-Quiche-Törtchen angeordnet, die wunderbar dufteten.

»So«, fragte Ann, »womit kann ich dich in Versuchung führen? Ich habe Eistee und Sangria.«

Hester war überwältigt. »Ann, wie wunderbar. Sangria, bitte. Sag nicht, daß du die Törtchen extra gebacken hast.«

»Nein«, wehrte Ann ab, »nicht heute. Ich mache ab und zu eine große Menge davon und friere sie dann ein. Sie gehen ganz schnell.«

»Mmh ...« Hester biß von einem Törtchen ab. »Himmlisch.«

»Nimm soviel du willst. Ich habe noch mehr.«

»Danke.« Hester griff noch einmal zu. Sie ließ ihren Blick über den Garten schweifen. »Dein Garten sieht wunderschön aus.«

»Die meisten Pflanzen sind ziemlich robust. Sie machen nicht viel Arbeit und kommen jedes Jahr wieder. Aber im Moment ist auch die schönste Zeit.«

Eine Weile genossen beide schweigend den Anblick des Gartens, bis Ann leichthin fragte: »Und Giselle ist noch immer in Frankreich?«

Hester nickte.

»Habt ihr eine Ahnung, wann sie zurückkommt?«

»Wir haben die ganzen fünf Wochen kaum etwas von ihr gehört, aber gestern abend hat sie angerufen. Höchstwahrscheinlich kommt sie am Wochenende.«

»Aha.« Ann nickte, ein Mona-Lisa-Lächeln auf den Lippen. »Und hat sie sich glücklich angehört?«

Hester rief sich das kurze Gespräch in Erinnerung. »Ich glaube, das wäre übertrieben, aber es schien alles in Ordnung zu sein.«

»Ich muß dir etwas erzählen«, sagte Ann. Sie griff nach dem Krug mit Sangria und füllte beide Gläser nach. »Es geht um einen dieser außergewöhnlichen Zufälle, die selbst eine Skeptikerin wie mich an höhere Mächte glauben lassen.«

»Himmel!« Hester nahm eine Orangenscheibe aus ihrem Glas und lutschte sie aus. »Erzähl!«

»Ich weiß nicht, ob wir euch erzählt haben, daß Julian vor ein paar Wochen Mumps hatte und es ihm ziemlich schlecht ging?«

»Nein. Das tut mir leid.«

»Inzwischen ist er wieder völlig gesund, und die Nebenwirkungen sind sogar erfreulich.«

»Oh, gut«, meinte Hester und fragte sich, ob Julian womöglich durch die Krankheit zu irgend etwas bekehrt worden war oder eine Erscheinung gehabt hatte.

»Als wir von seiner Krankheit hörten«, fuhr Ann fort, »haben wir uns schon Sorgen gemacht. Ich gebe mir zwar Mühe, nicht überfürsorglich zu sein, aber es war mir doch wichtig, mich zu überzeugen, wie es ihm wirklich geht. Kannst du das verstehen?«

»Vollkommen«, erwiderte Hester. »Sie sagen einem ja nichts. Ich kriege als Antwort immer nur ein belangloses ›okay‹, oder sie brummeln ›Laß mich in Ruhe‹«.

Ann strich ihren Baumwollrock glatt. »Auch wenn ich die Zeit gehabt hätte, wäre ich wohl nicht zu ihm gefahren. Doch Gavin brauchte gerade dringend Urlaub – abgesehen von seiner Arbeit hat er eine schwierige emotionale Zeit hinter sich –, also haben wir ihn mit Mühe überzeugt, eine Woche frei zu nehmen und nach seinem Bruder zu sehen.«

»Eine gute Idee«, bekräftigte Hester, der immer rätselhafter wurde, worauf das Ganze hinauslaufen könnte.

»Es ist im Moment wirklich eine Leistung, ihn von seinem Restaurant wegzulocken. Byron meinte aber – und das stellte sich auch als richtig heraus –, daß es gelingen könnte, wenn man ihm eine Aufgabe gäbe.« Anns Worten war zu entnehmen, daß sie von Byrons richtiger Einschätzung der Situation selbst ein wenig überrascht war. »Für Gavin ist das Gefühl wichtig, nützlich zu sein und gebraucht zu werden.« Ann sah Hester eindringlich an.

»Das kann ich mir gut vorstellen.«

»Jedenfalls scheint ihm die Reise ausnehmend gut bekommen zu sein. Und neulich haben wir diese Karte hier bekommen.« Sie hob den Teller mit den Gemüsetörtchen hoch; darunter lag eine Postkarte. »Soll ich sie dir vorlesen?«

»Bitte!«

Hester war eindeutig im Nachteil; Ann wollte ihr etwas mitteilen, und sie hatte nicht die geringste Ahnung, was es sein könnte. Sie fühlte sich wie ein Fisch an der Angel.

»Sie ist in Montaigle abgestempelt«, erklärte Ann. »Das ist der kleine Ort in der Nähe von Arles, wo Julian wohnt und arbeitet.«

»Aha.«

Ann räusperte sich. »Er schreibt: ›Eine unnütze Reise – Julian geht's gut, und er läßt für das Freßpaket danken. Ich habe meine Aufgabe erfüllt und die Ausgabe des Bargelds überwacht. Gestern abend haben wir Giselle Blake getroffen, eine tolle Frau! Wir haben uns sofort gut verstanden. Bin bald zurück – G.‹«

Ann ließ die Karte sinken.

»Das ist wirklich erstaunlich.« Hester schüttelte ungläubig den Kopf. »Die Chance dürfte höchstens eins zu einer Million betragen haben.«

»Und Gavin ist offensichtlich begeistert von ihr.«

»Was noch erstaunlicher ist. Also wirklich – Giselle und eine tolle Frau? Wie will man das bei ihrer Verkleidung erkennen.«

»Ich kann mir vorstellen, daß sie es vielleicht wegen der Unbequemlichkeiten, die eine Reise mit sich bringt, gelassen hat. Und Byron und ich haben immer gefunden, daß sie eigentlich sehr gut aussieht.«

»Jedenfalls tat sie das mal ...«

»Genau. Und findest du es nicht auch irgendwie einen romantischen Zufall, daß die beiden sich gerade in diesem Moment treffen? Gavin erholt sich von einer in die Brüche gegangenen Beziehung, und Giselle habt ihr nach Frankreich geschickt – Entschuldigung, aber es ist doch so, oder? Damit sie Abstand gewinnt ...«

»Das ist etwas übertrieben. Wir wollten nur, daß sie ihren Horizont ein bißchen erweitert.»

»Aber ohne ihren Schatten.«

»Ihren was? Ach so, ja, das stimmt schon.«

»Genau.« Ann legte die Postkarte auf den Tisch und strahlte. Hester hatte sie selten so fröhlich gesehen. »Ich muß dir sagen, daß es etwas ganz besonderes ist, daß Gavin uns eine Frau auf diese Art beschreibt – und dann auch noch gleich nach dem ersten Treffen.«

Hester lächelte und schüttelte den Kopf. »Es tut mir leid, aber das Wort Frau ...«

»Hast du Probleme damit?«

»Nicht an sich, aber ich gebe zu, daß ich es auf Giselle bezogen unpassend finde.«

»Aber Hester, sie *ist* eine Frau – physisch, emotional, rechtlich – was willst du mehr?«

»Ja, du hast ja recht, wahrscheinlich ist es nur eine mütterliche Tendenz, die eigenen Sprößlinge nicht als Erwachsene zu sehen.«

»Ich finde, damit solltest du aber langsam anfangen«, mahnte Ann.

»Ich meine nur ...« begann Hester. Dann wurde ihr bewußt, daß sie schon wieder das Gefühl hatte, sich gegenüber Ann verteidigen zu müssen, und sie verstummte. Warum sollte sie sich die Mühe machen und versuchen, Ann ihre komplexen Gefühle, die sie ihrer Tochter gegenüber hatte, zu erklären? Was Gavin anging, so erinnerte sie sich an einen wuschelhaarigen, unruhigen jungen Mann, der zwar attraktiv, aber ziemlich scharfzüngig war. Sein Gehirn und sein Mundwerk schienen dauernd auf vollen Touren zu laufen. Sie konnte sich einfach nicht vorstellen, daß er und Giselle eine Beziehung haben könnten.

»Ich meine ja gar nicht, daß man irgend etwas erzwingen soll«, sagte Ann. »Sie machen sowieso, was sie wollen. Offene Augen und Ohren und ein geschlossener Mund, das ist meine Maxime. Aber ich gebe zu, daß ich mit dem größten Interesse beobachten werde, wie sich die Dinge entwikkeln.«

Das war zuviel für Hester. »Ich würde an deiner Stelle nicht darauf warten, daß sich da was entwickelt«, entgegnete sie trocken. »Die Chancen, daß sich dein Sohn bei meiner Tochter melden wird, wenn sie erst mal wieder hier und nicht mehr in Urlaubslaune sind, sind meiner Meinung äußerst gering.«

»Du scheinst dir ja ganz sicher zu sein ...«

»Ich bin mir neunundneunzig Komma neun Prozent sicher. Mal abgesehen von dem Altersunterschied, der ja nicht unbeträchtlich ist ...«

»Ich glaube nicht, daß das eine Rolle spielt, wenn eine emotionale Gemeinsamkeit existiert.«

»Okay, mag sein, aber Tatsache ist doch, daß die beiden nichts gemeinsam haben, aber auch gar nichts. Gavin ist der Prototyp eines Londoner Erfolgsmenschen, dynamisch, klug, ehrgeizig und verheiratet mit einem Vierundzwanzig-

Stunden-Job. Giselle dagegen ... nun, fest steht jedenfalls, daß sie das alles nicht ist.«

Ann sah Hester durchdringend an. »Gut, aber denk an das alte Sprichwort ›Gegensätze ziehen sich an‹.«

»Bezogen aufs Temperament mag da ja was dran sein. Aber meiner Meinung nach muß es auch irgend etwas geben, was man gemeinsam hat.«

Ann setzte energisch ihr Glas ab und nahm eine gerade Haltung ein. Hester machte sich auf einen guten Rat gefaßt.

»Hester, ich will ganz offen sein. Ich gebe zu, daß es mich sehr freuen würde, wenn sich zwischen den beiden eine Beziehung entwickeln würde. Gavin ist, wie du eben ganz richtig beschrieben hast, ein Workaholic und äußerst – vielleicht zu – ehrgeizig. Ich glaube, daß Giselle genau die Frau sein könnte, die ihm als Ausgleich guttun würde. Bedeutet deine Reaktion, daß du etwas gegen eine solche Entwicklung hättest?«

Hester war klar, daß es an der Zeit war, etwas Positives zu sagen, nachdem sie Anns Enthusiasmus bisher nur gedämpft hatte.

»Bitte, Ann, wenn du das denkst, hast du mich völlig falsch verstanden. Natürlich wäre es schön, wenn sich zwischen den beiden etwas entwickeln würde. Ich meine nur, wir sollten die Sache realistisch sehen. Natürlich würden wir uns freuen, nur wäre es ein Wunder. Wenn ich nur an die merkwürdigen Gestalten denke, mit denen Giselle bisher herumgezogen ist. Ich kann einfach nicht daran glauben, das ist alles.«

Hester schwieg. Noch immer sah Ann sie durchdringend an. »Und du?« fragte Hester.

»Die Zeit wird es zeigen«, erwiderte Ann.

»A propos Zeit, ich muß mich auf den Weg machen.«

»Schade«, sagte Ann, während sie sich erhob.

An der Tür verabschiedeten sich die beiden Frauen mit Küßchen in die Luft, wobei sich ihre Wangen kaum berührten. Hester hatte den Eindruck, daß ihre Freundin jeglichen Hautkontakt auf ein Minimum reduziert hatte. Flüchtig mußte sie an Byron denken.

»Vielen Dank für die Einladung«, sagte sie, »und für die köstlichen Törtchen.«

»Wir sollten so etwas viel öfter machen«, erwiderte Ann. »Übrigens spricht morgen abend Ava Lawrence vor der Frauengruppe. Hast du nicht Lust zu kommen?«

Tatsächlich wäre Hester gerne dabeigewesen, vielleicht würde der Abend sogar Stoff für eine Kolumne liefern. Aber sie befürchtete, daß Ann womöglich wieder mit dem Thema Giselle anfangen würde, und sie hatte nicht die geringste Lust, darüber zu reden.

»Wie schade, ich habe morgen abend schon eine Verabredung. Und was unsere beiden Kinder angeht«, fügte sie hinzu, »so werde ich dich natürlich informieren, falls ich irgend etwas Neues erfahre.«

Darauf hatte Ann gehofft. Sie lächelte dankbar. »Danke, Hester. Das würde mich sehr freuen.«

»Also wirklich«, sagte Hester, als sie mit Jonty bei Corned Beef und Bratkartoffeln saß. »Kannst du dir das vorstellen?«

»Nur mit großen Schwierigkeiten, das gebe ich zu. Aber nichts ist unmöglich.«

»Glaub mir, dies ist es.«

»Okay, aber Amors Pfeil und so weiter. Wer weiß?«

»Meine Güte, Jonty! Du bist genauso ein Fantast wie sie!«

Jonty legte Gabel und Messer auf den Teller. »Da wir gerade von Fantasie sprechen, ich muß runter in den Pub und Bescheid sagen, daß ich am Samstag für Codgers zur Verfügung stehe.«

Hester blieb noch eine Weile allein am Tisch sitzen, während in ihrem Kopf langsam die Kolumne für die nächste Woche Gestalt annahm.

Ann hatte eine Kanne voll Kaffee gemacht, aber sie war die einzige, die ihn trank. Byron war von Mr. We-We Sun zu echtem chinesischem Essen eingeladen worden, das ihm nicht bekommen war. Mit geschlossenen Augen lag er auf dem Sofa, neben sich ein Glas mit Alka Seltzer.

»Ich mag die Blakes wirklich sehr«, sagte Ann, »aber Hester hat manchmal einen Hang, ihre Kinder herabzusetzen.«

»Habe ich noch gar nicht bemerkt«, murmelte Byron. »Wenn sie es aber tut, ist es bestimmt nicht so gemeint.«

»Da bin ich nicht so sicher ... Nimm zum Beispiel Giselle. Ganz offensichtlich ist sie doch ein Mädchen, das viele Stärken hat, aber Hester sieht in ihr hauptsächlich ein Problem.«

»Oh, Ann«, stöhnte Byron, »du denkst doch nicht schon wieder an diese Postkarte!«

»Ich hoffe, du hast auf dieser Karte nichts von Ark geschrieben«, meinte Giselle zu Gavin. »Er sollte nämlich eigentlich gar nicht hier sein.«

Sie saßen an ihrem üblichen Tisch im *Café de Place* in Montaigle, tranken kühles Bier und aßen *assiettes de campagne.*

»Keine Angst«, antwortete Gavin, »dein Geheimnis ist bei mir sicher.« Er sah sich um. »Übrigens, wo ist Ark heute?«

»Durchsuch mich.«

»Ist das ein Angebot?«

Statt einer Antwort sah Giselle ihn mit diesem Lächeln an, das eine leise Drohung enthielt und bei dem ihm jedesmal ein Kribbeln über den Rücken lief.

»Wo ist er?«

Sie zuckte die Schultern, und aus dem Schulterzucken wurde ein Räkeln, bei dem ihr Oberkörper sich auf faszinierende Weise dehnte. Ihre Antwort wurde fast von einem ausgiebigen Gähnen verschluckt.

»Irgendwohin verschwunden, was weiß ich.«

»Wie anständig von ihm«, sagte Gavin.

Rose und Jez lagen dicht nebeneinander am Swimmingpool. Sie hatten eine Wohnung in einem großen, ehemaligen Bauernhaus mitten auf dem Land gemietet, das insgesamt sechs Ferienwohnungen enthielt. Die Luft über der lieblichen, hügeligen Landschaft flimmerte, und dunkle Zypressen verschönten die Landschaft. Rosafarbene Heckenrosen und üppige leuchtend violette Bougainvilleasträucher umgaben das Haus. Fast alle Wohnungen waren von Familien bewohnt, die um diese Zeit meist zu Abend aßen. Heute war außer Rose und Jez nur noch eine deutsche Mutter am Pool. Sie hatte ihre Haare mit einem Tuch zusammengebunden und ihre tiefbraune Haut wirkte durch den weißen einteiligen Badeanzug noch dunkler.

»In spätestens zehn Jahren wird sie wie ein verschrumpelter alter Apfel aussehen«, flüsterte Rose.

»Aber jetzt sieht sie ganz okay aus, finde ich«, gab Jez träge zurück, nachdem er ihr einen Blick zugeworfen hatte.

Rose gab ihm einen scherzhaften Klaps. »Hör auf, das ist nicht nett.«

»Wieso? Sie sieht mich doch gar nicht.«

»Nicht ihr gegenüber, mir gegenüber, du Schuft.«

»Aber du siehst auch ganz okay aus.« Er streichelte ihren nackten Rücken. »Mehr als okay ... Deine Haut ist so heiß ...«

»Habe ich etwa Sonnenbrand?«

»Ich glaube nicht.«

Matt vor Hitze lagen sie eine Weile schweigend nebeneinander. Jez' Hand lag noch immer auf ihrem Rükken.

»Weißt du was?« murmelte Rose.

»Nein, aber du wirst es mir sicher gleich sagen.«

»Ich könnte nicht mit einem Mann ins Bett gehen, der nicht gut aussieht.«

Jez bewegte seine Hand. »Schmeichlerin.«

»Nein, ehrlich. Wenn ich mir so manche Pärchen ansehe, frage ich mich, was um alles in der Welt da eigentlich los ist.«

»Monroe und Miller.«

»Der sah gar nicht so schlecht aus. Und außerdem ist ein überragender Intellekt natürlich auch irgendwie reizvoll, ebenso sein Ruhm natürlich. Oder Geld oder Macht.«

»Loren und Ponti. Bancroft und Brookes. Jacki und Onassis.«

»Ich dachte eigentlich mehr an meine Schwester.«

Mit einem Prusten rollte Jez sich auf den Rücken. »Deine Schwester?«

»Was ist daran komisch?«

»Nun, sie ist auch nicht gerade eine Schönheit.«

»Das ist nicht nett von dir. Kann sein, daß sie sich etwas merkwürdig kleidet und schminkt.«

»Hm.«

Rose stützte sich auf die Ellbogen. »Wirklich, Grizzle sieht eigentlich sehr hübsch aus.«

»Grizzle!«

»Wirklich! Sie hat zum Beispiel ein traumhaftes Dekolleté. Egal, jedenfalls müßtest du den Typen sehen, mit dem sie im Moment zusammen ist.«

»Wieso, wie ist er?«

»Er ist schon in Ordnung. Ich glaube nicht, daß er ein schlechter Mensch ist, aber er sieht ganz genau wie Animal von den Muppets aus.«

»Hört sich an, als würden sie gut zusammenpassen«, fand Jez.

»Ich könnte es nicht. Ich krieg' 'ne Gänsehaut, wenn ich nur dran denke.« Sie schüttelte sich. Dann griff sie nach ihrem Bikinioberteil. »Laß uns reingehen. Ich wette, ich hab' schon 'nen Sonnenbrand.«

Daniel saß mit seinen Freunden Spike und Muffer in der Bar des *Needle's Eye*. Vor jedem stand ein großes Bier. Im Gegensatz zum *Axe and Compass* in Chuffington schenkte das *Needle's Eye*, das in der Nähe der Kaserne lag, Minderjährigen Alkohol aus, ohne Fragen zu stellen. Der Wirt vertrat die Ansicht, daß junge Gäste weniger Streit mit den Soldaten suchten.

»Also was wollen wir jetzt machen?« fragte Daniel. »Wenn wir uns nicht bald festlegen, werden sie mich drängen, mit ihnen nach Griechenland zu fahren.«

»Griechenland«, wiederholte Spike, »nicht schlecht.«

»Hast du 'ne Ahnung, und dann wollen sie sicher, daß ich noch 'nen Freund mitnehme. Ein Alptraum.«

»Ich würde mitkommen«, meinte Muffer.

»Ihr kapiert's einfach nicht! Ich hab genug davon, mit ihnen in Urlaub zu fahren. Meine Mum meint, wenn wir nicht dauernd alle was zusammen machen, sind wir 'ne Problemfamilie. Mein Alter dagegen sagt: ›Laß doch jeden machen, was er will, sind doch Ferien‹, und dann fangen sie an zu streiten.«

»Ich hätt' nichts dagegen, was mit deiner Mutter zusammen zu machen«, gestand Spike.

»Ich auch nicht«, schloß sich Muffer an. »Ich find sie total in Ordnung.«

»Aber nicht im Urlaub, ich schwör's euch«, beharrte Daniel. »Im Urlaub nervt sie nur.«

Sie tranken, jeder in seine Gedanken versunken.

»Trägt sie noch immer einen Bikini?« fragte Spike.

»Allerdings. Mega-peinlich!«

Wieder schwiegen sie einen Moment.

»Wißt ihr was«, sagte Daniel, »Cornwall soll gut sein.«

»Da waren wir schon mal«, meinte Muffer, »ist schön da.«

Spike zuckte die Achseln. »Von mir aus.«

»Wir könnten auf 'nen Campingplatz fahren.« Daniel erwärmte sich für seinen Vorschlag. Vielleicht ein bißchen surfen.«

»Hm, nicht schlecht«, brummelte Spike.

»Wann sollen wir losfahren?« Daniel sah auf seine Uhr. »In ein paar Wochen?«

»Okay, find ich gut!«

Daniel fragte sich, warum manche Leute so ein Getue darum machten, einen Urlaub zu organisieren. »Also abgemacht«, sagte er.

Gavin lag nackt auf dem Bett, rauchte und las die *Post*, als Julian vom Essen bei Lisettes Familie zurückkam.

»Hallo«, begrüßte er seinen Bruder. »Auf frischer Tat ertappt.«

»Häh?«

»Du liest die Hester-Blake-Seite.«

»Ach so.« Julian nahm seinen Schlips ab, zog sein Hemd

aus der Hose und ging zum Fenster. »Das meinst du.« Er lehnte sich hinaus.

»Was hast du denn gedacht, was ich meine?«

»Komm schon, wo ist sie?«

Gavin zuckte die Schulter. »Wer weiß, vielleicht mit dem verschollenen Ark im Bett.«

Julian wandte sich um. »Was denkst du dir eigentlich bei dieser Geschichte?«

»Wovon redest du?«

»Sie ist alles andere als dein Typ, und daß die Eltern sich kennen, könnte die Sache kompliziert machen.«

Gavin ließ die Zeitung sinken. »Erstens: Woher willst du wissen, wer mein Typ ist? Und zweitens«, er lehnte sich über die Bettkante und drückte seine Zigarette im Nachttopf aus, »sind mir die Eltern völlig schnuppe.«

Julian zuckte die Achseln. »Du weißt genau, wie Mum auf unsere Frauengeschichten einsteigt, und du hast ihr sogar noch davon geschrieben. Du mußt nicht ganz richtig im Kopf sein.«

»Ich glaube, du unterschätzt sie.«, entgegnete Gavin friedlich. »Sie werden sich nicht darüber aufregen. Und Hester Blake ist immer auf der Suche nach Stoff für ihre Kolumne.« Er schlug mit dem Handrücken auf die Zeitung. »Ein Leben im strahlenden Glanz der Öffentlichkeit, wäre das nicht was? Zelda hat uns doch erzählt, daß ihr Bruder gerade Prüfungen gehabt hat, und natürlich, hier ist es: ›Examen und wie man sie überlebt.‹« Er ließ die Zeitung sinken. »Sie sieht gut aus für ihr Alter. Ich würde sie nicht wegschicken.«

Julian schüttelte bewundernd den Kopf. »Du bist unmöglich.«

»War nur ein Scherz. Aber du hast schon recht, aus irgendeinem Grund reizt mich ihre verrückte Tochter wirklich«, gestand Gavin. Er sah seinem Bruder in die Augen und fügte hinzu: »Und du kannst aufhören, mich so anzusehen, denn ob du's glaubst oder nicht, ich habe bis jetzt noch nichts getan, was sich für einen Gentleman nicht schickt.«

»Nicht hier, Pats«, sagte Sebastian und sah sich nervös um. »Mein Job steht auf dem Spiel, das weißt du.«

Es war kurz vor Mitternacht, und sie standen vor dem Hayes Road Jugendclub in Notting Hill. Nicht weit entfernt lungerte eine Gruppe Jungen herum, die miteinander tuschelten und kicherten.

»Und morgen?«

»Morgen geht nicht. Ich muß mit Denny und Rhona zum Gericht.«

»Übermorgen?« Pats' große, leuchtende, kaffeebraune Augen fixierten Sebastian. Einen Moment lang hielt er ihrem Blick stand, dann sah er zur Seite.

»Auch nicht. Ich habe meiner Mutter gesagt, daß ich ihr bei der Organisation einer Veranstaltung helfe.«

»Ach so«, sagte Patsy laut und stemmte die Hände in die Hüften. »Ach so. Entschuldige bitte, daß ich es überhaupt vorgeschlagen habe, ich verschwinde sofort und beleidige deine Augen nicht länger mit meinem Anblick ...«

»Patsy, hör zu ...«

»Nein, nein, wenn Mami gesprochen hat, dann muß man Mami gehorchen!«

»Sie hat mich nun mal um diesen kleinen Gefallen gebeten ...«

»Du bist Scheiße, das bist du, Sebastian, ein richtiges Stück Scheiße!«

Von den Jungs drang unterdrücktes Gelächter herüber.

»Hey, ihr da drüben!« schnauzte Sebastian, »ab nach Hause, aber dalli!«

»Wartet«, rief Patsy und lief ihnen nach, »ich komme mit!«

Obwohl es schon spät war, fuhr Sebastian mit dem Bus von Hayes Road nach Paddington. Er hatte kein Auto. Abgesehen von den Kosten war es in dieser Gegend und in seinem Beruf ein Risiko, denn die kleinen Strolche betrachteten jedes unbewachte Fahrzeug als eine Einladung zum Plündern. Sebastian fuhr zur George Street, um Mensa zu füttern. Er war ein paar Tage nicht dagewesen, und sicher würde es Gavin nicht gefallen, wenn sein Haustier in seiner

Abwesenheit dahingeschieden wäre. Kaum hatte Sebastian die Wohnungstür geöffnet, kam Mensa angesaust, und während er eine Büchse Whiskas auf einen Lalique-Teller leerte, rieb sie sich laut miauend an seinen Beinen.

Sebastian ging nicht gleich wieder, sondern setzte sich erst einmal in Ruhe auf die Toilette, wo er in Gavins Hochglanzzeitschriften blätterte. Dann legte er sich zufrieden auf das Sofa und rauchte einen Joint. Patsys Reaktion war ihm nur recht. Es war besser, sie los zu sein, die ganze Geschichte mit ihr hätte ihn glatt seinen Job kosten können.

Die Katze kam ins Wohnzimmer und setzte sich in die Mitte des Teppichs, wo sie sich laut schnurrend zu putzen begann. Sebastian fühlte sich angenehm müde. Auf allen Vieren kroch er zum Fernseher, griff nach der Fernbedienung und kroch zurück zum Sofa. Dann zappte er sich durch die Kanäle.

Sebastians Angebot, Ann bei dem Abend mit Ava Lawrence zu helfen, war von ihr mit Freude und Rührung angenommen worden. Er hatte sogar eine Bezahlung abgelehnt und gesagt, daß er gerne half. Ann betete alle drei Jungs an, aber ihr Erstgeborener hatte den Charme, der es für andere angenehm machte, mit ihm zu tun zu haben.

Seine Anwesenheit an diesem Abend war eine unschätzbare Hilfe. Weil Ann weit mehr Zuhörerinnen als sonst üblich erwartete, hatte sie anstelle der Bücherei für heute den Kirchensaal reserviert. Dort aber mußten Stühle und einige Tische umgestellt werden, und außerdem hatte sie kleine Erfrischungen vorbereitet, die aus dem Auto geholt werden mußten.

Der Saal war bereits um Viertel vor acht besetzt, und die Zuhörerinnen unterhielten sich lebhaft. Ava Lawrence würde direkt zu dem Vortrag mit einem Taxi kommen. Ann hatte ihr zwar angeboten, vorher noch einen Wein mit ihr zu trinken, aber wegen anderweitiger Verpflichtungen hatte Ava ablehnen müssen. Ihr neues Buch *Politik des sanften Drucks* würde in ein paar Tagen erscheinen, und daher war ihr Terminkalender entsprechend voll.

Als Ann den Saal verließ, um nach ihrem prominenten Gast Ausschau zu halten, traf sie im Vorraum auf Sebastian. Er trank ein Glas Wein und aß die dort für ihn beiseitegestellten Sandwiches.

»Du brauchst nicht mehr zu bleiben, Seb«, sagte sie. »Geh, wann du willst. Ich bin für deine Hilfe wirklich dankbar.«

»Zum Wohl.« Gutgelaunt hob Sebastian sein Glas. »Ich glaube, ich bleibe noch ein bißchen. Werden die Frauen mich kastrieren, wenn ich hinten im Saal stehe?«

Ann lachte. »Sei nicht albern.«

»Und meine Gegenwart verstößt auch nicht gegen eine Satzung oder so was?«

»Natürlich nicht. Unsere Gruppe ist sehr liberal.«

»Dann bin ich beruhigt. Hey, ist sie das?«

Ann drehte sich um. »Nein, das ist Josette. Kennt ihr euch schon?«

»Ich weiß nicht ...« Sebastian lächelte Josette zu. »Ich bin sicher, wenn wir uns kennen würden, würde ich mich auch erinnern.«

Josette stellte ihre drei Einkaufstüten auf den Boden, sie war etwas erhitzt.

»Doch, wir kennen uns«, stellte sie sachlich fest und wandte sich Ann zu. »Ich hoffe, ich komme nicht zu spät. Ich mußte aber vorher einkaufen. An der Kasse im Supermarkt waren unglaubliche Schlangen.«

»Du kommst nicht zu spät«, beruhigte sie Ann. »Schön, daß du überhaupt kommen konntest. Du wirst es bestimmt nicht bereuen. Stell doch deine Tüten hinten im Saal ab, Sebastian kann sie im Auge behalten.«

»Mach' ich gern«, meinte er.

»Hol dir erst mal was zu essen und zu trinken«, fuhr Ann fort. »Vidyut betreut den Imbiß.«

»Danke«, antwortete Josette und trug ihre Tüten in den Saal. »Ich kann was gebrauchen.«

Sebastian wußte nicht, wo er sein Glas und seinen Teller abstellen konnte.

»Gib her«, meinte Ann. »Ich bringe sie weg.«

Kaum war sie mit dem Geschirr verschwunden, als draußen ein Taxi vorfuhr. Sebastian ging zur Tür und sah interessiert zu, wie eine große Frau in einem langen, schmalen beigefarbenen Strickkleid ausstieg, zahlte und um sich blickte. Sie hatte dichtes rotes Haar, das ihr bis auf die Schultern fiel, und ihr Gesicht und ihre Arme waren sonnengebräunt.

»Entschuldigung! Ist das hier der Kirchensaal von St. Xavier's?«

Sebastian begriff, daß er gemeint war.

»Richtig.«

»Ist hier das Treffen der Frauengruppe?«

»Wieder richtig.«

»Meine Güte«, lachte sie und sah ihn von oben bis unten an. »Wie sich die Dinge verändern. Sagen Sie, könnten Sie mir vielleicht helfen? Ich habe hier noch ein paar Bücher ...« Sie öffnete die hintere Tür des Taxis; auf dem Rücksitz lagen drei Kartons.

»Ava Lawrence?« Ann kam mit schnellem Schritt auf sie zu. »Entschuldigen Sie bitte, daß ich nicht da war, um Sie zu begrüßen.« Sie streckte ihr die Hand entgegen. »Ann Armitage.«

»Freut mich sehr, Ann. Ich glaube, ich bin etwas spät dran.«

»Überhaupt nicht«, Ann schaute auf ihre Armbanduhr, »ganz pünktlich. Wie ich sehe, haben Sie meinen Sohn Sebastian schon kennengelernt.«

Ava schenkte ihm ein breites amerikanisches Lächeln. Sie wirkte charmant und intelligent.

»Sebastian ist ein Held ... Er hat angeboten, mir mit den Büchern zu helfen.«

»Gute Idee«, sagte Ann und warf einen flüchtigen Blick auf die Kartons. »Sebastian, vielleicht kannst du die Bücher hinten im Saal abstellen. Wir organisieren dann noch einen Tisch. Ich gehe schon mal mit Ava hinein.«

»Okay, ich mache das schon.«

»Das ist wirklich sehr nett von Ihnen.« Ava bedachte Sebastian nochmals mit einem hinreißenden Lächeln. »Vielen Dank.«

»Es ist mir ein Vergnügen.« Er griff nach dem ersten Karton, der ungeheuer schwer war. Etwas mürrisch stieg der Taxifahrer aus, um zu helfen.

Während die beiden Frauen auf den Saal zugingen, sagte Ava: »Finden Sie nicht, daß in dieser Situation eine gewisse Ironie liegt? Ich komme, um feministische Ideen zu verbreiten, und ein netter junger Mann hilft mir, die Bücher zu tragen.«

Ann lachte glücklich.

Sebastian ging langsam hinter den beiden Damen her und trug zwei schwere Kartons. Er war völlig fasziniert von Ava Lawrence und ihrem schwingenden Gang. Wenn er sich nicht täuschte – und er war ein Experte in diesen Dingen –, so trug sie unter diesem Schlauch nur noch ihre eigene Haut.

Avas Vortrag war ein immenser Erfolg gewesen und Ann erschöpft, aber glücklich. Die Frauen kamen zu ihr, um ihr zu sagen, wie sehr sie den Abend genossen hatten, wie erfrischend, wie stimulierend, wie inspirierend Avas Gegenwart für sie gewesen war. Alle Bücher hatten verkauft werden können. Nach einem durch scharfen Intellekt und sprühenden Humor gekennzeichneten Vortrag hatte sich Ava unter die Zuhörerinnen gemischt, als sei sie eine von ihnen. Ann hatte reichlich Komplimente für ihre Organisation und die köstlichen Appetithäppchen eingeheimst.

»Einfach himmlisch, Ann!« hatte Ava ausgerufen und sich genießerisch Finger und Lippen geleckt. »Sie erinnern mich an Kinderpartys. Man glaubt, man ißt nichts Richtiges, und in Wirklichkeit geht man davon auf wie ein Hefekloß.«

Alle lachten ein wenig neidisch, denn Ava Lawrence hatte die Figur einer Göttin, groß, wohlproportioniert und vor Gesundheit strotzend. Die Vermutung lag nahe, daß das genußvolle Verschlingen kleiner Leckereien auf Abende wie diesen beschränkt war und sie sich ansonsten makrobiotisch ernährte. Jeden Tag entgiftete sie ihren Körper, indem sie zwei Liter gefiltertes Wasser trank.

Sebastian stellte die Tische wieder an ihren eigentlichen Platz, stapelte die Stühle, bewegte hier und da den großen Besen und faltete die leeren Pappkartons zusammen. Josette, die ihre Einkaufstüten einsammelte, nickte ihm wohlwollend zu.

»Das sieht man gerne.«

Sebastian lachte. »Hat es Ihnen gefallen?«

»Es war fantastisch«, meinte Josette. »Einfach Spitze! Ich habe ein Autogramm von ihr. Was für eine Frau!«

Nachdem das Publikum gegangen war, sagte Ava: »Ann, es wird Zeit für mich. Es war ein wundervoller Abend.«

»Wir können Ihnen nicht genug danken«, entgegnete Ann. »Lassen Sie uns wissen, was Sie für Ausgaben hatten.«

Ava machte eine abwehrende Geste. »Kommt gar nicht in Frage. Es war mir ein Vergnügen. Eine angenehme Abwechslung zu meiner einsamen Arbeit.«

Äußerst geschickt, dachte Sebastian. Man vergaß glatt, daß sie gerade Bücher im Werte von einigen hundert Pfund verkauft hatte.

»Wie stehen meine Chancen, hier draußen ein Taxi zu erwischen?« fragte sie.

»Nicht besonders«, antwortete Vidyut. »Aber wir können Ihnen ein Funktaxi rufen, wenn Sie möchten.«

Sebastian gesellte sich zu den drei Frauen. »Ich habe eine bessere Idee, ich kann Sie mitnehmen. Mein Auto steht vor der Tür.«

Ava sah ihn zögernd an. »Ich wohne im *Inn on the Park*, Sebastian ...«

»Das ist doch gleich um die Ecke, um diese Zeit überhaupt kein Problem.«

»Seb, das wäre wirklich nett von dir«, sagte Ann liebevoll.

»Es wäre zu nett«, betonte Ava.

»Nun gut, wenn Sie meinen, es wäre *zu* nett ...«, entgegnete Sebastian schelmisch.

Ava lachte. »Nein, nein, das nehme ich zurück und gebe

nach. Lassen Sie mich nur schnell dahin gehen, wo alle kleinen Mädchen mal hinmüssen, ich bin sofort wieder da.«

Ann küßte Sebastian dankbar auf die Wange. In Momenten wie diesen wußte sie, daß sich die ganze Mühe gelohnt hatte. »Danke, du bist ein Schatz.«

»Ach was«, meinte Sebastian, »das mache ich doch gerne.«

Es war Samstag morgen, Hester und Jonty saßen in der Küche und warteten auf Giselles Ankunft. Sie hatte angerufen und mitgeteilt, daß sie mit der Nachtfähre käme und ganz sicher eine Mitfahrgelegenheit von Dover aus finden würde. Nur im Notfall wollte sie noch einmal anrufen.

»Ich hoffe nur, sie ist nicht die ganze Zeit nur getrampt«, sagte Jonty, während er den Kaffee zubereitete.

»Wir haben ihr aber gesagt, daß sie machen kann, was sie will«, gab Hester zu bedenken.

»Sie hatte eine Bahnfahrkarte.«

»Sie ist nach Frankreich gefahren, wie wir es wollten, und nun kommt sie zurück, allem Anschein nach unversehrt. Was willst du mehr? Wir sollten sie jetzt nicht ins Kreuzverhör nehmen.«

Jonty nickte. »Ich bin sehr gespannt auf sie.«

»Ich auch.«

»Ob sie sich wohl in den sechs Wochen verändert hat?«

Zwanzig Minuten später wurde Jontys Frage beantwortet. Nachdem ein Auto vorgefahren war und Hester und Jonty die Haustür geöffnet hatten, stand eine schlankere, gebräunte Giselle vor ihnen. Eine dünne goldene Kette schmückte ihren Hals. Sie hatte ihre weiße Baumwollbluse unter der Brust zusammengeknotet, so daß ihr Bauchnabel zu sehen war. Hester strahlte.

»Du siehst wunderbar aus, mein Schatz!«

»Hallo, Grizzle, willkommen zu Hause!«

In der Einfahrt stand ein rotes Cabriolet, an dessen Motorhaube lässig ein junger Mann in Schwarz lehnte. Als er auf sie zukam, erklärte Giselle: »Mum, Dad, das ist Gavin. Er hat mich mitgenommen.«

8.

Gavin blieb auf einen Kaffee. Als Giselle ihn danach zum Auto brachte, ließ Hester zwar die Haustür offen, aber man konnte laut und deutlich hören, wie sie Jonty mitteilte, daß sie nun in den Garten ginge, um die welken Blüten zu entfernen.

»Deine Eltern sind prima«, bemerkte Gavin.

»Deine sind aber auch in Ordnung«, gab Giselle zurück.

»Als sie das letzte Mal hier zum Essen waren, fand ich deine Mutter wirklich nett.«

»Ach ja!« Es war ein Kommentar, keine Frage.

»Sie forderte mich auf, sie jederzeit anzurufen und vorbeizukommen, wenn ich mal wieder in der Stadt wäre.«

»Dann tu das. Ihre Keksbüchse ist immer für spontane Besucher gefüllt.«

»Du bist so sarkastisch.«

»Bin ich nicht.«

»Ich mag sie.«

»Gut. Aber vergiß nicht«, sagte Gavin und senkte die Stimme, »daß sie niemals aufhört zu denken.«

Sie standen am Auto, und Gavin legte eine Hand an Giselles Wange und sah ihr in die Augen.

»Sie hat auch nicht 'nen Funken von Spontaneität in sich ... ganz anders als du.« Sein Blick wurde intensiv und ließ vermuten, daß er sie gleich auf die Lippen küssen würde; stattdessen öffnete er brüsk die Autotür. »Ich muß los.«

»Danke fürs Mitnehmen ... und für alles.«

»Gern geschehen. Ich hoffe, du kriegst keinen Ärger mit Ark.«

»Bestimmt nicht, er macht nie Ärger.«

Gavin stieg ein und sah zu ihr auf. »Darf ich dich anrufen?«

»Wenn du willst.«

»Was für eine Frage. Also ich ruf' dich an.«

»Bis dann.«

Mit verschränkten Armen sah Giselle zu, wie er abfuhr.

Gavin legte eine Bob-Marley-Kassette ein und zündete sich eine Zigarette an. Er war in bester Stimmung; ganz sicher hatte er Giselle soweit, daß sie scharf auf ihn war.

Im Garten hinter dem Haus zupfte Hester geistesabwesend die welken Blüten von einer Bougainvillea. Jonty stand an den Apfelbaum gelehnt und trank seine dritte Tasse Kaffee. Hester hatte angeordnet, daß er draußen blieb.

»Es muß so wirken, als fänden wir gar nichts Besonderes daran«, instruierte ihn Hester.

»Ich finde nichts Besonderes daran.«

»Wirklich nicht? Also ich gebe zu, daß mir vorhin fast die Augen aus dem Kopf gefallen wären.«

»Verstehe ich nicht. He, was machst du, die Blüte war völlig in Ordnung!«

»Mich hat's völlig umgehauen. Er war mit Katie Hogan zusammen, die bei uns für die Klatschseite schreibt.«

»Na und?«

»Sie ist ein nettes, frisches, wohlerzogenes Mädchen mit einer guten Aussprache und glänzendem Haar, das bei jeder Bewegung mitschwingt.«

»Ein vielseitiger Mann«, bemerkte Jonty.

Hester schüttelte den Kopf. »Ich nehme alles zurück. Dein Trick hat funktioniert.«

»Es war kein Trick, es war ein Versuch, Grizzle einen anderen Blick auf die Dinge des Lebens zu ermöglichen.«

»Ich verstehe nicht, warum du nicht mit stolzgeschwellter Brust herumläufst.«

»Du solltest andere nicht an deinem eigenen Verhalten messen«, belehrte Jonty sie scherzhaft.

»Ernsthaft, was hältst du von ihm?«

»Scheint in Ordnung zu sein. Hat 'n bißchen viel dummes Zeug geredet, aber vielleicht war er nervös.«

»Meinst du?«

»Ach komm, Hes, wir haben ihn gerade zum erstenmal gesehen.«

»Nein, wir haben ihn früher schon gesehen«, korrigierte Hester, »wir haben nur nicht besonders auf ihn geachtet.«

»Na, jedenfalls ist er sehr gesprächig«, bemerkte Jonty nicht gerade begeistert.

»Ja, und was für einen Unterschied das macht. Es kommt tatsächlich eine Unterhaltung zustande.«

Jonty lachte. Er streckte eine Hand aus und wischte ein paar Blütenblätter von Hesters fadenscheinigem grauen T-Shirt. Hesters Wangen waren rosig, ihre Augen strahlten vor Aufregung, ihr blondes Haar war zu einem Pferdeschwanz zusammengebunden. Sie sah jung und hübsch aus. Eine intensive Freude überkam Jonty, weil sie seine Frau war und weil sie sich nach all den Jahren noch immer liebten.

Etwas unsicher erwiderte Hester sein Lachen. »Was ist so komisch?«

»Paß auf, daß du nicht zuviel erwartest.«

»Das tue ich nicht.«

»Sie haben sich zufällig getroffen, und Giselle hat die Mitfahrgelegenheit genutzt. Ich sag's nicht gerne, aber du solltest vielleicht ein bißchen von deinem sonstigen gesunden Skeptizismus wiederbeleben. Nur, um Enttäuschungen zu vermeiden.«

»Ich hab' nicht … schh… hallo, mein Schatz!«

Giselle war in der Tür zum Garten erschienen.

»Kann ich ein Bad nehmen?«

»Natürlich, es ist genug heißes Wasser da.«

Sie drehte sich um und verschwand.

Ungläubig schüttelte Hester den Kopf. »Hast du gehört? Sie hat gefragt, ob sie ein Bad nehmen kann.«

»Noch besser«, kommentierte Jonty, während er seinen Kaffeerest ins Gras schüttete, »sie sieht noch nicht mal danach aus.«

Hester sah ihrem Mann nach, wie er ins Haus zurückging. Er hatte recht – Giselle sah großartig aus. Ihr Herz klopfte vor Freude. Wie Konfetti schwirrten ihr verschiedene Bilder durch den Kopf: Giselle, wie sie in einem Ballkleid tanzte … Giselle, die die Gäste einer Cocktailparty bezauberte … Giselle, die an der Haustür Rosen in Empfang nahm … Giselle in weißer Spitze, das dunkle Haar mit weißen Blumen geschmückt …

Im ersten Stock wurde ein Fenster aufgestoßen.

»Mama!«

Es war Daniel.

»Mama! Fährst du uns zu Muffer?«

»Warum?« rief Hester.

»Bitte!« war die Antwort.

Giselle hatte den Heißwasserboiler geleert.

Sie lag in dampfendem Schaum, ihre Füße hatte sie unter die Wasserhähne am Ende der Wanne geklemmt. In dem kühlen Licht der heimischen Umgebung wirkte ihr nackter Körper geradezu unverschämt braun und exotisch.

Während ihrer Abwesenheit war ihr Zimmer aufgeräumt worden. Die Yucca war grün, und ihre Blätter glänzten, die nackte Glühbirne hatte einen Lampenschirm bekommen, das Bett war frisch bezogen und der Teppich gesaugt worden. Unter dem Deckbett ruhte der aufblasbare Mann. Giselle hatte nichts dagegen, irgendwie gefiel es ihr sogar.

Sie versuchte, an Ark zu denken, der, soweit sie wußte, noch immer in Frankreich war. Aber sie hatte Schwierigkeiten, ihn sich vorzustellen.

Dann kam ihr Gavin in den Sinn, der in jeder Beziehung völlig anders war als Ark. Er hatte eine ironische Art, redete viel und gab oft dummes Zeug von sich. Aber er war irgendwie … nun ja, charmant. Giselle war nie empfänglich für Charme gewesen, diese Eigenschaft gehörte in die Welt der Anzugträger, die ihr völlig egal war. Aber Gavin war nicht auf diese Welt beschränkt. Einerseits rackerte er sich zwar für einen Laden ab, an den zu denken ihr schon widerwärtig war, andererseits kannte er alle guten Musikgruppen und hatte einen verrückten Humor. Außerdem gefiel ihr die Vorstellung, daß ihre Eltern ihn offensichtlich mochten.

Noch hatten sie nicht zusammen geschlafen. Es war eine Art Spiel, wer von ihnen die Initiative ergreifen würde. Giselle war sicher, daß sie länger durchhalten konnte. Sein Schickeriacafé beeindruckte sie jedenfalls nicht im geringsten. Hinter all seinem Getue war er genau wie all die anderen – ein großer, von seinen Hormonen beherrschter Junge. Giselle lächelte, schloß die Augen und tauchte unter.

Zum Erscheinen von Ava Lawrences Buch *Die Politik des sanften Drucks* gab der Verlag einen Empfang in der *Delett Art Gallery* in Mayfair. Mark Fein, der Galerist, war ein Freund Avas aus alten Zeiten. Die weitläufigen, eleganten, Räumlichkeiten boten genau den richtige Rahmen für diesen Anlaß. Die Bücher des Clarion Verlages zeichneten sich durch anspruchsvolle, zeitgemäße Inhalte und selbstverständlich einen guten Stil aus. Das hieß nicht, daß das gute Aussehen von Autoren auch als Verkaufshilfe eingesetzt wurde. Avas Coverfoto war Gesprächsthema. Zu sehen waren ihr Kopf und ihre nackten Schultern, völlig ohne Schmuck, ohne ein Stück Stoff, ohne Make-up. Das Gesicht war von vorn aufgenommen, sie lächelte nicht, und im Gegenlicht schien ihre Löwenmähne vor elektrischer Energie zu glühen.

Das vergrößerte Foto war einmal im Foyer und an mehreren Stellen im oberen Stockwerk der Galerie zu bewundern. Mark Fein war auf zeitgenössische Kunst spezialisiert. Riesige, klargegliederte Gemälde mit geometrischen Formen in intensiven Farben hingen an den Wänden, und in den Räumen verteilt standen weiche, blaßfarbene, gerundete Skulpturen. Sie erinnerten an Felsen, die ihre Form durch die ewige Arbeit des Windes und des Wassers erhalten hatten.

Katie war völlig überwältigt von dem Ambiente und der illustren Gesellschaft. Etwa hundert Personen drängten sich in den Räumen, alle offensichtlich vertraut mit der Arbeit von Ava Lawrence. Und sie alle fühlten sich berechtigt, bei diesem Ereignis dabeizusein und ihre Meinung von sich zu geben. Es kostete Katie große Überwindung, inmitten dieser so selbstbewußten, sich zur Schau stellenden Menschen nicht zu verstummen.

Ihre Aufgabe hier war es, Klatsch nachzujagen, Namen und Gesichter zu registrieren, neue Paare oder Trennungen ausfindig zu machen und vor allem mit Ava Lawrence zu sprechen.

»Überhaupt kein Problem«, hatte Larry Orde ihr versichert. »Sie ist eine geborene Selbstdarstellerin. Dies ist die Frau, die oben ohne für einen männlichen Fotoclub posiert hat, um nachher darüber schreiben zu können. Und die Fotos hat sie sogar selbst veröffentlicht. Verstehen Sie?«

»Ich habe es noch nicht geschafft, ihr Buch zu Ende zu lesen«, wandte Katie ein.

»Ach was, Buch. Es wird wieder das gleiche Zeug, nur aus einer anderen Perspektive sein. Erzählen Sie ihr, wir hätten gehört, daß sie sich in London eine Wohnung kaufen will ...«

»Will sie das?«

»Erzählen Sie ihr, daß wir das gehört haben. Passen Sie auf, mit wem sie zusammen ist und machen Sie was daraus. Und grüßen Sie sie herzlich von mir. Es ist wirklich einfach mit ihr, Sie werden sehen.«

Es war sehr heiß, und der Orangensaft in Katies Hand wurde langsam warm. Sie war jetzt seit einer knappen Stunde hier und hatte schon einiges geschafft. Gleich zu Beginn war eine berühmte Rocksängerin, die sich vor kurzem als lesbisch geoutet hatte, bereit gewesen, ihr ein Interview zu geben; dann konnte sie mit einem hinreißend gutaussehenden indischen Kricketspieler sprechen, der mit den klügsten und schönsten Töchtern des Adels ausging, aber in sein Land zurückkehren wollte, um dort eine schon seit langem arrangierte Ehe zu schließen. Katie hatte eine Unterhaltung zwischen einem Imageberater und einem höheren Beamten verfolgt, die vielleicht Grundlage für eine künftige Geschichte werden konnte. Aber an Ava Lawrence war sie bisher noch nicht herangekommen.

Katie hatte sie ständig im Blickfeld, konnte sich ihr aber nicht nähern. Ava war umgeben von Gefolgsleuten und Bewunderern. Sie richtete ihren lebhaften, konzentrierten Blick aufmerksam auf ihre wechselnden Gesprächspartner. Dabei schien sie jedesmal intensiv auf ihr jeweiliges Gegenüber einzugehen. Katie hatte eine Frau vor sich, die sich professionell vermarktete. Um in diesem Geschehen nicht unterzugehen, brauchte sie erst einmal einen anständigen Drink. Sie kämpfte sich zur Bar durch, unterdrückte die Entschuldigungen, die sie automatisch murmelte, wenn sie angestoßen wurde, und versuchte souverän auszusehen.

Grazile farbige Mädchen in engen Kleidern und mit bunten Perlenkappen servierten amerikanische Cocktails, Champagner oder Fruchtsaft. Mit einem Glas Champagner ausgestattet, wollte Katie sich nun auf den Weg zu Ava Lawrence machen.

»Hallo, bist du nicht Katie?«

Vor ihr stand Gavins Bruder Sebastian. Die junge Frau nickte überrascht und erfreut, einen Bekannten zu sehen. »Hallo.«

Er trank Cola aus der Flasche. Sein Haar war blond gelockt, und auf seinem weißen T-Shirt stand ›Neuer Mann‹. Katie mochte Sebastian. Er war locker und humorvoll, so daß man sich in seiner Gegenwart nie befangen fühlte.

»Was treibt dich denn hierher?« fragte sie.

»Rein gesellschaftliche Gründe. Und dich?«

»Ich bin für die *Post* hier. Ich arbeite für die ›Leute von heute‹-Seite, für Larry Orde.«

»Ach du Schande.« Sebastian trank die Cola leer und stellte die Flasche zurück auf die Bar. »Für den Wichser.«

»Kennst du ihn?«

»Keinen Bedarf. Ich hab seine Seite gelesen.«

Katie war leicht düpiert. »Was erwartest du von 'ner Klatschseite?«

»Ja, da hast du auch wieder recht«, gab Sebastian gutmütig zu und lächelte sie entwaffnend an. Er fischte ein zerknittertes Päckchen Marlboro aus seiner Jeanstasche und bot ihr eine Zigarette an. Nachdem sie abgelehnt hatte, nahm er selbst eine aus der Packung und ließ sich von einem der Mädchen hinter der Bar Feuer geben.

»Und du hast also mit Gavin Schluß gemacht?«

»Ja ... schade, aber was soll man machen ...«

»Er kann ein ganz schönes Arschloch sein.« Katie glaubte, in Sebastians Stimme eine Spur von Bewunderung zu hören. »Dieses Schicki-Micki-Café geht ihm über alles. Ist besser für dich, aus der Sache raus zu sein.«

»Wir hatten eine sehr schöne Zeit zusammen«, bemerkte Katie in reserviertem Ton. »Ich bereue nichts.«

»Non, rien de rien ...!« trällerte Sebastian.

Katie war sich nicht sicher, auf welcher Seite er stand. »Und wie geht es ihm?«

»Gut, so viel ich weiß. Er ist gerade aus Frankreich zurückgekommen. Hat Julian besucht.«

»Das hat ihm sicher gutgetan, er brauchte dringend Urlaub.«

Sebastian blies ein paar Ringe in die Luft. »Er soll dort eine neue Frau kennengelernt haben.«

Katie spürte, wie ihr Magen sich zusammenzog. »Das freut mich. Er hat eine nette Frau verdient.«

»Also hör mal«, entgegnete Sebastian lächelnd, »er verdient überhaupt nichts.«

Katie sah ihn einen Moment prüfend an, dann zuckte sie leicht die Achseln. »Hm ... Kennst du hier jemanden?«

»Außer Ava nur dich.«

»Du kennst Ava Lawrence?«

»Sonst wär ich nicht hier, das kannst du mir glauben.« Sebastian ließ seine Zigarette in ein leeres Glas fallen. »Möchtest du mit ihr sprechen?«

»Sie ist natürlich mein Hauptziel hier. Ich wollte mir gerade etwas Mut antrinken, um mich dann an sie heranzumachen, als du aufgetaucht bist.

»Dann komm mit, ich stell' dich vor.«

Larry war begeistert.

»Wunderbar gemacht! Sie hat also wirklich mitgespielt.«

»Ich habe Glück gehabt, wir sind richtig gut miteinander klargekommen.«

»Offensichtlich«, freute sich Larry. »Und wer ist dieser

›gemeinsame Freund‹, der gesagt hat, daß sie demnächst mehr Zeit auf dieser Seite des großen Teichs verbringen würde?«

»Geschäftsgeheimnis.«

»Schätzchen, ich bin das Geschäft.«

Sie schüttelte den Kopf. Larry lachte.

»Schon in Ordnung, warum sollte ein ehrgeiziges Mädchen seine Quellen verraten! Jedenfalls gefällt mir, was Sie geschrieben haben.«

Am nächsten Tag traf Katie Hester Blake auf dem Flur der Redaktion. Hester blieb stehen, um in ihrer üblichen freundlichen Art mit der jungen Kollegin zu reden.

»Ich habe gehört, Sie haben Ihre Sache mit Ava Lawrence sehr gut gemacht.«

»O, ich weiß nicht ...«

»Larry findet das aber. Er glaubt, daß Sie für den Job sehr geeignet sind.«

Katie strahlte vor Stolz.

»Ich war neulich zu einem Vortrag von Ava Lawrence eingeladen«, fuhr Hester fort. Sie zögerte einen Moment. »Aber ich konnte leider nicht hingehen. Ist sie wirklich so ein Superweib, wie alle behaupten?«

»Leider ja.«

»Wie deprimierend.« Hester faßte Katie vertraulich am Arm und lachte. »Wir müssen bald mal was zusammen trinken, dann können wir uns gegenseitig bemitleiden, von Frau zu Frau.«

Hester setzte ihren Weg zu Robert Waltons Büro fort. Sie war erleichtert, daß Katie Ann nicht erwähnt hatte. Giselle und Gavin telefonierten häufig miteinander, und Hester wollte auf keinen Fall Katie verletzen.

Robert hatte Hester zum Essen eingeladen. Sie klopfte an seine Bürotür und steckte den Kopf ins Zimmer. Er telefonierte, bedeutete ihr aber mit einer Handbewegung, daß es nicht lange dauern würde und sie hereinkommen und warten sollte. Seine Sekretärin Di kam auf Hester zu.

»Möchten Sie einen Drink, Mrs. Blake?« flüsterte sie. Di war die ideale Sekretärin, die Höflichkeit und Diskretion in Person. Sie brachte Hester ihren Gin, genau wie sie ihn mochte, mit viel Soda, einem Spritzer Limone und bis zum Rand voller Eis. Dann zog sie sich an ihren Schreibtisch zurück, setzte Kopfhörer auf und begann zu tippen.

Es dauerte zehn Minuten, bevor Robert sein Gespräch beendete, aber Hester fühlte sich außerordentlich wohl in ihrem bequemen cremefarbenen Kalbsledersessel. Gutgelaunt nippte sie an ihrem Gin. Seit einiger Zeit befand sie sich fast immer in einer optimistischen Stimmung.

Schließlich legte Robert den Hörer auf und kam zu ihr. »Tut mir leid, Hetty. Gehen wir?«

Robert war ein Mensch, der Ernsthaftigkeit und Autorität ausstrahlte. Mit seiner sanften Stimme und dem gleichzeitig eindringlichen Blick brachte er selbst die eigenwilligsten Mitarbeiter dazu, seinen Worten zu folgen.

Sie aßen im *L'Hibou,* wo sie an seinem Stammtisch in der Ecke am Fenster saßen. Während sie die Speisekarten studierten, trank Robert einen Scotch und Hester einen weiteren Gin. Schließlich entschieden sie sich für Saiblingsklößchen mit neuen Kartoffeln und frischem Gemüse und wählten eine Flasche Pouilly Fumée aus.

»Schon mein zweiter Gin«, sagte Hester. »Wie dekadent.«

»Finden Sie?«

»Wußten Sie nicht, daß Alkohol den Geschmackssinn betäubt, vor allem bei Fisch.«

Robert lachte leise.

Am Anfang ihrer gemeinsamen Essen hatte Hester sich oft gefragt, warum Robert sie eigentlich einlud. Er hatte seine Einladungen jedoch niemals begründet. Schließlich war sie zu dem Schluß gekommen, daß er mit ihr essen ging, weil er sich in ihrer Gegenwart wohlfühlte. Doch darüber verlor er nie ein Wort.

Roberts Frau Fiona gehörte zu den Persönlichkeiten des

öffentlichen Lebens, über die man nur Lobendes hörte. Sie war im Vorstand mehrerer Wohlfahrtsorganisationen und trieb unermüdlich Geld für gute Zwecke auf. Sowohl Robert als auch Fiona waren schon in *Question Time* aufgetreten, wobei Fiona viel besser als er abgeschnitten hatte. Sie war eine große Frau mit einem frischen, kaum geschminkten Gesicht, die etwas älter aussah als ihr Ehemann. Trotz einer Neigung zur Fülle sah sie immer sehr elegant aus. Fiona war eine der wenigen Frauen, die eine karierte Stola tragen konnten und damit nicht lächerlich aussahen.

Hester empfand großen Respekt sowohl für Robert als auch für seine Frau. Niemals würde Hester irgend etwas Unüberlegtes tun, was ihre eigenen Lebensumstände oder die anderer gefährdete. Trotzdem genoß sie den prickelnden Reiz dieser ausgedehnten, genußvollen Mittagessen mit Robert. Es war ein Flirt, bei dem weniger mehr bedeutete. Wenn das, was eventuell zwischen ihnen war, offen ausgesprochen werden würde, wäre der Zauber gebrochen. Hester wußte, daß Robert sich von ihr gut unterhalten fühlte, daß ihn eine gewisse Unkonventionalität an ihr reizte. Sie hingegen schätzte seine Reserviertheit, die zu seinem Wesen gehörte. Er sprach über die Arbeit, über sie oder über allgemeine Themen, aber kaum über sich selbst.

Als das Essen aufgetragen und der Wein eingegossen war, hob Robert sein Glas.

»Hetty, Sie sehen heute hinreißend aus.«

»Danke! Das macht wohl der Gin – oder die Gesellschaft, natürlich.«

»Mir gefiel Ihre letzte Seite«, sagte er, »in der es um Amors Pfeil ging.«

»O, die alte Geschichte ...« Sie winkte ab. »Es gab einen Anlaß.« Sie erzählte ihm von Giselle und Gavin. Farbige Ausschmückungen und Hesters eigenes Wunschdenken machten wett, daß es bisher kaum etwas zu berichten gab.

»Merkwürdig«, bemerkte Robert, als sie fertig war, »ich hätte nie gedacht, daß Sie das Zeug zur Kupplerin haben.«

»Habe ich auch nicht.«

»Aber Sie machen sich Hoffnungen.«

»Nicht wirklich. Falls doch, sind sie winzig klein. Wichtiger ist, daß unsere Tochter, die für uns sozusagen verloren gewesen war, wieder zu uns gehört. Sie erinnern sich sicher an den verlorenen Sohn in der Bibel.«

»Und wo ist die Verbindung zwischen ihrer Geschichte und diesem biblischen Geschehen?«

»Nun, eben diese neue Beziehung. Ich will versuchen, es Ihnen zu erklären. Drehen wir das Ganze einmal um. Hatten Sie als Kind jemals einen Freund, dem Sie ewige Freundschaft geschworen haben? In schlechten Zeiten wollten Sie Ihr letztes Stück Brot miteinander teilen, und wenn Sie reich und berühmt werden würden, wollten Sie die Premieren des anderen besuchen?« Robert warf ihr einen amüsierten Blick zu. »Nun, vielleicht kennen Sie das nicht, kann sein, daß es unter Mädchen verbreiteter ist. Jedenfalls glaubt man, für immer und ewig miteinander befreundet zu bleiben. Gut, erstaunlicherweise bleibt die Freundschaft tatsächlich bestehen, eine Zeitlang sieht man sich vielleicht nicht so oft, dann wird man wieder vertrauter miteinander, bis eine schönen Tages … päng!«

»Päng?« echote Robert und sah Hester fragend an.

»Die Freundin läßt sich auf einen Mann ein, den sie schließlich sogar heiratet und der der ekelhafteste Widerling ist, den man je kennengelernt hat. Die beiden sind also nun ein Paar. Man fragt sich, was um alles in der Welt sie nur an ihm findet. Zweifel tauchen auf, und das ist der Anfang vom Ende. Denn wenn sie so zärtliche Gefühle für einen derart miesen Typen empfinden kann, solch glühende Leidenschaft, daß sie sogar den Rest ihres Lebens mit ihm verbringen will, dann folgt daraus, daß es in ihr etwas geben muß, was man nie bemerkt hat. So wird sie mit einemmal zu einer Fremden. Verstehen Sie?«

»Ich glaube schon«, antwortete Robert. »Aber ich verstehe immer noch nicht, was das mit Ihrer aktuellen Situation zu tun hat.«

»Doch, denn das Gegenteil kann auch eintreten. Mit meiner Tochter und ihrem neuen Freund verhält es sich so. Ein Teil von ihr, den ich immer unter ihrer rauhen und vernachlässigten Fassade gespürt habe, ist plötzlich hervorgebrochen. Wie die erblühende Wüste, als die Rose ...«

Robert sah sie skeptisch an. »Ich hoffe, Sie erwarten jetzt keine Wunder.«

»Ich glaube nicht. Aber es ist einfach beruhigend zu wissen, daß sie sich von einem Mann angezogen fühlt, der bereits seinen Platz im Leben gefunden hat und der außerdem sehr charmant ist.«

»Hm ...« Einen Moment schwieg Robert nachdenklich, während Hester ihre schon fast kalt gewordenen Saiblingsklößchen aß. »Der Ehemann meiner Tochter war auch ein sehr charmanter Mann. Er war so charmant, daß er es tatsächlich fertigbrachte, zwei Ehen gleichzeitig zu führen. Seien Sie vorsichtig mit Charme, Hetty, er kann sich als Giftbecher herausstellen.«

Hester sah ihn erstaunt an. Das war die vertraulichste Mitteilung, die Robert ihr jemals gemacht hatte. Und ausnahmsweise war sein Blick einmal nicht auf sie gerichtet, sondern er fixierte irgendeinen Punkt außerhalb des Fensters.

»Und was Freundschaft angeht«, fuhr er fort, »so gehöre ich nicht zu denen, die meinen, ohne Freunde nicht leben zu können. Doch ich vertraue eher Freundschaften, die im Erwachsenenalter geschlossen werden. Man hat nicht mehr die ganze Reise vor sich, wenn Sie verstehen, was ich meine.«

Hester legte das Besteck nieder. »Sie meinen, es kann weniger schiefgehen?«

»Nein. Die Menschen verändern sich nicht mehr so sehr.«

»Das stimmt«, bekräftigte Hester. Ihre Blicke trafen sich, und einen Moment lang sahen sie sich in die Augen. Dann waren die Hände des Kellners zwischen ihnen, der abzuräumen begann.

Jeden zweiten Montagmorgen fand eine Besprechung mit den leitenden Angestellten des *Schmooze* statt. Der Montag war der einzige Tag der Woche, an dem die Brasserie erst mittags öffnete. Heute hatte Gavin die Absicht, sich ausnahmsweise einmal sanft und freundlich zu verhalten – das würde den Unzufriedenen, die dauernd etwas zu meckern hatten, den Boden unter den Füßen entziehen.

Er war früh dran. Das *Schmooze* lag nur fünf Autominuten von seiner Wohnung entfernt, und an der Rückseite des Gebäudes gab es einige Parkplätze für Mitarbeiter. Gavin hätte auch laufen können, aber er gehörte zu den Menschen, die aus Prinzip gesunde Alternativen nicht in Betracht zogen und das Autofahren als begrüßenswertes Aufputschmittel empfanden. Er fuhr schnell und aggressiv und parkte mit einer geradezu unsozialen Mißachtung der Bedürfnisse anderer in einer überfüllten Stadt. In seiner Küche stand ein Spaghettiglas, das bis zum Rand mit Strafzetteln für falsches Parken vollgestopft war.

Die Seitenstraße, in der das *Schmooze* lag, befand sich in Maida Vale in einer Enklave, die inmitten der aufwärtsstrebenden Umgebung noch den Charme des Vergangenen ausstrahlte. Die Brasserie lag hinter der breiten Front eines Gebäudes, das früher ein Kino gewesen war, zwischen einer Arbeitsvermittlung und einem indischen Kleiderladen. Gavin unterhielt zu seinen Nachbarn so distanzierte Beziehungen, wie es die Höflichkeit eben erlaubte – man konnte schließlich nie wissen, ob man den anderen nicht einmal brauchte.

Ranjit, der mürrische, ehrgeizige und äußerst geschäftstüchtige Eigentümer von *Sari Select*, machte sein Geld auch mit Erwachsenenvideos und entspannenden Substanzen. Er kam jeden Tag mit einem Jaguar XRS von St. John's Wood zur Arbeit gefahren. Allerdings war er klug genug zu wissen, daß auffälliger Wohlstand ungesunde Auswirkungen haben kann, weswegen er den Jaguar ein Stück weiter weg parkte. In regelmäßigen Abständen liefen seine Untergebenen los, um die Parkuhr zu füttern. Ranjits Seidenanzug hing in einem Schrank seines Büros, während er mit müden Augen in einer schmierigen Weste und in ausgebeulten Trainingshosen inmitten glänzender, wunderschön verzierter Kleider hockte – eine fette Spinne im Zentrum eines Netzes dunkler Geschäfte.

Die Agentur *Just the Job* war für Gavin von Nutzen, denn unter den jungen Angestellten des *Schmooze* gab es eine ziemlich hohe Fluktuation. Gavin war der Meinung, daß seine Arbeitswut und seine Geschäftstüchtigkeit ihn dazu berechtigten, von seinen Mitarbeitern einen ähnlichen Einsatz zu verlangen. Fehler anderer machten ihn oft wütend, und es kam öfter vor, daß er Angestellte laut und beleidigend abkanzelte, auch in Gegenwart von Gästen. Daher verließen in regelmäßigen Abständen tränenüberströmte Mädchen und bleiche Jungen auf der Stelle und für immer ihren Arbeitsplatz. *Just the Job*, dessen ältliche Leiterin für Schmeicheleien und zuvorkommende Behandlung im Restaurant empfänglich war, konnte fast immer sofort aushelfen.

Gavin betrat das *Schmooze* durch die Hintertür und ging durch die perfekt ausgestattete Küche. Dann stürmte er wie John Wayne energischen Schritts durch die Schwingtüren in die Brasserie – seine unbestrittene Domäne. Jedesmal wurde er von Stolz überwältigt.

Gavins Motiv, ein Restaurant aufzumachen, war nicht die Liebe zum Essen gewesen, sondern sein Ehrgeiz, erfolgreich zu sein. Er war fest davon überzeugt, daß er die Fähigkeit hatte, ein Produkt einzuführen und gewinnbringend zu vermarkten. Also beobachtete er sehr genau, welche Restaurants von seiner Generation bevorzugt wurden, und langsam formte sich in seinem Kopf die Vorstellung von *Schmooze*.

Eine Brasserie war das Ziel, die gleichzeitig Restaurant mit ausgezeichnetem Essen und Café in der Tradition Wiener und Budapester Kaffeehäuser war, wo man zu jeder Tageszeit und an allen Tagen die Zeitung lesen und guten Kaffee trinken konnte. Ein Szenetreffpunkt sollte es werden, ein Ort für die jungen Kreativen, mit der Atmosphäre eines Clubs ohne dessen Arroganz. Und wenn es all diese Kriterien erfüllen und trotzdem Profit abwerfen sollte, mußte es natürlich groß sein. Gavin hatte sich eine kindliche Vorliebe für Bahnhöfe bewahrt; er mochte die weitläufigen Gebäude mit ihrem zielgerichteten, geschäftigen Treiben.

Es war eine große und komplexe Idee, deren Finanzierung nicht einfach gewesen war. Nur mit Mühe hatte er die Banken davon überzeugen können, daß ein Restaurant vielen verschiedenen Ansprüchen gerecht werden muß, um somit für eine große Anzahl zahlungsfähiger Kunden im Alter zwischen zwanzig und vierzig attraktiv zu sein.

Jetzt, da seine Vision Realität geworden war, hatte sie sich auf triumphale Art als richtig erwiesen. Mit den Händen in den Taschen schlenderte Gavin zwischen den Tischen entlang. In der Mitte des Raumes angekommen, zündete er sich eine Zigarette an, drehte sich langsam um die eigene Achse und inhalierte tief.

Die Atmosphäre des *Schmooze* übte eine angenehm beruhigende Wirkung aus. Ein sehr hoher Raum von einigen hundert Quadratmetern war in verschiedene Ebenen und Bereiche aufgeteilt, deren Übergänge jedoch sanft ineinander übergingen. Alles gehörte zusammen, und doch konnte man sich in intimere Räume zurückziehen. Dieses Kunststück hatte mehrere Toparchitekten an den Rand des Nervenzusammenbruchs gebracht. Mit skrupelloser Arroganz hatte Gavin sie eingestellt und wieder entlassen; er wußte genau, was er wollte, und er wußte auch, daß es funktionieren würde.

Das Flair des einfach, aber erlesen ausgestalteten Raumes vermittelte den Gästen das Gefühl, etwas Besonderes zu sein. Der Holzfußboden hatte einen warmen Braunton, zwischen Tischen und Stühlen war viel Platz, und alle Stühle waren gepolstert und hatten Armlehen. Die Tische aus massivem Holz wurden für jeden Gast mit frischen weißen Papiertischdecken belegt. Es schmückten sie zwar keine Blumen, aber im Raum verteilt gab es viele Bodenvasen mit großen exotischen Blüten, echten und künstlichen, und hohe Grünpflanzen umgaben die aufragenden hölzernen Säulen. Die Wände waren mit großen Spiegeln und dicht gehängten, gerahmten Fotografien unterschiedlicher Größen bedeckt. Es waren ausschließlich Schwarzweißfotos von Menschen aus verschiedenen Zeiten und in unterschiedlichen Situationen.

Die Bar befand sich etwa einen Meter über dem Eßbereich; dabei hatte Gavin die Erinnerung an alte Schwarzweißfilme vor Augen gestanden, in denen hartgesottene Männer beim Geschäftemachen auf die Köpfe anderer Gäste herabblickten.

Es gab keine Einschränkungen für Raucher, und jedes Gericht von der Speisekarte konnte zu jeder Tageszeit bestellt werden. So entstand der Eindruck, daß hier alles für die Gäste getan wurde.

Gavin hielt sich selbst für einen leidenschaftlichen Mann mit starken Gefühlen. Die tiefste Leidenschaft in seinem Leben hatte er jedoch beim Erschaffen dieser Brasserie empfunden, und noch immer überkam ihn von Zeit zu Zeit beim Anblick seines Werkes ein Glücksgefühl. Als er in sein Büro im ersten Stock ging, war er erotisch erregt.

Die Ausstattung in Gavins Büro war minimalistisch, aber das war auch das einzige, was sie mit der Brasserie gemein hatte. Der Unterschied zwischen Gavins Büro und seiner Schöpfung in der unteren Etage verwirrte und faszinierte Besucher, und das gefiel ihm besonders. Hier oben war alles von glatter, kühler Eleganz: graues Leder und Chrom, Rauchglas, elfenbeinfarbene Seidenvorhänge, indirektes Licht. Und immer stand ein üppiger Strauß weißer Tulpen in einer schweren, zylindrischen Glasvase. In diesem Raum empfing Gavin Kollegen, Angestellte und Bittsteller. Alles, was mit dem alltäglichen Geschäftsleben zu tun hatte, wurde nebenan in Bars Büro verhandelt.

Bar war seit drei Monaten Gavins persönliche Assistentin. Sie war ein kräftiges, gesundes Mädchen aus dem Norden, an dem Sarkasmus und Beschimpfungen abperlten wie Wasser vom Rücken einer Ente. Es schien durchaus möglich, daß sie sich langfristig den Anforderungen ihrer Arbeit gewachsen zeigen würde.

Das irritierte Gavin jedoch ein wenig, denn nach ihrer eigenen Aussage war Bar noch dabei, sich beruflich zu orientieren und herauszufinden, was sie letztlich wirklich machen wollte.

Als sie um zehn vor acht eintraf, hatte Gavin sich schon eine zweite Tasse Espresso gemacht. Sie nahm es mit der Zeit nicht allzu genau, aber Gavin verbot sich, etwas zu sagen, als er den Kopf in ihr Büro steckte. Heute war schließlich einer seiner guten Tage.

»Morgen«, rief Bar fröhlich, schmiß ihre riesige Umhängetasche auf den Schreibtisch und begann, darin herumzuwühlen. Schließlich förderte sie die Flasche mit frisch gepreßtem Orangensaft zutage, ohne den sie den Tag nie begann.

»Wie geht es Ihnen heute morgen?«

»Gut, danke – und selbst?«

»Jetzt schon besser – aah!« Bar leckte sich die Lippen. »So ...!« Sie drehte ihren Stuhl herum und setzte sich. »Also, was steht heute an?«

Es gab Zeiten, in denen ihre laute und fröhliche Art Gavin auf die Nerven ging. Andererseits war sie immer gut gelaunt, außerdem kompetent und einfach durch nichts zu erschüttern. Manchmal überfiel Gavin die Vorstellung, daß Bar niemals ihren Traumjob finden und ewig hierbleiben würde, Orangensaft trinkend und laut lachend. Er wußte nicht, ob er das gut oder schlecht finden sollte.

»Erst mal Sitzung«, sagte er. »Und wenn Sie sich dann bitte darum kümmern, daß ein Entwurf für die Pressemitteilung zu unserem einjährigen Bestehen aufgesetzt wird – ein Jahr, ein Stern, der meteoritenhafte Aufstieg des *Schmooze* – Sie wissen schon ...«

»Ay-ay, Sir.« Bar salutierte.

»Und wenn ein persönlicher Anruf kommt ...« Das Telefon klingelte, Bar nahm den Hörer ab und bedeckte mit einer Hand die Sprechmuschel. »... ich bin nicht da«, beendete er flüsternd.

Bar nickte. »*Schmooze* ...? Oh, ja, hallo. Das stimmt, ja, Sie haben ein fabelhaftes Gedächtnis. Wenn Sie bitte eine Sekunde warten, ich sehe nach, ob er da ist.« Sie deckte wieder die Sprechmuschel mit einer Hand ab. Stirnrunzelnd und kopfschüttelnd sah Gavin sie an. »Ich weiß, ich weiß, aber es ist Ihre Mutter.«

Er zögerte nur einen kurzen Moment, dann ging er in sein Büro und hob den Hörer ab. »Ja?«

»Entschuldige, daß ich dich bei der Arbeit störe«, sagte Ann in geschäftsmäßigem Ton, »aber ich wollte dich fragen, ob ich dir irgend etwas vom Supermarkt mitbringen kann. Ich gehe gleich einkaufen, und auf dem Rückweg muß ich sowieso bei einem Klienten in der Nähe der George Street vorbeisehen. Es ist also keine Mühe für mich, dir etwas in die Wohnung zu stellen, wenn du möchtest.«

»Danke für das Angebot«, antwortete Gavin. Er sah hinüber zu Bar, die damit beschäftigt war, die Post zu öffnen. »Ich nehme es gerne an. Bist du zu Hause?«

»Ja, noch ungefähr zehn Minuten.«

»Ich schicke dir ein Fax.«

»Gut.«

»Ich muß mich beeilen, wir haben gleich eine Besprechung.«

»Ich warte auf dein Fax.«

Nachdem Gavin aufgelegt hatte, schrieb er eine Liste. Seine Mutter hinterließ nie die Kassenquittung, sondern immer nur eine handgeschriebene Notiz mit einer großzügig abgerundeten Summe. Also lohnte es sich, noch ein paar Extras aufzulisten. Außerdem tat er ihr einen Gefallen damit. Er kannte ihr Spiel. Sie platzte vor Neugier, wie es mit Giselle weiterging, und hoffte, in seiner Wohnung einen Hinweis zu finden.

Als letztes setzte er noch tiefgefrorene Riesengarnelen auf die Liste, dann ging er in Bars Büro, um das Fax abzusenden. Die Tür zum Flur öffnete sich und Della steckte den Kopf herein.

»Hallo, Boß, geht's los?« Ewan, der Chefkoch, und einige andere standen hinter ihr.

»Ich komme sofort«, versprach Gavin. Er ignorierte die strahlend lächelnde Bar und nahm das gesendete Blatt aus dem Faxgerät. Dann ging er wieder in sein Zimmer und schloß die Verbindungstür hinter sich.

Ann nahm den großen Karton vom Rücksitz ihres Honda, schloß den Wagen ab und ging zur Haustür. Gavins Milchflasche stand auf der Treppe, und sie stellte sie zu den anderen Sachen in den Karton, bevor sie die Tür öffnete. Dann ging sie die Treppe hoch.

Ann hatte immer Schlüssel zu den Wohnungen ihrer Söhne. Es war einfach vernünftig, einen Ersatzschlüssel bei einem Nachbarn oder bei einem Familienmitglied zu hinterlegen. Niemals würde Ann dieses Vertrauen ihrer Kinder mißbrauchen. Wenn sie aus irgendeinem Grund in eine der Wohnungen wollte, holte sie vorher deren Zustimmung ein.

Sie öffnete Gavins Wohnung und ging in die Küche. Von einem etwas stickigen Geruch abgesehen, war die Wohnung durchaus in einem akzeptablen Zustand. Gavin war immer ordentlich gewesen. Schon als Kind hatte er einen besonderen Sinn für seine Umgebung gehabt und sie nach seinem Geschmack gestaltet.

Ann brachte die Einkäufe unter und entfernte alte Lebensmittel aus dem Kühlschrank. Für Menschen, die in der Gastronomie arbeiteten, war Gavin seinem eigenen Essen gegenüber erstaunlich gleichgültig. In der Brasserie hatte Essen etwas mit Lebensart zu tun, bei ihm zu Hause war es nur dazu da, seinen Hunger zu stillen.

Mensa miaute und strich Ann um die Beine, also stellte sie ihr ein Schälchen Milch und etwas Whiskas hin. Dann riß sie ein Blatt von Gavins apfelförmigem Notizblock ab, schrieb ihm eine kurze Notiz und nannte den Betrag für die Einkäufe. Ihr fiel ein, daß morgen in dieser Gegend der Müll abgeholt wurde. Sie holte den vollen Plastiksack aus dem Mülleimer, band ihn zu und stellte ihn neben die Wohnungstür. Beim Verlassen der Wohnung würde sie ihn mit auf die Straße nehmen.

Sie warf einen kurzen Blick auf das Pinbrett neben dem Telefon im Flur. Katies Bild war nicht mehr da. Stattdessen hing dort eine schwarzweiße Postkarte, auf der sich ein Cartier-Bresson-Paar auf der Straße küßte. Ansonsten fanden sich nur noch eine Menge Rechnungen an der Wand, ein Zeitungsausschnitt der *Time Out* über ein neues Theater und eine Liste mit nützlichen Telefonnummern, die sie selbst vor einiger Zeit dort angebracht hatte.

Auch ein kurzer Blick ins Schlaf- und ins Badezimmer brachte keine aufregenden Enthüllungen zutage; Ann registrierte jedoch, daß Gavin offensichtlich häufig im Bett rauchte. Ein Grund zur Sorge bei jemandem wie ihm, der häufig so erschöpft war, daß er fast mitten im Satz einschlief. Es war wohl geraten, einmal mit ihm drüber zu reden.

Im Wohnzimmer öffnete sie die Fenster, sammelte die alten Zeitungen ein und legte sie neben den Müllsack im Flur. Sie füllte einen Milchkrug mit Wasser und goß die Blumen, wobei sie darauf achtete, nicht ihren berühmten Fehler zu wiederholen und den Feigenbaum in der Ecke zu ertränken. Es war ein wunderschönes Exemplar mit zarten silbergrünen Blättern. Ann schüttelte die Sofakissen auf, sammelte die auf dem Boden verstreuten Videokassetten ein und legte sie auf einen ordentlichen Stapel. Unschlüssig stand sie im Zimmer und überlegte, ob sie noch staubsaugen sollte, entschied jedoch, daß das zuviel des Guten wäre.

Sie konnte sich eine gewisse Enttäuschung nicht verhehlen. Sie war hergekommen, um Gavins Einkäufe abzuliefern, aber es wäre nett gewesen, zufällig auf irgendeinen Hinweis auf eine neue Beziehung zu stoßen – ein Foto, eine Nachricht, eine Telefonnummer am Pinnbrett: Chuffington 72 03 11 ... Dabei erinnerte Ann sich, daß Hester sich noch gar nicht gemeldet hatte. Bedeutete es, daß es nichts Neues gab, oder war sie nur noch nicht dazu gekommen? Gavin hatte nichts gesagt, und Ann würde sich nicht so weit erniedrigen, ihn direkt zu fragen. Schließlich ging es hier um etwas sehr Persönliches, bei dem er selbst entscheiden mußte, ob er es andere wissen lassen wollte. Es hatte ihm auch gar nicht ähnlich gesehen, daß er sein Treffen mit Giselle in Frankreich auf der Postkarte erwähnt hatte.

Ann schloß die Fenster des Wohnzimmers und war im Begriff, die Wohnung zu verlassen, als das Telefon läutete.

Es klingelte dreimal, dann sprang der Anrufbeantworter an. Gavins Stimme erklärte, daß er im Moment nicht zu

Hause sei und bat den Anrufer, nach dem Piepton eine Nachricht zu hinterlassen.

Ann hörte nicht absichtlich zu, sie war dabei, den Riemen ihrer Schultertasche zurechtzurücken, damit sie die Mülltüte besser tragen konnte. Aber sie stand noch im Flur, als Giselles Stimme ertönte:

»Hallo, ich bin's. Ich habe deine Nachricht erhalten und wollte dich zurückrufen, aber du hast mir deine Büronummer nicht gegeben, Dummkopf. Bis bald. Tschüs.«

Ann schwebte geradezu aus der Wohnung und die Treppe hinunter; wenn Giselle Gavin einen Dummkopf nannte, mußten sie schon eine recht vertraute Beziehung haben. Erst sehr viel später fiel ihr ein, daß sie die Mülltüte im Flur hatte stehenlassen.

9.

Schmooze Inc.
Telefax von Gavin Armitage

AN: Zelda
VON: Gavin
DATUM: 3. August
UHRZEIT: 8 Uhr
SEITENANZAHL EINSCHLIESSLICH DIESER:
Wer weiß ...?

Mein Liebling ... ja, ich weiß, daß Du noch in Deiner Höhle liegst und hoffentlich süße Träume hast, aber ich mußte Dir unbedingt guten Morgen sagen. Kannst Du Dir überhaupt vorstellen, wie hoffnungslos vernarrt ich in Dich bin? Du tust mir so gut, Zelda, ich habe das Gefühl, ich könnte endlich mal Ordnung in meinen emotionalen Haushalt bringen, wenn Du mir dabei hilfst. Hast Du Dir schon Gedanken über meinen Vorschlag gemacht? Darf ich wenigstens hoffen, daß Du zu mir ziehen würdest? Du sagst, Du hast keine Ausbildung, aber ich bin sicher, daß Du in London trotzdem eine Arbeit finden kannst. Dann können wir zusammensein, so wie es doch ganz offensichtlich das Schicksal für uns bestimmt hat. Zelda, findest Du mich zu besitzergreifend? Falls ja, dann ist das nur so, weil ich kaum an etwas anderes mehr denken kann. Ich weiß gar nicht, was ich tun soll, wenn Deine Eltern aus Griechenland zurück sind und ich Dir nicht mehr diese Briefe schicken kann, wann immer mir danach zumute ist. Ich mag Deine Mutter wirklich, aber ich habe keine Lust, als Kolumnenfutter zu enden. Kommst Du am Wochenende? Ich muß Dich sehen! Habe ich Dir schon gesagt, daß der Sex mit Dir eine Offenbarung war? Bestimmt, aber ich kann es gar nicht oft genug wiederholen. Ich werde schon erregt, wenn ich es nur schreibe.

Also wechsle ich lieber das Thema, bevor meine Sekretärin hereinkommt und denkt, sie hat Chancen bei mir … Wenn Du am Wochenende kommst, werde ich mir Zeit nehmen, ich verspreche es. Wir können zum Joke Shop gehen und uns diese Sängerin anhören, die Dir letztes Mal so gefallen hat. Der Kühlschrank ist mit Bier gefüllt. Wir können Pizza zum Frühstück essen, wenn Du möchtest. Ich würde mir auch zum soundsovielten Mal *Mask* ansehen. Ich vermisse Dich so sehr …

G.

P.S.: Ich werde heute abend nach acht versuchen, Dich von der Arbeit aus anzurufen. Falls Du nicht da sein solltest (warum nicht?), bitte, bitte ruf mich vorher an.

Telefax von Hester Blake

AN: G.A.
VON: G.B.
DATUM:
UHRZEIT:
SEITENANZAHL:

Ich komme am Wochenende, wenn ich kann. Ich könnte eine kleine Abwechslung gebrauchen. Ansonsten geht's mir wie Dir, aber ich bin nicht gut darin, sowas zu sagen. Bis heute abend am Telefon. G.

Donnerstagmorgen

Bar:

1. Post. Entscheiden Sie, wie zu antworten ist, aber reagieren Sie im Moment nicht auf Rechnungen.
2. Schicken Sie bitte Blumen an die übliche Adresse. Achten Sie darauf, daß es andere sind als das letzte Mal. Preis ungefähr gleich. Dazu eine Karte mit »G.«.
3. Formulieren Sie einen höflichen Brief an Ranjit. Sagen Sie ihm, daß wir nicht sein persönlicher Service sind. Gestern abend sind seine Jungs an der Küchentür aufgetaucht, das können wir nicht einreißen lassen.

Danke und Gruß

Gavin

30. Juli 92

Hallo, Mädchen!

Es ist einfach himmlisch hier! Die Hitze wäre unerträglich, aber wir wohnen oben in den Bergen, und da ist es angenehm. In zehn Minuten sind wir am Strand, wo wir uns von morgens bis elf Uhr und dann noch mal von vier bis sechs Uhr aalen. Wir sind schon unverschämt braun, und wir haben zugenommen.
Hoffentlich geht's Daniel gut. Paßt gut auf Euch und das Haus auf!

In Liebe

Mum und Dad

7 Raglan Road
London W11

8. August

Liebe Hester,
ich weiß, wie hektisch es ist, wenn man gerade aus dem Urlaub zurückgekommen ist und sich erst wieder eingewöhnen muß. Daher wollte ich Dich nicht gleich anrufen, sondern schreibe Dir lieber jetzt schon einen Brief, um Dich über den neuesten Stand der Dinge an diesem Ende der Welt zu informieren. Es sieht so aus, als sei tatsächlich die große Leidenschaft ausgebrochen. Gavin ist wie immer nicht gerade mitteilsam, aber aus verläßlicher Quelle (Sebastian) weiß ich, daß diese Beziehung ihm sehr viel bedeutet. Was auch immer dabei herauskommen mag, ich bin sicher, daß beide davon profitieren werden. Ich weiß, daß Du Dir wegen des Altersunterschieds und der so unterschiedlichen Lebensweisen Gedanken machst, aber auch das kann sich doch zu ihrem Vorteil auswirken. Diese zwei jungen Menschen haben beide schon in ihren kurzen Leben mit beträchtlichen Schwierigkeiten zu kämpfen gehabt, und das hat sie bestimmt dazu befähigt, Verständnis für die Probleme anderer aufzubringen. Ich habe keinen Zweifel, daß Gavin viel Positives aus der Beziehung mit Giselle ziehen wird und daß umgekehrt auch er ihr einiges zu bieten hat. So erfolgreich Gavin in beruflicher Hinsicht bisher auch war, so ist ihm privates Glück leider versagt geblieben. Ich glaube ganz ehrlich, daß er in Giselle – die ich schon immer sehr mochte, wie Du weißt – endlich die Frau gefunden hat, die es ihm schenken könnte.

Du brauchst nicht zu befürchten, daß ich diese jugendliche Romanze mit der Last zu hoher Erwartung belade. Gavin und Giselle brauchen vor allem völlige Freiheit, aber ich kann nicht verhehlen, daß dieses glückliche Zusammentreffen sowohl für mich als auch für Byron eine Quelle der Freude ist.

Und nun genug davon! Wir würden Dich und Jonty gern bei uns zum Essen einladen. Wie wär's mit dem ersten Samstag im September? Ende September fahren Byron und ich nach Dänemark. Wir werden dort eine Radtour machen, nicht gerade unser abenteuerlichster Urlaub; aber wir hoffen beide, daß wir uns auf diese Art für den kommenden Winter fit machen. Es wäre sehr schön, wenn wir uns davor noch sehen könnten. Wir laden keine weiteren Gäste dazu ein. Falls wir also über familiäre Angelegenheiten reden wollen, können wir das tun.

Ich hoffe, Ihr hattet einen wunderbaren Urlaub. Unsere Zeit auf dem Peloponnes (eine Ewigkeit her!) war damals einmalig schön.

Liebe Grüße

Ann

Montag

Mum hat gesagt, ich soll mich melden, also melde ich mich. Es regnet in Strömen, aber uns geht's super. Die Bräute hier sehen zwar nicht wie Models aus, dafür stürzen sie sich auf uns. Kein Wunder! Der Ort auf der Karte ist nicht der, an dem wir sind, also kommt nicht vorbei!

Daniel

The Old Clink, Chuffington

10. 8. 92

Liebe Ann,

vielen Dank für Deinen netten Brief. Wir kommen gern zum Essen zu Euch und freuen uns schon darauf.

Die Geschichte mit Giselle und Gavin hat mich dazu gebracht, wieder an Wunder zu glauben. Auch Giselle scheint die Beziehung viel zu bedeuten, sie hat sich äußerlich so verändert, daß sie kaum noch wiederzuerkennen ist. Gavin sehen wir nicht oft, weil die beiden sich natürlich meist in London treffen. Aber einmal war er zu einem Sonntagsessen hier, und er hat der Köchin (meiner Wenigkeit) Blumen mitgebracht! Nie im Leben hätte ich gedacht, daß mir jemals ein Freund von Giselle Blumen schenken würde. Ich stimme Dir zu, im Moment ist die Beziehung ganz sicher positiv für Giselle. Aber ich befürchte, daß alles in Tränen endet, und natürlich, daß sie diejenige ist, die die Tränen vergießt. Das soll keine Kritik an Gavin sein, ich halte es nur für die wahrscheinlichste Entwicklung.

Doch im Moment sind alle glücklich, als hoffen wir das Beste!

Wir freuen uns darauf, Euch zu sehen.

Alle Liebe

Hester

Bin nur mal so vorbeigekommen, aber Du hast nicht aufgemacht. Dein Auto stand aber unten, also was hast Du getrieben, hmm??? Wie wäre es, wenn Du mir wieder mal ein Bier spendierst, Bruderherz?

Sebastian

ENTSPANNEN SIE …

UND FINDEN SIE

DAS EWIGE

WISSEN …

Sie können sich glücklich schätzen, denn Sie wohnen in einer Gegend, wo es möglich ist, Frieden durch REIKI zu finden.

REIKI ist eine alternative Form der Heiltherapie.

REIKI wird Ihnen helfen, Ihr anderes Selbst zu erkennen – das andere Selbst, das angespannt, verängstigt, voller Zorn und deprimiert ist. Lernen Sie, dieses andere Selbst an der Hand zu nehmen und es zurückzuführen in die Wärme und das Licht. Leonard Arkwright ist ein Senior-REIKI-Meister, und ab September wird er Ihnen im Morris-Raum des Barlow-Gemeindezentrums für Konsultationen zur Verfügung stehen.
Samstags: von 10.00 bis 16.00 Uhr
Mittwochs: von 18.00 bis 20.00 Uhr.

Wenn Sie sich für eine Konsultation anmelden oder einfach mehr über REIKI erfahren wollen, rufen Sie an:
Leonard Arkwright, Forbridge 91 03 75.

WERFEN SIE DIE PILLEN WEG UND GREIFEN SIE ZUM TELEFON – ES KÖNNTE IHR LEBEN VERÄNDERN.

The Old Clink, Chuffington

2. September

Liebe Ann,

nur ein paar kurze Zeilen, um Euch beiden für den schönen Abend zu danken. Ich muß mich gut amüsiert haben – mein Brummschädel am nächsten Morgen sprach Bände. Es war nett, nach so vielen Jahren Julian wiederzusehen, er ist ein hübscher Junge (wie Eure anderen beiden ja auch). Ihr seid sicher froh, ihn eine Zeitlang wieder bei Euch zu haben, auch wenn er im Moment an gebrochenem Herzen leidet.

Bestimmt interessiert es Dich, daß Giselle morgen ein Vorstellungsgespräch hat. Sie hat sich für einen Halbtagsjob als Verkäuferin in einem Laden für biologisch vollwertige Lebensmittel (!) in der Nähe von Gavins Wohnung (!!) beworben. Selbst wenn die Liebe also nicht ewig halten sollte, so hat sie sie offenbar doch dazu gebracht, ein Mitglied der arbeitenden Bevölkerung zu werden. Ich kann es nicht fassen!

Falls wir uns vorher nicht mehr sprechen sollten, wünsche ich Euch viel Spaß beim Radeln!

Alles Liebe

Hester

6. September

Geliebter Sebby,
wir wußten beide, daß ich nicht ewig bleiben kann. Ich liebe England, und das Zusammensein mit Dir ist wunderbar, aber ich habe Verpflichtungen in New York, die ich nun nicht weiter aufschieben kann. Bitte verzeih mir, daß ich mich auf diese Art von Dir verabschiede. Ich war mir nicht sicher, ob ich bei meinem Entschluß bleiben würde, wenn ich Dir gegenübergestanden hätte. Wir hatten doch eine sehr schöne Zeit, findest Du nicht? Komm vorbei, wenn Du jemals in den Staaten sein solltest, und ich hoffe, ich darf dasselbe tun, wenn ich wieder hier bin. Warum sollen wir auf etwas so Schönes verzichten?

Ich wünsche Dir alles Gute, mein kleiner Roger Rabbit, eine Menge Spaß und ein großartiges Leben.

Ava

Der Sommer ist vorbei. Noch fallen die Blätter nicht von den Bäumen, aber die Schwalben sammeln sich bereits und machen einen Lärm wie die Kinder auf dem Schulhof. Die meisten von uns haben das anstrengende Ritual des jährlichen Urlaubs sicher hinter sich gebracht. Das Licht schmeichelt wieder jenen Bereichen im Haus, die wir eigentlich schon seit Jahren im Sommer streichen wollten, wozu wir aber wieder nicht gekommen sind. Und es ist unmöglich, einen Termin mit dem Schornsteinfeger zu vereinbaren. Halb Essex braucht ihn plötzlich, weil keiner eine Vergiftung riskieren will. (Die andere Hälfte hat ihren Schornstein schon im Juni reinigen lassen; das sind wahrscheinlich dieselben Leute, die ihre Weihnachtskarten im Januar im Schlußverkauf kaufen.)

Ich mag den Herbst. Die Schule hat wieder begonnen, was bei Kindern und Jugendlichen finstere Gesichter hervorruft, bei den Eltern dagegen die Stimmung hebt. Sogar jetzt, da keines meiner Kinder mehr zur Schule geht, erzeugt die Ankündigung ›Die Schule hat wieder begonnen‹ bei mir das beunruhigende Gefühl, daß alles wieder seinen normalen Gang geht. Ich habe das Bedürfnis, meinen Schreibtisch aufzuräumen und meine Bleistifte anzuspitzen. Nachdem im August die sozialen Beziehungen brachlagen, ist jetzt im Dorf wieder etwas los – Festkomitees treffen sich, Termine werden vereinbart und Räume gebucht. Mein fester Entschluß, nie wieder Mitglied eines solchen Komitees zu sein, gerät ins Wanken. Im Herbst möchte man wieder am sozialen Leben teilnehmen.

Was ist dagegen der Frühling, blaß und fade und meistens noch eiskalt. Der Herbst ist die Zeit, um Ordnung in die Dinge zu bringen, um Entscheidungen zu treffen, um ein Feuer zu entzünden und sich zu verlieben …

Pats,
lies diesen Brief, irgendwo, wo du allein bist, okay? Ich habe in letzter Zeit so oft an Dich – an uns – gedacht. Es ist ganz einfach: Ich vermisse Dich! Du hattest recht, wir hatten etwas ganz Besonderes. Es war auch richtig von Dir, hart mit mir zu sein. Ich mag Frauen mit einer festen Hand. Du bist einfach großartig, Pats, und wir beide waren ein gutes Paar. Warum sollen wir auf etwas so Schönes verzichten?

Du weißt, wo Du mich erreichst. Komm und zeig's mir!

Sebastian

4 Rue Mairie
Montaigle
Tarn et Lotte
14. September

Mein lieber Julian,
ich werde einen sehr kurzen Brief schreiben, denn es gibt nur wenig zu sagen. Warum bist Du einfach ohne ein Wort weggefahren? Erst war ich traurig, aber jetzt bin ich sehr böse. Ich würde Dich am liebsten umbringen, mein Vater übrigens auch. Du bist ein Verräter.

Hochachtungsvoll

Lisette

13. 9. 92

Sehr geehrte Mrs. Armitage,

ich schreibe Ihnen lieber, anstatt mit Ihnen persönlich zu sprechen, das ist für mich leichter. Ich habe Ihnen ja schon öfter erzählt, daß ich gerne noch eine Ausbildung machen möchte. Für Sie zu arbeiten, hat diesen Wunsch noch verstärkt. Ich fand Ava Lawrences Vortrag diesen Sommer sehr interessant und anregend, und er hat mich dazu gebracht, mir ernsthaft zu überlegen, ob ich mit einem Studium anfangen soll. Um es kurz zu machen: Ich habe jetzt Soziologie an der Universität belegt. Mein erstes Seminar hat das Thema ›Veränderungen in der Familie‹. Meine Dozentin ist sehr nett und macht mir auch Mut, daß ich es schaffen kann, aber ich muß sehr viel arbeiten. Daher wollte ich Sie fragen, ob es möglich ist, anstatt dreimal die Woche nur zweimal zu kommen und dafür dann jedesmal länger zu bleiben. Außerdem würde ich Ihnen gern ein paar Fragen stellen, wenn Sie das nicht stört. Wir müssen nämlich eine Umfrage für das Seminar machen.

Ich hoffe, daß Sie einverstanden sind.

Mit freundlichen Grüßen

Josette Devine

7 Raglan Road
London W11

Mr. V. Paretska
›Bio-Garten‹
Ladysmith Road
London W2

13. September 1992

Betrifft: Miß Giselle Blake

Sehr geehrter Herr Paretska,

vielen Dank für Ihren Brief. Ich kenne Miß Blake schon fast ihr ganzes Leben lang, und ich schätze sie sehr. Sie ist eine junge Dame voller Energie und mit einem starken Willen. Nach ihrem Mittelschulabschluß hat sie in verschiedenen Bereichen gearbeitet, um sich zunächst einmal in der Berufswelt zu orientieren und Erfahrungen zu sammeln. Eine längere Reise durch Frankreich in diesem Sommer hat sicher ihren Horizont erweitert und ihre französischen Sprachkenntnisse verbessert. Seit einiger Zeit zeigt sie ein besonderes Interesse an alternativen Therapiemethoden und gesunder Vollwertkost.

Miß Blake hat eine offene und direkte Art, die sie befähigt, leicht Kontakt zu den unterschiedlichsten Menschen herzustellen. Ich kann sie vorbehaltlos für die in Frage kommende Arbeit empfehlen.

Hochachtungsvoll

Byron Armitage

The Old Clink, Chuffington

17. September

Lieber Byron,

vielen Dank, daß Du es auf Dich genommen hast, die Referenz für Grizzle zu schreiben. Es ist großartig, was Du aus ihren Beziehungen zur Männerwelt gemacht hast, und Du hast das Ganze meisterhaft formuliert! Wenn Ihr wieder zurück seid, bist Du natürlich zum Essen eingeladen.

Ich hoffe, Dir und den Deinen geht's gut – weiß Gavin, worauf er sich da einläßt? Es ist nicht gerade einfach, mit Grizzle unter einem Dach zu leben, geschweige denn, daß sie in irgendeiner Weise so was wie hausfrauliche Fähigkeiten besitzt. Nun, ich nehme an, Liebe besiegt alle Widerstände.

Ich wünsche Euch schöne Ferien, und sag Ann, daß ein Mann Deines Alters und Gewichts nicht mehr als vier Kilometer pro Tag radeln sollte.

Alles Gute

Jonty

LEONARD ARKWRIGHT
REIKI-MEISTER

15. September

Liebe Zelda,

wie geht es Dir? Ich möchte Dir sagen, daß ich keine negativen Gefühle Dir gegenüber habe, und ich hoffe, falls sich unsere Wege noch einmal treffen, daß wir Freunde sein können. Natürlich tut es mir leid, daß Du Dich für einen anderen entschieden hast – das tat weh. Aber ich möchte noch immer, daß Du glücklich bist, also hoffe ich, daß er gut zu Dir ist.

Ich habe in Frankreich noch eine Zeitlang in einem Café gearbeitet, um etwas zu verdienen. Dann bin ich mit einem Typen bis nach Calais mitgefahren, der dauernd Jim Reeves spielte. Ich habe jetzt einen Raum in dem Gemeindezentrum und auch schon ein paar regelmäßige Patienten. Falls Dir jemals danach sein sollte, meine Fähigkeiten in Anspruch zu nehmen, sie stehen Dir jederzeit zur Verfügung.

Ich weiß nicht, ob Du noch immer zu Hause wohnst. Falls nicht, nehme ich an, wird Deine Mutter Dir meinen Brief nachsenden. Natürlich brauchst Du mir nicht zu schreiben, aber falls Du Lust dazu hast, mach Dir keine Gedanken, ich erwarte deswegen nichts oder so etwas.

Viel Glück, Zelda, und denk dran, Du hast einen Freund.

Ark

The Old Clink, Chuffington

16. September

Mein liebster Jez,
Du kannst Dir nicht vorstellen, wie sehr ich mich darauf freue, Dich wiederzusehen. Hier sind alle total durchgedreht. Daniel hat einen Job gefunden, er klebt bei Tescos Preise auf die Waren. Irgendwie scheint er zu glauben, seine Arbeit erlaube ihm, zu Hause nicht mal mehr seinen Kaffeetopf in die Küche zu stellen. Grizzle zieht in den nächsten Tagen zu ihrem neuen smarten Freund nach London (hast Du von diesem neuen Restaurant gehört, ›*Schmooze*‹? Es gehört ihm!). Mum spielt verrückt deswegen, aber ich weiß nicht wieso, schließlich haben sie und Dad seit Jahren davon geträumt, daß Grizzle endlich auszieht. Der Job bei Crabtree und Curwen ist okay, und ich habe ein bißchen Geld gespart. In zehn Tagen bin ich wieder bei Dir, ich kann's gar nicht erwarten. Besorg eine Flasche Champagner, dann feiern wir. Ich liebe Dich sehr

Deine Rose

Telefax von Hester Blake

AN: GA
VON: GB
DATUM:
UHRZEIT:
SEITENANZAHL:

Gav – Mum fährt mich heute abend mit meinen Sachen in die Stadt. Kannst Du da sein, um beim Rauftragen zu helfen? Ich fange morgen an zu arbeiten.

G.

Schmooze Inc.
Telefax von Gavin Armitage

AN: Zelda
VON: Gavin
DATUM: 16. September
UHRZEIT: 15:25
SEITENANZAHL EINSCHL. DIESER: eine

Liebste Zelda,
eben komme ich von einem langweiligen Geschäftsessen zurück und finde Dein Fax vor. Es tut mir sehr leid, aber ich kann heute abend nicht zu Hause sein! Della und ich haben eine Verabredung mit Arnold Loebl in *Knightsbridge*. Er ist unerträglich, aber sehr wichtig für unsere Expansionspläne. Ich muß den Termin wahrnehmen. Meinst Du, daß Du und Deine Mum es alleine schaffen könnt? Sonst laßt die schweren Sachen einfach unten im Hausflur stehen, und ich werde Sebastian dazu bringen, seinen Arsch in Bewegung zu setzen und mir morgen zu helfen.

Ich kann noch gar nicht glauben, daß Du heute nacht da sein wirst, wenn ich komme.

Ich liebe Dich über alles.
G.

16. September
15.47 Uhr

Byron – muß um 16.15 bei einem Seminar sein, daher in großer Eile. Gavin hat angerufen. Hester fährt heute abend Giselle mit ihren Sachen in die George Street, und er kann nicht da sein, weil er an einem wichtigen Treffen teilnehmen muß. Könntest Du bitte hingehen und den beiden helfen? Julian geht ins Theater.

Auf dem Küchentisch steht ein Kasten mit Vittel und Knoblauchbrot sowie ein Willkommensgruß für Giselle. Nimm das bitte mit. Bratenscheiben und Salat für Dich und WWS im Kühlschrank.

Ann

Im siebenten Himmel

Meine Liebste …
Du sahst so friedlich aus, daß ich Dich einfach nicht wecken konnte. Aber für alle Fälle habe ich den Radiowecker auf sieben Uhr dreißig gestellt, Du willst ja sicher nicht an Deinem ersten Tag zu spät kommen.

Meine einzige Sorge ist, wie lange ich das durchhalten kann – Du bist dabei, einen glücklichen Mann alt zu machen.

Ich liebe Dich!

G.

17. 9.

- Termin mit Josette wegen Elternprofil
- Julian – Besichtigungstermin Wohnung Belvedere Road
- Sebastian – Finanzen
- Schuhe für die Ferien
- Byron – Arzttermin noch vor den Ferien
- Bio-Garten ansehen

10.

Giselle arbeitete vormittags von acht Uhr dreißig bis ein Uhr und nur dann nachmittags, wenn Mr. Paretska aus irgendeinem Grund verhindert war. Sie hatte die Probezeit von einem Monat überstanden. Es war die längste Zeit, die sie überhaupt jemals an einer Arbeitsstelle ausgehalten hatte. Ihr Verdienst betrug drei Pfund die Stunde, die ihr ohne weitere Fragen bar ausgezahlt wurden. Sie war selbst erstaunt, wie schnell die Zeit vergangen war, und manchmal fragte sie sich, ob ihr Leben nicht schon zur Routine wurde.

Gavin ließ sich um sechs Uhr wecken, wobei der Radiowecker nach zwanzig Minuten noch einmal ertönte. Diesen Zeitraum nutzte er, um die noch schlummernde Giselle zu wecken und ihr seine Liebe zu beweisen. Dann stand er auf, duschte, machte sich mit der Espresso-Maschine, die er von seinen Eltern zum letzten Geburtstag geschenkt bekommen hatte, einen starken Kaffee und kam mit einer vollen Tasse zurück ins Schlafzimmer, wo er sich zu den leisen Klängen von *Capital Radio* anzog. In der Küche trank er eine zweite Tasse Kaffee, rauchte eine Zigarette und bereitete für Giselle einen Tee mit Milch und Zucker. Er stellte die Tasse und einen Teller mit Frühstückskeksen neben ihr Bett, drehte das Radio etwas lauter, damit sie nicht wieder ganz einschlief, gab ihr einen Kuß und verließ um sieben Uhr die Wohnung.

Sonntags stand er um dieselbe Zeit auf und ging hinunter, um mehrere Zeitungen zu kaufen. Manchmal kam er gegen elf Uhr mit einem Tablett mit Tee und Toast und einer Blume an ihr Bett. Dann setzte sich Giselle, die überhaupt kein Morgenmensch war, im Bett auf und gab sich Mühe, dankbar zu erscheinen und nett zu ihm zu sein.

Wochentags seufzte sie erleichtert auf, wenn die Wohnungstür hinter ihm zuschlug. Sie döste noch eine

Weile vor sich hin, trank dann ihren Tee und knabberte an den Keksen. Da sie nur einen zehnminütigen Fußweg zum Bio-Garten hatte und nicht länger als eine Viertelstunde brauchte, um sich fertigzumachen, konnte sie sich viel Zeit lassen.

Anfangs hatte sie sich jeden Morgen gewundert, wo all ihre Sachen geblieben waren. Es schienen so viele gewesen zu sein, als sie in die Wohnung eingezogen war. Aber irgendwie verloren sie sich in dieser Umgebung. Gavins Wohnung vermittelte seinen Geschmack, seinen Stil, seine Art zu leben. Alles war sorgfältig ausgesucht und aufeinander abgestimmt, ganz anders als das bunte Sammelsurium im Old Clink. Einige Dinge mochte Giselle, andere nicht. Er hatte ein riesiges schönes Bett aus Bambus, und sein Bettzeug war weiß mit einem Muster in verschiedenen Grüntönen. Einmal hatte sie Tee im Bett verschüttet, und daraufhin sofort den Bettbezug umgedreht, damit man die Flecken nicht sah. Gavin besaß keine Waschmaschine, aber offenbar hatte er einen Wäscheservice engagiert. Wöchentlich stellte er seine schmutzige Wäsche in einem Karton vor die Wohnungstür, und zwei Tage später wurde alles makellos sauber und gebügelt zurückgebracht. Als Giselle ihre eigenen Sachen auf den Wäschehaufen legte, wurden auch sie auf wundervolle Weise verwandelt. Manche ihrer Kleidungsstücke sahen danach so gepflegt aus wie schon seit langem nicht mehr.

Alle Fenster der Wohnung waren mit Rattanrollos ausgestattet, Flur und Zimmer mit blaßgrünem Teppichboden ausgelegt. Der Küchenfußboden bestand aus Terrakottafliesen, die Küchenschränke waren weiß in skandinavischem Stil, und alle möglichen Küchengeräte standen auf einer Arbeitsplatte aus Massivholz. Die Maschine zum Nudelmachen sah sogar benutzt aus, während der Apparat zur Herstellung getoasteter Sandwiches erst seit Giselles Einzug in Gebrauch war.

Im Badezimmer standen viele exotische Grünpflanzen, so daß man sich in der Badewanne an einen Swimmingpool in den Tropen erinnert fühlte. Im WC lag ein Stapel Zeitschriften – *Viz, Harper's, Time Out* und *GQ* –, und die Tür war mit Fotos beklebt. Sie alle zeigten Gavin: beim Essen im Restaurant, auf Partys, auf Motor- und Segeljachten, beim Entgegennehmen von Auszeichnungen und Preisen, beim Händeschütteln mit einem Politiker, den Giselle zwar schon gesehen hatte, dessen Name ihr aber nicht einfiel.

Das Wohnzimmer schmückte eine bequeme, dezent grün und grau gestreifte Couchgarnitur. Der Dreisitzer stand vor einer Wand, darüber hing ein abstraktes Gemälde. Gegenüber befanden sich Fernseher und Musikanlage inmitten von Regalen voller Bücher, Hör- und Videokassetten und CDs. Die dritte Wand wurde von einem großen Erkerfenster eingenommen, und die vierte war tabakbraun gestrichen und mit gerahmten Fotos bedeckt. Giselle hatte es bis jetzt vermieden, ins *Schmooze* zu gehen. Je mehr Gavin ihr darüber erzählte, desto überzeugter war sie, dort sowieso nicht hinzupassen.

Sie gehörte eigentlich auch nicht in Gavins Wohnung. Neben dem Feigenbaum sah ihre Yucca armselig aus, und auch ihre Bücher und ihre Kleidung wirkten in dieser Umgebung unbedeutend und schäbig. Nur der aufblasbare Mann saß auf einem der Sofas im Wohnzimmer, als sei das sein gutes Recht, und sein Nadelstreifenanzug und sein Lächeln hatten durch die veränderte Umgebung nichts von ihrer Wirkung eingebüßt. Giselle war zunächst von Hester überredet worden, ihn im Old Clink zu lassen. Doch dann hatte sie ihn vermißt, und als sie ihn holte, saß er im Zug und in der U-Bahn auf ihrem Schoß. Es war Giselle viel zu mühselig, die Luft abzulassen und ihn wieder aufzublasen.

Gavin mochte ihn überhaupt nicht.

»Warum kannst du nicht einen ganz normalen Teddybär haben?«

»Er leistet mir schon seit zwei Jahren Gesellschaft.«

»Pervers.«

»Er ist mein Schutzengel.«

»Aber du bist jetzt bei mir.«

»Eben«, entgegnete sie.

Als Mr. Paretska beschlossen hatte, Giselle einzustellen (wobei Byrons Empfehlung eine große Rolle gespielt hatte), war er offenbar davon ausgegangen, daß sie den Anforderungen einer Verkäuferin genügte und keine langwierigen Anweisungen nötig waren. Er hielt ihr keine Vorträge über Kundenbetreuung, gab keine Kommentare zu ihrer Kleidung oder ihrer sonstigen Erscheinung ab und zeigte nicht das geringste Interesse an ihrem Leben außerhalb des Ladens.

Victor Paretska stammte von einer polnischen Familie ab, die in der zweiten Generation in London lebte. Die für seine Landsleute typische romantische Melancholie war unter den Belastungen, denen ein kleiner Geschäftsmann ausgesetzt war, in düstere Mißlaunigkeit umgeschlagen. Paretska war dickbäuchig, trug einen Schnurrbart und hatte Schlupflider. Manchmal, wenn er mit konzentrierter Miene Nüsse abwog, Scheiben vom Vollkornbrotpudding abschnitt oder den Käse so arrangierte, daß die frische Seite oben lag, konnte man sich vorstellen, daß er einst ein attraktiver Mann gewesen war.

Er führte den Laden nicht aus Überzeugung, sondern für ihn war er ein Geschäft, mehr nicht. Er hatte ihn so, wie er war, gekauft und seitdem kaum etwas daran verändert. Hinzugekommen war eine Theke mit verschiedenen, von Mrs. Paretska selbstgemachten Speisen. Dort gab es wechselnde kleine Gerichte wie Spinat in Blätterteig, Gemüsebouletten, Zucchinipuffer und einige Salate. Giselle hatte einmal zum Abendbrot Gemüsebouletten mit nach Hause genommen, und sie und Gavin waren sich einig gewesen, daß sie schmeckten, als hätte Mrs. Paretska sämtliche Essensreste durch den Wolf gedreht, mit dem gebrauchten Spülwasser angerührt und in altem Fett gebraten.

Nach der Arbeit schlenderte Giselle zurück in die George Street, sah sich die Schaufenster an, kaufte manchmal ein Kebab oder ein T-Shirt oder Ohrringe. Es gab nichts, weswegen sie sich hätte beeilen müssen. In der Wohnung erwartete sie normalerweise eine Botschaft von Gavin auf dem Anrufbeantworter. Er versicherte sie seiner unsterblichen

Liebe, schlug vor, in der Brasserie vorbeizukommen oder sagte ihr, daß es spät werden würde und sie nicht seinetwegen aufbleiben sollte. Im Hintergrund war immer lautes Stimmengewirr zu hören, so daß Giselle sich fragte, wieviele Gäste seine Beteuerungen, Vorschläge und Entschuldigungen mithörten und was sie sich wohl dabei dachten. Den Rest des Tages vertrödelte sie mit Lesen, Essen und Fernsehen, während Mensa auf ihrem Bauch thronte.

Manchmal machte Giselle sich in diesen langen Stunden Gedanken über ihr derzeitiges Leben. Ihr Umzug nach London war ein spontaner Entschluß ohne lange Überlegung gewesen. Doch konnte sie sich kaum vorstellen, in einigen Monaten noch immer zwischen dem Bio-Garten und der George Street hin- und herzupendeln. Im Moment allerdings hatte es seine Vorteile, vor allem war sie auf diese Art dem langweiligen Chuffington und ihren Eltern entronnen. Gavin stürzte sich auf sie, sobald er nur da war, und noch gefiel ihr der Sex mit ihm. Aber wenn er sagte, daß er sie liebte und immer lieben würde, antwortete Giselle nicht. Erstens glaubte sie ihm nicht, und zweitens wollte sie nichts sagen, was nicht stimmte.

Gavins Eltern zeigten ein erstaunliches Interesse an ihrer Beziehung. Schon bald nach ihrer Radtour in Dänemark war Ann im Bio-Garten aufgetaucht.

»Hallo, meine Liebe, wie geht es Ihnen?«

»Gut, danke.« Giselle schaute zu Mr. Paretska hinüber, der die Kühlregale auffüllte. »Was darf es sein?«

Ann lächelte verständnisvoll. »Ja, natürlich, bitte geben Sie mir dreihundert Gramm von dem Bohnensalat.« Leichthin fügte sie hinzu: »Bitte nennen Sie mich doch Ann.«

»Gut.« Giselle füllte die Bohnen in einen Kunststoffbehälter. »Möchten Sie noch etwas?«

»Zwei Stück von der Möhrentorte – Byron mag sie besonders gerne, und er kann es sich leisten, nachdem wir zwei Wochen lang jeden Tag dreißig Kilometer radgefahren sind.«

Sorgfältig schnitt Giselle zwei Tortenstücke ab und legte sie auf eine Pappunterlage.

»Wie sieht die Lage in der George Street aus?«

»Okay.« Giselle verpackte den Kuchen in fettdichtes Papier. »Es ist eine sehr schöne Wohnung.«

»Ja, nicht wahr?« meinte Ann lächelnd und reichte Giselle eine Fünfpfundnote. »Sie war völlig heruntergekommen, als Gavin einzog. Er und Byron haben einen großen Teil der Arbeit selbst gemacht.«

Giselle gab Ann ihr Wechselgeld zurück und nickte. »Sehr schön.«

»Ich hoffe, Gavin kümmert sich um Sie.«

»Um mich braucht sich niemand zu kümmern.«

»Das glaube ich gerne. Aber ich hoffe, er verbringt auch genügend Zeit mit Ihnen. Ich kenne seine Schwächen, so wie sie ja sicher auch.« Sie lächelte verschwörerisch. »Mein Sohn lebt für seine Arbeit, und er findet immer dringende Gründe, weshalb er in der Brasserie bleiben muß. Ob berechtigt oder nicht, er hält sich dort für unersetzlich. Aber jetzt gehören auch Sie zu seinem Leben.« Sie machte eine Pause und sah Giselle eindringlich an. »Achten Sie darauf, daß Sie ihm Ihre Ansprüche unmißverständlich klarmachen.«

Giselle wischte die Theke ab. »Ich werd's versuchen.«

»Was halten Sie davon, wenn Sie und Gavin sonntags zu uns zum Essen kämen?« fragte Ann. »Wir würden uns sehr freuen. Sagen wir, das übernächste Wochenende?«

»Sie hat noch nicht mal gesagt, daß sie erst Gavin fragen muß«, erzählte Ann beifällig, während sie und Byron Frikadellen und Bohnensalat aßen. »Sie weiß, was sie will.«

»Ist das das Zeug, das da verkauft wird?« fragte Byron und rümpfte die Nase. »Ich hoffe, es gibt keinen Möhrenkuchen zum Nachtisch!«

»Verdammt!« sagte Gavin. »Du hättest mich wenigstens fragen können.«

Am nächsten Sonntag saßen sie in der Raglan Road beim Essen.

»Wenn wir Loeble überzeugen können, das Geld für die Räume in Shepherd's Market herauszurücken, sind wir fein raus«, erklärte Gavin. »Und ich schätze, wir sind nahe dran. Dann könnten wir bald den Punkt erreicht haben, wo man uns mit dem ganzen Konzept identifiziert und nicht nur mit einem einzelnen Restaurant, und das ist letztlich mein Ziel. Ich möchte gern zu einem neuen Stil, einer neuen Essenskultur der Briten beitragen ...«

»Noch etwas von der Schokoladenrolle, Giselle?« Ann zeigte einladend auf den Nachtisch.

»Gern, danke.« Giselle sah zu, wie Ann ihr eine große Portion auffüllte. »Wir hatten auch oft so eine, von Freezerworld.«

Ann lächelte. »Deine Mutter ist eine vielbeschäftigte Frau.«

»Möchte sonst denn niemand mehr?»

»Im Moment nicht«, flüsterte Ann mit einem vielsagenden Blick auf Gavin und Byron. »Aber ich werde Ihnen Gesellschaft leisten«, meinte sie und nahm sich eine winzige Portion. »Es ist wirklich ein Vergnügen, Sie mit solchem Genuß essen zu sehen.«

»Ich liebe Schokoladenrolle«, gestand Giselle und nahm sich noch einmal von der Schlagsahne.

Ann warf ihr einen forschenden Blick zu. »Waren Sie schon in der Brasserie?«

»Noch nicht. Ich glaube, sie ist nicht ganz mein Stil.«

»Ich weiß nicht«, entgegnete Ann nachdenklich, »Byron und ich haben einmal sehr gut dort gegessen. Das sagt allerdings nichts darüber aus«, gab sie zu, »ob es Ihnen auch gefallen würde.«

»Ich verstehe nicht die Hälfte von dem, was Gavin erzählt, wenn er über sein Restaurant redet.«

»Hoffentlich sagen Sie ihm das.«

Giselle zuckte die Schulter. »Is' mir egal.«

»Das sollte es aber nicht. Er müßte schon in der Lage sein, Ihnen etwas von dem zu vermitteln, was ihm am Herzen liegt.«

»Ach, das macht nichts. Ich schalte einfach ab.«

Ann kicherte, aber in ihren Augen war ein nachdenklicher Ausdruck.

Während Gavin weiter auf ihn einredete, sah Byron zu den beiden Frauen hinüber. Es war merkwürdig, Giselle am Tisch in der Raglan Road sitzen zu sehen. Merkwürdig, aber nicht unangenehm. Byron hoffte, daß Ann sie nicht zu sehr bedrängte; Giselle machte einen sehr eigenständigen Eindruck. Sie hatte etwas Sprödes an sich und war von einer absoluten Ehrlichkeit. Niemals würde er auf die Idee kommen, mit ihr wie mit Katie zu reden. Er wußte, daß eine derartige Unterhaltung bei Giselle fehl am Platz war. Trotzdem mochte er sie.

»... wenn wir das jetzt hinbekommen, gibt es für uns kein Halten mehr«, schloß Gavin. »Dann gehören wir zu den Großen, und die Gastronomie-Mafia wird uns ernstnehmen müssen.«

»Hört sich vielversprechend an«, bemerkte Byron, dessen Blick jetzt sehnsüchtig auf dem letzten Stück Schokoladenrolle ruhte. »Jedenfalls soviel ich davon verstehe.«

»Es *ist* vielversprechend, glaub mir«, entgegnete Gavin.

Ann stellte die restliche Schokoladenrolle auf das Sideboard und erklärte Giselle: »Julian kommt später, und er würde es mir sehr übelnehmen, wenn ich ihm nichts übrigließe.«

»Wie mein Bruder«, erwiderte Giselle.

»Wie geht's Daniel?«

»Oh, er nervt.«

»Das gibt sich irgendwann«, versicherte Ann. »Ich muß es wissen, ich habe drei dieser Sorte großgezogen. Julian braucht es im Moment, ein bißchen verwöhnt zu werden. Er hat eine emotional sehr schwierige Zeit hinter sich.«

Als sie im Wohnzimmer beim Kaffee saßen, fragte Ann ihren Sohn: »Sag mal, was hältst du von einer Waschmaschine für deine Wohnung?«

Gavin sah sie erstaunt an. »Wieso?«

»Nun, dein Vater und ich haben überlegt, was wir dir dieses Jahr zu Weihnachten schenken, und da Giselle jetzt bei dir wohnt, haben wir gedacht, daß eine Waschmaschine eine nützliche Sache wäre.«

»Nein, danke«, entgegnete Gavin. »Socken sind völlig ausreichend.«

Byron gab ein Schnauben von sich. »Haben wir jemals einem von euch Socken zu Weihnachten geschenkt?«

»Wie auch immer, ihr kennt meine Küche, sie ist viel zu klein für eine Waschmaschine.«

»Das wäre kein Problem«, entgegnete Ann.

»Sag schon ja«, drängte Byron, »dann können wir sie von der Liste streichen.«

»Ja, mach doch«, schloß sich Giselle an. »Deine Mutter hat recht, ich finde es eine prima Idee, und es ist bestimmt billiger als dieser Wäscheservice jede Woche.«

»Waschmaschinen sind fürchterlich unästhetisch.«

»Wäscheservice?« Ann hob fragend die Augenbrauen.

»Ich mag sie einfach nicht, das ist alles ...«

»Er legt seine schmutzige Wäsche jede Woche in einen Karton«, erklärte Giselle, »sie wird dann abgeholt und sauber und gebügelt wieder zurückgebracht. Es ist ungeheuer bequem, aber sicher kostet es ein Vermögen.«

»Keinen einzigen Pfennig«, erklärte Byron grinsend. »Wenn Sie einen Wäscheservice brauchen ...« Mit ausdrucksvoller Geste deutete er auf seine Frau.

Ann hob beide Hände und lächelte halb stolz, halb verschämt. »Ich fürchte, er hat recht. Aber jetzt, da der Haushalt sich vergrößert hat ...« Die Tür ging auf und Julian kam ins Zimmer. »O, hallo, Julian. Dein Nachtisch steht auf dem Sideboard.«

»Guten Appetit«, murmelte Byron.

Gavin ging in die Küche, um seine Zigaretten zu holen. Julian saß am Küchentisch und las die Modeseite des *Observers,* während er die Schokoladenrolle verspeiste.

»Sie wollen mir eine Waschmaschine zu Weihnachten schenken!« empörte sich Gavin.

»Wirklich? Nun, das passiert, wenn man Frauen bei sich einziehen läßt.«

»Giselle will auch keine Waschmaschine.«

Julian sah auf: »Das kann ich mir vorstellen. Die wirst du nie dazu kriegen, die Hausfrau zu spielen.«

»Halt dich raus, ja!« sagte Gavin und griff nach seinen Zigaretten. »Sie ist Sperrgebiet.«

»Keine Angst, alter Junge«, erwiderte Julian und hob beteuernd beide Hände, bevor er sich wieder in die Zeitung vertiefte.

Giselle war schockiert. »Es tut mir so leid«, sagte sie zu Ann. »Ich habe das letzte Mal auch meine Wäsche dazugelegt. Ich hatte ja keine Ahnung, daß Sie das machen.«

Ann kicherte. »Aber das macht doch nichts. Denken Sie nicht mehr dran.«

»Sie macht das gerne«, warf Byron ein.

»Das stimmt nicht«, widersprach Ann. »Aber Gavins Arbeit läßt ihm so wenig Zeit, und gerade er muß doch ordentlich aussehen.«

Der Besuch im *Schmooze* ließ sich nicht länger aufschieben.

Giselle hatte Gavins Bitten lange abgewehrt, aber jetzt wurde sein Drängen immer stärker.

»Sie werden mir nicht mehr glauben, daß es dich überhaupt gibt, wenn du dich nicht irgendwann mal blicken läßt.«

»Wer ist ›sie‹?«

»Das Team.«

»Okay, wenn es sie glücklich macht.«

»Es macht *mich* glücklich.«

»Okay.«

Sie ging an einem späten Nachmittag zu Fuß nach Maida Vale. Um diese Zeit war noch wenig Betrieb in der Brasserie. Tatsächlich saßen nur ein paar Gäste im Restaurant. Giselle fragte den Barmann nach Gavins Büro.

In dem modern und erlesen eingerichteten Raum sah es aus, als würde gerade ein Empfang stattfinden. Einige Frauen und Männer mit Weingläsern in den Händen redeten und amüsierten sich. Auf einem weißen Steintisch standen eine Flasche Weißwein, eine Flasche Jack Daniels und eine Pakkung mit Bier. Als Giselle eintrat, ebbte der Lärm ab. Gavin, der mit dem Rücken zur Tür gestanden hatte, drehte sich um und breitete die Arme aus. Sein Blick war strahlend.

»Zelda!« rief er, während sie sich kurz seiner Umarmung überließ. »Was für eine nette Überraschung!«

Er löste eine Büchse Bier aus der Packung und drückte sie ihr in die Hand.

Sie gab sie ihm zurück. »Danke, ich trinke lieber Wein.«

Eine der Frauen reichte ihr ein Glas und schenkte auch gleich ein.

»Danke.«

»Das ist Bar«, stellte Gavin vor.

»Sehr erfreut«, meinte Bar und schüttelte Giselle die Hand.

»Wir haben schon telefoniert.«

»Ich erinnere mich.«

»Und ich bin diejenige«, fuhr Bar jovial fort, »die Ihnen immer die Blumen schickt!«

»Oh.«

Gavin nahm Giselles Arm und begann sie vorzustellen.

»Dies ist Ewan, unser Chefkoch. Wir halten ihn für ein Genie.«

Ewan war vielleicht fünfundzwanzig Jahre alt, hatte schwarze, glatt zurückgekämmte Haare und ein blasses Gesicht. »Hallo«, meinte er in breitem schottischem Akzent, »wie schön, Sie endlich kennenzulernen. Wir haben schon so viel von Ihnen gehört.«

»Tatsächlich?« Giselle sah Gavin an, der sie schon wieder weiterzog.

Eine schlanke blonde Frau um die vierzig in einem dunkelblauen Nadelstreifenkostüm strahlte Giselle an. »Sie werden sich unsere Namen gar nicht alle merken können«, bemerkte sie freundlich.

»Wahrscheinlich nicht.«

»Sei nett zu ihr«, flüsterte Gavin scherzhaft, aber doch laut genug, damit die Frau es auch verstehen konnte. »Das ist Della Carter, meine Partnerin ...«

»Bitte, mein Lieber, nur finanziell«, wehrte Della ab.

»Wie geht es Ihnen, Zelda? Ist das Ihr richtiger Name?«

»Nein, eigentlich heiße ich Giselle.«

»Und wie werden Sie lieber genannt?«

»Das ist mir egal.«

»Nun, dann werde ich mich je nach Stimmung entscheiden.«

Bei den beiden letzten Personen handelte es sich um Luke, den Restaurantmanager, und Cosmo, den Buchhalter. Luke sah aus wie aus einer Coca-Cola-Reklame, Cosmo hatte feuchte Hände und trug weiße Socken.

»Freut mich sehr«, sagte Luke.

»Wir sind nicht vollständig«, bemerkte Gavin.

»Nur die Wichtigsten!« feixte Bar, die sich dicht neben Giselle gestellt hatte. Auch Ewan gesellte sich zu ihnen, während Gavin sich Della zuwandte. Giselle mußte an Ark denken. Was er wohl gerade machte?

»Wissen Sie«, fuhr Bar fort, »daß wir Ihnen alle sehr dankbar sind?«

»Tatsächlich? Wieso?«

»Nun, der Herr ist viel besser gelaunt, seit Sie aufgetaucht sind.«

»Ist das wahr?«

»Keine Frage«, bestätigte Ewan. »Er vertraut uns sogar genug, um uns ab und zu alleinzulassen.«

»Aha.«

Bar gab Giselle fröhlich einen Klaps auf die Schulter. »Das zeigt wieder einmal, was die Liebe einer Frau alles bewirken kann.«

»Ach du meine Güte.« Giselle lachte. »Ist das nicht etwas übertrieben? Und außerdem«, fügte sie hinzu, »wer hat was von Liebe gesagt?«

Spät in der Nacht lagen Giselle und Gavin im Bett. Er hatte ein Buch in der Hand, konnte sich aber nicht darauf konzentrieren.

»Wozu war das vorhin nötig, Zelda? Wolltest du, daß ich wie ein Idiot dastehe?«

»Seit wann brauchst du dafür meine Hilfe?«

»Hör auf. Ernsthaft, ›wer hat was von Liebe gesagt?‹ Mußte das sein?«

Giselle, die zu schlafen versucht hatte, rollte sich jetzt auf den Rücken und sah Gavin an.

»Hast du die ganze Zeit daran gedacht?«

»Es geht mir nicht aus dem Kopf.«

»Ich hab's noch nicht mal zu dir gesagt.«

»Noch schlimmer.«

»Ich weiß nicht, warum du so ein Trara machst.«

Einen Moment war es still, dann hörte sie, wie er das Buch fallenließ und die Zigarette ausdrückte.

»Du kannst unglaublich grausam sein, Zelda.«

Sie antwortete nicht. Gavin legte sich nieder, den Rücken hatte er ihr zugewandt. Als sie spürte, wie ihn ein Zucken durchlief, berührte sie seine Schulter.

»Nimm's doch nicht so tragisch. Ist doch nicht weiter wichtig.«

»Nicht weiter wichtig?« Mit einem Satz sprang er aus dem Bett und stellte sich vor sie. »Nicht wichtig, wenn du meinen Kollegen und Freunden erzählst, daß ich dir egal bin? Nicht wichtig, nachdem ich ihnen gesagt habe, was für eine Rolle du in meinem Leben spielst?«

Er hatte Tränen in den Augen. Giselle setzte sich auf und rieb sich die Stirn.

»Okay, okay. Tut mir leid.«

»Und dann bist du noch einfach abgehau'n.«

»Das bin ich nicht. Ich war mit dem Essen fertig, und du hattest zu tun ...«

»Ich muß schließlich mit den Leuten reden, ich muß mich sehen lassen, das gehört zu meinem Job. Hättest du nicht fünf Minuten warten können?«

»Du warst schon seit einer halben Stunde nicht mehr zu sehen. Wahrscheinlich hattest du vergessen, daß ich da war ...«

»Aah ...« Seine Stimme triefte vor Sarkasmus. »Arme Grizzle!«

»Ich war sauer, wenn du's wissen willst.«

»Bestimmt nicht halb so sauer wie ich, als ich mit einigen

Freunden zu dir kommen wollte und du weggegangen warst, ohne mir was zu sagen ...«

»Ich hab' gesagt, es tut mir leid, Gavin!«

»Das reicht mir nicht.« Er sank auf die Knie und begrub seinen Kopf in der Decke. »Ich liebe dich, Zelda! Du weißt das doch, warum bist du so kalt zu mir?«

»Kalt? Und was war das eben, was wir ...?«

»Das war nur Sex!« Er sah sie flehend an. Der Wechsel von großer Wut zu verletzter Unterwürfigkeit war übergangslos.

»Hörst du? Ich liebe dich!«

Giselle war ratlos.

»Ich weiß nicht, was ich sagen soll«, murmelte sie.

»Oh Gott, ich kann's nicht glauben.« Er setzte sich auf den Rand des Bettes und zündete sich eine Zigarette an.

»Ich habe nie gesagt, daß ich dich liebe, stimmt's?«

»Nein, das hast du nicht.« Die Tränen waren versiegt, seine Stimme war schneidend scharf. »Das hast du nie, weil du die Bedeutung des Wortes gar nicht kennst.«

Sie befürchtete, daß das wahr sein könnte, und Gavin wußte es. Gezielte Verletzungen waren eine Spezialität von ihm. Giselle versuchte, die Situation zu entschärfen. »Möchtest du vielleicht eine Tasse Tee?«

Er zog heftig an seiner Zigarette. »Nein!«

»Ich glaube, ich schon.«

»Dann mach dir eine.«

Als Giselle nach ihrem T-Shirt griff, war Gavin schon halb angezogen. Eine Sekunde später schlüpfte er in seine Schuhe.

»Wohin gehst du?«

»Weg.«

Sebastian schob das schmutzige Geschirr, die leeren Fast-Food-Kartons, die Unterteller mit Zigarettenstummeln, die Bierbüchsen und verschmierten Gläser zusammen, so daß auf seinem Küchentisch ein freier Platz entstand.

»Möchtest du Kaffee?« fragte er Gavin.

»Nein, danke.«

»'nen Joint?«
»Lieber 'nen richtigen Drink.«
»Tut mir leid, hab' nichts im Haus.«
»Dann nehm' ich doch den Kaffee.«
Finster sah Gavin zu, wie Sebastian zwei Becher voll Kaffee machte. Nach ein paar Schlucken griff er zu seinen Zigaretten und wies mit dem Kopf in Richtung des Schlafzimmers.
»Ist jemand da?«
»Nein.«
»Ehrlich?«
»Ja, ich pausiere.«
»Kluger Zug.«
Die beiden schwiegen eine Zeitlang.
»Was ist los?« fragte Sebastian. Gavin zuckte die Achseln. »Probleme mit Giselle?«
»So in etwa. Sie ist schwierig, irgendwie anspruchsvoll, weißt du?«
»Und erst achtzehn.« Sebastian grinste vielsagend. »Ich weiß, was das bedeutet.«
»Nein, das meine ich nicht. Mehr ... emotional.«
»Ach ja?«
»Das Dumme ist, ich hänge an ihr, wirklich. Ich möchte unbedingt, daß es weitergeht.«
»Das glaube ich.«
»Aber ich bin nicht mehr achtzehn. Ich arbeite wie verrückt in der Brasserie, und sie interessiert sich kein Stück für das, was ich tue.«
»Das ist doch ihr Problem. Warum stört dich das?«
»Na ja, weil ich möchte, daß wir 'ne richtige Beziehung haben.«
»Klar. Ich kann mir gut vorstellen, daß sie einen verrückt macht, sie ist verdammt sexy.«
»Ja, nicht wahr?« Gavin blies den Rauch durch die Nase. »Es ist nett, daß du mir zugehört hast, Sebastian.«

Giselle saß auf einem der hohen, unbequemen Stühle an der Frühstücksbar in der Küche, trank Tee und aß ein Sandwich mit Schokoladennußcreme. Sie saß im Dunkeln, aber da es erst elf Uhr abends war, brannte hier und da in den umliegenden Häusern noch Licht. Seufzend beschloß Giselle, daß ihr wohl nichts anderes übrigblieb, als über ihre Situation nachzudenken. Sie war hier in Gavins schicker Wohnung, weil sie etwas an ihm reizvoll gefunden hatte. Er war anders als alle, die ihr vorher über den Weg gelaufen waren. Sie mußte sich auch eingestehen, daß es angenehm war, so vielen Leuten einen Gefallen zu tun. Aber heute in der Brasserie wurde ihr bewußt, daß sie in Gavins Leben gar nicht so wichtig war, wie er immer tat. Seine vielen großen Worte waren nur Show. Sicher war er stolz, sie erobert zu haben, aber wenn sie nicht vorsichtig war, würde er sie womöglich auch bald wieder fallenlassen.

Mensa saß neben dem Teebecher auf dem Tisch und starrte sie an. Giselle kraulte ihr das Fell. Einen Moment lang genoß die Katze die Berührung ganz ruhig mit halb geschlossenen Augenlidern und vorgestrecktem Kopf. Dann schlug sie plötzlich mit der Pfote nach Giselles Hand und sprang auf den Boden.

Hester rührte Sauce an, während sie im Radio die Sendung *Lieblingsmelodien Prominenter* hörte. Sie mußte daran denken, wie viele Frauen jetzt wohl wie sie am Herd standen, Soße anrührten, derselben Sendung lauschten und vielleicht mit ihr der Meinung waren, daß dieser Prominente nicht gerade zum Unterhaltungsstar geboren war. Es handelte sich um einen Politiker, und seine Melodienauswahl grenzte an Kitsch. Aber Hester hatte Mitgefühl mit ihm. Es war eine schwere Aufgabe, es allen recht zu machen. Von diesen Leuten wurde erwartet, daß sie gebildet waren, populär, integer, aber auch tolerant, ernsthaft und humorvoll. Hester kannte diese Erwartungen von der H.-B.-Seite nur zu gut. Eine falsche Bemerkung, und man wurde von einer Brieflawine überschüttet, die Wut, Trauer, Enttäuschung und Ablehnung über einem entlud.

Hester nippte an ihrem Gin-Tonic und stellte die Kochplatte auf die niedrigste Stufe. Auf ihrer Plastikschürze, die sie zum letzten Geburtstag von Daniel geschenkt bekommen hatte, prangte ein riesiger Gorilla. Draußen im Garten konnte sie Jonty in einem alten Pullover und schwarzen Gummistiefeln vor einem Blumenbeet hocken sehen. Er war dabei, Blumenzwiebeln zu stecken.

Der Politiker vertraute dem Moderator im Radio gerade an, daß er sich als kleiner Junge sehnlichst gewünscht hatte, Gene Kelly zu sein. Deswegen wollte er jetzt gerne ›Singin' in the Rain‹ hören. Hester tanzte nach der vertrauten Melodie zur Anrichte, um den Tisch zu decken.

Es machte ihr Spaß, das Sonntagsessen zuzubereiten. In den letzten Wochen hatte es sich kaum noch gelohnt; Rose war in Bristol, Giselle in London, und Daniel lag sonntags regelmäßig im Bett und schlief seinen Rausch aus. Aber gestern abend war überraschend Giselle aufgetaucht und hatte erklärt, daß sie den Sonntag im Old Clink zu verbringen gedachte. Das war ein guter Grund gewesen, einen Schweinebraten aus der Tiefkühltruhe zu holen. Hesters fröhliche Stimmung wurde nur durch die Frage beeinträchtigt, wieso Giselle eigentlich hier war.

Sie kam in die Küche, als Hester zur nächsten Melodie mit Salz- und Pfefferstreuer in der Hand einen Twist tanzte. »Ertappt«, sagte sie schuldbewußt mit rotem Kopf und stellte beides auf den Tisch. Giselle schien gar nichts bemerkt zu haben, sie setzte sich und begann, ein Messer um seine eigene Achse zu drehen.

Das erinnerte Hester an Kinderspiele. »Wer muß heute den Tisch abräumen?« fragte sie, während sich das Messer drehte. Als es zur Ruhe kam, zeigte es in den Garten. »Aha, dein Vater, gute Idee.«

Giselle drückte die Zinken einer Gabel herunter, so daß der Griff in die Luft zeigte. Dann ließ sie los, und mit einem klirrenden Geräusch fiel die Gabel zurück. Das wiederholte sie mehrere Male.

»Möchtest du etwas zu trinken?« fragte Hester.

»Nein, danke.« Hester betrachtete prüfend ihre Tochter. Sie sah nicht mehr so strahlend aus wie im Sommer, aber sie hatte die verlorenen Pfunde auch nicht wieder zugenommen. In Hesters Augen sah Giselle gut aus. Ihr kurzes schwarzes Haar glänzte seidig, wobei ihr einige Fransen in die Stirn hingen. Die stark geschwungenen, dichten schwarzen Augenbrauen verliehen Giselles Gesicht etwas Apartes. Ohne die Make-up-Schichten sah man, daß sie eine bewundernswert klare Haut hatte. Ihre Tochter sah sogar sehr gut aus, fand Hester.

Sie schaltete das Radio aus und setzte sich neben sie.

»Alles okay?«

»Oh … ja.«

»Keine Probleme mit dem Job?«

Giselle zuckte die Achseln. »Nein.«

»Und Gavin?«

»Geht's gut.«

»Wie fühlst du dich in seiner Wohnung?«

»Is' okay.«

»Wir denken viel an dich«, gestand Hester. »Du fehlst uns. Rose hat neulich erst wieder nach dir gefragt. Sie bewundert dich.«

»Wieso das denn?«

»Nun, weil du nach London gegangen bist, den Job bekommen hast, ihn immer noch machst …«

»Ach so, das kann keiner fassen, nicht?«

Hester hätte sich selbst für ihre dumme Bemerkung ohrfeigen können. »Ist doch sicher nicht so leicht für dich im Moment – so viel Neues auf einmal. Wir haben uns ein bißchen Sorgen gemacht. Es ging alles so schnell. Jedenfalls bin ich froh, daß alles klappt.«

Giselle kippte den Stuhl auf zwei Beinen nach hinten, während sie sich an der Tischkante festhielt. Ihr Gesichtsausdruck hatte sich verändert, sie sah Hester durchdringend an.

»Was meinst du damit, ›daß alles klappt‹?«

»Ich weiß nicht … daß du glücklich bist.«

»Oh.«

»Du bist doch glücklich, oder nicht?«

Giselle schien diese Frage nicht gehört zu haben. »Ich werde nicht ewig dortbleiben, verstehst du?«

»Nun ja, das habe ich auch nie gedacht«, protestierte Hester, im selben Moment wurde ihr klar, daß sie genau davon ausgegangen war.

»Nein? Gavin schon.«

»Hat er das gesagt?«

Giselle ließ den Stuhl wieder nach vorn kippen. »Das braucht er nicht.«

»Er liebt dich sehr, nicht wahr?«

»Er sagt«, erwiderte Giselle mit beißender Ironie, »daß er mich mehr liebt als sein Leben.«

Hester griff nach ihrem Glas. Bevor sie merkte, daß es leer war, fiel ihr die Zitronenscheibe in den Mund. Giselle lachte.

»Es ist nichts mehr drin.«

»Das habe ich gemerkt.« Hester legte die Zitronenscheibe zurück. »Und fühlst du genauso?«

»Wie kann ich das, wenn ich gar nicht weiß, wie er fühlt?«

»Aber du hast doch gesagt, daß ...«

»Das *sagt* er!«

»Ach so«, entgegnete Hester, »verstehe.« Aus dem Augenwinkel sah sie, wie Jonty im Garten gerade aufstand und sich streckte. Aus irgendeinem Grund wollte sie nicht, daß er hereinkam und an dem Gespräch teilnahm. Aber zu ihrer Erleichterung ging er mit der Schubkarre, in der die Zwiebeln lagen, weiter ans Ende des Gartens.

»Und wie geht es dir mit euch beiden? Ist alles in Ordnung zwischen euch?«

»Nicht wirklich.«

Hesters Herz zog sich vor Mitleid und Enttäuschung zusammen. »Oh, Liebling, das tut mir leid.«

»Is' nich' so schlimm.«

»Ich weiß, aber ...«

»Er wird's überstehen.«

Nach einer kleinen Pause fragte Hester: »Was wird er überstehen?«

»Ach, ich weiß auch nicht. Ich glaube, er weiß selbst nicht, was er eigentlich will.«

Hester nickte nachdenklich. »Hm. Er ist immer recht temperamentvoll gewesen.«

»Er ist total überdreht.«

»Als Teenager war er ziemlich schwierig, aber das ist ja nicht gerade was Besonderes.«

»Okay, okay, ich hab's verstanden.« Giselle senkte den Kopf und stieß mit der Stirn gegen den Tisch, als könnte sie so Klarheit in ihre Gedanken bringen. »Verstehst du, ich kenne ihn. Besser als du. Besser als irgend jemand.«

»Außer vielleicht seine Mutter«, wagte Hester einzuwenden.

»Ann?« Giselle starrte Hester einen Moment an, dann schniefte sie verächtlich. »Ann hat nicht die leiseste Ahnung, von keinem der drei.«

Hester sah, wie Jonty aufs Haus zukam. Sie legte Giselle die Hand auf den Arm.

»Hör zu, Liebling, wir sind immer da, wenn du uns brauchst. Du mußt uns nichts erzählen, aber wenn du willst, kannst du das jederzeit.«

»Ich weiß.«

»Und weißt du, wenn Gavin sagt, er liebt dich, vielleicht meint er es ja doch ernst. Bei schwierigen Menschen lohnt es sich oft durchzuhalten. Ich meine nur, schmeiß nicht zu schnell alles hin.«

»Hab' ich gesagt, daß ich das machen würde?«

»Nein, aber du ...«

»Mach dir keine Sorgen.« Giselle sah Hester mit einem ausdruckslosen Blick an. »Ich halt's schon noch aus.«

Nachdem Giselle die Küche verlassen hatte, blieb Hester am Tisch sitzen, ohne sich darum zu kümmern, daß die Soße langsam verkochte. Dies war der Moment gewesen, um ihrer Tochter eine wahre Freundin zu sein; ihr mit ihrer Erfahrung als Frau beizustehen und sie davon profitieren zu lassen; ihr zu zeigen, daß sich ein vertrauliches Gespräch mit ihrer Mutter lohnte. Stattdessen hatte sie das schreckliche Gefühl, Giselle in keiner Weise geholfen zu haben. Hester war verzweifelt.

»Man riecht, daß es bald Essen gibt«, sagte Jonty, als er die Küche betrat. »Wo ist der Feuerlöscher?«

Mrs. Ramilies saß auf dem Sofa im Wohnzimmer der Raglan Road, neben sich die Schachtel mit Kleenex. Sie war bester Dinge.

»Ich habe dieses neue Buch von Ava Lawrence gelesen«, begann sie, »und es hat mein Leben verändert.«

Ann hob fragend die Augenbrauen, und schon redete Mrs. Ramilies bereitwillig weiter.

»Es ist mir wie Schuppen von den Augen gefallen«, trompetete sie. »Dieser Schweinehund kann mir gestohlen bleiben!«

Ann nickte beifällig.

»Als ich das Buch gelesen habe, habe ich kapiert, daß ich mich immer noch von ihm beherrschen lasse, obwohl er gar nicht mehr da ist. Immer noch rege ich mich seinetwegen auf, und es geht mir schlecht. Aber warum eigentlich? Weil er jetzt bei dieser Schlampe in Walthamstow wohnt? Soll er doch, ich will ihn ja gar nicht mehr! Und was die Kinder angeht, sie wollen nicht bei ihr wohnen, also werde ich sie auch nicht verlieren. Mit der Zeit werden sie schon merken, was er für ein Mistkerl ist. Warum rege ich mich dann überhaupt so auf? Eigentlich hat er mich gar nicht verletzt, sondern mir einen großen Gefallen getan – ich bin jetzt frei! Er hat mich von seiner Gegenwart befreit, von seinen schwarzen Zähnen und den stinkenden Unterhosen!«

»Hört sich wirklich an, als hätten Sie Glück gehabt«, stimmte Ann zu. »Ich muß Ava unbedingt schreiben, wie hilfreich ihr Buch für Sie war.«

»O mein Gott«, hauchte Mrs. Ramilies bewundernd, »kennen Sie sie etwa?«

»Ja, das tue ich.«

»Glauben Sie, sie hätte etwas dagegen, wenn ich ihr selbst schreiben und ihr schildern würde, wie sehr ihr Buch mein Leben verändert hat?«

»Sicher nicht. Allerdings bin ich nicht befugt, ihre Adresse weiterzugeben. Ich kann Ihren Brief aber gerne weiterleiten.«

Mrs. Ramilies lehnte sich nach vorn und ihr schweres Parfüm drang Ann in die Nase. »Erzählen Sie mir von ihr – wie ist sie?«

Anns Blick fixierte einen Punkt an der Wand hinter ihrer Klientin, während sie überlegte.

»Sehr eindrucksvoll. Eine starke, unabhängige Frau mit großem Selbstvertrauen in ihre soziale, sexuelle und intellektuelle Persönlichkeit. Engagiert und energisch ...«

»Sieht sie wirklich so toll aus wie auf dem Buchumschlag?« wollte Mrs. Ramilies wissen.

Ann schüttelte den Kopf. »Da fragen Sie die Falsche. Ich bin immer nur daran interessiert, die wahre Person hinter der Oberfläche zu sehen.«

»Ach so ...« Enttäuscht lehnte sich Mrs. Ramilies wieder zurück. »Na, egal.«

Als Josette in die Küche kam, saß Byron am Tisch und reparierte den Stecker einer Bohrmaschine. Sie grüßte ihn, und freundlich lächelnd sah er von seiner Arbeit auf.

»Hallo, Josette. Julian hat eine Wohnung gefunden, daher kommt dieses alte Ding noch mal zu Ehren.«

»Sie tun so viel für Ihre Familie.« Josette legte ihre Tasche auf einen Stuhl und zog ihren Mantel aus. »Wo ist Mrs. Armitage?«

»Bei einer Klientin. Brauchen Sie sie?«

»Nein, nicht unbedingt. Ich spreche mit ihr, bevor ich gehe.«

Byron zeigte mit dem Schraubenzieher auf Josettes Tasche. »Hat es was mit Ihrem Kurs zu tun?«

»Ja.«

»Sie studieren jetzt Sozialwissenschaften, stimmt's?«

Josette nickte. »Im Moment ist unser Thema ›Veränderungen in der Familie‹«.

Ich bin sicher, wir alle glauben, darüber ein bißchen zu wissen«, sagte Byron in humorvollem Ton. Josette war zu höflich, um zu lachen.

»Ich habe einen Abschluß in Soziologie gemacht«, fügte er hinzu. Also, falls ich Ihnen irgendwie helfen kann, lassen Sie es mich wissen.«

Josette sah angenehm überrascht aus. »Wirklich? Dürfte ich Sie ab und zu was fragen?«

»Aber natürlich. Ich bin ein guter Handwerker, glaube ich«, sagte Byron, während er aufstand und den reparierten Bohrer an die Steckdose über der Arbeitsplatte anschloß.

»Doch als Lehrer bin ich auch nicht schlecht.«

Er schaltete den Bohrer ein und ließ ihn mit leisem Lächeln aufheulen.

11.

Jonty war auf dem Weg zum Lunch mit Byron. Heute sollte endlich das längst überfällige Essen stattfinden, das er Byron für sein Empfehlungsschreiben an Mr. Paretska versprochen hatte. Er hatte das *Jolie Bateau* in der Floral Street ausgesucht, seine Dankbarkeit ging nicht so weit, daß er schon wieder die Hausmannskost im *Old Hat* ertragen hätte. Auf dem Weg zwischen Greek Street und Covent Garden blieb Jonty plötzlich wie angewurzelt stehen.

Durch die Schaufensterscheibe eines Antiquariats sah er Hester und Robert Walton. Sie waren in ein großes Buch vertieft, das seine Frau in der Hand hielt. Wenn sie aufgeblickt hätte, hätte sie ihn dort stehen sehen müssen. Aber sie war ganz auf das Buch konzentriert, blätterte lächelnd hin und her und machte ab und zu eine Bemerkung zu ihrem Begleiter. Robert stand dicht neben ihr und starrte mit zusammengekniffenen Augen auf die Seiten. Dann suchte er in seiner Jackentasche nach seiner Brille. Jonty hatte Robert ein paarmal bei Partys getroffen, er fand ihn ziemlich langweilig, ein Mann mit etwas trockenem Charme und einer sehr netten und klugen Frau. Weder sein noch Hesters verhalten hatte bisher darauf hingedeutet, daß zwischen ihnen mehr als eine rein berufliche Beziehung bestehen könnte.

Die Art, wie die beiden gemeinsam in dieses Buch vertieft waren, erweckte in Jonty jedoch den Eindruck, daß sie sich ziemlich nahe waren. Außerdem fand er es erstaunlich, daß Robert Walton Hester begleitete. Jonty war ziemlich sicher, daß sein Arbeitstag ihm nicht viel Zeit ließ, um durch Läden zu schlendern.

Wie festgenagelt stand er vor dem Laden und starrte die beiden an. Dann schloß Hester das Buch und wandte sich Robert zu. Ohne zu überlegen, ging Jonty schnell weiter.

Während des Essens trank er mehr als gewöhnlich, und beim Brandy beschloß er, sich Byron anzuvertrauen.

»Passiert es dir auch manchmal, daß du dich über deine eigenen Reaktionen wunderst?«

Byron dachte nach. »Ich weiß nicht ... Vielleicht solltest du lieber Ann fragen.«

»Auf dem Weg hierher sah ich Hester und den Chefredakteur der *Post* in einem Antiquariat, und aus irgendeinem Grund hat mich der Anblick total umgehauen.«

»Was hat sie gesagt?«

»Gesagt?«

»Als du sie gesehen hast, meine ich.«

»Nein, wir haben nicht miteinander gesprochen. Ich habe sie nur durchs Schaufenster gesehen.«

»Ach so.«

Jonty sah Byron an. »Ich habe ja gesagt, es war eine irrationale Reaktion.«

»Hm. Zumindest nicht unbedingt ein Scheidungsgrund, nicht wahr?«

»Nein. Es ist merkwürdig, einen Menschen zu beobachten, den man gut kennt, und der andere bemerkt es nicht. Ich denke, daß wir alle eigentlich ständig Rollen spielen und wir immer nur bestimmte Ausschnitte aus dem gesamten Repertoire vorführen oder vorgeführt bekommen.«

»Also jetzt wirst du aber etwas zu metaphysisch für mich«, entgegnete Byron.

»Ach komm. Du weißt genau, was ich meine.«

»Du hättest einfach in den Laden gehen und die beiden begrüßen sollen.«

»Es erschien mir irgendwie nicht richtig, ich wäre mir wie ein Eindringling vorgekommen.«

»Was für ein Unsinn, du hältst dich selbst zum Narren, Jonty«, entgegnete Byron. Dann rieb er sich lustvoll den Magen. »Hmm. Das Essen war wirklich sehr gut.«

Nachdem er ins Büro zurückgekehrt war, beobachtete Jonty argwöhnisch seine Kollegen. Gab es zwischen ihnen irgendwelche Beziehungen, die er nie bemerkt hatte? In seiner Anfangszeit bei Ruggles Ryder war er jedesmal von neuem überrascht gewesen, wenn er wieder einmal von einer geheimen Liaison erfuhr. Er hatte sich daran gewöhnt, daß alle möglichen Beziehungen und Intrigen mit wechselnden Partnern an der Tagesordnung waren. Doch er selbst hatte sich immer aus all dem herausgehalten. Zwar boten sich auch ihm genug Gelegenheiten für Affären, aber er hatte sich nie darauf eingelassen. Er gehörte zu den Männern, die auf jeder Party nur mit ihrer Frau tanzten.

Jontys Chefin steckte den Kopf ins Zimmer. Jen O'Flinn war eine gutaussehende Frau mit einer wilden Haarmähne, die Leben und Bett mit einer Rechtsanwältin teilte. Sie zwinkerte ihm zu.

»Hey, mach nicht so eine Leichenbittermiene. Es wird bestimmt nichts passieren.«

»Woher weißt du, daß es nicht längst passiert ist?«

»Jetzt hör mal auf, daran zu denken. Komm rüber in mein Büro, ich hab ein paar verrückte Bilder, die dich ablenken werden. Der Traum eines jedes Publizisten.«

Jonty folgte ihr.

»Ja, es war ausgezeichnet«, antwortete Byron auf Anns Frage nach dem Essen. »Französisch, aber gemäßigt.«

»Jonty kennt gute Restaurants«, lobte Ann, »wahrscheinlich noch aus seiner Zeit als Werbemensch. Wir sollten die Blakes mal mit in Gavins Restaurant nehmen. Und wie ging's ihm?«

»Ja, gut. Zumindest ...« Byron runzelte die Stirn. »Na ja, irgendwie auch nicht.«

»Also Byron, bitte.«

»Er hat gesagt, daß er Hester zusammen mit dem Chefredakteur der *Post* gesehen hat, Charley Farnsbarns ...«

»Du meinst Robert Walton.«

»Kann sein. Jedenfalls hat Jonty sie zusammen gesehen und irgendwie den Eindruck gehabt, daß etwas zwischen ihnen ist.«

»Das meinst du doch nicht wirklich.« Ann, die an ihrem Schreibtisch saß, richtete sich kerzengerade auf.

»Er hat es so gesagt. Und ganz zu Anfang meinte er, daß er selbst das Gefühl hatte, irrational reagiert zu haben.«

»Komisch.« Ann schüttelte nachdenklich den Kopf.

»Ich habe ihn gefragt, warum er die beiden nicht begrüßt hat, und er hat geantwortet, er hätte sich als Eindringling gefühlt. Also ich glaube, daß er sich das Ganze nur einbildet.«

»Hmm ...« Ann legte die Fingerspitzen ihrer Zeigefinger gegeneinander und berührte nachdenklich ihre Lippen. »Eins ist sicher, kein Außenstehender weiß genau, wie es in einer Ehe aussieht.«

»Dein Geheimnis ist bei mir sicher.«

»Und Freundschaft«, fuhr Ann fort, »bedeutet Vertrauen.«

»Halt mir keine Vorträge«, sagte Byron. »Ich hatte nicht vor, diese Geschichte einer Boulevardzeitung zu verkaufen, ich habe sie dir nur erzählt, weil du mich danach gefragt hast.«

Ann sah ihn nachdenklich an. »Die Blakes sind liebe und alte Freunde. Ich denke, Jonty hat dir da etwas beim Wein anvertraut, was wir einfach wieder vergessen sollten.«

»Genau«, erwiderte Byron, »das finde ich auch.«

Am ersten Samstag im November wurde Jonty achtundvierzig Jahre alt. Normalerweise trieben die Blakes wegen Geburtstagen keinen Aufwand; die achtzehnten der Kinder waren besonders gefeiert worden, und manchmal nahmen sie eine runde Zahl bei Hester oder Jonty zum Anlaß, ein Fest zu machen. Doch diesmal wollten Rose und Jez an dem Wochenende sowieso kommen, und Giselle hatte angerufen, um anzukündigen, daß sie Jontys Geschenk vorbeibringen würde. Also wurden auch sie und Gavin eingeladen, zum Abendessen zu kommen. Sie würden auch über Nacht bleiben. Da Hester wußte, wieviel Zeit Gavin in seinem Restaurant verbrachte, war sie besonders erfreut gewesen, daß er zugesagt hatte.

»Es wird eine richtige Familienfeier mit Anhang«, teilte sie Jonty einige Tage vorher mit.

»Meine Güte«, erwiderte er, »wenn ich mich nicht an dem Tag sowieso schon alt fühle, dann ganz bestimmt danach.«

»Bestimmt findest du's ganz toll, wenn es erst mal soweit ist.«

»Ist das ein Befehl?«

Daniel war noch weniger begeistert. »Alptraum!«

»Unsinn, wieso denn?«

»Wieso? Mit Rose und Griz und ihren beiden Lackaffen?«

»Also hör mal, was soll denn das!«

»Ich mochte Ark«, meinte Daniel vorwurfsvoll. »Was ist eigentlich mit ihm?«

»Woher soll ich das wissen? Außerdem ist es schließlich Dads Geburtstag. Also hör auf rumzumeckern.«

Hester überlegte, wie sie die beiden Paare unterbringen konnte. Wehmütig dachte sie daran, daß sie erst vor ein paar Monaten in der *Post* darüber geschrieben hatte, wie man mit den Freunden der Kinder umging, wenn sie die ersten Male über Nacht blieben. Inzwischen lebten ihre beiden Töchter in festen Beziehungen, und es kam überhaupt nicht in Frage, sie und ihre Freunde in getrennten Betten schlafen zu lassen.

Trotzdem blieb noch ein Problem zu lösen. Es gab im Old Clink ein zweites Doppelbett, das im Gästezimmer stand. Welches der beiden Paare sollte in den Genuß dieses Bettes kommen? Schließlich entschied Hester, es Giselle und Gavin zu geben. Gavin war älter als Jez, und Giselles Zimmer war zwar sauber, aber kahl und ungemütlich. Roses Bett war immerhin einen Meter breit, und ihr Zimmer sah wie immer hübsch aus. Sie und Jez waren schließlich an studentische Zustände gewöhnt und würden sich dort sicher wohlfühlen.

Während Hester die Betten frisch bezog, mußte sie an die Gewinnerin des Leserwettbewerbs vom Frühling denken.

Mary und sie hatten sich durch einen großen Postberg gewühlt. Zwei Drittel davon wurde aufgrund der Unleserlichkeit aussortiert und von dem Rest noch einmal die Hälfte, weil die darin vertretenen Ansichten zu extrem waren. Unter den Briefen, die übriggeblieben waren, gab es nur einen, auf den sie immer wieder zurückkamen. Das Schreiben war nicht amüsant und enthielt auch keine großartigen Empfehlungen, aber die Leserin traf auf so einfache Art eine grundsätzliche Wahrheit, daß sie die Magnumflasche Champagner gewann.

»Liebe Hester Blake«, stand in dem Brief, *»meine zwei Kinder sind erst fünf und sieben Jahre alt, so daß ich mich mit dem von Ihnen beschriebenen Problem noch nicht zu befassen brauche. Aber was mir immer wieder Anlaß zum Nachdenken gibt, ist die Tatsache, daß ich mit ihrem Vater nicht verheiratet war und daß er uns nicht genug geliebt hat, um bei uns zu bleiben. Es ist sehr schwer, darüber mit ihnen ehrlich zu sprechen. Ich muß dazu sagen, daß er und ich uns einst sehr geliebt haben und daß ich ihn noch immer liebe. Kinder spüren, wenn man ihnen nicht die Wahrheit sagt, und ich glaube, Jugendliche sind da nicht anders. Ich habe meine Eltern respektiert, weil ich wußte, daß sie immer ehrlich mit mir waren. Deswegen finde ich, daß die Eltern sich in dem von Ihnen beschriebenen Fall so verhalten sollten, wie es für sie stimmt. Sie sollten nicht versuchen, etwas nur deswegen zu tun, weil es gerade üblich ist, sondern ihren eigenen Gefühlen folgen. Um ein glückliches Leben führen zu können, brauchen unsere Kinder Selbstachtung und Selbstdisziplin, und beides lernen sie von uns.*

Diesen Brief habe ich eigentlich nicht für den Wettbewerb geschrieben, es ist einfach etwas, was mir dabei einfiel und was ich Ihnen sagen wollte. Ich freue mich jede Woche auf Ihre Seite.

Mit freundlichen Grüßen
J. Devine

Hester klopfte Kissen zurecht und richtete Lampenschirme gerade; sie kaufte Blumen und stellte sie in Vasen; sie füllte den Korb mit Kaminholz; sie verpackte Jontys Geschenk und bestellte einen Lachs für das Geburtstagsessen. Während sie das Eichenholz-Sideboard mit echtem Bienenwachs einrieb, wünschte sie, daß sie mehr Mut hätte, Extraforderungen an Mrs. Carson zu stellen.

Die Glasschirme der Wandlampen wusch sie in heißem Seifenwasser und überlegte dabei, woran sich messen ließ, ob man als Eltern einigermaßen erfolgreich gewesen war. Sie kam zu dem Schluß, daß ein Gefühl von Harmonie und Zusammengehörigkeit schließen ließ. Wenn die Familie gutgelaunt zusammenkam und alle einander positiv gegenüberstanden, konnte man zufrieden sein.

»Gibt's einen besonderen Grund, warum Griz und Gavin das Doppelbett kriegen?« fragte Rose ihre Mutter Freitagabend. Jonty und Jez waren ins Pub gegangen und sie saßen beide im Wohnzimmer.

»Du weißt doch, wie Giselles Zimmer aussieht«, antwortete Hester.

»Na und, das ist eben ihr Stil.«

»Aber nicht Gavins, und es ist das erstemal, daß er über Nacht bleibt ...«

»Und die Tatsache, daß er ein erfolgreicher Restaurantbesitzer ist, hat natürlich gar nichts damit zu tun?«

»Nein.«

»Und daß er Anns und Byrons Sohn ist, auch nicht?« Rose hob die Augenbrauen, und um ihren Mund spielte ein spöttisches Lächeln. Hester dachte an den Brief, den sie von der Frau bekommen hatte, die die Champagnerflasche gewonnen hatte.

»Doch, damit schon. Es wäre mir nicht recht, wenn Gavin zu Hause erzählen würde, in was für einem verlotterten Zimmer er hausen mußte.«

»Du glaubst doch nicht im Ernst, daß er sowas zu Hause erzählt? Er ist doch erwachsen.«

»Ich weiß nicht, ich wollte einfach, daß es jeder gemütlich hat. Und in deinem Zimmer fühlt man sich doch sowieso wohl.«

Rose schloß die Augen und schüttelte den Kopf. »Also

wirklich, Mum, du bist manchmal so leicht zu durchschauen.«

Nicht in der Stimmung, um weiterzuschlafen, stand Hester am Samstagmorgen früh auf und ging hinunter. Sie hatte ihre Pantoffeln und einen roten Morgenmantel aus warmer weicher Baumwolle an. Draußen war es kalt und grau. Hester schaltete den Heizlüfter und den Heißwasserboiler an. Dann goß sie eine Kanne Darjeeling aus frischen Teeblättern auf, die sie mit ins Schlafzimmer nahm.

Jonty lag noch im Bett und beobachtete sie, wie sie ins Zimmer kam, die Tür mit dem Fuß hinter sich zudrückte und das Tablett auf der Kommode abstellte.

»Was für ein Luxus«, brummte er behaglich, »die Ausübung ehelicher Rechte ... *und* eine Kanne richtigen Tee.«

Hester brachte ihm seine Tasse ans Bett und beugte sich hinunter, um ihn zu küssen. »Herzlichen Glückwunsch, mein Schatz.«

»Vielen Dank.« Er schob seine Hände unter ihren Morgenmantel und streichelte ihre nackte Haut. »Hmm ...«

»Hey, das hatten wir schon.«

»Ist es rationiert?«

»Ja.«

Er sah auf ihren Mund. »Auch am Geburtstag?«

»Gerade.« Sie küßte ihn. »Du mußt dein Geschenk aufmachen.«

»Oh, gut.« Er fiel wieder in die Kissen zurück. »Wie sieht es aus?«

Hester ging zum Schrank und nahm ein Paket aus dem obersten Fach.

»Aha.« Jonty setzte sich auf. »Also da hattest du es versteckt.«

Hester zog ein Gesicht. »Du hast alles durchgewühlt, stimmt's?«

»Durchgewühlt? Ich?«

Er öffnete zuerst die Geburtstagskarte und betrachtete sie schmunzelnd. Es war eine Susy Card, auf der Bären eine

Party feierten. Hester hatte lange gebraucht, um dieses Motiv auszusuchen. Noch schwieriger war die Auswahl des Geschenks gewesen. Aber nun war sie sicher, das Richtige gefunden zu haben. Ihr Herz klopfte vor Spannung, als Jonty es öffnete.

Nachdem er es ausgepackt hatte, sah er sie mit einem Blick an.

»Es ist wunderschön, vielen Dank.«

Sie lächelte und ging zur Kommode, um sich Tee einzuschenken. Etwas an seiner Reaktion irritierte sie.

Es war Jonty äußerst unangenehm, von Hester so intensiv beobachtet zu werden. Wie sehr er sich auch bemühen mochte, seine Gesichtszüge unter Kontrolle zu halten, er würde seine Gefühle nicht verbergen können.

Das Buch war ein Londonführer aus dem frühen 19. Jahrhundert. Er liebte diese Art von Büchern, und dieses Exemplar war besonders gut erhalten mit schönen, durch Seidenpapier geschützten Karten und Illustrationen, Goldschnitt und einem gestochen scharfen Druck.

»Wo hast du das nur aufgetrieben?« fragte er.

»In einem Antiquariat in London.«

»Es ist wunderbar.«

Sie zuckte die Achseln und lächelte. »Das freut mich.«

Er schlug es zu und fuhr mit den Fingern über den Einband. Es war ein Vergnügen, so ein Buch auch nur in der Hand zu halten. Doch sein Vergnügen war etwas getrübt, denn es handelte sich um das Buch, das seine Frau und Robert Walton zusammen ausgesucht hatten.

Mittags fuhren Rose und Jez nach Forbridge, um ihr Geschenk für Jonty zu kaufen.

»Macht euch nicht verrückt«, riet Hester, »er erwartet nichts.«

»Oh doch, das tut er«, widersprach Rose. »Er findet es toll, wenn sich alles um ihn dreht. Es macht eigentlich richtig Spaß, ihm was zu schenken, weil er sich wie ein großes Kind darüber freut.«

»Hat ihm das Buch gefallen?« fragte Jez.

»Ja«, antwortete Hester.

»Da haben Sie aber auch wirklich etwas ganz Besonderes gefunden«, begeisterte sich Jez. »Wahrscheinlich haben Sie lange danach gesucht, nicht wahr?«

»Nein, ich bin rein zufällig darauf gestoßen.«

»Also komm«, meinte Rose ungläubig, »sei nicht so bescheiden.«

»Wollte Daniel nicht mitfahren?« fragte Jez.

»Doch, aber wo ist er?«

»Ich hole ihn«, bot Hester an und ging nach oben.

»Er kommt«, rief sie kurz darauf.

»Na, wunderbar«, kommentierte Rose bissig.

Kaum hatte Jez seinen weißen Minicooper im Parkhaus zum Stehen gebracht, war Daniel auch schon hinausgesprungen.

»Wir sind um zwei wieder hier!« rief Rose ihm nach, »und wenn du nicht da bist, warten wir nicht!«

Daniel hob den Arm als Zeichen, daß er verstanden hatte.

»Und vergiß nicht, etwas für Dad zu kaufen!«

»Er sollte es sich leisten können. Weißt du, wieviel er im Supermarkt verdient?« fragte Jez.

»Keine Ahnung.«

»Dafür, daß diese Arbeit auch ein Affe machen könnte, ist es sicher ganz schön viel.«

Rose lachte. »Deswegen behauptet er ja auch immer, es sei furchtbar anstrengend.«

Daniel holte sich Geld aus einem Bankautomaten, kaufte sich dann an einer Imbißbude Pommes frites mit Currysauce und machte sich schließlich auf den Weg zum Barlow-Gemeindezentrum. Im ersten Stock befand sich Arks Sitzungsraum. Das Schild an seiner Tür wies darauf hin, daß gerade eine Sitzung stattfand und man bitte nicht stören sollte. Daniel beschloß zu warten. Er setzte sich im Vorraum auf einen Stuhl und blätterte in den alten Zeitschriften, die auf einem Tisch lagen.

Nach etwa zehn Minuten öffnete sich die Tür, und eine Frau in grauen Trainingshosen und einem roten Anorak ging an Daniel vorbei, ohne von ihm Notiz zu nehmen. Gleich darauf kam Ark heraus. Er führte Dolly am Halsband.

»Hallo, Ark.«

»Hallo, Daniel. Ich wollte gerade etwas essen gehen, hast du schon gegessen?«

»Nein«, antwortete Daniel. Pommes frites waren schließlich keine Mahlzeit.

Daniel folgte Ark die Treppe hinunter und über die Straße in den Pub gegenüber. Sie setzten sich an einen Tisch am Fenster, und Dolly, die ihren Maulkorb umhatte, legte sich zu ihren Füßen. Dann bestellte jeder einen halben Liter Bier, zwei Bockwürste für Daniel, eine vegetarische Boulette für Ark und für beide zusammen eine doppelte Portion Pommes frites.

»Und wie läuft's?«

»Könnte schlechter gehen. Hab' ein paar Stammkunden. Es braucht seine Zeit, um auf sich aufmerksam zu machen, weißt du?«

Daniel nickte. »Und verdienst du was?«

»Na ja, kaum der Rede wert. Und du?«

»Nicht schlecht. Aber die Arbeit ist Scheiße.« Daniel hielt Dolly ein Stück Wurst hin. Ark nahm ihr den Maulkorb ab, damit sie fressen konnte. Mit bösem Blick sah eine Frau vom Nachbartisch zu ihnen herüber.

»Keine Angst, sie beißt nicht«, beruhigte Ark sie und wandte sich wieder Daniel zu: »Wie geht's Zelda?«

Daniel zuckte die Achseln. »Sie wohnt noch immer bei diesem Typen in London.«

»'ne ernste Sache, hm?«

»Keine Ahnung. Er ist ein Angeber.«

»Das find' ich auch.«

Daniel sah erstaunt aus. »Du kennst ihn?«

»Ich hab' ihn mal getroffen.« Ark schwieg, und Daniel wußte, daß es keinen Sinn hatte, weiter zu fragen.

»Ist sie glücklich?«

Wieder zuckte Daniel die Achseln. »Ich nehm's mal an. Sie wohnt bei ihm, also wird sie's wohl sein. Und sie hat 'nen Job in 'nem Ökoladen.«

»Das ist gut.« Ark drehte sich eine Zigarette. Daniel trank einen Schluck Bier.

»Ich glaube, meine Mum erwartet, daß sie heiraten werden oder sowas.«

»Und was glaubst du?«

»Das wird sie nicht. Ich meine, kannst du dir das vorstellen?«

Ark schüttelte den Kopf. »Ich mag deine Schwester. Im Sommer habe ich ihr geschrieben.«

Daniel war froh, daß ihm eine Reaktion auf diese Eröffnung erspart blieb, weil die Frau vom Nachbartisch weiterhin böse Blicke herüberwarf und Ark sich unter den Tisch bückte, um Dolly wieder ihren Maulkorb anzulegen.

»Bis drei Uhr habe ich frei, hast du Lust, auf einen Kaffee mitzukommen?«

»Klar, warum nicht?«

Als sie vor dem Gemeindezentrum standen, sah Daniel auf seine Uhr. Es war ein Uhr dreißig, und ihm fiel ein, daß er noch ein Geburtstagsgeschenk für seinen Vater kaufen mußte.

»Ich gehe jetzt doch besser. Muß noch etwas einkaufen.«

Ark zeigte auf ein Plakat. »Kauf dir eine Sitzung bei dem großen Reiki-Meister.«

Auf dem Plakat pries Ark seine Leistungen an. Daniel hatte ein schlechtes Gewissen, weil Ark nicht viel Geld verdiente und er sich von ihm trotzdem zum Essen hatte einladen lassen.

»Ja, okay, ich kauf eine.«

»Du wirst es nicht bereuen. Du selbst kannst kommen oder den Gutschein verschenken. Der Weg zum Frieden beginnt hier«, zitierte Ark und drehte seine Handflächen nach außen.

»Wieviel?«

»Zehn Pfund. Für dich acht Pfund fünfzig.«

»Zehn ist okay«, sagte Daniel und überreichte Ark einen

Geldschein. Ark holte einen Schreibblock hervor, um Daniel eine Quittung zu schreiben.

»Okay. Ruf an, um einen Termin zu vereinbaren.«

»Danke. Tschüs.«

»Grüß deine Schwester.«

»Mach ich.«

Daniel lief ins Kaufhaus, entschied sich für schwarze seidene Boxershorts, die er in einen Beutel verpacken ließ, auf dem Garfield posierte. Er war zufrieden mit seinem Geschenk und noch zufriedener, als er im Parkhaus ankam und feststellte, daß er der erste war.

Gavin kam ins Zimmer geschlendert, als Hester gerade den Tisch deckte. Sie hatte sich große Mühe mit den Vorbereitungen gegeben, denn sie wünschte sich einen perfekten Abend. Der große ovale Eßtisch war ihr ganzer Stolz. Sie hatte ihn bei einer Versteigerung in einem Landhaus günstig erworben. Hester hatte die besten Gläser gewaschen und mit dem Föhn getrocknet (ein Trick, den Ann ihr verraten hatte), Damastservietten gebügelt und wunderschöne grüne Kerzen für die polierten silbernen Kerzenständer gekauft.

Als Gavin eintrat, war sie gerade dabei, Gardenien in einer Vase zu arrangieren, die er und Giselle mitgebracht hatten.

»Kann ich Ihnen helfen? Sie sind so beschäftigt«, sagte er und lehnte sich ans Fensterbrett.

»Ach, eigentlich ist gar nichts mehr zu tun, danke«, antwortete sie. »Ich hab' nur kein großes Interesse an Fußball, und das hier mache ich gerne.«

»Ich auch«, nickte Gavin. Er und Giselle waren um halb drei eingetroffen. Sie hatten Jonty schwarze Hosenträger geschenkt, die mit handgesticktem grünen Efeu verziert waren. »Sind die nicht etwas zu extravagant für mich?« hatte Jonty gefragt, aber es war ihm anzusehen, daß sie ihm gefielen. Giselle litt unter einem Kater und war gleich, nachdem sie das Geschenk abgeliefert hatten, nach oben gegangen, um sich hinzulegen. Rose wusch ihre Haare, während

Jonty, Jez und Daniel im Wohnzimmer vorm Fernseher saßen und das Fußballspiel England gegen Schweden sahen.

Hester roch an den Blumen. »Sie sind wunderschön, vielen Dank noch mal.«

»Ja, sie sind hübsch, nicht wahr? In der Nähe der Brasserie ist ein kleiner Laden, der nur exotische Blumen verkauft. Wenn Sie irgendwann mal was für eine spezielle Gelegenheit brauchen sollten, lassen Sie's mich wissen.«

»Das werde ich, danke für das Angebot.« Hester bemerkte gerührt, daß dieses Angebot eine gemeinsame Zukunft voraussetzte. Weniger glücklich war sie über die Tatsache, daß die Blumen (und ganz sicher auch die Hosenträger) nur von Gavin stammten.

Er zündete sich eine Zigarette an, und sie reichte ihm einen Aschenbecher.

»Danke. Macht es Ihnen etwas aus, wenn ich rauche?«

»Überhaupt nicht, ich finde, daß man das Rauchen viel zu sehr verteufelt.«

»Das ist auch meine Meinung. Haben Sie nicht mal eine Kolumne darüber geschrieben?«

»Wahrscheinlich. Giselle raucht schließlich auch, ebenso Daniel, auch wenn er denkt, wir wissen es nicht.«

»Zelda hat übrigens aufgehört.«

»Womit?«

»Mit dem Rauchen.«

»Was? Sie machen Witze.«

»Nein. Großes Ehrenwort.« Er lächelte selbstgefällig.

»Das ist ja unglaublich. Was hat sie denn dazu gebracht? Ich meine, entschuldigen Sie, aber Ihr gutes Beispiel kann es ja nicht gewesen sein.«

»Stimmt. Ich kann mich nicht damit brüsten. Ich werde sozusagen beherrscht von diesem Teufelskraut. Nein, es war ihre eigene Entscheidung.«

Hester hatte die letzten Handgriffe getan und setzte sich an den Tisch. »Wie geht es ihr jetzt? Besser?«

»Ihr ist noch immer übel. Sie mag ein Laster aufgegeben haben, aber sie gleicht es durch ein anderes aus.«

»Arme Grizzle.«

»Von dem dritten ganz zu schweigen.«

»Dritten?«

»Laster.« Gavin drückte seine Zigarette aus und grinste Hester an. Sie fühlte sich gleichzeitig geschmeichelt und peinlich berührt. Er war, dachte sie, ein verwirrender Mensch.

Völlig unbefangen, sagte Gavin: »Der Tisch sieht sehr schön aus. Sie haben ein Geschick für so etwas.«

»Danke. Ich bin keine Meisterköchin, also muß ich das irgendwie wettmachen. Ich weiß gar nicht, woher ich den Mut nehme, Sie zum Essen einzuladen, einen wirklichen Experten.«

Er lächelte. »Das Essen macht nur einen kleinen Teil der Unterhaltung aus.«

»Damit tröste ich mich auch immer. Aber wenn wir bei Ihren Eltern eingeladen sind, denke ich das Gegenteil. Ihre Mutter ist die beste Köchin, die ich kenne. Die beste private Köchin, meine ich natürlich.«

»Sie kann wirklich gut kochen«, gab Gavin zu. »Aber so-was hier«, er wedelte mit der Hand, »kann sie nicht.«

Wieder fühlte sich Hester gleichzeitig geschmeichelt und peinlich berührt. Sie rückte ein Besteck zurecht und fragte dann: »Ist das Zimmer in Ordnung? Haben Sie alles, was Sie brauchen?«

»Es ist mehr als in Ordnung, danke. Ich habe den Verdacht, daß wir beide die Flitterwochensuite bekommen haben.«

Hester lachte. »Nun ja, nicht ganz. Aber wir haben Giselles Zimmer noch nicht eingerichtet.«

»Es ist nicht unbedingt wie in ›Schöner wohnen‹, nicht?« kommentierte Gavin mit verständnisvollem Lächeln.

»So könnte man sagen, ja. Ach du meine Güte.« Hester sah besorgt aus. »Ihre arme Wohnung.«

Er schüttelte den Kopf. »Das habe ich nicht gemeint. Ich finde es wunderbar, Zelda bei mir zu haben. Was ist schon ein klein wenig Unordnung, gemessen an den wirklich wichtigen Dingen?«

»Nun, ich habe leider die Erfahrung gemacht, daß die

Unordnung nicht ganz so klein ist.« Plötzlich fiel Hester auf, daß sie sich auf ein Terrain begab, das eigentlich nicht mehr in ihrer Verantwortung lag.

»Das stimmt, Ihre Tochter ist eine Expertin in Sachen Unordnung. Erinnern Sie sich daran, wie Sie vor Ewigkeiten einmal bei meiner Mutter zu einem Frauentreffen eingeladen waren?« Hester nickte. »Und bestimmt wissen Sie noch, daß eins der Kinder das ganze Essen verdorben hatte.« Er hob den Zeigefinger und deutete auf Hester. »Ihre Tochter.«

»Nein!« Sie faßte sich mit beiden Händen an den Kopf und stöhnte. »O Gott, wie schrecklich! Damals hatte ich zwar einen Verdacht, aber haben Sie nicht selbst gesagt ...?«

»Tja, sie war eben damals schon sehr überzeugend.« Grinsend zündete Gavin sich noch eine Zigarette an. »Aber sagen Sie ihr bloß nicht, daß ich's Ihnen erzählt habe.«

Rose klopfte an die Tür des Gästezimmers und trat dann ein. Sie hatte gerade ihre Haare gewaschen.

»Hallo!« Sie setzte sich auf den Rand des Bettes, auf dem Giselle vollständig angezogen unter der Bettdecke lag, die Arme über dem Gesicht gekreuzt. »Wie geht es dir?«

»Beschissen.«

»Möchtest du eine Tasse Tee oder irgend etwas anderes?«

Giselle schüttelte den Kopf.

Rose legte sich neben ihre Schwester auf das Bett.

»Muß ja 'ne Superparty gewesen sein.«

»Stinklangweilig. Eine ganze Horde Angeber, die alle auch noch stolz waren, den Chef vom *Schmooze* zu kennen. Man konnte sich nur betrinken.«

»Ich hoffe, du hast ihnen gezeigt, wer den Chef wirklich kennt.«

»Is' doch scheißegal.«

Rose seufzte. »Griz ... Also wie geht's dir in der großen Stadt? Ich kann mir das so schwer vorstellen, du und Gavin und der Job und alles ...«

Mit einem Stöhnen nahm Giselle die Arme aus dem Gesicht. »Es gibt kein ›alles‹.«

»Bitte?«

»Du bist wie Mum, du denkst auch, das ist was ganz Großes und Bedeutendes.«

»Und ist es das nicht?«

»Nicht wirklich.«

»Aber immerhin bist du bei ihm eingezogen, das ist doch was. Und Gavin ist …«

»Ein aufsteigender Stern, ich weiß schon.«

»Meine Güte, Griz, du klingst so ungeheuer verbittert.«

Als Giselle schwieg, fuhr Rose fort: »Eine tolle Wohnung mit allem Schnickschnack, einen Freund, der – finde ich – ziemlich gut aussieht und fast eine Berühmtheit ist und außerdem noch aus irgendeinem Grund in dich vernarrt, ein schickes Cabriolet, was ist das Problem?«

»Du meinst doch nicht etwa, daß ich irgendwie dankbar sein soll. Ich bin zu ihm gezogen, weil *ich* es wollte.«

»Ja, natürlich, und das ist doch toll. Ich wollte nicht sagen …«

»Und ich mache diesen Scheißjob, damit ich nicht von Gavin abhängig bin.«

»Das bewundere ich wirklich.«

»Na gut.«

Rose zupfte an dem Deckbett. »Habt ihr beide euch gestritten?«

»Nein.«

»Ich meine nur, weil Gavin unten ist und du hier oben und so schlecht gelaunt …«

»Hör zu«, Giselle setzte sich auf. »Ich habe dich nicht reingebeten, du bist reingekommen, und es ist dir offenbar ziemlich egal, wie ich mich fühle, du willst nur alles über ›diese große Sache‹ wissen, aber da gibt es nichts zu erzählen, okay?«

»Schon gut, ich …«

»Also warum verschwindest du nicht und amüsierst dich mit Jez?«

»Er sieht fern.«

»Oder mit Gavin.«

Rose öffnete die Tür. »Sei nicht kindisch.«

»Bin ich nicht, er mag Blondinen.«

Rose steckte den Kopf noch einmal ins Zimmer. »Dann färb deine doch, hast du ja oft genug gemacht.«

»Verschwinde!«

»Tu ich. Hey ...« Rose trat einen Schritt zur Seite, weil Giselle plötzlich an ihr vorbeistürmte. »Wo willst du hin?«

Die Badezimmertür schloß sich hinter ihrer Schwester, und Rose hörte sie würgen.

Als Hester das Wohnzimmer betrat, erhob sich Jez etwas. Dann sank er auf das Sofa zurück, als sei ihm seine eigene Höflichkeit peinlich.

»Wollen Sie auch zusehen?« fragte er.

»Ich glaube nicht.«

»Lahme Sache«, brummelte Jonty, »bis jetzt jedenfalls. Hoffentlich kommen unsere Leute bald mal in die Gänge.«

Hester setzte sich neben ihn auf die Sofalehne. »Wer gewinnt?«

»Hat er doch gerade gesagt, die Schweden«, antwortete Daniel.

Gavin war Hester gefolgt und stand rauchend hinter ihr. Jonty sah zu ihm auf.

»Wollen Sie sich setzen, Gavin?«

Er schüttelte den Kopf. »Nein, danke. Fußball ist nichts für mich.«

»Wie geht's Gr... Giselle?«

»Schläft ihren Rausch aus«, antwortete Gavin. Daniel schnaubte verächtlich.

»Etwas, was dir ja sehr vertraut ist«, sagte Jonty, ohne den Blick vom Fernseher zu wenden.

Jez rutschte auf seinem Sessel nach vorn. Hester fühlte plötzlich große Sympathie für ihn. Er war so ein netter, nachdenklicher junger Mann, der aber offensichtlich etwas Zeit brauchte, um mit anderen warm zu werden. Hester befürchtete, daß Rose schon anfing, sich mit ihm zu langweilen.

»Ich glaube, ich geh' mal nachsehen, was Rose macht ...«

»Das kann doch nicht wahr sein!« rief Daniel und zeigte auf den Fernsehschirm. »Habt ihr das gesehen?«

»Ich würde gern ein Stück spazierengehen«, sagte Gavin zu Hester. »Können Sie mir einen schönen Weg empfehlen?«

»Es gibt viele, ich zeige sie Ihnen.« Sie stand auf. »Ich komme mit.«

Hester zog ihre Daunenjacke an, legte ihr kariertes Wolltuch um und schlüpfte in ihre Moonboots, um Gavin auf seinem Spaziergang zu begleiten.

»Und wo ist der schwarze Labrador?« fragte Gavin.

»Was meinen Sie?« fragte Hester verblüfft.

»Nun, der schwarze Labrador, der zu Ihnen und zu dieser Gegend paßt.«

»O, verstehe«, entgegnete Hester. »Wir hatten tatsächlich einen, doch er mußte vor nicht allzu langer Zeit eingeschläfert werden.«

»Das tut mir leid, entschuldigen Sie bitte, ich hatte ja keine Ahnung ...«

»Ach, macht nichts. Sie konnten es ja nicht wissen.« Hester lächelte wehmütig. »Gus war ein ganz besonderer Hund. Wir vermissen ihn sehr.«

Der Weg führte an Feldern vorbei, überquerte Bäche, schlängelte sich durch Waldstückchen und berührte hier und da wieder das Dorf. Unterwegs trafen sie den Pfarrer mit seiner jüngeren Tochter und etwa ein Dutzend Leute aus dem Dorf, die allein oder zu zweit unterwegs waren. Die meisten hatten auch einen Hund bei sich. Sie alle grüßten Hester.

Gavin sah beeindruckt aus. »Gibt es überhaupt jemanden im Dorf, den Sie nicht kennen?«

»Nicht viele. Hier kennt eigentlich jeder jeden.«

»Ich glaube, ich würde mich eingeengt fühlen.«

»So würde es mir in London ergehen.«

»Aber da lebt man ziemlich anonym.«

Hester kletterte über einen kleinen Zaun. »Kommt drauf an, was für ein Leben man bevorzugt.«

Gavin setzte halbwegs elegant mit einer Flanke nach. Hester fragte sich, ob er einkalkuliert hatte, daß der Sprung auch hätte schiefgehen können. »Das stimmt. Ich wette, daß die anderen Dorfbewohner manchmal wünschen, nicht so dicht mit einer Starkolumnistin zusammenzuwohnen.«

Hester lachte. »Kann schon sein.«

»Macht Ihnen das nichts aus?«

»Nein, ehrlich gesagt nichts.«

»Und wie findet Ihre Familie es?«

»Sie sind daran gewöhnt.« Sie warf ihm einen Blick zu. »Warum? Was hat Giselle denn erzählt?«

»Gar nichts! Wirklich nicht. Aber ich muß sagen, ich bin gespannt auf den Moment, wo ich in einer Ihrer Kolumnen erscheine.«

»Keine Angst. Ich schreibe nicht über Leute um der Leute willen. Wenn es doch einmal geschieht, dann dienen sie als Beispiel.«

Sie glaubte, einen Anflug von Enttäuschung in seinem Gesicht zu sehen. »Na, welch ein Glück«, sagte er, »dies war nämlich mein einziger Vorbehalt gegen eine Verbindung mit der Blake-Familie.«

Er hatte ihr einen Köder hingeworfen, aber sie biß nicht an. Die Unterhaltung mit Gavin verunsicherte Hester, sie fühlte sich nicht auf sicherem Grund. Sie blieb stehen und faßte ihn am Arm. »Hier, sehen Sie, das ist der beste Blick aufs Dorf. Er hat sich seit zweihundert Jahren nicht verändert.«

»Es sieht wunderschön aus, idyllisch, das gebe ich zu.«

Sie gingen weiter. »Übrigens«, Hester nahm den Faden wieder auf, »es freut mich, daß Sie das Gefühl haben, ein Teil der Familie zu werden.«

»Wie könnte ich das nicht!« Mit einigen großen Sätzen sprang er voraus, drehte sich dann um und lief wieder ein paar Schritte rückwärts, während er seine Arme ausbreitete, als wollte er ganz Chuffington umarmen. »Wie könnte ich das nicht, da Zelda doch für mich die Welt bedeutet!«

Das Abendessen entsprach leider nicht Hesters Vorstellungen. Denn ihr Wunsch nach einem perfekten Abend ließ sie alles andere als Katastrophe empfinden. Am äußeren Rahmen war nichts auszusetzen, er war wunderschön, nichts fehlte. Das Essen war einfach, aber edel und gut gelungen, und Jonty ausgesprochen fröhlich und liebenswürdig. Trotzdem hatte Hester andere Erwartungen an ein glückliches und harmonisches Familientreffen. Daniel rutschte unruhig auf seinem Stuhl hin und her, weil er zu einer Party wollte. Er verschwand, sobald er seinen Nachtisch mit einem Brandy heruntergespült hatte. Rose sah strahlend aus, war lebhaft und unterhaltsam, Jez gegenüber jedoch kühl, woraufhin dieser immer stiller wurde. Gavin redete überschwenglich und so viel, daß sein Essen kalt wurde. Schließlich schlang er es in Sekundenschnelle herunter. Er und Rose bildeten eine Art unheiliger Allianz, indem sie die Unterhaltung übernahmen und Giselle wegen ihres selbstverschuldeten Unwohlseins aufzogen. Hester warf ihrer jüngeren Tochter besorgte Blicke zu, aber diese reagierte kaum. Sie sah wunderschön aus in einem ihrer exzentrischen schwarzen Kleider, behängt mit üppigem Modeschmuck, der das Kerzenlicht reflektierte. Aber ihr Gesicht war bleich und angespannt, und sie sagte kaum ein Wort. Bei ihrem Schweigen handelte es sich jedoch nicht um störrische Rebellion, wie Hester das aus früheren Tagen kannte, eher schien sie in Gedanken ganz woanders zu sein.

Unglücklich dachte Hester: »Wir sind auf solche Situationen nicht genügend vorbereitet, wir haben nicht darüber nachgedacht, uns nicht rechtzeitig damit befaßt. Während man sich noch nicht einmal über seine eigene Identität im klaren ist, kommen schon die Kinder, und während man sich noch Gedanken darüber macht, was man als Erwachsener mit seinem Leben anfängt, machen sich die Kinder bereits wieder selbständig ...«

Gavin war sehr zufrieden. Er hatte den Eindruck, Giselles Familie im Sturm erobert zu haben. Immer wieder stellte er sich vor, was seine Gastgeber wohl über ihn sagen würden

– was für eine Bereicherung er für die Familie war, was für einen guten Einfluß er auf Giselle ausübte, was für ein Glück die Beziehung mit ihm für sie sei ... Verliebt schlüpfte er unter die Bettdecke und drückte sich an Giselles warmen, weichen Körper.

»Doch, ich finde ihn nett«, protestierte Jonty flüsternd. »Ich sage ja nur, daß ich nicht glaube, daß es lange hält.«

»Sei nicht so negativ.«

»Bin ich nicht. Brrr!« Jonty steckte seine kalten Füße zwischen die warmen Beine seiner Frau. »Es sieht mir nur nicht nach einer ewigen Verbindung aus. Muß es doch auch nicht, oder?«

»Wenn sie sich mögen, werden sie sich auch einander annähern«, entgegnete Hester.

»Du meinst, Grizzle wird sich ihm anpassen.«

»Nicht unbedingt. Beide werden sich anpassen.«

Jonty sah sie an. »Glaubst du, daß Gavin sich bereitwillig anderen anpaßt?«

Sie antwortete nicht.

»Wie auch immer. Mein Geburtstag war sehr schön. Vielen Dank.« Er küßte ihr Haar, nahm das Buch vom Nachttisch, schlug es auf und betrachtete abwesend die erste Seite.

Gavin rieb seine Nase an Giselles Rücken. Er legte seine Arme um sie und versuchte, sie näher an sich heranzuziehen. Sie versteifte sich.

»Ich möchte nicht, Gav.«

»Du mußt nichts tun, bleib nur liegen und laß mich machen.«

»Ha-ha.«

»Ernsthaft.«

»Nein.«

»Okay!« Er nahm seine Arme von ihrem Körper, blieb aber auf der Seite liegen und zeichnete mit dem Finger Muster auf ihren Rücken. »Okay ...« Nach einer Weile fragte er: »Was hast du? Bitte sag es mir.«

»Jetzt nicht.«

»Bitte, Zelda.«

»Ich möchte nicht.«

»Ich möchte nicht, ich möchte nicht«, ahmte er sie ärgerlich nach, hatte sich aber gleich darauf wieder unter Kontrolle. »Es war doch ein schöner Tag, verdirb ihn jetzt nicht.«

»Du scheinst vergessen zu haben, daß es mir dreckig ging.«

»Das tut mir leid, aber dafür kann ich nichts. Komm, Zelda, ich weiß nicht, worüber du dich ärgerst, aber nimm's doch nicht so schwer.«

»Das tu' ich schon nicht. Laß uns jetzt schlafen.«

12.

Der November ging dem Ende zu. Ann verbrachte einen ihrer wenigen freien Nachmittage damit, Weihnachtspost zu erledigen. Etwa ein Dutzend Briefe hatte sie schon rechtzeitig auf dem Seeweg außer Landes versandt, und die verbleibenden Schreiben waren in Gruppen eingeteilt. Da gab es die alten Freunde aus längst vergangenen Tagen, die man nur noch sehr selten sah und die den berühmten Armitage-Rundbrief bekamen. Er hielt sie darüber auf dem laufenden, was die Jungs machten, was das letzte Jahr gebracht hatte und was man im nächsten Jahr plante. Eine weitere Gruppe betraf gute Freunde, die man regelmäßig sah und deren Post im allgemeinen eine Einladung zu einer der beiden Zusammenkünfte enthielt, die im Dezember in der Raglan Road stattfanden (dazu zählten auch die Blakes, die dieses Jahr außerdem noch zu einem Abendessen eingeladen wurden); zur dritten Gruppe gehörten die weitläufigeren Bekannten aus den unterschiedlichsten Kreisen wie Klienten, Kollegen und so weiter, die eine einfache Weihnachtskarte erhielten (es waren Bekannte wie Katie Hogan, Josette, Mrs. Ramilies, Vidyut und Ava Lawrence).

Jahrelang hatte Ann keine Weihnachtskarten verschickt. Sie war strikt dagegen gewesen. Das war zu der Zeit, als es fast unmöglich war, Karten zu finden, die nicht aufdringlich religiös, schrecklich kitschig oder von dümmlichem Humor waren. Mit nachsichtiger Toleranz akzeptierte es Ann, wenn sie selbst solche Grüße bekam. Sie fand es erstaunlich, wie ansonsten intelligente Menschen derartige Scheußlichkeiten verschicken konnten. Auch von den Blakes trafen in den letzten beiden Jahren geschmacklose Karten ein. Doch dann veränderte sich das Angebot. Ein neuer Typ Karten erschien auf dem Markt, ästhetisch akzeptabel und mit intelligenten, witzigen Abbildungen, ein großer Teil davon auf Recyclingpapier gedruckt. *Earthtrust* bot eine sehr gute Auswahl an, und Ann überwand ihre Abneigung gegen Karten, weil deren Erlös einer guten Sache diente. Den Planeten zu retten, das war schließlich ein lohnendes Ziel.

Ann beendete ihr Schreiben. Den Rest würde sie am Sonntagvormittag erledigen. Zunächst mußte sie sich noch um das Weihnachtsfest kümmern.

Auch wenn Ann mit dem ganzen Drumherum wie Krippen und der jungfräulichen Geburt überhaupt nichts im Sinn hatte, so sah sie in der Weihnachtszeit doch etwas Gutes; jeder nahm sich mehr Zeit für die Familie. Die Jungs hatten immer ihre Strümpfe voller Süßigkeiten bekommen, Geschenke würden um den Weihnachtsbaum verteilt, und sie setzten sich zu einem besonderen Weihnachtsessen zusammen. In den letzten Jahren hatten Byron und sie sich allerdings manchmal auch ein paar Tage Urlaub gegönnt, waren in ein Cottage im Lake District gefahren oder in ein kleines Hotel auf dem Kontinent. Für dieses Jahr war entschieden worden, daß sie zu Hause bleiben und die Familie um sich versammeln würden, vielleicht sogar mit ein paar ausgewählten Gästen.

Ihre Weihnachtseinkäufe hatte sie fast alle erledigt. Ann machte sich stets gründliche Gedanken. Ein passendes Geschenk zu finden war in ihren Augen viel wichtiger als das Geld, das man dafür ausgab. Für Gavin hatte sie jedoch noch nichts. Sie war sich auch noch nicht darüber im klaren, ob es angebracht war, Giselle etwas zu schenken. Vielleicht sollte sie sogar in Betracht ziehen, beiden gemeinsam etwas zu schenken. Der Gedanke an diese Möglichkeit verursachte eine aufkeimende Hoffnung, die sie jedoch sogleich wieder beiseiteschob. Sie entschied, mit dem Kauf noch etwas zu warten.

Ann rückte die Dinge auf ihrem Schreibtisch an ihren Platz und ging in die Küche, um sich eine Tasse Kaffee zu machen. Während sie wartete, bis das Wasser kochte, überlegte sie, ob Giselle wohl mit Gavin zum Weihnachtsessen in die Raglan Road kommen würde. Es könnte ja auch sein, daß er nach Chuffington eingeladen wurde oder daß beide sich entschieden, den Tag jeweils bei der eigenen Familie zu verbringen. Vielleicht würden sie sogar zusammen wegfahren. Das *Schmooze* schloß über Weihnachten für fünf Tage.

Wäre es zu aufdringlich, überlegte Ann, während sie den Kaffee aufbrühte, Giselle zum Essen einzuladen? Wenn sie sich dazu entschloß, wann wäre dann der beste Zeitpunkt? Gavin würde wahrscheinlich sagen, daß es noch viel zu früh sei, sich jetzt schon mit Weihnachten zu beschäftigen. Wenn sie aber zu lange wartete, könnte es sein, daß Hester ihr zuvorkam und die beiden zuerst einlud.

Erschrocken über ihre Gedanken hörte Ann auf, den Kaffee umzurühren. Was hatte sie nur für Ideen im Kopf? Stand sie wirklich in Konkurrenz zu Hester, und dann noch wegen etwas so Unbedeutendem wie Weihnachten?

Sie dachte an die Ratschläge, die sie ihren Klientinnen gab. Etwas erzwingen zu wollen, war immer falsch. Sie mußte entspannen, loslassen. Aber die Befürchtung, etwas falsch machen zu können, beunruhigte sie. Ihr Herz klopfte, als sie zum Kühlschrank ging, um die Sachen für das Abendbrot herauszunehmen.

Julian hatte eine Arbeit in einer exquisiten kleinen Privatschule in Lancaster Gate gefunden. Er machte kein Hehl daraus, daß es eine angenehme und bequeme Arbeit war, was Byron veranlaßte, mit Wehmut an seine eigene Lehrtätigkeit zurückzudenken. Sein jüngster Sohn hatte zwar ein Talent für Sprachen, aber überragend war es nicht. Sein Aussehen und Auftreten führte jedoch dazu, daß jeder Arbeitgeber ihn sich als Angestellten wünschte. Byron dagegen mit seiner überdurchschnittlichen Intelligenz und seiner verantwortungsbewußten Einstellung zu seinem Beruf hatte diesen Eindruck nie vermittelt.

Vorsichtig und etwas schwerfällig stieg er von der Leiter und betrachtete prüfend die Wände, die er in Julians neuer Wohnung in der Belvedere Road tapeziert hatte. Die moderne Tapete fand er scheußlich, sie hatte ein unruhiges Muster, das noch vor ein paar Jahren von niemandem gekauft worden wäre. Byron empfand eine tiefe Dankbarkeit für den guten Geschmack seiner Frau, die vor Jahren klassische, hochwertige Tapeten für die Raglan Road ausgesucht hatte.

Behutsam setzte er sich auf die Leiter. Es war kalt in der Wohnung; Julian drehte die Heizung ab, wenn er zur Arbeit ging, und Byron hatte sie nicht wieder eingeschaltet.

Er hatte allen Söhnen geholfen, wenn sie eine neue Wohnung bezogen. Sie waren zwar nicht ungeschickt und hätten die Arbeiten auch selbst machen können, doch sie waren nicht so sorgfältig wie er. Wenn er etwas machte, dann hielt das auch. Wie diese Tapete – Byron blickte zufrieden um sich. Seine Arbeit sah ganz professionell aus.

Byron hörte, daß die Wohnungstür geöffnet wurde. Gleich darauf trat Julian ins Zimmer.

»Whow, toll!«

»Gefällt's dir?«

Julian ging in die Mitte des Raumes und drehte sich einmal um die eigene Achse. Er trug eine Weste mit Rautenmuster, ein Fischgrätjackett und einen langen Strickschal.

»Es ist großartig geworden. Vielen Dank! War es sehr schlimm?«

»Ziemlich schwierig.«

»Tut mir leid.«

»Hab's aber gerne gemacht.«

»Meine Güte!« Julian zog die Schultern hoch und schlang die Arme um den Oberkörper. »Ist dir nicht kalt?«

»Nein«, log Byron. »Eigentlich nicht.«

Julian ging zum Thermostat, um ihn einzuschalten. »Dauert nicht lange, dann ist es warm. Möchtest du eine Tasse Kaffee?«

»Nein, danke, ich fahre nach Hause.« Byron versuchte, das Schiebefenster zu öffnen.

»Das Ding klemmt übrigens.«

»Vergiß es, ist mir egal.«

»Ich komme morgen mit Werkzeug vorbei.«

»Mach dir keine Mühe.«

»Ist schon besser, im Winter geht's sonst gar nicht mehr.« Byron schaffte es, das Fenster ein kleines Stück hochzuschieben.

»Im Winter mach' ich's sowieso nicht auf.«

»Na gut.« Byron schloß das Fenster wieder. »Dann geh' ich jetzt mal.«

»Okay, tschüs.«

Byron zog seinen Anorak an. »Ich räume morgen hier alles weg.«

»Das brauchst du nicht, ich mach's schon.« Doch beiden war klar, daß Byron morgen wiederkommen, aufräumen und vielleicht auch das Fenster reparieren würde.

Byron wußte auch genau, wann er am besten die nächste Frage stellte und daß sie möglichst beiläufig klingen sollte. Er war schon fast an der Tür, als er sich noch einmal umdrehte.

»Ach, fast hätte ich's vergessen, deine Mutter hat dich zum Abendbrot eingeladen. Sie würde sich freuen.«

»Danke, aber ich hab' 'ne Menge zu korrigieren. Kann ich es offenlassen?«

»Natürlich.« Byron öffnete die Tür. »Also falls du kommen solltest, so gegen sieben, wie immer. Mach's gut.«

»Tschüs.«

Beim Abendbrot, zu dem auch Sebastian erschienen war, fragte Ann nach Gavin.

»Weiß jemand, wie es ihm geht? Wir haben ihn schon lange nicht mehr gesehen, nicht wahr, Byron?«

Byron pflichtete ihr bei.

Julian, der es hatte einrichten können vorbeizukommen, vermutete: »Wahrscheinlich ist er vollauf damit beschäftigt, Giselle glücklich zu machen.«

Ann runzelte die Stirn. »So schwierig finde ich sie ja nun nicht.«

»Das meint er nicht«, sagte Byron.

»Was meint er dann? Ach so!« Ann lachte. »Verstehe!«

»Als ich das letzte Mal da war, stritten sie sich wie zwei Kater. Wenn ihr wissen wollt, was ich denke, der arme alte

Gavin ist der Sklave ihrer Geschlechtsteile«, meinte Sebastian.

»Sebastian«, ermahnte ihn Ann. Dann wurde ihr Blick besorgt: »Wann war das?«

»Vor ein paar Tagen. Ich habe sie bereits schon auf der Treppe gehört.«

»Und hast du an der Tür gelauscht?« fragte Julian. »Das möchte Mum gern wissen.«

»Ganz bestimmt nicht«, sagte Ann ernst. »Aber weißt du, warum sie sich gestritten haben?«

»Nein«, antwortete Sebastian, »eben ein ganz normaler Ehestreit.«

»Und wie ging's ihnen sonst?« fragte Byron.

»Also anfangs war Gavin verdammt schlecht gelaunt, aber mit der Zeit kriegte er sich ein.«

»Und Giselle?«

»Sie ist gleich ins Bett gegangen.«

Julian lächelte spöttisch. »Männer unter sich, da geht's einem doch gleich wieder besser.«

Ann seufzte. »Ich hoffe, es ist alles in Ordnung.«

Sebastian hob die Hände. »Und wenn nicht, Mum, kannst du auch nichts machen.«

»Sebastian hat recht«, sagte Byron. »Du kannst dich da nicht einmischen. Es würde auch nichts nützen.«

Ann nickte. »Trotzdem wäre ich froh, wenn ihr beide ein bißchen Augen und Ohren offenhalten würdet. Je eher man von etwas weiß, desto besser kann man darauf reagieren.«

Katie stand im Supermarkt vor der Tiefkühltruhe, als Hester auf sie zukam.

»Hallo, Katie!« rief sie. »Willkommen im Salmonellenzentrum.«

»Es ist eine schreckliche Versuchung, wenn man nur für sich selbst kocht«, entschuldigte sich Katie.

»Wir sind heute abend auch nur zu zweit«, erwiderte Hester, »da wollte ich uns mal ein paar Leckereien gönnen.« Sie zeigte auf ihren Einkaufskorb, in dem schwarze Oliven, geräucherter Truthahn, Walnußöl und Balsamico-Essig lagen.

»Gute Idee.« Katie lächelte.

»Wie geht es Ihnen? Ich wollte immer schon mal vorbeikommen, aber Sie wissen ja, wie es dann so geht ...«

»Mir geht's gut. Die vielen Partys sind anstrengend, aber es macht Spaß.«

»Würde mich fertigmachen«, entgegnete Hester. »Na, schließlich habe ich auch doppelt so viele Jahre auf'm Buckel.« Sie lächelte Katie freundlich an. »Sie sehen sehr gut aus. Haben Sie diese Sache mit Gavin Armitage überwunden?«

»O ja, vollkommen«, log Katie. »So sehr, daß ich noch nicht mal nach Ersatz Ausschau gehalten habe. Es ist auch schön, mal ganz frei zu sein.«

»Und dieses Schuldgefühl ...?«

Katie schüttelte den Kopf und hob abwehrend die Hand. »Keine Spur mehr davon.«

»Ein Glück«, sagte Hester. »Das freut mich für Sie. Lassen Sie uns doch ein Glas trinken und ein bißchen schwatzen, wenn ich nächste Woche im Büro bin.«

»Gerne.«

»Also abgemacht. Bis dann, Katie.«

»Auf Wiedersehen.« Katie lächelte. »Und genießen Sie Ihre Leckereien.«

»Was?« Hester sah verständnislos aus, dann schaute sie auf ihren Einkaufskorb und lachte. »Ach so. Danke, das werden wir bestimmt.«

Als Katie in der Menschenmenge verschwunden war, seufzte Hester erleichtert auf. Sie war froh, daß Katie nichts mehr mit Gavin im Sinn hatte, der Gedanke daran hatte sie belastet.

Mary sah von der H.-B.-Seite auf, als Hester ins Büro kam.

»Die ist ja diesmal ganz schön ernst«, sagte sie. »Haben Sie vor, Ihr Image zu verändern?«

»Ganz sicher nicht«, antwortete Hester, während sie den kleinen Kühlschrank öffnete und ihre Einkäufe darin verstaute. »Ich *bin* von Zeit zu Zeit nun mal ernst, das wissen Sie genau. Humorvoll zu schreiben, bedeutet schließlich nicht, daß nichts dahintersteckt.«

»Nein, das habe ich auch nicht behauptet«, wehrte Mary ab. »Und ich habe auch nicht gesagt, daß es mir nicht gefällt. Es ist nur anders als sonst.«

»Gut.«

»Hoffentlich sieht es der Chef genauso.«

»Ihr Wort in sein großes Ohr.«

Das interne Telefon klingelte, und Mary hob ab. »Hallo?« Sie bedeckte die Sprechmuschel mit der Hand und flüsterte: »Wenn man vom Teufel spricht ...«

»Ich wollte fragen, ob Sie Lust haben, später mit mir etwas zu trinken. Ich hatte eigentlich einen Termin, aber er fällt aus.«

Während Hester noch überlegte, wie sie das zeitlich hinkriegen könnte, fügte er hinzu: »Oder bringe ich damit Ihre Rückreisepläne durcheinander?«

»Überhaupt nicht, ich komme gern mit.«

Er nahm immer Rücksicht auf ihr Privatleben und setzte als selbstverständlich voraus, daß es für sie an erster Stelle stand.

»Ich bleibe heute nacht in der Stadt«, sagte er, »und ich würde Sie zum Essen einladen, wenn ich nicht wüßte, daß das nicht möglich ist.«

»Warum eigentlich nicht?« entgegnete sie.

»Sie können sich immer noch entscheiden. Lassen Sie uns etwas trinken, und dann sehen wir weiter.«

»Okay.«

»Ach, übrigens, Hester, ich finde Ihre Seite diese Woche sehr gut.«

»Wirklich?«

»Überrascht Sie das?«

»Nein, nein.«

»Sie war anders als sonst. Nachdenklicher.«

»Danke.«

»Aber Sie sollten nur hin und wieder auf diese Art schreiben, ich glaube, Ihre Leser lieben mehr die humorvollen Artikel.«

»Ein Problem des Älterwerdens,« hatte sie geschrieben, *»besteht darin, daß man sich nicht so alt fühlt. Der Körper mag schlaff werden, die Haut Falten bekommen, das Haar seinen Glanz verlieren, und die Hirnzellen mögen langsamer arbeiten; aber das Herz – ah, das Herz! – bleibt für immer achtzehn. Ich vermute, ich bin nicht die erste Frau in einem gewissen Alter, von der Sie das hören. Ich wette, Ihre Mutter hat darüber bereits auch schon zu Ihnen gesprochen. Und sie weiß es von ihrer Mutter. Man glaubt es aber erst, wenn man in derselben Situation ist. Es wird einem das erste Mal bewußt, wenn die eigenen Kinder gerade erwachsen werden. Während man sich noch nicht einmal über seine eigene Identität im klaren ist, hat man schon für Kinder zu sorgen, und während man sich noch Gedanken darüber macht, was man als Erwachsener mit seinem Leben anfängt, machen sie sich bereits selbständig …*

Gavin ging gern mit Della essen. Sie war eine außergewöhnlich kluge Frau und bestärkte ihn in seiner Auffassung, der Motor des Restaurants zu sein. Anfangs hatte Gavin seine Zweifel an einer Frau als Partnerin gehabt, aber Dellas angenehme Art, sich nicht einzumischen und kompetenten Mitarbeitern freie Hand zu lassen, überzeugte ihn. Der Löwenanteil des Geldes stammte von ihr, und sie hatte eine Rolle angenommen, die der einer gütigen Puffmutter ähnelte. Heute sehnte sich Gavin nach ihrem Mitgefühl, er schrak aber davor zurück, ihr den Grund dafür zu nennen.

Ihre monatlichen Essen waren eigentlich Arbeitstreffen, eine Chance, außerhalb der Geschäftsräume neue Ideen zu entwickeln. Diesmal trafen sie sich in der einzigen halbwegs annehmbaren Weinbar in unmittelbarer Nähe des *Schmooze*. Sie war im Somerset-Maugham-Stil eingerichtet, mit Palmen und Korbstühlen und großen Ventilatoren an der Decke. Als Zugeständnis an die Jahreszeit war diese Woche ein großer weißer Weihnachtsbaum mit rosa und silbernen Kugeln aufgestellt worden.

Della trank einen gespritzten Weißwein mit Eis und zog bereits vor dem Essen an einer Zigarre. Gavin trank roten Hauswein und rauchte unaufhörlich. Dieses Mal verzichteten sie schon nach einer halben Stunde darauf, weiter über Geschäftliches zu sprechen. Als ihr Essen auf dem Tisch stand und Della ab und zu mehr wie zum Spaß eine ihrer *fusilli carbonara* aß, ließ Gavin seine *moules provençales* kalt werden und begann, sich über sein Schicksal zu beklagen

»Ich stecke in einer tiefen Krise«, erklärte er dramatisch, »beruflich, finanziell und emotional.«

»Tatsächlich? Nun, daran bist du doch gewöhnt.«

»Irgendwann wird der Streß zu stark, dann steuert man auf einen Zusammenbruch zu.«

»Hast du den Eindruck, daß du das tust?«

»Ich hab' nicht nur den Eindruck, ich *tue* es.«

»Also dann, Gavin«, sagte Della, während sie versuchte, mit der Gabel eine Nudel aufzuspießen, »mußt du unbedingt etwas zu deiner Rettung unternehmen. Wir brauchen dich.«

»Das weiß ich nur allzu gut. Warum, glaubst du wohl, komme ich immer als erster und gehe als letzter, und das jeden Tag?«

»Weil du es möchtest«, schlug Della vor.

»Weil dieser Laden mein Leben ist.«

»Nun, dafür ist man dir auch sehr dankbar.«

»Ich fürchte, das stimmt nur begrenzt. Vielen von uns ist gar nicht klar, was es bedeutet, in einem Unternehmen wie dem unsrigen mitzuarbeiten. Was es bedeutet, angesichts weltweiter Rezession auch noch gegen eine unglaublich harte Konkurrenz ankämpfen zu müssen.«

»Da hast du ganz sicher recht.« Mit ihrer perfekt manikürten Hand wies Della auf seine Muscheln. »Iß! Die meisten sind einfach froh, einen Job zu haben und wollen ihn behalten.«

Gavin sah mit gerunzelter Stirn auf seinen Teller, als fragte er sich, wie er wohl dahingekommen sei, und benutzte ihn mit abwesendem Blick als Aschenbecher.

Diskret machte Della einem Kellner ein Zeichen.

»Könnten Sie uns bitte neue Muscheln bringen? Es hat ein kleines Mißgeschick gegeben.«

Während der Kellner den Teller wegnahm, starrte Gavin

weiter mißmutig vor sich hin. Della wedelte mit einer Hand vor seinem Gesicht hin und her.

»Hörst du mich? Sieh zu, daß du die nächsten Muscheln irgendwie in dich hineinbeförderst, sonst stirbst du an Unterernährung, noch bevor du zusammenbrichst.«

Gavin starrte sie mißtrauisch an. »Du nimmst mich nicht ernst.«

»Doch. Das tue ich. Aber ich sehe doch, daß du dich selbst kaputtmachst. Du ißt nicht genug. Du trinkst zuviel, du rauchst zuviel, und wahrscheinlich tust du auch noch etwas anderes zuviel ...«

»Was soll denn das heißen?«

Della hob die Augenbrauen. »Nun, immerhin wohnst du mit einer Achtzehnjährigen zusammen.«

Gavin zog eine Grimasse. »Wenn du wüßtest, wie satt ich diese Unterstellung habe, ein Wüstling zu sein, der Trieben ausgeliefert ist.«

»Mein Gott, habe ich das gesagt?«

»Meine Brüder, mein Vater, jetzt auch noch du – es kotzt mich an!«

»Tut mir leid«, erwiderte Della fröhlich. »Hier sind deine neuen Muscheln. Jetzt tu dir selbst den Gefallen und iß.«

Gavin drückte seine Zigarette im Aschenbecher aus, nahm eine Muschel und versuchte heftig, das Fleisch herauszulösen.

»Laß uns doch mal das Positive sehen«, meinte Della. »Das Geschäft geht prima. Du hast eine großartige neue Beziehung ...«

»Hm.« Gavin warf die störrische Muschel auf den Teller zurück und versuchte es mit einer anderen. Della ignorierte sein Bemühen.

»... und du hast eine Familie, die dich unterstützt und immer für dich da ist.«

»Also bitte!« Gavin war dabei, die zweite Muschel zum Mund zu führen, aber das war zuviel für ihn. Empört ließ er die Gabel wieder sinken. »Ich wünschte bei Gott, daß sie endlich aufhören würden, ihre Nase in meine Angelegenheiten zu stecken.«

»Sei nicht undankbar«, ermahnte ihn Della. »Es gibt heute nicht viele Familien, die überhaupt noch einen freundschaftlichen Kontakt zueinander haben. Du hast wirklich Glück mit deiner.«

»Glück? Wenn meine Mutter ein paar Tage nichts von mir gehört hat, telefoniert sie mir hinterher; meinem Vater würde es gar nicht auffallen, wenn wir nie wieder miteinander redeten; einer meiner Brüder ist ein verwöhntes Balg, der nichts als Haschisch, Alkohol und Frauen im Kopf hat; der andere ist ein nichtsnutziger Aufschneider, und beide kommen vorbei, wann sie gerade Lust haben, vor allem natürlich, wenn sie etwas von mir wollen – hör bloß auf!«

Della sah ihn amüsiert an.

»Komm mir nicht damit, daß sie eine emotionale Stütze für mich sind, das Gegenteil ist der Fall!«

»Okay, okay.«

»Und was meine großartige neue Beziehung angeht«, fuhr er fort, »so weißt du nicht mal die Hälfte davon.«

»Nun, das sollte man wohl annehmen.«

»Zelda und ich mögen sexuell harmonieren«, erklärte Gavin in einer Lautstärke, die die Aufmerksamkeit anderer Gäste auf sie lenkte, »aber intellektuell und emotional trennen uns Welten.«

»Das ist dumm«, gab Della zu.

»Unsere Beziehung ist alles andere als ein Rosengarten. Sie kostet mich eine Menge Zeit und Energie, und Zeit habe ich nun weiß Gott nicht, und meine Energie ist bald aufgebraucht.«

Della griff zu Gavins Gabel und steckte ihm eine Muschel in den Mund. Sie legte den Kopf auf die Seite und schnalzte mit der Zunge.

»Habe ich dir schon gesagt, daß ich dich für einen Helden halte?«

Giselle hatte keine Probleme mit Mr. Paretska. Die Kunden gingen ihr weitaus mehr auf die Nerven.

Bisher hatte sie es geschafft, sie zu tolerieren. Sie verhielt sich ihnen gegenüber nicht gerade sprühend vor Charme, war aber auch nicht direkt unfreundlich. Und auf Mr. Paretska, der sie ein paarmal mit Ann hatte sprechen hören, machte es sogar den Eindruck, als würde sie zu einigen Stammkunden gewinnbringende Beziehungen entwickeln.

Dieser Eindruck täuschte. Mit der Zeit wurde es für Giselle immer schwieriger, die Kunden zu ertragen. Ihre Unentschiedenheit, ihr Bedürfnis, dauernd zu erklären, warum sie dies und jenes kauften, ihre Annahme, daß sie den Unterschied zwischen zwei Sorten Joghurt kannte, ihr Bezahlen mit Zehnpfundnoten, wenn man das Kleingeld in ihren Portemonnaies klappern hörte – all das ging Giselle zunehmend auf die Nerven. Außerdem fühlte sie sich seit einigen Tagen dauernd müde und gereizt. Ihre Toleranzschwelle hatte einen Tiefpunkt erreicht, als eines Morgens Mrs. Baumblatt den Laden betrat.

Mrs. Baumblatt war klein und dick, hatte den Kopf voller dauergewellter, gefärbter Löckchen, sah aus, als sei sie in eine Puderdose gefallen und war immer krankhaft aufgedreht. Sie wollte von allem nur ›ein wenig‹ oder ›ein kleines bißchen‹, ›ein Scheibchen‹ oder ein ›Stückchen‹. Giselle fragte sich, wie sie zu ihrem Leibesumfang kam, bis ihr einfiel, daß sie diese vielen ›winzigen Kleinigkeiten‹ jeden Tag kaufte. Sie war so herausgeputzt, daß Giselle anfangs dachte, sie sei auf dem Weg zu irgendeiner Veranstaltung oder einer Party; aber schon bald erkannte sie, daß dies Mrs. Baumblatts üblicher Aufzug war.

Mrs. Baumblatt kam nicht nur, um sich mit Lebensmitteln zu versorgen, für sie war das Einkaufen eine Leidenschaft. Wenn sie einen plumpen Finger mit rot lackiertem Nagel gegen das Glas des Tiefkühlschranks preßte und hin- und herüberlegte, wofür sie sich entscheiden sollte, blitzten ihre Augen, und ihre Wangen röteten sich vor Aufregung. Schon seit einiger Zeit hatte ihr Erscheinen im Laden in Giselle das Bedürfnis hervorgerufen, sie mit einer ihrer vielen Goldketten zu erwürgen.

Besonders unerträglich war Mrs. Baumblatts Angewohnheit, eine Frage zu stellen und sie, bevor man noch antworten konnte, gleich noch einmal zu wiederholen. Kurz darauf begann sie dann von etwas anderem zu reden, so daß sie die Antwort nicht verstehen konnte und die Frage erneut wiederholte.

Heute war Mrs. Baumblatt in Höchstform. Sie zerrte an Giselles Nerven wie ein Kind, das an den Barthaaren einer Katze zieht, weil es sie für ein Spielzeug hält. Erst wollte sie Roquefort, dann doch lieber Tôme de Savoie, um sich schließlich für ein kleines Stückchen Dolcelatte zu entscheiden. Volle fünf Minuten lang begutachtete sie den Inhalt des Kühlschranks, bevor sie einen Ziegenjoghurt ohne Geschmack nahm. Sie wollte ›nur so aus Spaß‹ an den großen Kästen mit Kräutertee riechen und ließ sich dann fünfzig Gramm ihrer üblichen Sorte geben. Die ganze Zeit über redete sie auf Giselle ein und stellte zwischendurch rhetorische Fragen, denen sie noch ein neckisches ›hm?‹ hinzufügte. Wenn Giselle antwortete, redete sie längst von etwas anderem.

»Und nun«, sagte Mrs. Baumblatt, während ihr Blick an den vielen kleinen Portionen in ihrem Korb hing, »brauche ich Ihren Rat, meine Liebe. Am Donnerstag besuche ich meine liebe Mutter, und ich möchte ihr eine besondere Kleinigkeit mitbringen. Was würden Sie vorschlagen? Nur ein winziges Stückchen von irgend etwas, sie ißt immer sehr kleine Portionen. Was meinen Sie?« Giselle antwortete nicht sogleich und tat, als überlegte sie. »Hm? Was würden Sie vorschlagen?«

»Ehm, vielleicht ...«

»Wie wär's mit einem Stückchen von dem Dattelbrot, vielleicht mit etwas Honig ...?«

»Ja, oder von dem ...«

»Hm? Was meinen Sie?«

»Ach, vergessen Sie's!«

»Wie bitte?« Zum erstenmal sah Mrs. Baumblatt Giselle direkt an. Noch immer lächelte sie, allerdings nicht mehr ganz so aufgeregt. Giselle schwieg, also wandte sie sich wieder dem Brotregal zu.

»Mm, was für ein hübsches kleines Safranbrot ...«

»Vergessen Sie's, habe ich gesagt!«

»Hm?«

Mr. Paretska, der im Hinterraum seinen Kaffee getrunken hatte, erschien in der Tür, ohne daß Giselle ihn bemerkte.

»Ich habe gesagt ...«

»Was ist?«

Mrs. Baumblatt hielt das Safranbrot in den Händen und wartete darauf, daß Giselle antwortete. Sie wirkte etwas verwirrt.

»Haben Sie etwas gesagt?«

»Warum hören Sie nicht zu, dann wüßten Sie's!«

Jetzt wandte Mrs. Baumblatt Giselle ihre volle Aufmerksamkeit zu, noch immer dümmlich lächelnd, denn sie traute ihren Ohren nicht.

»Wie bitte?«

»Ich habe gesagt, daß sie mal zuhören sollen!«

»Wie können Sie es wagen!«

»Und wie wäre es, wenn Sie sich eine Einkaufsliste machten und nur einmal die Woche kämen, das würde meine Nerven schonen!«

Sprachlos starrte Mrs. Baumblatt Giselle an, das Lächeln war verschwunden, der Mund stand halb offen. Giselle drehte sich um, sah Mr. Paretska und entschied, alle Brükken hinter sich abzubrechen.

»Außerdem sind Sie sowieso viel zu fett. Ein paar Wochen nur Möhrensaft würde Ihnen guttun. Und wenn Sie Ihrer Mutter einen Gefallen tun wollen, bleiben Sie am besten zu Hause!«

»Giselle«, sagte Mr. Paretska eisig, »warte bitte im Hinterzimmer auf mich, ja?«

Giselle wartete nicht auf ihn. Sie ging nach hinten, nahm ihre Lederjacke und ihre Tasche und verließ den Laden. Sie ignorierte die beiden nicht absichtlich, sie bemerkte sie gar nicht mehr. Für sie waren sie schon Vergangenheit.

Giselle ging nicht gleich zurück zur George Street. Ohne auf das Hupen zu achten, überquerte sie blindlings die Bayswater Road und lief zum Spielplatz im Hyde Park. Sie setzte sich auf eine leere Bank und starrte auf die umherrennenden und kreischenden Kinder, ohne sie zu sehen. Durch ihre Tränen hindurch verschwommen ihre bunten Mäntel zu großen farbigen Flecken.

Giselle fühlte sich niedergeschlagen, krank und allein.

»Aha«, sagte Jonty. »Eine Karte von Ann und Byron und eine Einladung für Freitag kommender Woche bei ihnen zum Essen.«

»Ach du lieber Gott«, sagte Hester. »Wir wären dran gewesen.«

»Ist doch egal.«

»Ist nicht egal. Schließlich gibt es so etwas wie gesellschaftliche Regeln. Jetzt schulden wir ihnen was.«

»Ach komm, Ann kocht gerne. ›Nur wir vier‹ steht drin. Das gefällt mir, desto mehr gibt es für uns.«

»Ich wette, sie machen außerdem noch eins dieser Treffen mit Imbiß.«

»Ja, das schreibt sie auch.«

»Oh, dann haben wir im neuen Jahr aber was nachzuholen.«

»Nun mach dich nicht verrückt. Ich geh' gern zu Ann zum Essen.«

Es gab französische Zwiebelsuppe, Rinderrouladen mit Schalotten und Austerpilzen, dazu Babykarotten und herrlich lockeres, sahniges Kartoffelpüree; zum Nachtisch gebackene Birnen mit Ingwer, selbstgemachtes Vanilleeis und ebenfalls selbstgemachte Katzenzungen.

»Etwas Winterliches, aber noch nicht weihnachtlich«, kommentierte Ann glücklich, während das Essen mit ›Ahs‹ und ›Ohs‹ begrüßt und immer wieder gelobt wurde. »In ein paar Wochen werden wir alle genug von Weihnachten haben.«

»Sprich nicht davon«, sagte Hester, »ich hab' noch nicht mal daran gedacht.«

»In Wirklichkeit«, korrigierte Jonty, »tut sie kaum etwas anderes, aber zur Tat zu schreiten ist eine andere Sache.«

»Seit die Jungs erwachsen sind«, sagte Byron zu Jonty,

»schlage ich jedes Jahr vor, daß wir mit dieser gegenseitigen Schenkerei aufhören. Alle halten es für eine vernünftige Idee und machen dann weiter wie bisher.«

Während Jonty darauf antwortete, wandte sich Ann Hester zu.

»Werdet ihr dieses Jahr in Chuffington ein volles Haus haben?«

»Na ja, Jontys Vater wird wahrscheinlich kommen, das verspricht die übliche Weihnachtskrise. Ansonsten natürlich wir und die Kinder, jedenfalls habe ich noch nichts anderes gehört ...«

»Und Giselle? Kommt sie auch?«

»Ich nehme an. Kann sein, daß sie und Gavin etwas zusammen planen. Ich habe nicht gefragt.«

»Ich auch nicht. Sie werden's uns ja wohl rechtzeitig wissen lassen.«

»Also bleibt ihr dieses Jahr hier?«

»Ja.«

»Wir machen wahrscheinlich irgendwann in der Zeit eine Art Party, ihr müßt unbedingt kommen.«

»Natürlich, sehr gerne.« Ann legte ihr Besteck ordentlich auf den Teller und stützte das Kinn leicht auf ihre gefalteten Hände. »Ich habe Gavin ein Fax geschickt und ihm mitgeteilt, daß ihr heute abend hier seid. Falls die beiden Lust haben, können sie auf einen Kaffee oder einen Drink vorbeikommen.«

»Tatsächlich!« Hesters erste Reaktion war Freude, dann spürte sie Besorgnis. »Wir haben sie seit drei, vier Wochen nicht mehr gesehen, und als ich Giselle neulich anrief, war sie ausgesprochen schweigsam.«

»Nun ja«, meinte Ann weise, »wir werden nicht Eltern, um von unseren Kindern Dankbarkeit zu ernten.«

»Das kann man wohl sagen«, bekräftigte Byron. »Sonst wäre die Welt voller enttäuschter Mütter und Väter.«

Er und Ann lachten gutgelaunt. Hester dachte an Giselle. Sie wollte sie nur allzu gerne sehen und mit ihr sprechen, aber Raglan Road schien ihr nicht die geeignete Umgebung dafür zu sein. Ihr Instinkt sagte ihr, daß Giselle unglücklich war. Um etwas mehr darüber zu erfahren, müßte die Situation eine andere sein. Die Aussicht, den Zustand ihrer Tochter zu erraten, während Ann ihr antrainiertes Gesprächsgeschick walten ließ, Gavin ständig alle totredete und Giselle gar nichts mehr sagte, erfüllte Hester mit einer unguten Vorahnung.

Die beiden erschienen Viertel nach zehn. Gavin öffnete mit seinem eigenen Schlüssel, schweigend kamen er und Giselle ins Eßzimmer. Das Gespräch verstummte, und einen Moment lang herrschte Stille.

»Hallo, ihr zwei!« rief Ann fröhlich. »Gavin, rückst du noch zwei Stühle ran? Giselle, was kann ich Ihnen bringen? Habt ihr schon gegessen?«

»Ich ja, danke«, antwortete Giselle. »Hallo«, sagte sie zu Hester und nickte Jonty kaum merklich zu. Giselle hatte noch mehr abgenommen und war sehr blaß.

»Was gibt es denn?« fragte Gavin.

»Wein, Kaffee, und alles mögliche zu essen.«

»Ich hätte gern ein Glas Wein und irgendeine Kleinigkeit«, sagte Gavin und fügte ausdrücklich hinzu: »Ich habe nämlich heute abend noch nichts gegessen.«

»Wirklich nicht?« Ann schob ihren Stuhl zurück. »Ich bringe dir gleich was.«

»Du hättest in der Brasserie essen können. Ich verstehe nicht, warum du das nicht machst.«

»Ich habe keine Zeit dazu.«

»Oder zu Hause, du kommst doch von dort.«

»Ich hatte keine Lust auf ein Schmelzkäsesandwich.«

»Hört sich wie ein altes Ehepaar an, nicht wahr?« sagte Byron.

»Wir wär's noch mit einer Birne auf Eis, Grizzle?« schlug Jonty vor. »Schmeckt köstlich.«

»Nein, danke.«

Ann kam mit einem Glas Wein und einem gefüllten Teller für Gavin zurück.

»Giselle, möchten Sie wirklich nichts? Vielleicht ein Glas Tee?«

»Nein, danke. Ich wollte euch etwas sagen.«

»Wir sind ganz Ohr«, meinte Ann.

Gavin, der sein Essen in sich hineinschlang, sah auf. »Es gibt eine schlechte Nachricht und eine schlechte Nachricht. Welche wollt ihr zuerst hören?«

»Halt die Klappe«, sagte Giselle.

»Noch einen Schnaps?« wandte sich Byron an Jonty.

Jonty hob abwehrend die Hand. »Gleich, hört sich an, als hätte ich ihn nötig.«

»Laß uns doch selbst beurteilen, was wir von der Nachricht halten«, sagte Ann diplomatisch. »Giselle?«

»Also als erstes«, sagte Gavin, »Zelda ist gefeuert.«

»Laß mich bitte selbst reden, okay?«

»Genau«, stand ihr Ann bei.

»O mein Schatz, nein!« rief Hester aus. »Was ist denn passiert?«

»Ich war frech zu einer Kundin.«

»Und das soll eine Neuigkeit sein?« fragte Jonty scherzhaft. »Da mußt du schon ein bißchen mehr bieten, Grizzle.«

Gavin nahm einen großen Schluck Wein und prostete ihr zu. »Das wird sie.«

»Bitte, Gavin«, ermahnte ihn Ann. »Giselle?«

Giselle sah Hester an. »Ich bin schwanger.«

13.

Hester holte tief Luft und hob die Hände ans Gesicht.
»Wie wär's jetzt mit 'nem Drink?« fragte Byron.
Jonty nickte.
»Es ist noch ganz am Anfang«, sagte Gavin locker, als wollte er die anderen davon abhalten, eine große Sache daraus zu machen. »Genug Zeit, sich in Ruhe darüber Gedanken zu machen.«
»Und wie fühlen Sie sich, meine Liebe?« fragte Ann. Hester, noch zu fassungslos, um reagieren zu können, mußte Ann den Vortritt lassen.
»Schlecht«, antwortete Giselle, »ich meine das wortwörtlich.«
»Sie Ärmste«, meinte Ann.
»Aber Grizzle«, fragte Hester endlich, »was wirst du jetzt machen?«
»Ich weiß es nicht.«
»Ein Unfall, nehme ich mal an«, brummelte Jonty.
»Die Möglichkeit, daß es passiert, bestand immer«, antwortete Gavin. »Sie wissen schon ...«
Noch nie im Leben hatte Hester sich so hilflos gefühlt. »Wie weit bist du denn?« fragte sie.
»Vier, fünf Wochen.«
»Dann käme es also in ...« Hester, den Tränen nahe, war nicht in der Lage zu rechnen.
»Ende Juli oder Anfang August«, soufflierte Ann.
»Ich hab's dir ja gesagt, Zelda«, meinte Gavin, »sie sind alle ganz scharf drauf, Großeltern zu werden.«
Alle begannen zu protestieren, sogar ein Lachen war zu hören, in das Gavin einstimmte, Giselle jedoch nicht.
Hester nutzte den Moment, um sich zu Giselle hinüberzulehnen und zu fragen: »Hast du dir überlegt, was das bedeutet, Schatz?«
Giselle sah sie verzweifelt an. »Um Himmels willen,

Mum, was glaubst du, was ich in der letzten Zeit getan habe?«

»Natürlich, wie dumm von mir, tut mir leid.«

»Eins ist mal sicher«, sagte Ann zu Hester. »Die zwei haben ein Stück harte emotionale Arbeit vor sich.«

Hester nickte, ohne die Augen von Giselles Gesicht zu nehmen.

»Da ihr diese Mitteilung vor versammelter Mannschaft gemacht habt, können wir daraus schließen, daß ihr euch darauf einlassen wollt?« fragte Jonty.

»Ich glaube schon.« Gavin legte Giselle den Arm um die Schultern. »Nicht wahr, Zelda?«

»Ich weiß nicht«, antwortete sie. Hester fiel auf, daß ihre Tochter auf seine Berührung nicht reagierte.

Jonty hob die Augenbrauen. »Und findet ihr diesen Entschluß nicht etwas übereilt?«

»Nein«, antwortete Gavin. »Wir haben es wieder und wieder besprochen. Erschöpfend sozusagen.«

»Du hast das«, korrigierte Giselle. Gavin zog seinen Arm zurück.

»Und was waren eure Schlußfolgerungen?« fragte Ann.

»Daß wir besser dran sind als die meisten in dieser Lage. Wir haben die Wohnung, die groß genug ist, die Brasserie läuft nicht schlecht, mit ein bißchen Glück findet Zelda einen neuen Job ...«

»Wenn ich überhaupt nach einem suche.«

»Natürlich.« Seine Stimme klang gereizt. »Jedenfalls stellen die äußeren Umstände kein Hindernis dar.«

»Nun, vielleicht«, meinte Ann, »sind die äußeren Umstände, wie du es nennst, nicht das Wichtigste.«

»Werdet ihr heiraten?« fragte Byron.

»Byron, bitte.« Ann spitzte die Lippen.

»Is' doch 'ne berechtigte Frage, oder?«

»Ich weiß nicht.« Gavin sah Giselle an, deren Gesicht wie versteinert wirkte. »Ich würde sagen, wir haben's nicht ganz ausgeschlossen.«

»Ich weiß nicht, was ich zu dem Ganzen sagen soll ...« Hester fuhr sich mit den Fingern durchs Haar und senkte den Kopf. Sie konnte es kaum noch ertragen, die beiden anzusehen. Dann hob sie wieder den Blick und fragte: »Können wir davon ausgehen, daß ihr es uns wissen laßt, wenn ihr euch definitiv entschieden habt?«

»Natürlich«, antwortete Gavin. Er starrte Giselle an, die fast unmerklich nickte.

»Ich finde«, bemerkte Ann ruhig und fest, »daß wir jetzt, nachdem die beiden uns erfreulicherweise ihre Pläne mitgeteilt haben …«

»Was für Pläne?« fragte Byron in liebenswürdigem Ton.

»… dann also ihre Überlegungen, wir ihnen Zeit und Raum geben sollten, um sie in Ruhe zu Ende zu bringen. Es ist schön für uns zu wissen, daß ihr beide offenbar wißt, daß wir für euch da sind und euch in der vor euch liegenden schwierigen Zeit unterstützen werden. Alles, was wir im Moment tun können, ist, euch zu versichern, daß wir jederzeit mit all unserer Erfahrung und unserer Energie zur Verfügung stehen.«

»Das wissen wir«, entgegnete Gavin trocken, »aber mach dir keine Sorgen, wir werden schon mit allem fertig.«

Hester sah Jonty an. Er sah müde und besorgt aus. Sie überwand sich, stand auf und ging um den Tisch herum zu Giselle. Sie legte die Arme um sie und küßte sie auf die Wange. »Ich liebe dich, mein Schatz«, flüsterte sie, während sich Ann taktvoll Gavin zuwandte, »sag uns Bescheid, wenn wir irgend etwas tun können.«

Eine kleine, winzige Kopfbewegung Giselles war die Antwort. Hester hatte das Gefühl, die Kontrolle über ihre widerstreitenden Emotionen zu verlieren – Ärger, Besorgnis, Schockiertheit, Freude und Enttäuschung. Als sie zu ihrem Platz zurückging, legte sie Gavin im Vorbeigehen die Hand auf die Schulter. Er reagierte mit einem angestrengt fröhlichen Grinsen. Jonty dagegen zeigte keinerlei Gefühle. Mit ausdruckslosem Gesicht hörte er Byron zu, der sich über die Zuverlässigkeit von Schwangerschaftstests ausließ.

Was sind wir doch für ein merkwürdiges Volk, dachte Hester. In Frankreich, Italien oder Irland würde man jetzt mit Tränen, Schreien und Gelächter reagieren. Wir, die englische Mittelklasse, sind außerstande, unseren Gefühlen Ausdruck zu verleihen. Weil wir versuchen, uns gut zu benehmen, werden wir der Situation nicht gerecht. Vor allem die Männer, dachte Hester, sind so gehemmt und linkisch. Man könnte es Giselle nicht übelnehmen, wenn sie ihrem Vater Interesselosigkeit vorwürfe. Und dabei war es so wichtig für sie zu wissen, daß ihre Eltern mit ihr fühlten und für sie da waren.

Hester seufzte und beschloß, sich wieder am Gespräch zu beteiligen. »Das liegt am Blutzucker«, bemerkte sie. »Diese Übelkeit am Morgen wird durch zu niedrigen Blutzucker verursacht. Du mußt möglichst häufig irgendwelche Kleinigkeiten essen.«

»Das habe ich ihr auch gesagt«, meinte Gavin, woraufhin ihn ein gereizter Blick von Giselle traf.

»Aber es stimmt«, beharrte Hester. »Leg dir eine Schachtel Kekse neben das Bett und knabbere einen, noch bevor du morgens deinen Tee trinkst.«

»Ihre Mutter und Gavin haben völlig recht«, verstärkte Ann die Front. »Das ist auch der Grund für Ihre dauernde Müdigkeit. Sie sollten sich wirklich angewöhnen, immer etwas Eßbares dabei zu haben.«

»Ich werd's versuchen.«

»Dann biete ich Ihnen gleich etwas an«, beschloß Ann. Sie nahm den Teller mit den Katzenzungen und hielt ihn Giselle hin. »So etwas ist ideal.«

»Ich kann wirklich nicht, danke.«

Gavin nahm gleich mehrere und steckte sie in die Tasche. »Für später«, erklärte er.

Giselle schob ihren Stuhl zurück. »Macht es euch was aus, wenn wir jetzt abhauen? Ich bin völlig fertig.«

»Aber natürlich nicht, meine Liebe.« Ann erhob sich. »Fahrt zurück in die George Street und schlaft euch schön aus. Gavin, du paßt auf sie auf, nicht?«

Hester erschrak, als sie sah, was für einen kalten Blick Gavin seiner Mutter zuwarf, aber sie schien es gar nicht zu bemerken.

»Bitte bleibt sitzen«, bat Gavin, »laßt euch nicht stören.«

Trotzdem standen alle auf, umarmten und küßten die beiden oder schüttelten ihnen die Hände. Die neu entstandene Situation wurde mit gebotener Vorsicht behandelt. Als Hester ihre Tochter umarmte und ihr ein »Paß auf dich auf« zuflüsterte, fühlte sie die Andeutung eines Händedrucks auf ihrem Rücken.

Sobald die Tür ins Schloß gefallen war, ergriff Ann das Wort: »Darf ich vorschlagen, daß wir das Thema vorerst mal lassen? Giselle und Gavin haben ja deutlich gemacht, daß sie die Fragen, die damit zusammenhängen, für sich noch nicht endgültig geklärt haben. Wir sollten ihnen jetzt nicht sozusagen vorgreifen.«

»Ich finde es merkwürdig«, sagte Hester, »daß sie uns davon erzählt haben, ohne selbst zu wissen, was sie tun werden. Ich hoffe sehr«, fügte sie hinzu, als sie Anns Blick auf sich ruhen fühlte, »daß die beiden in Ruhe darüber gesprochen haben. Sie schienen mir nicht gerade ein Herz und eine Seele zu sein.«

»Wir können uns wirklich geschmeichelt fühlen, daß sie uns zu so einem frühen Zeitpunkt ins Vertrauen gezogen haben«, stimmte Ann zu, obwohl Hester nichts Entsprechendes gesagt hatte.

Jonty strich mit dem Finger über den Tischrand und sagte: »Ich hoffe sehr, daß Giselle eine Abtreibung wenigstens in Betracht zieht.«

»Einen Abbruch«, korrigierte Hester automatisch. »Und warum?«

»Wenn ich das noch mal sagen darf«, warf Ann ein, »wir sollten nicht darüber sprechen. Natürlich ist eure Tochter besonders betroffen, aber Gavin ist es doch auch. Ich finde, sie müssen gemeinsam und ohne Beeinflussung entscheiden, was sie wollen. Schließlich sind sie beide über achtzehn.«

»In Grizzles Fall liegt das noch nicht allzu lange zurück«, gab Jonty zu bedenken.

»Das ist richtig«, erwiderte Ann, »aber trotzdem ist sie eine junge Frau – und eine recht selbständige, wenn ich das sagen darf. Die beiden haben uns eingeweiht, aber wie ich es verstehe, wollten sie unsere Meinung nicht unbedingt hören. Deswegen sollten wir das Thema jetzt wirklich lassen.«

Jonty zuckte die Schultern. »Na gut, vielleicht hast du recht.«

»Eins ist sicher«, bemerkte Byron, »was immer wir auch denken mögen, die Entscheidung treffen die Kinder.« Hester stimmte ihm mit matter Stimme zu.

»Also sind wir uns einig«, stellte Ann bestimmt fest. »Wir sprechen nicht darüber, bis sie sich entschieden haben. Sollen wir uns zum Kaffee ins Wohnzimmer setzen?«

Die Blakes schwiegen, erst auf der die Autobahn begann Jonty zu sprechen.

»Verdammt noch mal. Das war vielleicht 'ne Überraschung.« Er klang fast fröhlich.

Hester seufzte. »Ich weiß, daß so etwas andauernd passiert und daß wir die 90er Jahre des 20. Jahrhunderts haben, aber trotzdem bleibt es ein Schock.«

»Allerdings. Ich meine, kannst du dir vorstellen, wie Grizzle sich um ein Baby kümmert?«

»Nein, aber das kann man sich bei vielen Frauen, die Babys bekommen, nicht vorstellen, und trotzdem kriegen sie es hin, manche sogar großartig.«

Jonty schüttelte den Kopf. Hester starrte aus dem Fenster.

Nach einer Weile gestand sie: »Mich stört, daß sie nicht zu uns gekommen ist und es uns gesagt hat, sie allein. So waren wir in einer unmöglichen Situation.«

»Auch nicht schlimmer als für Ann und Byron, nehme ich mal an.«

»Natürlich, viel schlimmer! Wir sind doch viel direkter betroffen, und wir befanden uns noch nicht einmal auf unserem eigenen Territorium! Ehrlich gesagt, mich hat das ziemlich verletzt. Und ich wußte überhaupt nicht, was ich tun oder sagen sollte ...«

Jonty tätschelte ihr Knie. »Ich weiß. Es war eine schwierige Situation. Aber ich fand die Art, wie sie es uns mitgeteilt haben, in gewisser Hinsicht auch ermutigend. Es hat gezeigt, daß sie sich als Einheit sehen, auch wenn sie nicht in allem übereinstimmen. Und sie respektieren unsere Meinung. Wenn Grizzle sich wirklich entscheiden sollte, das Baby zu behalten – ich persönlich hoffe allerdings, daß sie es nicht tut –, dann sieht es zumindest so aus, als hätte sie seine Unterstützung.«

»Ja, das stimmt. So ist sie wenigstens nicht alleine.«

»Das ist sie sowieso nicht. Sie hat immer noch uns.«

»Sie sah schrecklich aus.«

»Sie fühlt sich krank, Hes. Erinnere dich, wie es war.«

»Ich weiß, aber ...«

»Anns Überlegung war vielleicht doch ganz richtig. Es hat nicht viel Sinn, darüber zu sprechen, bis wir wissen, wie es weitergehen wird.«

»Und das kommt noch dazu.« Hesters Stimme wurde lauter. »Ich habe keine Lust, mir von Ann vorschreiben zu lassen, wie ich mich zu verhalten habe!«

»Ja ...« Jonty sah in den Seitenspiegel und fuhr auf die rechte Spur, um die nächste Abfahrt zu nehmen. »Es war schon bemerkenswert, wie jeder von uns auf seine Art reagierte. Du warst emotional, ich hab mich abgelenkt, Byron wurde albern, und Ann fing an zu organisieren. Das überrascht mich nicht. Du weißt genauso gut wie ich, daß sie das nicht böse meint. Es ist einfach ihre Art.«

»Das ist mir egal«, entgegnete Hester. »Von mir aus kann es ihre Art sein, aber in diesem Fall war es trotzdem völlig unpassend.«

Ann stellte die Tasse mit dem Kräutertee auf den Nachttisch und fing an, sich auszuziehen. Byron war schon im Bett und las einen Artikel in *The Economist.* Er sah nicht von seiner Lektüre auf, während seine Frau hin- und herlief, ihr Kleid auf einen Bügel hängte, Strumpfhosen und Unterwäsche ordentlich über eine Stuhllehne legte. Sie tat das alles mit der ruhigen Präzision eines Menschen, der ein Ritual durchführt.

Ann zog ihr Baumwollnachthemd an, das Ähnlichkeit mit

einem Schulmädchenkleid hatte, und ging in das angrenzende Badezimmer, um sich zu waschen und sich die Zähne zu putzen. Ins Schlafzimmer zurückgekehrt, bürstete sie ausgiebig ihr kurzes Haar. Schließlich schlüpfte sie ins Bett. Sie stellte ihr Kopfkissen auf, lehnte sich dagegen und griff nach ihrer Teetasse. Das Buch auf dem Nachttisch ließ sie liegen; es war ein dicker Wälzer von mehr als tausend Seiten über den indischen Subkontinent, der ihr von Freunden empfohlen worden war und der gute Kritiken bekommen hatte.

Ann trank einen Schluck Tee. Byron schien in seine Lektüre vertieft zu sein, doch darauf konnte seine Frau keine Rücksicht nehmen.

»Byron?« fragte Ann.

»Hm?«

»Kann ich dich etwas fragen?«

»Natürlich.« Er ließ die Zeitschrift sinken und sah sie an. »Schieß los!«

»Ich hoffe, du findest, daß ich heute abend das Richtige getan habe.«

»Was genau meinst du?«

»Als ich vorschlug, jede Diskussion über Giselles Schwangerschaft zu verschieben, bis die beiden jungen Leute wissen, was sie wollen.«

»Du weißt, daß mir das sehr recht ist. Ich würde dafür bezahlen, nicht über Schwangerschaft diskutieren zu müssen.«

»Jetzt machst du dich über mich lustig.«

»Nein, ganz ernsthaft, ich schwöre es.«

»Ich hoffe, du hast verstanden, worum es mir ging. Es steht uns nicht zu, uns da einzumischen.«

Byron nickte. »Genau.«

»Ich finde, es war sehr mutig von ihnen, heute abend diese Neuigkeit mitzuteilen.«

Byron zögerte mit einer Antwort. »Ja, ich denke, das war es.«

»Schon deshalb hätte ich es unfair gefunden, über ihre Situation zu diskutieren, nachdem sie das Haus verlassen hatten.«

»Ja, natürlich.«

»Und du bist mit der Vorgehensweise einverstanden, die ich vorgeschlagen habe?«

»Ja.«

»Wir sollten es einfach nicht riskieren, in diesem sensiblen frühen Stadium irgend etwas zu verderben. Womöglich stellt sich schon bald heraus, daß es gar nicht nötig war.«

»Völlig richtig.«

»Ich danke dir«, sagte Ann.

»War mir ein Vergnügen.« Er nahm die Zeitung wieder auf und las weiter.

Ann trank ihren Tee aus, löschte die Nachttischlampe und legte sich auf die Seite. In ihrem Kopf wirbelten die Gedanken wild durcheinander.

»Ah ... Ah ... Aah!« schrie Gavin.

»Ah-oh-oh«, stöhnte er, während er sich aufs Bett rollte und Giselle mit sich zog. Er biß ihr spielerisch in die Schulter und griff nach ihren Brüsten.

»O Gott, du bist wunderbar«, murmelte er. Als Antwort nahm sie eine seiner Hände, küßte mit weichen Lippen die Handfläche und legte sie sich dann wieder auf die Brust. Er seufzte und drückte sich an sie.

»Du machst mich total verrückt.«

Sie ließ ein kleines, amüsiertes Lachen hören.

»Was meinst du«, fuhr er fort, »ich glaube, wir sollten es angehen mit diesem Baby da drin.« Er streichelte ihren Bauch.

Sie zuckte leicht die Schultern.

»Ich finde, der Abend ist sehr gut verlaufen. Sie haben es alle gut gefunden, daß wir es ihnen gesagt haben. Alle sind verrückt nach einem Enkelkind. Meine Mutter würde sich jederzeit darum kümmern. Sogar dein Vater, bei dem ich mir am wenigsten sicher war, war ganz okay. Und ich habe das Gefühl, daß die Zeit richtig ist. Ich glaube, ich bin bereit für ein Kind ... hey, Zelda!« Er stützte sich auf einen Ellbogen und legte das Kinn auf ihre Schulter. »Giselle?«

Sie war eingeschlafen.

Als Hester am nächsten Morgen erwachte, wußte sie, daß sie nicht wollte, daß ihre Tochter eine Abtreibung vornehmen ließ.

Mehr als alles auf der Welt wünschte sie sich dies Enkelkind.

14.

Am nächsten Nachmittag erhielt Gavin ein Fax von seiner Mutter. Wie immer war es in geschäftsmäßigem Ton abgefaßt, falls jemand anders es las.

Bar legte es ihrem Chef, der gerade telefonierte, auf den Schreibtisch und flüsterte: »Von Ihrer Mutter.« Nachdem Gavin sein Telefongespräch beendet hatte, las er es.

»Lieber Gavin, wir haben uns sehr gefreut, daß Ihr gestern abend da wart und uns die Neuigkeit mitgeteilt habt. Wenn es irgend etwas gibt, worüber Du gern sprechen möchtest, stehen wir selbstverständlich jederzeit zur Verfügung. Wir sind vollkommen überzeugt, daß du die richtige Entscheidung treffen wirst. Nur zur Information: Wir bleiben dieses Jahr über Weihnachten zu Hause. Grüße bitte Giselle herzlich. Deine M.«

Mit leicht gerunzelter Stirn starrte Gavin auf das Schreiben. Ann war eine Meisterin darin, Botschaften zwischen den Zeilen zu übermitteln. Gavin kannte sie gut genug, um alle entziffern zu können. Die Beteuerung, jederzeit für ein Gespräch zur Verfügung zu stehen, war nur für ihn gedacht, und die herzlichen Grüße an Giselle am Ende des Briefes unterstrichen das noch. Auch die ausgesprochene Überzeugung, daß er die ›richtige Entscheidung‹ treffen würde, drückte mehr aus – seine Mutter hatte keinen Zweifel, welche das war; und falls er selbst unsicher sein sollte, bot sie ihm an, sich von ihr Rat zu holen.

Gavins Blick ruhte nicht länger als dreißig Sekunden auf dem Fax, dann knüllte er es zusammen und warf es in den Papierkorb. Ein Stockwerk tiefer war der Nachmittagsbetrieb in vollem Gange. Die letzten drei Stunden hatte Gavin in der Brasserie verbracht und sich seinen Gästen gewidmet. Er war zwischen den Tischen hindurchgeschlendert, hatte sich auch ab und zu dazugesetzt, ein wenig geplaudert und seinen Gästen das Gefühl gegeben, daß sie hier genau am richtigen Platz waren. Eine bezaubernde Schauspielerin hatte ausgiebig mit ihm geflirtet und ihm gesagt, daß sie sich den Himmel wie seine Brasserie vorstellte. Sie war ein bißchen angetrunken gewesen, aber das hatte ihre Worte nicht weniger schmeichelhaft gemacht. Zu Hause wartete Giselle, sexy und mit seinem Baby im Bauch. Gavin fühlte eine tiefe Befriedigung, er befand sich in genau der Position, die er am meisten genoß – er war das Zentrum eines sich drehenden Universums.

Giselle konnte sich ihre Hormone anschaulich vorstellen. Sie glichen einer wütenden Menge, aufgeheizt und wild. Sie verstopften alles, so daß sie schwerfällig wurde, wühlten ihren Magen auf, bis ihr schlecht war, ermüdeten sie mit ihren ständigen und unvernünftigen Forderungen, waren niemals zufrieden, gaben niemals Ruhe.

Sie war dem Ratschlag ihrer Mutter gefolgt und hatte immer eine Packung Kekse neben sich am Bett, was Gavin gar nicht gefiel. Er wies darauf hin, daß er ihr doch jeden Morgen mit ihrem Tee auch Gebäck brachte, ihr war es aber lieber, sie jederzeit in Reichweite zu haben. Als er ihr die Krümel vorwarf, die oft neben ihrem Bett lagen, konterte sie mit seiner gefährlichen Angewohnheit, im Bett zu rauchen. Ein Aschenbecher voll Kippen sei schließlich schlimmer als ein paar Krümel. So ging es hin und her, bis er wütend aus der Wohnung stürmte und die Tür hinter sich zuknallte. Mittags bekam sie dann die üblichen Rosen mit einem handgeschriebenen Brief, in dem er um Verzeihung bat. Sie ließ die Rosen im Spülbecken und die Kekse neben dem Bett.

Zwar war ihr jetzt nicht mehr jeden Morgen schlecht, aber es gab bestimmte Dinge, bei deren Geruch sich ihr der Magen umdrehte und die Galle hochkam: Kaffee, alles Gebratene, der Schafsfellkragen an Gavins Fliegerjacke, ein Parfum namens *Rose du Matin,* das er ihr geschenkt hatte. Sie mußte sich selten wirklich übergeben, aber oft produzierte ihr heftiges Würgen eine kleine Menge gelber Flüssigkeit, die in ihrem Mund brannte. So unangenehm das war, empfand sie es doch gleichzeitig als Erleichterung, als eine sichtbare Botschaft aus ihrem Innern, die Eruption heißer Lava, verursacht von den vulkanischen Vorgängen weiter unten.

Mochte Gavin es auch nicht zugeben, ihre Schwangerschaft war tatsächlich nichts als ein ›Unfall‹ gewesen. Giselle hatte versäumt, rechtzeitig zum Arzt zu gehen, um ihr Rezept verlängern zu lassen, und Gavin hatte keine Vorsorge getroffen. Sie hatte es sehr bald gewußt, daß es passiert war. Aber trotz des Lavastroms in ihrem Innern, trotz Gavins zeitweiligem Enthusiasmus und trotz der toleranten Reaktion der potentiellen Großeltern war Giselle immer noch unsicher, was sie tun sollte. Die Trennung von Ark, der Einzug bei Gavin, die Arbeit – nichts davon hatte sie so zum Nachdenken gezwungen wie ihr jetziger Zustand.

Giselle hatte sich mit Chloe angefreundet, einer jungen Frau, die sie schon ein paarmal gesehen hatte, als sie noch im Bio-Garten arbeitete. Damals setzte sie sich mittags manchmal mit einem Schinkenbaguette und einer 7-Up in den Hyde Park auf den Spielplatz und sah den Kindern beim Spielen zu. Chloe beaufsichtigte ihren kleinen Jungen, Carl, der achtzehn Monate alt war. Seine Hautfarbe ähnelte Milchkaffee, und er hatte große, schwarze Augen. Der Junge sah so hübsch aus, daß Giselle ihn anfangs für ein Mädchen gehalten hatte. Wenn Chloe sich in der Nähe von Giselle aufhielt, stellte sich Carl vor Giselle auf und starrte sie unverwandt an. Giselle blickte zurück, leidenschaftslos, aus einer Art wissenschaftlichem Interesse heraus.

Chloe interessierte Giselle anfangs gar nicht. Das änderte sich erst, als sie arbeitslos geworden war und öfter in den Park ging.

Die Wochen vor Weihnachten waren kalt. Carls Kleidung wurde immer dicker, bis er fast vollständig in dunkelblauem Stoff eingepackt war. Nur sein Gesicht war noch zu sehen, und die glänzenden Augen blickten Giselle nach wie vor interessiert an. Ihre Kleidung hatte sich nicht verändert. Sie trug Jeans und eine Lederjacke, ohne sich um die Temperatur zu kümmern. Allerdings wurden die Jeans langsam etwas unbequem.

Eines Tages – Giselle saß nach dem Einkauf einiger Weihnachtsgeschenke im Park – sprach Chloe sie an.

»Es tut mir leid, daß er Sie dauernd anstarrt. Ich kann ihn nicht daran hindern, er mag Sie einfach.«

Der Junge stand wieder einmal vor ihr, in der Hand hielt er ein gelbweißes Telefon, das er hinter sich herziehen konnte. Chloe saß auf der nächsten Bank. Sie trug einen kirschroten Dufflecoat und eine Strickmütze und lächelte Giselle zu.

»Ich bin Chloe, Carls Mum. Ich glaube, er würde Sie mit nach Hause nehmen, wenn er könnte.«

»Schon gut. Es stört mich nicht.«

Beide wandten sich wieder dem Kind zu, Chloe amüsiert, Giselle mit neuem Respekt.

Chloe fragte: »Fertig mit den Weihnachtsvorbereitungen?«

Diese Frage hatte Giselle schon öfter gehört und ihre Bedeutung eigentlich nicht ganz verstanden. Sie verneinte die Frage.

»Aber ein paar Einkäufe gemacht?« Chloe zeigte auf die Tüten.

»Ja, ein paar.«

»Und dann sind Sie noch so ruhig! Ich würde verrückt werden, wenn ich nicht Mitte Dezember alle Geschenke gekauft und eingepackt hätte.«

»Warum denn?«

»Weil ich eine neurotische Hausfrau bin«, antwortete Chloe. Lächelnd wies sie auf Carl. »Sehen Sie ihn sich nur an, er ist völlig gebannt. Ich frage mich, was er so faszinierend an Ihnen findet. Es wäre schön, wenn ich es in eine Flasche füllen und mitnehmen könnte, daran hätte er mehr Spaß als mit seinem komischen Telefon.«

Giselle hob lächelnd die Schulter.

»Haben Sie keine Kinder?« Giselle schüttelte den Kopf.

»Man liebt sie wie verrückt, aber sie nehmen einem alle Energie, quetschen einen aus wie eine Zitrone. Doch das ist schon in Ordnung so, schließlich sind sie ja völlig abhängig, aber fürs Selbstbewußtsein ist es nicht gerade gut. Arbeiten Sie?«

»Bis vor kurzem. Man hat mir gekündigt.«

»Das tut mir leid.«

»Ach, das macht nichts. Ich bin dran gewöhnt. Und Sie?«

»Tja, ich hatte eine sehr gute Stelle als Rechtsanwaltssekretärin.« Sie sah an sich herunter. »Klingt unglaublich, nicht?«

»Und wollen Sie weiterarbeiten?«

»Sobald Carl in den Kindergarten kommt, werde ich mich wieder umsehen. Bei meiner alten Arbeitsstelle haben sie gesagt, daß sie mir den Platz warmhalten wollen, aber das ist jetzt schon über ein Jahr her. Und mit den vielen jungen Absolventinnen, die jeden Herbst den Markt überfluten ... Man muß realistisch sein.«

»Und gefällt es Ihnen, die ganze Zeit mit Carl zusammenzusein?«

Chloe lachte ansteckend. »Nicht immer, nein, aber das heißt nicht, daß ich ihn nicht wahnsinnig liebe.«

»Er ist sehr hübsch.« Giselle lächelte Carl an, der plötzlich verlegen wurde, zu Chloe lief und das Gesicht in ihrem Schoß versteckte.

»Ja, das ist er.« Chloe nahm ihren Sohn auf den Schoß und küßte ihn auf die Wange. »Er ist mein Freund, nicht wahr, mein Schatz? Wir müssen jetzt gehen, es wird kühl.«

Sie stand auf und setzte das Kind in den Kinderwagen. Der Korb unter seinem Sitz war voller Einkäufe.

Giselle fragte: »Sind Sie verheiratet?«

Wieder lachte Chloe ihr ansteckendes Lachen. »Nein, aber Carls Vater und ich wohnen zusammen. Er ist türkischer Zypriot, daher hat Carl seine Hautfarbe.«

Giselle sah nachdenklich aus. »Also wollten Sie beide das Baby, nicht wahr?«

Chloe stand hinter dem Buggy, eine Hand am Griff, mit der anderen streichelte sie Carls Kopf. »Ja. Hören Sie, kommen Sie doch auf einen Tee mit uns, wenn Sie Lust haben. Wir wohnen ganz in der Nähe.«

Giselle wollte lieber allein sein. »Nein, danke, ich bringe jetzt lieber mal meine Sachen nach Hause.«

»Dann ein andermal. Wäre doch nett, ein bißchen zu schwatzen. Wir sehen uns sicher hier wieder, oder?«

»Bestimmt.«

Chloe ging los, dann blieb sie noch einmal stehen. »Ich weiß Ihren Namen gar nicht.«

»Giselle.«

»Dann bis bald, Giselle.«

»Bis dann.«

Mary senkte den Telefonhörer und sah zu Hester hinüber. »Ihre Tochter ist hier.«

»Was?«

»Es ist der Empfang. Ihre Tochter ist unten.«

»Ach du lieber Gott.« Hester stand auf. »Welche?«

»Woher soll ich das wissen?«

»Stimmt. Entschuldigung.«

»Soll ich fragen?«

»Nein, nein, natürlich nicht ...«

»Soll ich Janice sagen, daß sie sie heraufschicken soll oder wollen Sie selbst ...«

»Nein, sagen Sie ihr, daß ich gleich runterkomme.«

Giselle saß im Empfang vor dem großen Weihnachtsbaum, der mit roten Schleifen und weißen Tauben geschmückt war. Sie trug ihre übliche Kleidung – schwarze Jeans, schwarze Stiefel, zwei T-Shirts, schwarze Lederjacke und eine Menge Lederbänder, Perlenketten und Metallmodeschmuck. Sie saß nach vorne gelehnt, die Unterarme auf den Knien, und klopfte ruhelos die Fingerspitzen aneinander. Als sie Hester kommen sah, stand sie auf. Janice, die Empfangsdame, lächelte Hester verständnisvoll an.

»Hallo, mein Schatz«, sagte Hester, »was für eine nette Überraschung.«

»Hallo.«

Hester hatte ein Gespür dafür, ob die Begrüßung mit oder ohne Küsse stattfinden sollte; heute waren Küsse eindeutig nicht angesagt. Giselle stand sehr gerade, ihre

Hände hatte sie in den hinteren Taschen ihrer Jeans vergraben.

»Wie schön, dich zu sehen«, wiederholte Hester noch einmal. »Wie kommt's, daß du vorbeischaust?«

Giselle zuckte die Achseln. »Ich hatte nichts Besonderes vor, und da fiel mir ein, daß du heute im Büro bist.«

»Gute Idee. Möchtest du mit raufkommen und einen Kaffee trinken oder so?« Giselle schüttelte den Kopf.

»Können wir einen Moment rausgehen?«

»Ehmm ...« Hester rieb sich die Stirn. »Ich weiß nicht, ja, wieso eigentlich nicht ...«

»Aber klar, gehen Sie doch«, mischte sich Janice ein, »es wird schon noch alles da sein, wenn Sie zurückkommen.«

»Muß ja auch nicht sein«, sagte Giselle steif, »ist egal.«

»Nein, laß uns rausgehen.« Hester rief sich in Erinnerung, was für eine seltene Gelegenheit ihr geboten wurde. »Ich hole nur meine Tasche.«

Mary sah auf, als sie hereinstürmte. »Und, welche Tochter ist es?«

»Giselle, meine jüngere. Sie möchte mit mir reden, also gehe ich für eine halbe Stunde raus.«

»Warum bringen Sie sie nicht mit nach oben. Ich würde sie gerne kennenlernen.«

»Eben.« Hester zog ihren Mantel an. »Deswegen gehe ich mir ihr weg.«

»Spielverderberin.«

»Die Pizzeria ist am nächsten«, riet Janice, als Hester wieder unten ankam. »Oder Sie gehen bis zum Waldorf, doch da kostet schon der Kaffee ein Vermögen.«

»Tschüs, Janice«, sagte Hester.

Sie gingen in die Pizzeria. Hester hätte das Waldorf vorgezogen, aber sie hatte keine Ahnung, ob ein Hotel dieser Kategorie vielleicht noch eine Kleiderordnung hatte. Sie bestellten zwei Cappuccino und für Giselle ein Stück Kuchen.

»Und wie geht's dir?« fragte Hester. »Ist dir immer noch so oft schlecht?«

»Es ist viel besser geworden.«

»Wie geht's Gavin?«

»Okay«, antwortete Giselle gleichgültig.

»Wir beide sollten mal ins *Schmooze* essen gehen«, schlug Hester vor.

»Um Gottes willen, bloß nicht. Es ist schon so alles schwierig genug.«

»Ach so, okay, dann nicht.« Hester sah aus dem Fenster, bevor sie es mit dem nächsten Thema versuchte. »Hast du Ann und Byron in letzter Zeit gesehen?«

»Schon ein paar Wochen nicht mehr.« Krampfhaft suchte Hester nach einem weiteren Gesprächsthema.

»Ich wollte dich was fragen«, sagte Giselle.

Dem Himmel sei Dank dafür, dachte Hester. »Na klar, schieß los.«

»Ann hat gefragt, ob wir Weihnachten zu ihnen in die Raglan Road kommen wollen.«

»Das ist nett, ich denke, es wird euch gefallen. Wollt ihr denn hingehen?«

»Ich glaube schon.«

»Gut ...«

»Gavin ist Weihnachten ziemlich egal, und sie haben sich so lange nicht gesehen, daher meint er, er sollte es machen.«

»Das finde ich nett von ihm.«

»Und dir würde es nichts ausmachen?«

»Natürlich wäre es schade, wenn du nicht da wärst, aber du weißt ja, wie dein Vater und ich sind. Es muß ja nicht gerade dieser Abend sein.«

Giselle nickte und drehte an ihren Ringen. »Na ja, ich bin nicht scharf drauf, aber ich denke, ich mache mit.«

»Ann und Byron würden sich sicher freuen.« Hester sah Giselle an und hatte den Eindruck, daß sie noch etwas anderes loswerden wollte.

»Ich will dieses Baby auf jeden Fall haben«, erklärte Giselle übergangslos, als hätten sie gerade über das Thema gesprochen.

»Tatsächlich?« Hester bemühte sich um einen neutralen Ton.

»Ja, ich will es auf jeden Fall.«

Hester fühlte Erleichterung und Freude. »Grizzle, das ist wunderbar. Ich kann dir gar nicht sagen, wie froh ich bin.«

Giselle sah sie mißtrauisch an. »Ist das wahr?«

»Ja! Ich wollte nichts sagen, aber ich hätte es schrecklich gefunden, wenn du ... wenn du etwas dagegen unternommen hättest. Ich meine, natürlich wäre es deine Entscheidung gewesen, deine und Gavins ...«

»Das erstere stimmt. Meine.«

»In erster Linie, natürlich. Weißt du, ich habe erst nachher gemerkt, nach diesem Abend bei Ann und Byron, wie sehr ich wollte, daß du das Baby bekommst. Oh, mein Schatz ...« Hester erhob sich etwas und lehnte sich über den Tisch, um ihre Tochter zu küssen. »Ich freue mich ja so!«

»Was ist mit Dad?«

»Er hat sich zwar etwas Sorgen gemacht, aber letzten Endes wird er deinen Entschluß gutheißen. Und freut Gavin sich auch?«

»Ja.«

»Ich hatte auch den Eindruck, als ihr es uns in der Raglan Road gesagt habt.«

»Ja.«

»Liebling, ist alles in Ordnung mit euch? Ich meine, du hast irgendwann gesagt ...«

»Wann ist schon alles in Ordnung!«

»Du weißt, was ich meine. Er steht hinter deiner Entscheidung, oder?«

»Das sagt er jedenfalls.«

Hester wollte nicht weiterbohren. »Also ich freue mich wahnsinnig. Ich werde Oma! Vielleicht krame ich sogar meine Stricknadeln hervor und versuche irgend etwas Leichtes. Ach, ist das aufregend!«

Die Spur eines Lächelns belohnte sie. »Du und stricken?«

»Na siehst du, es gibt eine Menge Dinge, die du von mir nicht weißt. Ich kann stricken. Ich habe für euch gestrickt, am meisten natürlich für Rose, weil sie die erste war.« Hester strahlte. Giselle sah in die Gegend, das Gespräch schien beendet zu sein. »So, ich denke, ich gehe jetzt besser zurück. Aber ich bin so froh, daß du hier warst. Komm mal wieder vorbei, wenn du Lust hast. Und dann müssen wir uns irgendwann sehen, damit wir dir deine Geschenke geben können. Wie wär's mit dem zweiten Feiertag?«

Giselle zuckte die Achseln. »Ja, warum nicht!«

»Gut. Dann also am zweiten Feiertag. Ihr beide ... natürlich. Ihr drei meine ich! Und ist es offiziell? Darf ich es weitersagen?«

Wieder lächelte Giselle ein wenig: »Sag es, wem du willst.«

»Das ist nicht wahr!« rief Mary. »Herzlichen Glückwunsch!«

»Sagen Sie, daß ich viel zu jung dafür aussehe, bitte.«

»Das tun Sie, aber was heißt das schon. Alle Großmütter sehen heutzutage zu jung aus.«

»Ich hätte nie gedacht, daß ich es so aufregend finden würde.« Hester strahlte.

»Erzählen Sie mir mehr. Wie ist der Vater?«

»Er ist ein ganzes Stück älter als sie.«

»Nun, dann kann er wenigstens für sie sorgen. War er schon mal verheiratet?«

»Nicht, daß ich wüßte.«

»Und werden die beiden heiraten?«

»Keine Ahnung. Ich würde mich niemals trauen zu fragen.«

»Sie sind viel zu höflich«, sagte Mary. »Aber ich sage Ihnen was. Das gibt Stoff für ein paar Kolumnen.«

Bevor sie nach Hause fuhr, ging Hester in einen Mother-and-Child-Laden und kaufte einen dunkelblau- und grüngestreiften Babystrampler und eine winzige Baseballjacke, auf deren Rücken ›Junior Dodgers‹ stand. Die Verkäuferin lächelte sie nachsichtig an. Als Hester den Laden verließ, lief sie wie auf Wolken.

»Aber Gavin«, erklärte Giselle am Weihnachtsabend, »ich habe schon Geschenke gekauft.«

»Das kannst du ihnen doch immer noch mal schenken

oder als Dank für das Essen oder so. Jedenfalls habe ich gedacht, wir schenken ihnen dieses Jahr etwas zusammen.«

»Warum denn?«

»Na, schließlich gehen wir zusammen hin, und das Baby ist unterwegs und so weiter. Ich fand es irgendwie passender. Und ökonomischer.«

»Es ist überhaupt nicht ökonomisch, wenn ich schon extra was gekauft habe! Warum hast du mir nichts davon gesagt? Außerdem hast du ein Vermögen ausgegeben!«

»Okay.« Gavin warf die Einkaufstüten auf das Bett. »Vergiß es. Ist ja auch scheißegal. Dann behalten wir sie und schenken ihnen, was du gekauft hast, wenn es dich glücklich macht.«

»Was mich glücklich machen würde, wäre, wenn du nur einmal daran denken könntest, was andere Leute tun!«

Sie standen sich gegenüber und starrten sich wütend an. Aus dem Radio in der Küche erklang leise ein fröhlicher Weihnachtsschlager.

»Ach, Zelda, du bist ein großes Kind. Komm, sei doch jetzt nicht eingeschnappt, okay?«

»Und du bist der große Sensible, hm? Dafür hältst du dich womöglich noch!«

Es klingelte. Gavin war froh, zur Tür gehen zu können. Giselle blieb regungslos stehen und hörte, wie er die Gegensprechanlage betätigte und den Knopf drückte, der die Haustür öffnete.

»Eine Lieferung«, rief er ihr zu.

Sie antwortete nicht.

Er öffnete die Tür, und Giselle hörte schwere Schritte, dann ein Rumpeln und Scheppern. Eine fremde Stimme sagte: »Unterschreiben Sie bitte hier.«

»Hier, das ist für Sie. Und fröhliche Weihnachten!«

»Vielen Dank. Ihnen auch.«

Die Tür fiel ins Schloß. Neugierig ging Giselle in den Flur.

»Was ist das?«

»Unser Geschenk von den Alten.« Gavin trat mit dem Fuß dagegen. »Eine Scheißwaschmaschine.«

15.

DIE HESTER-BLAKE-SEITE

Alles gut überstanden? Weihnachten, meine ich natürlich. Oder sind Sie noch immer geistig völlig ausgepowert und physisch am Ende? Ich auch.

Heutzutage gibt es ja für beinahe jedes Problem – ob es sich nun um Nägelknabbern oder ums Bienenzüchten handelt – spezielle Ratgeber. Warum nur existiert noch keiner für Festtagsbeschwerden? Ich könnte es ja mal versuchen. Leider muß ich Ihnen aber gleich mitteilen, daß Sie zwangsläufig folgende Phasen durchleiden müssen: Angst – Erschöpfung – Optimismus – Sentimentalität – mörderische Wut – Benommenheit – kalten Pragmatismus – Depression. Ich vermute, Sie haben bereits eine Depression, in der es Ihnen auch schon egal ist, daß der Hund die Truthahnknochen aus dem einzigen Müllsack zerrt, den die Müllabfuhr vergessen hat.

Machen Sie sich nichts daraus. Auch wenn der schlimmste Teil des Winters noch vor uns liegt, so können Sie zumindest sagen: »Es ist wieder einmal geschafft, ein Jahr lang Ruhe.« Als Ihre Ratgeberin empfehle ich Ihnen eine Radikalkur: Trennen Sie sich so schnell wie möglich von der schmerzenden Erinnerung! Nach dem zweiten Feiertag (eben! einer zuviel) schicken Sie alle Familienmitglieder aus dem Haus, und dann schmeißen Sie den ganzen Kram weg – den Baum, die Krippe, die Kerzen, Einwickelpapiere, glitzernde Bändchen, Weihnachtsbaumkringel, selbstgebastelte Sterne und all das glitzernde, kitschige Zeug, das sowieso keiner mag. TUN SIE ES! Wenn die anderen zurückkommen, werden sie es sehr wahrscheinlich gar nicht bemerken. Es wird so sein wie an dem Tag, als sich mein Ehemann den Bart abrasierte. Die Leute merkten zwar, daß irgend etwas anders war, wußten aber nicht was. Ich sag's noch mal, vernichten Sie die Beweismittel, und es wird sein, als sei gar nichts gewesen …

Und dennoch: Ich habe es genossen … Ehrenwort. Und vielen

Dank für all die hübschen Karten und die guten Wünsche, über die ich mich sehr gefreut habe. Ganz unter uns, ich beginne das neue Jahr mit besonderem Optimismus: Ich werde Großmutter!

Das nächste Weihnachten wird also ein ganz besonderes Fest werden!

Bis auf die letzten Sätze, die etwas persönlicher ausgefallen waren, hatte Hester ihre Weihnachtskolumne sehr allgemein abgefaßt und niemanden aus der Familie erwähnt. Jontys Vater war ungeschoren davongekommen, obwohl er am Weihnachtsabend rassistische Tiraden von sich gegeben hatte. Auch die Feindseligkeiten am zweiten Weihnachtsfeiertag hatte sie nicht erwähnt. Nachdem Giselle einfach für drei Stunden verschwunden war, spielte Gavin schlechtgelaunt mit Daniel und Rose eine Partie Trivial Pursuit, die er mit vielen zynischen Bemerkungen begleitete und die er natürlich gewann. Hester konnte auch den Abschied von Giselle und Gavin nicht vergessen, als die beiden sich wieder auf den Weg nach London machten. Der Gedanke daran war kaum zu ertragen, geschweige denn, daß sie hätte darüber schreiben können. Beide sahen bleich aus, sie sprachen kein Wort miteinander. Hester wollte ihren Lesern auch nicht berichten, daß sie ihrem Schwiegervater über den Mund gefahren war. Und sie wollte ihnen verschweigen, daß sie sich nach achtundvierzig Stunden zwangsweisen Zusammenseins mit der Familie so deprimiert fühlte wie seit langem nicht.

Als Ann einen kurzen Blick auf die Hester-Blake-Seite warf, bevor sie die *Post* in den Behälter mit Altpapier warf, empfand sie fast so etwas wie Neid. Ihr Weihnachtsfest in der Raglan Road konnte nicht als ein Erfolg gewertet werden. Das Essen war perfekt gelungen, aber trotz des Lobs ihrer Gäste konnte sie sich des Eindrucks nicht erwehren, daß es für die meisten am Tisch genausogut Currywurst mit Pommes frites hätten sein können. Der Dank für die Waschmaschine war minimal ausgefallen. Gavin redete bei Tisch noch mehr als sonst, Giselle sagte gar nichts, und Sebastian und Julian verabschiedeten sich sehr früh. Ann vermutete, daß der Grund für die angespannte Atmosphäre Giselle und Gavin waren. Von der Schwangerschaft wurde überhaupt nicht geredet. Byron hatte einen Mittagsschlaf gehalten, Gavin hatte gelesen, und Anns Bemühen, mit Giselle ein Gespräch zu führen, erwies sich als mehr oder weniger erfolglos. Als um sechs Uhr alle aus dem Haus waren, war Ann so erschöpft, daß sie sich hinlegte. Sie fühlte sich außerstande, die Küche aufzuräumen.

Ende Februar machte Daniel sich auf, um wieder einmal Ark im Barlow-Gemeindezentrum zu besuchen. Ark saß in einem Sessel, hatte die Füße auf den Tisch gelegt und las Zeitung. Dolly lag auf ihrem Teppich. Sie öffnete nur kurz die Augen und gab ein Schniefen von sich.

Als Ark Daniel sah, schien er sich zu freuen. »Kommst du, um deinen Gutschein einzulösen?«

»Nein, eigentlich nur, um ein bißchen zu reden.«

»Auch gut. Setz dich doch. Wie geht's?«

»Nicht schlecht.«

»Hast du noch immer denselben Job?«

»Ja. Ich spare. Dann fahre ich mit einem Kumpel durch Europa.«

»Hört sich gut an. Wie lange?«

»So lange das Geld reicht.«

Ark nickte und griff nach seiner Blechschachtel, die Tabak und Zigarettenpapier enthielt. Er bot sie Daniel an.

»Danke, ich habe selbst.«

Sorgfältig verteilte Ark den Tabak auf dem Papier.

»Wie geht's Zelda?«

»Sie ist schwanger.«

»Is' nich' wahr!« Ark sah ungläubig auf.

Daniel nickte. »Ende Juli kommt das Baby.«

Während Ark mit der Zunge das Papier befeuchtete, blieb sein Blick an Daniel hängen. Beim Rollen der Zigarette zwischen Daumen und Zeigefinger fragte er: »Wer ist der Vater?«

»Dieser Gavin.«

»Also sind sie noch zusammen?«
»Nehm' ich mal an.«
Ark zündete ein Streichholz an.
»Und sie will's also wirklich kriegen.« Daniel nickte. »Dann wirst du Onkel.«
»Hör bloß auf.«
»Ich hoffe, sie freut sich darauf.«
»Ich weiß nicht«, entgegnete Daniel. »Sie waren Weihnachten bei uns, seitdem habe ich sie nicht mehr gesehen. Sie schien okay zu sein.«
»Und er?«
»Na ja, laberte uns total hektisch voll. Sagte, er wollte besondere Musik für den Fötus spielen, damit er auch in dem richtigen Bewußtseinszustand geboren wird, und so'n Kram.«
»Hört sich okay an«, meinte Ark.
»Mum hat sich betrunken, ziemlich bescheuert.«
»Na ja, vielleicht hat sie's nötig.«
»Sie ist völlig aus dem Häuschen, weil sie Großmutter wird.«
»Is' doch nett. Und dein Alter?«
Daniel zuckte die Schultern. »Was soll er machen.« Er runzelte die Stirn, als sei ihm erst jetzt etwas aufgefallen. »Er mag ihn nicht besonders.«
Einen Moment lang schwiegen beide. Sie dachten dasselbe, aber keiner getraute sich, es auszusprechen.
»Also, was schätzt du?« fragte Ark unklar.
»Wie meinst du das?«
»Nun, mit Zelda und diesem Burschen.«
»Was?«
»Wird schon werden, oder?« Ark wollte nicht zuviel sagen oder fragen.
»Sie kriegt das Baby.«
»Wohnt sie noch immer bei ihm in London?«
»Ja.«
»Na gut. Grüß sie von mir, wenn du sie siehst.«
»Okay.«

»Griz! Ich komme nach London, um das neue David-Hare-Stück im National Theatre zu sehen«, sagte Rose am Telefon zu ihrer Schwester. »Kann ich bei dir übernachten?« Nie hätte sie gedacht, daß sie einmal ihrer Schwester eine derartige Frage stellen würde.

»Natürlich. Ich freue mich«, antwortete Giselle, die sehr erstaunt darüber war, daß sie sich wirklich auf ihre Schwester freute.

»Meinst du, Gavin ist es auch recht?«

»Geht ihn nichts an«, sagte Giselle. »Bis dann.«

Die drei Armitage-Brüder sahen sich nur selten ohne ihre Eltern. Sie hatten keine engen Bindungen zueinander, fühlten sich aber durch eine gewisse Familiensolidarität verbunden.

Ihr Treffen in der *O'Hare's Bar* war mehr zufällig zustandegekommen. Julian wollte in der Belvedere Road eine Einweihungsparty geben. Deshalb hatte er Gavin und Sebastian angerufen, um sie dazu einzuladen. Er bat sie, auch etwas mitzubringen. Gavin, der fand, daß seine kommende Vaterschaft nicht mit genügend Respekt und Bewunderung aufgenommen wurde, hatte daraufhin ein Treffen in der *O'Hare's Bar* vorgeschlagen.

Sie waren um sieben Uhr verabredet. Gavin kam als letzter. Zwar war es im *Schmooze* relativ ruhig gewesen, aber man sollte merken, wie schwer es für ihn war, aus der Brasserie wegzukommen. Obwohl das *O'Hare's* wie immer brechend voll war, entdeckte Gavin seine Brüder sofort. Sie hoben sich durch ihre Frisuren und ihre legere Kleidung vom übrigen Publikum ab, das mehr zu Kurzhaarschnitten mit viel Pomade und enger schwarzer Kleidung tendierte.

»Hi, Jungs! Schön, daß ihr gekommen seid. Was trinkt ihr?«

Nachdem Gavin einen großen Jack Daniels und zwei Bushmills bestellt hatte, fragte er: »Also Jules, was hat es mit dieser Party auf sich?«

»Na, eine Einweihungsparty«, antwortete Julian vorsichtig. »Nichts Großes.«

»Ich bin dabei«, sagte Sebastian. »Gavin, kann ich eine Fluppe von dir haben?«

Gavin reichte ihm seine John Player's. Ihre Getränke kamen, und er hob sein Glas. »Prost. Du kannst meine Musikanlage haben, wenn du sie abholst und zurückbringst – natürlich in demselben Zustand, in dem sie war.«

»Danke, das ist super.«

»Und wie wär's mit 'ner Kiste Champagner?«

»Nein, nein, 'n paar Flaschen Wein reichen vollkommen.«

»Na, komm schon«, Gavin schlug Julian auf den Rücken. »Schließlich haben wir ja noch mehr als deine Wohnung zu feiern, nicht?«

»O ja, du wirst Vater«, stellte Sebastian fest.

»Es ist jetzt offiziell. Zelda war neulich das erstemal bei 'ner Ultraschalluntersuchung. Sie hat ein Bild mitgebracht, ganz unglaublich, sage ich euch.«

»Gleich zeigt er's«, warnte Sebastian.

»Tu' ich nicht«, entgegnete Gavin, »Zelda schleppt's die ganze Zeit mit sich rum. Aber man kann schon den Kopf sehen, Arme und Beine, die Wirbelsäule – alles da.«

»Alles?« fragte Sebastian.

Gavin grinste. »Ob's ein Junge oder Mädchen ist, kann man erst bei der nächsten Untersuchung sehen.«

Mit gelangweilter Miene fragte Sebastian: »Und was wäre dir am liebsten?«

»Ein gesundes Kind.«

»Diplomatische Antwort«, kommentierte Julian. »Offen gestanden, wenn eine Kiste Champus dabei rausspringt, bin ich auch dafür.«

»Und wie läuft's im trauten Heim?« fragte Sebastian. »Alles Friede, Freude, Eierkuchen?«

»Ganz gut«, antwortete Gavin, »wenn man die Umstände bedenkt.«

»Hm? Wieso? Als Patsy schwanger war, glich sie einem Kaninchen, das Ginseng gefressen hatte – einfach unersättlich.«

Gavin wollte nicht näher darauf eingehen, aber Julian war weniger fein.

»Du Schlitzohr! Davon hast du uns ja nie was erzählt!«

»Ging ja auch niemanden was an. Außerdem habt ihr euch damals in der Fremde herumgetrieben.«

»Und was hat sie bekommen?«

»Sie hat's wegmachen lassen.«

»Die Arme«, sagte Julian.

»Wieso? Sie wollte das Kind nicht. Allerdings hat sie mich für die Geschichte verantwortlich gemacht.«

»Und du hattest natürlich überhaupt nichts damit zu tun«, spottete Gavin.

»Natürlich hatte ich eine Hand oder was immer im Spiel«, gab Sebastian zu. »Wir reden ja nicht über unbefleckte Empfängnis. Es war aber nicht das erstemal, daß Patsy sich was zugezogen hat.«

»Man beachte die Wortwahl«, bemerkte Gavin ironisch zu Julian.

Sebastian zuckte die Achseln. »Ich weiß gar nicht, wieso du dir's leisten kannst, so arrogant zu sein. Wenn ich mich recht erinnere, warst du anfangs auch nicht gerade begeistert.«

»Ich bin die Sache vorsichtig angegangen. Erstens wußte ich noch nicht, wie Giselle dazu stand, außerdem wollte ich die Reaktion der Alten testen.«

Julian kicherte. »O ja, die habe ich ganz vergessen. Wie kannst du nur deren Erwartungshaltung aushalten?«

»Im Gegenteil«, sagte Sebastian, »es gefällt ihm.«

»Blödsinn. Zelda und ich werden unsere eigenen Wege gehen, und die Eltern müssen das akzeptieren.«

»Ach so«, sagte Julian und tauschte einen vielsagenden Blick mit Sebastian aus.

Rose kam am späten Nachmittag.

»Wo ist Jez?« fragte Giselle, als sie am Küchentisch saßen und Tee tranken.

»Er ist nicht mitgekommen. Ich treffe mich mit einem Freund aus London.«

»Ach so.«

»Ich kann's dir genausogut gleich sagen. Wir sind nicht mehr zusammen.«

»Oh, das tut mir leid.«

»Das braucht es nicht.« Rose hob ihr glattes langes Haar und ließ es mit einem kleinen Schwung wieder fallen. »Die Geschichte war einfach vorüber, kein Bedauern.«

»Und gibt es einen anderen?«

»Im Moment nicht. Mir ist das aber recht. In ein paar Monaten habe ich meine letzten Prüfungen, und wenn ich überhaupt 'ne Chance haben will, 'nen Job zu kriegen, muß ich verdammt gut sein. Außerdem«, fügte sie sachlich hinzu, »jetzt etwas in der Uni anzufangen, wenn wir im Sommer doch alle in verschiedenste Richtungen verschwinden.« Sie nippte an ihrem Tee und sah Giselle über die Tasse hinweg an. »Und ehrlich, Griz, ich kann's nur empfehlen, mir geht's wunderbar.«

»Das glaube ich dir.«

»Und wie geht's dir? Ich kann's einfach nicht glauben, daß du Mutter wirst!«

»Ich auch nicht.«

»Man sieht überhaupt noch nichts.«

»Sind ja auch noch vier Monate. Aber meine Jeans kann ich schon nicht mehr tragen.«

»Du siehst toll aus. Bist du nicht fürchterlich aufgeregt?«

»Doch, bin ich.«

»Und Gavin? Ich find's so romantisch. Hat er das Kind schon fühlen können?«

»Es tritt noch nicht, kann aber jeden Tag sein.«

»Ist er nicht völlig begeistert?« Giselle äußerte sich dazu nicht. Rose setzte hinzu: »Ich wette, er kann's gar nicht erwarten, Vater zu werden.«

»Ich weiß es, ehrlich gesagt, nicht.«

Rose schüttelte ungläubig den Kopf. »Du hast dich so verändert! Fühlst du dich anders?«

Giselle schaute nachdenklich vor sich hin. »Anders ... eigentlich nicht. Ich fühle mich sehr gut mit mir, wenn du verstehst, was ich meine.«

»Nein!« rief Rose. »Hört sich ja an wie aus 'nem Psychologiebuch, Stichwort: Selbstfindung.«

Sie lachte und sah Giselle kopfschüttelnd an. Giselle lächelte zurück und zuckte die Schultern.

»Is' aber eigentlich auch logisch, oder? Wenn du spürst, wie in dir ein anderes Wesen wächst, siehst du alles anders. Du weißt plötzlich, was du willst, für dich und das Baby.«

»Und was willst du?«

»Na, ich will das Baby, weil ich glaube, daß ich es hinkriegen kann, daß es ihm gutgeht. Es ist das einzige, was ich jemals richtig gewollt habe, das einzige, worauf ich mich jemals wirklich gefreut habe. Ich möchte, daß es sich frei und glücklich fühlt und daß es weiß, daß ich seine Freundin bin.«

»Wenn du dich hören könntest – wie die ideale Mutter.«

»Is' nun mal so.«

»Denkt Gavin ebenso?«

Giselle zuckte die Achseln. »Wer weiß schon, was Gavin will?«

»Wollen wir was essen?« fragte Julian.

»Hier? Nur, wenn ihr auf Krankenhauskost steht«, warnte Gavin. »Die Soleier stammen direkt aus *Alien 3*.«

»Und wie wär's mit 'nem Curry?« schlug Sebastian vor.

»Na gut«, stimmte Gavin zu. Nach drei Gläsern Bourbon hatte er beschlossen, daß die Brasserie noch ein paar Stunden ohne ihn auskommen konnte. »Was dagegen, wenn ich Zelda anrufe und sie frage, ob sie Lust hat vorbeizukommen?«

»Ist Curry das Richtige für werdende Mütter?«

»Ich denke, das wird sie schon vertragen.«

»Nein, ich kann nicht«, sagte Giselle. »Rose übernachtet heute hier, das weißt du doch.«

»Ist sie nicht im Theater?«

»Schon, aber vielleicht ist sie um halb elf wieder zurück. Wenn ich nicht da bin, kommt sie nicht rein.«

»Du kannst den Schlüssel hinterlegen und eine Nachricht an die Tür kleben.«

»Nein, ich habe mich mit ihr verabredet, und zwar, bevor du mich gefragt hast!«

»Es ist so selten, daß ich mal einen Abend freihabe.« Gavin klang beleidigt.

»Das stimmt«, erwiderte Giselle. »Und wenn, dann triffst du dich mit deinen Brüdern und erwartest auch noch, daß ich springe.«

»Ich dachte, daß du vielleicht gerne kommen würdest.«

»Tut mir leid. Ich kann nicht.«

Nachdem Gavin den Hörer aufgelegt hatte, blieb er noch eine Weile stehen und starrte auf das Telefon. Er mußte seine Haltung wiedergewinnen, bevor er zu seinen Brüdern zurückging.

»Ich glaube, es ist irgendwas Fundamentales und hat mit den Hormonen zu tun«, sagte Hester als Antwort auf Jontys Frage. »Schwangerschaft ist ein kreativer Prozeß und Stricken auch.«

»Aber du bist doch nicht schwanger.«

»Nein, aber als Frau fühle ich mich ihr emotional besonders stark verbunden.«

Auf der Suche nach einer Billardübertragung drückte Jonty die Fernbedienung. »Übertreib's nicht.«

»Was?«

»Das Mitfühlen.«

»Na sag mal ...« Hester ließ ihr Strickzeug sinken, legte aber ihren Zeigefinger auf die letzte Masche. »Was ist denn jetzt los? Bin ich in 'ner psychologischen Beratung? Vielleicht ist es ja deiner Aufmerksamkeit entgangen, aber ich bin nicht gerade eine überfürsorgliche Mutter. Ich darf doch wohl für mein Enkelkind was stricken, oder spricht da etwas dagegen?«

Jonty hob die Hände. »Schon gut, schon gut! Natürlich darfst du.«

»Danke.« Hester sah auf ihr Strickzeug. »Verdammt.«

»Ich finde nur, daß wir unter den gegebenen Umständen besonders darauf achten sollten, ein bißchen Distanz zu wahren.«

Hester legte ihr Strickzeug ganz beiseite. »Was zum Teufel willst du damit sagen?«

»Ich will sagen, daß unsere Tochter von einem erheblich älteren Mann schwanger ist.«

»Also wirklich, Jonty, das hört sich nach einem viktorianischen Melodram an.«

»Ich konstatiere nur die nackten Tatsachen.«

»Ich finde, es entwickelt sich alles sehr gut. Ist doch deutlich zu sehen, daß Giselle sich positiv verändert hat.«

»Ach ja?« Jonty stellte den Fernseher leiser. »Sie ist nach London gegangen, hat ihren Job verloren, und jetzt ist sie schwanger.«

»Also hältst du es für eine Katastrophe.«

»Das will ich damit nicht sagen. Aber es soll Mädchen geben, die mit einer Schwangerschaft etwas kompensieren. Das Baby soll ihr Selbstwertgefühl steigern und ihrem Leben einen Sinn geben.«

Während er sprach, wurde Hesters Gesicht immer länger. Ungläubig starrte sie Jonty an. »Glaubst du im Ernst, daß das bei Giselle der Fall ist? Ich dachte, es war ein Unfall.«

»Ich gebe ja nur zu bedenken, daß es auch solche Zusammenhänge geben könnte.«

»Na gut, aber jetzt ist die Entscheidung doch gefallen, sie wird das Baby haben, und ich finde, wir sollten es als glückliches Ereignis sehen, egal, was dahintersteckt.«

»Ja, da hast du recht.«

»Also?«

Jonty stellte den Fernseher wieder lauter. »Beruhige dich doch, Hes. Du hast recht, wir sollten uns freuen und eine positive Haltung dazu haben. Aber wir kennen auch Ann und Byron seit ewigen Zeiten, und das sollten wir nicht völlig unberücksichtigt lassen.«

»Wie meinst du das? Ich habe es für einen Vorteil gehalten.«

»Im Moment sicher. Aber wenn irgendwas – und der Himmel möge es verhüten! – schiefgehen sollte, könnte es sich auch als Komplikation herausstellen. Ich sage ja nur, wir sollten ein bißchen Distanz wahren, vorsichtshalber.«

»Okay, gut. Dann paß du auf und halt Wache, wenn du es für wichtig hältst. Ich meinerseits stricke.«

Jonty zeigte auf ihr Strickzeug. »Ich will ja wirklich nicht unken, aber ich glaube, du hast eine Masche fallengelassen.«

Rose kam vor Gavin nach Hause. Als sie klingelte, lag Giselle auf dem grüngraugestreiften Sofa, ihr Kopf ruhte auf dem Bauch des aufblasbaren Mannes, sie aß Krokanteis und las eine Zeitschrift. Bevor sie öffnete, schob sie die Zeitschrift unters Sofa und stellte den Rest der Eiscreme in den Kühlschrank.

Rose strahlte vor Begeisterung über das Stück. Sie schwärmte, ohne Luft zu holen, während Giselle in der Küche Tee machte und sie dann zurück ins Wohnzimmer gingen.

»... ist mir erst aufgefallen, wie lange ich schon kein wirklich gutes Theaterstück mehr gesehen habe. Das Bühnenbild und die Darstellung, es war einfach toll. Griz, weißt du was, wir beide sollten mal zusammen ins Theater gehen, jetzt, wo du in der Stadt wohnst. Oder na ja, vielleicht würdest du lieber mit Gavin ...«

»Nein, du hast völlig recht, wir beide sollten gehen«, stimmte Giselle zu und lehnte sich wieder an den aufblasbaren Mann. »Aber du mußt das Stück aussuchen. Du weißt ja, das ist nicht gerade mein Spezialgebiet.«

»Klar. Das wird super.« Rose stellte ihre Tasse auf dem Boden ab, sah die Zeitschrift unter dem Sofa und zog sie hervor. »Hey, was ist das denn? ›Mutterschaft‹ – Grizzle!«

»Ich hab's dir ja gesagt, ich bin total damit beschäftigt.«

»Aber wirklich!« Rose blätterte die Seiten durch und ließ die Zeitschrift wieder sinken. »Ist es nicht merkwürdig, wie schnell sich alles verändern kann?«

»Was meinst du damit?«

»Na ja, noch vor weniger als einem Jahr warst du die verlorene Tochter mit einem unmöglichen Freund und einem völlig unakzeptablen Leben. Ich war die Brave und Angepaßte, Studentin, netter junger Mann als Freund ... und sieh uns jetzt an.«

»So anders finde ich es gar nicht.«

»Mein Gott, es könnte sich nicht mehr verändert haben. Ich studiere immer noch, und meine Berufsaussichten sind mies, Jez existiert nicht mehr. Du wohnst mit Gavin in dieser tollen Wohnung, ein Baby ist unterwegs, und zwei Familien bekommen vor Rührung und Freude feuchte Augen.«

»Also ganz so ist es nun wirklich nicht. Ich glaube gar nicht, daß ich mich groß verändert habe, ich weiß jetzt nur, was ich will.«

»Ja!« Rose nahm die Zeitschrift hoch und zeigte auf den Titel: »›Mutterschaft!‹«

Als Gavin und Julian zwanzig Minuten später kamen, hörte man sie schon auf dem Weg vom Auto zur Haustür laut reden und lachen. Rose öffnete ihnen die Tür.

»Oh«, sagte Julian und zog die Augenbrauen hoch. »Es regnet Frauen.«

»Hi, Rose.« Gavin gab ihr einen Kuß, legte den Arm um sie und erklärte: »Das ist Zeldas große Schwester, Rose.«

Julian neigte den Kopf. *»Enchanté.«*

»Hallo«, sagte Rose. »Hattet ihr einen netten Abend?«

»Nett ... war es nett?« überlegte Gavin. »Hey, Jules, war der Abend nett?«

»Nicht besonders, deswegen haben wir auch ein bißchen viel getrunken.«

»Du vielleicht.« Gavin ging auf das Wohnzimmer zu. »Rose jedenfalls hatte ganz bestimmt einen netten Abend. Sie war im National Theatre.«

Julian blieb im Flur stehen. »Wirklich? Was hast du gesehen?«

»Das neue David-Hare-Stück.«

»Wie moralisierend war es?«

»Es war einfach großartig.«

»Das ist keine Antwort ...« Als Julian merkte, daß es Rose ernst meinte, änderte er den Ton. »Nein, wirklich, ich bewundere Hares Arbeit. Aber das National soll sich in letzter Zeit ein paar Schnitzer geleistet haben. Und diese Produktion hat dir also gefallen?«

»Ich bin begeistert.«

»Gut zu wissen. Ich bin kulturell nicht gerade auf dem neuesten Stand. Das letzte Jahr habe ich in Frankreich gearbeitet.«

»Ja, hat Giselle mir erzählt.«

»In einem Kaff, hübsch, aber was Kultur angeht, absolut tote Hose.«

Rose lachte, und beide gingen ins Wohnzimmer. Giselle saß noch immer in einer Ecke des Sofas, ihren Rücken stützte der aufblasbare Mann. Gavin hatte seinen Platz dicht neben ihr. Eine Hand hatte er auf ihr Knie gelegt, die andere hielt eine Zigarette.

»Du wirst ihn doch hier nicht rauchen lassen!« empörte sich Rose.

»Sie hat recht«, stimmte ihr Julian zu. »Passives Rauchen kann dem ungeborenen Kind schaden.«

»Nun macht mal 'nen Punkt. Zelda hat bis vor kurzem wie 'n Schlot gequalmt. Richtet und ihr werdet gerichtet werden, stimmt's, Zelda?«

»Ich fänd's besser, wenn du's lassen würdest«, sagte Giselle.

»Ha-ha!« krähte Julian. »Ha-ha, ha-ha!«

Gavin nahm einen weiteren Zug. »Es gibt nichts Schlimmeres als ehemalige Raucher.«

Julian sah auf seine Armbanduhr. »Ich rufe mir ein Taxi. Hast du eine Nummer, Gavin?«

»Findest du im Flur.«

»Okay. Ciao dann.«

»Ich mache einen Kaffee«, sagte Rose. »Möchte noch jemand?«

Giselle schüttelte den Kopf.

»Hört sich gut an, aber eigentlich sollten wir dir etwas anbieten.« Gavin warf Giselle einen Blick zu. »Du bist schließlich der Gast.«

»Nein, bin ich nicht, ich bin Giselles große Schwester, wie du richtig gesagt hast, und ich weiß, wo alles steht. Milch und Zucker?«

»Nichts von beidem, danke.«

»Kaffee kommt sofort.« Rose ging zur Tür und drehte sich noch einmal um. »Und ihr beide bleibt hier und versprecht, brav zu sein.«

Als sie draußen war, drückte Gavin seine Zigarette aus und faltete die Arme vor der Brust. »Was ist los mit dir?«

»Gar nichts. Aber da wir schon beim Thema sind, ich fände es schön, wenn du uns nicht vollqualmen würdest.«

»Uns?«

»Mich und das Baby.«

»Verstehe. Ich dachte schon, du redest von dir in der Mehrzahl, wie eine Königin.«

»Nein.«

»Du erwartest nicht ernsthaft von mir, daß ich aufhöre zu rauchen, oder?«

»Keine schlechte Idee.«

»Keine schlechte Idee?« Er sah sie ungläubig an. »Als ich das eben über ehemalige Raucher gesagt habe, hatte ich eigentlich nicht dich gemeint. Also gut, du hast aufgehört. Prima! Sehr gut! Großartig! Du bekommst einen Verdienstorden und das Baby wird dir ewig dankbar sein. Aber alle Erwachsenen wissen, daß dieses Gerede über passives Rauchen nur von Moralaposteln stammt.«

»Es ist bewiesen, daß es andere schädigt.«

»Wie bitte? Bist das wirklich du? Ich glaube, du hörst zu viel Radio Four.«

»Und außerdem mag ich es auch nicht. Mir wird übel von dem Rauch.«

»Ah!« Gavins Stimme klang triumphierend. »Jetzt kommen wir der Sache schon näher. Es geht überhaupt nicht um das Baby, es geht um Prinzessin Giselle Blake, die erste Frau in der Geschichte der Welt, die schwanger ist.«

Draußen in der Küche legte Julian zum drittenmal den Hörer wieder auf. »Verdammt. Immer noch besetzt. Vielleicht hänge ich den Lehrerjob besser an den Nagel und werde Taxifahrer.«

»Möchtest du einen Kaffee?« fragte Rose.

»Nein, danke.«

»Diese Küche ist einfach Spitze. Nicht, daß ich's Giselle nicht gönne, aber ich bin ein bißchen neidisch.«

»Hm. Gavin geht's schon nicht schlecht. Er tut immer so, als würde sein Laden jeden Moment pleite machen, aber in Wirklichkeit sahnt er nicht schlecht ab.«

»Und er versteht es, sein Geld auszugeben«, sagte Rose, während sie sich bewundernd umsah. »Wo wohnst du?«

»Nicht weit, Holland Park.«

»Hübsche Gegend. Eine eigene Wohnung?«

»Ja. Übrigens, ich mache bald eine Einweihungsparty. Hast du nicht Lust zu kommen?«

Rose nahm die beiden Kaffeetassen. »Das ist nett von dir, würde ich gerne, aber ich wohne in Bristol.«

»Na und?« Julian lächelte. »Du bist doch auch für David Hare nach London gekommen.«

»Das war eine Ausnahme. Außerdem habe ich bald Abschlußprüfungen.«

»Nur Arbeit und kein Vergnügen? Ich bin noch eine Woche vor meinen letzten Prüfungen nach Wien gefahren.«

Gavin kam in die Küche und nahm Rose eine Tasse aus der Hand. »Immer noch hier?« fragte er Julian.

»Es ist dauernd besetzt.«

»Ich kann dich mitnehmen, ich fahre noch zur Brasserie.«

»Du hast aber ganz schön was intus.«

»Ach was«, wehrte Gavin gereizt ab. Dann fragte er: »Was soll das Gerede über deine Abschlußprüfungen?«

»Ich wollte Rose überreden, zu meiner Party zu kommen. Sie hat bald Prüfungen. Aber nur noch zu arbeiten, ist schlecht fürs Gemüt.«

»Genau.« Gavin wandte sich an Rose. »Das solltest du nicht tun. Komm lieber zur Party und tanz 'ne Nacht durch, dann kannst du nachher wieder besser arbeiten.«

Rose lachte und warf ihr Haar in den Nacken. »Ich überleg's mir.«

»Also komm, Jules«, sagte Gavin. »Ich fahr dich.«

Nachdem die beiden gegangen waren, brachte Rose ihren Kaffee ins Wohnzimmer. Giselle saß noch immer in derselben Stellung auf dem Sofa und hatte ihr Gesicht auf die Knie gelegt.

»Griz? Alles okay?«

Sie hob den Kopf. »Ja, mir geht's gut.«

»Ich hoffe, du hast Gavin wegen seines Rauchens zur Rede gestellt.«

»Er weiß, was ich davon halte.«

»Und wird er's lassen?«

Giselle streckte sich und gähnte. »Das bezweifle ich.«

Ein paar Tag später nahm Giselle Chloes Angebot an und ging vom Spielplatz aus mit ihr und Carl nach Hause. Sie schob den Buggy durch den Park, dessen Wiesen bereits mit Krokussen übersät waren. Carl drehte sich in seinem Wagen immer wieder nach Giselle um.

Chloe und Mehmet wohnten in einer kleinen, engen Wohnung in einem großen Neubau. Kaum hatte Chloe dem Jungen Anorak und Schuhe ausgezogen, rannte er in die Küche und kletterte auf seinen Kinderstuhl. Offensichtlich hatte er Hunger. Chloe toastete ihm ein Sandwich und belegte es mit Schokoladenstreuseln. Dann goß sie Orangensaft in einen Becher.

»Unmöglich, ich weiß«, entschuldigte sich Chloe, »aber ich möchte jetzt gern Ruhe haben, um ein bißchen mit dir zu schwatzen.«

»Mir ist das doch egal«, entgegnete Giselle und sah zu, wie sich die Schokoladenstreusel inzwischen in Carls Gesicht breitgemacht hatten.

»Eigentlich bin ich mit Ernährung ziemlich pingelig«, sagte Chloe. »Ich koche gern und möchte, daß Carl gesunde Sachen ißt. Er soll auch lernen, sein Essen zu genießen. Aber es ist wie mit Büchern. Du möchtest, daß dein Kind gute Bücher liest, aber deswegen kannst du ihm keine Comics verbieten. Schokoladenstreusel auf weißem Brot sind wie Comics. Es macht Spaß und schadet nicht, solange es auch noch was anderes gibt.

Giselle mochte Chloe. Vielleicht war das der Grund, warum sie plötzlich sagte: »Ich kriege im Sommer auch ein Baby.«

Chloe riß die Augen auf. »Wirklich?«

»Ja.«

»Herzlichen Glückwunsch!« Zu Giselles Erstaunen stand Chloe auf und küßte sie. »Wie schön.«

»Danke.«

Chloe hielt einen Waschlappen unter warmes Wasser und bearbeitete energisch Carls Gesicht, als dieser aus seinem Stuhl kletterte. »Bist du allein?«

Diese direkte Frage überraschte Giselle. »Ich weiß noch nicht.«

Chloe sah sie prüfend an. »Verstehe. Wenn es so werden sollte, kann ich dir alles mögliche borgen: einen Korb, Kleider, ein Kinderbett, einen Wippstuhl ... Du mußt nur Bescheid sagen.«

»Das ist wirklich nett von dir, danke.«

»Wo wirst du wohnen, hier in der Gegend?«

Giselle zögerte. »Ich weiß nicht.«

»Hoffentlich. Das wäre toll. Ich finde Babys so süß, wenn sie noch ganz winzig sind.« Aus dem Zimmer nebenan kamen Stimmen aus dem Fernseher. »Ach du meine Güte! Na ja, is' auch egal. Ich kann wirklich nicht sagen, daß wir ihn im allgemeinen davor absetzen.«

»Ich finde deinen Sohn toll. So ein Kind würde ich gerne haben.«

»Möchtest du ein Mädchen oder einen Jungen?«

»Ist mir eigentlich egal. Nein, ich stelle mir ein Mädchen vor, aber ich weiß nicht, warum.« So offen hatte Giselle noch nie über das Baby gesprochen, sie wunderte sich über sich selbst.

»Man kann es bei der zweiten Ultraschalluntersuchung sehen, aber das weißt du sicher.«

Giselle schüttelte den Kopf. »Ich möchte lieber, daß es eine Überraschung wird.«

»Und der Vater? Was denkt der?«

»Er möchte es gerne wissen. Er ist jemand«, fügte Giselle hinzu, »der immer alles wissen möchte.«

Chloe stellte eine Blechbüchse auf den Tisch und nahm den Deckel ab. »Honigbrot. Möchtest du?«

»Ja, gerne, es sieht gut aus.«

»Ich liebe es, und man kann es ewig aufbewahren.« Chloe schnitt zwei Scheiben ab. »Aber er freut sich drauf«, sagte sie, »das ist die Hauptsache.«

Giselle schätzte Chloe sehr, aber da sie sich erst sehr kurz kannten, wollte sie zu diesem Thema nicht mehr sagen.

Stattdessen meinte sie: »Du und Mehmet, ihr versteht euch offensichtlich sehr gut.«

»Schon, aber es gibt auch eine Menge Schwierigkeiten«, entgegnete Chloe. »Männer aus seinem Kulturkreis sind ja nicht gerade bekannt dafür, besonders liberal zu sein. Doch wir lieben uns, und er ist ein wunderbarer Vater. Für meine Eltern war die Sache anfangs eine Katastrophe. Das war hart für mich, weil ich sie sehr mag. Aber schließlich ist das mein Leben, nicht wahr? Das wirkliche, nicht nur 'ne Generalprobe, also kommt's drauf an, was ich daraus mache.«

Giselle hörte voller Respekt zu. Vor einem Jahr noch hätte sie Chloe in ihrer spießigen Kleidung und dem Kleinkind im Buggy nicht einmal wahrgenommen. Die neue Giselle erschien Chloe stark und unabhängig und ihre Situation trotz aller Schwierigkeiten beneidenswert.

»Du hast recht«, sagte sie, »man muß was draus machen.«

Chloe zog eine Grimasse, während sie ihre Finger abschleckte. »Für die meisten Leute habe ich sicher nichts aus der Situation gemacht. Immerhin habe ich einen gut bezahlten und interessanten Job aufgegeben, um das Baby eines Ausländers großzuziehen. Um's mal etwas kraß auszudrücken.« Die Wohnungstür wurde geöffnet. »Und hier ist er.«

Giselle hatte sich einen kleinen, untersetzten Mann vorgestellt, der älter war als Chloe. Um so verblüffter sah sie sich einem großen, schlanken Mann gegenüber, der die gleichen dunklen Augen wie Carl hatte und dichtes, lockiges Haar. Er war sehr attraktiv. Nachdem er Giselle höflich begrüßt hatte, gab er Chloe einen langen Kuß auf die Stirn.

»Ich wollte gerade gehen«, sagte Giselle.

»Nein, warum denn?« entgegnete Chloe. »Bleib noch ein bißchen. Mehmet spielt inzwischen mit Carl, nicht wahr, Schatz?«

Er nickte und lächelte Giselle an. »Wenn ich früher nach Hause komme, tobe ich immer erst eine Zeitlang mit meinem Sohn.«

Mehmet nahm eine Cola aus dem Kühlschrank und ging ins Wohnzimmer. Sie hörten, wie er mit Freudengekreisch begrüßt wurde.

Chloe machte ein wehmütiges Gesicht. »Wie soll ich damit konkurrieren?«

»Warum solltest du?« fragte Giselle. »Du freust dich doch sicher, daß die beiden sich so mögen. Du mußt das Gefühl haben, das Richtige getan zu haben.«

»Ganz bestimmt.« Chloe strahlte. »Daran habe ich nicht den geringsten Zweifel.«

Als Giselle kurz darauf ging, warf sie vorher noch einen Blick ins Wohnzimmer. Der Fernseher lief nicht mehr. Mehmet lag rücklings auf dem Boden, und Carl saß auf seinem Bauch, die Hände auf die seines Vaters gestützt. Die beiden sahen sich tief in die Augen, völlig hingerissen voneinander.

Als Giselle zur George Street zurückging, hatte sie das Gefühl, gerade eine gute Beziehung kennengelernt zu haben. Sie war froh darüber, aber gleichzeitig stimmte es sie wehmütig; es machte deutlich, wie weit ihre eigene Situation von diesem Ideal entfernt war. Sich etwas anderes vorzumachen, wäre unehrlich, und in letzter Zeit war Ehrlichkeit für Giselle besonders wichtig geworden. Für Gavin war sie eine flexible, um nicht zu sagen erläßliche moralische Forderung, aber ihr reichte es nicht, daß es nach außen so aussah, als täte sie das Richtige. Sie hatte nicht die eine Verkleidung aufgegeben, um in eine andere zu schlüpfen.

Es mußte sein. Schließlich hatte selbst die im Vergleich zu ihr konservative Chloe es riskiert, ihre Eltern vor den Kopf zu stoßen, auch wenn sie dadurch Spannungen und Konflikte hervorgerufen hatte. Giselle wußte jetzt, daß sie sich unter Umständen auch gegen ihre Familie durchsetzen mußte, um das zu tun, was sie selbst für richtig hielt. Der Gedanke daran war nicht gerade angenehm. Ihr war schwer ums Herz, als sie die Tür zu Gavins dunkler, leerer Wohnung öffnete.

Als Jonty am Freitagabend nach Haus kam, war niemand da. Der Anrufbeantworter blinkte.

»Tut mir leid, Schatz«, ertönte Hesters Stimme, »ich hatte noch eine Besprechung, und jetzt gehe ich mit den Kollegen etwas trinken, bis der Verkehr weniger geworden ist. Im Kühlschrank sind noch ein paar Sachen zum Essen. Bis nachher.«

Es war acht Uhr, und Daniel schien noch zu arbeiten. Er machte Extraschichten im Supermarkt, um sich Geld für seine Reise zu verdienen. Das fand Jonty zwar begrüßenswert, ansonsten wünschte er sich aber, Daniels Arbeit wäre etwas anspruchsvoller. Außerdem dachte sein Sohn nicht im entferntesten daran, irgend etwas zu seinem Lebensunterhalt beizutragen. Er arbeitete nur, um Geld für seine Freizeit und seinen Spaß zu verdienen. Solche unbedeutenden Dinge wie Essen, saubere Kleidung und ein Dach über dem Kopf setzte er als gratis verfügbar voraus.

Jonty sah in den Kühlschrank und fand ein Stück Pizza in Alufolie, etwas Gulasch, Käse, Eier und Salat vor, der nicht mehr ganz frisch aussah. Voller Selbstmitleid schloß er die Tür wieder, ohne etwas herausgenommen zu haben.

Er ging nach oben und vertauschte seinen Anzug gegen eine alte, abgewetzte Cordhose sowie einen dunkelblauen, dicken Pullover. Dann verließ er das Haus, um ins Pub zu gehen. Sofort überfiel ihn schmerzliches Bedauern, daß Gus nicht mehr da war. Er vermißte ihn. Es war wie eine Amputation gewesen, als er eines Tages nach Hause gekommen war und Hester den Hund hatte einschläfern lassen. Ein fürchterlicher Schock, ohne daß ihm Zeit gegeben worden war, sich an den Gedanken zu gewöhnen. Woher hatte Hester die Härte genommen, das zu tun? Vielleicht war es wirklich so, daß Frauen, die stärker durch ihren biologischen Rhythmus bestimmt waren als Männer, sich dem Leben und auch dem Tod gegenüber pragmatischer verhielten. Jonty steckte die Hände tief in die Hosentaschen und ballte sie zu Fäusten. Sie hätte es ihm trotzdem vorher sagen müssen.

Auf dem Weg zum *Axe and Compass* kam er an der Kirche vorbei. Jonty ging nicht regelmäßig zum Gottesdienst, nur Ostern und Weihnachten schaffte Hester es meist, ihn dazu zu überreden. Trotzdem war er Mitbegründer des Vereins, der das Geld für die Instandsetzung von St. Catherine aufgetrieben hatte, und er empfand eine ausgesprochen sentimentale Zuneigung zu dem Gebäude.

Langsam schlenderte Jonty auf die Kirche zu, als wollte er nur einen kleinen Umweg gehen. Er widerstand der Versuchung, sich noch einmal umzusehen, bevor er eintrat.

Zu spät fiel ihm auf, daß Licht in der Kirche brannte. So blieb er unschlüssig an der Tür stehen. Jontys wußte selbst nicht, warum er eigentlich hereingekommen war. Auf keinen Fall wollte er jemandem begegnen.

»Jonty, guten Abend. Ich spreche dich lieber gleich an, bevor du den Schrecken deines Lebens kriegst.«

Zögernd ging Jonty ein paar Schritte den Mittelgang entlang. Neben der nördlichen Tür hockte Geoff Baines, der Pfarrer. Er hatte einen Schraubenzieher in der Hand und war dabei, den Stecker an einer großen Teemaschine auszuwechseln.

»Hallo, Geoff.«

»Ich glaub' eigentlich nicht, daß der Stecker das Problem ist, aber ich wollte das erst einmal überprüfen, bevor ich das nächste dieser verdammten Dinger bestelle.«

Jonty nickte verlegen.

»Ich habe dich ja Ewigkeiten nicht gesehen«, fuhr Geoff fort, steckte den Stecker in die Steckdose und erhob sich. »Und Hester ebensowenig, was noch ungewöhnlicher ist.

Als ich ihr das letzte Mal begegnet bin«, meinte er scherzhaft, »ging sie mit einem ziemlich gutaussehenden jungen Mann spazieren.«

»Tatsächlich?« Jonty zuckte die Achseln. »Frag mich nicht. Diese Frau führt ihr eigenes Leben.«

Geoff lachte. »Alles in Ordnung mit der Familie?«

»Ja. Daniel will in ein paar Wochen einen Europatrip machen und Rose steckt in den Abschlußprüfungen.«

»Und Giselle?«

»Sie ist in London.«

»Ach ja, hat mir jemand erzählt.« Geoff schaltete die Maschine ein. »Na, wunderbar! Glück gehabt. Ihr müßt mal wieder auf ein Glas vorbeikommen, du und Hester. Wir haben viel mehr Zeit, seit Camilla in der Schule ist, und wir genießen es sehr.« Er steckte den Schraubenzieher in die Tasche und grinste Jonty an. »Ach ja, die Kinder! Aber deine führen ja schon mehr oder weniger ihr eigenes Leben, nicht?«

»Mehr oder weniger, ja«, stimmte Jonty halbherzig zu. Das Bedürfnis, sich alles von der Seele zu reden, schnürte ihm die Kehle zu.

Geoff lächelte ihn an, während er seine Jacke zuknöpfte. »Ich rufe euch an. Ich hoffe sehr, daß ich deine wundervolle Frau dafür gewinnen kann, bei unserem Wettlauf im Mai zu helfen. Wenn sie dabei ist, motiviert das bestimmt noch andere. Okay, ich laß dich dann allein. Sei so gut und mach das Licht aus, wenn du gehst. Gute Nacht.«

Die Tür fiel ins Schloß. Jonty fühlte einen Stich in der Magengrube. Schweigen war eine gute Sache, aber unter Freunden nicht immer angebracht.

Im Pub aß Jonty eine gebackene Kartoffel, trank zwei Dobbey's und tauschte tröstliche Platitüden mit Nick, dem Kneipenwirt, aus. Dann ging er zurück nach Hause.

Er betrat das Haus durch die Hintertür. Daniel stand in der Mitte der Küche und aß Corn Flakes.

»Hallo«, sagte Jonty, »wie war die Arbeit?«

»Okay.«

»Ist Mum da?«

»Sie hat angerufen. Kommt gegen halb zwölf.«

»Gut. Tut mir leid, daß ich nicht da war, ich hatte Lust auf ein Bier im Pub.«

Daniel zuckte die Achseln und stellte die Schüssel ins Spülbecken.

»Giselle ist zurück«, sagte Daniel.

»Ja? Ich wußte gar nicht, daß sie dieses Wochenende kommen wollte.«

Daniel schüttelte den Kopf. »Nicht fürs Wochenende. Zurück, richtig, für immer.«

16.

»Es kommt Ihnen vielleicht unnötig vor«, sagte Byron zu Josette, »aber es lohnt sich, bei diesen Arbeiten etwas Zeit fürs Planen und für die Struktur des Ganzen anzusetzen. Sie sollten sich auch überlegen, wie Sie die Information weitervermitteln und in welchen Zusammenhängen.«

Josette nickte. »Ich weiß, die schriftlichen Arbeiten sind meine schwache Seite. Ich hoffe, daß ich daran nicht scheitern werde.«

»Aber nicht doch«, beruhigte sie Byron. »Man braucht nur ein paar simple Tricks zu lernen. Und die bringe ich Ihnen bei.«

Es war Sonntagvormittag, und sie saßen in der Raglan Road in der Küche, der Tisch war mit Manuskriptseiten bedeckt. Außer ihnen beiden war niemand im Haus. Ann hatte sich schon früh auf den Weg gemacht, um an einem Seminar teilzunehmen, und Mr. We-We Sun war vor ein paar Wochen nach Hongkong zurückgekehrt. Die Sonne schien zum Fenster herein, Byron hatte Kaffee gekocht und einen Teller mit Erdnußbutterkeksen auf den Tisch gestellt.

Er hatte seine Freude am Lehren wiederentdeckt. Ihm war sogar der Gedanke gekommen, ob er sich nicht früher besser mit Erwachsenenpädagogik hätte beschäftigen sollen. Seine Versuche, Kindern und Jugendlichen etwas beizubringen, waren fehlgeschlagen, aber die Arbeit mit Josette hatte Erfolg und war eine Bestätigung für ihn.

Und Bestätigung war etwas, das Byron vermißte. In seiner Familie gab Ann den Ton an, was ihm nur recht war, zumal es auch ganz offensichtlich ihrer Natur entsprach. Die handwerklichen Fähigkeiten, die er zweifellos hatte, wurden als selbstverständlich hingenommen, und er konnte sich des Gefühls nicht erwehren, daß seine Jungs ihn nicht respektierten, weil er keine Tätigkeit außerhalb des Hauses ausübte.

Josette brachte Byron Bewunderung und Respekt entgegen.

»Ich bin Ihnen wirklich sehr dankbar«, sagte sie. »Ohne Sie würde ich immer wieder die gleichen Fehler machen.«

»Nein, das würden Sie nicht«, entgegnete Byron, »denn Ihr Tutor würde Sie irgendwann darauf aufmerksam machen. Es sind alles ganz grundsätzliche Sachen. Aber wenn ich Ihnen schon vorher helfen kann und Sie dadurch Zeit gewinnen, freut mich das. Ich mache es wirklich gern.«

Sie lächelte ihn dankbar an. Und bei diesem Lächeln wußte er, daß es ganz andere Dinge gab, die Josette ihm beibringen könnte. Aber diese Möglichkeit war für Byron völlig undenkbar.

Eines Tages hatte Josette ihn gefragt: »Meinen Sie, daß Mrs. Armitage etwas dagegen haben könnte?« Und für einen Moment hatte er geglaubt, sie meinte das Undenkbare.

»Dagegen?« hatte er zurückgefragt und ein Kribbeln im Nacken gespürt.

»Ich habe zuerst ihre Frau um Hilfe gebeten, als ich mit dem Kurs anfing. Aber da Sie sogar dasselbe studiert haben ...«

»Oh! Nein, sie hat ganz bestimmt nichts dagegen.« Byron hatte nicht auseinanderhalten können, ob er nur Erleichterung oder auch Enttäuschung fühlte. »Um ehrlich zu sein, ist es vielleicht sogar besser so. Meine Frau ist immer sehr beschäftigt, während ich viel Zeit habe.«

Josette nickte. Der gegenseitige Respekt und die Distanz zwischen ihnen waren nicht angetastet worden. Und Byron fühlte Erleichterung.

Nachdem sie sich weitere zehn Minuten damit beschäftigt hatten, wie Josette am besten ihre Analyse der Kriminalstatistiken von jugendlichen Delinquenten vorstellen könnte, hörten sie, wie die Haustür geöffnet wurde.

»Wer ist das denn?« fragte Byron erstaunt.

»Mrs. Armitage?«

»Eigentlich wollte sie erst um sechs Uhr zurückkommen. Aber vielleicht hat sie etwas vergessen.« Sie hörten schwere Schritte die Treppe hinaufgehen. »Das ist nicht Ann.«

»Dann wahrscheinlich einer Ihrer Söhne.« Byron warf Josette einen Blick zu. Er hatte das Gefühl, daß sie die drei nicht besonders mochte.

»Wahrscheinlich. Ich sehe mal nach. Entschuldigen Sie mich bitte für einen Moment.«

Auf halbem Treppenabsatz rief Byron: »Hallo? Wer ist da?«

Niemand antwortete. Schwerfällig ging er weiter nach oben, als er plötzlich auf dem oberen Flur Gavin gegenüberstand. Sein schwarzer Anzug war zerknittert, der Gesichtsausdruck grimmig, und seine Locken sahen zerzaust aus.

»Nanu«, sagte Byron, »was machst du denn hier?«

»Ich suche einen Ordner, und ich hoffte, ihn hier zu finden. Ich gehe jetzt wieder in die Brasserie.«

»Am Sonntag?«

»Da ist am meisten los, das weißt du doch.«

»Und Giselle?«

»Was ist mit Giselle?«

Byron bemühte sich um einen lockeren Ton. »Na, ich wette, daß sie davon nicht gerade begeistert ist.«

»Woher soll ich das wissen«, gab Gavin bissig zurück, während er an seinem Vater vorbei die Treppe hinunterlief. »Sie ist wieder in Chuffington.«

Byron hatte keine Zeit zu antworten. Die Haustür fiel bereits ins Schloß, während er noch die Treppe hinunterging. Als er wieder die Küche betrat, sagte er sich, daß Gavins Bemerkung mehr als eine Interpretation zuließ. Warum sollte ein junges Mädchen, das schwanger war, nicht ein Wochenende bei ihren Eltern verbringen, zumal, wenn ihr Ehemann – nein, Partner – arbeitete?

Josette fuhr gerade mit dem Finger eine Zahlenreihe entlang und runzelte konzentriert die Stirn. Byron setzte sich.

»Tut mir leid. Es war Gavin.«

Ihr Finger blieb an einer Zahl hängen, und sie sagte: »Kein Wunder. Eine Reihe ist doppelt.«

Byron überprüfte es. »Tatsächlich. Nun, das erklärt einiges.«

Sie strich die überzählige Reihe aus und seufzte.

»Manchmal frage ich mich, ob ich überhaupt das Zeug zum Studium habe.«

»Unsinn, natürlich. Noch Kaffee?« Sie schüttelte den Kopf. »Sollen wir Schluß machen für heute? Wir haben doch ganz schön was geschafft.«

Josette nickte und begann, ihre Sachen zusammenzupakken. »Wird auch Zeit, daß ich nach Hause gehe. Ich habe manchmal so ein schlechtes Gewissen wegen meiner Tochter.«

Plötzlich spürte Byron das Bedürfnis, ihr von seiner Situation zu erzählen. »Wir werden Großeltern«, sagte er unvermittelt.

»Nein! Herzlichen Glückwunsch!«

»Es ist alles ein bißchen ungewöhnlich. Gavin und das Mädchen sind nicht verheiratet.«

»Wer ist das heutzutage schon?«

»Ja, da haben Sie recht ... Aber ich stamme eben noch aus einer Generation, die an den Wert bestimmter gesellschaftlicher Normen glaubt. So ist alles so ... so wenig verläßlich.«

»Aber Sie können sowieso nichts dran ändern, das steht mal fest. Ist das Mädchen über achtzehn?«

»Ja, aber nicht viel.«

»Das ist egal. Sie ist eine Frau und kann machen, was sie will«, meinte Josette. Sie stand auf und schob ihren Stuhl zurück. »Sie sollten sich einfach drüber freuen. Bestimmt werden Sie ein wundervoller Großvater.«

Byron befürchtete, daß sie recht hatte. Wahrscheinlich würden genau die Qualitäten einen guten Großvater aus ihm machen, die ihn als Vater eher abqualifizierten.

»Komisch«, fuhr Josette fort, »erst neulich habe ich einen Artikel über werdende Großeltern gelesen. Er war von Hester Blake. Kennen Sie ihre Kolumne?« Byron schüttelte den Kopf. »Sie hat die Situation sehr gut beschrieben, lustig, und doch auch irgendwie traurig. Für sie scheint das zu erwartende Einzelkind das Allerwichtigste in ihrem Leben zu sein.«

Als Josette gegangen war, fühlte Byron eine tiefe Müdigkeit.

Als Hester am Samstag aus dem Einkaufszentrum zurückkam, mähte Jonty das erstemal in diesem Jahr das Gras – ziemlich überflüssig, wie sie fand –, und Giselle saß im Wohnzimmer in einem Sessel und blätterte in einer Zeitung. Jonty hatte Hester letzte Nacht zwar mitgeteilt, daß Giselle wieder da war, aber sie hatte ihre Tochter noch nicht gesehen.

»Hallo, guten Morgen!« begrüßte sie Giselle mit gespielter Fröhlichkeit.

»Hi.«

»Ich setze mich gleich in Ruhe zu dir, ich muß nur erst all das Zeug wegpacken.«

Giselle antwortete nicht. Nachdem Hester eine Weile hin- und hergelaufen war und ihre Einkäufe im Kühlschrank, in Küchenschränken, in der Speisekammer und im Badezimmer verstaut hatte, ließ sie sich aufs Sofa fallen.

»Puh! Das wäre geschafft. Samstagvormittag einkaufen zu müssen, ist eine Strafe!«

Giselle beugte wie zustimmend den Kopf.

Hester hatte schon oft die Erfahrung gemacht, daß es Situationen gab, in denen sie genau wußte, wie sie sich zu verhalten hatte. Und dann, wie unter Zwang, tat sie genau das, was sie eigentlich vermeiden wollte.

»Wo ist denn Gavin?« fragte sie, und wußte gleichzeitig, daß die Art ihrer Frage dazu angetan war, Giselle in eine Abwehrhaltung zu treiben.

Ihre Tochter murmelte etwas Unverständliches.

»Wie bitte?«

»In London«, antwortete Giselle.

»Ach so. Ich habe mich ja nur gefragt, warum ihr nicht zusammen gekommen seid.«

Giselle ließ die Zeitung sinken. »Was ist das hier, ein Verhör oder was?«

»Du brauchst gar nicht kindisch zu werden, das war eine ganz harmlose Frage.«

»Wenn du nicht willst, daß ich kindisch werde, behandle mich nicht wie ein Kind.«

»Das habe ich gar nicht, ich habe nur gefragt, wo …«

»Ich *weiß*, was du gefragt hast!« Giselle warf die Zeitung auf den Boden. »Und ich habe dir geantwortet!«

Sie verschränkte die Arme vor der Brust und starrte ins Leere. Hester seufzte tief.

»Und wie geht's dir, mein Schatz? Du siehst gut aus.«

»Mir geht's auch gut.«

»Man sieht gar nicht, daß du zugenommen hast.«

»Habe ich, aber nicht viel.«

»Und wie steht's mit 'nem Krankenhaus, hast du dich schon irgendwo angemeldet?«

Giselle antwortete nicht, und Hester gab der Versuchung nach, das Schweigen zu füllen. »Weißt du, du solltest ...«

»Verdammt noch mal, hör endlich auf, mir zu sagen, was ich tun soll! Ich bin diejenige, die schwanger ist, okay? Ich will dieses Baby, also werde ich auch alles tun, damit es ihm gutgeht, okay?« Giselle griff sich ins Haar, genau wie es Hester immer tat, wenn sie von ihren Emotionen überwältigt wurde. Nach einem kurzen Schweigen sagte sie, sichtlich um Frieden bemüht: »Neulich war ich zur Ultraschalluntersuchung, und ich habe ein Foto. Möchtest du es sehen?«

»Gerne, ja.«

Sie stand auf, um nach oben zu gehen. Hester hörte, wie die Tür zum Garten geöffnet und dann geschlossen wurde. Im nächsten Moment steckte Jonty den Kopf ins Zimmer. »Alles okay?« fragte er und sah sich übertrieben vorsichtig im Raum um.

»Ich weiß nicht«, antwortete Hester. »Sie holt gerade ein Foto von der Ultraschalluntersuchung.«

Jonty kam ins Zimmer. »Und was heißt das?«

»Nichts, außer daß wir gleich das erstemal ein Bild von unserem Enkelkind sehen werden.«

»Oh, verstehe. Wunderbar.«

Als Giselle das Wohnzimmer wieder betrat, faßte Jonty sie an den Schultern und gab ihr einen Kuß auf die Wange. »Also, dann zeig uns mal den Schnappschuß von deinem Baby, Grizzle.«

Giselle gab ihm das Foto. Hester unterdrückte das Gefühl, zurückgesetzt worden zu sein, stand auf und sah Jonty über die Schulter. Das Foto war zweimal auf einem DIN-A4-Blatt reproduziert, daneben standen Notizen. Es erinnerte Hester an eines der angeblichen Unterwasserbilder des Ungeheuers von Loch Ness, eine undeutliche Ansammlung von Schatten, Flecken, Punkten und Streifen, auf der der Radiologe mit weißem Stift ein Muster gezeichnet hatte. Aber bei näherem Hinsehen konnte sie tatsächlich den runden Kopf, die gebeugte Linie der Wirbelsäule, die gekrümmten Ärmchen und Beinchen erkennen. Hester stiegen Tränen in die Augen. Beruhigend legte Jonty seinen Arm auf ihren Rücken.

»Oh ..., das ist ja unglaublich. Man sieht ja schon alles.«

»Hm.« Giselle setzte sich wieder in den Sessel.

»Ich kann mich nicht erinnern, daß wir von euch auch sowas hatten«, sagte Jonty.

»Hatten wir auch nicht. Mit Daniel war ich einmal beim Ultraschall, aber da bekam ich keine Bilder.«

»Ihr könnt es behalten, wenn ihr wollt«, sagte Giselle leichthin.

»Oh, wirklich?« fragte Hester. »Willst du es nicht selbst haben?«

»Ich habe das Original.«

»Und Gavin?«

»Er ist nicht scharf drauf.«

»Dann gerne, vielen Dank.«

»Ich muß wieder an die Arbeit«, erklärte Jonty. »Schön, daß du da bist, Griz; ich nehme an, das bedeutet, daß ich auch mal wieder was Anständiges zu essen kriege.« Er grinste Hester an, die ihm einen vernichtenden Blick zuwarf. Nachdem er gegangen war, sagte sie zu Giselle: »Tut mir leid, wenn du vorhin geglaubt hat, ich wollte dich ausfragen. Ich bin ein bißchen fertig im Moment.«

»Willkommen im Club.«

»Du weißt, daß du jederzeit willkommen bist, mein Schatz. Es ist schön, daß du hier bist und daß es dir gutgeht. Und hierüber«, sie wedelte mit dem Foto, »freue ich mich sehr.«

»Schön.«

»Rose hat angerufen, sie hat mit Jeremy Schluß gemacht.«

»Ich weiß.«

»Sie hat mir erzählt, daß sie neulich bei dir übernachtet hat. Habt ihr darüber gesprochen, warum sie sich getrennt haben?«

»Eigentlich nicht.«

»War sie niedergeschlagen?«

»Machst du Witze? Überhaupt nicht.«

»Gut.« Hester wurde das Gefühl nicht los, daß irgend etwas in der Luft hing, was Giselle ihr nicht sagte.

»Wenn du möchtest, daß ich dich morgen nach Hause fahre«, sagte sie, »sag Bescheid. Das könnte ich einrichten.«

»Danke«, antwortete Giselle, stand auf und ging zur Tür.

Verzweifelt schmiß sich Giselle aufs Bett. Sie hatte so genau gewußt, was und wie sie es sagen wollte. Wenn ihre Mutter bloß nicht gleich angefangen hätte, sie auszufragen.

Nach einer Weile rollte sie sich auf den Rücken, setzte sich auf und rieb sich verärgert die Tränen aus den Augen. Sie mußte einen Weg finden, es ihnen in Ruhe zu sagen, um eine Szene zu vermeiden. Sie wollte es noch einmal versuchen. Das Schwierige war, daß sie zwar zu ihren Eltern zurückkehrte, aber nicht mehr als Kind.

»Ach du meine Güte«, sagte Ann, als Byron ihr von Gavin erzählte. »Ich weiß von keinen Ordnern. Wie sah er aus?«

»Er wirkte ein bißchen konfus, aber eigentlich auch nicht mehr als sonst.«

»Und er wollte ins Büro gehen?«

»Das hat er jedenfalls gesagt.«

Ann seufzte. »Gibst du mir bitte ein Glas Wein, Byron?« Sie saß gefaßt auf ihrem Stuhl, während er ihr einschenkte. »Bestimmt ist irgendwas mit Giselle schiefgelaufen, und er ist gekommen, um darüber zu reden.«

Byron goß sich ebenfalls ein Glas Wein ein und setzte sich zu seiner Frau an den Küchentisch. Es war sechs Uhr fünfzehn. Anns Aktentasche stand neben ihrem Stuhl auf dem Boden, und sie hatte noch immer ihren Lodenumhang um. Unwillkürlich mußte Byron daran denken, wie anders die Atmosphäre heute morgen mit Josette gewesen war.

»Also danach hat es nicht ausgesehen«, erwiderte Byron. »Er war blitzschnell wieder draußen.«

»Hmm.« Ann sah ihren Mann sorgenvoll an und gab zu bedenken: »Um ehrlich zu sein, Byron, wahrscheinlich hatte er gehofft, mich anzutreffen. Gavin hat dir doch selten seine Probleme anvertraut.«

»Das ist richtig«, gab er zu. »Aber jedenfalls war die Möglichkeit gegeben, falls er es gewollt hätte.«

Ann legte beide Hände neben ihrem Weinglas auf den Tisch. »Ich gebe zu, ich mache mir etwas Sorgen.«

»Das glaube ich. Aber wir können im Augenblick gar nichts machen.«

»Das sehe ich anders. Wenn Gavin heute morgen vorbeigekommen ist, um mit uns zu reden, dann müssen wir davon ausgehen, daß er unsere Hilfe braucht.«

»Nun«, entgegnete Byron, »dann wird er wiederkommen.«

»Es liegt aber nicht in seiner Natur«, bemerkte Ann weise, »zu zeigen, daß er Hilfe braucht.«

»Aber du hast doch gesagt ...«

»Ich habe gesagt, daß er Hilfe braucht, nicht, daß er darum gebeten hat. Das ist ein entscheidender Unterschied.«

Byron wechselte die Taktik. »Ich finde, wir sollten uns nicht allzusehr einmischen. Sie sind nicht verheiratet. Und selbst wenn sie es wären, müßten sie doch nicht dauernd zusammenglucken. Ich nehme an, daß Giselle einfach übers Wochenende nach Hause gefahren ist, um sich in Ruhe mit ihrer Mutter über all die Dinge zu unterhalten, über die schwangere Frauen eben mit ihren Müttern reden.«

»Die Möglichkeit hatte ich nicht ausgeschlossen.«

»Wie wäre es, wenn du Sebastian oder Julian anrufst?« schlug Byron vor. »Sie können unauffällig herausbekommen, was dahintersteckt. Wird Zeit, daß sie ihre brüderliche Pflicht tun.«

»Ich werde es mir überlegen.«

»Tu das. Und was hältst du davon, wenn wir zur Abwechslung mal essen gehen?«

Ann stand auf, nahm ihren Umhang ab und schüttelte den Kopf. »Ich habe Hühnerfrikassee eingefroren, dazu gibt's Wildreis und französische Bohnen.«

Als nach dem Abendessen das Telefon klingelte, nahm Daniel ab. Er wollte gerade gehen, um sich mit seinen Freunden im Pub zu treffen. Jonty sah im Wohnzimmer einen Film mit Sean Connery, und Hester zeigte Giselle in der Küche, was sie gestrickt hatte.

»Hallo«, meldete sich Daniel mit gelangweilter Telefonstimme. »Nein. Ja. Daniel, ja. Oh, hallo. Ja, ich hole sie.«

Er legte den Hörer neben das Telefon. Hester wollte schon aufstehen, aber Daniel sagte zu Giselle: »Is' für dich.«

»Wer ist es?« fragte sie flüsternd.

»Gavins Mutter«, antwortete Daniel laut. Er verließ das Haus und knallte die Tür hinter sich zu.

Giselle ging auf das Telefon zu und zögerte einen Moment, bevor sie den Hörer aufnahm. Konzentriert sah Hester in ein Heft mit Strickanleitungen.

»Hallo?«

»Giselle, hier ist Ann.«

»Oh, hallo.«

»Entschuldigen Sie bitte, daß ich Sie zu Hause störe und dann auch noch an einem Samstagabend. Bestimmt plaudern Sie gerade mit Ihrer Mama.«

»Is' schon in Ordnung.«

»Es geht darum, daß Gavin sich etwas merkwürdig verhält. Und Sie sind im Moment diejenige, die das sicherlich am ehesten aufklären kann.«

»Was hat er gemacht?«

»Bis jetzt hat er nichts Besonderes angestellt, ich bin jedoch daran gewöhnt, schon die ersten Anzeichen zu erkennen. Ich selbst war heute den ganzen Tag unterwegs, aber Byron hat mir erzählt, daß er hier ins Haus gestürmt kam, angeblich, um nach einem Ordner zu suchen. Dann ist er genauso schnell wieder verschwunden. Er war wohl etwas durcheinander. Ich bin sicher, er wollte mit mir sprechen, weil er irgendwelche emotionalen Probleme hat. Und gerade eben habe ich wegen einer anderen Sache mit Sebastian telefoniert, der mir erzählte, daß er in der George Street vorbeigegangen sei und Gavin ihn noch nicht mal reingelassen habe. Natürlich hätte er sich bestimmt mit seinen Sorgen als erstes an Sie gewandt, wenn Sie nicht das Wochenende bei Ihrer Familie verbringen würden.«

»Wahrscheinlich.«

»Also, ich möchte Sie um einen Rat bitten. Haben Sie vielleicht eine Idee, was Gavin belasten könnte? Und glauben Sie, daß es in dieser Situation hilfreich wäre, wenn ich ihn anrufe und für morgen zum Mittagessen einlade?«

»Tun Sie, was Sie möchten«, sagte Giselle. »Sie sind seine Mutter.«

»Aber Sie, meine Liebe, sind seine Partnerin.« Ann ließ einen Moment verstreichen, Giselle reagierte jedoch nicht. »Und ich möchte auf keinen Fall meine Kompetenzen überschreiten.«

»Ich bin sicher, daß er gerne zum Essen kommen wird.«

»Also meinen Sie, daß ich mit einer Einladung nichts falsch mache?«

»Bestimmt nicht.«

»Vielleicht kann ich ihn ja schon mit ein paar Scheiben besonders gutem Roast Beef kurieren«, scherzte Ann. »Und nun, meine Liebe – wie unhöflich von mir, nicht gleich zu fragen –, sagen Sie mir, wie es Ihnen geht. Verläuft die Schwangerschaft nach Plan?«

»Soweit ich weiß, ja.«

»Ich bin froh, daß Sie nach Chuffington gefahren sind, um sich ein ruhiges Wochenende zu gönnen. Das braucht eine werdende Mutter von Zeit zu Zeit, und ich weiß, wie schwierig mein Sohn manchmal sein kann.«

»Hm.«

»Aber das sind wir ja alle ab und zu mal«, fügte Ann hinzu und machte dann wieder eine kurze Pause. Giselle schwieg. »Ich hoffe nur, daß er seine Laune überwunden hat, wenn Sie morgen nach Hause kommen.«

»Hm.«

»Also, ich will Ihnen jetzt nicht länger die Zeit stehlen. Grüßen Sie bitte Ihre Eltern ganz herzlich von mir und sagen Sie ihnen, daß wir uns bald wieder einmal treffen müssen.«

»Das mache ich.«

»Und vielleicht schauen Sie nächste Woche mal bei uns vorbei und sagen mir, was ich für den werdenden Erdenbürger tun kann?«

»Ja.«

»Also dann auf Wiedersehen, Giselle.«

»Auf Wiedersehen.«

Giselle ging zurück in die Küche. Hester, die noch immer in das Strickheft starrte, hob den Kopf.

»Wie geht's Ann?«

»Gut. Sie läßt euch grüßen und meint, daß ihr euch mal wieder treffen müßt.«

»Ja, wir sind dran, wir müssen sie unbedingt einladen.«

Hester blätterte weiter in ihrem Heft. Unauffällig beobachtete sie, wie Giselle an ihren Ringen drehte.

»Und sonst? Irgendwas Neues?«

»Gavin spielt verrückt.«

»Wirklich? Und warum?«

»Was glaubst du?«

»Ich habe keine Ahnung.«

»Na, weil ich hier bin.«

Hester blickte auf. »Na ja, ist ja verständlich, daß er dich gern bei sich haben möchte, oder?«

»Ich wüßte nicht, warum«, entgegnete Giselle gereizt, »da er doch die meiste Zeit in seinem verdammten Restaurant verbringt. Und wenn er mal zu Hause ist, streiten wir uns nur.«

»Bist du deswegen hier?«

»Ich habe seine Wutausbrüche satt«, fuhr Giselle fort. »Der Mann ist völlig verrückt.«

»Na, na«, sagte Hester bemüht ruhig, »ein paar Streitereien sind doch nicht so schlimm. Und in eurer Situation finde ich sie auch ziemlich natürlich. Es wird sich schon wieder alles beruhigen. Ich bin jedenfalls froh, daß du zu uns gekommen bist, um dir eine Pause zu gönnen.«

»Es ist keine Pause!«

»Was?« fragte Hester, die sehr wohl verstanden hatte.

»Es ist nicht nur eine Pause. Ich will nicht mehr bei ihm bleiben.«

Jonty war in die Küche gekommen. »Was hat der arme Kerl denn falsch gemacht?«

»Wie lange hast du Zeit?« fragte Giselle bissig zurück.

Jonty wedelte mit einer Hand, als hätte er sich die Finger verbrannt. »Puh!« Hester warf ihm einen warnenden Blick zu.

»Was meinst du damit genau?« fragte sie.

»Ich denke, das war doch ziemlich klar ausgedrückt«, antwortete Jonty an Giselles Stelle. »Er geht ihr auf die Nerven, und sie will nicht mehr bei ihm bleiben.«

Hester sah von Jonty zu Giselle, die auf ihre Füße starrte. »Aber Griz, es ist ein Baby unterwegs.«

»Genau«, entgegnete Giselle.

»Ein Baby verändert alles.«

»Genau!«

»Hör zu, mein Schatz«, sagte Hester vorsichtig, »wir sind bis jetzt äußerst tolerant gewesen, was diese ganze Geschichte angeht ...«

»Was meinst du damit, tolerant?« Giselles Stimme war schneidend scharf. »Ihr habt gesagt, ihr freut euch!«

»Das tun wir auch, Grizzle.« Jonty setzte sich zwischen seine Frau und seine Tochter an den Tisch. »Aber mit einem Baby kannst du nicht einfach das Schiff verlassen, wenn der Seegang mal etwas rauher wird.«

»Ich verlasse überhaupt nichts. Und ich *weiß*, daß ich auf das Baby Rücksicht nehmen muß. Deswegen will ich hier sein und nicht bei ihm.«

»Also wenn ich es recht verstehe«, meinte Hester, die Jontys besänftigende Handbewegungen ignorierte, »willst du Gavin ausschließen, nur weil ihr beide im Moment ein paar Probleme habt?«

»Das habe ich nicht gesagt. Ich habe nicht gesagt, daß ich ihn ausschließen will.« Giselle stützte den Kopf auf eine Hand, während sie mit der anderen Hand nach einem liegengebliebenen Messer griff und anfing, damit auf dem Tisch herumzukratzen. »Ich habe gesagt, wo ich sein möchte. Und ihr«, sie zeigte mit dem Messer erst auf Hester, dann auf Jonty, »habt gesagt, daß ich jederzeit willkommen bin.«

Hester streckte die Hand aus und nahm Giselle das Messer weg. »Das bist du auch. Du weißt, daß wir immer für dich da sind und daß das hier auch immer dein Zuhause sein wird. Aber du hast nun mal beschlossen, nach London zu gehen und mit Gavin zusammenzuleben. Ferner hast du beschlossen, das Baby zu bekommen. Ein Entschluß, den du, wenn ich mal so sagen darf, in deiner Situation eigentlich nicht allein fällen konntest ...«

»Was soll das denn heißen?«

Jonty legte Giselle eine Hand auf die Schulter, aber sie stieß sie weg. »Das heißt nur, daß du dir ganz genau über deine Situation klarwerden solltest. Du bist keine Karrierefrau um die dreißig, die beschließt, allein ein Kind großzuziehen und deren Lebensumstände wahrscheinlich auch ein Kindermädchen einschließen. Du hast dich mit Gavin zusammengetan. Und es wäre sehr verantwortungslos, wenn du jetzt, weil dir die Umstände nicht mehr gefallen, einfach das Handtuch schmeißt und dich absetzt. Und übrigens, mal ganz abgesehen davon, was ist mit deiner finanziellen Situation? Du hast keine Arbeit mehr, und wenn du Gavin verläßt, bist du vollkommen von uns abhängig.«

»Bin ich nicht, ich kriege ja noch Stütze.«

»Na ja, aber die macht dich weiß Gott noch nicht unabhängig.«

»Also setzt ihr mich raus, richtig?« fragte Giselle. Ihr Blick war trotzig, ein Ausdruck, auf den in ihrer Kindheit häufig Tränen gefolgt waren.

»Bitte«, sagte Jonty geduldig, »das ist nicht fair. Du weißt genau, was ich gemeint habe.«

»Was wir versuchen, dir klarzumachen«, fiel Hester ein, »ist, daß du dir den Luxus nicht mehr leisten kannst, einfach für dich zu entscheiden, wo du im Moment lieber sein würdest. Du bekommst ein Kind und Gavin ist der Vater. Ihr beide solltet wegen des Babys zusammensein.«

Giselle ließ den Kopf auf den Tisch sinken. »Das finde ich nicht«, sagte sie, ohne aufzusehen.

Jonty legte ihr eine Hand auf den Rücken, und diesmal stieß sie sie nicht weg.

»Ihr versteht mich nicht«, murmelte sie.

»Doch«, entgegnete Hester, und gestand sich bestürzt ein, daß sie Giselle tatsächlich nicht verstand. »Aber ja, das tun wir.«

Giselle schüttelte den Kopf.

»Möchte jemand etwas trinken?« fragte Jonty.

»Ja, bitte«, sagte Hester, »einen Amaretto, wenn's geht.«

»Sofort.« Jonty ging ins Wohnzimmer, um die Flasche zu holen. Hester, die sich elend fühlte, sah hilflos auf ihre Tochter. Als Jonty zurückkam, hob Giselle wieder ihren Kopf. Entgegen Hesters Annahme standen keine Tränen in ihren Augen. Sie sah gefaßt aus.

»Ich glaube, ich gehe ins Pub.«

»Okay.« Jonty schwenkte die Flasche hin und her. »Willst du ganz bestimmt nicht vorher ein Glas mit uns trinken?«

»Nein, danke.« Sie nahm ihre Lederjacke von der Stuhllehne und zog sie an.

»Aber es kann dir passieren«, warnte Jonty, »daß Daniel und seine Clique noch da sind.«

»Is' mir egal.« Sie klappte den Kragen hoch und steckte die Hände in die Taschen. »Und ich würde gern ein paar Tage bleiben, okay? Ich muß ein bißchen zur Ruhe kommen und einen klaren Kopf kriegen. Wenn's kein Problem für euch ist.«

Hester und Jonty schüttelten beide heftig den Kopf. »Überhaupt kein Problem.«

Es war zwei Uhr morgens, als Hester vom Geräusch eines vorfahrenden Autos erwachte. Im ersten Moment glaubte sie, daß es Giselle sei, die mit einem Taxi nach Hause kam. Angespannt lag sie still und lauschte.

Nichts war zu hören. Keine Autotür wurde zugeworfen, kein Schlüssel im Türschloß umgedreht, keine Haustür geöffnet. Leise stand Hester auf und sah aus dem Fenster. In der Zufahrt parkte ein Auto, es war jedoch niemand zu sehen, und ob jemand im Auto saß, konnte sie nicht erkennen.

Sie drehte sich um. Jonty hatte sich nicht gerührt, sein Atem ging tief und gleichmäßig. Hester zog ihren Bademantel und ihre Hausschuhe an und ging hinaus in den Flur. Erleichtert sah sie, daß Daniel schon zu Hause war. Die Tür zu seinem Zimmer stand einen Spaltbreit offen. Vielleicht war ja Giselle auch schon zu Hause, ihre Tür war geschlossen.

Hester ging hinunter. Sie machte kein Licht an, betrat das Wohnzimmer und sah hinaus. Nun konnte sie erkennen, daß das Auto kein Taxi war und daß eine Person auf dem Fahrersitz saß.

Vorsichtig öffnete sie die Haustür und ging auf den Wagen zu. Gavin saß über das Lenkrad gebeugt, den Kopf hatte er auf seine Hände gelegt. Hester klopfte leicht gegen die Autoscheibe und sah im selben Moment, daß Gavins Schultern zuckten, er schien zu schluchzen.

Bestürzt öffnete sie die Autotür und legte ihm eine Hand auf den Rücken.

»Gavin? Gavin, was ist denn los?«

Er hob den Kopf und sah sie kläglich an. Sein Haar war zerzaust, sein Gesicht blaß und übernächtigt.

»Es tut mir so leid, Hester, das hätte ich Ihnen niemals antun dürfen ...«

Hester verstand nicht, was er meinte.

»Was hätten Sie mir nicht antun dürfen?«

»Mitten in der Nacht hier herauszukommen. Ich denke manchmal gar nicht daran, wie spät es ist, wegen meiner Arbeit ... Ich weiß, daß es unmöglich ist, sich so aufzuführen ...« Er schüttelte verzweifelt den Kopf. »Ich hätte nicht mal geklingelt, das schwöre ich ...«

»Also den ganzen Weg hier herauszufahren und dann

noch nicht mal zu klingeln, wäre reine Zeitverschwendung gewesen«, sagte Hester munterer, als sie sich fühlte. »Es ist eiskalt, wollen Sie nicht reinkommen?«

Wieder sah er sie mit einem mitleiderregenden Blick an. »Macht es Ihnen auch bestimmt nichts aus?«

»Natürlich nicht, kommen Sie schon!«

»Gut, vielen Dank.«

Er stieg aus und folgte ihr. Dummerweise war die Haustür zugefallen, so daß Hester erst ums Haus herumlaufen und unter den Blumentöpfen nach dem Schlüssel zur Küchentür suchen mußte. Als sie schließlich Gavin von innen die Vordertür öffnete, trat er bereits ungeduldig von einem Fuß auf den anderen und rauchte eine Zigarette.

»Tut mir leid«, sagte sie flüsternd, »ich vergesse immer wieder, unter welchem Topf der Schlüssel liegt. Kommen Sie rein.«

»Danke.«

Behutsam schloß Hester die Tür hinter ihm und führte ihn in die Küche. Dort blieb er in der Mitte des Raumes stehen und zog heftig an seiner Zigarette. Hester sah ihn prüfend an.

»Alles in Ordnung?«

Er öffnete den Mund, wie um zu antworten, schloß ihn dann aber wieder und schüttelte den Kopf.

»Tut mir leid«, meinte sie, »was für eine dumme Frage. Soll ich Giselle holen?«

Er sah sie scharf an. »Also ist sie hier?«

»Ja. Sie kam gestern nacht, nein, Freitagnacht.«

»Was hat sie gesagt?«

»Nicht viel. Sie möchte für eine Weile hierbleiben. Wahrscheinlich ist sie unruhig wegen des Babys.«

»Das bezweifle ich. Oh Gott!« Gavin ließ sich auf einen Stuhl fallen und preßte die Handballen an die Augen. »Wir hatten einen so schrecklichen Streit ...«

Hester befürchtete, er würde wieder anfangen zu weinen und sagte eilig: »Ist doch ganz normal, daß man sich in so einer Situation mal streitet, das renkt sich auch wieder ein. Am besten gehe ich rauf und wecke sie. Bestimmt will sie mit Ihnen reden, wenn sie weiß, daß Sie hier sind ...«

»Da bin ich nicht so sicher«, sagte er bitter. »Außerdem möchte ich sie nicht stören.«

»Dann bleiben Sie doch über Nacht hier. Das Gästezimmer ist hergerichtet. Morgen sieht alles nur noch halb so schlimm aus, und Sie können dann über alles reden, wenn Sie beide ausgeruht sind.«

Gavin stand auf, um Wasser über seine Zigarette laufen zu lassen. Dann warf er sie in den Mülleimer. Plötzlich drehte er sich zu Hester um und legte aufschluchzend seinen Kopf auf ihre Schulter.

Erschrocken und voller Mitleid legte Hester die Arme um ihn und streichelte seinen von Schluchzern geschüttelten Rücken. Sie fühlte sich äußerst unwohl. Er war wie ein Kind, das Trost brauchte. Und oben schlief Giselle, deren Rolle es eigentlich gewesen wäre, ihn zu trösten.

»Schon gut«, sagte sie beruhigend, »machen Sie kein Drama aus dieser Krise.«

»Dann geben Sie also zu, daß es eine Krise ist?« Er hob den Kopf und sah sie fast vorwurfsvoll an.

»Ich gebe gar nichts zu.« Hester trat zurück. »Seien Sie doch nicht so empfindlich.«

»Empfindlich? *Empfindlich?*« Er warf die Hände in die Luft und wandte sich von ihr ab. »Ihre Tochter erwartet unser Kind, sie läßt mich einfach sitzen, und Sie werfen mir vor, daß ich *empfindlich* bin?«

»Ich habe Ihnen gar nichts vorgeworfen. Aber ich denke, wir sollten jetzt vor allem Ruhe bewahren. Möchten Sie etwas trinken?«

»Nein, danke.«

»Macht es Ihnen etwas aus, wenn ich etwas trinke?«

»Hester, Sie sind hier zu Hause.«

Gavin zündete sich wieder eine Zigarette an, während Hester sich einen starken Kaffee machte und einen Schuß vom Weihnachtskuchenbrandy hineingab.

Schon nach einigen Schlucken fühlte sie sich etwas gestärkt. »Übrigens hat Ihre Mutter gestern abend angerufen.«

»Ach du meine Güte.«

»Sie wollte Giselle sprechen. Ich glaube, sie machte sich Sorgen um Sie.«

»Ich wünschte, sie würde sich nicht dauernd in alles einmischen.«

Hester empfand Ann gegenüber zwar ein Gefühl der Solidarität, andererseits konnte sie eine gewisse Genugtuung nicht leugnen; Gavin drückte nur ihre Meinung aus.

»Das ist ungerecht von Ihnen. Ich fand es sehr taktvoll von ihr, erst einmal Giselle um Rat zu fragen.«

»Alles nur, um den Schein zu wahren.«

»Das glaube ich nicht.«

»Also was hat Giselle Ihnen so erzählt über mich und meine Dramen und Krisen? Hat sie alles breitgetreten, und jeder hat dann seine Meinung dazu geäußert?«

»Wenn Sie diesen Ton beibehalten, bin ich nicht bereit, weiter mit Ihnen zu reden«, verkündete Hester. Sie stellte ihre Tasse ab. »Auch glaube ich, daß eine Unterhaltung zwischen uns zu nichts führt. Ich gehe jetzt Giselle wekken.«

Auf dem oberen Flur kam ihr Jonty entgegen. Er hatte sich seinen Bademantel angezogen und war gerade dabei, ihn zuzubinden, was jedoch etwas mißlang.

»Was ist denn hier los, zum Teufel? Wer ist unten?«

»Gavin«, flüsterte sie, »in einer jämmerlichen Verfassung! Ich gehe jetzt Giselle holen.«

»Ist das klug?«

»Was soll ich denn sonst tun? Von mir läßt er sich nicht beruhigen, und hierbleiben und erst einmal ausschlafen will er auch nicht.«

»Okay, okay. Meinst du, ich sollte ein Gespräch unter Männern mit ihm führen?«

Hester zuckte die Schultern. »Du kannst ja runtergehen. Aber erwarte nicht, daß sich viel ändern wird.«

»Um diese Tageszeit sind meine Erwartungen in jeder Beziehung gleich null, das kann ich dir versichern.« Jonty lächelte Hester liebevoll an, und das zeigte wieder einmal ihre Verbundenheit, die nun schon so lange anhielt.

Sie lächelte zurück und zeigte dann auf seinen Bademantel. »Aber wenn du ernstgenommen werden willst, dann schließe deinen Bademantel richtig.«

Sie klopfte leise an Giselles Tür. Es antwortete niemand. Sie klopfte noch einmal, dann öffnete sie leise die Tür.

Giselle war nicht da.

»Hallo, Gavin«, sagte Jonty, als er die Küche betrat. »Was führt Sie denn um diese Zeit hier raus?«

Gavin sah ihn finster an. »Ihre Tochter.«

Jonty hatte das unangenehme Gefühl, angeklagt zu werden. »Ja, wir haben gehört, daß die Wege der Liebe im Moment etwas steinig sind.«

»So könnte man es sagen.«

»Ihr befindet euch in einer schwierigen Phase. Und Grizzle ist noch sehr jung ...«

»Sie ist, wenn ich das so sagen darf, eine erwachsene Frau«, entgegnete Gavin.

»Biologisch vielleicht, aber ...«

»Ach, ich hab's allmählich satt, daß ihr Alter dauernd als Entschuldigung für alles mögliche gelten soll. Das beginnt bei ihrer Schlamperei und endet bei einem völlig verantwortungslosen Benehmen.«

Jonty, eben noch verschlafen und friedlich, spürte, wie Zorn in ihm aufstieg und ihn hellwach machte.

»Das reicht, würde ich sagen.«

»Entschuldigen Sie, wenn ich so offen bin, aber Ihre Tochter macht mir nur Schwierigkeiten.«

»Es gibt genügend Grund«, entgegnete Jonty kühl, »ähnliches von Ihnen zu behaupten.«

»Ach ja?« Gavin zündete sich zum wiederholten Male eine Zigarette an, und Jonty bedauerte, daß er sich mit einem Rauchverbot in seinem Haus nicht hatte durchsetzen können. »Vielleicht ist es Ihnen noch nicht aufgefallen, aber ich bin mitten in der Nacht nach einem anstrengenden Arbeitstag fast siebzig Kilometer hier rausgefahren, nur um einen letzten Versuch zu machen, die Angelegenheit vernünftig zu klären.«

»Tatsächlich? Nun, dann würde ich vorschlagen, daß Sie sich wieder ins Auto setzen und zurückfahren, denn alles, was Sie gesagt haben, spricht gegen eine Klärung.«

Kurze Zeit darauf fiel die Haustür hinter Gavin ins Schloß. Jonty stand noch immer mitten in der Küche, als Hester hereinkam.

»Sie ist nicht da. Wo ist er?«

Jonty ließ sich auf einen Stuhl fallen und rieb sich müde die Augen. »Er ist gegangen. Tut mir leid.«

Es war Sonntagvormittag, als Ark und Giselle auf dem Bürgersteig standen, um auf das Taxi zu warten, das Giselle nach Hause bringen sollte. Neben ihnen saß Dolly mit ihrem Maulkorb.

»Danke fürs Zuhören«, sagte Giselle.

»Ich bin froh, daß du zu mir gekommen bist, Zelda. Du weißt, was ich für dich empfinde.«

»Ja ...« Sie lächelte ihn etwas verlegen an und sah auf ihre Uhr. »Du mußt nicht warten.«

Er zuckte die Achseln. »Wir haben sowieso nichts anderes vor, als in den Park zu gehen, nicht, Doll?«

Das Taxi kam um die Ecke gebogen.

Ark öffnete die Tür. »Sie möchte nach Chuffington.«

»Nun ja«, entgegnete der Fahrer, »auch da wohnen Leute. Ist das einer dieser bissigen Pitbulls?«

»Sie ist harmlos«, antwortete Ark. Er lehnte sich durch die Tür ins Wageninnere. »Und denk immer daran, Zelda, dies ist *dein* Leben. Deins und das des Babys. Du mußt nichts tun, was du nicht willst.«

»Keine Angst«, entgegnete sie. »Das werde ich nicht.«

Hester und Jonty saßen verschlafen am Küchentisch, als das Taxi draußen vorfuhr. Hester stand so schnell auf, daß ihr Stuhl umkippte.

»Das muß sie sein!«

»Höchstwahrscheinlich, aber Hes...«

Hester hatte schon die Haustür geöffnet. »Sie ist es! Wie kann sie uns das nur antun?«

»Hes!« rief Jonty aus der Küche. »Das ist doch verrückt. Sie hat uns nichts angetan.«

»Sie denkt wieder mal nur an sich, wie immer!«

»Das stimmt doch gar nicht. Spiel jetzt nicht verrückt!«

Das Taxi war bereits weggefahren, als Giselle immer noch draußen stand und keine Anstalten machte, ins Haus zu kommen.

»Tut mir leid, daß ich nicht angerufen habe.«

»Wir haben uns solche Sorgen gemacht!«

»Nein, haben wir nicht.« Jonty war neben Hester getreten. »Wir haben angenommen, daß es dir gutgeht, weil wir nichts von dir gehört haben. Keine Nachrichten sind gute Nachrichten.«

Giselle steckte die Hände in die Taschen und bewegte sich noch immer nicht. Jonty fand, daß sie ausgesprochen gut aussah. Sanft legte er seine Hand auf Hesters Nacken.

»Gavin war hier«, berichtete sie. »Er war auch sehr besorgt.«

»Gavin? Ist er noch hier?«

»Nein. Ich habe versucht ihn zu überreden, hierzubleiben«, antwortete Hester, »aber er wollte nicht.« Jonty war zu müde, um diese Beschreibung der Situation zu korrigieren. »Gavin ist wieder nach London gefahren.«

»Rechtzeitig zum Sonntagsessen bei seiner Mutter«, kommentierte Giselle. »Kann ich euch was sagen?«

»Aber natürlich, herzlich gerne«, meinte Jonty. »Komm doch rein.«

»Gleich, aber ich möchte es lieber hier draußen sagen.«

»Warum das denn, um Himmels willen?« fragte Hester.

»Weil es mir hier leichter fällt. Also es ist so«, fuhr sie fort, »daß ich das Baby auf jeden Fall will.«

»Das wissen wir, das hast du uns schon gesagt. Und wir sind froh darüber.«

»Aber ich will Gavin nicht.«

Hester und Jonty starrten Giselle schweigend an.

»Habt ihr gehört, was ich gesagt habe?« fragte sie, nicht aggressiv, sondern sehr ernsthaft. »Ich will das Baby, aber ich will Gavin nicht. Es wird mit uns beiden nie funktionieren, es ist nichts mehr zwischen uns, es war sowieso nie viel da. Es würde eine Katastrophe werden.«

Sie ging aufs Haus zu. Hester und Jonty traten einen Schritt zurück, um ihr Platz zu machen, und sahen ihr regungslos nach, als sie die Treppe hinaufging. Sie blieb noch einmal stehen. »Ich weiß, daß euch das nicht gefällt und allen anderen auch nicht. Und mir ist klar, daß alle versuchen werden, mich umzustimmen. Aber ich werde meine Meinung nicht ändern. Also sagt nachher nicht, ich sei nicht ehrlich mit euch gewesen. Ich gehe jetzt in die Badewanne.«

»Okay«, murmelte Hester. »Und schalt den Boiler gleich wieder an, dein Vater will bestimmt auch baden.«

17.

7 Raglan Road
London W11

5. Mai

Liebe Hester,

wie geht es Dir? Sicher bist Du in Gedanken viel bei Daniel auf dem Kontinent und bei Rose und ihren Prüfungen. Ach ja, die lieben Kinder! Wenn wir auch nur annähernd gewußt hätten, was für Sorgen sie mit sich bringen, hätten wir dann wohl dem Glitzern in den Augen der Männer so schnell nachgegeben?

Wie geht es Giselle? Ich kann es kaum fassen, daß unser – und Euer – erstes Enkelkind schon ein richtiges menschliches Wesen ist und theoretisch jederzeit geboren werden kann. Für Dich als Giselles Mutter muß es ja noch viel faszinierender sein. Weiß Giselle schon, welches Geschlecht das Baby hat, oder zieht sie es vor, sich auf eine Überraschung zu freuen?

Vielleicht ist es gar keine schlechte Sache, daß sie im Moment diesen – wenn ich so sagen darf – Urlaub nimmt und gerade jetzt wieder zu ihren Familienwurzeln zurückkehrt. Natürlich fühlt sich Gavin verlassen und zurückgewiesen, und Geduld war noch nie seine Stärke, aber ich habe ihm deutlich gemacht, daß es ratsam ist, Giselle in dieser sensiblen Phase ihren Freiraum zu lassen. Daß sie eine gemeinsame Zukunft haben, steht ja nun außer Frage, und die jetzt gezeigte Nachsicht könnte dem gegenseitigen Respekt und der Zuneigung in den kommenden Jahren zugutekommen.

Ich weiß sehr wohl, daß ich mich mit der folgenden Bitte dem Vorwurf aussetzen könnte, mich zu sehr in die Angelegenheiten der jungen Leute einzumischen, aber ich nehme diesen Vorwurf in dem Bewußtsein auf mich, daß die Zukunft von zwei, nein drei Menschen auf dem Spiel steht. Wäre es Dir möglich, Deinen Einfluß bei Giselle in der Weise geltend zu machen, daß sie Gavin gegenüber eine nicht ganz so unnachgiebige Haltung einnimmt, wenn er versucht, Kontakt mit ihr aufzunehmen? Ich hoffe, es ist deutlich geworden, daß ich das Recht einer jungen Frau in ihrer Situation auf ihren Freiraum respektiere. Doch Gavin hat als der zukünftige Vater natürlich auch seine Sorgen und Ängste. Auch er verdient es, daß man ihn rücksichtsvoll behandelt und vielleicht für ihn etwas mehr Verständnis aufbringt, als Giselle es im Moment tut.

Wenn Du es merkwürdig finden solltest, daß ich für einen jungen Mann spreche, der immerhin über dreißig Jahre alt ist, dann kann ich nur sagen, man hört nie auf, Mutter zu sein, egal wie alt die Kinder sind. Ich sollte vielleicht noch hinzufügen, daß Gavin keine Ahnung hat, daß ich diese Bitte an Dich richte, wahrscheinlich wäre er entsetzt, wenn er es wüßte.

Ich habe gehört, daß es zwischen Gavin und Jonty eine kleine Meinungsverschiedenheit gab. Byron und ich akzeptieren dies und hegen deswegen keine negativen Gefühle gegen Euch. Wir haben Gavin überzeugen können, dieselbe Haltung einzunehmen. Schließlich ist Euer Zuhause Euer privater Bereich, und es gibt keinen Grund, warum Ihr die Exzesse eines etwas temperamentvollen jungen Mannes über Euch ergehen lassen solltet, was auch immer seine Beweggründe sein mögen.

Bitte grüßt Giselle herzlich von mir und sagt ihr, daß ich mich jederzeit freuen würde, sie zu sehen oder von ihr zu hören. Und laßt uns hoffen, daß sie und Gavin, die zukünftigen Eltern unseres sehnsüchtig erwarteten Enkelkindes, schon bald wieder zusammen sein werden.

Wir fänden es schön, Dich und Jonty vor der Geburt des Babys noch einmal zu sehen.

Viele Grüße,

Ann

Telefax von Hester Blake

AN: Gavin
VON: Giselle
DATUM:
ZEIT:
SEITENANZAHL:

Kannst Du denn nicht verstehen, daß Du alles nur verschlimmerst, wenn Du immer so weitermachst? Es ist vorbei zwischen uns, jedenfalls für mich. Ich möchte Dich im Moment nicht sehen. Ich möchte überhaupt niemanden sehen. Wenn ich wieder dazu bereit bin, lasse ich es Dich wissen. Bis dahin begreif endlich, daß ich nein meine, wenn ich nein sage. G.

7 Raglan Road
London W11

12. Mai

Liebster Gavin,
ich wollte Dir diesen Brief lieber nicht ins *Schmooze* faxen, also werfe ich ihn bei Dir zu Hause in den Briefkasten. Ich mache mich nämlich gleich auf den Weg nach Heathrow, um unsere neue Untermieterin abzuholen. Sie heißt Sonja Mann und ist Professorin für Altnordische Semantik in Trondheim, eine sehr interessante Frau. Sicher wird sie die ersten Tage mit uns zu Abend essen. Wenn Du also Lust hast, bist Du jederzeit willkommen. Sie ist bestimmt eine anregende Frau. Und vielleicht hilft es Dir ein bißchen, wenigstens kurzfristig die momentanen Schwierigkeiten mit Giselle zu vergessen, die – da bin ich sicher – nur vorübergehend sind.

Ich habe tatsächlich Hester gebeten, ihren Einfluß auf Giselle geltend zu machen, und ich habe mir alle Mühe gegeben, sie von dieser Notwendigkeit zu überzeugen. Wahrscheinlich ist Giselle im Moment einfach taub für alle Bitten. Das ist bestimmt sehr schmerzlich für Dich, dafür habe ich volles Verständnis, aber ich glaube, es wäre in Deinem eigenen Interesse, wenn Du Dich im Moment zurückhältst und sie nicht weiter bedrängst. Giselle ist noch sehr jung, und auch wenn sie es nicht zugibt, hat sie bestimmt Angst vor der Zukunft. Ich bin optimistisch, daß sie ihr Verhalten bald ändern wird, also versuch, geduldig zu sein, wie schwierig es auch für Dich sein mag.

Vergiß nicht, daß ich bereit bin, alles zu tun, um Dir zu helfen. Ich erwarte keine Dankbarkeit, aber ich möchte auch nicht als emotionaler Punchingball für eine Situation herhalten, die ich schließlich nicht verschuldet habe.

Paß auf Dich auf. In Liebe

M.

23 A Belvedere Road
London W11

17. Mai

Liebe Rose,

ich habe mich sehr gefreut, daß Du auf meiner Party warst. Du sahst einfach wunderbar aus! Es tut mir nur leid, daß mein Bruder sich so schlecht benommen hat. Es wäre besser gewesen, er wäre gar nicht erst aufgetaucht. Wahrscheinlich wollte er nur sehen, ob seiner blöden Stereoanlage auch nichts passiert. Schließlich kannst Du nichts dafür, wenn er Schwierigkeiten mit Deiner Schwester hat. Aber ich finde, Du hast sehr gut reagiert. Ich habe ihm schon gesagt, was ich davon halte, daß er auf meine Party kommt und meine Gäste beleidigt.

Ich bin am kommenden Wochenende in der Gegend von Bristol. Ist es Dir recht, wenn ich Dich anrufe? Vielleicht können wir irgendwo aufs Land fahren und dort essen. Wenn ich bis Freitag nichts von Dir höre, gehe ich davon aus, daß es klappt. Ich rufe Dich Freitagabend an, um Dir zu sagen, wann ich da bin.

Hoffentlich also bis dann.

Julian

21. 5. 93

Meine liebe Giselle,
es kommt mir selbst ziemlich blöd vor, meiner Tochter, die im selben Haus wohnt, zu schreiben. Aber manchmal ist es einfacher, seine Gedanken auf dem Papier zu formulieren, und ich möchte Dir damit auch nicht immer wieder in den Ohren liegen.

Es tut mir so leid, daß Du den Brief von Ann gefunden hast. Sie meint es ganz bestimmt nur gut. Denk bitte nicht, daß Dad und ich nicht auf Deiner Seite stehen oder etwas anderes wollen als Du. Wir drängen Dich nur wegen des Babys, Deine Beziehung zu Gavin nicht leichtfertig aufs Spiel zu setzen. Wie schwierig es Dir im Moment auch erscheinen mag, Du mußt jetzt die Dinge langfristig sehen. Schließlich hast Du Gavin doch gemocht, immerhin genug, um zu ihm zu ziehen. Ob es Dir recht ist oder nicht, er ist der Vater Deines Kindes, aber ob Ihr eine Familie werdet, ist nun allein Deine Entscheidung. Mein Schatz, Du bist jetzt erwachsen. Du kannst nicht mehr vor unangenehmen Dingen davonrennen. Wir sind dazu da, Dich zu unterstützen und vielleicht auch mal als Sicherheitsnetz für Dich zu dienen, aber ein Bett aus Rosen können wir Dir nicht bieten. Du mußt nun überlegen, was für das Baby das Beste ist und Dir bewußt machen, daß Du eine große Verantwortung trägst.

Wie schon gesagt, ich will mich nicht immer wiederholen, aber ich wollte es noch einmal loswerden, schwarz auf weiß.

Ich hoffe, Dein Termin im Krankenhaus ist heute gut verlaufen und Du hast nicht allzu lang warten müssen.

Bis heute abend, ich liebe Dich, mein Schatz.

Deine Mum

41 Parsifal
20. 5. 93

Liebe Giselle,
es war schön, mit Dir zu telefonieren, und es hat mich wieder daran erinnert (manchmal erscheint es mir schon Ewigkeiten her), wie aufregend es ist, schwanger zu sein. Ich kann mir vorstellen, daß Du gerade jetzt im Mai nicht die geringste Lust hast, Dich dem Londoner Lärm und Gestank auszusetzen. Ich stelle mir das Land zur Zeit himmlisch vor. Giselle, ich habe ein Paar Dinge für Dich zusammengesucht. Natürlich sind einige zum Teil ziemlich groß – die Badewanne, der Babysitz, der Kinderstuhl –, Du brauchst also ein Auto, um sie zu transportieren. Meinst Du, das kriegst Du irgendwie hin? Falls nicht, finde ich vielleicht jemanden, der in den nächsten Wochen in Deine Richtung fährt. Aber dann könnten wir nicht miteinander schwatzen, und das fände ich sehr schade.

Carl plappert inzwischen munter vor sich hin, und ich habe ihm beigebracht, »Giselle« zu sagen, es hört sich allerdings ein bißchen wie »Schüssel« an.

Also ruf mich an, dann klären wir den Transport, okay?

Viel, viel Glück und alles Liebe

Chloe

LEONARD ARKWRIGHT
REIKI-MEISTER

Dienstag

Meine liebe Zelda,
auch wenn Du sagst, ich kann Dich ruhig zu Hause anrufen, ich fühle mich nicht wohl dabei. Ich kann mir gut vorstellen, daß Deine Eltern sich wünschen, daß Du Dich doch wieder mit diesem Gavin zusammentust, und eigentlich kann man ihnen das ja auch nicht übelnehmen.

Was ich Dir sagen wollte: Als Daniel mal im Winter hier war, hat er einen Gutschein für eine Sitzung von mir gekauft. Nur aus Freundlichkeit, weil er damals im Supermarkt nicht schlecht verdient hat, und bei mir lief es nicht so gut. Aber wahrscheinlich wird er den Gutschein niemals nutzen, also könntest Du es doch tun! Für werdende Mütter ist Reiki große Klasse, und auch für das Baby. Den Gutschein brauchst Du natürlich nicht mitzubringen, ich weiß, daß Daniel zur Zeit gar nicht da ist. Komm einfach vorbei, an einem Mittwoch oder Samstag.

Ark

SCHMOOZE INC.
33 Clipstone Place, London

Katie Hogan
The Post
Monckton House
High Hoborn

25. Mai

Liebe Katie,
eine Stimme aus der Vergangenheit … Zufällig habe ich neulich bei meinen Eltern eine *Post* in der Hand gehabt und Deinen Namen über dem Geldof-Artikel gelesen. Du scheinst ja ziemlich erfolgreich zu sein, aber daran habe ich auch nie gezweifelt. Wie behandelt Dich die Welt ansonsten? Leben, Liebe, Männer? Es wäre schön, wenn wir uns mal auf einen Drink treffen könnten oder vielleicht sogar zum Essen.

Allerdings muß ich Dich gleich vor mir warnen, ich bin im Moment bestimmt keine allzu angenehme Gesellschaft. Ich habe in letzter Zeit eine Menge emotionale Tiefschläge einstecken müssen, und es ist sehr schwierig, einen Weg aus diesem Schlamassel zu finden. Aber das ist mein Problem. Ich würde mich freuen, Dich zu sehen, Katie.

Schick ein Fax oder ruf mich an, Du weißt, wo Du mich erreichst.

Gavin

St. Catherine's Pfarrhaus
Church Street
Chuffington
31. 5. 93

Liebe Hester,
wir haben uns sehr gefreut, Euch am Sonntag gesehen zu haben. Nun möchte ich Dir mitteilen, daß unser Wettlauf am 15. Juni stattfindet und über die übliche Strecke geht. Wenn Du weiterhin bereit bist, als Helferin an der Ecke Ickford Road/B1253 zu stehen, schicken wir Dir einen Streckenplan zur Information.

Außerdem warne ich Euch schon mal vor: Unser großes Sommerfest findet dieses Jahr am 31. Juli statt. Es wäre schön, wenn Du es eröffnen könntest.

Übrigens bat Ruth mich, Dich etwas zu fragen. Sie ist doch Mitglied der ›Kirchen-Frauen‹. Eine Sekretärin einer Sektion in Suffolk hat sie gefragt, ob Ruth einen Kontakt zu Dir herstellen könnte. Natürlich möchte sie Deine Adresse oder Telefonnummer nicht ohne Dein Einverständnis weitergeben. Wäre es Dir also recht? Diese Frau aus Suffolk hat Dich offenbar auf der Süd-Ost-Konferenz sprechen gehört und war völlig begeistert.

Ich hoffe, Dir und der Familie geht's gut, vor allem natürlich Giselle. Sie sieht jedenfalls wunderbar aus.

Tut mir leid, daß ich so viele Bitten habe!

Herzliche Grüße

Geoff

Telefax
7 Raglan Road
London W11

DRINGEND

AN: Hester Blake, Post Redaktion
VON: Ann Armitage
DATUM: 6. Juni
ZEIT: 16.00 Uhr
SEITENANZAHL EINSCHLIESSLICH DIESER: eine

Meine liebe Hester,
meine Sorge wegen der Situation wächst. Wäre es Dir möglich, nach der Arbeit in der Raglan Road vorbeizuschauen, damit wir uns kurz besprechen können? Wenn ich nichts Gegenteiliges von Dir höre, erwarte ich Dich gegen sechs Uhr.

Ann

Irgendwo in Spanien
Juni

Leute, es ist einfach Spitze hier! In Cordoba habe ich sogar ein bißchen Geld mit Abwaschen verdient, aber dann wurde es mir in der Jugendherberge geklaut, also war's wieder weg! Ich hoffe, Euch geht's allen gut. Ist das Baby schon geboren? Ich weiß nicht mehr, wann es kommen sollte.
Bis bald. D.

Notiz:

Lieber Robert,
es tut mir leid, aber ich muß unsere Verabredung für heute abend wegen dringender Familienangelegenheiten absagen. Vielleicht können wir sie auf nächste Woche verschieben? Ich würde mich freuen. H.

Apt. 231, East 29th St, New York, NY 101

8. Juni

Süßer Sebastian,
die ganze Stadt stöhnt unter einer Hitzewelle, und auf meinem Festersims könnte man glatt ein Ei braten. Mein selbstgezogenes Basilikum im Blumentopf (nichts anderes drin, leider) ist ziemlich verwelkt, so schwinden meine Träume von einem frischen Pesto dahin. Nicht jedoch meine anderen Träume ... Am Ende des Semesters werde ich in mein Holzhaus in Connecticut fahren, um mich zu erholen, wiederaufzuladen, neue Kraft zu tanken ... Es wird ein offenes Haus sein, wie immer ... die einzigen Bedingungen an meinen Gast sind gutes Aussehen, goldenes Haar und englischer Humor ...

Ruf mich an (R-Gespräch), um zuzusagen.

Kuß. Ava

The Old Clink
Chuffington

10. Juni

Liebe Ann,
ich habe lange darüber nachgedacht, was Du neulich sagtest, und ich habe es mit Jonty besprochen, so wie Du wahrscheinlich mit Byron. Ich schreibe Dir lieber, statt Dich anzurufen, weil es für mich leichter ist, meine Gedanken auf dem Papier zu formulieren. Ich stimme übrigens in vielem mit Dir überein. In einer idealen Welt wären zwei junge Menschen, die ein Baby erwarten, natürlich zusammen und würden sich auf eine gemeinsame Zukunft als Familie freuen. Aber wir leben nun mal in den 90er Jahren des zwanzigsten Jahrhunderts, und die sind absolut nicht ideal. Und wenn wir auch besorgte Eltern und künftige Großeltern sind, so sollten wir doch nicht so weit gehen, eine Art ›Altenkomitee‹ zu bilden, das versucht, den Gang der Dinge zu bestimmen. Das halte ich weder für richtig noch für durchführbar. Die beiden müssen eine Entscheidung treffen, das können wir ihnen nicht abnehmen.

Hinzu kommt – und ich bin sicher, Du empfindest das genauso –, daß letzten Endes unsere Rolle als Eltern Vorrang hat. Mit anderen Worten: Wenn Gavin und Giselle keinen Weg finden, ihre Differenzen beizulegen (was ich nicht hoffe!), dann müssen wir Giselle unterstützen, und zwar voll und ganz und bedingungslos. Das heißt nicht, daß sich unser Verhalten gegen Gavin richtet, sondern nur, daß unsere erste Sorge Giselle und dem Baby gelten muß. Wir hoffen sehr, daß sich noch alles einrenken wird. Ich habe versucht – wie ich Dir ja bereits sagte – Giselle dahingehend zu ermutigen. Inzwischen habe ich aber den Eindruck, daß sie ihre Entscheidung gefällt hat und bereit ist, mit den Konsequenzen zu leben.

Wir mögen Gavin, und es tut uns sehr leid, wenn er so verzweifelt ist, wie Du sagst. Uns ist er hier willkommen, aber wir müssen Giselles Wünsche respektieren, also können wir ihn jetzt nur auf ihre Einladung oder mit ihrem Einverständnis bei uns haben.

Mein Gott, beim Überlesen des Briefes bin ich selbst erschrocken über den strengen Ton! Ich wiederhole noch einmal, wir hoffen sehr, daß alles noch einen guten Ausgang findet. Doch wir sind der Meinung, daß wir Eltern jetzt im Hintergrund bleiben müssen, da wir sonst mehr Schaden als Gutes anrichten würden.

Vielleicht können wir vier uns bald einmal auf ›neutralem Boden‹ treffen. Kennt Ihr das neue *Ayckbourn* und mögt Ihr es? Wenn wir es fertigbrächten, auf Kosten unserer typischen Mittelklasseängste zu lachen, wäre das vielleicht eine gute Medizin …

Alles Liebe von uns beiden für Euch!

Hester

15. 6. 93

Sehr geehrter Mr. Armitage,
ich muß Ihnen einfach das beiliegende Zwischenzeugnis zeigen. Es wäre niemals so gut ausgefallen, wenn Sie mir nicht geholfen hätten. Vielen, vielen Dank! Und was am wichtigsten für mich ist, der Kurs macht mir jetzt richtig Spaß, auch der schriftliche Teil, in dem ich ja immer besonders schwach war.

Ich freue mich schon auf unsere nächste Stunde.

Josette

Telefax
Redaktion ›Post‹

AN: Gavin Armitage, Schmooze Inc.
VON: Katie Hogan
DATUM: 16. Juni
ZEIT: 13.00
SEITENANZAHL EINSCHLIESSLICH DIESER: eine

Lieber Gavin,
es war schön, mal wieder von Dir zu hören. Tut mir leid, daß Du Probleme hast. Mein Job ähnelt Deinem, ich bin abends viel unterwegs. Aber ich rufe Dich zu Hause an, wahrscheinlich am Wochenende. Ich freue mich drauf, Dich zu sehen. Und halt die Ohren steif!

Katie

Übrigens habe ich hier Eure Presseinformation rumflattern sehen, ich hoffe, daß ich was über Euch schreiben kann.

The Old Clink
Chuffington

20. Juni

Liebe Chloe,
vielen, vielen Dank für all die Sachen. Mir war gar nicht klar, daß es so viele waren, bis Mum und ich sie hier ausgepackt haben. Ich glaube, Mum war etwas enttäuscht, weil sie jetzt nicht losziehen und alles neu kaufen kann, aber sie hat sich gar nicht wieder eingekriegt, wie nett Du bist! Es gefällt mir, all die Babysachen um mich rum zu haben! Es kann also kommen. Alle Vorbereitungen sind fertig. Aber der eigentliche Termin ist ja nicht mehr fern. Du hattest recht mit dem Krankenhaus, ich habe schon ein paar Mütter kennengelernt, die auch alleine sind und die ich auch nett finde. Wahrscheinlich werden wir uns später weitertreffen. Trotzdem, laß uns auf jeden Fall in Kontakt bleiben, Du verstehst meine Situation, und das ist jetzt so wichtig für mich. Ich kriege ganz schön was ab, weil ich mich entschieden habe, es alleine durchzuziehen. Meine Mum und mein Dad haben sich wirklich toll verhalten, aber trotzdem fühle ich mich manchmal noch von ihnen bedrängt, es doch wenigstens mit Gavin zu versuchen. Sie verschwenden ihre Zeit. Er will nicht uns, er kann es nur nicht ertragen, verlassen worden zu sein. Es ist schon traurig, aber er tut mir nicht leid. Du hast Glück mit Mehmet, auch wenn er ein Chauvinist ist. Gib Carl einen dicken Kuß von mir und sag ihm, daß er uns besuchen und das Baby anschauen kann, wenn es geboren ist.

Vielen Dank für alles,
liebe Grüße
Giselle

Wichtiges
Giselle kontaktieren
(Babybuch?)
Gavin dito
Blakes

Sonstiges
Josette
Sebastian – Finanzen USA
Julians Teppich – Byron erinnern
Jahrestreffen Gruppe – absagen
Arbeitsbelastung reduzieren

7 Raglan Road
London W11

22. Juni

Lieber Jonty,
vielen Dank noch einmal für die Einladung zum Essen, die mir im Moment besonders viel wert ist, da die Beziehung zwischen meinem Sohn und Deiner Tochter die Dinge ja nicht gerade vereinfacht … Ich habe mir zu Herzen genommen, was Du diesbezüglich gesagt hast. Aber Ann wird zur Löwin, wenn es darum geht, ihre Jungen zu verteidigen, und ich kann nicht versprechen, daß sie sich dieselbe Haltung zu eigen macht. Was auch kommen mag, ich hoffe, wir beide schaffen es, unsere Freundschaft aufrechtzuerhalten und einen kühlen Kopf zu bewahren.

Was für ein merkwürdiges Leben …

Herzliche Grüße
Byron

P.S.: Hast Du die großartigen letzten Spielergebnisse von Lord's mitbekommen? Vielleicht liegt's ja am Alter, aber nichts tut meiner Moral in diesen Tagen so gut!

7 Raglan Road
London W11

25. Juni

Meine liebe Giselle,
wie geht es Ihnen? Da wir nichts von Ihnen gehört haben, nehmen Byron und ich an, daß es unserem künftigen Enkelkind gutgeht und daß alles für seine Ankunft vorbereitet ist. Werden Sie im Krankenhaus oder zu Hause entbinden? Und wenn im Krankenhaus, wohin planen Sie danach zu gehen? Natürlich habe ich Gavin danach gefragt, aber er scheint ja völlig ohne Informationen zu sein.

Ich entschuldige mich nicht dafür, wenn ich Sie bitte, Ihre Entscheidung noch einmal zu überdenken. Soweit Byron und ich es einschätzen können, hat Gavin trotz seiner beruflichen Überlastung und seines übersprudelnden Temperaments immer gewollt, daß Sie zusammen dieses Baby haben werden. Er hatte auch schon Pläne dafür gemacht. Ich glaube nicht, daß Sie bösartig gehandelt haben, aber ich unterstelle Ihnen Gedankenlosigkeit, und ich hege den Verdacht, daß Sie sich nicht darüber im klaren sind, wieviel Schaden Ihr Verhalten anrichtet.

Giselle – wegen Gavin, wegen der Freundschaft zwischen unseren Familien und vor allem wegen des Kindes, das von allen sehnsüchtig erwartet wird – überlegen Sie es sich noch einmal! Wenn Sie das wirklich gründlich tun, bin ich sicher, daß wir alle mit ungetrübter Freude der Ankunft des Babys entgegensehen können.

Die Alternative finde ich zu schmerzlich, um sie überhaupt auszusprechen. Bitte überlegen Sie es sich noch einmal!

Freundliche Grüße

Ann

Dienstag

Ark – bin wegen dieser Sitzung von Daniel vorbeigekommen, aber Du warst nicht da. Bitte ruf mich zu Hause an, es macht wirklich überhaupt nichts. Ich habe das Gefühl, daß ich bald völlig durchdrehe. G.

The Old Clink
Chuffington

28. Juni

Lieber Geoff,

es tut mir so fürchterlich leid, daß ich nun doch nicht bei dem Wettrennen helfen konnte. Ich habe gehört, daß es ein großer Erfolg war (in jeder Beziehung), aber das entschuldigt meine Abwesenheit ja nun nicht im geringsten. Ich habe auch Dodie Pye geschrieben und mich bei ihr dafür bedankt, daß sie so kurzfristig für mich eingesprungen ist. Zu meiner Verteidigung kann ich nur sagen, daß Jonty und ich im Moment von den Ereignissen einfach überrollt werden; es kostet unsere ganze Kraft, darauf immer einigermaßen angemessen zu reagieren, so daß wir zur Zeit unseren Teil zu den wichtigen und schönen, aber nicht unbedingt notwendigen Dingen des Lebens leider nicht beitragen können. Aus demselben Grund muß ich auch meine Teilnahme bei der Eröffnung des Sommerfestes absagen, so leid es mir auch tut. Ich fühle mich im Moment einfach nicht in der Verfassung, dem Anlaß gerecht zu werden. Aber damit Ihr nicht von neuem anfangen müßt zu suchen, war ich so frei, einer guten Freundin zu schreiben und sie zu fragen, ob sie an meiner Stelle einspringen kann. Es ist Lorna Beckinsale, die Radioquiz-Königin. Sie ist großartig bei solchen Anlässen, und es ist eine Freude, ihr zuzuhören. Da sie mir einen Gefallen schuldet, bin ich zuversichtlich, daß sie zusagen wird. Ach, und sag doch bitte Ruth, sie kann dieser Frau gerne meine Adresse geben. Ich hoffe doch, daß sich bald alles etwas beruhigen wird und ich dann wieder mehr Zeit haben werde.

Ich bitte nochmals um Entschuldigung, daß ich Euch bei dem Rennen habe sitzen lassen. Ich melde mich, sobald ich von Lorna höre.

Liebe Grüße

Hester

SCHMOOZE INC.
Telefax
von Gavin Armitage

AN:
VON:
DATUM:
ZEIT:
SEITENANZAHL EINSCHLIESSLICH DIESER:

DU MISTSTÜCK!

Miststück Miststück Miststück Miststück Miststück Miststück Miststück Miststück …

DIE HESTER-BLAKE-SEITE

... ganz sicher warten Sie doch alle schon gespannt auf den Fortsetzungsbericht, wie es mir als werdende Großmutter so geht. Ich habe meine Tochter zu einer Vorsorgeuntersuchung im Krankenhaus begleitet und festgestellt, daß sich alles unglaublich verändert hat. Bequeme Stühle, Kinderbetreuung, lächelndes (ja!) Personal, nette junge Damen, die Erfrischungen und Gratisbroschüren zu jedem erdenklichen Thema verteilen, das mit der Schwangerschaft zu tun hat, angefangen bei Alimenten bis zum Stuhlgang. Und trotzdem erfaßte mich eine nostalgische Wehmut. Erinnern Sie sich noch an die schlechten alten Tage? Der kaputte Linoleumfußboden, die grüne Farbe an den Wänden, der Desinfektionsgeruch, die kleinen, harten Stühle, die ein Meter achtzig große Hebamme mit Körpergeruch und einem Lippenbärtchen ...

Aber etwas gibt es doch, was sich nicht verändert hat: die Urinprobe. Wie gut konnte ich den Gesichtsausdruck meiner Tochter verstehen, als ihr eine winzige Flasche mit einem schmalen Hals ausgehändigt wurde und man sie anwies, »ein bißchen fließen zu lassen, dann ein bißchen aufzufangen, und den Rest wieder fließen zu lassen«. Das kann sich nur ein Mann ausgedacht haben. Die Wunder der weiblichen Anatomie mögen zahlreich und großartig sein, aber verläßliche Treffsicherheit in dieser Beziehung gehört nicht dazu ...

2. Juli
Mailand

Hier regnet es seit Tagen in Strömen. Gestern waren wir im Stadion und haben *Inter* spielen gesehen. Mann, haben die's abgekriegt! Muffer hat sich in Rimini irgendwas Kratzendes zugelegt (Floh?), bis jetzt ist es noch nicht zu mir übergesprungen. Ich hoffe, es bleibt, wo es ist. Bin ich schon Onkel? Dan

18.

In der Küche des *Schmooze,* die normalerweise von geschäftigem Klappern, Klirren, Brutzeln, Zischen und lauten Zurufen erfüllt war, herrschte eine unheimliche Stille. Ewan, sein zweiter Koch Kurt und die beiden Hilfsköche Jason und Shane lehnten schweigend an den Arbeitsflächen. Trotzig zog Ewan an einer verbotenen Marlboro. Der Ventilator summte.

Es war ein Montag, ein Tag, an dem keine Besprechung angesetzt war. Bar und Della hatten jedoch vorgewarnt, daß ein wütender Gavin auf dem Weg in die Brasserie war. Der Grund dafür war ein Rückgang der Umsatzzahlen, nichts Ungewöhnliches für diese Jahreszeit. Alle Angestellten der Küche, der Brasserie und des Büros machten sich auf eine Schimpfkanonade gefaßt, etwas, was in letzter Zeit fast zur Gewohnheit geworden war. Sie wußten, daß G. A. persönliche Probleme hatte, die er aus seinem beruflichen Leben nicht heraushielt. Seine augenblickliche Beziehung hatte anfangs offensichtlich einen beruhigenden Einfluß auf sein wechselhaftes Temperament gehabt, aber jetzt schien sie ihn an den Rand eines Nervenzusammenbruchs zu treiben. Gavin hatte hier und da Bemerkungen fallen lassen, denen zu entnehmen war, daß das Mädchen zu anspruchsvoll war und zu viele Anforderungen an ihn stellte.

Was auch immer der Grund sein mochte, seine Stimmungsschwankungen wurden unerträglich. Besonders Ewan hatte es satt, immer wieder dem theatralischen Getue, dem Gezeter und den unvorhersehbaren und unbegründeten Kritiken ausgesetzt zu sein. Er hatte eine sichere, gut bezahlte Stelle in einem Hotel in Norwich aufgegeben, um im *Schmooze* zu arbeiten. Seine Absicht war, erstklassiges Essen zu kreieren, das nicht allzu teuer war und in einer Umgebung serviert wurde, die Stil hatte, ohne versnobt zu sein.

Stattdessen fühlte er sich inzwischen zu einer Nebenrolle in der Gavin-Armitage-Show degradiert.

Die Tür ging auf und Bar trat hastig ein. Sie sah sich um, als sei der Teufel hinter ihr her.

»Okay, Jungs, er kommt!«

»Das ist doch lächerlich«, grummelte Ewan. »Was glaubt er denn, wer er ist, Gott der Allmächtige?«

»Wahrscheinlich«, nickte sie. »Der oder Luzifer. Seine Frisur sieht eher nach 'nem gefallenen Engel aus.«

»Pah! Lockenkopf und sein verdammtes Image! Ich sag' euch was«, schnarrte Ewan, »er kann sich seine verdammte Einbildung sonstwohin stecken. Ich muß mir das nicht gefallen lassen. Niemand von uns. Er braucht uns. Er hat verdammtes Glück, daß es uns gibt. Ohne uns könnte er sein Gesicht nicht in der Zeitung bewundern. Er ist doch nicht mehr als ein kleiner Haufen Geld und ein großer Haufen Scheiße.«

»Scht! Wenn er dich hört.«

»Wird Zeit, daß er sowas hört!«

»Damit er ganz ausflippt?« fragte Bar. Die beiden Hilfsköche, die vor unterdrückter Begeisterung über Ewans Rede rote Ohren bekommen hatten, machten sich daran, die Marktkisten auszupacken. »Er ist nun schon seit Wochen in derselben fürchterlichen Stimmung, und wenn ich nicht das warmherzige und wunderbare Wesen wäre, das ich nun mal bin, hätte ich ihm längst gesagt, er solle sich zum Teufel scheren. Aber ich hab's nicht getan, denn wenn ich's täte, würde er an meiner Schulter in Tränen ausbrechen, und dann würde er sich hier runterschleichen und alle mit einem Schlag feuern.«

Ewan hielt seine Zigarettenkippe unter fließendes Wasser und warf sie in den Mülleimer. »Ach, das ist doch grotesk. Ich sage ihm, was Sache ist.«

Della trat ein, kühl und makellos in einem cremefarbenen Armanikostüm, eingehüllt in eine Wolke Paloma Picasso.

»Morgen, alle zusammen.«

»Wo ist der Mistkerl? Ich werd ihm was erzählen.«

»Aber natürlich wirst du das«, säuselte Della. »Er hat gerade den Fensterputzer entlassen und redet mit Mikhail ein Wort wegen seines Schmuckes.«

»Arschloch.«

»Aber das hat doch nichts zu bedeuten«, beruhigte Della. »Er ist zur Zeit nicht in der besten Verfassung, doch das gibt sich auch wieder, wie immer. Laßt es einfach über euch ergehen.«

»Ich hab's bis hier, es immer ›über mich ergehen zu lassen‹.« Mit dem Zeigefinger zog Ewan einen symbolischen Strich unter seine Nase.

Die Tür flog auf und Gavin stürmte herein. Wenn Bar vorm Teufel weggerannt zu sein schien, sah Gavin aus wie ein geistesgestörter Axtmörder, der gerade seine Beute eingeholt hat. Sein Gesicht war vor Wut entstellt. Jeder wußte, daß rationale Argumente bei ihm verschenkt waren. Dieser Sturm hatte seine Ursachen woanders, sie allerdings fungierten als Blitzableiter.

»Da bist du ja«, sagte Della beruhigend und ging zu der vollen Kaffeekanne, die auf einer heißen Platte stand. »Soll ich mal Mutter spielen?«

»Lassen Sie mich das machen«, sagte Bar, »ich weiß, wie ihn jeder trinkt.«

»Vergessen Sie's«, zischte Gavin. »Dies ist kein geselliges Beisammensein.«

»Kann man wohl sagen«, grummelte Ewan.

»Ist doch egal.« Bar warf Ewan einen warnenden Blick zu. »Wir können alle einen Kaffee gebrauchen. Sie bestimmt auch, Sie sehen müde aus.«

»Wirklich«, stimmte Della zu, »du arbeitest zu hart, mach eine Pause.« Sie zeigte auf einen Hocker. »Setz dich und trink einen Kaffee.«

Es hätte funktionieren können. Kaffee, Mitgefühl, beides mit einer gewissen Dienstbeflissenheit serviert, hatten in der Vergangenheit manchmal Erfolg gezeigt. In beklommener Erwartung auf Gavins Reaktion warfen die jungen Köche einen Blick über die Schulter. Für den Bruchteil einer Sekunde hing Gavins Stimmung in der Schwebe, und alle außer Ewan behielten einen Gesichtsausdruck freundlicher Neutralität bei.

»Vergiß es, Della.« Gavin stieß den Hocker zur Seite. »Tut mir leid, aber ich habe dazu keine Zeit. Und ihr auch nicht«, fügte er scharf hinzu und sah Bar an, die aufhörte, Tassen auszuteilen.

Della warf einen Blick auf ihre Armbanduhr. »Wird es lange dauern? Ich habe gleich eine Verabredung, und es wäre schön, vorher zu wissen, daß wir wieder eine große glückliche Familie sind.«

»Darauf würde ich an deiner Stelle nicht warten!« Gavin warf den Ordner, den er im Arm hielt, mit solchem Schwung auf die Arbeitsfläche, daß er herunterrutschte und offen auf dem Boden landete. Bar bückte sich, um ihn aufzuheben.

»Lassen Sie ihn liegen!«

Sie richtete sich wieder auf.

»Alte Tunte«, murmelte Ewan.

Gavin stieß mit der Schuhspitze gegen den Ordner, als wäre er eine tote Ratte. »Wißt ihr, was das ist?« fragte er und fuhr fort, bevor jemand antworten konnte: »Ich sag's euch. Ein Katalog über Versagen und völlige Inkompetenz. Er zeigt, daß unsere Umsätze in den letzten vier Wochen um fünf Prozent gesunken sind, und was ist der Grund?« Mit dem Zeigefinger wies er auf jeden einzelnen, nur nicht auf Della. »Ihr! Und dieser Haufen da draußen, von denen keiner eine Ahnung hat, wie ein anständiger Service aussieht. Glaubt ihr etwa, daß ich zu hart mit euch bin?« Er blickte in die Runde. Della musterte ihre Fingernägel, Bar öffnete den Mund, um zu antworten. Er kam ihr aber zuvor. »Es tut mir leid, Della, aber wir sind viel zu tolerant. Ich habe noch keinem vorgemacht, daß man hier auf der faulen Haut liegen kann. Die Arbeit ist hart, und sie wird noch härter werden. Ich erwarte kein totales Engagement, ich fordere es. Und ich will niemanden mitschleppen, der keine Arbeitsmoral hat und die Motivation von Wüstenmäusen!«

»Aha«, sagte Ewan mit Hohn in der Stimme, »und ich erwarte nicht, daß ich mir jeden Tag von neuem diesen Haufen Scheiße von einem verweichlichten Schlappschwanz anhören muß, der seine Frau nicht im Griff hat.«

Die jungen Köche sperrten die Münder auf. Della und Bar tauschten einen entsetzten Blick.

»Ich bitte um Verzeihung.« Gavins Stimme war brüchig. »Haben Sie etwas gesagt? Ich bin nicht sicher, ob ich etwas gehört habe.«

»Oh, Sie haben ganz richtig gehört.« In Ewans Stimme schwang die über viele Generationen erworbene Kampfbereitschaft der Männer aus Glasgow mit. Er trat vorwärts und setzte einen seiner großen Füße mitten auf den Ordner. »Sie haben das gehört, was Ihnen schon längst einer hätte sagen sollen, Sie Schwuchtel. So, und jetzt könnt ihr euch euren Scheiß allein machen und einen neuen Koch suchen.« Er legte Gavin einen Finger auf die Brust und versetzte ihm einen leichten Stoß, der diesen zurücktaumeln ließ.

In dem folgenden entsetzten Schweigen zündete sich Ewan noch eine Marlboro an, nahm seine Jacke vom Haken, warf sie sich über die Schulter und verließ die Küche. Als er an Gavin vorbeikam, zischte er ihm voller Verachtung zu: »Sowas wie dich kenne ich, Versager.«

Einer der Hilfsköche versuchte ein Lachen zu unterdrükken. Es blieb jedoch unbemerkt, weil Gavin im selben Moment auf den Hocker niedersank und seinen Kopf auf die Arbeitsplatte fallen ließ.

»An die Arbeit, Leute«, forderte Della munter. »Ich lauf' ihm nach und seh' zu, was ich mit ein bißchen Scheckbuchdiplomatie erreichen kann. Sie befördern ihn nach oben«, flüsterte sie.

Della verschwand. Bar hob den Ordner vom Boden auf und hakte Gavin unter. »Kommen Sie. Das reicht für heute. Gehen wir nach oben.«

»Also kommt Ihr Sohn wieder nicht?« erkundigte sich Frau Professor Sonja Mann, während sie beifällig Anns geschmorte Ochsenzunge mit Cumberland-Soße, Rotkohl und in Butter glasierten und mit frisch gehackter Petersilie bestreuten Babykartoffeln betrachtete.

»Es sieht so aus«, antwortete Byron.

»In dem Restaurant unseres Sohnes ist der Arbeitsdruck extrem«, erklärte Ann, während sie das Fleisch aufschnitt. »Wir sind daran gewöhnt, daß Gavin nur selten Zeit hat. Es tut mir leid, daß er nicht hier sein kann, ich weiß, daß er Sie gerne kennenlernen würde.«

»Sie brauchen sich nicht zu entschuldigen!« trompetete Sonja. »Um so mehr bleibt für uns!«

Es müßte schon einiges passieren, um Byron den Appetit zu verderben, aber die momentanen Schwierigkeiten mit Gavin und Giselle und nun noch die Gegenwart von Sonja schnürten ihm den Hals zu. Mit trübem Blick sah er zu, wie Sonja Soße über ihr Fleisch, den Kohl und die Kartoffeln goß. Während sie die Sauciere an Ann weiterreichte, lobte sie begeistert und lauthals die Gastfreundschaft der Armitages und versprach, sich zu revanchieren, wenn sie ihr die Ehre erweisen und sie in Trondheim besuchen würden. Sonja war unglaublich dick und aß mit einem Appetit, der auf Byron, den Genußmenschen, abstoßend wirkte. Er hatte das Gefühl, zusehen zu können, wie sie noch dicker wurden. Wehmütig dachte Byron an den schmalen und bescheidenen Mr. We-We Sun.

»Ich tue ihm auf!« rief Sonja und ließ die Sauciere über Byrons Teller kreisen.

»Danke.« Byron fand plötzlich, daß die Rosinen in der Soße wie tote Insekten aussahen. Außerdem ekelte es ihm vor der Zunge. Um den Eindruck abzuschütteln, schnitt er das Fleisch rasch in kleine Stücke.

»Ihr Sebastian«, begann Sonja, und es klang, als würde sie von einem ausländischen Auto oder einer exotischen Hunderasse sprechen, »ist er schon in die Staaten gefahren?«

»Noch nicht«, antwortete Ann, »es müssen noch ein, zwei monetäre Angelegenheiten erledigt werden.«

»Monetär?« fragte Sonja nach.

»Geld«, erklärte Byron.

»Aha. Geld!« Sonja schüttelte ihren Kopf, den eine Fülle hellbrauner Locken umgab. Dann steckte sie eine voll beladene Gabel in den Mund und kaute anerkennend; ihr Gesichtsausdruck machte jedoch gleichzeitig klar, daß sie zu dem Thema noch etwas zu sagen hatte. Ann und Byron warteten geduldig.

»Geld!« wiederholte sie schließlich, »Geld ist die Wurzel allen Übels.« Sie lehnte sich über ihren Teller, um die nächste Gabelladung in ihrem Mund verschwinden zu lassen.

Byron hatte auf einen originellen Gesprächsbeitrag gehofft, und er wußte, daß seine Frau eine ähnliche Erwartung an ihren Gast hatte. Ihm war allerdings klar, daß sie nicht gut Englisch sprach.

»Nun ja«, entgegnete Ann, »nicht immer.«

Das Abendessen zog sich qualvoll in die Länge. Byron fühlte sich halbtot vor Müdigkeit, er war niedergeschlagen und langweilte sich. Er hatte ein schlechtes Gewissen, weil er es Ann überließ, eine weitere halbe Stunde auf Sonjas banale Feststellungen und abgedroschene Klischees zu reagieren.

Als Ann gerade den Nachtisch holen wollte, klingelte das Telefon. Sie erhob sich.

»Entschuldigen Sie mich bitte einen Moment, Sonja. – Hallo? Oh, hallo, Gavin ...«

Sonja wandte sich zu Byron und flüsterte: »Es ist Gavin.«

Er nickte müde.

»Das macht überhaupt nichts«, sagte Ann. »Obwohl wir dich natürlich vermißt haben. Sonja freut sich drauf, Dich kennenzulernen.« Sie lächelte Sonja zu, während sie Gavin zuhörte. »Was? ... Ja ... Das tut mir so leid ... Ich weiß ... Ich verstehe ... wirklich ...?« Im Verlauf des Gesprächs hatte Ann sich abgewandt und diskret die Stimme gesenkt. Byron schob seinen Stuhl zurück.

»Ich hole den Nachtisch«, meinte er.

»Ich kann auch etwas tun«, versicherte Sonja.

»Nein, bitte, es dauert nur eine Sekunde.«

»Gavin, diese furchtbaren Dinge zu sagen, hilft überhaupt nicht«, sagte Ann sehr leise und ruhig. Als Byron an ihr vorbeiging, konnte er die erregte Stimme seines Sohnes am anderen Ende der Leitung hören.

»Weißt du«, murmelte Ann, »ich würde das Gespräch lieber etwas später fortsetzen, wenn wir mit dem Essen fertig sind. Dann kann ich mich besser auf dich konzentrieren.«

Während Byron eine mit Alufolie abgedeckte Schüssel und einen Krug mit Sahne aus dem Kühlschrank nahm, hörte er die Tirade hysterischen Gezeters, mit der Gavin diesen Vorschlag bedachte. Langsam ging er zum Tisch zurück, stellte die Schüssel vor Anns Platz und die Sahne vor Sonja und setzte sich wieder.

»Warten wir noch einen Moment, wenn es Ihnen recht ist«, schlug er vor. Sonja hob die Alufolie an, um mit einem kindischen Lächeln den Inhalt zu prüfen.

»Gavin ...«, sagte Ann. Ihre Stimme wurde eine Spur lauter. »Gavin, das habe ich nicht gemeint, wie du ganz sicher weißt. Gavin ...!«

Byron konnte das leise Summen in der Leitung hören. Nachdem Ann den Hörer aufgelegt hatte, blieb sie eine Sekunde reglos stehen, bevor sie sich umdrehte. Als sie sich setzte, waren ihre Wangen leicht gerötet. Sie sah so jung, hübsch und verletzbar aus, wie Byron sie seit Jahren nicht erlebt hatte. Wenn Sonja nicht dagewesen wäre, er wäre hinübergegangen und hätte sie in die Arme genommen. So jedoch war es Sonja, die das Gespräch wieder aufnahm.

»Alles in Ordnung mit Gavin?«

Ann zögerte nur einen winzigen Moment, aber Byron bemerkte es. »Oh ja. Grundsätzlich schon. Gavin ist manchmal sein ärgster Feind. Sind Sie mit diesem Ausdruck vertraut?«

Sonja machte sich nicht die Mühe zu antworten, denn Ann hatte gerade die Folie von der Schüssel genommen.

»Aber das sieht wunderbar aus«, flötete sie. »Absolut ...« Ihr fehlten die Worte. »Mmmm!«

»Petites tartelettes de pâté sucré avec des fruits d'éte«, erklärte Ann.

»Sie sehen wirklich köstlich aus«, pflichtete Byron bei. »Du hast dich selbst übertroffen.«

»O nein«, sagte Ann. »Sie sind aus der *pâtisserie.«*

Sonja war in ihr Zimmer gegangen, um Briefe zu schreiben, das Ehepaar räumte zusammen den Tisch ab. Während Ann die übriggebliebenen *tartelettes* in einer kleineren Schüssel unterbrachte, konnte Byron ihr endlich den Arm um die Schultern legen.

»Laß mich das hier fertig machen«, schlug er sanft vor, »dann kannst du Gavin anrufen.«

Sie schüttelte den Kopf. »Er ist jetzt in der Brasserie.«

»Trotzdem. Es ist wichtig, daß ihn jemand beruhigt. Und niemand kann das besser als du.«

Wieder schüttelte sie den Kopf, dann begann sie zu weinen. Hilflos sah Byron auf seine weinende Frau. Sie zu trösten, hätte alles nur schlimmer gemacht, das wußte er aus Erfahrung.

Mittags machten Hester und Jonty einen Spaziergang im St. James's Park. Es war so ungewöhnlich für sie, sich in der Stadt zu treffen, daß Hester eine Bemerkung dazu machte, während sie die Enten beobachteten.

»Nun, eigentlich finde ich's nicht weiter erstaunlich«, meinte Jonty. »Schließlich bist du nur für ein oder zwei Tage pro Woche in der Stadt, und dann ziehst du es verständlicherweise vor, andere Leute zu treffen.«

»Hm.« Hester hatte eine Sonnenbrille auf, und er konnte ihre Augen nicht sehen. Sie setzten sich auf eine freie Bank und Jonty ließ einen Abstand zwischen ihnen, als er sich niederließ.

»Aber es ist schön, daß wir uns heute getroffen haben«, fügte er hinzu, »vor allem bei diesem Wetter. Wenn es übers Wochenende so bleibt, hole ich die Gartenmöbel raus.«

»Ann hat mich heute morgen angerufen«, sagte Hester unvermittelt. »Im Büro.«

»Ach ja?«

»Hast du gewußt, daß sie an Giselle geschrieben hat?«

»Nein.«

»Ich weiß es auch erst seit heute.«

»Und warum? Ich meine, warum hat sie an Grizzle geschrieben?«

»Warum?« Hester nahm ihre Sonnenbrille ab und sah ihn ungläubig an. »Also weißt du!«

»Ja, schon gut«, erwiderte Jonty geduldig, »aber ich meine, was genau hat sie von ihr gewollt?«

»Sie findet, daß Giselle egoistisch und unvernünftig ist. ›Soziopathisch‹ war eins der Wörter, das sie benutzt hat.«

»So ein Unsinn.«

»Sie will, daß wir unseren elterlichen Einfluß geltend machen und versuchen, sie umzustimmen.«

»Das haben wir doch die ganze Zeit getan, zumindest haben wir's versucht.«

»Allerdings. Das habe ich Ann auch gesagt, und auch, warum wir das jetzt nicht mehr wollen.«

»Also was ist das Problem?«

»Alles! Dieses Durcheinander macht mich fertig!«

»Du darfst dich nicht fertigmachen lassen. Ob wir nun mit Giselles Entscheidung übereinstimmen oder nicht, wir haben ihr unsere Meinung gesagt. Wenn sie trotzdem bei ihrer Entscheidung bleibt, müssen wir auf ihrer Seite stehen, und zwar voll und ganz.«

»Auch wenn wir's eigentlich nicht akzeptieren?«

»Aber natürlich. Und um ehrlich zu sein, Hes, ich bin von Gavin auch nicht gerade begeistert.«

»Na ja ...« Hester sah ihn unglücklich an. »Aber Ann hat wieder gesagt, wie verzweifelt er ist ...«

»Das ist nicht unser Problem.«

»Wirklich nicht?«

»Nein. Wir haben doch jetzt schon so oft darüber gesprochen. Wenn du dir ein schlechtes Gewissen machen läßt, wird alles nur noch schwieriger. Aber wenn du schon dein Gewissen ins Spiel bringen willst, dann stell dir mal vor, wir würden Giselle zu etwas überreden, was sie nicht will, und nachher geht's schief.« Er legte ihr die Hand auf den Arm. »Hm?«

»Ich weiß, daß du recht hast. Wahrscheinlich möchte ich eben nur, daß alle zufrieden sind. Vor allem an einem Tag wie heute ... Und Anns Anruf hat mich ziemlich durcheinandergebracht ... Die beiden sind unsere Freunde, Jonty. Wo soll das bloß alles enden?«

»Es ist völlig sinnlos, darüber nachzudenken. Du mußt versuchen, dich auf die Hauptsache zu konzentrieren. Giselle erwartet ein Baby, das sie unbedingt haben möchte. Sie empfindet nichts mehr für den Vater und will nicht mit ihm zusammenleben. Das heißt ja nicht, daß er keine Beziehung zu seinem Kind haben kann. Wir müssen jetzt unsere Tochter unterstützen. Fertig.« Er stand auf und reichte Hester die Hand.

Sie seufzte und erhob sich langsam, ohne seine Hand zu nehmen. Er legte ihr trotzdem den Arm um die Schultern. »Mach dir keine Sorgen. Es ist völlig richtig, wie wir uns verhalten.«

Als sie am Rande des Parks angekommen waren, blieb Hester stehen.

»Kann ich dir etwas sagen, was mir auf der Seele liegt?«

»Natürlich.« Sein Herz klopfte schneller.

»Ann hat vorhin so etwas angedeutet, daß diese Situation vielleicht das einzige ist, was uns beide noch zusammenhält.«

»Was?«

»Sie meinte, sie hätte das häufig in ihrer Tätigkeit erlebt, verheiratete Paare, die nur noch durch ihre Kinder verbunden sind. Sie vermutete, wir wären vielleicht in einer kritischen Phase.«

»Ann hat überhaupt kein Recht ...«

»Jonty, du hast vorhin gesagt, daß ich in London lieber andere Leute treffe.«

»Ja. Na und?«

Während des Spaziergangs hatte sie wieder ihre Sonnenbrille aufgesetzt, aber jetzt nahm sie sie ab. Sie sah müde aus. »Ich möchte dir etwas sagen.«

»Aber vielleicht will ich's gar nicht hören? Verdammt, was fällt Ann ein, sich da einzumischen!«

»Es ist nichts Furchtbares.«

»Dann ist es auch nicht wichtig.«

»Für mich ist es wichtig. Vor allem mit dem ganzen Durcheinander im Moment und dem Baby, das bald dasein wird.«

»Wenn du etwas beichten willst, Hes, ist das okay, aber laß dir doch nicht von Ann vorschreiben, wann du es tust.«

»Es ist noch nicht einmal eine Beichte.«

»Aber du brauchst es mir nicht zu sagen.«

»Ich möchte es aber.«

»Ich meine«, sagte er, »du brauchst es mir nicht zu sagen, weil ich es schon weiß.«

Sie schüttelte den Kopf. »Das kannst du nicht.« Dann lachte sie nervös. »Es gibt gar nichts zu wissen.«

»Hes, ich kenne *dich*«, sagte er respektvoll, »deswegen brauchst du mir nichts zu sagen.« Es war hart, sie an ihrem Bekenntnis zu hindern, aber er wollte auf jeden Fall vermeiden, daß Ann ihre Hände dabei im Spiel hatte. So winkte er ein Taxi heran und sah Hester in die Augen.

»Übrigens ist es ein wundervolles Buch.«

Giselle hatte auf Gavins Anrufbeantworter hinterlassen, daß sie kommen würde. Trotzdem sah er ungeduldig und gereizt aus, als er die Tür öffnete.

»Was soll das denn, wenn ich fragen darf? Du weißt doch genau, daß ich samstags arbeite.«

Sie zog ein Stück Papier aus der Tasche ihrer Latzhose. »Und was sollte das, wenn *ich* fragen darf?«

»Okay, da war ich etwas durcheinander.« Er schmiß sich aufs Sofa und zündete sich eine Zigarette an. »Ich war eben sauer.«

»Wehe, du schickst mir noch mal so'n Zeug. Und dann auch noch nach Hause.«

»Was ist los? Sollen deine Eltern nicht wissen, was Sache ist?«

»Sie wissen es.«

»Sie wissen nicht die Hälfte davon.«

»Was soll das denn heißen?«

»Wie du mich behandelt hast, Giselle, das würde doch kein Mensch glauben.«

»Meinst du?« Ganz ruhig stand sie vor ihm. »Du glaubst wohl, daß du ein so toller Typ bist, daß keine es schafft, dich aufzugeben, was? Träum nur weiter, Gavin.«

»Du hast mich benutzt!« Er zeigte mit der Zigarette auf ihren Bauch. »Ausgebeutet hast du mich!«

»Ach du meine Güte, gleich wirst du sagen, daß ich dich weggeworfen habe wie einen alten Handschuh.«

»Nein, das werde ich nicht. Und zwar aus dem einfachen Grund, weil ich nicht so leicht wegzuwerfen bin. Zu deinen Eltern zurückzurennen, wird dich nicht vor mir bewahren. Ich bin jetzt ein Teil deines Lebens, vergiß das nicht.«

»Falsch.« Giselle ging zum Fensterbrett hinter dem Sofa und setzte sich drauf. »Ein Teil *meines* Lebens ganz bestimmt nicht. Höchstens von dem des Babys, wenn du das willst.«

»Du wirst schon noch merken«, entgegnete er, ohne sich umzudrehen, »daß das zusammengehört.«

»Erzähl du mir nicht, was ich merken werde.«

»Mein Gott, wenn ich mir vorstelle, daß *du* ein Baby großziehst ...« Ungläubig schüttelte Gavin den Kopf. »Aber wahrscheinlich wird deine Mutter ja jede Bewegung überwachen.«

»Ich werde gar nicht dort wohnen.«

»Ach nein?« Gavin drehte sich zu ihr um. »Und wo dann? Beim Christlichen Verein Junger Mädchen?«

»Das geht dich gar nichts an.«

»Entschuldige bitte, aber es geht mich eine ganze Menge an, wo mein Kind wohnen wird. Und ich werde mich auch sehr dafür interessieren, darauf kannst du dich verlassen!«

»Darauf würde ich nicht wetten!« Giselle stand auf, nahm ihm die brennende Zigarette aus der Hand, warf sie auf den Teppichboden und trat sie aus. »Du arroganter, scheinheiliger Mistkerl! Dein Kind! *Dein Kind?*«

»Ich weiß natürlich, daß ich in deinem Fall ohne einen Bluttest gar keine Sicherheit haben kann …«

Giselle stieß ihn mit der Faust hart vor die Brust. Er brauchte eine Sekunde, um sich zu fassen, dann sah er ruhig lächelnd zu ihr auf.

»Aber, aber, beruhige dich.«

»Dir ging's doch nur um eine weitere Angabe für deinen Lebenslauf! Das ist alles, was dir wichtig ist, Trophäen! Aber ich bin keine Trophäe …«

»Allerdings nicht.«

»Und mein Kind auch nicht!«

Zitternd vor Wut stand sie vor ihm und sah auf ihn herab.

»Oh, Entschuldigung, störe ich?«

Sie hatten beide nicht gehört, daß Ann die Wohnung betreten hatte. Jetzt stand sie mit gefaßtem Gesichtsausdruck in der Tür zum Wohnzimmer.

»Nein«, antwortete Gavin.

»Giselle?«

»Ich wollte sowieso gerade gehen.«

»O nein, bitte …« Ann legte Giselle eine Hand auf den Arm, als diese zur Tür ging. »Ich sollte gehen.«

»Das brauchen Sie nicht. Ich bin schon weg.«

»Ich möchte auf keinen Fall eine Diskussion zwischen euch beiden abbrechen …«

»Es war keine Diskussion«, sagte Gavin bitter.

»… wie erhitzt sie auch sein mag«, fuhr Ann fort. Sie sah Gavin mißbilligend an und folgte Giselle in den Flur. »Giselle, bitte. Jeder Austausch, jede Art von Kommunikation kann nur von Vorteil sein. Bleiben Sie! Legen Sie die Dinge auf den Tisch, reden Sie frei miteinander …«

»Das haben wir, glauben Sie mir.«

»Dann lassen Sie es nicht hier enden, um des Kindes willen. Ich kann Ihnen gar nicht sagen, wie sehr ich mich freue, daß Sie überhaupt wieder miteinander sprechen …«

»Ach, hören Sie endlich auf! Ich bin nur hergekommen, um Ihrem Sohn zu sagen, daß er mir keine beleidigenden Faxe mehr schicken soll! Ansonsten kann er mir gestohlen bleiben! Und jetzt lassen Sie mich gehen!«

Die Tür fiel ins Schloß. Ann brauchte einen Moment, um sich wieder zu fassen, bevor sie ins Wohnzimmer ging. Gavin stand am Fenster, und Ann stellte sich neben ihn. Schweigend sahen beide zu, wie Giselle die Straße hinunterging.

»Ich kann mir nicht helfen«, murmelte Gavin, »aber dieses Mädchen ist unausgeglichen.«

»Auf jeden Fall war sie sehr wütend. Was war denn los?«

Gavin seufzte tief. »Ich hab's versucht. Ich hab's wirklich versucht. Sie tauchte hier auf und hatte es offenbar von Anfang an auf einen Streit abgesehen. Ich habe alles getan, was ich konnte, ihr zugestanden, daß unsere Beziehung zu Ende ist, nur über die Zukunft des Babys wollte ich reden. Es war sinnlos. Sie hat mich sogar tätlich angegriffen und dann auch noch fast das Haus niedergebrannt.« Er zeigte auf die Zigarette, die auf dem Fußboden lag. »Es war so typisch für sie.« Er schwieg einen Moment, dann fügte er nachdenklich hinzu: »Weißt du, daß sie es damals war, die deine Lunch-Party verdorben hat?«

»Lunch-Party ...?« Ann runzelte die Stirn. »Tut mir leid, Gavin, aber ich komme nicht mit ...«

»Dieser Vortrag über Abtreibung. Du hattest eine Gruppe Frauen da ..., ist schon ewig lange her.«

»Ach, das ...« In Anns Gesicht spiegelte sich Erinnerung, dann Verblüffung. »Du sagst, das war Giselle? Aber sie war doch noch so klein damals ...«

Gavin zuckte die Achseln. »Scheint in ihrer Natur zu liegen, Dinge zu zerstören, nicht?«

Ann schüttelte den Kopf und seufzte. »Ich befürchte fast, daß du recht hast.«

»In deinem Büro wartet ein Besucher auf dich«, sagte Jen zu Jonty, als dieser die Räume von *Earthtrust* betrat.

Es war das letzte, was Jonty sich jetzt wünschte. »Wer ist es?«

»Ich weiß nicht. Nichts Geschäftliches, glaube ich. Linda hat ihn empfangen.«

Jonty brauchte Linda nicht zu fragen. Er hatte eine Ahnung, die sich auch bestätigte, als er die Tür zu seinem Büro öffnete.

»Hallo, Byron.«

»Hallo, Jonty. Entschuldige den Überfall ...« Byron machte Anstalten aufzustehen, ließ es dann aber und rutschte unbehaglich auf seinem Stuhl hin und her.

Schweigend ging Jonty zu seinem Schreibtisch und setzte sich. Er griff nach einem Stift und begann, ihn zwischen den Fingern hin- und herzudrehen.

Byron sah sich in dem Büro um. »Hier wird also unsere Erde gerettet.«

»Na ja, nicht ganz.«

»Oder zumindest das Geld dafür aufgetrieben ...« Byron versuchte ein Lächeln. »Ich muß sagen, nach all den Jahren ist es etwas verwirrend, dich zum erstenmal in deinem Büro zu sehen.«

»Findest du?«

»Ja. Obwohl, na ja, es wäre schlimmer gewesen, wenn du noch bei diesen Werbefritzen arbeiten würdest ...«

»Byron, normalerweise würde ich dir einen Kaffee anbieten, aber im Moment bin ich leider etwas unter Druck ...«

»Okay. Okay.« Byrons Gesichtsausdruck veränderte sich und Jonty wußte, daß sein Lächeln nur aufgesetzt war. Eigentlich sah Byron äußerst besorgt aus. »Du weißt, daß ich das noch nie gemacht habe und daß ich nicht gerade ein spontaner Mensch bin. Ich wäre nicht hier, wenn es mir nicht äußerst wichtig erschiene.«

»Das glaube ich gerne.«

»Aber hier ist wenigstens, um es mal so zu nennen, neutraler Boden.«

»Du hättest anrufen können«, sagte Jonty und bedauerte es im selben Augenblick. Byrons Sorgenfalten wurden noch tiefer.

»Ja, aber ich wollte gern persönlich mit dir reden. Und das Mädchen am Empfang sagte, du kämst gleich wieder ...«

»Schon gut.« Jonty legte den Stift aus der Hand. »Tut mir leid.« Das stimmte zwar nicht, aber die Wahrheit konnte er nicht zugeben. »Also möchtest du dann doch einen Kaffee?«

»Nein, nein, um Himmels willen! Ich komme gleich zur Sache. Gibt es irgend etwas, was wir tun können, um die Katastrophe zwischen Giselle und Gavin noch abzuwenden?«

Byron sprach nun aus, worauf Jonty gewartet hatte. Die Situation war ihm äußerst unangenehm. Doch er antwortete mit brutaler Direktheit.

»Das bezweifle ich.«

»Mir ist klar, daß du und Hester – wir alle – unser Bestes getan haben, aber es scheint nichts genützt zu haben ...«

»Vielleicht lernen wir daraus, uns nicht einzumischen.«

»Vielleicht.« Byron ließ nicht locker. »Aber ich finde, wir sollten sie nicht einfach diesen Weg gehen lassen. Wir müssen alles versuchen, sie davon abzubringen.«

»Sie?« Jonty hob die Augenbrauen. »Sie? Rede doch nicht um den heißen Brei herum, Byron. Du meinst doch nur Giselle.«

»Ich habe nie gesagt, daß ...«

»Ist es nicht so? Du meinst Giselle.«

Byron sah kläglich aus. »Nun, ja, es scheint ja Giselle zu sein, die entschieden hat, ihren Weg allein zu gehen.«

»Ganz genau, du sagst es. Sie hat sich entschieden. Trotz aller Ratschläge und Beeinflussungen. Vielleicht sogar deswegen.«

»Glaubst du, daß es nur eine Trotzreaktion ist?«

»Nein, nein, auf keinen Fall. Ich will nur darauf hinweisen, daß alle weiteren Einmischungen in dieser Phase sinnlos sind. Sie lieben sich einfach nicht mehr. So was passiert dauernd.«

»Ach so.« Byrons Ton war ungewohnt ironisch. »Aber sie können sich den Luxus nicht mehr leisten, sich – wie du es ausdrückst – einfach nicht mehr zu lieben. Nicht wenn die Zukunft eines Kindes auf dem Spiel steht.«

»Werde doch bitte nicht melodramatisch. Die Zukunft des Kindes steht nicht auf dem Spiel. Es wird eine Zukunft haben. Nur ob das auch bedeutet, daß dein Sohn und meine Tochter zusammen sind, das können wir hier und jetzt ...«

»Entschuldigung.« Erstaunt bemerkte Jonty, daß Byron

wütend war. »Ich muß sagen, ich finde deine Haltung wirklich sehr merkwürdig.«

»Ich verstehe nicht, warum.«

»Das würdest du, wenn du wüßtest, was für ein Leid das Verhalten deiner Tochter über meine Familie gebracht hat. Ihre …, ich will es nicht Grausamkeit nennen …«

»Nein, tu das lieber nicht.«

»… sagen wir, ihre verantwortungslose Haltung …«

»Nein, auch das sagen wir lieber nicht. Deine Frau hat sich schon erlaubt, Giselle als soziopathisch zu bezeichnen, was immer das auch heißen soll. Offen gestanden habe ich diese überheblichen und völlig ungerechtfertigten Abkanzelungen verdammt satt.«

Byrons sah erstaunt aus. »Ich glaube, du hast mich nicht ganz verstanden. Giselle hat alle Versuche Gavins, Kontakt aufzunehmen, völlig willkürlich und brutal abgewiesen. Ann ist ja nun wirklich nicht leicht aus der Fassung zu bringen, aber sie ist inzwischen so außer sich, so habe ich sie noch nie erlebt. Und trotz alledem seid ihr beide offensichtlich ganz zufrieden mit dem Lauf der Dinge und tut, als sei nichts Besonderes geschehen.«

»Mein Gott, Byron!« Jonty schüttelte den Kopf und holte tief Luft. In dem Moment klopfte Linda an und steckte gleich darauf den Kopf ins Zimmer.

»Möchten Sie einen Kaffee? Wird gerade frisch gemacht.«

»Nein, danke!« Jonty hob abwehrend die Hände. Linda begriff und verschwand hastig. Leise fuhr er mit angespannter Stimme fort: »Wie könnten wir denn tun, als sei nichts geschehen? Siehst du denn nicht, was das Ganze für *uns* bedeutet? Unsere Tochter ist neunzehn, hat keine Ausbildung, keine eigenen finanziellen Mittel und erwartet ein Baby von einem beträchtlich älteren Mann, mit dem sie – aus welchem Grund auch immer – nicht zusammenleben will. Glaubst du im Ernst, das bereitet uns keine Sorgen? Ich habe es bisher unterlassen, als Giselles sehr wohl besorgter Vater die Rolle deines Sohnes und sein Verhalten kritisch unter die Lupe zu nehmen. Aber wenn du mich dazu treibst, kann ich das sehr wohl tun, und zwar mit der allergrößten Berechtigung.«

»Ich verstehe.« Byron war sehr blaß geworden. »Tut mir leid, daß ich dich gestört habe.«

Er stand auf. Jonty tat es ihm nach, blieb jedoch hinter seinem Schreibtisch stehen.

»Schon gut.«

»Wenigstens wissen wir jetzt, was jeder darüber denkt!«

»Das wußte ich auch schon vorher.« Jontys Ton war kalt und hart. »Aber du wolltest ja meine ehrliche Antwort hören.«

Byron ging zur Tür. Er sah hager und alt aus. Als er sich noch einmal umdrehte, stand Verachtung in seinen Augen.

»Bitte«, sagte er, »das reicht jetzt.«

»Also worauf willst du hinaus?« fragte Sebastian. Während er mit seinem jüngeren Bruder telefonierte, zündete er sich mühevoll einen Joint an, um das schlafende Mädchen, dessen Kopf auf seiner rechten Schulter lag, nicht zu stören.

»Wie bitte?« entrüstete er sich über eine Frage Gavins. »Kümmer dich um deinen eigenen Kram! Und überhaupt, du hast es gerade nötig ...« Einen Moment lang nahm er den Hörer von seinem Ohr. »Ja, ja, ich weiß. Du bist ein Held. Grüß Katie, okay? Bis dann.«

Das Mädchen drehte sich mit einem Brummeln auf die andere Seite, und er nutzte die Gelegenheit, seinen Arm unter ihrem Kopf hervorzuziehen. Sie hatte dichte, blonde Haare und aufgeworfene Lippen und erinnerte ihn ein bißchen an Kim Basinger. Das hatte ihn auch ursprünglich an ihr gereizt. Ansonsten gefiel sie ihm nicht besonders.

Die Sonne brannte heiß auf Anns Rücken. Am liebsten wäre sie aufgestanden und hätte die Vorhänge zugezogen. Doch das war natürlich nicht möglich, weil eine Klientin gerade mitten in ihrer Erzählung war. Mrs. Jameson litt unter der Überzeugung, eine schlechte Mutter zu sein. Ann glaubte das zwar auch, aber nicht aus den Gründen, die ihre Klientin nannte. Manchmal war es wirklich schwierig, nicht die eigene Meinung sagen zu können, sondern nur konstruktiv zuzuhören.

Mrs. Jameson floß über vor Tränen. Die Schachtel mit Kleenextüchern stand auf dem Sofa bereit. Ann hielt ihre ruhige Fassade aufrecht, aber die Hitze und Mrs. Jameson forderten ihren Tribut. Schweißperlen liefen ihr über den Rücken, ihre Hände, die bisher locker in ihrem Schoß gelegen hatten, verkrampften sich ineinander. Die ersten Symptome einer Migräne machten sich bemerkbar.

»... was ich so schrecklich finde«, sagte Mrs. Jameson, »ist, daß diese Dinge nie wieder rückgängig gemacht werden können. Die Kinder werden mich als schlechtgelaunt und nachlässig in Erinnerung behalten, dabei glaube ich wirklich, daß ich sie über alles liebe, mehr als ...«

»Tatsächlich?« unterbrach sie Ann. »Und wieso glauben Sie das?«

»Ich weiß es«, antwortete Mrs. Jameson mit bebender Stimme. »Wenn ich mit meinen Freundinnen spreche oder mit anderen Frauen, dann merke ich, daß ihre Kinder nur da sind, weil es irgendwie dazugehört, und nicht, weil sie sich sehnlichst wünschten mitzuerleben, wie sich ein menschliches Wesen entwickelt und groß wird, und ...«

»Und bei Ihnen war das anders? Wollen Sie das damit sagen?«

»Ja. Meine Kinder waren mein Leben.«

»Und was ist schiefgegangen?«

Auf diese Frage hin traf Ann ein erstaunter Blick. »Wie meinen Sie das?«

»Sie haben gesagt, die Kinder *waren* Ihr Leben, also sind sie es offenbar jetzt nicht mehr.«

»Nun ..., wie ich schon gesagt habe ..., jetzt sind sie Teenager, sie führen ihr eigenes Leben. Ich bin allein, und ich kann mich nur sehr schwer damit abfinden. Wir haben dauernd diese schrecklichen Auseinandersetzungen ...«

»Aber Sie erwarten von ihnen, daß sie Ihre Schwierigkeiten verstehen?«

»Ich *erwarte* es nicht unbedingt, aber ich fände es schön, wenn ...«

»Und warum sprechen Sie dann nicht mit ihnen anstatt mit mir?«

»Ich habe es versucht, aber es ist nicht einfach.«

»Und wer hat jemals behauptet, daß es einfach ist, Mutter zu sein?«

»Ich weiß!« schluchzte Mrs. Jameson. »Aber man hat vorher keine Ahnung, man ist einfach nicht darauf vorbereitet ...«

»Und doch«, stellte Ann mitleidlos fest, »gibt es viele Frauen, die es ungleich schwerer haben als Sie und die trotzdem erstaunlich gute Mütter sind.«

Mrs. Jamesons Tränenstrom versiegte ganz plötzlich. »Das weiß ich.«

»Dann gehen Sie«, forderte Ann sie barsch auf, »und machen Sie es genauso.« Sie stand auf und öffnete die Wohnzimmertür. »Hier haben Sie nichts mehr zu suchen.«

»Aber Mrs. Armitage«, stammelte Mrs. Jameson, »Sie werden doch sicher ...«

»Hinaus!« schrie Ann. »Raus hier!«

Nach dem erfolgreichen Presseempfang im *Schmooze* fuhr Gavin Katie zurück nach Fulham und begleitete sie bis zur Haustür.

Es war elf Uhr und noch nicht völlig dunkel; der rötlichgelbe Schimmer der Londoner Skyline ging in der Ferne in ein dunkles Grau über, hier und da blinkten Sterne.

»Es war ein wundervoller Abend«, sagte Katie. »Ich bin sehr froh, daß ich kommen konnte.«

Er drückte ihren Arm. »Ich auch.«

»Ihr verdient wirklich einen guten Artikel, und ich werde ihn gerne schreiben. Aber davon ganz abgesehen, ist mir heute klar geworden, wie furchtbar es gewesen wäre, wenn wir uns nicht wiedergetroffen hätten.«

»Oh, Katie ...« Er zog sie an sich und drückte sie ganz fest, wobei er sein Gesicht in ihrem duftenden Haar begrub. Ihre Hände streichelten seinen Rücken.

»Komm mit nach oben«, murmelte sie. Ihr Körper drückte sich warm und nachgiebig an seinen. »Komm noch eine Weile mit rauf. Jackie ist nicht da.«

»Nein«, flüsterte er. »Nicht dieses Mal. Aber halt mich einen Moment, Katie. Halt mich ganz fest ...«

Giselle konnte nicht schlafen. Sie hatte das Gefühl, nicht die einzige zu sein, die wach lag. So schlich sie besonders leise am Zimmer ihrer Eltern vorbei, als sie nach unten ging.

Durch die Küche lief sie hinaus in den Garten. Die Nachtluft war warm und duftete süß, das Gras unter ihren Fußsohlen fühlte sich weich und kühl an. Giselle ging bis zu dem alten, knorrigen Apfelbaum, um sich an ihn anzulehnen. Im Bett hatte sich das Baby ständig bewegt, aber jetzt lag es schwer und ruhig in ihr. Das Kind hatte sich schon gedreht, so daß sein Kopf auf ihre vom Schlaf entspannten Muskeln drückte. Während Giselle auf das Haus blickte, dachte sie voll Zuversicht an die Zukunft. Sie fühlte Ruhe und Frieden in sich.

19.

Die zweite Julihälfte zeichnete sich durch besonders schönes Wetter aus. Ein wunderschöner Tag reihte sich an den anderen. Das Gartenfest; das Schulsportfest; die Haustiershow für Kinder; das Kirchenblumenfestival; alle hatten aufgrund des Wetters eine Rekordbeteiligung und infolgedessen auch Rekordeinnahmen aufzuweisen. Und auch die Gastgeber zahlreicher Hochzeiten, Taufen, Barbecues, Buffets, Tanz und Teepartys hatten allen Grund, den Allmächtigen für seine Güte zu preisen.

Eine dritte Sonnenwoche folgte. Alle, die von Montag bis Freitag arbeiteten und sich innerlich schon auf ein verregnetes Wochenende gefaßt gemacht hatten, weil das eine der unangenehmen Gesetzmäßigkeiten des Lebens zu sein schien, wurden diesmal angenehm enttäuscht. Die Luft war erfüllt vom Brummen der Rasenmäher, vom Sirren der Rasensprenger, vom Plätschern des Wassers in den Planschbecken, dem fröhlichen Kreischen der Kinder in den Gärten, dem Röhren der Erntemaschinen, die früher als sonst auf die Felder hinausfuhren, und dem Klang tragbarer Musikgeräte.

Währen der Gottesdienste standen die Kirchentüren offen, um Sonne und Wärme hereinzulassen. Die kleine Gemeinde sang mit besonderer Begeisterung, weil alle wußten, daß sie von den Vorübergehenden gehört wurden.

Das schöne Wetter erstreckte sich über ganz England. Stolz kommentierten Meteorologen in kurzärmligen Hemden im Fernsehen die Wetterkarte, die mit nichts als kleinen gelben Sonnen und gelegentlichen flockigen weißen Wölkchen übersät war wie ein Feld mit Butterblumen und Gänseblümchen. Auf den Dörfern öffnete man in muffigen alten Pubs die Fenster, die seit Jahren geschlossen gewesen waren, und stellte Tische und Stühle auf den Bürgersteig.

Die Chuffingtoner Kricketmannschaft erfreute sich einer

triumphalen Saison, was zu einem nicht geringen Teil Jonty Blake zuzuschreiben war, der mit dem Feuer und der Angriffslust eines halb so alten Mannes spielte.

Raglan Road Nr. 7 war mit seinen weitläufigen, hohen Räumen ein angenehm kühles Haus. Der Garten lag nach Süden und hatte um diese Jahreszeit von morgens früh bis acht Uhr abends Sonne. Ann ließ aber die Vorhänge während der Hitze des Tages geschlossen. Die Armitages litten auch nicht wie viele ihrer weniger umsichtigen Zeitgenossen an geröteten Schultern, sich pellenden Nasen und Kopfschmerzen. Ann hatte ihre Familie daran gewöhnt, die Sonne mit Respekt zu behandeln und sich ihr nur mit Mäßigung auszusetzen. Sie und Byron frühstückten draußen, und erst, wenn es abends wieder kühler geworden war, tranken sie auf dem Rasen ein Glas eisgekühlten Kir Royale.

An diesem Freitagabend saß die ganze Familie im Garten. Ann hatte ihre Söhne zur Verabschiedung von Sebastian eingeladen, der am nächsten Tag in die Vereinigten Staaten reisen würde. Außer der Karaffe mit Kir hatte sie noch kühlen Mangosaft bereitgestellt und selbstgemachtes Blätterteiggebäck, das mit Fleisch, Gemüse und Käse gefüllt war.

Sie achtete immer darauf, daß keiner ihrer Söhne einen Grund hatte, sich zurückgesetzt zu fühlen. Dieser Abend gehörte Sebastian, wie groß Gavins Schwierigkeiten im Moment auch sein mochten.

»Byron«, sagte sie, als alle Gläser gefüllt waren, »ich glaube, es ist Zeit für einen Toast.«

»Natürlich«, stimmt er zu und hob sein Glas. »Sebastian – auf New York und den Westen!«

»Seb – auf eine schöne Zeit in den Staaten«, schloß sich Ann an und lächelte ihm liebevoll zu. Er und Julian sahen gepflegt und zufrieden aus, Gavin dagegen wirkte erschöpft und ungepflegt. Seine Locken waren zu lang und seine Augen gerötet. Seine schmutzigen Manschetten ließen den Verdacht aufkommen, daß er die Waschmaschine immer noch nicht angeschlossen hatte.

»Also dann erzähl uns doch mal«, sagte Julian, »wie deine Pläne genau aussehen, mir ist das gar nicht klar.«

»Mir auch nicht so genau«, gestand Sebastian. Die ganze Wahrheit wollte er nicht erzählen. »Ich wollte doch schon immer mal etwas schreiben, und diese verrückten Freunde haben mir angeboten, drei Monate umsonst bei ihnen zu wohnen, vielleicht sogar noch länger. Das ist eine gute Gelegenheit, es zu versuchen. Ich kann auch die Universitätsbibliothek nutzen und alle anderen Einrichtungen dort, die mir weiterhelfen können.«

»Nicht schlecht«, kommentierte Julian.

»Wer sind denn diese Freunde?« fragte Byron. »Kennen wir sie?«

»Nein. Es sind Freunde von Freunden, ich kenne sie selbst kaum.«

»Wenn du irgendwas mit Computern machen willst und Hilfe brauchst«, sagte Gavin mit leiser, tiefer Stimme, »ich kann dir die Nummer von 'nem absoluten As in Manhattan geben.«

»Das wäre gut, danke. Man weiß ja nie.«

Julian zog ein Gesicht. »Genau. Hat dieses As vielleicht 'ne Schwester?«

»Das As könnte doch auch selbst eine Frau sein«, warf Ann ein.

»Genau. Danke.« Gavin machte eine kleine scherzhafte Verbeugung in Richtung seiner Mutter.

»Bitte. Gern geschehen.«

»Eure Mutter«, bemerkte Byron, der diesen seltenen Moment familiärer Harmonie genoß, »hat manchmal einen sechsten Sinn.«

»Nein, nein«, wehrte Sebastian ab, »ich habe wirklich vor zu schreiben. Wenn ich nun schon mal die Gelegenheit habe, muß ich es auch wirklich mit ganzer Kraft angehen. Sonst sage ich mir womöglich mein Leben lang, was wäre gewesen, wenn …«

»Vollkommen richtig«, pflichtete Ann ihm bei. »Und mach dir keine Gedanken wegen deiner Wohnung. Josette und ich werden alles einmal gründlich saubermachen, und dann brauchen wir ja nur noch ab und zu mal vorbeizugehen.«

»Warum vermietest du sie nicht so lange?« fragte Julian. »Dann kannst du ein bißchen was verdienen.«

»Ich weiß nicht, ob das so eine gute Idee ist«, meinte Ann. »Man weiß nie ..., womöglich will er doch plötzlich früher zurückkommen ...«

Sebastian hob die Augenbrauen und sah Julian an. »Dachtest du an jemand Bestimmtes?«

»Nein, war nur so 'ne Idee ...«

Sebastian wandte sich an Gavin und stieß ihn mit der Fußspitze ans Bein. »Und informier mich über den Lauf der Dinge, okay? Du bist ein Dad, wenn ich zurückkomme.«

Gavins Gesichtsausdruck verdüsterte sich. Ann übernahm es zu antworten. »Das stimmt, aber ob es ein Grund zum Feiern ist, bleibt noch abzuwarten.«

»*Ich* werde feiern«, sagte Julian. »Schließlich werde ich nicht jeden Tag Onkel. Und außerdem wollte ich euch sowieso was sagen.«

»Nur zu«, forderte ihn Byron auf, »deine Mutter und mich kann so schnell nichts mehr umhauen.«

»Ich bin mit Giselles Schwester zusammen.«

»Ich habe ihn gewarnt«, knurrte Gavin, »aber er wollte nicht auf mich hören.«

Byron seufzte schwer. Ann nahm einen Schluck Kir und sah ihren jüngsten Sohn durchdringend an.

»Ich hoffe«, sagte sie leise, »dir ist klar, auf was für ein gefährliches Terrain du dich da begibst.«

»Ach was, Mum, sei nicht so dramatisch. Rose ist ein tolles Mädchen. Ich möchte wirklich, daß das länger hält. Im Moment wollen wir natürlich nicht zusammen hierherkommen, auch in Chuffington waren wir noch nicht gemeinsam. Wir wollen niemanden vor den Kopf stoßen. Ich sag's euch jetzt nur deswegen, weil wir uns ganz bestimmt auch um das Baby kümmern werden.«

Gavin gab ein mißgelauntes Knurren von sich. »Tu, was du willst. Wahrscheinlich wirst du mehr von dem Kind sehen als ich.«

»Sei nicht albern, Gavin«, sagte Ann. »Du bist der Vater.«

»Vielleicht«, äußerte Byron vorsichtig, »solltest du viel netter zu Giselle sein, es noch mal mit Freundlichkeit versuchen, anstatt auf deine Rechte zu pochen.«

Alle starrten ihn an.

»War ja nur ein Vorschlag.«

»*Mein* Vorschlag ist«, sagte Ann, »daß wir zum Anlaß unseres Beisammenseins zurückkehren, nämlich Sebastian für seine Reise Glück und Erfolg zu wünschen.«

»Entschuldigt mich.« Gavin stand auf. »Das haben wir ja schon getan. Ich muß jetzt gehen.« Er hielt seinem Bruder die Hand hin. »Alles Gute. Und wenn du nicht brav sein kannst, sei wenigstens vorsichtig.«

Ann wollte aufstehen, aber Byron hielt sie zurück. »Ich bringe Gavin raus.«

Er konnte kaum mit seinem Sohn Schritt halten, als er ihm zur Haustür folgte.

»Gavin …«

Sein Sohn hatte schon die Hand am Türgriff.

»Ich habe das vorhin ernst gemeint«, sagte Byron. »Vielleicht haben wir uns alle nicht genügend Mühe gegeben, diesen Bruch zu verhindern!«

»Und wer, wenn ich fragen darf, ist verantwortlich für den Bruch?«

»Das weiß ich nicht, und es ist auch nicht meine Sache …«

»Zum Teufel noch mal, Dad, du weißt es ganz genau. Giselle Blake hat mich benutzt, um ihr ein Baby zu machen, und dann hat sie sich wieder in Essex eingenistet, wo sie drei Mahlzeiten am Tag serviert bekommt und der Star des Hauses ist! Wie kannst du dann sagen, du weißt es nicht?«

Gavin hätte sich seine langen Ausführungen sparen können. Ein einziges Wort hatte seinen Vater so berührt, daß er gar nicht mehr zuhörte. Es war ewig her, daß Gavin ihn Dad genannt hatte. Während er jetzt mit weißem, zornigem Gesicht vor ihm stand, mußte Byron an all die Momente denken, in denen er den leicht einschnappenden, aufbrausenden kleinen Jungen auf den Schoß genommen und beruhigt hatte, während Ann, vor Erschöpfung zitternd, in der Küche mit Pfannen und Töpfen klapperte.

»Ich bin ja auf deiner Seite«, sagte Byron, »ich meinte nur, daß es immer mehrere Wege gibt.«

Gavin hatte die Tür schon geöffnet, als er seine Auffassung dazu noch einmal unmißverständlich kundtat.

»Ich krieche nicht auf dem Bauch vor diesem Miststück herum. Wenn sie was von mir will, kann sie mich verdammt noch mal fragen.«

Byron kehrte nicht sofort zu den anderen zurück. Er setzte sich auf die Treppe und massierte seine Schläfen. Was war nur geschehen? Ihr Leben war bisher stets in geordneten Bahnen verlaufen. Ann hatte dafür gesorgt. Jetzt schien es, als hätte ein heimtückisches Gift ihr Leben infiziert, das sich unkontrollierbar ausbreitete.

Die Haustür wurde geöffnet.

»Guten Abend!« schrie Sonja. »Was machen Sie denn hier so allein?«

Byron gab sich nicht die Mühe zu antworten.

Es war Samstag und Jonty erwachte frühzeitig. Obwohl die Fenster offen standen, war es im Schlafzimmer bereits sehr warm, und das Deckbett fühlte sich schwer und klebrig an. Er stieß es von seinen Füßen und rollte sich an Hester heran. Sie zeigte nicht die geringste Reaktion. Zur Zeit schlief sie sehr fest, sie stürzte sich geradezu verzweifelt in den Zustand des Vergessens, während er hyperaktiv war. Behutsam entfernte er sich wieder von ihr und stand auf.

Es war sechs Uhr dreißig. In seinen Ralph-Lauren-Shorts – ein Geschenk von Hester – ging er hinunter in die Küche und machte Tee. Als er Hester eine Tasse ans Bett brachte, war von ihr nicht mehr zu sehen als eine gerötete Wange und ihr zerzaustes blondes Haar.

»Tee«, sagte er und stellte die Tasse auf ihren Nachttisch. Sie rührte sich nicht, und Jonty ging zurück in die Küche. Er öffnete die Tür zum Garten und trat barfuß hinaus auf die rauhen Steine der Terrasse. In kürzester Zeit hatten sich zahlreiche Ameisen seiner Füße bemächtigt. Er sah ihnen einen Moment zu und ging dann wieder ins Haus.

Seit der unangenehmen Unterhaltung mit Byron in seinem Büro vor drei Wochen hatten sie nichts mehr von den Armitages gehört. Ob Giselle und Gavin miteinander Kontakt gehabt hatten, wußte er nicht, und er würde Giselle auch nicht danach fragen: Die Schwangerschaft hatte seiner Tochter eine Weiblichkeit verliehen, die Jonty fast als einschüchternd empfand. Ihr immer schon imposanter Körper strahlte jetzt fast eine gewisse Würde aus. Jonty konnte sich nicht erinnern, bei Hesters Schwangerschaften etwas Ähnliches empfunden zu haben.

»Hallo, Dad.«

Plötzlich stand Giselle in der Küche. Sie ging zur Obstschale und nahm sich einen Apfel.

»Hallo, guten Morgen. Du bist früh auf.«

Sie setzte sich auf die Treppe, die in den Garten führte, und biß in den Apfel.

»Paß auf die Ameisen auf. Es sind ganze Armeen unterwegs. Hast du gut geschlafen?«

Sie schüttelte den Kopf. »Nein, zur Zeit schlafe ich nie gut. Das Baby bewegt sich die halbe Nacht, und meine Gedanken hören nicht auf zu arbeiten.«

»Geht mir genauso«, meinte Jonty.

Sie sah ihn mit liebevoller Verachtung an. »Na hör mal, wer kriegt denn hier das Baby?«

Er lachte und sah zu, wie sie mit großen, geräuschvollen Bissen und kräftigen Kaubewegungen den Apfel aß.

Schließlich sagte er: »Darf ich dich was fragen?«

»Na klar.«

»Möchtest du, daß jemand dabei ist, wenn du das Baby bekommst?«

»Weiß nicht. Sollte ich?«

»Nein, nur, ich weiß, daß ..., also wenn du gern Gesellschaft haben möchtest oder moralische Unterstützung oder was auch immer, deine Mutter würde gerne mitkommen.«

»Glaubst du?«

»Ja, aber sie will sich nicht aufdrängen.«

»Mum kann mitkommen, wenn sie will.«

Jonty hatte den Eindruck, daß sein Vorschlag falsch interpretiert worden war.

»Die Frage ist, was *du* willst, Grizzle.«

Sie zuckte die Schultern. Jonty mußte an Giselles Geburt denken, die für Hester die schwierigste gewesen war. Jonty war bei allen drei Geburten dabeigewesen – voller Enthusiasmus und ein bißchen ängstlich. Und dann war das Baby da – in Giselles Fall neun Pfund schwer und mit einem dikken Büschel schwarzer Haare. Er würde nie Hesters glücklichen Blick vergessen. Als er jetzt daran dachte, wurde ihm bewußt, daß er niemals mit einem anderen Mann über diese Erfahrung gesprochen hatte und daß er gerne wüßte, wie andere sich dabei gefühlt hatten.

Giselle stand auf.

»Schöner Tag«, sagte Jonty. »Hast du Pläne?«

»Ich glaube, ich gehe in die Stadt«, erwiderte sie. »Ein bißchen bummeln gehen, sehen, was dünne Leute so tragen ...«

»Soll ich dich fahren?«

»Klar.« Wieder hörte es sich an, als ob sie ihm damit einen Gefallen tun wollte.

Während sie an ihm vorbei aus der Küche ging, sagte sie, ohne ihn dabei anzusehen:

»Vielleicht sag ich Gavin Bescheid, wenn's losgeht.«

Jonty machte sich zwei Scheiben Toast mit Marmelade, die er hungrig und voller Genuß aß. Er hörte, wie oben Badewasser eingelassen wurde, dann überquerte Giselle den Treppenabsatz und schloß die Badezimmertür hinter sich. Er ging nach oben, um sich anzuziehen. Durch die offene Tür sah er Hester in Giselles Zimmer auf dem Bett sitzen. Ihr Gesicht war noch leicht verquollen vom Schlaf, ihre Haare hatte sie mit einem Gummi zusammengebunden, und ihre Beine, die unter dem Saum des übergroßen T-Shirts hervorsahen, waren gebräunt. Sie sah viel zu jung aus, um Großmutter zu werden. Jonty setzte sich neben sie, und sie legte ihm die Arme um den Hals und schmiegte sich an ihn.

»Danke für den Tee.«

»Bitte, aber er war sicher inzwischen kalt. Du hast geschlafen wie ein Murmeltier.«

»Und du warst zu früh auf.«

»Möchtest du einen frischen?«

Sie schüttelte den Kopf. Er sah sich in Giselles Zimmer um. Alles war für das Baby vorbereitet und wartete auf seine Ankunft. Das Körbchen von Chloe war mit einem gelben Laken, weißem Stoff an den Seiten und einer bunten Patchworkdecke ausgestattet. An der Decke hing ein Mobile aus hölzernen Delphinen und Seepferdchen, das sich sanft bewegte. In einer roten PVC-Kiste lagen Stofftiere, Rasseln und anderes Spielzeug. Die Pflegeutensilien standen auf einer Kommode auf einer Decke mit kleinen Bären. Ansonsten sah das Zimmer nach Giselle aus, unordentlich und nachlässig. Der aufblasbare Mann, inzwischen mit einem Flicken versehen, saß in einer Ecke und sah sie unverwandt an.

»Ich hoffe, daß alles gutgeht«, sagte Hester aufseufzend.

»Was meinst du damit?«

»Na, daß das Baby gesund geboren wird und Giselle glücklich ist ...«

»Giselle scheint mir ausgesprochen gut in Form zu sein, und es gibt keinen Grund, warum das Baby nicht gesund sein sollte, oder? Ihr beide redet doch dauernd darüber, ich dachte, die Befunde sind in Ordnung.«

Hester reagierte nicht darauf. »Ich fühle mich so mies wegen der Sache mit den Armitages.«

»Hes, denk doch nicht dauernd daran, das bringt überhaupt nichts.«

»Es ist, als hätten wir ihnen die Tür vor der Nase zugeschlagen. Ann und Byron – zwei unserer ältesten Freunde.«

»Wir haben nichts dergleichen getan. Wenn ihnen überhaupt jemand die Tür vor der Nase zugeschlagen hat, dann war es Grizzle. Und sie hat ihre Gründe und auch das Recht dazu. Hes, hör endlich auf, dir ein schlechtes Gewissen zu machen.«

»Vielleicht sollte ich mich bei Ann melden ...«

»Nach allem, was sie zu dir gesagt hat?« Jonty sah ehrlich erstaunt aus, dann zuckte er die Schultern. »Tu, was du willst.«

»Du weißt, was ich meine, noch mal einen Versuch wagen ...«

»Ich glaube, daß es ein Fehler wäre. Wir sollten es Giselle überlassen, ob sie den Kontakt wiederherstellen will.«

»Es ist so furchtbar ...« Hester hatte Tränen in den Augen.

»Grizzle denkt daran, Gavin Bescheid zu sagen, wenn's losgeht. Vielleicht will er dabeisein.«

»Wirklich?«

»Sie hat es mir gerade gesagt.«

»Und glaubst du, sie wird es tun?«

»Ich glaube, daß sie es ernsthaft in Betracht zieht.«

Jonty war überrascht, wie sehr diese Möglichkeit Hesters Stimmung verbesserte.

»Glaubst du, sie könnte vielleicht sogar ..., nun, es sich noch einmal überlegen?« fragte sie hoffnungsvoll.

»Ich habe keine Ahnung.« Er stand auf. »Komm, ich glaube nicht, daß Giselle es gut findet, wenn sie uns hier auf ihrem Bett sitzend vorfindet. Ich habe ihr versprochen, sie gleich in die Stadt zu fahren.«

Als sie aus dem Zimmer gingen, sah Jontys eine alte graue Reisetasche neben der Tür stehen – Giselles Sachen fürs Krankenhaus, fertig gepackt.

Jonty und Giselle waren in die Stadt gefahren, und Hester wollte gerade ins Badezimmer gehen, als das Telefon klingelte.

»Mum, ich bin's.«

»Rose, mein Schatz, wie geht's dir?«

»Gut, sehr gut. Das Wetter ist wunderbar.«

»Bei uns auch.«

»Es ist herrlich, nicht arbeiten zu müssen. Wir sind alle nur faul und trinken zuviel. Ich habe seit den Prüfungen zugenommen und bin richtig braungebrannt.«

»Du kannst ein paar mehr Pfunde gut vertragen. Ich

freue mich jedenfalls, daß du deine Ferien genießt, du hast es verdient. Irgendwelche Neuigkeiten?«

Am Lachen ihrer Tochter erkannte Hester, daß ihre Tochter sie durchschaut hatte.

»Mum, du bist ein hoffnungsloser Fall. Jez ist aus dem Spiel. Endgültig. Er tröstet sich schon mit einer anderen, ziemlich erfolgreich, glaube ich.«

»Ich habe nicht nach ihm gefragt, sondern nach dir«, protestierte Hester.

»Klar, klar. Also mir geht's gut. Ein bißchen pleite, ich werd mir 'nen Job suchen, nur befristet, sonst kann ich diesen Sommer nicht wegfahren.«

»Möchtest du, daß ich mich hier mal umhöre?«

»Das ist nett, aber nein, danke ... Ich dachte eher daran, in der Stadt etwas zu suchen.«

»Dort in Bristol?«

»Nein, in London.«

»Ach so.« Das kam unerwartet für Hester, und sie konnte es in keinen Zusammenhang einordnen. »Gute Idee. Aber wo wirst du wohnen?«

»Ich hab' schon ein Angebot.«

»Tatsächlich? In London ist das Wohnen doch viel schwieriger als bei euch dort. Man zahlt doch ganz andere Mieten, nicht?«

»Das ist schon in Ordnung, ich wohne zur Untermiete.«

»Da hast du ja Glück gehabt. Rosie ...«

»Ja?«

»Das hat doch alles seine Ordnung, ja? Keine krummen Sachen oder irgendwelche Unklarheiten, die dir dann später Schwierigkeiten machen könnten?«

Rose lachte herzlich. »Nein, Mum, keine Sorge. Es ist ideal. Hier kann ich meine Interviews machen. Tatsächlich rufe ich schon von London aus an. Ich bin übers Wochenende hergefahren, um's mir anzusehen.«

»Das ist vernünftig«, sagte Hester. »Und denk dran, auch das Kleingeschriebene im Mietvertrag zu lesen.«

»Ich wollte dir noch was anderes sagen. Ich hätt's eigentlich längst machen sollen, aber irgendwie hab ich's immer wieder vergessen. Vielleicht setzt du dich mal vorsichtshalber. Es ist ..., also ich bin mit Julian Armitage befreundet.«

Hester war sprachlos. Sie schluckte.

»Mum?«

»Ja, ich bin noch da.«

»Schon seit ein paar Monaten.«

»Verstehe.«

»Das wär's. Ich hoffe, es macht die Dinge nicht komplizierter, aber ich sehe keinen Grund, warum.«

»Nein.«

»Du hörst dich aber nicht gerade erfreut an.« Roses Stimme klang unwillig.

»Schatz, es geht mich nichts an, mit wem du zusammen bist.«

»Das ist keine Antwort.«

»Aber was möchtest du dann hören?« Hesters Stimme wurde lauter. »Daß ich mich riesig freue und daß ich es mir immer gewünscht habe?«

»Vor einem Jahr hättest du genau das gesagt.«

»Rosie, das ist eine dumme Bemerkung. Vor einem Jahr war die Situation eine andere. Vor einem Jahr hätten wir uns auch am Telefon nicht so angegiftet.«

»Stimmt!« Auch Rose wurde immer lauter. »Was in einem Jahr doch so alles geschehen kann. Und wem haben wir das zu verdanken?«

Sie legte auf. Langsam ließ Hester den Hörer sinken. Ihre Knie zitterten, ihre Kehle schnürte sich zusammen, Tränen stiegen ihr in die Augen. Sie hörte erst zu weinen auf, als sie in der Badewanne saß. Tränen paßten nicht zu heißem Wasser und Badeschaum. Rose war noch immer von ihren Prüfungen erschöpft, überlegte sie, und außerdem verständlicherweise empfindlich, was ihr Zusammensein mit Julian anging. Es würde wieder vorübergehen. Und wer weiß, möglicherweise könnte sich ihre Verbindung zu Julian Armitage sogar positiv auf die Situation auswirken.

Als Hester gerade ihre Shorts angezogen hatte, klingelte

das Telefon zum zweitenmal. Sie setzte sich auf den Bettrand und rubbelte mit der freien Hand ihre Haare trocken, während sie den Hörer abnahm.

»Ist da ...?« begann der Anrufer, und schon wurde das Gespräch unterbrochen. Kurze Zeit darauf läutete es wieder.

»Hallo?«

»Mum?«

»Daniel?«

»Wie geht's?«

»Gut.«

»Ich hab' nur ...«

»Mach ein R-Gespräch!« schrie Hester.

Daniel folgte ihrem Rat.

»Aller guten Dinge sind drei«, sagte er fröhlich, nachdem Hester zugestimmt hatte, die Gebühren zu zahlen, und die Verbindung hergestellt worden war.

»Wo bist du?«

»In Holland. Wir kommen zurück.«

»Wann?«

»Jetzt – also in ... wieviel ... zwanzig Minuten, ja.«

»Zwanzig Minuten?«

»Ja, die Fähre geht in zwanzig Minuten.«

»Wohin?«

»Wohin? Warte mal.« Hester hörte, wie Daniel mit Muffer sprach. »Harwich.«

»Das ist eine lange Überfahrt.«

»Paar Stunden. Zum Tee sind wir da.«

»Und wie fahrt ihr von Harwich aus weiter?«

»Wir haben dran gedacht, ob du oder Dad uns vielleicht abholen könntet. Muffer und ich sind völlig pleite.«

»Oh, klar, machen wir gern.«

»Super. Wir müssen jetzt los, kannst du die genaue Zeit rauskriegen?«

»Kein Problem. Bis dann.«

»Bis dann.«

Hester lächelte. Daniel war erfreulich unkompliziert. Sein Verhalten war von einem gesunden Egoismus bestimmt und so geradeheraus, daß es die anderen davon entlastete, vorsichtig um etwas herumreden zu müssen. Entweder tat man das, wonach er gerade fragte, oder man ließ es. Weder wurde man dafür mit Dankbarkeit überschüttet noch mit Ablehnung gestraft.

»Tut mir leid, daß ich morgens nicht da war«, bedauerte Ark. »Du hättest mich anrufen sollen.«

»Macht nichts«, antwortete Giselle. »Ich habe dir ja gesagt, ich bin nicht als Patientin gekommen ...«

»Klientin.«

»... sondern um dich zu besuchen.«

»Gut.«

Sie saßen im Garten der *Red Cow* in Forbridge und tranken Bier und Limonade. Unter dem Tisch döste Dolly mit heraushängender Zunge.

»Hast du inzwischen viele Klienten?« fragte Giselle.

»Nicht schlecht. Es spricht sich rum. Man hat mir sogar angeboten, den Raum ab September für einen weiteren halben Tag zu mieten, und wenn's so weitergeht, mach' ich das.«

»Sag mir Bescheid, wenn du Hilfe brauchst. Ich würd's gerne machen. Allerdings müßte ich das Baby mitbringen.«

»Okay, ich denk' dran. Das Baby ist kein Problem.«

»Natürlich ohne Steuerkarte.«

»Klar.« In aller Ruhe verscheuchte Ark eine Wespe, die sich auf sein Glas setzen wollte. »Also hast du ihnen gesagt, was Sache ist, ja?«

»Ja.«

»Wie haben sie's aufgenommen?«

»Es war okay. Aber sie hatten ja auch kaum 'ne Wahl. Ich fühle mich 'n bißchen ... weißt du, sie sind seit Ewigkeiten mit seinen Eltern befreundet ...«

»Das ist ihr Problem, nicht deins.«

»Aber irgendwie sitzen sie in der Klemme. Wenn sie akzeptieren, was ich will, dann heißt das, daß sie gegen seine Familie sind. Es gibt nichts dazwischen.«

»Na ja, Eltern stehen nun mal auf der Seite ihrer Kinder, stimmt's?«

»Wahrscheinlich ...«

»Natürlich.« Ark lehnte sich über den Tisch und legte seine Hand auf ihren Bauch. »Du wirst es bald merken.«

Sie legte ihre Hand darüber und drückte sie, während sie ihn mit einem merkwürdigen Ausdruck anlächelte.

»Früher als du denkst. Ich glaube, es geht los.«

Anns Stimme klang geschäftsmäßig, als sie ins Telefon sprach.

»Wer ist dort, bitte?«

»Katie. Katie Hogan.«

Ann ließ sich ihre Überraschung nicht anmerken. »Katie, meine Liebe, das war ein hübscher Artikel, den Sie über die Brasserie geschrieben haben. Meine Haushaltshilfe hat ihn mir gezeigt.«

»Vielen Dank.«

»Ist Gavin da?«

»Ähm ..., ja, schon ...«

»Könnte ich ihn bitte sprechen?«

»Ja, ich ... ähm, einen Moment bitte.« Katie ging zum Badezimmer und klopfte.

»Komm rein!«

Gavin lag in einem duftenden Heidelbeerschaumbad und las ein Asterixheft.

»Deine Mutter ist am Telefon.«

»Mist! Sag ihr, ich ruf' sie zurück, okay?«

»Ich versuch's.«

Katie ging wieder zum Telefon. »Ann, er ist in der Badewanne, er ruft Sie gleich zurück.«

»Es tut mir leid, aber ich muß ihn sofort sprechen. Sagen Sie ihm bitte, daß es sehr, sehr dringend ist. Ich habe es schon ein paarmal im Büro versucht, aber da war nur der Anrufbeantworter eingeschaltet. Meinen Sie, Sie können ihn überreden, kurz mit mir zu sprechen?«

Nachdem Katie die Botschaft weitergegeben hatte, stieg Gavin aus der Badewanne und kam zum Telefon.

»Hatte es keine fünf Minuten Zeit?«

»Ich fürchte nein.«

»Eine Nachricht hätte gereicht, ich hätte gleich zurückgerufen …«

»Gavin, ein Mann namens Leonard Arkwright hat mich aus dem Krankenhaus in Chelmsford angerufen. Er hat auch versucht, Dich im Büro zu erreichen. Du wirst verstehen, daß ich Katie nicht sagen wollte, daß Giselle in den Wehen liegt. Dein Kind wird gerade geboren.«

Es entstand eine Pause.

»Gavin? Bist du noch dran?«

»Ja. Und was soll ich jetzt machen?«

»Gavin!« Ann war entrüstet. »Du solltest dort sein.«

Gavin antwortete höhnisch. »Ich? Ich bin nur der Vater. Eine unerwünschte Zugabe, mehr nicht.«

»Selbstmitleid ist im Moment wirklich fehl am Platz, Gavin. Du bist, wie du richtig festgestellt hast, der Vater dieses Kindes, und es wird dir endlich die Möglichkeit geboten, dich als solcher auch zu verhalten …«

»Von wem?«

»Giselle hat diesen Freund gebeten, für sie anzurufen …«

»Mutter, das ist kein Freund. Weißt du, wer dieser Arkwright ist? Die traurige Figur, mit der sie vor mir befreundet war.«

»Das interessiert mich nicht, Gavin!« Anns Stimme klang scharf. Etwas ruhiger fuhr sie fort: »Ich bin nur an der Zukunft des Kindes interessiert, unseres Enkelkindes. Also bitte, laß dir jetzt eine Ausrede Katie gegenüber einfallen, zieh dich an und fahr sofort los!«

»Das ist doch wirklich völlig …«

»Sofort, Gavin.«

»Sag mir nicht, was ich machen soll.« Gavin hörte nicht, wie Katie leise die Wohnung verließ. »Das ist mein Leben, über das wir hier reden.«

»Nur zum Teil«, gab Ann kühl zurück. »Es geht schließlich auch um dein Kind. Aber ich verstehe, daß es für dich nicht leicht ist. Paß auf, dein Vater und ich sind in ca. fünfzehn Minuten bei dir und holen dich ab. Dann fahren wir zusammen zum Krankenhaus.«

Sie ließ Gavin keine Zeit zu antworten. »In fünfzehn Minuten sind wir da. Bis gleich.«

Einen Moment lang blieb Gavin mit wutverzerrtem Gesicht neben dem Telefon stehen. Als er schließlich mit schweren Schritten in sein Schlafzimmer stampfte, um sich anzuziehen, änderte sich jedoch seine Stimmung. Eigentlich war das doch eine große Sache, Vater zu werden.

»Ach, das war schön«, meinte Hester zufrieden seufzend, als sie und Jonty das *Tickled Trout* verließen, ein hübsches Gasthaus mit gutem Essen. Es lag auf dem Weg nach Harwich.

»Find' ich auch«, stimmte Jonty gutgelaunt zu.

»Meinst du, ich sollte zu Hause anrufen ...?«

»Nein.«

»... um zu hören, ob mit Giselle alles in Ordnung ist?«

»Das ist es bestimmt. Und schließlich fahren wir nicht mit unbestimmtem Ziel über den Kanal und dann quer durch Europa. Wir holen lediglich Daniel ab.«

»Und was ist, wenn ...«

»Dann weiß sie, was zu tun ist. Ihre Tasche ist gepackt, und eine ganze Truppe von Geburtshelfern erwartet sie. Und überhaupt, es sind noch zwei Wochen, und das erste Baby kommt bekanntermaßen nie pünktlich.«

»Das stimmt«, sagte Hester.

Jonty schloß den Range Rover auf, und sie stiegen ein. Zu den Klängen von *The Eagles' Greatest Hits* fuhren sie Richtung Osten.

»Ich bin so froh, daß wir hinfahren«, gestand Rose, als Julian auf die M11 Richtung Norden fuhr. »Aber wir hätten's nicht zu machen brauchen, ich habe nicht gedrängelt.«

»Ich weiß. Ich mach's gern. Und außerdem wird es Zeit, daß ich mich deinen Eltern vorstelle.«

»Ich find 's so schrecklich, daß mein Gespräch mit Mum so geendet hat. Ich wollte Giselle überhaupt keinen Vorwurf machen. Sie kann nichts dafür. Sie zieht Katastrophen an wie ein Magnet Eisenspäne.«

»Mein Bruder macht ihr Vorwürfe. Er schiebt ihr die Verantwortung für alles in die Schuhe. Aber er hat sicher seinen Teil dazu beigetragen.«

»Laß uns nicht weiter davon sprechen«, bat Rose. »Ich möchte einen schönen, friedlichen Nachmittag im Garten verbringen und zusehen, wie du Mum und Dad um den Finger wickelst.«

Julian sah sie einen Moment länger an, als es bei einer Geschwindigkeit von 130 Stundenkilometern ratsam war.

»Im Grunde deines Herzens bist du ziemlich altmodisch, stimmt's?«

Rose lächelte. »Sieh lieber auf die Straße!«

Die Hebamme war eine burschikose, dunkelhäutige Frau mittleren Alters. Sie hieß Hazel. Hazel stammte aus Birmingham, hatte einen Mann und drei Kinder und bereits mehrere tausend Geburten betreut.

»Ich bin für Sie da, solange es nötig ist«, sagte sie zu Giselle. »Aber das wird nicht lange dauern, glauben Sie mir.«

»Ich hoffe nicht!« stieß Giselle hervor.

»Nur noch ein paar Zentimeter, dann ist es soweit«, beruhigte sie die Hebamme. »Sie arbeiten sehr gut mit.«

Ark deutete mit dem Kopf auf ein Gerät, das an Giselles Rücken befestigt war. »Lindert es die Schmerzen?«

»Woher soll ich das wissen?« fauchte Giselle. »Ich weiß nicht, wie schlimm es ohne das Ding wäre, und ich will's auch nicht wissen.«

Hazel hantierte an den Utensilien auf ihrem Rollwagen herum. »Haben Sie beide sich in einem Kurs auf die Geburt vorbereitet?«

»Einmal«, antwortete Giselle, »das hat mir gereicht.«

»Na, na«, entgegnete Hazel friedlich. »Das ist 'ne gute Sache. Ich frage auch nur, weil Sie so schön atmen.«

»Das habe ich schließlich mein Leben lang geübt!«

»Du hättest ein bißchen Reiki machen sollen, Zelda«, meinte Ark. »Es ist Entspannung für die Seele.«

»Verdammt noch mal, hör auf, mir Ratschläge zu geben! Ich ... Oh Gott ... ah!« Giselle fing laut zu stöhnen an, als die nächste Wehe einsetzte.

»Reiki, davon habe ich gehört«, sagte Hazel. »Vor ein paar Wochen kam im Fernsehen etwas drüber.«

»Stimmt«, nickte Ark, nahm Giselles Hand und sprach etwas lauter, damit Hazel ihn trotz des Stöhnens auch verstand. »Das war Kevin McDiarmid, einer der besten Reiki-Meister in England. Ich habe meine Ausbildung bei ihm gemacht.«

»Ich bin sehr an alternativen Behandlungsmethoden interessiert. Hab' 'ne Menge drüber gelesen«, sagte Hazel. »Mein Mann war halbtot vor Rückenschmerzen, bis er Selbsthypnose lernte und dann ...«

»Verdammt noch mal!« schrie Giselle. »Ich brauche etwas! Ich halt 's nicht länger aus. Geben Sie mir Lachgas oder irgendein Schmerzmittel, egal was! Aber sofort!«

»Warten wir noch, bis diese Wehe vorüber ist, okay?« meinte Hazel. »Und dann sehe ich noch mal nach, wie die Dinge stehen.«

»Nein, nicht schon wieder!«

»Meiner Meinung nach, Schätzchen, wird das Baby jetzt ganz schnell bei uns sein.«

»Ich will etwas gegen die Schmerzen, und zwar jetzt!«

»Schätzchen, Sie können haben, was Sie wollen, das wissen Sie. Sie machen es aber so gut, daß das gar nicht nötig ist, glauben Sie mir. Noch ein paar Wehen, und Sie können das Baby geradewegs hinausdrücken.«

»Drücken ...!« Giselle schloß die Augen. »Ich könnte Ihnen nicht mal mehr die Hand drücken.«

»Schauen wir mal nach, solange die Dinge ruhig sind«, sagte Hazel. »Denn ich garantiere Ihnen, die nächste Wehe kommt in Kürze.«

Ark ging zur Tür. »Ich gehe eine rauchen.«

»Im Gebäude darf nicht geraucht werden«, murmelte Hazel abwesend, während sie ihre Gummihandschuhe überzog.

Die Untersuchung wurde durch die nächste Wehe verhindert. Giselle fluchte, Hazel lobte sie, und eine flüchtige Überprüfung ergab, daß die Geburt unmittelbar bevorstand.

»Es ist fast soweit, Schätzchen. Wenn Ihr Partner längere Zeit mit dieser Zigarette zubringt, wird er die Geburt verpassen.«

»Er ist nicht mein Partner«, sagte Giselle. »Pech.«

»Na, was immer er auch is', er is' 'n netter Mann«, kommentierte Hazel. »Wir sehen hier 'ne ganze Menge, und meiner Meinung nach könnten Sie's 'ne Ecke schlechter treffen als mit ihm. Wenn Sie meine Meinung wissen wollen ...« begann Hazel.

»Nein!« schrie Giselle.

»... dann wird es ein kleines Mädchen.«

»Oh, verdammt!« Die nächste Wehe setzte ein.

»Gutes Mädchen«, lobte Hazel. »Sie machen das wunderbar.«

»Ich glaub's einfach nicht«, sagte Rose, »wir fahren den ganzen Weg hier raus, und dann ist kein Mensch da!«

Neugierig sah Julian sich um. »Euer Haus gefällt mir. Hast du mal den alten Joseph-Loosey-Film ›Zwischenfall in Oxford‹ gesehen?«

»Nein ... Ah, hier ist eine Nachricht ... Oh, nein! Das kann doch nicht wahr sein! Jules ...!«

»Was denn?« erklang seine Stimme aus dem Wohnzimmer.

Rose lief hinüber. »Giselle ist im Krankenhaus, ihr Baby kommt! Sie kam zurück, um ihre Tasche zu holen, und niemand war zu Hause. Wahrscheinlich sind Mum und Dad inzwischen bei ihr. Was machen wir jetzt?«

Julian zuckte die Achseln. »Tee trinken. Das machen die Leute im Fernsehen, wenn sie auf Babys warten.«

»Ach was, Tee! Wir fahren hin, los!«

Als sie die Haustür zumachen wollten, klingelte das Telefon.

»Mum!« stieß Rose hervor. »Ein Glück, daß du anrufst!«

»Ich wußte, daß wir nicht so kurz vor dem Termin hätten wegfahren sollen«, jammerte Hester. »Jonty, kannst du nicht etwas schneller fahren?«

»Ich versteh' nicht, warum du dich so aufregst«, sagte Daniel und stieß den schlafenden Muffer von seiner Schulter, so daß er gegen das Fenster fiel. »Es ging ihr doch gut, oder? Ich meine, sie ist jetzt im Krankenhaus, und die kümmern sich doch um sie, richtig?«

»Genau«, stimmt Jonty zu.

»Schatz, du benimmst dich, als sei das etwas Lebensbedrohliches und nicht die normalste, natürlichste Sache der Welt.«

»Ach, du hast doch keine Ahnung!«

Jonty sah beleidigt aus. »Doch, hab' ich! Ich war dabei, erinnerst du dich? Bei allen dreien. Ich war immer dabei.«

»Eben! Du warst dabei. Aber wir wissen nicht, ob Gavin bei ihr ist – falls sie überhaupt noch Zeit hatte, ihn anzurufen. Vielleicht ist sie ganz alleine.«

»Das bezweifle ich«, meinte Jonty. »Wenn ich mich recht erinnere, dauert das alles seine Zeit.«

»Was dagegen, wenn wir 'n bißchen Musik hören?« fragte Daniel. »Aber nicht eure *Beagles.* Ich sag' euch was«, fügte er hinzu, während afroamerikanische Raprhythmen ertönten, »ich fänd's toll zu sehen, wie das Baby geboren wird.«

»Also wenn die Stadt etwas wirklich Nützliches tun will«, sinnierte Byron, während er nach einer Parkmöglichkeit Ausschau hielt, »sollte er das Parkplatzproblem angehen.«

»Eins ist sicher«, entgegnete Ann, »es ist völlig sinnlos, wenn wir alle drei hier draußen herumkurven. Ich schlage vor, du läßt Gavin und mich am Haupteingang raus und kommst nach.«

»Gut.«

Byron nahm die nächste Abzweigung, um wieder in Richtung Haupteingang zu fahren.

»Wie fühlst du dich?« fragte Ann, während sie Gavin eine Hand auf die Schulter legte.

»Was glaubst du denn?«

»Hast du heute überhaupt schon etwas gegessen?« Er schüttelte den Kopf. »Das ist schlecht. Eine Entbindung kann sich sehr lange hinziehen. Aber bestimmt gibt es im Krankenhaus etwas zu kaufen. Wenn du erst mal bei Giselle bist, hole ich dir ein belegtes Brot.«

»Vielleicht kann ich gar nichts essen.«

»Du kannst es versuchen.« Ann wedelte gegen den Rauch seiner Zigarette an. »Und die mußt du ausmachen, im Gebäude darf man ganz sicher nicht rauchen.«

»Also muß ich sie erst recht bis zum allerletzten Ende genießen«, war Gavins Antwort.

Byron fuhr vor den Haupteingang. »Bis dann«, murmelte er düster. »Wann das sein wird, steht in den Sternen.«

»Und denk dran«, munterte Ann ihn auf, »wenn du uns das nächste Mal siehst, bist du vielleicht schon Großvater.«

Als sie ausstiegen, schlug ihnen brütende Hitze entgegen.

»Ich würde die Zigarette lieber nicht hier draußen wegwerfen«, riet Ann. »Bei den Temperaturen könntest du glatt ein Feuer verursachen.«

»›Verlassener Vater steckt Geburtsstation in Brand‹«, kommentierte Gavin giftig. »Keine schlechte Idee. Hier hat schon jemand anderer einen Versuch gestartet ...« Er trat eine noch qualmende Zigarette aus und schnüffelte. »Und dann auch noch ein Joint, auf 'ner Krankenhaustreppe, tz, tz.«

»Gavin«, sagte Ann mit sanftem Vorwurf in der Stimme, »du hast merkwürdige Socken an.«

»Tatsächlich?«

»Und diesen alten schwarzen Pullover habe ich seit Jahren nicht mehr an dir gesehen.«

Gavin zuckte die Schultern, während er seine Zigarette an der Innenseite eines metallenen Abfalleimers ausdrückte.

»Ich war schließlich in Eile. Wir gehen ja nicht zur Modenschau, sondern zur Geburt meines Kindes. Also komm!«

Ann schüttelte gespielt verzweifelt den Kopf und folgte ihm stolz.

Ark konnte Giselle schon draußen im Flur hören. Kaum hatte er den Raum betreten, als Hazel ihm zurief : »Gerade richtig, um sich nützlich zu machen. Kommen Sie und halten Sie sie, schnell!«

»Na endlich!« schrie Giselle. »Steh nicht da rum, verdammt, halt mich, los!«

Ihr Gesicht war vor Anstrengung dunkelrot, ihr Haar klitschnaß und klebte an ihrem Kopf. Zärtlich und voller Bewunderung lächelte Ark sie an. »Schon gut, Zelda, immer mit der Ruhe.« Er stellte sich neben Hazel und ergriff Giselles Hand.

»Los geht's, Schätzchen, Endspurt!« munterte Hazel sie auf. »Es kommt, ja, es kommt ... Wir können das Köpfchen sehen. Es hat pechschwarze Haare ... Und jetzt beim nächsten Mal drücken Sie, so fest Sie können, dann ist es da, okay?«

»Ich würde ja gerne mitkommen und wissen, wo Giselle liegt«, sagte Ann, die vorausging. »Es sei denn ...« Sie zögerte. »Vielleicht möchtest du aber lieber alleine gehen.«

Gavin murmelte etwas vor sich hin, das mit den Worten »völlig egal« endete, also ging Ann weiter bis zum Empfang, hinter dem eine Schwester saß.

»Sie sind ...?« fragte sie und lächelte Gavin an.

»Gavin Armitage. Ich bin Giselle Blakes Partner. Der Vater des Kindes.«

Das Mädchen sah ihn einen Moment erstaunt an, dann sagte sie: »Okay. Sie ist in Zimmer vier.«

»Viel Glück.« Ann wollte Gavin umarmen, doch er lief bereits los.

Die Schwester lächelte immer noch. So jung sie war, hatte sie hier doch schon eine Menge mitgemacht. »Hatten Sie große Probleme mit dem Parken?«

»Oh, ja. Die Parkplätze sind völlig unzureichend. Aller Wahrscheinlichkeit nach fährt mein Mann noch immer um den Block und sucht.«

»Nun, dann möchten Sie sich vielleicht auch auf dieser Unterschriftensammlung von Betroffenen eintragen«, sagte die Schwester.

»Aber natürlich«, antwortete Ann, »gerne.«

»Na, Schätzchen?« fragte Hazel. »Wie fühlen Sie sich als Mutter?«

Giselle hatte sich ausgiebig darüber Gedanken gemacht, wie sie sich nach der Geburt fühlen würde und verschiedene Möglichkeiten erwogen. Die Wirklichkeit übertraf jedoch alles. Ein tiefes Gefühl der Ruhe und Sicherheit erfüllte sie. Sie hätte vor Glück weinen und vor Freude lachen mögen beim Anblick ihrer Tochter mit ihrem schwarzen Haarbüschel und dem kleinen roten Gesicht, die in ihren Armen lag. Eine wunderbare Wärme durchströmte sie.

»Großartig«, flüsterte sie, »einfach großartig.«

Ohne zu klopfen, trat Gavin ein. Giselle saß im Bett und hielt ein weißes Stoffbündel im Arm, aus dem ein kleiner Kopf mit schwarzen Haaren hervorsah. Die Hebamme lief geschäftig hin und her und sah nur kurz auf, als er hereinkam. Giselle sah überhaupt nicht auf. Sie strahlte eine tiefe Ruhe aus. Gavin zögerte. Als die Hebamme ihn freundlich ansah und mit dem Kopf in Giselles Richtung deutete, trat er neben das Bett.

»Hallo, Zelda.«

»Hallo.«

Ihre Stimme klang abwesend. Gavin war sich nicht sicher, ob sie überhaupt wußte, wer zu ihr gesprochen hatte. Er dachte daran, daß er Giselle vielleicht umarmen, ihr irgendwelche netten Worte sagen sollte. Doch er ließ es, weil es nicht echt gewesen wäre. Schließlich berührte er den Kopf des Babys mit seinem Finger.

»Was ...?« begann er unsicher.

»Ein Mädchen.«

Er setzte sich auf den Bettrand. Giselle hatte ihn noch immer nicht angesehen, ihre Augen blieben fest auf das Gesicht ihrer Tochter geheftet.

»Wir haben gar keine Namen für ein Mädchen«, bemerkte er unsicher.

»Ich schon.«

»Wir hatten mehr Namen für Jungen.«

»Ich nenne sie Fay.«

Gavin unterdrückte ein Gefühl des Ärgers. »Fay ... Okay, ja, das ist mir recht, nennen wir sie Fay.« Giselle sagte nichts. »Kann ich sie halten?«

Sie schüttelte kaum merkbar den Kopf. »Noch nicht.«

Wut stieg in ihm auf. »Sie ist auch meine Tochter.«

»Ich habe nie gesagt, daß sie das nicht ist.«

»Bitte, bitte, gib sie mir.«

»Gleich.«

Hazel legte Gavin die Hand auf den Arm. »Lassen Sie die beiden noch einen Moment.«

Gavin schmollte, während Giselle gar nicht gehört zu haben schien, was Hazel gesagt hatte.

»Wie war es?« fragte Gavin.

»Wie bitte?«

»Wie war es – die Entbindung?«

Erst jetzt sah sie ihn an. Er hatte vergessen, wie durchdringend ihr Blick sein konnte. »Du würdest es doch nicht verstehen.«

»Aber, aber«, mischte sich Hazel ein. »Entschuldigen Sie, daß ich zugehört habe, aber wir haben hier eine sehr schöne, natürliche Geburt gehabt. Und diese Lady war einfach großartig.«

»Verstehe. Schön.«

Die Tür wurde geöffnet und Ark erschien.

»Und wo ist der Tee?« fragte Hazel nach einem Blick auf seine leeren Hände. »Ich laufe schnell und hole ihn.«

»Hey«, sagte Ark zu Gavin. »Da bist du ja.«

Mit gerunzelter Stirn starrte Gavin ihn überrascht an. »Was machst du denn hier?«

Ark hob die Hände. »Keine Angst, ich gehe schon.«

»Bleib doch«, sagte Giselle »Hazel holt gerade Tee.«

»Nein, nein, ich hau' ab, jetzt, wo du da bist, Mann.« Er deutete mit dem Kopf in Fays Richtung. »Sie ist sehr hübsch, Glückwunsch.«

»Danke.« Gavin stand auf. Jetzt bereute er die Wahl seiner Kleidung.

»Du hast ulkige Socken an«, bemerkte Giselle.

»Findest du?«

»Was erwartest du, Zelda«, sagte Ark mit mildem Vorwurf, während er zu Giselle ging und ihr leicht über die Wange strich, »er hat sich beeilt, um von London hierherzufahren.«

»Wenn er sich beeilt hätte, wär' er eher dagewesen.«

»Du hast mir meine Frage noch nicht beantwortet«, sagte Gavin, dessen Blick die ganze Zeit auf Ark geruht hatte. »Was machst du eigentlich hier?«

»Ich bin nur hiergeblieben, um auf dich zu warten. Ich konnte dich nicht eher erreichen. Zelda hat mir schließlich die Nummer von deiner Mutter gegeben, hat sie dir's nicht gesagt?«

»Heißt das«, sagte Gavin gereizt, »daß du die ganze Zeit hier warst?«

»Ja.«

»Ich meine hier. In diesem Zimmer?«

»Ja, klar.«

»Ark war großartig«, sagte Giselle. »Du kannst dir nicht vorstellen, was er aushalten mußte.«

»O doch«, sagte Gavin zynisch. »Das kann ich.«

»Ich hab' nur getan, was die Hebamme mir gesagt hat«, erklärte Ark. Dann lächelte er Gavin an. »Nicht gerade was für Schwächlinge, das kann ich dir sagen.«

»Du warst tatsächlich hier bei Zelda, während *mein* Baby geboren wurde?«

»So war's. Da ich nun schon mal hier war, dachte ich, ich mach' mich nützlich.«

»Aha. Das ist ja großartig. Na gut, jetzt hast du dich nützlich gemacht, jetzt kannst du dich verpissen.«

Giselle starrte Gavin an. »Sprich nicht so mit Ark.«

»Is' doch cool«, meinte Ark. »Und wie gesagt, ich wollte sowieso gerade gehen. Bis dann. Mach's gut, Zelda.«

Er stieß fast mit Hazel zusammen, die gerade mit dem Tee hereinkam.

»Also so eine Geburt ist mir auch noch nicht vorgekommen, wo die Männer dauernd kommen und gehen«, bemerkte sie. »Wer möchte 'ne Tasse Tee?«

Die Schwester hinter dem Empfang sah mitfühlend zu Ann hinüber.

»Es ist schwer, geduldig zu sein, nicht wahr?«

»In meinem Alter«, gab Ann zurück, »hat man das gelernt.«

»War das Ihr Sohn, mit dem Sie gekommen sind?«

»Ja.«

»Dann sind Sie sicher fürchterlich gespannt auf Ihr neues Enkelkind.«

Anns Herz schlug schneller. »Ist es denn schon da?«

»Ja, es ist ungefähr zehn Minuten, bevor Sie kamen, geboren worden. Ich denke, Sie können jetzt mal klopfen gehen, nachdem die Eltern etwas Zeit für sich hatten.«

»Vielen Dank«, sagte Ann, »das werde ich tun.«

Während Ark die Treppen hinunterlief, fuhren Rose, Julian, Hester, Jonty, Daniel und Muffer gerade mit dem Lift nach oben.

»Natürlich!« sagte die Schwester als Antwort auf Hesters hektische Frage. »Alles Familie?«

»Ja«, antwortete Hester.

»Ich nicht«, wehrte Muffer ab.

»Da entlang«, meinte die Schwester. »Zimmer vier.«

Muffer ließ sich auf eine gepolsterte Bank fallen und war einen Moment später eingeschlafen.

»Gavin!« Hester strahlte vor Freude und Erleichterung. »Ich bin ja so froh, daß Sie dabei waren!«

»War er gar nicht«, korrigierte Giselle.

»Wir haben getan, was wir konnten, meine Liebe«, bemerkte Ann.

»Ich bin nicht Ihre Liebe.«

»Es ist das allerschönste Baby der Welt«, begeisterte sich Rose. »Nicht, Jules?«

»Hm, sieht nett aus.«

»Ein tolles Ergebnis«, meinte Daniel. »Gib sie mir einen Moment.«

»Ich bin froh, daß alles gutgegangen ist, Grizzle«, bekannte Jonty. Er hatte vor Rührung einen dicken Kloß im Hals. Keineswegs würde er sich die Blöße geben und vor Gavin weinen, dessen feindseligen Blick er auf sich gerichtet fühlte.

»Ark war großartig. Ohne ihn hätte ich es nicht geschafft.«

»Das wage ich zu bezweifeln«, meinte Ann spitz.

»Er hatte hier nichts zu suchen.« Gavins Gesicht war blaß. »Und das wußte er auch.«

»Wo ist er jetzt?« fragte Hester.

»Gavin hat ihn weggeschickt.«

»Ich finde«, sagte Ann, »das war völlig gerechtfertigt. Dies ist schließlich eine Familienangelegenheit.«

»Nein, ist es nicht«, protestierte Giselle. »Was meinen Sie damit? Fay ist *mein* Kind, ich habe sie zur Welt gebracht. Das hat überhaupt nichts mit Ihrer Familie zu tun.« Sie sah Hester an. »Tut mir leid, Mum.«

»Ich finde«, brach Jonty das angespannte Schweigen, »wir sollten alle die Ruhe bewahren, um Fays willen.«

»Da stimme ich ausnahmsweise mal zu«, sagte Gavin. »Also, Zelda ...«

»Wie oft soll ich dir noch sagen, daß du mich nicht so nennen sollst? Das ist Arks Name für mich. Also laß es endlich!«

Hazel steckte den Kopf durch die Tür. »Immer schön ruhig und friedlich, ist Anweisung des Arztes. Ich hole noch mehr Tee, bin gleich wieder da.«

Als Byron schließlich etwa fünf Minuten von der Klinik entfernt geparkt hatte, war er völlig verschwitzt und schlecht gelaunt. Während er in der glühenden Hitze auf das Gebäude zulief, sank seine Stimmung auf den Nullpunkt.

»Das Baby ist schon da«, verkündete die Schwester am Empfang auf seine Frage. »Gehören Sie zur Familie?«

»Ja.« Byron war etwas erleichtert. »Also dann bin ich Großvater.«

»Wie schön, nicht? Herzlichen Glückwunsch. Dann mal rein. Zimmer vier. Sind alle schon drin.«

Byron hörte schon auf dem Flur lautes Stimmengewirr aus Zimmer vier. Als er die Tür öffnete, sprach niemand mehr. Aber auf den Gesichtern lag noch immer der feindselige Ausdruck, der die Worte begleitet hatte.

»Hallo«, sagte er, »ich nehme an, ich bin jetzt Großvater.«

Mit angespanntem Gesicht ging Gavin ohne ein Wort an ihm vorbei aus dem Zimmer. Ann legte Byron eine Hand auf den Arm. »Komm«, sagte sie bestimmt, »wir gehen.«

20.

»Du warst großartig am Sonntag«, sagte Geoff zu Jonty, als sie in der Saloon-Bar des *Axe and Compass* saßen. »Du hast das Ding getroffen, als sei's 'n Fußball.«

»Vielleicht mein Abgesang«, entgegnete Jonty bescheiden.

»Ach, Unsinn.« Geoff kicherte, dann wurde er ernst. »Jonty, ich wollte dich was fragen.«

»Schieß los!«

»Unsere Diözese unterstützt einen Plan zum Erhalt von alten Grünanlagen. Und mir kam die Idee, ob *Earthtrust* vielleicht Interesse hätte, bei dem Projekt mitzumachen?«

»Das ist eine sehr löbliche Idee«, antwortete Jonty vorsichtig, »aber laß mich ehrlich sein, für uns ein bißchen zu kirchengebunden.«

»Das mag schon sein«, stimmte Geoff zu, »aber dadurch wird die Idee ja nicht schlechter, oder?«

»Nein, natürlich nicht. Aber *Earthtrust,* wie der Name schon sagt, möchte weltweit arbeiten.«

»Ich frage dich«, antwortete Geoff, »weil du eine lokale Berühmtheit bist. Das zählt bei solchen Dingen, wie du weißt.«

Jonty mochte Geoff. Er trank einen ausgiebigen Schluck, während er seine Antwort überlegte. »Ich glaube nicht, daß das so wichtig ist. Die Leute bekommen es irgendwann mal satt, immer dieselben Gesichter zu sehen.«

»Da bin ich anderer Meinung«, beharrte Geoff stur. »Nicht in deinem Fall, und das betrifft auch Hester.«

»Das ist nett, daß du das sagst.«

»Überhaupt nicht, es ist eine Tatsache, und eine, die ich für die Diözese nutzen möchte, wenn ich kann«, gab Geoff mit entwaffnender Offenheit zurück. »Können wir es wenigstens erstmal offenlassen? Es sind noch ein paar Wochen bis zum nächsten Treffen. Die eigentliche Arbeit fängt nicht vor nächstem Sommer an.«

»Okay.« Jonty war müde, und er hatte keine Lust zum Argumentieren. »Lassen wir's erstmal offen.«

»Du bist ein prima Kerl«, lobte Geoff.

Auf dem Weg nach Hause ließ Jonty sich Zeit. Es war ein schöner Augustabend, und er wollte noch ein bißchen seine Ruhe haben.

Inzwischen bereute er seine unentschlossene Reaktion auf Geoffs Anliegen. Es kam ihm vor, als sei er nur dessen Schmeichelei erlegen. Im Moment mochte sich Jonty selbst nicht besonders. Er war nicht der Mann, der er sein wollte und für den er sich bislang gehalten hatte. Sicher war er erschöpft; die Tatsache, daß sie dieses Jahr nicht in Urlaub gefahren waren, machte sich sowohl bei Hester als auch bei ihm bemerkbar. Aber seine Müdigkeit erklärte weder seine gereizte Stimmung noch seine Unzuverlässigkeit (und hatte schließlich auch sein Kricketspiel nicht beeinflußt). Seine Toleranz gegenüber den Wünschen und Ansprüchen anderer war an einem Tiefpunkt angelangt, was sich wieder ungünstig auf seine Arbeit und persönlichen Beziehungen auswirkte.

Familie und Heim hatten Jonty von jeher viel bedeutet. Er liebte seine Frau und war immer für seine Kinder da – auch wenn es ihm manchmal schwerfiel. Jonty wußte auf einmal, daß er sich offenbar schon seit einiger Zeit auf eine neue Phase in seinem Leben gefreut hatte, in der er und Hester das Haus ganz für sich allein haben würden. Eine Zeit, in der sie endlich Urlaub und Ausflüge ohne Rücksicht auf die Pläne der Kinder machen konnten und in der sie die Möglichkeit hatten, sich wieder mehr aufeinander einzustellen.

Dieser Traum hatte sich nicht erfüllt. Daniel wohnte weiterhin zu Hause, arbeitslos und nach Jontys Einschätzung mit immer geringer werdenden Chancen auf eine Anstellung. Rose hatte nur mit einer guten Gesamtnote abgeschlossen, lebte in London zusammen mit einem weiteren Mitglied der Armitages und verdiente ihr Geld ausgerechnet im *Old Hat* als Kellnerin. Giselle und Fay würden bei ihnen bleiben, bis sich eine andere Möglichkeit für sie auftat. Der Haushalt der Blakes war nie besonders ordentlich und sauber gewesen, aber jetzt herrschte wirklich eine heillose Unordnung. Jonty versuchte sich zu erinnern, ob es genauso ausgesehen hatte, als seine eigenen Kinder klein gewesen waren. Wahrscheinlich war der Unterschied nur, daß er damals der junge Vater gewesen war, während er sich in dieser Situation hilflos fühlte. Hinzu kam, daß er sich in einer Phase seines Lebens befand, in der ihm die äußere Umgebung wichtiger geworden war. Plastiktüten voller Wegwerfwindeln (oft noch nicht einmal richtig verschlossen) standen auf dem Fußboden neben dem Mülleimer; winzige, feuchte Kleidungsstücke hingen überall auf den Radiatoren; ein Kinderwagen und ein Autositz standen in der Mitte des Flurs, eine Babylautsprecheranlage sorgte dafür, daß Fays hartnäckige Forderungen überall zu hören waren, egal wo man sich befand.

Inmitten dieses Chaos' saß Giselle und stillte Fay, vollkommen ruhig und zufrieden. Sie hatte ihre Meinung, was Gavin anbetraf, nicht geändert. Sie trug weder ihm noch seiner Familie etwas nach, sie schien sie einfach aus ihrem Bewußtsein gestrichen zu haben. Die wenigen Male, die Gavin aufgetaucht war, um seine Tochter zu sehen, hatte Giselle ihm Fay überreicht, um sie schon nach kurzem mit verträumtem Blick wieder zurückzufordern, weil sie gestillt, gebadet oder gewickelt werden mußte. Ann und Byron dagegen hatten sich überhaupt noch nicht sehen lassen, und auch Julian begleitete Rose nicht mehr, wenn sie nach Hause kam.

Jonty wußte nicht, ob er Giselles Ruhe und Gelassenheit bewundern oder sie ärgerlich finden sollte. Die Schwangerschaft hatte seine jüngere Tochter sehr verändert. Vielleicht zeigten sich jetzt erst Eigenschaften, die schon immer vorhanden gewesen waren. Hester war nach ihren Schwangerschaften extrem unausgeglichen gewesen. Mal weinte sie, im nächsten Moment strahlte sie, mal war sie erschöpft, mal hyperaktiv. Giselle zeigte keines dieser Symptome. Zugegeben, sie hatte kaum etwas anderes zu tun, als sich um

Fay zu kümmern, aber ihre erstaunliche Ruhe konnte nicht nur auf das Fehlen häuslicher Pflichten zurückgeführt werden.

Hester dagegen war alles andere als ruhig, zwar liebte sie Fay über alles, aber der Bruch mit Ann und Byron machte ihr zu schaffen. Jonty mußte sich zuversichtlicher geben, als er wirklich war, um seine Frau zu beruhigen. Er hatte das Gefühl, daß eine bestimmte Spontaneität in ihrer Beziehung immer mehr verlorenging. Ihre enge Bindung schien sich langsam aufzulösen. Jonty fühlte sich in dieser Situation hilflos.

Er dachte ernsthaft daran, sich wieder einen Hund anzuschaffen.

Giselle saß auf ihrem Bett und hielt Fay in den Armen. Es war ein feuchter Sommerabend, und sie hatte das Fenster weit geöffnet. Fay trank, aber ab und zu öffnete sie ein Auge und sah ihre Mutter an. Giselle mußte lachen. »Du bist eine harte Frau, Fay Blake«, flüsterte sie. Ark hatte das oft zu ihr gesagt, und sie fragte sich, ob es stimmte. Eigentlich fand sie, daß es nicht so war. Sie war nicht hart, sondern stark. Sie sah die Dinge, wie sie wirklich waren. Gavin hatte seine Chance gehabt, aber er hatte sie verpaßt. Nun war er böse auf sie, aber das würde sich irgendwann geben; vielleicht würde er ja wieder auf sie und Fay zurückkommen.

»Bis dahin, mein Schatz«, sagte sie zu ihrer Tochter, »sind wir immerhin zu zweit gegen den Rest der Welt.«

Hester und Robert saßen in der Bar des *Gerards Hotels,* die sich im obersten Stock befand und einen überwältigenden Blick über das Londoner Stadtzentrum bot. Die Einrichtung war eine bunte Mischung aus ein wenig Art Deco, ein wenig Landhaus, zurückhaltend und behaglich. In einer Ecke stand ein weißes Piano, an dem ein Mann in schwarzem Rollkragenpullover Melodien von Porter und Berlin spielte.

»Nicht gerade der letzte Schrei«, bemerkte Hester, »aber gemütlich.«

Robert nickte. »Und angenehm ruhig. Außerdem muß ich gestehen, daß ich eine heimliche Vorliebe für diese Art von etwas kitschigem Klavierspiel habe.«

»Ich auch. Es sind aber auch wunderbare Lieder.«

Einen Moment saßen sie schweigend da und lauschten dem Klavierspiel.

»Was macht Ihre Enkeltochter?« fragte Robert.

»Sie ist süß, ich bin ganz vernarrt. Acht Wochen alt.«

»Wirklich? Mir kommt es vor, als sei sie gerade erst geboren worden.«

»Wir können uns ein Leben ohne sie gar nicht mehr vorstellen.«

Hester fiel auf, daß Robert ihr Zeit gab, das Gespräch zu bestimmen. Er war diesmal ihrer Einladung gefolgt. Die Tatsache, daß sie im Moment besonders empfänglich für seinen zurückhaltenden Charme war, machte es ihr nicht leichter. Sein sanfter Blick verwirrte sie.

»Wenn Sie vermuten, daß ich mich frage, warum Sie mich hergebeten haben, dann haben Sie völlig recht«, bekannte er.

Sie lachte verlegen. »Tut mir leid, mache ich einen so zielstrebigen Eindruck?«

»Das nicht, aber Sie haben keinen Zweifel daran gelassen, daß Sie mich aus einem bestimmten Grund sehen wollten.«

»Das ist richtig, ich möchte Ihnen etwas sagen.«

»Hetty, ich stehe Ihnen zur Verfügung.«

»Es ist so schwierig. Ich weiß nicht, wie ich anfangen soll.«

»Ich würde an Ihrer Stelle einfach geradeheraus sagen, worum es geht.«

»Ja.« Sie stellte ihr Glas auf den Tisch und verschränkte die Finger. »Gut, das werde ich. Mein Instinkt sagt mir, daß wir lieber auf diese … Treffen verzichten sollten.«

Er hob die Augenbrauen. »Das hört sich ja an, als wären es Rendezvous.«

Diese Bemerkung traf Hester wie ein Hammerschlag. »Wenn das so ist, dann vielleicht deswegen, weil sie für mich langsam etwas dieser Art zu sein scheinen. Wir kennen uns jetzt schon so lange, Robert …«

»Das ist wahr.«

»… und ich glaube, wir mögen und bewundern uns gegenseitig und fühlen uns wohl in der Gesellschaft des anderen.«

»Richtig.«

»Bin nur ich es, die spürt, daß es noch etwas anderes zwischen uns gibt?«

»Ich fühle mich geschmeichelt«, gestand Robert.

»Vorsicht«, sagte sie schnippisch, »ich bin in einem gefährlichen Alter.«

»Wollen Sie das Kompliment zurücknehmen?«

»Bitte, Robert, machen Sie jetzt keine Scherze. Ich denke, das habe ich nicht verdient. Wir wissen doch beide, daß nur soviel nötig gewesen wäre …«, mit Daumen und Zeigefinger illustrierte sie einen winzigen Abstand, »und wir wären mehr als gute Freunde geworden. Ich nehme das nicht leicht.«

Robert schwieg nachdenklich. Er setzte seine Pausen wie Schachzüge ein, dachte Hester.

»Haben Sie denn gar nicht daran gedacht, Hetty, daß diese Mitteilung den gegenteiligen Effekt haben könnte?«

Hester wurde rot vor Verlegenheit. »Nein«, gestand sie, »daran habe ich nicht gedacht.«

Es war einer dieser Momente, in denen man überrascht feststellte, daß die Wirklichkeit ganz anders war, als man sie sich vorgestellt hatte. Hester erinnerte sich, wie sie als Kind auf dem Weg in die Ferien aus dem Autofenster geschaut und sich eingebildet hatte, in der Ferne schon die Berge von Exmoor zu sehen. Als sie dann näherkamen, erkannte sie enttäuscht, daß es keine Berge, sondern nur niedrig hängende graue Wolken waren. So ähnlich ging es ihr jetzt; plötzlich ahnte sie, daß sie sich von Robert die ganze Zeit ein völlig falsches Bild gemacht hatte.

Robert sagte: »Ich erwähne es auch nur, weil ich befürchte, Sie könnten das Kind mit dem Bade ausschütten. Ich schätze unsere Treffen sehr, und Sie ja offensichtlich auch.

Warum also sollen wir darauf verzichten, nur aus Angst vor etwas, das lediglich in der Einbildung existiert?«

Er war viel zu höflich, um zu sagen, daß es nur ihre Einbildung war, in der dieses ›etwas‹ existierte, aber sein Takt verletzte sie mehr, als es Grobheit getan hätte. Sie wußte nichts darauf zu erwidern.

Sanft fuhr er fort: »Ich kann nur für mich sprechen, Hetty, aber ich wäre sehr traurig, wenn unsere gemeinsamen Stunden der Vergangenheit angehörten. Wer bringt mich dann zum Lachen, wer verscheucht die Spinnenweben, und wer rückt die Dinge ins richtige Licht für mich, wenn nicht Sie?«

»Ich weiß nicht.«

»Sie haben einen ganz besonderen Platz in meinem Leben, Hetty. Sie sind, wenn ich das so sagen darf«, fügte er hinzu, und plötzlich wußte sie, was kommen würde, »eine ganz besondere Frau.«

Sie schloß die Augen. Das war wirklich unwürdig, denn das letzte, was sie Robert zugetraut hätte, waren Klischees.

»Hetty? Haben Sie mich gehört?«

»Ja.«

»Ich meine es wirklich.«

»Danke.«

»Also darf ich mich auf weitere schöne Stunden mit Ihnen freuen?«

»Nein.« Sie stand auf und sah seinem Gesicht an, daß er sie entweder nicht gehört hatte oder ihre Antwort einfach nicht ernst nahm, denn sein Blick war noch immer freundlich und hoffnungsvoll. »Nein, ich glaube nicht.«

Robert runzelte die Stirn. Sie fragte sich, wie sie ihn jemals hatte attraktiv finden können.

»Wohin wollen Sie denn so eilig?«

»Nach Hause.«

»Es wäre besser, Sie warten noch eine halbe Stunde«, meinte er sachlich. »Jetzt werden Sie nur in Staus stehen.«

»Das ist mir egal.«

»Setzen Sie sich doch und trinken Sie noch etwas ...« Er berührte ihre Hand, ließ sie jedoch sofort wieder los, als er ihren Gesichtsausdruck sah. »Hetty, nehmen Sie's doch nicht so tragisch.«

Sie sah auf ihn herab. »Bitte, Robert, ich bin weder böse noch wütend. Aber ich möchte jetzt nach Hause gehen.«

»Gut.« Er stand auf und knöpfte sein Jackett zu. Offensichtlich akzeptierte er ihre Entscheidung, denn er reichte ihr die Hand.

»Auf Wiedersehen, Hetty.«

»Gute Nacht.«

»Darf ich Sie zum Auto begleiten?«

»Nein, danke.«

»Dann werde ich hierbleiben und noch etwas trinken. Ich warte lieber, bis der größte Verkehr vorüber ist.«

»Einen schönen Abend noch.«

Er zuckte die Schultern. »Es wird sein wie immer, glaube ich – Routine.«

Als Hester ging, sah sie, wie er sich wieder setzte, sein Jackett öffnete und einem Kellner winkte. Sie wußte, daß er bereits an etwas anderes dachte.

Es war sieben Uhr abends und noch immer sehr warm. Der dröhnende Lärm des Verkehrs, der Gestank der Autos und die stickige Hitze zerrten an Hesters bloßliegenden Nerven. Während sie zu ihrem Auto eilte, konnte sie die Tränen nicht zurückhalten. Hester war bereist in Hendon, als sie den Strafzettel hinter der Windschutzscheibe bemerkte.

Als Jonty nach Hause kam, stillte Giselle gerade Fay, und Daniel saß im Wohnzimmer und sah zum soundsovielten Mal Spike Lees *Do the Right Thing.*

»Mum hat angerufen«, sagte er, ohne die Augen vom Bildschirm zu wenden.

»Ah ja?«

»Sie ist aufgehalten worden.«

»Verstehe.«

Etwas an seiner Stimme mußte Daniel aufgefallen sein, denn er drehte den Kopf und sah seinen Vater an. »Enttäuscht?«

Byron war vormittags in Gavins Wohnung gefahren, um ein paar Dinge zu reparieren. Nicht sein Sohn, sondern Ann hatte ihn darum gebeten. Sie war der Meinung, daß eine geordnete, saubere und einwandfrei funktionierende Umgebung zu Gavins innerer Ruhe und Gelassenheit beitragen konnte. Byron, der überhaupt nicht mehr wußte, was er glauben sollte, war wie immer gerne bereit, Dichtungen zu ersetzen, Fensterriegel zu befestigen und Fliesen wieder festzukleben.

Die Arbeiten in der George Street waren Kleinigkeiten, verglichen mit dem, was in Sebastians Wohnung zu tun gewesen war. Ann hatte er gar nichts davon erzählt. Es war seine Idee gewesen, bei Sebastian nach dem Rechten zu sehen, bevor sie und Josette ans Großreinemachen gingen. Ann hatte im Moment genug Sorgen, warum sollte er sie noch mit der Mitteilung von verstopften Abflüssen, kaputten Lampen und Mäuseexkrementen in den Küchenschränken belasten.

Eine Entdeckung hatte jedoch alles bei weitem übertroffen. Als Byron das erstemal mit seinem Werkzeugkasten die Wohnung betreten hatte, wäre er fast rückwärts wieder hinausgegangen. Ein unerträglicher Gestank nach Verwesung schlug ihm schon im Flur entgegen. Er stürzte zum nächsten Fenster und riß es auf. Nachdem alle Fenster in der Wohnung geöffnet waren, wollte er die Wohnungstür schließen. Doch da stand eine Nachbarin auf dem Treppenabsatz.

»Ich wollte schon die Polizei rufen«, sagte sie. »Es riecht nach Verwesung.«

»Da ist nichts, was hätte sterben können«, entgegnete Byron. »Mein Sohn besitzt keine Haustiere.«

»Dieses kleine dunkelhäutige Mädchen ist ein paarmal hiergewesen«, teilte ihm die Nachbarin mit, »aber sie hat anscheinend nichts gemerkt.«

»Na gut«, sagte Byron abschließend. »Ich werde in den nächsten Tagen ein paar Sachen hier erledigen. Sicher werde ich herausfinden, woran es liegt.«

Der Zufall half ihm dabei. Er begann, die defekte Diele

im Schlafzimmer zu reparieren. Da der Geruch in diesem Raum besonders stark war, hatte er sich ein feuchtes Taschentuch vor die Nase gebunden. Er rechnete schon damit, unter dem Fußboden auf die Quelle des Übels zu stoßen. Während der Arbeit fiel sein Blick auf die Gardine. An ihrem Saum entdeckte er dunkle, unregelmäßige Flecken. Als Byron die Gardine hochhob, um daran zu riechen, wurde es ihm fast übel. Die Flecken waren feucht, und im Saum der Gardine schien sich etwas zu befinden. Byron holte seinen Teppichschneider und trennte ein Stück des Saumes auf. Heraus fielen mehrere kleine Klumpen. Vor Schreck ließ er die Gardine los und sprang zurück. Als Byron sich die Sache nun etwas näher ansah, stellte sich heraus, daß es sich um mehrere Innereien handelte – zum Glück keine menschlichen, sondern Leber und Niere von kleinen Tieren, Hühnern vielleicht. Byron trennte den restlichen Saum auf, und auch hier waren reichlich verdorbene Organe und Garnelen eingenäht worden. Er legte die stinkenden Brocken in eine Plastiktüte, verschnürte sie gut und warf sie in den Mülleimer. Dann nahm er die Gardinen ab, spülte den Saum in Seifenwasser aus und legte sie an die Wohnungstür, um sie später in die Reinigung zu bringen. Als nächstes untersuchte er alle übrigen Gardinen in der Wohnung, zum Glück ergebnislos. Schließlich entdeckte er an der Innenseite der Toilettentür einen Zettel, der in Augenhöhe der Toilette angebracht worden war.

»Damit du's weißt, du Arschloch«, stand darauf, *»auf der anderen Seite dieser Tür stinkt es noch schlimmer. Ich hoffe, sie reißen dir die Bude ab. Du sollst leiden, du Scheißtyp.«*

Byron beschloß, Ann davon nichts zu sagen. Im Moment machte er sich ernsthafte Sorgen um sie. Sie nahm die Sache mit Gavin und Giselle sehr schwer. Von Jonty und Hester fühlte sie sich verraten, und sie litt mit ihrem Sohn, Byrons Meinung nach weitaus stärker als Gavin selbst. Was aber alles noch viel schlimmer machte, war ihre standhaft aufrechterhaltene Selbstdisziplin. Diese Eigenschaft hatte Byron an Ann immer bewundert, aber in der momentanen

Situation erschien sie ihm übertrieben und sinnlos. Nicht nur, daß Ann sich selbst unter Druck setzte, indem sie ihre so heftigen und widerstreitenden Gefühle unterdrückte, auch er mußte so tun, als merkte er nichts davon. Ein harter und Byrons Ansicht nach unsinniger Stolz schloß es aus, sich ihr gegenüber verständnisvoll und mitfühlend zu zeigen. Diese Härte kam ihm so unnötig vor, zumal die momentanen Umstände, so unwillkommen sie auch waren, sie auch einander hätten näherbringen können. Byron konnte auch nicht behaupten, daß er sehr darunter litt, von seinem ersten Enkelkind getrennt zu sein. Er hatte es noch nicht einmal gesehen, und bevor sie nicht mindestens einige Jahre alt waren, konnte er mit Kindern sowieso nicht viel anfangen. Ann war jedoch zutiefst verzweifelt, und er würde nichts tun oder sagen, was ihren Zustand noch verschlimmerte.

Es war Byron äußerst unangenehm, als er die Gardinen in der Reinigung abgab. Er hatte sie ganz fest zusammengerollt und in einer Mülltüte verstaut. Natürlich holte die Angestellte sie heraus, entrollte sie und setzte den noch immer intensiven Geruch frei.

»Meine Güte!« rief sie, zog ein Gesicht und stopfte die Gardinen schnell in die Tüte zurück, »was ist denn mit denen los? Das stinkt ja, als kämen die Körperfresser zurück!«

»Ich weiß«, sagte Byron hilflos, »uns wurde ein übler Streich gespielt.«

»Übel ist das richtige Wort.«

»Ich hoffe, Sie können sie wieder hinkriegen.«

»Das kann ich wirklich nicht sagen«, meinte die Angestellte spitz, »das muß sich erst mal ein Experte ansehen.«

Rot vor Verlegenheit verließ Byron die Reinigung.

Die Arbeit in der George Street war im Gegensatz zu der in Sebastians Wohnung angenehm, auf irgendwelche Schocks brauchte sich Byron hier nicht gefaßt zu machen. Er kam an diesem Tag gegen elf Uhr, machte sich einen großen Becher

Kaffee und fing in der Küche mit den Fliesen hinter dem Ausguß an.

Als er um halb eins seine mitgebrachten Sandwiches aß, wurde die Wohnungstür geöffnet. Sofort verkrampften sich Byrons Nackenmuskeln, zur Zeit eine unwillkürliche Reaktion, wenn eine Unterhaltung mit Gavin bevorstand. Betont gleichgültig sah er aus dem Küchenfenster und machte sich auf einen schlechtgelaunten Gavin gefaßt.

»Oh ... hallo!«

Es war Katie. Erstaunt sah Byron sie an.

»Katie, Sie sind die letzte Person, die ich hier erwartet hätte.«

»Wirklich? Geht mir ähnlich.«

»Natürlich. Ich entschuldige mich, wenn ich Sie erschreckt haben sollte. Ich erledige hier nur ein paar kleine Reparaturen. Wahrscheinlich werde ich noch ein oder zwei Tage vormittags hier sein.«

»Das ist aber nett von Ihnen.«

»Überhaupt nicht. Dafür sind Väter doch da. Hatten Sie erwartet, Gavin anzutreffen? Er ist leider nicht da, kümmert sich um Englands Feinschmeckerkultur, wie üblich.«

»Ich weiß. Ich muß nur etwas holen.« Katie sah verlegen aus.

»Ja sicher. Lassen Sie sich von mir nicht aufhalten.« Betont desinteressiert goß sich Byron noch ein Glas Evian ein.

Sie verschwand im Badezimmer und kam sogleich mit einer kleinen blauen Flasche wieder heraus. »Kontaktlinsenflüssigkeit. Ich gehe heute abend zu einer wichtigen Geburtstagsparty, um darüber zu schreiben. Ohne meine Kontaktlinsen bin ich aufgeschmissen.«

»Jemand, den ich kennen könnte? Wahrscheinlich nicht, bei dem ruhigen Leben, das ich führe ...«

»Ludo Linklater. Der Jockey?«

»Ehm ... nein, tut mir leid. Ich versteh' nicht viel von Pferderennen.«

»In seinem Fall geht es vor allem ums Springen. Er soll mindestens fünfhundert Gewinner geritten haben und außerdem unzählige Verlierer – er ist wohl nicht pingelig.«

»Lieber Himmel.« Byron lächelte. Es war offensichtlich, daß Katie sich inzwischen in anderen Kreisen bewegte. Nachdem sie gegangen war, machte er sich wieder an die Arbeit. Auch über diese Begegnung würde er Ann nichts berichten.

Sonjas Gegenwart war für Ann schwer zu ertragen. Es war das erstemal, daß Ann derartige Probleme mit einem Untermieter hatte, und natürlich machte sie sich deswegen Vorwürfe. Ihre psychische Belastbarkeit war zur Zeit besorgniserregend niedrig. Um ihre Ruhe zu bewahren, mußte sie die völlige Kontrolle über ihre Gefühle behalten. Das kostete sie im Moment mehr Zeit und Energie als sonst. Aus diesem Grund hatte sie sogar neue Klienten abgelehnt und sich von einigen anderen außerhäuslichen Pflichten getrennt. Familienangelegenheiten standen für sie an erster Stelle.

Sonja, die noch bis Weihnachten bleiben würde, war die denkbar ungeeignetste Gesellschaft in dieser schwierigen, emotionalen Zeit. Ihre laute, polternde Art, ihr platter Humor, ihr holpriges Englisch, ihre Taktlosigkeit, ihr übermäßiger Appetit – all das ging Ann auf die Nerven. Immer wenn sie das Bedürfnis hatte, allein zu sein, um zur Ruhe zu kommen, nachzudenken und Kräfte zu sammeln, stand plötzlich Sonja da, wollte einen Ausflug mit ihr machen, erwartete, daß sie etwas zu essen angeboten bekam, versuchte, Ann zum Lachen zu bringen.

Ann hatte das Ende des Sommers noch nie gemocht. Normalerweise würde sie sich natürlich von solchen Äußerlichkeiten nicht die Stimmung verderben lassen, aber dieses Jahr verstärkten die tristen, feuchten, letzten Sommertage ihr Gefühl von Hilflosigkeit. Sie hätte viel tun können, wenn Gavin bereit gewesen wäre mitzumachen. Ann hatte sich schon nach Möglichkeiten erkundigt, professionelle Vermittler einzuschalten. Sie hatte sich Gedanken gemacht über finanzielle Arrangements, selbst gesetzliche Schritte als letztes Mittel hatte sie erwogen. Aber Gavins vorherrschendes Gefühl von Wut und verletztem Stolz (den sogar Ann im geheimen für stärker hielt als seine väterlichen Empfindungen) machten im Moment alle praktischen Maßnahmen unmöglich. Ann hoffte (und betete sogar), daß Gavin sich bald soweit beruhigt haben würde, daß er wieder vernünftigen Argumenten zugänglich wäre. Es war eine ständig schmerzende Wunde, daß sie ihre Enkeltochter seit deren Geburt nicht mehr gesehen hatte. Doch sie redete nicht darüber, denn Gavin sollte nicht denken, ihr Wunsch zu helfen beruhe womöglich auf Egoismus.

Heute hatte Ann sich vorgenommen, Ratatouille zuzubereiten und dann einzufrieren. Normalerweise übte Kochen eine angenehm beruhigende Wirkung auf sie aus. Und dieses Gericht liebte sie besonders, ganz speziell seine Zubereitung.

Sie hörte Sonja erst, als sie in der Küche stand und voller Freude ausrief: »Ann! Was für ein wunderbarer Duft! Was kochen Sie denn?«

»Ratatouille«, antwortete Ann, wischte sich eine Hand an der Schürze ab und stellte das Radio leiser. Sie kochte gern mit Musik.

»Oh, das ist eins meiner Lieblingsessen. Wird es unser Abendbrot?«

»Nein«, sagte Ann, während sie eine Zwiebel teilte. »Ich koche es als Vorrat für die Tiefkühltruhe.«

Sonja lehnte sich mit verschränkten Armen auf die Arbeitsplatte. Ihre Nase war nur Zentimeter von Anns Messer entfernt.

»Können Sie nicht ein bißchen für uns übriglassen?« Sie nahm ein Stück Paprikaschote, das sie schmatzend kaute.

»Bitte, tun Sie das nicht«, sagte Ann, während sie die Zwiebel weiter zerkleinerte.

»Sie sind ja so grausam«, beschwerte sich Sonja mit scherzhaftem Vorwurf in der Stimme, »die Tiefkühltruhe anstatt uns zu füttern.«

Ann legte das Messer und die Zwiebel aus der Hand und hielt sich an der Arbeitsplatte fest.

»Sonja, könnten Sie mich bitte alleinlassen?«

Sonja lachte. »Ich störe Sie, das weiß ich. Das Problem ist nur, ich bin ganz verliebt in Ihre Kochkunst.«

»Vielen Dank. Würden Sie jetzt bitte gehen und mich weitermachen lassen?«

»Nur noch ein kleines Stück ...« Sonjas Finger schwebten bereits über der Paprikaschote.

»Nein! Bitte!« Ann griff wieder nach dem Messer. »Ich möchte jetzt weitermachen.«

»Zu spät!« Sonja schob bereits ein Stück in den Mund.

Ann begann zu zittern, und sie konnte das Messer nicht mehr richtig führen. Sonjas Gesichtsausdruck sagte ihr, daß sie genauso merkwürdig aussehen mußte, wie sie sich fühlte. Zu ihrer Wut gesellten sich Scham und Entsetzen, daß sie so außer Kontrolle geraten war.

Sonja ging vorsichtig rückwärts. »Tut mir leid, ich lasse Sie jetzt in Ruhe.«

Sie verließ die Küche. Ann gab sich einen Ruck und fuhr mit dem Schneiden der Zwiebel fort, fügte sich jedoch sogleich einen tiefen Schnitt zu. Das Blut quoll aus ihrem Zeigefinger und färbte Zwiebel und Brett rot. Wieder begann Ann zu zittern, diesmal aufgrund des Schocks. Sie drehte den kalten Wasserhahn auf und hielt ihren Finger unter den Wasserstrahl. Das Blut floß unvermindert weiter.

In diesem Moment kam Josette in die Küche, in der Hand ein kleines, in Geschenkpapier eingewickeltes Päckchen. Ann hörte sie und blickte sich um, konnte jedoch nicht die Energie aufbringen, irgendwie zu reagieren. Hilflos sah sie wieder auf den kalten Wasserstrahl, der sich mit ihrem Blut vermischte.

»Mrs. Armitage?« Josette kam ihr nicht zu nahe, beugte jedoch den Kopf, um ihr Gesicht zu sehen. »Was ist passiert?«

»Ich habe mir in den Finger geschnitten.«

»Soll ich ein Pflaster holen?«

»Ja, danke.«

Während Josette das Verbandszeug holte, drehte Ann den Wasserhahn wieder zu. Sie hielt ihren Finger senkrecht, aber er blutete weiter, so daß die Tropfen auf ihre Kleidung und den Fußboden fielen. Als Josette wieder da war, überließ sich Ann ihrer Fürsorge. Sie trocknete den Schnitt, versorgte die Wunde mit einer antiseptischen Salbe und verband sie dann.

»Halten Sie den Finger am besten noch eine Weile hoch«, riet sie Ann. »Und setzen Sie sich.« Dann schaltete sie den Herd aus. »So. Soll ich Ihnen etwas zu trinken machen?«

Ann schüttelte den Kopf. »Nein, danke.«

»Ich kann ja auf jeden Fall mal heißes Wasser aufsetzen.«

Josette füllte den Heißwassertopf und schaltete ihn ein, dann legte sie das bunt gestreifte Päckchen vor Ann auf den Tisch. »Ich bin nur gekommen, um dies Mr. Armitage zu bringen.«

»Er ist nicht da.«

»Könnten Sie es ihm dann bitte geben?«

»Ja.«

»Es ist ein kleines Geschenk«, erklärte Josette, »um ihm für seine Hilfe zu danken. Ich weiß nicht, wie ich das ohne ihn geschafft hätte.«

»Gut«, sagte Ann. »Ich gebe es ihm.«

»In dem Päckchen findet sich ein Büchlein mit Essays«, fuhr Josette fort. »Ich hoffe, er findet es interessant. Vielleicht gefällt es Ihnen auch, Mrs. Armitage. Der Titel erregte sofort meine Aufmerksamkeit. Er heißt ›Familienbande‹. Essays über Beziehungen zwischen Familienmitgliedern.«

Als Josette gegangen war, saß Ann noch einige Zeit am Tisch und hielt den Finger in die Luft, während sie auf das Päckchen starrte. Schließlich stand sie auf. Sie mußte sich einen Moment festhalten, weil ihr schwarz vor Augen wurde. Dann nahm sie den Topf vom Herd und stellte ihn in den Ausguß, warf alle Gemüsestücke fürs Ratatouille in den Abfalleimer und legte obendrauf das Päckchen von Josette.

›Frauengespräche‹ nannte sich ein eintägiger Workshop zum Thema Kommunikation zwischen Frauen. Hester würde als letzte sprechen, ›als Sahnehäubchen‹, wie die Veranstalterin es genannt hatte. »Sie brauchen einfach nur aufs Podium zu gehen und sich zu amüsieren.« Ganz so sah Hester das nicht. Sie hatte ihre Vorbehalte gegenüber der Veranstaltung. Für eine Feministin gehalten zu werden, störte sie nicht. Doch fühlte sie sich ihnen nicht zugehörig. Außerdem mochte sie große Versammlungen nicht besonders. Sie war müde und deprimiert und hatte im Augenblick ihr Selbstvertrauen verloren. Dies alles waren nicht gerade günstige Bedingungen, um auf dem Podium zu glänzen.

Hester hatte der Bitte widerstanden, dem Treffen den ganzen Tag beizuwohnen. Ihr Vortrag begann um vier Uhr, und sie hatte versprochen, nachher noch zum Tee zu bleiben. »Und sicher werden wir auch ein Glas Wein für unsere wichtigsten Gäste auftreiben«, hatte die Veranstalterin versichert. Es war nicht das erstemal, daß man Hester, als Vertreterin der Zeitungsbranche, unterstellte, daß sie noch nicht einmal eine Salzbrezel essen konnte, ohne sie mit einem Glas Wein hinunterzuspülen.

Der Workshop fand in einem distinguierten, leicht angestaubten Frauenclub in Chelsea statt. Der Club hatte eine stolze Geschichte; in seinem Foyer hingen Porträts von stattlichen, nachdenklichen Frauen, denen Eitelkeit ganz offensichtlich fremd war, ein merkwürdiger Gegensatz zu den vielen schwarzen Leggings, Plateauschuhen, karierten Männerhemden, Issey-Miyake-Westen und millimeterkurzen Haarschnitten, die an diesem Tag zu sehen waren. Hester war sich unsicher, welchen Schwerpunkt sie ihrem Vortrag geben sollte. Wäre es besser, ihn der Umgebung anzupassen, mit Ausflügen in die Geschichte und Hinweisen auf ein gemeinsames Schicksal? Oder sollte sie auf die Probleme ihrer Zuhörerinnen eingehen, mit einer deutlich postfeministischen Perspektive?

Während der Beifall für ihre Vorgängerin einsetzte, nahm sie auf dem Podium Platz, noch immer unentschlossen. Ihre Nachbarin, eine ältere, gepflegte Akademikerin, sprach sie an.

»Sieht nicht so aus, als hätten Sie auch nur das geringste Lampenfieber.«

»Das habe ich aber«, flüsterte Hester.

»Sie wirken kühl wie eine frische Gurke«, bemerkte ihre Nachbarin.

Es war nur ein winziger Trost, aber er reichte, um Hester den Rücken zu stärken. Als sie aufstand, wußte sie auf einmal, wie sie beginnen sollte. Und dieses Wissen verließ sie während des ganzen Vortrags nicht. Es waren offenbar die richtigen Worte, denn ihre Zuhörerinnen lauschten aufmerksam, lachten an den richtigen Stellen, und es gab keine Längen. Als schließlich begeisterter Beifall ertönte, empfand Hester nichts als Erleichterung. Ihre Handflächen waren schweißnaß.

Beim anschließenden Buffet trank sie mit der Veranstalterin und anderen Rednerinnen in einem großen düsteren Saal in einer Ecke Tee und aß Sandwiches und kleine Kuchen. Sie fühlte sich müde. Ihre Füße waren heiß und geschwollen, und sie hatte Kopfschmerzen. Unter solchen Umständen hätte sie sich früher danach gesehnt, nach Hause zu fahren. Das Old Clink war immer ein entspannender, beruhigender, tröstlicher Ort gewesen, an dem sie nichts darstellen mußte und so akzeptiert wurde, wie sie war. Es war ein Ort, an dem sie ihre verbrauchte Energie wieder aufladen konnte. Inzwischen waren nicht nur diese positiven Kräfte verlorengegangen, sondern darüber hinaus beschlich sie auch noch ein Gefühl der Sorge, wenn sie an zu Hause dachte.

»... ein idealer Abschluß«, schwärmte die Veranstalterin.

»Nichts ist so geeignet wie Humor, um den Dingen ihren wahren Stellenwert zu geben.«

»Es freut mich, daß es Ihnen gefallen hat«, sagte Hester. »Aber das Publikum war auch sehr angenehm.«

Die Veranstalterin strahlte. Auch sie schien erleichtert zu sein, daß alles gut verlaufen war. »Ich kann ehrlich sagen, daß dies einer unserer erfolgreichsten Tage war. Ich bin sicher, daß keine Frau uns verläßt, ohne eine Anregung mitgenommen zu haben ...«

Sie redete weiter, aber Hester hörte ihr nicht mehr zu. In der Mitte des Saales hatte Hester Ann entdeckt. Sie sprach gerade mit einer gutaussehenden indischen Ärztin in einem leuchtend blauen Sari. Neben dieser strahlenden Figur wirkte Ann noch unscheinbarer als sonst. Sie war wie immer ordentlich und sauber gekleidet, zu konservativ, um elegant zu sein, zu klassisch, um hausbacken zu wirken. Ann hörte ihrer Gesprächspartnerin mit der üblichen intensiven Konzentration zu. Hester fragte sich, wie Ann das konnte, da sie ja wußte, daß Hester sich im gleichen Raum aufhielt. Sie mußte ja sogar gerade erst ihre Rede gehört haben. Während Hester sie beobachtete, hob Ann die Hand. Hester bemerkte ein dickes Pflaster an ihrem Finger, das nicht mehr ganz sauber zu sein schien. Aus irgendeinem Grund überkam sie bei diesem Anblick ein unerträgliches Gefühl der Rührung und des Mitleids.

»Entschuldigen Sie mich«, sagte sie und verließ rasch den Saal.

Hester ging auf die Toilette und schloß sich dort ein. Sie brauchte Ruhe, um sich zu sammeln. Ihr Blick fiel auf den halboffenen Reißverschluß ihrer Schultertasche, und sie sah den roten Pullover des Paddington-Bären, den sie für Fay gekauft hatte, bevor sie hierhergekommen war. Süße, unschuldige, tyrannische, über alles geliebte Fay – die Ursache all dieser Probleme … Hester wußte, daß nur sie verstehen konnte, was Ann durchmachte. Niemals hätte sie geglaubt, daß sie ihr Enkelkind genauso lieben würde wie ihre eigenen Kinder. Aber es war so, und es war eine geradezu abgöttische, bedingungslose Liebe.

Sie schluchzte auf, und in dem Moment betrat jemand den Toilettenraum. Sofort hielt sie den Atem an und drängte die Tränen zurück. Der Gedanke, daß diese Person Ann sein könnte, erfüllte sie mit Panik. Aber dann wehte der Duft eines Parfums herüber, das Ann nie im Leben benutzen würde, und sie holte tief Luft. Hester riß einige Blatt Toilettenpapier ab und wischte die schwarzen Spuren von ihren Wangen. Dann stand sie auf, drückte die Spülung und ging in den Waschraum. Die andere Frau, jung und sexy in einem Rock, der nicht viel mehr als ein breiter Gürtel war, lächelte sie freundlich an.

»Vielen Dank für Ihre Rede. Leider muß ich sagen, daß ich Ihre Zeitung verabscheue, aber Sie waren eben großartig.«

»Vielen Dank.«

An derartige Komplimente war Hester gewöhnt. Als sie auf den Flur trat, ging es ihr etwas besser. Sie mußte die Dinge klarstellen, wie Jonty ihr immer riet. Die Situation, in der sie sich befanden, war nicht von ihnen hervorgerufen worden, noch hatten sie sie sich ausgesucht. Ursache dafür war die Trennung von Giselle und Gavin.

Hester war dabei, sich die Situation wieder einmal klarzumachen, als sie sah, daß Ann den Flur entlang auf sie zukam.

Es war ein langer Flur, und sie waren allein. Jeder Schritt brachte sie einander näher. Ann hielt sich sehr gerade, ihr Gang war schnell und bestimmt. Nervös schaute Hester nach links und rechts, es gab keine Möglichkeit, die Konfrontation zu vermeiden. Aber mußte es eine Konfrontation sein? Plötzlich erinnerte sie sich an das Pflaster, das sie an Anns Finger gesehen hatte.

Sie würde es tun. Sie würde mit Ann reden, würde dieses Schweigen brechen, das sie alle in Verzweiflung gestürzt hatte.

Gavin lag mit dem Kopf in Katies Schoß auf dem Sofa, während sie sanft sein Haar streichelte.

»Es tut mir leid«, sagte er, »wenn ich dich langweile ...«

»Tust du nicht«, entgegnete Katie. »Überhaupt nicht. Du mußt darüber reden, dich davon befreien. Ich höre dir gerne zu.«

»Du warst immer so gut zu mir.« Er hob eine Hand, um ihre Wange zu liebkosen und lächelte ein süßes, wehmütiges Lächeln.

»Ich bin immer für dich da«, flüsterte sie. Er schloß die Augen, und sie streichelte weiter seine Locken.

Katie konnte nicht verstehen, wie eine Frau wie Hester Blake, die sie so sympathisch gefunden hatte und die so nett zu ihr gewesen war, bei so etwas mitmachen konnte. Wieso tat sie nichts dagegen, daß Gavin so grausam behandelt wurde? Sein einziges Verbrechen war es doch gewesen, ihre Tochter zu lieben.

Giselle saß im Schneidersitz auf einem Kissen im Garten des Old Clink. Sie lehnte an einem Apfelbaum und stillte Fay. Der Garten erstrahlte in der Nachmittagssonne.

Ark kam um die Ecke des Hauses. Er führte Dolly an der Leine, die sich sofort ins Gras fallen ließ, nachdem er sie losgelassen hatte. Giselle sah zu ihm auf und lächelte ihn an, bevor er sich zu ihr setzte. Mit einem Finger berührte er Fays Wange und dann die weiche und üppige Kurve von Giselles Brust.

Sie sprachen nicht. Sie waren zufrieden.

Hester und Ann hatten sich bis auf ein paar Schritte einander genähert. Für den Bruchteil einer Sekunde trafen sich ihre Blicke. Hesters Herz raste.

Ohne ein Wort zu sagen, gingen sie aneinander vorbei.

HEYNE BÜCHER

Sarah Harrison

Die mitreißenden Schicksalsromane der englischen Erfolgsautorin.

»Spannend, nicht mit groben Pinselstrichen skizziert, sondern in farbigen Nuancen ausgeführt.«
NORDWEST-ZEITUNG

Zwei sehr unterschiedliche Töchter
01/9522

Eine fast perfekte Frau
01/9760

01/9760

Heyne-Taschenbücher